国家社科基金一般项目（批准号 10ZBW027）成果

致远学术文丛

汤显祖诗学理论研究

A RESEARCH ON TANG XIANZU'S LITERARY THEORY

万文斌 著

社会科学文献出版社
SOCIAL SCIENCES ACADEMIC PRESS (CHINA)

内容提要

汤显祖是站在明中期和晚期转折点上的文学家，是中国文学史、戏曲史、诗学理论史中值得全方位综合研究的重要人物。以广义和狭义诗学的视角来审视汤显祖诗学理论的主要内核，在汤显祖研究中是一个新的角度，会给研究结果带来一些新的变化。

站在中晚明特定的历史文化背景下，从明朝文人的心态演变看汤显祖诗学思想的形成与转变，我们会发现汤显祖的时代价值。封建专制达于极点的明王朝，有一个令人极为困惑的现象，那就是思想界极为活跃。两相作用，导致当时的文人普遍存在尊严丧失、人格扭曲的特点。士人群体性格大都有偏执、放纵等的一面，与思想解放、个性解放、情欲解放的文化氛围同时存在。而这种心态的形成，必将反映到明中晚期的诗学思想当中。汤显祖生于这样一个时代，经独特的人生经历与思考，形成了自己鲜明的诗学思想。

中晚明时期三教合一已呈成熟之势。汤显祖的生活经历表明，他的思想观念形成与儒家教诲、道家思想、佛家理论都有非常密切的关系，在他这里，三教合流的倾向异常明显。前期以儒家思想为本，中后期道家、佛家思想渐渐占据上风，泰州学派的"真人"观也被吸纳，多种思想碰撞和交流，最终形成"至情"理论。

汤显祖诗学理念中"情""理"的辩证关系，可以说是汤显祖诗学本体论的主要问题。不以"情"斥"理"，在高扬"情"的同时，不纯粹反"理"，这一"情""理"的安顿是他对文学长期思考的结果。其"理"是"心、理合一"之"理"，心即理，理即心，心为"真心""真性""真情"。如此，"理"归"情"下，"理""情"合一。汤显祖在辨明"情""理"

关系之后，把"情"推至极致，提出"情至论"，为其创作（主要成就是戏剧创作）打下了理论基础。

汤显祖的历史诗学观主要是"因革"观和"时势使然"观，这展现出一个严肃文学批评家的面目，由此也可以理解汤显祖对复古主义思想的态度。汤显祖的诗歌主体论主要有"灵气"说、"缘情造境"说和肯定生命本原的"贵生"说。他的"贵生"思想，重视个体人格的主动性和独立性，重视人的精神生命和生理生命的价值，重视自然感情和自然欲望，催生出了以尊重生命为内容的文学作品。而这些作品正是汤显祖的伟大贡献之所在。汤显祖运用"真情"来构造他的生命的情境，最终完成了他对生命之"情"的讴歌。

汤显祖与封建时代所有的读书人一样，首先是个文人，诗文是他的根本，所以他的诗歌创作论、美感论也是他诗学理论的重要内容。讲求通脱灵变是汤显祖诗歌创作的主要特点。其"通变"观侧重于运用诗人的"天机"和"至情"，不为"馆阁大记"，专其才情于"传其小者"（尺牍、戏曲等）。除此之外，汤显祖还建立了他的"梦的诗学"，"因情成梦，因梦成戏"，把"情""梦""戏"三者之间的关系明确地确定起来。在汤显祖的诗歌美学观中，他特别注重对于"情"的美学追求，推崇"怪怪奇奇"的诗学美学价值，并将其提升为"诗以若有若无为美"的诗学极致追求——"意在言外"。

汤显祖是他所生活时代的一位大作家，也是一位全才。他的制艺文在当时被列为名作，其尺牍创作别有情致，其词集点评别开生面，更不用说让他享誉后世的"临川四梦"了。所有这些都值得人们深入研究，而这些研究便集为下编的散论。

目录
Contents

上 编

第一章　汤显祖诗学概要 ……………………………………………………… 5
　第一节　汤显祖的生平简介与学术大要 …………………………………… 5
　第二节　汤显祖研究综述 …………………………………………………… 9
　第三节　文学史的视角及本书的研究视点 ………………………………… 31
　第四节　汤显祖诗学研究的意义 …………………………………………… 36

第二章　汤显祖思想形成的历史文化背景 …………………………………… 39
　第一节　历史的镜像
　　　　　——从明朝文人的心态演变看汤显祖的思想发展 ………………… 39
　第二节　明初至中期诗学的嬗变及其对汤显祖诗学的影响 ……………… 49
　第三节　汤显祖独特的成长环境、经历及其独特的创作呈现 ……………… 58

第三章　汤显祖诗学思想之哲学基础 ………………………………………… 66
　第一节　汤显祖之思想传承 ………………………………………………… 66
　第二节　道佛合一
　　　　　——汤显祖诗学中"心学"思想的独特显现 ……………………… 91

第四章　汤显祖诗学理论构建之一
——汤显祖的"情感论" …………………… 96
第一节　古代诗学"情感论"之流变 …………………… 97
第二节　汤显祖"情感论"的成因与美学内涵 …………… 104
第三节　汤显祖"情感论"对明清戏曲创作的影响 ……… 118
第四节　汤显祖"情感论"中存在的思想矛盾与困惑 …… 124

第五章　汤显祖诗学理论建构之二
——"情""理"辩证 …………………………… 130
第一节　"情""理"关系 …………………………………… 130
第二节　诗歌的"情至"观念 ……………………………… 141

第六章　汤显祖的诗学理论建构之三 ……………… 159
第一节　汤显祖的历史诗学观 ……………………………… 159
第二节　汤显祖的诗歌主体论 ……………………………… 164

第七章　汤显祖的诗学理论建构之四 ……………… 178
第一节　汤显祖的诗歌创作论 ……………………………… 178
第二节　汤显祖的诗歌美感论 ……………………………… 193

下　编

第八章　汤显祖的诗歌及小品创作 ………………… 207
第一节　汤显祖诗歌创作之大略 …………………………… 207
第二节　汤显祖诗歌各体裁的考察 ………………………… 226
第三节　简论汤显祖的小品创作 …………………………… 232

第九章　汤显祖的尺牍创作
——与袁宏道尺牍之比较 ……………………… 238
第一节　"真"的统一 ……………………………………… 239
第二节　"真"的分别 ……………………………………… 250

第十章 "临川四梦"在明清时期的接受 ………………………… 253
  第一节 "临川四梦"接受的主要形式 ……………………………… 255
  第二节 "临川四梦"读者接受的具体展开 ………………………… 259
  第三节 "临川四梦"的批评接受 …………………………………… 289
  第四节 "临川四梦"影响下的传奇剧作 …………………………… 298
  第五节 "临川四梦"接受的主要特点及成因分析 ………………… 303

第十一章 汤显祖戏剧人物杜丽娘与潘金莲之对比
     ——晚明文学的两种情欲诉求 ……………………………… 307
  第一节 晚明时代
     ——两部巨著的产生背景 …………………………………… 307
  第二节 被唤醒的情欲 ………………………………………………… 314
  第三节 失衡的情欲 …………………………………………………… 322

第十二章 汤显祖《牡丹亭》原著与英译著差异比较 ……………… 328
  第一节 原著与英译著存在差异的原因 …………………………… 328
  第二节 原著与英译著语言风格的差异 …………………………… 331
  第三节 原著与英译著语义层面的差异 …………………………… 334
  第四节 原著与英译著人物形象的差异 …………………………… 347
  第五节 原著与英译著思想主题的差异 …………………………… 353

参考文献 ……………………………………………………………… 357

作者简介 ……………………………………………………………… 366

上 编

在漫长的中国历史上延续了277年的朱明王朝，总是会引起人们许多探讨的话题。一般，在人们的心目中，就社会经济的强盛度而言，明代难以与汉唐朝代相提并论；就文学成就而论，明代则难以匹敌于唐宋朝代。然明代文学种类之多，文学作品数量之多，则远远超越前代。仅就全明诗来说，数量远超唐诗十多倍。数量多不意味质量高，自闻一多认为诗到明代已经完成其历史使命，文学自此开始了小说、戏剧的转向，之后此论似乎已成定论。① 在明代文学成就最高的小说、戏剧样式中，汤显祖的戏剧具有极高地位，是毫无疑问的。

汤显祖（1550—1616年），明代中后期最杰出的戏曲家、诗人、文学家，不仅在哲学、戏曲方面有卓越贡献，而且在史学理论、诗学理论（含美学理论）方面给后人留下了丰富、珍贵的精神遗产。人们往往认为汤显祖的最大贡献是戏曲创作，然考察其一生的创作实践，用功最勤、下笔最力、数量最多的还是他的诗文创作，而其诗学理论也达到明代文学理论的高峰。当然，从广义的诗学范畴来讲，汤显祖的戏曲理论也是其诗学理论中不可或缺的重要部分。

这里先就"诗学"这个名称做一点说明。其实"诗学"一词源于域外，概念含义并无定论，在具体运用时所指并不相同。有的是以文体为限，指诗歌艺术或诗歌理论；有的则由文学的本质出发，泛指一般的文学理论或文学思想，如此，则诗学所讨论的问题不止于诗歌，而是整个文学了。按照一般性的说法，"诗学"一词有广义和狭义之分，广义的"诗学"是"Poetics"的译名，意味着文艺学或文学理论；狭义的"诗学"是中国固有

---

① 闻一多：《闻一多全集·神话与诗·文学的历史动向》，生活·读书·新知三联书店，1982，第202页。

名词，即诗歌理论。本书之所以以"诗学"为名，便是利用了这种不确定性。如此选择也有其根据和原因。其一，"诗学"本是西方文论史上的批评术语，源头可上溯于古希腊。贺拉斯的《诗艺》和布瓦洛的《诗的艺术》，当代瑞士文学批评家施泰格尔的《诗学的基本概念》，都把"诗"作为文学基本的研究对象。其二，在中国古代文论中，诗论是至关重要的。这不仅因为古代中国是一个诗的国度，诗歌艺术源远流长并在理论批评上有着卓越的表现，而且因为就中国古典文学而论，诗与文的本性从来就是相通的，诗论与文论包括词论、小说、戏曲、绘画、书法等都有着脱不尽的关系，并时常融合为一体。这样"诗学"实则即以诗为主导的文学观。如此说来，本书即取这样一个诗学内涵，既专注于汤显祖诗歌理论的狭义，又涵盖汤显祖戏剧、小品等文学实践的理论概括的广义。

故本书依此分为上下两编，上编依次为汤显祖诗学概要、汤显祖思想形成的历史文化背景、汤显祖诗学思想之哲学基础、汤显祖诗学理论建构（分四章）等共七章；下编则为汤显祖的诗歌及小品创作、汤显祖的尺牍创作、"临川四梦"在明清时期的接受、汤显祖戏剧人物杜丽娘与潘金莲之对比以及汤显祖《牡丹亭》原著与英译著差异比较等五章，可视为汤显祖诗学散论。

第一章
汤显祖诗学概要

第一节 汤显祖的生平简介与学术大要

汤显祖，字义仍，号海若，自署清远道人，晚号海若士，一称若士，晚年又号茧翁。江西临川人。明世宗嘉靖二十九年（1550），旧历八月十四日（公历9月24日）卯时出生于江西抚州府临川县城东文昌里。汤显祖出身书香门第，早有才名，《文昌汤氏宗谱》中《若士公传》载："生而颖异不群。体玉立，眉目朗秀。见者啧啧曰：'汤氏宁馨儿。'五岁能属对，试之即应。又试之，又应。立课数对无难色。"[①] 十二岁始作《乱后》诗，已显出才华。十四岁补县诸生。二十一岁考取江西乡试第八名举人。他不仅于古文诗词颇精，而且能通天文地理、医药卜筮。二十六岁时刊印第一部诗集《红泉逸草》，次年又刊印诗集《雍藻》（未传），第三部诗集名《问棘邮草》。二十八岁时作第一部传奇《紫箫记》，与友人合作，但未完稿，十年后改写为《紫钗记》。三十四岁中进士，在南京先后任太常寺博士、詹事府主簿和礼部祠祭司主事。万历十九年（1591），作著名的《论辅臣科臣疏》，批评神宗朱翊钧即位后的朝政，抨击宰辅张居正和申时行，因而被贬广东徐闻任典史。万历二十一年（1593）调任浙江遂昌知县，施颇多善政，并有诗作讽刺朝政，关心民间疾苦。万历二十六年（1598）弃官归里。家居期间，心情颇为矛盾，一方面希望有"起报知遇"之日，另一方面却又

---

① 徐朔方：《汤显祖年谱》（修订本），上海古籍出版社，1980，第21页。

指望"朝廷有威风之臣，郡邑无饿虎之吏，吟咏升平，每年添一卷诗足矣"。后逐渐打消仕进之念，专事写作。

汤显祖少年时受学于罗汝芳。罗汝芳是泰州学派王艮的三传弟子，这一学派承继了王守仁哲学思想中具有积极意义的部分并加以发展，又称"左派王学"。这个学派抨击程朱理学，怀疑封建教条，反对束缚个性。万历年间左派王学的最突出代表人物是李贽。汤显祖离遂昌任后，曾在临川和李贽相见。李贽在狱中自杀后，汤显祖作诗哀悼。他还推崇反理学的达观（紫柏）禅师，称李贽和达观是一"雄"一"杰"，认为"寻其吐属，如获美剑"。他们的影响在很大程度上构成了汤显祖在创作中表现出来的揭露腐败政治、反对程朱理学和追求个性解放的思想基础。

汤显祖一生蔑视封建权贵，常得罪名流。早年参加进士科考试，因拒绝宰辅张居正的招致而落选。中进士后，也拒绝当时执掌朝政的张四维、申时行的拉拢。在南京时，不和当时已有很大名声的王世贞、王世懋兄弟往来，甚至在王世贞举行的公宴上谢绝和诗。晚年淡泊自守，不肯与州县官周旋。这种性格作风使他同讲究厉行气节、抨击当时腐败政治的东林党人顾宪成、邹元标等交往密切，也使他推重海瑞和徐渭这样"耿介"或"纵诞"的人物。汤显祖的这种性格特点在作品中也有明显反映。《明史》记他"意气慷慨""蹭蹬穷老"，这评语颇能概括其生平之要。

汤显祖晚年思想比较消极，这同他潜心佛学有关，也缘于他辞官后长期置身于政治斗争之外的境遇。他自称"偏州浪士，盛世遗民"，说"天下事耳之而已，顺之而已"。故后又以"茧翁"自号。

汤显祖所处的时代，文坛为拟古思潮所左右，继承"前七子"的"后七子"声威极盛。汤显祖二十一岁时，"后七子"首领李攀龙已去世，但另一首领王世贞继续为文坛盟主，且"独操柄二十年"。汤显祖于青年时期即批评"前七子"的李梦阳和"后七子"的李攀龙、王世贞，指摘他们于作品中增减汉史唐诗字面。后更抨击"李梦阳而下"诸人作品"等赝文尔"，并尖锐地说："又其赝者，名位颇显……其文事关国体，得以冠玉欺人。"（《答张梦泽》）[①] 前后七

[①] 徐朔方笺校《汤显祖全集》，北京古籍出版社，1999，第1451页。以下出现注释如出自本书，为省俭字数，都简注为《全集》，只标页码，特此说明。

子"文必秦汉,诗必盛唐"的主张,根本缺陷是一味模拟前代作品的用字、造句,乃至改头换面,剽窃前人词句。汤显祖认为"汉宋文章,各极其趣"。他还强调文章之妙在于"自然灵气",不在步趋形似之间。他的这些主张对后来高揭反拟古旗帜的公安派有一定影响。可以说,在反拟古派发展过程中,汤显祖是从李贽、徐渭到以袁宏道为首的公安派之间的重要过渡人物。汤显祖诗作早年受六朝绮丽诗风的影响,为了对抗"诗必盛唐",后来写诗又曾追求宋诗的艰涩之风,他的这些创作实践并不足以和拟古派相抗衡。汤显祖的古文长于议论,颇有"好辩"特色。他的书信写得很富感情,文笔流利,为后人所推崇。他还长于史学,修订过《宋史》,惜未完稿。

汤显祖的主要创作成就在戏曲方面,代表作是《牡丹亭》(又名《还魂记》),它和《邯郸记》《南柯记》《紫钗记》合称"临川四梦"。除《紫钗记》写作时代可确考外,其余"三梦"都不易确定写作时间,学术界目前有不同看法。

《牡丹亭》共51出,写杜丽娘和柳梦梅的爱情故事,其中不少情节取自话本《杜丽娘慕色还魂》(见《燕居笔记》)。和话本相比,《牡丹亭》不仅在情节和描写上做了较大改动,而且主题思想也有了极大的提高。《牡丹亭》文辞以典丽著称。

《牡丹亭》问世后,盛行一时,使许多人为之倾倒。汤显祖的《滕王阁看王有信演牡丹亭二首》诗中写道:"愁来一座更衣起,江树沉沉天汉斜。"[1] 显示出剧作的巨大感染力。汤显祖还从朋友处得知有一位娄江的女读者俞二娘断肠而死,他写了《哭娄江女子二首》,其中写道:"如何伤此曲,偏祗在娄江?"[2] 相传《牡丹亭》还使女伶人商小伶伤心而亡,这些都说明《牡丹亭》有极为感人的艺术力量。

《牡丹亭》的出现,还引起了一桩戏曲史上有名的"公案"——删改《牡丹亭》的争论。透过这一争论,可以看出汤显祖在戏曲创作上首先讲究"意趣神色",不斤斤计较于按字模声的创作主张。他对当时沈璟等编纂的

---

[1] 《全集》,第838页。
[2] 《全集》,第711页。

曲谱、曲论虽有肯定，但也有批评。他在《答吕姜山》中说："凡文以意趣神色为主。四者到时，或有丽词俊音可用。尔时能一一顾九宫四声否？如必按字模声，即有窒滞迸拽之苦，恐不能成句矣。"① 这种观点同他主张的文章要有灵性是一致的。

《邯郸记》和《南柯记》都通过梦幻写人生，是讽世剧。由于唐人小说中原有人生如梦、富贵如烟的思想，汤显祖本人又受到宗教思想的影响，这两部作品也就表现出虚幻的色彩。

汤显祖在当时和后世都有很大影响。即使是认为他用韵任意，不讲究曲律的评论家，也几乎无一不称赞《牡丹亭》，如晚于汤显祖20多年的沈德符说，"汤义仍《牡丹亭梦》一出，家传户诵，几令《西厢》减价"②，又说他"才情自足不朽"。和沈德符同时的戏曲家吕天成推崇汤显祖为"绝代奇才"和"千秋之词匠"③。王骥德甚至说，如果汤显祖没有"当置法字无论"和其他弱点，"可令前无作者，后鲜来哲，二百年来，一人而已"。④由于汤显祖的影响，明末出现了一些刻意学习汤显祖、追求文采的剧作家，如阮大铖和孟称舜等，后人因之有玉茗堂派或临川派之说，实际上并不恰切。其实《牡丹亭》中个性解放的思想倾向影响更为深远，从清代的《红楼梦》中就可看出这种影响。

汤显祖生前已有《玉茗堂文集》刊行。他逝世后五年，韩敬编印了《玉茗堂集》。汤显祖的作品于明清两代均有刊本。目前通行的有：1961年由钱南扬、徐朔方合编的《汤显祖集》，包括诗文和戏曲；1973年7月上海人民出版社新1版，中华书局版排印的《汤显祖集》四册；《汤显祖诗文集》（上、下），徐朔方笺校，上海古籍出版社1982年6月版；《汤显祖全集》（一至四），徐朔方笺校，北京古籍出版社1999年1月第1版；《汤显祖集全编》（全六册），徐朔方笺校，上海古籍出版社，2015年12月第1版。

---

① 《全集》，第1302页。
② 毛效同编《汤显祖研究资料汇编》（全二册），上海古籍出版社，1986，第851页。
③ 毛效同编《汤显祖研究资料汇编》（全二册），上海古籍出版社，1986，第654页。
④ 毛效同编《汤显祖研究资料汇编》（全二册），上海古籍出版社，1986，第656页。

第二节 汤显祖研究综述

汤显祖生前即盛有文名,已引起当时社会同道的广泛重视,在正史、方志、谱牒、杂说、传记、艺文等著述中常见其身影。当时的东林党头面人物高攀龙就曾对汤显祖极力称赞。1606年,汤显祖五十七岁时,友人帅机选定的《玉茗堂文集》在南京刊行。他逝世后五年,韩敬编印了较为完备的《玉茗堂集》,通称《汤若士全集》。其后沈际飞编《玉茗堂选集》,增加了戏曲部分。在这些诗文集中,当时的一些著名文士如帅机、屠隆、谢廷谅、韩敬、沈际飞、钱谦益等都曾为之作序,有过评价。汤显祖一生留下了2280多篇诗,160多篇文、赋。他的作品《红泉逸草》《问棘邮草》《玉茗堂全集》以及"四梦",都有明清刻本传世。汤显祖的代表作传奇《牡丹亭》于1598年写成以后,先以抄本形式流传,然后有数十种刻本刊行于世。作为文学版本,有明代的文林阁本、石林居士本、朱墨本、清晖阁本等,清代的竹林堂本、自娱斋本、芥子园本、冰丝馆本、暖红室本等。在明清时期,《牡丹亭》的各种评点本和改编本也应运而生,其中比较著名的评点本有茅瑛评本、王思任评本、吴吴山三妇合评本、杨葆光手批本等;比较著名的改编本有沈璟的《同梦记》、臧懋循的《牡丹亭》(删改本)、冯梦龙的《风流梦》、徐日曦的《牡丹亭》(硕园本)、徐肃颖的《丹青记》等。

综而观之,百年来,汤显祖研究一直是明代文学乃至整个古代文学研究的重点之一。自明末至1982年,汤显祖原著之结集已达52种之多。最近20年出版的汤学研究著作主要有:徐朔方的《汤显祖年谱》(1958)、《论汤显祖及其他》(1983)、《汤显祖评传》(1993)。1999年1月北京古籍出版社出版了由徐朔方笺校的《汤显祖全集》(一至四),应该说这是迄今为止汤显祖诗文戏曲作品的最完备者。年谱的出版为后人研究汤显祖提供了极大的帮助,20世纪50年代黄芝冈、徐朔方分别写成《汤显祖年谱》[①],先后于1957年、1958年出版,其中以徐朔方所撰年谱用功最勤,于汤氏研究善莫

---

① 黄芝冈:《汤显祖年谱》,《戏曲研究》1957年第4期;徐朔方:《汤显祖年谱》,中华书局,1958。

大焉。1986年上海古籍出版社出版了毛效同编的《汤显祖研究资料汇编》（全二册），它是汤显祖研究的又一重大的基础性著作。此外，江西省文学艺术研究所编的《汤显祖研究论文集》（1984）、黄文锡和吴凤雏的《汤显祖传》（1986）、龚重谟等的《汤显祖传》（1986）、徐扶明的《牡丹亭研究资料考释》（1987）和《汤显祖与牡丹亭》（1993）、周育德的《汤显祖论稿》（1991）、徐朔方的《汤显祖评传》（1993）、项兆丰的《汤显祖遂昌诗文全编》（1998）、邹元江的《汤显祖的情与梦》（1998）等，也都是汤显祖研究中涌现的重要成果。

20世纪80年代之前汤氏研究简述如下。

徐朔方始终专注于汤显祖研究，他在《汤显祖和他的传奇》一文中认为汤氏思想源于王学左派的罗汝芳、李贽等人，并与公安派有共同的渊源关系，肯定《牡丹亭》在个性解放中的进步意义。[1] 徐朔方在《论汤显祖及其他》中指出："当汤显祖对拟古派文坛的盟主进行批判时，袁宏道还不满二十岁，没有人知道他的名字。汤显祖反拟古派的先驱作用是值得一提的。"[2] 1961年出版的《汤显祖集》，在其"前言"中，徐朔方再次强调了汤氏反对封建婚姻制度、追求个性自由的思想，这一思想在李贽《藏书》之外，未曾由同时代思想家如此明确地提出过。[3]

1957年戴不凡在《戏剧报》上发表了《纪念汤显祖》一文，认为汤显祖出于泰州学派罗汝芳门下，是公安派的积极支持者，反对复古，歌颂"至情"，并认为《牡丹亭》是充满激情的浪漫主义作品。[4]

1962年侯外庐于《光明日报》发表文章，指出"汤显祖的社会思想代表了历史的积极面，是进步的，是站在当时正在兴起的早期的启蒙思想这一方面的"[5]。20世纪60年代中国科学院文学研究所及游国恩等分别主编的

---

[1] 徐朔方：《汤显祖和他的传奇》，毛效同编《汤显祖研究资料汇编》，上海古籍出版社，1986，第734页。
[2] 徐朔方：《论汤显祖及其他》，上海古籍出版社，1983，第52页。
[3] 徐朔方：《汤显祖集》前言，后以《汤显祖和他的创作》为题收入《论汤显祖及其他》，上海古籍出版社，1983。
[4] 戴不凡：《纪念汤显祖》，《戏剧报》1957年第22期。
[5] 侯外庐：《汤显祖著作的人民性和思想性——序〈汤显祖全集〉》，《光明日报》1962年6月25日。

两版《中国文学史》,都延续了上述观点,认为汤氏思想源于王学左派,反复古,是浪漫主义的代表。

1965年,同样是在《光明日报》,杨天石发表文章《晚明文学理论中的"情真论"》,认为汤显祖倡导的"情真说"实质不过是反对王学封建伦理道德的过分束缚,要求个性的自由发展,又认为"情真说"的基础是唯心论,不能解决文艺与生活这一艺术的根本问题。[①]

最早把汤显祖与莎士比亚进行比较研究的,是日本人青木正儿所著的《中国近世戏剧史》,此后,汤、莎比较成了汤显祖研究的一个热门话题。例如,赵景深《汤显祖与莎士比亚》比较两者之同,以为二人生卒年相同,都是不羁天才,悲剧作品最为动人。[②] 陈瘦竹在文章《异曲同工——关于〈牡丹亭〉和〈罗密欧与朱丽叶〉》中认为,《罗密欧与朱丽叶》是悲剧,《牡丹亭》是悲喜剧,但两剧的主旨都是揭露封建主义,两者都是现实主义和浪漫主义结合的作品。[③]

蒋星煜则认为莎士比亚与汤显祖生活的时代相似,莎翁生活于文艺复兴时期,汤显祖则处于中国的"资本主义萌芽"时期,莎翁的作品闪烁着人文主义的光彩,汤氏的戏剧则发出了个性解放的先声。[④]

徐朔方更偏于比较汤、莎之异,他认为汤显祖与莎士比亚各自代表中国和英国的两种文化、两种文学。在《汤显祖与莎士比亚》一文中,徐氏从文体、演出方式、观众、社会地位、文学传统、社会思潮等方面对二者进行比较,分析至详。[⑤] 在《汤显祖的思想发展和他的〈四梦〉》一文中,徐朔方则认为情与理、人欲与天理的对立实为封建社会中两大敌对阶级的对抗性矛盾的折射和投影,肯定了汤显祖思想的巨大启蒙作用。[⑥] 在《汤显祖和晚明文艺思潮》一文中,作者把汤氏放置于晚明时代,并提出应对汤

[①] 杨天石:《晚明文学理论中"情真论"》,《光明日报》1965年9月5日。
[②] 赵景深:《汤显祖与莎士比亚》,《文艺春秋》1946年第2期。
[③] 陈瘦竹:《汤显祖研究论文集·关于〈牡丹亭〉和〈罗密欧与朱丽叶〉》,中国戏剧出版社,1984。
[④] 蒋星煜:《汤显祖研究的反思》,《上海戏剧》1987年第1期。
[⑤] 徐朔方:《汤显祖与莎士比亚》,《社会科学战线》1978年第2期。
[⑥] 徐朔方:《论汤显祖及其他》,上海古籍出版社,1983。

显祖在文学史、思想史上的地位做出适当的评价。①

在台湾地区，郑培凯的《汤显祖与晚明文化》是有关汤显祖研究的一部力作。该书收集了作者有关汤显祖研究的论文六篇，论及了汤显祖与晚明政治、《牡丹亭》的故事来源与文字因袭、汤显祖的文艺观、汤氏与《红楼梦》、汤显祖与达观和尚等诸多问题。②郑氏的研究注重从文化视角，以"文化美学"的眼光探讨晚明社会、政治、文化与汤显祖的政治、人生、艺术的关系，涉及艺术想象与历史现实的互动关系。

根据朱水鑫、舒慧珍、高钟山、饶启文、葛芳芳的《汤显祖研究书目索引》（油印本），吴凤雏、邹自振的《汤显祖研究论文索引（部分）》（1949.10—1982.6），余悦的《汤显祖研究资料索引》，《20世纪中国文学研究·明代文学研究》，中国期刊网收录"汤显祖"主题词研究文章搜寻（截至2006年12月），汤显祖的研究情况大略可以这样来概括：吕薇芬、张燕瑾主编的《20世纪中国文学研究·明代文学研究》对"汤显祖的思想"研究、"临川四梦"研究、"沈汤之争"研究③分别做了综述，然其综述的资料都截至20世纪80年代后期，故笔者接续其后，对80年代末至今的汤显祖研究做以下综述。

一 关于家世、生平经历及思想的研究

（一）关于家世、生平经历的考察

对于汤显祖的远祖情况，历来并无异议，近来学术界反倒显得莫衷一是。于永旗、李建军在《秋江雁影临川梦 游子归宗费蛰旋——汤显祖家族南迁客家始祖有关资料的解读、厘订和蠡测》（上、续）中以大量材料论证了汤显祖远祖贵池说，进一步认定了汤显祖的南迁客家祖先中第一个名载史册的远祖，并且初步揭示出汤显祖远祖的生活经历跟汤显祖本人一生的政治社会实践和精神生活都有密切的关系。④而姚澄清在《关于汤显祖族

---

① 徐朔方：《汤显祖和晚明文艺思潮》，《中华文史论丛》1983年第2辑。
② 郑培凯：《汤显祖与晚明文化》，台湾允晨文化实业股份有限公司，1995。
③ 20世纪80年代以前的汤显祖研究综述，参阅吕薇芬、张燕瑾主编《明代文学研究》，北京出版社，2001，第577-609页。
④ 于永旗、李建军：《秋江雁影临川梦 游子归宗费蛰旋——汤显祖家族南迁客家始祖有关资料的解读、厘订和蠡测》（上、续），《池州师专学报》2004年第2期、第6期。

系源流的新材料》中，又根据三种不同年代的《平西汤氏家乘》的世系源流及一些文物资料，提出了汤氏远祖来自苏州及开基于江西南丰的不同意见。①

汤显祖是一个才华横溢的大师，他有满腔的政治抱负，却不是一位成功的政治家。刘云在《略谈汤显祖的政治改革思想——纪念汤显祖逝世三百七十周年》《试谈汤显祖的政治改革思想与戏曲创作——纪念伟大的戏剧家、文学家汤显祖诞辰 450 周年》两篇论文中，论证了汤显祖对显宦以权谋私的腐败行径的抨击，对国强民富之道的探讨和实践②；范绎民在《神情清远更临川——论汤显祖的廉政意识》一文中，也提出了汤翁不满"贿嘱附势"之类的不正之风，赞扬"惟有直如丝"的清廉官吏，以及"万物惟清者贵"的廉洁自律的政治理想。③ 同时，研究者还结合汤翁的作品进一步分析其社会理想。例如，吉元丹在《从〈牡丹亭〉看汤显祖的社会理想》一文中就揭示了汤显祖贵生主情、追求个性解放的人文主义理想，以及清廉举贤、勤政爱民的政治理想。④ 汤显祖的思想中充满民主主义的色彩，他反对封建专权，倡导宽政；反对封建纲常，倡导平等；反对禁欲主义，倡导"真情"。但是这种政治理想却没有得到封建君王的赏识，屡遭贬斥的汤显祖也没能够摆脱中国古代文人"诗穷而后工"的普遍命运，腐朽的大明王朝不可能成为他施展抱负的舞台。

研究汤显祖的生平经历对于更深入了解汤翁的作品及其思想有重要意义。政治失意，一段冤案结束了汤显祖的仕途经济，也促使他对社会人生有了更透彻的认识。万斌生在《汤显祖忠君思想之衍变及汤剧皇帝形象》一文中，把汤翁的忠君思想从愚忠到忠谏、由忠谏到不满、由不满到讽刺的衍变过程分析得十分透彻，所以在汤显祖的笔下，皇帝形象几乎都是暴

---

① 姚澄清：《关于汤显祖族系源流的新材料》，《抚州师专学报》2002 年第 1 期。
② 刘云：《试谈汤显祖的政治改革思想与戏曲创作——纪念伟大的戏剧家、文学家汤显祖诞辰 450 周年》，《江西社会科学》2000 年第 8 期。
③ 范绎民：《神情清远更临川——论汤显祖的廉政意识》，《江西师范大学学报》2000 年第 4 期。
④ 吉元丹：《从〈牡丹亭〉看汤显祖的社会理想》，《乐山师范高等专科学校学报》2000 年第 2 期。

戾无常、醉生梦死的昏庸之辈。① 伏涛、孙德林的《从汤显祖的科举经历看〈牡丹亭〉副主题》揭示出了汤显祖剧中的反科举的主题：从苗舜宾当主考官可观"圣上"的糊涂；从柳梦梅的侥幸得中可见考试制度的不完善；从陈最良的迂腐可知科考内容的落后及不合时宜。② 政治上的失败，反而造就了文艺上的大成。"真"和"情"既然不能以经济膏泽百姓，就必然以文章光耀后世：这就是陈西汀的《汤显祖的"真"和"情"——两个筋斗，一个冤案》一文所告诉我们的。③ 正是有这种"真"我的本色和对"至情"的追求，才有了至情至真的"临川四梦"。他把政治热情完全投注到了文学创作之上。汤显祖晚年回到临川。据罗传奇《略述汤显祖晚年在临川奋战的事迹》的记载，汤显祖在临川完成了"四梦"的创作，大力扶植宜黄戏的发展，从而奠定了我国戏曲艺术表演、导演艺术理论的基础，开启了戏剧理论上的论战，兴建了戏曲活动场所玉茗堂，培养了一批文坛新秀，也极大地推动了戏曲文学的发展。④

对汤显祖的研究也拓展到了他的交游情况。杨安邦在《汤显祖与同时代的临川名人》一文中对他的交往情况做了整理和考察，有助于进一步了解汤显祖的生平经历及其思想性格，并展示出古代临川文化的深厚底蕴。⑤ 孙丹虹的《对奇灵之文与至情人生的执著追求——从汤显祖的交游看其隐于市井的原由》一文对汤显祖与市井边缘人物的交游情况进行了考察。此外，此文对汤显祖与黄太次、乌程董家等人的交游史也开展了考证工作。⑥

汤显祖同时还是一位有创见的教育家。创建贵生书院、相圃书院，向玉门生弟子讲学论道，对艺伶进行艺术教育，对子女进行家庭教育等作为，也开始引起研究者的重视。程林辉的《汤显祖的教育思想与教育实践》、黄建荣的《汤显祖致力教育的主要原因》等论文也将研究的重点转到了汤显

---

① 万斌生：《汤显祖忠君思想之衍变及汤剧皇帝形象》，《江西社会科学》1994 年第 10 期。
② 伏涛、孙德林：《从汤显祖的科举经历看〈牡丹亭〉副主题》，《辽宁教育行政学院学报》2004 年第 9 期。
③ 陈西汀：《汤显祖的"真"和"情"——两个筋斗，一个冤案》，《艺术百家》1995 年第 2 期。
④ 罗传奇：《略述汤显祖晚年在临川奋战的事迹》，《抚州师专学报》1987 年第 3 期。
⑤ 杨安邦：《汤显祖与同时代的临川名人》，《抚州师专学报》2000 年第 3 期。
⑥ 孙丹虹：《对奇灵之文与至情人生的执著追求——从汤显祖的交游看其隐于市井的原由》，《北方论丛》2003 年第 4 期。

祖在教育领域的贡献上。①

关于"汤显祖死于梅毒"一说，龚重谟在《对"汤显祖死于梅毒"之说质疑》一文中对此提出了疑问，他认为梅毒不是明代才从国外传入的；汤显祖之死因为梅毒不足信；汤显祖和屠隆弥留之际的遗言虽有相似，不等于他们的死因也相似；"四梦"中的一些色情描写与汤显祖的死因没有必然联系。② 而"汤学"研究大师徐朔方却认为汤显祖身患梅毒恶疾，并且这种苦痛体验影响了他的诗文戏剧的创作。

叶长海在《从临川四梦看汤显祖的人生观》一文中，将作家创作与其人生经历紧密结合，得出结论："临川四梦"，特别是后"三梦"，生动而深刻地表现了汤显祖对人生世事的看法和态度。③ 从《牡丹亭》透露出的作者的亡女之痛，到后"二梦"的"人生如梦"的决绝之念，表现了汤显祖对现实人生的失望与无奈，表明汤显祖充满了忧患意识和悲悯情怀。

（二）关于思想的研究

汤显祖从小接受的是根深蒂固的儒家传统入世思想，又受到泰州学派尤其是罗汝芳的"赤子之心"说、李贽的"童心"说的影响，秉性倔强，为人处事刚直不阿，珍视生命，坚持"世间只有情难诉"的"情至论"，以"情"抗"理"，提出要达到人生道德的最高境界，必须采用"率性而已"的修养方法，他的伦理思想具有强烈的反程朱理学的精神。但在腐朽黑暗的末世之季，因时代局限，他找不到真情实现的正确途径，不得不还原于"理"。崇尚佛、道的家学渊源和社会风尚使无奈的他只得求助于佛、道的出世思想，用宿命论的观点来看待世界：一方面批判黑暗现实的"虚情"，另一方面却又用否定客观世界的禅宗虚无主义思想来加以解释。包秀珍、成曙霞的《觉醒者、叛逆者、卫道者——论汤显祖思想的复杂性》总结了他儒、道、佛以及进步的民主思想交织的复杂矛盾的一生。④ 杨忠、张贤蓉

---

① 程林辉：《汤显祖的教育思想与教育实践》，《南昌大学学报》（人文社会科学版）2004年第5期；黄建荣：《汤显祖致力教育的主要原因》，《江西社会科学》2001年第3期。
② 龚重谟：《对"汤显祖死于梅毒"之说质疑》，《抚州师专学报》2001年第4期。
③ 叶长海：《从临川四梦看汤显祖的人生观》，《戏剧艺术》2010年第6期。
④ 包秀珍、成曙霞：《觉醒者、叛逆者、卫道者——论汤显祖思想的复杂性》，《语文学刊》2002年第1期。

《试论汤显祖哲学伦理思想的内在矛盾》一文也论述了汤显祖思想中唯物主义和唯心主义的矛盾、认识论中的实践观点和先验论观点的矛盾、封建伦理和改良主义的矛盾。① 可以说汤显祖一生都在出世与入世的两难抉择中彷徨,正如蔡邦光在《羁绊与挣扎——汤显祖出入世观的较量》中所分析的:仕途的蹇促、理想的破灭、现实的打击、丧亲的悲痛,使其一直在出入世的边缘挣扎,但他叛逆的个性、绝代的才华又使他能梦里人生醒眼看,其精神在羁绊与挣扎的较量中终于破茧化蝶,得到升华。②

刘彦君在《论汤显祖的自由生命意识》中提出汤显祖的戏剧创作寄托着他对人生与人性的哲理思考,倾注着他对生命和青春的无限热情;反观之,我们也可以从其戏剧中看出这位伟人的生命折光,他的人生道路、追求、理想从实践到幻灭的全过程。③

在汤显祖的人生和文学创作中,对社会政治理想的追求与严酷现实之间不可调和的矛盾、强烈的个性意识与传统人性观之间难以化解的冲突,构成了他困境意识的基本内涵,使得他的人生和剧作浸润着一种深邃的悲剧精神。可以说汤剧中的"人生如梦"是悲剧社会中哲人对悲剧人生的哲学总结。

陈书录在《商贾与汤显祖及其文学启蒙思想》一文中眼光独到,关注到了晚明时期商贾特别是外来商贾对汤显祖思想的影响,指出在汤显祖的诸多作品中出现了亦儒亦侠的商贾艺术形象,且商贾精神从一个特定的方面促进了汤显祖文学启蒙思想的发展④,非常具有启发意义。

司徒秀英的《汤显祖"闲"的美学》则从汤显祖转化的人生观进而探讨汤显祖对境而生的"闲"情,最终悟出"闲"的美学境界⑤,也具有新的独创点。

在最近关于汤显祖思想的研究中,程芸的《新变与传承:汤显祖思想

---

① 杨忠、张贤蓉:《试论汤显祖哲学伦理思想的内在矛盾》,《南昌大学学报》(人文社会科学版)1984年第4期。
② 蔡邦光:《羁绊与挣扎——汤显祖出入世观的较量》,《抚州师专学报》2000年第3期。
③ 刘彦君:《论汤显祖的自由生命意识》,《文学遗产》1997年第1期。
④ 陈书录:《商贾与汤显祖及其文学启蒙思想》,《南京师大学报》(社会科学版)2012年第2期。
⑤ 司徒秀英:《汤显祖"闲"的美学》,《文化遗产》2016年第6期。

材料二则发微》是一篇比较扎实的文章,通过对二则材料的考据,得出汤显祖的思想是相当复杂的,重新探讨了汤显祖思想与程朱理学的关系、与李贽思想的异同,并进而提出,挖掘汤显祖"新变"思想的同时,要注重其与传统的复杂关联,这样才能避免对汤显祖思想的"简单化"处理或"过度化"阐释。①

二 关于创作理论的研究

汤显祖的创作观是追求主体精神的自由体现、显示美的原则的创作观,即一个以人为主的"情"的体系。"情"实际上就是汤显祖美学思想的核心。姚文放在《呼唤真情的理想之歌——论汤显祖的美学思想》一文中精辟地论述道:汤所标举的情,是与理、法及古典和谐美理想相对立且带有激越的近代崇高气质的情,它在封建专制与封建礼教统治的黑暗王国中闪射出璀璨的理想之光。这种美学追求在创作论中表现为对于情感想象天才灵感的推崇,而它在美学观念和方法论上与西方近代浪漫主义美学的差异则反映出东西方两大美学体系的不同特色。"情"是汤剧的生命源泉,是汤显祖美学生命观的实质,由"情"实现戏剧艺术美学生命的复归和张扬,"情"之所起,"不妨拗折天下人嗓子"。他将积极进取的精神和期望超脱的心愿倾注于戏剧与诗歌创作,使之呈现以"狂"为主的狂狷本色。这种"唯情说"的戏剧观,强调创作要以"情"为主,高扬"唯情"主义大旗,注重作品内容,强调作品的"意趣神色",蔑视外在形式的束缚,从而确立了汤显祖浪漫主义的创作原则。②

"情"与"真"是汤显祖戏曲观的核心内容,反映在具体的戏曲创作上,就是写真情、塑真人。崇尚"真"是要把真情实感不加雕琢地表达出来,这与公安派作家提出的"独抒性灵,不拘格套"异曲同工;肯定"情"就是肯定人的情感生活和自然欲望,反对以"理"格"情",这与王阳明心学及禅宗领域出现的新思潮的取向相一致。邹元江在《汤显祖灵根睿源论》中对汤显祖的"灵根灵性奇士说"有自己的理解,认为这并不仅仅是他对

---

① 程芸:《新变与传承:汤显祖思想材料二则发微》,《中国典籍与文化》2007年第4期。
② 姚文放:《呼唤真情的理想之歌——论汤显祖的美学思想》,《文史哲》1988年第5期。

艺术创造和审美灵境的感悟，更是他对诗意的开拓，照亮生命境界的执着，因而他能处处以离致独绝的生存状态超越现实困厄，甚至场屋之累，将扑朔迷离、说不可说的灵气灵性灵根的慧命，通过整体生命气象的独绝思想、独立的人格、独步的创造，让人感性直观到、体验到、欣赏到不疏于感性世界的陶冶，亦不蔽于道气睿源的开启。① 对于汤显祖与公安派的关系，王承丹在《汤显祖与公安派关系论略》中提到汤显祖是公安派某种程度上的先驱，在汤显祖的文艺理论体系中，情是基础，灵是生机。② 袁宏道的"性灵说"在文学思想上直承汤显祖的"至情说""灵气说"，抒写疏脱自适的性情和表现若有若无的生命境界是汤、袁文学创作中较为显著的两个共同特征，反对文学复古是他们共同的追求。汤显祖与公安派成员共同的理想基础是阳明心学，左东岭在《阳明心学与汤显祖的言情说》中论述汤翁"言情"说受到泰州后学罗汝芳"生生之仁"的心学思想的影响，从而形成了"贵生"的哲学思想、"顺情"的政治思想与重情的文学思想。③ 这种以"生生之仁"为核心的重情思想包含了强烈的社会关注，体现了儒家思想在新时代境遇中的新特征。

在文学反复古的问题上，邓新跃在《汤显祖与明代复古派文学思潮》一文中也提出了新的思路。他认为汤翁登上文坛之际正是"后七子"的复古格调说兴盛之时，汤氏与复古派王世贞兄弟的矛盾在后世的记载中被故意夸大了。④ 汤翁的文学思想比较复杂，其诗文与戏曲理论差别较大。汤显祖在戏曲理论与创作方面提出"尊情"观，对公安派有明显的影响；诗学理论则受李、何格调派的影响比较明显，与王世贞兄弟的分歧甚小。汤显祖整体文学思想具有明显的调和性。

汤显祖的很多戏曲故事都来源于唐宋传奇与话本小说，他吸取了唐传奇重视情节构思新奇、人物刻画传神的特点，对小说创作，他有自己的独到见解。邹自振在《"四梦"与小说之关系——兼论汤显祖的小说观》中分

---

① 邹元江：《汤显祖灵根睿源论》，《衡阳师范学院学报》（社会科学版）2003 年第 2 期。
② 王承丹：《汤显祖与公安派关系论略》，《齐鲁学刊》2000 年第 4 期。
③ 左东岭：《阳明心学与汤显祖的言情说》，《文艺研究》2000 年第 3 期。
④ 邓新跃：《汤显祖与明代复古派文学思潮》，《三峡大学学报》（人文社会科学版）2005 年第 4 期。

析了汤翁的小说创作理论：反对模拟复古，崇尚独创革新，争取小说应有的合法地位，指出小说的长处在于"真趣、怪诞"，强调小说的娱乐作用。[1]

文辞华美、工致婉丽的"四梦"源于汤翁深厚的诗词底蕴。罗莹在《汤显祖与〈花间集〉及其词学思想》中分析了汤翁的词学思想，指出汤翁把词与《离骚》、乐府、汉赋、《诗经》置于同样的层次、同等的地位，主张好的词作应具有韵外之旨、言外之意，以含蓄为美，强调词应该表现人的主体情思，而且在词中要注入无限深情，才能感人，汤翁还重视《花间集》的炼字功夫，主张创新，重视词情，认为词情超过声情。[2]

汤显祖立足当世，审视历史，并引史为鉴，以古明今。他着眼于历史发展的趋势，充分肯定王安石变法。他利用乡里文献资料进行宋史研究，重修《宋史》述评，对后世的历史观有很大影响。杨忠的《论汤显祖的历史观及其史学成就》对此进行了分析：汤显祖提出从"理、势、情"三方面的交互作用来考察和认识历史变化规律及个人在历史上的作用，强调人才的作为要受历史客观趋势的制约，但个人的历史活动不应被动地听任社会事势的左右，判断历史人物的作用应重视其主观动机。[3]

汤显祖创作深受佛教思想的影响，又不受佛教思想束缚。汤氏平生与达观法师交厚，达观提出"情有者理必无，理有者情必无"的佛学论断，用意在于劝说汤显祖以理破情，皈依佛法。储著炎在《论汤显祖"为情作使，劬于伎剧"思想的成因》中，分析了两人的交谊以及相互影响，辨析了两者在人生哲学、文艺观念上的差异，得出汤显祖心灵深处的儒家救世情结，辅之达观实践人格的影响，最终坚定了汤显祖"为情作使，劬于伎剧"的人生道路。[4]

汤显祖专注戏剧创作，并形成其独特的戏剧美学体系。肖鹰在《以梦达情：汤显祖戏剧美学论》一文中认为，汤显祖戏剧美学的主旨是人生情

---

[1] 邹自振：《"四梦"与小说之关系——兼论汤显祖的小说观》，《抚州师专学报》2000年第3期。
[2] 罗莹：《汤显祖与〈花间集〉及其词学思想》，《辽宁广播电视大学学报》2004年第4期。
[3] 杨忠：《论汤显祖的历史观及其史学成就》，《北京大学学报》（哲学社会科学版）1999年第5期。
[4] 储著炎：《论汤显祖"为情作使，劬于伎剧"思想的成因》，《中南大学学报》（社会科学版）2013年第4期。

感的自由真实的表现,为了实现这个主旨,汤显祖不仅主张以"情"为基础和核心充分发挥想象力和自由虚构——"因梦成戏",而且主张戏剧创作在主题立意(意)、精神情趣(趣)、艺术表现(神)和艺术风格(色)四方面必须实现高度的统一。① 因此,汤显祖为戏剧美学提供的以"情"为核心的有机的理论体系,是对前人如李贽、徐渭等单纯张扬情感、自然的表现主义戏剧观的推进和超越,代表着明代戏剧美学的结晶和最高水平。

三 关于文学作品的研究

(一)戏曲作品研究

明初,剧坛深受"道学风、时文风"的影响,戏曲创作陷入低谷,汤翁高举"情至"大旗,扭转了当时不良的创作倾向。其作品具有强烈的主体性、浓郁的感情色彩,充满了个性化特征。他打破传奇创作旧有的审美模式,"因情成梦,因梦成戏",凸显戏曲艺术的抒"情"功能,强调"情"的独立地位,为传奇创作带来了新的审美观。他运用"梦"的结构,以"梦"为纽带和骨架、为楔子,使作品充满诗情禅意,为观众营造出一种新的审美意境,"临川四梦"实际上是汤显祖用"梦"与"情"铸就的人生丰碑。"情"乃"梦"的前提和基础,孕育并催生了"梦","情"是创作的巨大动因和内驱力;"梦"是"情"的转化和象征,"梦"使"情"得到宣泄与升华;而戏是"情"和"梦"的表现形式,使这种臣服于意识和潜意识的心理体验外化为可视可感的艺术形象。周晓琳在《记梦·造梦——汤显祖创作心理解析》中也肯定:梦生于情,梦是对现实愿望的曲折表达;人生如梦,梦是对现实人生的消极否定。②

在汤显祖的笔下,由"情"所迸发的冲天火焰照亮了令人窒息的"理"的世界,激荡起人性的新鲜空气,让众多呻吟于"理"的桎梏中的人感到自己所蕴含的精神力量和生命活力,让迷失在"理"的黑暗中的痛苦灵魂找到栖息之地。邹元江在《汤显祖以情抗"理"是宋明理学之"理"

---

① 肖鹰:《以梦达情:汤显祖戏剧美学论》,《文艺研究》2013年第8期。
② 周晓琳:《记梦·造梦——汤显祖创作心理解析》,《成都大学学报》(社会科学版)2003年第3期。

吗？——达观"接引"汤显祖的一段公案刍议》中提出汤翁《牡丹亭还魂记题词》是针对达观禅师"情有者理必无，理有者情必无"而写的。达观的"理有理无"之"理"即"真心一元论"，汤翁是明确反对"真心一元论"的，并非仅仅用"禅家习用的机锋轻轻一点"含糊过去。他在高扬情感本体、强调文学情感本质的同时，丰富了情的内涵，摆脱了古典文学外在的道德伦理苛求，切实深入人们的心灵世界，为各类文体，特别是戏曲、小说、散文等的发展与勃兴开阔了新的理论视野。[①] 越红东的《论汤显祖戏剧创作的情理矛盾及成因》精辟地归纳了情与理的冲突撞击：以情抗理，情在理亡；融理于情，遂情存理，但终成玉中之瑕。[②]

欲是情的基础，人的自由生命的欲望即包括了性爱在内的人生欲求。徐保卫在《绮梦：自然和高尚——论汤显祖戏剧中的性描写》中谈到汤显祖戏剧中的性描写反映了其人文主义立场和作为人类良心的作家的正义立场。他认为健康合理的性事体现了人的自然本性，代表了个体生命意识的张扬。[③]

对汤显祖作品的音韵唱腔研究也是"汤学"研究的课题之一。戏剧史上著名的"汤沈之争"就是围绕着音韵问题而展开的。汤主内容，宁词工而声不协；沈重形式，宁协律而词不工。张林在《论中国音乐节拍学家——沈璟和汤显祖》中认为"汤沈之争"的核心是节拍观念、节拍形态问题，争论的结果是：沈为我们留下了定量性节拍，汤为我们留下了韵律性节拍。陈伟娜、刘水云的《重论汤显祖〈牡丹亭〉之音律及"汤沈之争"的曲学背景》提出《牡丹亭》在用韵、格律、宫调等方面，既有合理的规则运用，也有随意的成例破坏。[④] "汤沈之争"暴露了明清戏曲家对戏曲音律认识的不足。杜爱英的《汤显祖诗赋（赞）用韵考》则另辟蹊径，从近体诗、古体诗、赋三种不同的用韵系统，揭示了汤显祖诗文用韵的多面性，

[①] 邹元江：《汤显祖以情抗"理"是宋明理学之"理"吗？——达观"接引"汤显祖的一段公案刍议》，《中州学刊》2002年第2期。
[②] 越红东：《论汤显祖戏剧创作的情理矛盾及成因》，《江淮论坛》2003年第6期。
[③] 徐保卫：《绮梦：自然和高尚——论汤显祖戏剧中的性描写》，《南京理工大学学报》（社会科学版）2004年第2期。
[④] 陈伟娜、刘水云：《重论汤显祖〈牡丹亭〉之音律及"汤沈之争"的曲学背景》，《温州师范学院学报》（哲学社会科学版）2005年第4期。

为正确评价汤显祖是否谙熟声律提供了事实论据。①

杜桂萍在《从"临川四梦"到〈临川梦〉——汤显祖与蒋士铨的精神映照和戏曲追求》中，认为蒋士铨的《临川梦》以戏剧为传记演绎汤显祖的一生，摹写其一生行迹和心态变化，以自己的"情正"理念阐释汤显祖的"情至"理想；并且从接受理论的角度，得出蒋士铨以《临川梦》表达对汤显祖的膜拜其实可以理解为作家自我成长的历程的结论。②

（二）对《牡丹亭》的研究

《牡丹亭》是汤翁流传最广的代表作品，受到了大家的广泛重视。邹自振《论汤显祖和他的〈牡丹亭〉》一文对杜丽娘的心理情感历程（心灵的辩证法）做了较为深刻的剖析。③孔瑾《痴情才子 血性男儿——谈谈汤显祖〈牡丹亭〉中的柳梦梅》评价柳梦梅是一位如痴似醉的多情种，敢作能为的血性男儿。④也有研究者对学术界普遍认定的论点提出了自己的独特见解。崔洛民在《汤显祖的"孝""慈"理念——读〈牡丹亭·遇母〉》中认为杜丽娘在追求爱情自由和个性意志的同时，对父母怀有自然深挚的感情，父母对女儿也有强烈的慈爱：强调了个性自由与孝顺的统一。⑤朱恒夫、赵惠阳《作品的缺陷与评论的缺陷——读汤显祖的〈牡丹亭〉及其评论》指出剧本结构松散，导致全剧篇幅过长，冲淡了戏剧的主体；杜宝的慈父形象没有始终如一，存在断裂现象；在现实主义故事情节的板块上随意编构内容，淡化了作品的艺术真实性；对《牡丹亭》的思想意义学术界还存在误解。⑥王天觉《汤显祖"情不知所起"新论》认为"情不知所

---

① 杜爱英：《汤显祖诗赋（赞）用韵考》，《徐州师范大学学报》1999年第2期。
② 杜桂萍：《从"临川四梦"到〈临川梦〉——汤显祖与蒋士铨的精神映照和戏曲追求》，《文学遗产》2016年第4期。
③ 邹自振：《论汤显祖和他的〈牡丹亭〉》，《福州师专学报》1999年第2期。
④ 孔瑾：《痴情才子 血性男儿——谈谈汤显祖〈牡丹亭〉中的柳梦梅》，《戏剧（中央戏剧学院学报）》1995年第3期。
⑤ 崔洛民：《汤显祖的"孝""慈"理念——读〈牡丹亭·遇母〉》，《枣庄师范专科学校学报》2002年第1期。
⑥ 朱恒夫、赵惠阳：《作品的缺陷与评论的缺陷——读汤显祖的〈牡丹亭〉及其评论》，《浙江艺术职业学院学报》2004年第4期。

起"是汤显祖"至情"思想的一部分。① 解读汤剧《牡丹亭》可知,杜丽娘的"情起"有一个花鸟逗引、《诗经》感化、对镜自怜和游园慕春的过程。杜丽娘的"情起"既有生理因素又有心理因素,既有自然感发又有后天教育。汤显祖在描写这一过程时深受其时文化与自身阅历的影响。从心学、禅学和婚俗的角度解读"情不知所起",可深化对汤显祖文学思想的研究。

关于《牡丹亭》成书时间的问题,亦成为研究的一大热点。霍建瑜的《〈牡丹亭〉成书年代新考》与吴书荫的《〈牡丹亭〉不可能成书于万历十六年——与〈《牡丹亭》成书年代新考〉作者商榷》,就《牡丹亭》成书年代展开了讨论。霍文认为臧懋循改本卷首《牡丹亭还魂记题词》署"万历戊子"(万历十六年)与汤显祖原著署年"万历戊戌"(万历二十六年),前者为初稿,后者为定稿。吴文则认为此为两个版本系统,不能认定初稿即诞生于万历十六年。吴文论证充分,考据翔实,结论亦较令人信服。②

《牡丹亭》虽是婉雅之作,但其框架实来自民间素材的提炼,黄天骥的《〈牡丹亭〉的创作和民俗素材提炼》认为《牡丹亭》采撷了民间故事的情节,吸收了民间传说的精神,经过提炼、改造、加工、调整,许多场景穿插了民俗仪典,使剧本的题旨以及人物性格有了全新的意义。③ 黄天骥在《论〈牡丹亭〉的创新精神》一文中认为汤显祖的《牡丹亭》不同于一般以爱情为题材的戏曲,它不强调正面、反面人物的冲突,而着重表现人物形象的潜意识和内心矛盾,表现典型人物和其所处社会体制、道德观念的矛盾。④ 它不仅写青年男女对爱情的追求,而且延展到对人性的追求,引导观众进入哲理的思考。与元、明戏曲舞台上男主人公大多被写成窝囊废不同,它塑造了有情有义、敢作敢为的岭南才子柳梦梅的形象。它建构出独特的"团圆"结局,乐不胜悲,别开生面。这一切,正是《牡丹亭》艺术创新精神的体现。

---

① 王天觉:《汤显祖"情不知所起"新论》,《文化遗产》2019年第1期。
② 霍建瑜:《〈牡丹亭〉成书年代新考》,《文学遗产》2010年第4期;吴书荫:《〈牡丹亭〉不可能成书于万历十六年——与〈《牡丹亭》成书年代新考〉作者商榷》,《文学遗产》2011年第5期。
③ 黄天骥:《〈牡丹亭〉的创作和民俗素材提炼》,《文化遗产》2011年第4期。
④ 黄天骥:《论〈牡丹亭〉的创新精神》,《文艺研究》2016年第7期。

对"临川四梦"研究有创新意义的文章是康保成、陈燕芳的《"临川四梦"说的由来与〈牡丹亭〉的深层意蕴》,文章认为"临川四梦"说并不符合汤显祖四部传奇的实际,《紫钗记》不能以"梦"来概括。①"四梦"说是汤显祖本人受到车任远的四个杂剧(合称"四梦")以及《金瓶梅词话》中的俗曲"四梦八空"的启发而提出的。车任远的"四梦"和《金瓶梅词话》的"四梦八空"都带有浓厚的虚幻和色空色彩。由此,《牡丹亭》的内涵比较隐蔽,作品弘扬的是人的自然本能和宣泄本能的自由,而不是主要歌颂爱情;同时,梦境和现实的巨大落差,杜丽娘"鬼可虚情,人须实礼"的话语和行为,不仅是对现实的否定,还开启了作者禅悟的初心。这一写法对后来的《长生殿》和《红楼梦》产生了明显影响。认为《牡丹亭》非爱情主题,这篇文章也是所有研究之中仅见的。从汤显祖戏剧叙述方式入手深入研究其剧作光耀明代的原因,邹元江的《对〈牡丹亭〉叙述方式的反思》是一篇好文。作者通过细致分析,得出汤显祖作为封建时代的文人,专注写作的是诗文,戏剧作为心目中的"小道",无意之中反而成就伟业,是一种历史的误会,并继而分析出《牡丹亭》为何传世不衰的真正原因,令人信服。②

(三)其他戏剧作品研究

"临川四梦"以梦的形式构成一幅明末社会的现实图景。美梦是作者的理想篇,噩梦是作者的警世篇,以噩梦来影射现实,揭露现实的黑暗,抨击腐朽的官场。它既展现了善情,又描写了恶情,并有意识地揭示了善情为恶情所吞噬的过程,从而对官场社会予以强烈的批判,对追求宦情的文人士子予以警醒,同时表现了汤翁对世事的难以忘怀。

有研究者认为,《紫箫记》作为汤显祖戏剧创作的试笔,虽然不成熟也不完整,但对它的研究仍有助于了解作者的思想走向及其文学创作道路。《紫钗记》以其审美创造的重大成就标志汤氏创作的成熟并对后世文艺产生了积极的影响。章军华的《汤显祖〈邯郸记〉曲牌唱腔音乐意义》肯定了

---

① 康保成、陈燕芳:《"临川四梦"说的由来与〈牡丹亭〉的深层意蕴》,《文艺理论研究》2017年第3期。
② 邹元江:《对〈牡丹亭〉叙述方式的反思》,《艺术探索》2017年第3期。

汤显祖在音乐礼教思想正统性的基础上表现出的愤激的感情色彩①，这说明《邯郸记》戏曲的音乐意义超越了其在该剧中自我表现的文字内容。

齐欣荣的《论汤显祖戏剧对时间的处理》对汤翁戏剧中双重并列、古今合一、流而不逝的时间结构形式进行了分析。②龚重谟《试论汤显祖戏剧中的时间》把时间与主题、时间与情节、时间与结构、时间与人物刻画结合起来加以考察，还比较了汤氏与莎翁在戏剧中对时间处理的异同。③谭坤的《人天大梦寄词章——论汤显祖戏曲创作的寓言精神》肯定了寓言精神是中国古代戏曲创作的重要特征之一。谭坤从家庭环境、思想个性、政治态度等方面探讨了汤氏寓言精神的成因，抉剔出"四梦"的深层内涵，认为汤翁在创作中寄寓了自己的人生理想和政治热情，表达了对社会人生的思考和认识，具有强烈的寓言性。④

研究者还借鉴了西方文艺学理论来分析汤显祖的戏剧创作。吕贤平在《隐而不退的叙述者——从叙事视角的转换看汤显祖戏剧的改编艺术》中认为，唐传奇显示了丰富多样的视角操作艺术，并以多视角叙事为主，汤翁则根据戏剧舞台演出的需要，在叙事视角上通过八种手段将叙述者隐身于戏剧人物之中，使戏剧中的许多人物具有了显在的叙事功能⑤，这种替身的叙事在本质上是一种全知叙事，由此可窥见汤显祖戏剧叙事艺术之一斑。徐保卫的《走出牡丹亭——汤显祖和他的世界》也把西方美学理论引入了汤显祖研究中。

汤翁的成就不局限于剧本的创作，他还有一套完整的表演理论，对于演员的修养方法、表演艺术的最高境界等专业问题都有明确的要求，对后世表演理论影响颇大。《庙记》就是汤显祖从导演角度论表演艺术的经典创作。汤显祖在导演实践中注重培育创作集体，注重以艺德育人。陈东有的《汤显祖〈庙记〉中的演剧理论初探》总结其理论为：要取得戏曲艺术的最

---

① 章军华：《汤显祖〈邯郸记〉曲牌唱腔音乐意义》，《抚州师专学报》2000年第3期。
② 齐欣荣：《论汤显祖戏剧对时间的处理》，《西南师范大学学报》（哲学社会科学版）1995年第4期。
③ 龚重谟：《试论汤显祖戏剧中的时间》，《福州师专学报》2002年第4期。
④ 谭坤：《人天大梦寄词章——论汤显祖戏曲创作的寓言精神》，《戏曲艺术》2003年第4期。
⑤ 吕贤平：《隐而不退的叙述者——从叙事视角的转换看汤显祖戏剧的改编艺术》，《沈阳农业大学学报》（社会科学版）2005年第3期。

佳效果——清源祖师之道，必须专神坚意，端正心志，排除一切杂念；演员须研读剧本，了解关目，把握人物；要深入生活；提高自身修养；对唱演提出要求，以衷情制喉嗓；要阐述演剧艺术的标准；以观众为中心进行演剧艺术的再创造。

（四）诗文作品研究

汤显祖反对复古主义文学思潮，提出了自己的诗文理论，形式上不拘成法，为文讲究识高而思奇，情深而趣永。他的书信充满真情实感，文章长于议论，诗作题材广泛。但在研究史上关于这一块的研究是比较薄弱的。

汤翁诗词寓情于景，讲究情和景妙合无垠，追求宁静恬淡、动静辉映的境界，渲染崇峻浩渺、深博阔大的气势。张青在《论汤显祖诗歌的情感内涵》中分析其诗歌创作中的情感更为雅正和理性，融入了诗人的理想与价值观[①]，这一特征是他"生生之仁"的哲学思想与具有"言志"传统的诗学观相结合的产物。关秀娟在《天籁自鸣　早熟诗才——白居易、汤显祖、李渔、吴敬梓少年诗试析》中比较了白居易诗的乐观进取，汤显祖诗的真实生动，李渔诗的珍惜光阴、矢志奋进和吴敬梓诗的海一样的宽广胸怀。[②]

邹自振在《汤显祖的诗歌理论与创作简论》中，认为汤显祖的诗文实在是被他的扛鼎之作《牡丹亭》掩盖了光辉，汤显祖存诗2260余首，强调真情、卓识、灵性的统一，是他诗歌理论的核心。[③]汤诗清新奇巧、飞灵生动、玲珑透逸，与他的戏曲相互配合，互为表里，理当在明代诗歌史上占有一席之地。

黄振林、李雪萍的《论汤显祖的诗学观与晚明曲学批评》将汤显祖的诗学观念与晚明曲学结合，认为汤显祖的诗学思想为明传奇乃至中国古典戏剧发展开创了新的思路和途径，其"四梦"创作，集中体现了他诗学思想的核心，即倡导"意趣神色"的诗学本质观、讲究"字句转声"的曲学

[①] 张青：《论汤显祖诗歌的情感内涵》《泰安教育学院学报岱宗学刊》2001年第2期。
[②] 关秀娟：《天籁自鸣　早熟诗才——白居易、汤显祖、李渔吴、敬梓少年诗试析》，《福州师专学报》2001年第4期。
[③] 邹自振：《汤显祖的诗歌理论与创作简论》，《厦门教育学院学报》2010年第3期。

声律观和追求"率性而已"的诗学实践观。①

对于汤显祖的小品文,高琦在《情理兼备 别树一帜——论汤显祖的小品文创作》中分析了他崇尚灵感,顺应潮流,融理趣、情感、章法、语言为一体的特点。②刘宗彬的《汤显祖小品文简论》也强调汤显祖提倡宋文、反对模拟,崇尚性情、注重意趣,笔法空灵、字带兰芬,嬉笑怒骂、直抒胸怀的独特魅力。③

汤翁的尺牍也有很高的学术价值。孙爱玲在《从汤显祖的尺牍看其文学家个性精神》中评价汤翁尺牍显示出了至真至诚的个性品质、意趣充盈的精神风貌、心灵自由的价值旨归。④张啸虎在《汤显祖尺牍的思想内涵与审美价值》中认为这些尺牍对于了解他的政治态度、思想倾向、学术见解、文学观点、生活遭遇及当时的民生疾苦和社会动态有很高的文献价值;其尺牍笔锋飘逸,文采飞扬,妙趣横生,隽永深邃,更具有很高的审美价值。

黄建荣的《汤显祖〈古今治统弁言〉真伪考》、江巨荣的《〈彭比部集序〉与彭辂其人——汤显祖佚文拾零》、王永健的《汤显祖佚词二首及其他》、郑志良的《汤显祖尺牍三封考释》及徐国华的《汤显祖佚文〈候掌科刘公启〉考略》等文章,则对汤翁佚文的真伪、价值等问题做了严谨的考察。⑤

《汤显祖批评花间集》一直以来被认为是汤学研究、词学研究的重要文献之一,在辨析这部作品的真伪上,叶晔的《汤显祖评点〈花间集〉辨伪》可称力作。⑥叶晔认为此书署名汤显祖序,有摘编前人词论文字的嫌疑;正文中的汤显祖评语,涉及名物、词源、本事、典故等部分,亦多袭自杨慎《词品》、王世贞《艺苑卮言》。结合学界对杨慎评点《草堂诗余》、汤显祖

---

① 黄振林、李雪萍:《论汤显祖的诗学观与晚明曲学批评》,《东岳论丛》2013年第1期。
② 高琦:《情理兼备 别树一帜——论汤显祖的小品文创作》,《抚州师专学报》2003年第2期。
③ 刘宗彬:《汤显祖小品文简论》,《井冈山师范学院学报》2001年第1期。
④ 孙爱玲:《从汤显祖的尺牍看其文学家个性精神》,《宁夏社会科学》1994年第1期。
⑤ 黄建荣:《汤显祖〈古今治统弁言〉真伪考》,《抚州师专学报》2000年第3期;江巨荣:《〈彭比部集序〉与彭辂其人——汤显祖佚文拾零》,《复旦学报》(社会科学版)2001年第2期;王永健:《汤显祖佚词二首及其他》,《抚州师专学报》1996年第4期;郑志良:《汤显祖尺牍三封考释》,《中国典籍与文化》2004年第3期;徐国华:《汤显祖佚文〈候掌科刘公启〉考略》,《东华理工学院学报》(社会科学版)2004年第1期。
⑥ 叶晔:《汤显祖评点〈花间集〉辨伪》,《文献》2016年第4期。

评点《艳异编》的辨伪情况，可知明万历阁映璧套印本中的评点造假颇为普遍，其作者应为阁映璧或其友人。此文可谓引发一大汤显祖研究学案，考证虽然很充分，但似乎要成为公论，还要经过一段为学界接受的时间。

汤文尚奇气、重情趣、借梦幻写人生的创作特点，关注女性、同情女性、倾慕女性美的美学倾向对后世的作家作品，特别是曹雪芹的《红楼梦》影响很深。汤、曹两人都经受了最深沉巨大的精神悲剧。汤显祖的困惑是认识到情的价值以及情理冲突的必然，曹雪芹的辛酸是把情发挥到极致，并且毫不后悔地沉湎于无望和痛苦的对情的探险之中。他们的道途貌似相反，却在反封建的斗争中走向相同的方向，闪耀着初步民主主义的思想光彩。邹自振在《汤显祖与〈红楼梦〉》中提出：汤显祖剧作中的梦境构思和描写，以及其所极力讴歌的"情至"观，曾给予《红楼梦》一定程度上的借鉴与启迪。[①] 曹借鉴汤剧，丰富了小说所反映的社会生活，从而深刻揭示了"红楼"由盛转衰的历史命运。

四　汤显祖在文学史上的地位

万斌生的《巧研朱墨写汤翁——评邹自振〈汤显祖综论〉》给予汤显祖很高的评价，认为他是一位承前启后的戏剧大师，反封建主义的无畏斗士，超越时空的文化伟人。[②]

汤显祖被称为"东方的莎士比亚"。对汤翁和莎士比亚进行比较，肯定汤显祖在文学史上的重要地位，也是汤学研究的一大课题。张玲的《"主情论"关照下的汤显祖和莎士比亚比较》就比较了二人主情论的理论内容以及二人作品中情的观念的异同及其思想、哲学和社会根源。此外，汤显祖与巴尔扎克之比较、杜丽娘和福克纳笔下的爱米丽之比较、汤显祖《牡丹亭》与格鲁克《奥菲欧与尤丽狄茜》之比较等诸多论题对我们更客观地评价汤显祖皆有积极意义。

汤显祖和徐渭戏剧观点相近，声气相通，他们共同构建了明代戏剧的宏伟大厦。徐渭充分开掘杂剧这一艺术样式，完成了中国戏剧文学由元代

---

① 邹自振：《汤显祖与〈红楼梦〉》，《福州大学学报》（哲学社会科学版）2000年第3期。
② 万斌生：《巧研朱墨写汤翁——评邹自振〈汤显祖综论〉》，《福州师专学报》2002年第1期。

的政治社会层面到中晚明人生意识觉醒层面的超越;汤的传奇创作不仅培植了艺术奇葩,更提供了一种新的人生境界,成为中晚明人性解放思潮中的一面旗帜。徐坤、车录彬的《徐渭与汤显祖戏曲创作之心学比较》从心学角度对二人深沉的内心关照、求真的文学品格和独特的艺术追求进行比较分析,力求展示出二人的异同,以期对他们的剧作内涵有进一步的认识。① 于平的《徐渭、李贽、汤显祖、李渔乐舞思想述略》将比较更深入下去,认为徐渭"摹情弥真则动人弥易,传世亦弥远";李贽"琴者心也,琴者吟也,所以吟其心也";汤显祖"人生而有情……流乎啸歌,形诸动摇";李渔"言者,心之声也。俗代此一人立言,先宜代此一人立心"。另外,徐永斌的《凌蒙初与汤显祖》、朱达艺的《浅说钱维乔与汤的文风及机遇》、上官涛的《为情而戏:汤显祖与蒋士铨》、洛地的《魏良辅·汤显祖·姜白石——"曲唱"与"曲牌"的关系》、陈海敏的《汤显祖与孟称舜对情的倾诉比较》等文章将汤显祖置于明清戏曲创作的大背景下,在与同时期文人的比较中,进一步肯定了汤翁在文坛上的重要地位和影响。②

最后再看近年来有关汤显祖研究的硕士与博士学位论文。

2000年复旦大学古代文学博士生崔洛民的博士学位论文《汤显祖的生命意识与文学思想》,试图从生命意识的角度来阐释汤显祖的文学创作与主张。文章分别论述了个体生命与社会的矛盾、生命意识与文学创作的关系、生命意识与文学主张、生命意识与地方情结等四个方面,视角较为集中。

2000年湖北大学文艺学硕士生邓为的硕士学位论文《情至论——汤显祖美学思想的核心》,围绕汤显祖的"情至"本体,从"人生而有情"、"世总为情"和"梦思"审美体验三个方面展开论述。

2000年陕西师范大学古代文学硕士生杨柳的硕士学位论文《汤显祖之"情"的哲学》,从哲学的角度看待汤显祖之"情",并从文艺的性质和社会功能与情的至善、"情"对"理""法"的超越、"四梦"对"情"的现实

---

① 徐坤、车录彬:《徐渭与汤显祖戏曲创作之心学比较》,《湖北师范学院学报》(哲学社会科学版)2003年第3期。
② 上官涛:《为情而戏:汤显祖与蒋士铨》,《闽江学院学报》2003年第4期;洛地:《魏良辅·汤显祖·姜白石——"曲唱"与"曲牌"的关系》,《浙江艺术职业学院学报》2003年第1期;陈海敏:《汤显祖与孟称舜对情的倾诉比较》,《中南民族大学学报》(人文社会科学版)2005年第S1期。

实现三方面加以论述。

2001年湖北大学中国古代文学硕士生王建平的硕士学位论文《论汤显祖之"梦剧"》，主要从文艺心理学的角度立论，立足于"梦文学"这一尚待开拓的研究领域，多方面探讨了汤显祖在戏剧创作中运用"梦幻"的原因，进而联系汤显祖"梦剧"的创作蓝本以及明代社会现实，深入分析了汤显祖"梦剧"在梦幻人物形象的塑造、梦幻内容的描写等方面的新颖性、深刻性。

2001年湘潭大学中国古代文学硕士生左其福的硕士学位论文《论汤显祖的"唯情"文学观》，认为汤显祖在文学理论方面也是颇有建树的，这主要表现为他对于文学情感本质的清醒认识与大力弘扬，及其在明代言情文学思潮的激发下，把传统的文学情感论提升到了"唯情"论的高度，倡"唯情"文学观。该文从"唯情"文学观的流变、具体内涵、内在矛盾及成因、文学史意义四个方面论述其观点。

2002年曲阜师范大学中国古代文学硕士生唐雪莹的硕士学位论文《梦与情铸就的人生丰碑——汤显祖"临川四梦"新探》，以梦的角度分别分析了"临川四梦"的梦与理、梦与情、梦与真的关系。

2004年郑州大学中国古代文学硕士生毛小曼的硕士学位论文《情、梦、幻——汤显祖人生与戏曲研究初探》，从整体角度出发，以期通过分析汤显祖的人格理想与戏曲创作的关系，从人格理想内涵、具体戏曲创作观以及戏曲作品的具体解读三个方面把握"临川四梦"蕴含的深意及其价值。

2005年华中师范大学中国古代文学硕士生潘艳的硕士学位论文《从"临川四梦"到冯氏"三言"——论汤显祖与冯梦龙的情观及差异》，比较了汤显祖和冯梦龙的情观及其差异，认为汤显祖与冯梦龙的情观同中有异。汤显祖的情观是尊情反理的，是情与理誓不两立的。他的情观具有神奇的浪漫主义色彩，可以超越世俗，超越生死，超越时空，永恒不灭，能在自身的逻辑中获得圆满。冯梦龙的情观既继承了激进的万历精神，表达了对人性的弘扬，又体现了这种精神走向衰退的转变，表现了情必须受理制约的观念。它是扎根在世俗社会中的现实之情，融入了社会、伦理、道德、金钱等世俗观念，具有广泛的社会内容和现实基础。对于人类面临的情欲挑战，汤显祖与冯梦龙的作品展现了不同的解决方式：汤显祖通过自省——

梦幻后的顿悟来达到自我提高的目的；而冯梦龙却要醒天下，他运用社会的力量，诸如伦理、道德、舆论甚至因果报应来进行监督评判。

2005年江西师范大学古代文学硕士生李胜利的硕士学位论文《汤显祖诗论及其诗歌创作初探》，从诗论及创作两个维度谈汤显祖，认为他的诗论反对前后七子，过分讲求格调与法度，也不同意只学盛唐，认为这样会限制诗人的才情，只能写出赝品。为此，他提出"情生诗歌"的观点，主张诗歌应该求真、写灵性，并强调生活积累的重要性。汤显祖在诗歌创作中实践了自己的诗论，将真挚感人的自然之情融注于诗歌。他的诗歌题材丰富多样，涉及佛道隐逸、出仕用世、行旅游览、交往应酬等。他的诗歌不仅在叙事和写景的安排、炼字遣词、美学精神、句法和章法等方面有意识地学习六朝诗歌，而且汲取了六朝诗歌的特色。

综上所述，长久以来，人们研究的眼光多聚焦于汤显祖的戏曲及其反复古的思想等方面，在其诗学理论方面虽有研究，但仍然是研究的弱项。其实在明代文学中，汤显祖的诗文、制艺有重要的地位，其制艺、传奇、诗赋在当时就被称为"昭代三异"。故研究汤显祖的诗学思想及其在文学史上的重要地位，将是一件很有意义的事情，汤显祖的深刻思想将会更为人们所理解，他的创作理论和实践仍然具有很大的现实意义，汤学研究还有一片广阔的发展空间。

第三节　文学史的视角及本书的研究视点

戏曲论是研究汤显祖文学思想的重要关节点，学界对汤显祖诗学本质的认识已经程式化，基本局限于其外在的艺术特征，而忽视对其独特诗学内涵的发掘。较早记录汤显祖文学地位的是《明史》。《明史》载明万历十九年（1591），因彗星临天，天垂星示，汤显祖上《论辅臣科臣疏》，故被降为徐闻县典吏，于卷二百三十只有"少善属文，有时名"寥寥几字。卷二百八十五《文苑》亦有载："李攀龙、王世贞辈，文主秦汉，诗规盛唐。王李之持论，大率与梦阳、景明相倡和也。归有光颇后出，以司马、欧阳自命，力排李何、王李，而徐渭、汤显祖、袁宏道、钟惺之属，亦各争鸣一时，于是宗李何、王李者稍衰。"从这里可以看到汤是反复古派的重要一员。

清初文人李渔在《闲情偶寄》"词曲部·结构第一"中载:"汤若士,明之才人也。诗、文、尺牍俱有可观,而其脍炙人口者,不在尺牍、诗、文,而在《还魂》一剧。使若士不草《还魂》,则当日之若士已虽有而若无,况后代乎?是若士之传,《还魂》传之也。此人以填词而得名者也。"李渔的说法极为偏颇,于汤显祖的文学成就可谓"一叶障目"。

清初戏曲家尤侗在其《艮斋杂说》卷三中说:"明有两才子,杨用修、汤若士是也。二子之才既大,而人品亦不可及……(义仍)在南礼曹抗疏论劾政府,以致罢官。其出处甚高,岂得以《四梦》掩其生平乎!"[①] 身为戏曲家的尤侗则不"以《四梦》掩其生平",首肯汤显祖的价值自在其全面的创作,眼光自然高人一等。

新中国成立后,各种文学史在参照明清时人评价的基础之上,对汤显祖的诗学风貌也做了进一步的延展和说明,如刘大杰在《中国文学发展史》中说:

> (汤显祖)轻视形式上的传统,强调独创精神。论文不满摹拟,而主"灵性"与"灵气"……他反对诗文创作中的"步趋形似",而强调"灵性""灵气"的独创性,即使怪怪奇奇,不合传统之格,只要是从"灵性""灵气"而来,就能感染人心。他这种论调,正是袁宏道的性灵说所宣传的内容。他又推崇宋文,反对"文必秦汉"的论点。他对公安派反拟古主义的文学运动,也是有一定影响的。
>
> 袁宏道的反拟古主义,汤显祖的反格律主义,精神上是基本一致的。一个在理论上的建树大,一个在创作上的成就高,而他们和李卓吾的反传统反道学又有其相通之处。我们所以重视汤显祖,因为他以强烈的反抗精神,丰满坚实的艺术力量,突破了格律派的樊篱,给晚明时期近于僵化衰颓的传奇文学以极大的刺激和转变作用,写出了精心之作《牡丹亭》。[②]

---

① 尤侗:《西堂全集·艮斋杂说》卷三,民国年间上海文瑞楼石印本。
② 刘大杰:《中国文学发展史》(下),上海古籍出版社,1982,第922、1001-1002页。

第一章　汤显祖诗学概要

中国社会科学院文学研究所编著的《中国文学史》在对汤显祖的生平和其戏曲作品做了简单概括后，对他的诗学主张及诗歌创作则说得更为简略：

> 在文学主张上，汤显祖与当时公安三袁的意见相近，这在他和袁氏兄弟特别是和袁中郎的来往书信中可以看出。他反对做文章只是模拟古人……讲究做文章要有灵性，要抒发己见。他批评前七子李梦阳和后七子李攀龙、王世贞等的文章不过是汉史唐诗增减字面而已，说他们在当时虽享有盛名，实际上并不真正懂得做文章的道理。这真是对复古主义者一针见血的批评……他强调戏曲要以内容为主，不能拘泥于格律音韵。所以他很重视戏剧的思想教育作用。[①]

游国恩、王起、萧涤非等主编的《中国文学史》把汤显祖另列单章，但只论其戏曲，对其诗歌未做论述，对其思想有这样简单的评述：

> 汤显祖在政治上既一再受到挫折，就把他的全部希望寄托在戏曲创作上。
>
> 汤显祖崇尚真性情而反对假道学。他说："世之假人常为真人苦。"（《答王宇泰太史》）又说："情有者理必无，理有者情必无。"（《寄达观》）这就是从一般人情出发反对理学家维护封建秩序的一套理论。他还推重有生气的奇士，如陈亮、辛弃疾等人物（参看《序丘毛伯稿》及《寄胶州赵玄冲》），肯定历史上的霸才，将管仲、商鞅的霸业和伊尹、周公的事业并提（《滕侯赵仲一实政录序》）；而鄙薄当时的士大夫，以为"此时男子多化为妇人，侧行俯立，好语巧笑，乃得立于时"（《答马心易》）。这在精神上也和王学左派的思想息息相通。[②]

[①] 中国社会科学院文学研究所编著《中国文学史》（下），人民文学出版社，2010，第824－825页。

[②] 游国恩、王起、萧涤非、季镇淮、费振刚主编《中国文学史》（四），人民文学出版社，1964，第88页。

章培恒、骆玉明主编的《中国文学史》把汤显祖既当作戏剧家,也作为一个诗人来看待,对其文学思想的分析能抓住汤氏思想的精神实质,只不过论述比较简略:

> 杰出的戏曲家汤显祖也是一位著名的诗人……钱谦益《列朝诗集小传》说王、李旗下所不能包容的诗人,一是徐渭,一是汤显祖,说明了他在明中期至后期诗风转变中的地位。汤显祖的诗偏向于六朝风格的华丽,不同于当时一般人之推崇盛唐。一些短诗具有敏锐的感受,显示出晚明文人的思想特点。
>
> 汤显祖不仅是位优秀的作家,他的文学思想在晚明时代也是具有代表性的。其要点是顺应时代变化提出的对于文学创作原则的新认识,大体可以归纳为尊情、抑理、尚奇。
>
> 对于文学汤显祖不是一般地重视其抒情功能,而是把"情"与"理"放在对立地位上,伸张情的价值而反对以理格情……这一论点的重要处在于它首先是一种具有人本主义色彩的表述,而以此作为文学的出发点……汤显祖所说的"情"是指生命欲望、生命活力的自然与真实状态,"理"是指使社会生活构成秩序的是非准则。理具有制约性而情则具有活跃性,任何时候都存在矛盾。而当社会处于变革时期,情与理的激烈冲突必不可免。在这种情况下尊性抑理,也就是把人追求幸福的权利置于既有社会规范之上,在文学创作中即表现为人性解放的精神。另外,和尊情相联系的,是强调"真"。因为情的特点就是真,而在理的约制下,常产生虚伪。
>
> 尚奇则主要是强调发扬作者的个性与才能,使生命的灵性表现为独特的创造,同时有偏重主观想象的浪漫倾向。汤显祖对人性在社会陈规的抑制下趋于委琐、僵死的状态至为厌恶……性为狂狷,则文易为怪奇……奇士心灵,心灵则富于想象力和创造性,因而文章有生气……强调"凡文以意趣神色为主"(《答吕姜山》)。这种态度和他的一贯文学主张也完全是相通的。①

---

① 章培恒、骆玉明主编《中国文学史》(下),复旦大学出版社,1996,第294、346-347页。

第一章　汤显祖诗学概要

袁行霈主编的《中国文学史》认为"汤显祖为明代成就最高、影响最大的剧作家,其'临川四梦'达到了同时代戏剧创作的高峰",对汤显祖列出专章论述,重点落于戏剧。其对于汤氏的思想是这样分析的:

汤显祖的"至情"论主要是源于泰州学派,同时也渗透着佛道的因缘。
……
徘徊出入在儒、释、道的堂庑之间,使得汤显祖更加洞彻事理,更能从容建构自己的"至情"世界观,并在戏剧创作中予以淋漓尽致的演绎和张扬。
汤显祖的"至情"论大致表现在三个方面。
从宏观上看,世界是有情世界,人生是有情人生……从程度上看,有情人生的最高境界是"至情",《牡丹亭》便是"至情"的演绎……从途径上看,最有效的"至情"感悟方式是借戏剧之道来表达……其以"至情"为中心的社会理想,充满着丰富与热情的人文关怀精神。汤显祖再三强调人的情感需要,肯定人的审美欲求,这正是对程朱理学无视情感欲望的有力反拨,是对统治阶级所设置的重重精神枷锁的挣脱与释放。①

2006年6月出版的由徐朔方、孙秋克撰著的国家哲学社会科学规划重点项目优秀成果《明代文学史》,对于汤显祖论述得最详尽、全面,且论断公允。徐朔方是研究汤显祖用功最勤的专家,他的研究成果可以说是目前汤氏研究的至论。此书用一个专节来论述汤显祖与徐渭的诗歌,再用一个整章来论述汤显祖的戏剧,可见其对汤显祖的重视程度:

汤显祖留下了卷帙浩繁的诗歌,其成就引人注目。只是他在戏曲上的盛名掩盖了其他方面的成就,以至于后人对他的富有创造性的诗歌总是估价不足。在诗歌创作上,汤显祖是这样一位大家:在他的诗

---

① 袁行霈主编《中国文学史》(卷四),高等教育出版社,1999,第128－130页。

歌园林中有很多奇花异草，但是散布在丛生的杂英间，不细心观看就不能够赏识。它们有的在典雅中见功力，却不是像前后七子那样的假古董；时有独创的声调，而不同于公安派诗人的浅俗或竟陵派诗人的险仄。在当时诗坛上，汤显祖是能够不存门户之见而又独树一帜的诗人。

从思想到行为，提倡自由思想，自由言论，破除理学所建立的束缚身心的种种教条，是泰州学派给汤显祖的良好影响。但是，汤显祖对专制主义的反感和批判，在思想上并未达到近代民主主义的高度，在表达上也是感性多于理性，主观义愤多于客观剖析。这种情况在哲学上也许是弱点，但当它成为一代文豪文学思想的底蕴时，恰恰使汤显祖的传奇创作达到了前所未见的思想深度。

汤显祖把他对专制主义的批判和斗争称为"情"与"法"的矛盾……情与法的矛盾着眼于政治和伦常道德，从哲学思想上来看，表现为"情"与"理"的矛盾……情与理的对立，归根结底是民主思想与专制统治的对立。《牡丹亭》的作者汤显祖并未达到这样的清醒与自觉，"情有善恶"这个前提也表明他与理学存在一致的一面，但这并不妨碍他对当时人们思想所产生的启蒙作用。[1]

从这里可以看出，文学史的研究逐渐还汤显祖以其本貌，并对汤显祖的诗歌理论及其创作越来越重视。

第四节　汤显祖诗学研究的意义

关于本书选题的意义，今分三点简述如下。

其一，哲学、思想依据社会生活的演替而演替，随时代的变化而变化。因而，各个时代都有其所面临的各种问题，特别是主导性问题。人们在解决时代所面临的问题的过程中，有限度地形成了一些共识和共同趋向，从

---

[1] 徐朔方、孙秋克：《明代文学史》，浙江大学出版社，2006，第266-267、344、345-346页。

而造就了时代的学风、学说。宋明时期是中国学术的造极期，宋明时期的儒学经历了儒、释、道三教的长期冲突与融合，在兼容并蓄后形成开创性的理学新思潮，后世称为新儒学。明代的思想与社会发生了深刻的变化，理学经过不断的改造逐步成为绚丽多姿的"心学"，从明代中叶正德、嘉靖以后，社会、文化、思想一时俱变。在社会方面，商业活动与城市文化的发达导致社会身份的界限日渐模糊，习俗世界发生了重大的变化，它的新样貌及渗透力对内在超越之路产生冲击，使价值观念、道德的标准、人性论的最根本成分等产生了深刻的改变。一如海浪拍向海岸，随着地形的不同而溅出不同的水花，内在超越的思想也出现了许多微妙的转折。

晚明是一个思想解放的时代，但儒家内部也出现了一种深刻的焦虑与不安，各派思想之间的界域非常不稳定。一方面，心学大盛之后，将真理的根源安放在个人的"良知"之上，既然是以"心"为基础，则佛、道与儒家的内在资源之间便变得很难划分清楚。在儒家内部，因为客观外在的标准相对并不明显，所以思想家之间争论不休，呈现多元纷呈的局面，对于诸多争论不休的思想问题缺乏一个可以作为判断的"最高法庭"。随着争论愈来愈激烈，寻找"最高法庭"的焦虑也更深。另一方面，理学内部程朱与陆王之争非常激烈，而这些争论不可避免地牵涉到对特定文献的真伪及其性质的辨析。

三教合一以及三教互相竞逐，是晚明思想的一大特色，这种既竞争又融合的现象不只发生在有名的文化精英身上，在乡里的层次上也表现得非常明显。但是成佛成仙的目标对许多人仍有非常大的吸引力，连成圣的"圣"究竟是儒家意义上的圣人或佛道意义上的圣人，都是游移不定的，所以如何使信徒皈依正道，就成了一件迫切的事情。当然，在思潮竞逐的过程中，思想家也常常曲折地改变自己原有的思想内涵，以涵盖信徒的需要，借以保持自己的优越地位。

认真研究这一时期的美学和诗学，对于探索和梳理中国古典美学和诗学发展的历史轨迹，总结中国古典美学和诗学的发展规律和特点，均有极为重要的意义。

其二，在如此激荡复杂的时代背景下，汤显祖的诗学思想也相应地绽放出其独特的光彩。汤显祖是这一时期哲学、美学和诗学理论的反思总结的代表人物。以文学思想史的学术理念为指导，在有明一代广阔的社会背景下，通过对汤显祖的学术思想、人生道路、创作心态、文学作品等方面的分析，探求其诗学思想形成的原因及演进的轨迹，进而展示明朝文坛的面貌以及文学发展的趋势，这是本书想完成的工作。

  其三，汤显祖诗学本身精深博大，尽管学术界对其研究已有相当的成果，但在许多问题上，尤其是在汤显祖诗学与其哲学思想的内在联系、汤显祖诗学思想的内在体系、汤显祖诗学的独特个性以及其诗学形成的历史文化语境等方面，仍有深入、系统研究之必要。倘若将学界对汤显祖诗学的研究与对中国古代诗学史上其他重要理论家的研究相比，前者就显得尤为薄弱和不足。就汤显祖研究的现状来看，其主要还是集中在对汤显祖戏曲的研究上，对于汤显祖诗学理论或是付诸阙如，或是仅就汤显祖的文学思想做点阐发、敷衍。因此，汤显祖诗学不仅是明代诗学研究的重点，而且也是汤显祖研究的难点。

第二章
汤显祖思想形成的历史文化背景

第一节 历史的镜像
——从明朝文人的心态演变看汤显祖的思想发展

勃兰兑斯在其著名的《十九世纪文学主流》一书中曾精辟地指出："文学史，就其深刻的意义来说，是一种心理学，研究人的灵魂，是灵魂的历史。"[①] 的确，历史发展的进程及其社会文化形态制约和规范着人的内在心灵世界，文人的文化心理结构意向及其文学创作则又是审视和观照历史文化与文学精神的焦点。因此，从文学的深层文化意蕴上说，一部文学史就是一个民族审美化的心灵史，是文人的文化心理意向结构的流变史。罗宗强先生认为："影响文学思想的最重要的因素，是社会思潮和士人心态的变化。一种强大的社会思潮，往往左右着人们（特别是士人）的生活理想、生活方式和生活情趣，深入生活的各个角落。社会思潮对于文学的影响，最终还是通过士人心态的变化来实现。"[②] 从此意义上讲，对汤显祖人格心态走向的关注同样是研究其文学思想发展、演进的关键。

20世纪90年代初，罗宗强先生的《玄学与魏晋士人心态》（浙江人民出版社，1991）一书出版，拉开了文人与士人心态史研究的序幕。继之有么书仪的《元代文人心态》（文化艺术出版社，1993），张毅的《潇洒与敬

[①] 〔丹麦〕勃兰兑斯：《十九世纪文学主流·引言》，张道真译，人民文学出版社，1980，第2页。

[②] 转引自张毅《宋代文学思想史·序》，中华书局，1995，第8页。

畏——中国士人的处世心态》（岳麓书社，1995），周明初的《晚明士人心态及文学个案》（东方出版社，1997），吴调公、王恺的《自在 自娱 自新 自忏——晚明文人心态》（苏州大学出版社，1998），左东岭的《王学与中晚明士人心态》（人民文学出版社，2000）等，使心态研究遂成热门话题。

从已有的研究成果来看，关于明代士人心态的研究都集中于晚明时期，晚明研究几乎成为显学，那么其原因何在呢？自1368年朱元璋推翻元朝，建立明朝，直至1644年崇祯皇帝吊死于煤山，前后277年，明代可以说是最为五彩斑斓的时期。从晚明的文化大环境来看，其思想活跃类似于战国时期，它一反自宋以来独尊理学的现状，在哲学上出现了重大的突破，士人的心态发生激烈嬗变，许多思想家、宗教家、文学家都对人性进行探索和思考。晚明时代，中国社会和文化发生了深刻的变化，晚明文学思潮是在"20世纪中国新文化运动视野的观照和阐释中大放异彩的"[①]，对此，学术界已基本达成共识。

学界一般把万历到明代灭亡前这一段时期称为晚明时期。汤显祖生于明世宗嘉靖二十九年（1550），如此说来，汤氏的一生正处在明中期至晚期的转折点上，其心态也经历了明中期到晚期的嬗变，在这一时期的明代文人中具有典型意义。

一　沦丧的尊严、扭曲的人格

整个说来，明朝在中国古代是一个比较特殊的王朝，而要论明朝人的心态，不能不上溯到宋朝。有宋一代创造了灿烂的文明，虽然在军事力量上，宋朝总处于被欺侮、被压制的地位，但是在经济、科技、文化等领域，它都取得了辉煌的成就，到达了一个黄金时代。对于这一点，外国的某些汉学家倒是有比较客观的评价，如德国汉学家库恩（Dieter Kuhn）的《宋代文化史》和美国历史学家墨菲（Rhoads Murphey）的《亚洲史》都对这个"黄金的时代"有过精彩的论述。这么一个前所未有的发展、创新和文化繁盛的国家，最终却被从北方蒙古高原冲击而下的民族所统治。自1271年忽必烈正式建立元朝，把大都（燕京）作为都城，到1368年朱元璋推翻

[①] 吴承学、李光摩编《晚明文学思潮研究》，湖北教育出版社，2002，第1页。

元朝，建立明朝，蒙古统治者建立了一个不算太长也不算太短的王朝。原先居于南方、以文明著称于北方的宋代遗民，民族的、文化的自豪感已经荡然无存，南人（南方的汉人）都是处于国破家亡的情景中。

元朝统治者经过短期的统治后，开始意识到文化问题，从而着手继承中原文明的传统，任用汉人实行以儒治国之道，效法中原王朝传统的政治体制。历史的更替导致了两种现象的产生：一是在宋代已经走上急速发展道路的经济、科技，至此放缓了前进的步伐，其现实的进程只是以前的惯性所致；二是在汉民族的集体心理上投下的阴影，一直延续到明朝建立以后。

赵园在其《明清之际士大夫研究》一书中，论及明代士大夫心态，在第一节中即认为明朝开国初年人们普遍存在一种"戾气"。所谓"戾气"，即一种暴虐、残杀之气，几成一种"时代氛围"。关于这种"戾气"之形成的原因，赵园论之甚详。

来自社会底层的朱元璋，其心理有着阴暗的一面，在长期残酷的战争环境中，他养成了对残酷欣赏的心理态度，为人多疑、狡诈、阴鸷，故而有些手段颇让人难以理解，这在《明实录》中多有记载。朱元璋以无比惨烈的方式统治他初创的帝国，鲁迅在《且介亭杂文·病后杂谈》中就曾说"大明一朝，以剥皮始，以剥皮终，可谓始终不变"。他"重典驭臣下"，屡兴大狱，严刑峻法，凌迟、枭首之外，还有刷洗、秤杆、抽肠、剥皮等酷刑，在朝廷上造成了极度恐怖的气氛。开国之初，大兴左丞相胡惟庸、大将军蓝玉两案，株连人数之众，史所罕见，仅诛杀就达四万余人，惨烈无比。朱元璋由此废除了已实行一千多年的宰相制和七百多年的三省制，将军政大权独揽一身。

虽然在思想文化方面，朱元璋也笼络、利诱文人，倡程朱理学，行八股取士，然与宋代重文人、轻武人的政策不同，朱氏用文人，实则疑文人。他开创了明朝的特务制度，造成了朝臣间人人自危、朝不保夕的恐怖局面。这种政治的残暴同样也施行于士人间，明初杀戮士人尤以杀方孝孺最为残酷，灭其十族八百余人，妻女被卖作妓女。而国初诗人高启，因辞官被腰斩，更是令士人不寒而栗。"许多士人为此进行过抗争，甚至付出了血的代价。于是在明代前期就形成了一种士人人格心态由悲愤尴尬趋于疲软平和的历史态势。"①

士人生存得无尊严可言,导致士人行为的诸多怪异及心态的诸多变异。这种怪异的心态与行为不仅存在于在野的文士间,而且普遍表现在出仕的文人身上,具体则表现为士人的施虐和自虐。赵园在《明清之际士大夫研究》中这么说:"明代的政治暴虐,非但培养了士人的坚忍,而且培养了他们对于残酷的欣赏态度,助成了他们极端的道德主义,鼓励了他们以'酷'(包括自虐)为道德的自我完成——畸形政治下的病态激情。"②有明二百余年间的士风,时时可见极端的对生命的戕害和在受虐下痛苦的宣泄,徐渭、李贽便是自虐式的苦行与自我戕害的代表性例证。

明代政治对士人性格的塑造更突出表现在士人中普遍存在的一种"嗜杀"倾向上,今仅举两例说明之。郑晓《今言》记正德朝事:"太监张永初见上,乘间出怀中疏,奏逆瑾十七事,且言其将为不轨。上怒,夜缚瑾,坐谋反凌迟。三日,诸被害者争拾其肉嚼之,须臾而尽。"③ 另,袁崇焕被磔时,京都百姓"将银一钱,买肉一块,如手指大,啖之。食时必骂一声,须臾,崇焕肉悉卖尽"④。这种"嗜杀"的性格在士人心态中也表现为"嗜酷",翻看明史,我们会为明朝历史上如此之多的同朝文人之间的倾轧、构陷所惊瞠。明朝士人之间,杀机四伏,士人相互告讦,对于政敌必欲除之而后快。这种士人心态相对于正统儒家不啻为一种扭曲的人格心态。在这种扭曲的社会性心态下,汤显祖能够保持自身的健康心态,是何等不易。

二 偏执、奚刻的士人群体

前面说了明朝初期统治者的残酷导致了士人心态的扭曲,进入中期以后,明朝政治趋于腐败,士人的心态又有了新的发展和演变。万历朝是明代历时最长的一朝,从1573年到1620年,共48年。对万历之治,史学界长期以来几乎投注了最多的研究精力,几乎形成了这样一个共识,即明朝

---

① 左东岭:《王学与中晚明士人心态》,人民文学出版社,2000,第2页。
② 赵园:《明清之际士大夫研究》,北京大学出版社,1999,第9页。
③ (明)郑晓撰《今言》(卷二),李致忠点校,中华书局,1984,第96页。
④ (清)计六奇撰《明季北略》卷五,魏得良、任道斌点校,中华书局,1984,第119页。

第二章　汤显祖思想形成的历史文化背景

之败实败于万历①。这48年对明朝晚期产生了巨大影响，甚至影响到了中国历史的发展进程。

万历前十年，朝廷大权掌握于首辅张居正手中，精干刚猛的张居正按照自己的意图，进行了一系列重大的改革：其一，整顿吏治，提高政府机构的办事效率，制定考成法，考察各级官员的业绩，以之作为升降的依据；其二，整饬边防，采取怀柔、刚硬两手并举的政策，保证边疆的安定；其三，清丈全国土地，在清丈的基础上全面推行赋役合并，折算成银两，由地方官员征收，史称"一条鞭法"。客观地说，张居正的改革成效明显，行政效率提高了，朝廷政令"虽万里外，朝下而夕奉行"②，军事力量强大起来，边境安定，嘉靖、隆庆年年亏空的财政，已经开始有了不少的积余。事物总有其两方面，张居正个性刚断、专权，虽吏治整顿有一定的成效，然其构建的官吏网络，有着各种各样复杂而微妙的社会关系和政治势力。这是一张庞大的社会关系网，由亲缘关系、同乡关系、师生关系、同年关系、上下关系等联结。张居正任用私人，对于不肯依附于他和反对他的人，都毫不留情地加以排斥、打击。汤显祖就是因为不肯依附于他，故在科举考试中不被录取。特别是张居正的父亲死后，那些反对夺情，要求他丁忧守制的官员纷纷被他残酷打击，大多数人对他心怀不满。故张居正一死，倒张运动来得既猛烈又彻底。

倒张运动的成功，导致被张罢黜的官员纷纷复位，张所任用的大批官员自然遭到斥逐，张居正死后，万历皇帝成了名副其实的专制皇帝。万历帝亲政后，开头四年他也想有所作为，然时间短暂。自万历十四年（1586）起，万历帝进行了长期的怠政。怠政的方式包括不肯上朝召见大臣、不亲自按时祭享太庙、不搞经筵日讲、不及时批答处理大臣的奏疏等。万历二十五年（1597）之后，有将近二十年万历帝没有上朝。怠政的主要原因是在立储之事上，历史上又称"争国本"事件。大明帝国这时已经日薄西山，行将进入的只是黑暗的长夜。万历帝长期怠政的一个严重的恶果，就是把以前就已存在的党争更进一步严重化了，党争愈演愈烈。皇帝既然怠政，

---

① 〔美〕黄仁宇：《万历十五年》，中华书局，1997，第5页。
② （清）张廷玉等撰《明史·张居正传》，中华书局，1979，"自序"。

不顾自家天下，朝廷也就失去了统率全局的主导作用，维系群臣的伦理道德观念也就渐渐失去了约束力。臣子们各自为政，私欲膨胀，由利害关系、地缘关系、师生关系等结成党派集团，争权夺利，纷争不已。党争至万历三十五年（1607）后，更趋于尖锐化和公开化。

党派的纷争导致士人性格愈加偏执、奚刻、乖张，对于同党百般护佑，对待异类则变本加厉地加以排斥、打击。公开化的党争已经被士人视为正常，朝廷上各种名目的派系林立。重要的有东林党及与它对立的宣、昆、齐、楚、浙等派。各派之间明争暗斗，势力此消彼长，斗争手段之繁多、卑劣，不一而足。此种情形在各种明史著作，尤其在黄仁宇的《万历十五年》中，有着详细的描述。

传统儒家的理想人格强调"内圣外王"，一者要"志于道"，加强道德的自我完善，养成圣贤气象；一者要积极入世，发挥自身的社会政治作用，谋求"道统"与"政统"的合一。然而在晚明这样一个不正常的时代，大多数士人已经忘却了自己的社会职责，偏离了儒学对其的角色要求。职场官员大多养成了对阁臣的依阿心态，循默避事是张居正之后首辅申时行的处世之道，时行之后的首辅也莫不如此：依阿承上，善睬上颜，务求自全，政无建树。至于谏臣，晚明政坛谏臣朝堂之争无疑是热闹胜于任何朝代的，但他们或多或少都抱有徼名心态。在倒张运动中，一些中下级官员大获其利，名声大振。由此，更为年轻的中下级官员受到鼓励和刺激，往往把直言敢谏作为博取名声的好手段，一批专窥他人过失，恣意排诋的投机分子应运而生。他们动辄弹劾执政大臣，所举罪状如列账单，几数十条，夸大其词，无所不用，欲置对方于死地而后快，尤其偏执、奚刻。至于后期阉党专制，士人依媚取容，士人人格已彻底泯灭。如汤显祖辈之特立独行之士，除东林人士外，已为稀见。

汤显祖身处党争的官场，虽然游离于外，如隔玻璃窗静观其变，但一不小心，仍会身陷其间。万历十九年（1591），汤显祖四十二岁，他以正直之心、明儒之职上《论辅臣科臣疏》，检举污吏杨文举，文举为当朝首辅申时行门人，由此开罪权臣，贬官广东徐闻。由于疏中又涉及次辅王锡爵滥用职权让自己儿子王衡中"后门"举人之事，这就为汤显祖以后屡遭斥责、不得升迁埋下了伏笔。后显祖量移浙江遂昌县令，由于秉公执法，得罪当地权贵、当朝官员项应祥，项为王锡爵门生，显祖与之交恶，王锡爵为项之靠山，两相交迫，使显祖深感"世路良难，吏道殊迫"①。

晚明时期士人普遍趋于堕落，但也有一部分坚守特操，恪守儒家理义，以道义担肩的正直之士。这些人最集中的便是东林党的中坚分子，如高攀龙、顾宪成、顾允成等。当然也有如汤显祖这样无依无傍的有着自我人格精神的独立的正直文人。但东林人士虽然不为私利，秉性公直，然其心态亦带有偏执的成分，在他们掌政之后，并未把主要精力放在如何改良当时的社会政治环境上，谋取开创一个清明的政局，而是把精力置于清算旧账上，对对立党派穷追猛打，并且态度和方式过于激烈，与原有党派并无二致。由此看来，偏执的心态已经成为一种社会性的士人心态，在这种心态下，社会的发展必然有偏向离奇的一面。

三　经济发展环境下的士人放纵

明代的社会经济经过长期的积累和发展，到了中、后期，也即嘉靖、万历年间，达到了前所未有的水平。在农业方面，耕种面积进一步扩大，粮食产量获得了提高，粮食作物品种增多，许多域外高产的粮食作物，如马铃薯、红薯等，开始大面积引进种植；在手工业方面，部门行业日益增多，生产规模不断扩大，能工巧匠，巧夺天工。伴随着社会生产力的发展和提高，商业行为日益成为必然，商品经济空前繁荣，商业的高度发展加紧催生了两个事物：一是城市，二是商人。

城市，这个充满诱惑力的地方，至明代中期有了长足的发展，城市生活达到了极致。明代城市究竟有多少？城市人口状况又如何？据陈宝良的《飘摇的传统——明代城市生活长卷》分析，西班牙人拉达曾著《记大明的中国事情》，书中记载明代城市的总数达到1720个，而明人郑晓《今言》卷二记载为1745个，陈宝良认为明代城市的实际数目将大于这两个统计数字②。而且，据现存资料估计，当时的北京、南京、苏州、杭州、开封，人口数大多超过百万，或接近百万。南北两京是全国的政治、经济、文化中

---

① 《全集》，第1395页。
② 陈宝良：《飘摇的传统——明代城市生活长卷》，湖南人民出版社，2006，第2页。

心，而苏州、杭州、临清、湖州等则为纯粹的商业城市。像杭州，"北湖州市，南浙江驿，咸延袤十里，井屋鳞次，烟火数十万家，非独城中居民"①。而临清地处运河沿岸，南北货物聚散于此，可谓舟车辐辏，万货所聚，商贾云屯，人海人山。

至于发达的工商业市镇，在物产富饶的长江三角洲一带，则星罗棋布，数量众多，像以丝织业著名的盛泽镇、江泾镇和南浔镇等，以棉纺织业为主的松江府、魏塘镇、枫泾镇，以榨油业为主的石门镇，还有乌青镇、濮院镇等。南北城市到处呈现繁忙的景象，勾栏瓦舍触目皆是闲暇的生活。遗存至今的《皇都积胜图》《南都繁会图卷》描绘了南北两京的繁盛，《晓关舟挤图》描摹了苏州晓关繁忙拥挤的舟船，《北关夜市图》则展现了杭州北关夜市的盛况。

商品经济既催化了城市，也催生了商人。社会中许多人放弃了农业生产转而从事商业活动，庞大的商人群体、雄厚的商业资本也已出现。商人往往结成一定的组织，并以地域为特色，著名的有徽商和晋商，其次赣商在明代也有很大的势力。随着商品生产的扩大、商人的增多、市场的繁荣和城市的多元化，市民阶层的队伍也日趋壮大起来。

都市经济的繁荣，市民阶层队伍的壮大，刺激了人们的消费水平的提高，影响到社会生活的各个方面，社会风尚也随之发生变化。嘉靖、隆庆、万历时期，明代社会生活和社会风尚正在悄然而变，所谓"嘉靖以来，浮华渐盛，竞相夸诩"②。就万历时期首都北京的情况看，尤为明显，有材料为证：

> 风会之趋也，人情之返也，始未尝不朴茂，而后渐以漓，其变犹江河，其流殆益甚焉。大都薄骨肉而重交游，厌老成而尚轻锐，以晏游为佳致，以饮博为本业。家无担石而饮食服御拟于巨室，橐若垂罄而典妻鬻子以佞佛进香，甚则遗骸未收，即树幡叠鼓，崇朝云集，噫，何心哉。德化凌迟，民风不竞。③

---

① 《广志绎》卷四《江南诸省》。
② （明）沈朝阳撰《中国野史集成·皇明嘉靖两朝闻见纪》，巴蜀书社，2000。
③ （万历）《顺天府志·地理志·风俗》。

第二章 汤显祖思想形成的历史文化背景

在传统社会中，商居"士农工商"四民之末，而至明代中期后，城市商人的地位逐渐提高，满街大商巨贾，鲜衣怒马，走江河，逛娼楼，信心十足，附庸风雅，商人与文人墨客已经沆瀣一气，呼朋唤友了。正如陈继儒在《晚香堂小品》中所说："新安故多大贾，贾唊名，喜从贤豪长者游。"陈宝良在《飘摇的传统——明代城市生活长卷》中说："在明帝国的城市人中，最惹眼的莫过于商人、妓女。"① 南京秦淮河两岸的云楼，北京皇城外的"私窝子"，扬州二十四桥曲房里的"瘦马"，开封府的"淫店"里稀奇古怪的淫具和品种繁多的"春方"，所有这些都反映出当时社会风尚的改变。

当城市生活在结构的深处发生巨变后，社会思想也随之发生了巨变。虽然关于晚明是否具有"资本主义萌芽"的问题至今难成定论，但晚明时期确实具有近似早期资本主义的生活状态的种种表现。简单地说，就是城市商业繁荣，资本积累出现，拜金主义与纵欲主义成为时尚，个性自由得到张扬，总之就是城市生活日益世俗化。金钱在此时成为万能之物，能够买到一切。所谓"金令司天，钱神卓地"②，金钱、财富甚至改变了人们的婚姻观念，因财产而联姻已成惯事，人们习以为常。对金钱、财富的尊崇，导致家庭观念、亲缘关系趋于淡薄，等级秩序、尊卑观念发生动摇。传统的价值观念都有可能被怀疑、被重新审视。原来被视为邪恶的，人们不屑谈、不愿谈、不敢谈的人的各种私欲，此时被都提了出来，并且得到了肯定：

> 世之人有不求富贵利达者乎？有衣食已足，不愿赢（赢）余者乎？……有不上人求胜、悦不若己者乎？有不媚神谄鬼、禁忌求福者乎？有不卜筮堪舆、行无顾虑者乎？有天性孝友，不私妻孥者乎？有见钱不吝、见色不迷者乎？有一于此，足以称善士矣，吾未之见也。③

作为社会思想先导的文人士子，思想同样伴随世风而行。奢侈之风首

---

① 陈宝良：《飘摇的传统——明代城市生活长卷》，湖南人民出版社，2006，第4页。
② 顾炎武：《天下郡国利病书·凤宁徽》，引自《歙志·风土论》。
③ （明）谢肇淛撰《五杂组·事部》，傅成校点，上海古籍出版社，2012，第232页。

先便出于士大夫中，如官位至尊的张居正，性喜华丽，穿衣"必鲜美耀目，膏泽脂香，早暮递进"①，上行下效，士大夫俗尚奢侈，百姓纷纷效仿。至万历年间，在江南城市中甚至出现了惊世骇俗的所谓"服妖"。何谓"服妖"？即男穿女装。明人李乐在《见闻杂记》中即有记载，李乐进城，所见满街走动的生员秀才，其装束尽是红丝束发，嘴唇涂着红艳的脂膏，脸上抹着白粉，还点缀胭脂，身穿红紫颜色的衣服，外披内衣，一身盛装，如同艳丽的妇人。惊悸之余，李乐改古诗道："昨日到城郭，归来泪满襟。遍身女衣者，尽是读书人。"②"仕风"喜奢，"士风"更趋其极。士风本为社会风俗的一部分，在引导、扭转社会风气中的作用是不言而喻的。士风如此，社会风气可想而知。

生活、思维观念上的种种新动向，带来了道德心的危机。此危机最明显地体现在情与理、义与利、天理与私欲的矛盾冲突上。明朝中期以后，士大夫对情欲加以肯定，在性生活上崇尚纵欲，故性关系也极为混乱。自成化后，朝野竞相谈论"房中术"，恬不知耻。方士以献房中术而得贵，反而为世人所称羡。嘉靖年间，陶仲文进红铅得幸，官至礼部尚书恭诚伯，进士出身的盛端明与顾可学也因进"春方"而做了大官。女色之好尚不为过，男色之风成为风尚。晚明的城居士大夫养娈童成风，"龙阳"之好成为士人夸耀的资本。享乐主义的生活观带来的两性及同性关系的混乱，导致"梅毒"之类的性病在京城流行。

这种社会风习的喜尚，同时被再现于文学作品中。这一时期出现了中国历史上罕见的性小说的狂潮。这些性小说一方面宣扬了露骨的肉欲，另一方面反映了当时人性的启蒙。

此种社会风气的形成，与当时思想界的重"情"也不无关系。但是如果把原因完全归于思想界，又是不公允的。思想界的作用在于启蒙，而社会风气走得更远，不是思想家所能把握住的。王阳明"心学"的崛起，其最大的特点就是为学不离却人伦物理，主张从平常日用中求得心性的和谐。在情与理的关系上，李梦阳突破传统，堪称开了风气之先。他说："天下有

---

① （明）沈德符撰《万历野获编》，杨万里校点，中华书局，2012，第265页。
② （明）李乐撰《见闻杂记》，浙江吴玉墀家藏本。

殊理之事，无非情之音。"① 情与理是矛盾的，但情可以并且应该突破理的束缚。李贽也谈"情"，肯定处于"童心"之下的真情，包括情欲的合理性："夫童心者，真心也……夫童心者，绝假纯真，最初一念之本心也。"② 李贽"童心"说的基础就是对"自然之性"的崇尚。李贽的思想对汤显祖和袁宏道有深刻的影响，汤显祖的"情"包括自然的成分，但他所提倡的"至情"却有更进步的意义，这一点留待后文加以论述。袁宏道早年也公开宣称好色，倡导率性纵情，但后来渐渐悟到这些还是累赘，对之产生厌倦感，觉得只有割舍感性欲求，主体精神才能获得真正的独立和自由。其致李腾芳信曰："弟往时亦有青娥之癖，近年以来，稍稍勘破此机，畅快无量。始知学道人不能寂寞，决不得彻底受用也。回思往日，孟浪之语最多。以寄为乐，不知寄之不可常。今已矣，纵幽崖绝壑，亦与清歌妙舞等也。"③

思想解放、个性解放、情欲解放的文化氛围，使得士人在外在行为上多表现为放浪形骸，摆脱传统，寻求精神的独立。晚明由此产生了一大批狂人、达人、豪杰之士，这些人物都具有独特的个性表现。如王艮之怪，喜戴"五常冠"，穿深衣古服，常常危言耸听；张献翼之诡，"好为奇诡之行"（郑仲夔《丛书集成初编·耳新》），喜穿红衣，随身置带五色须，行数步，即着变更；李贽之狂，如其自我评价所云："其性偏激，其色矜高，其词鄙俗，其心狂痴，其行率易，其交寡而腼亲热"。④ 此外更有徐渭之过激自残行为。所有这些都是当时士人放纵的种种表现。

第二节 明初至中期诗学的嬗变及其对汤显祖诗学的影响

一 明初诗坛的诗学倾向——复古先声

近百年的元朝统治，在文人士大夫看来，中国正统文化产生了危机，

---

① （明）李梦阳撰《空同集》（卷五十），文渊阁《四库全书》。
② （明）李贽：《焚书·续焚书》，中华书局，2009，第98页。
③ （明）袁宏道：《袁宏道集笺校》卷四十二《李湘洲编修》，上海古籍出版社，2008，第1233页。
④ （明）李贽：《焚书·续焚书》，中华书局，2009，第99页。

诗文因之出现了衰退。明代则承担起了文化自救的任务。明代竭力恢复中原旧习，"胡服胡言胡姓，一切禁止，于是百有余年之胡俗，尽复中国之旧"①。洪武三年（1370），新的"科举"制度颁发："汉、唐及宋，取士各有定制，然但贵文学而不求德艺之全……自今年八月始，特设科举，务取经明行修、博通古今、名实相称者。"②考试科目以经义为主，自唐、宋以来的诗赋一科不再作为考试的项目。考试题目全从儒家经典即"四书"中来，按规定的字数、文体、格式写成，即制义，也就是"八股文"。

明朝的科举看重的是经国治世的实际能力，并不是文学方面的才华。废除诗赋这一科举考试的科目，对有明一代诗赋创作的影响是不容忽视的。八股文成为官方所规定的科举应试文体，一般文士如想入仕，必要过科举，必要苦苦研习八股文。其逐渐僵化的程式，严重地束缚了文人的创作自由，给文学带来了一定的负面影响。然诗赋作为自古以来有学之士之主技，虽然并不被统治者作为法定的标准，但是仍然是衡量一个读书人才智高下的一把标尺，是读书之士自我修养的主要内容，也是中国文化传承的主要形式。

九十八年的元朝诗歌，比之唐宋，其成绩显然难以令人满意。宋朝国势积弱，外患频仍，其诗歌充塞道理。加之宋代的诗歌批评家对本朝诗歌也多有贬词，对唐朝诗歌采取颂扬态度。明朝初人欲恢复华夏文化的气脉、命运，眼光自然会跨越两宋而直指大唐。中国诗歌发展至唐朝可谓臻于至善的黄金时代，唐诗的健康、自然的气息是历代诗人所孜孜以求的，而这种气息我们在明朝开国诗人高启那里可以嗅到一些。

高启（1336—1374），字季迪，号青邱子，江苏长洲（苏州）人。其"天才高逸，实据明一代诗人之上"（《四库全书总目提要》），亲历了元末明初的社会动乱，心灵的痛楚来自生命的深处，"在文学创作活动中，给个人的心灵空间注入拓张、驰骋的活力"③，故其诗"奇拔爽朗、超逸幽远，有如鹤立鸡群，远在向来民间诗人之上"④。高启才情高蹈，然命途中蹇，

---

① 《明太祖实录》卷一，中华书局，2016。
② 《明史》卷一《选举志》二，中华书局，1979。
③ 袁行霈主编《中国文学史》（卷四），高等教育出版社，1999，第65页。
④ 〔日〕吉川幸次郎：《元明诗说概论》，郑清茂译，幼狮文化事业公司印行，第143页。

三十九岁的他即被明太祖朱元璋腰斩于市,诗风刚刚成熟就夭折,这对于明诗来说确是不幸。高启是位具有自觉创作意识的诗人,其诗论表明了他的创作倾向,最具代表性的是他为诗僧道衍所写的《独菴集序》:

> 诗之要,有曰格,曰意,曰趣而已。格以辨其体,意以达其情,趣以臻其妙也。体不辨则入于邪陋,而师古之义乖。情不达则堕于浮虚,而感人之实浅。妙不臻则流于凡近,而超俗之风微。三者既得,而后典雅冲淡、豪俊秾缛、幽婉奇险之辞,变化不一,随所宜而赋焉。①

从这里看,说得比较含糊,简单地说,"格"指诗体,"意"指内容,"趣"指情致意趣。从中我们可以看到后来诗论家们所讲的"格调""性灵""神韵"的影子,并且重要的一点是,高启提出了"师古之义"一词,提出"兼师众长,随事摹拟"以至"时至心融,浑然自成"的师古方法,从兼师百家入手,进而融会贯通。高启提倡依傍古人,祖述典范的思想,为明代诗学"复古"发出了先声。高启的诗歌体制淳雅,音韵和谐完美,得以"嗣响盛唐"。此仅举一例,他的《送谢恭》一诗,"凉风起江海,万树尽秋声。摇落岂堪别?踌躇空复情。帆过京口渡,砧响石头城。为客归宜早,高堂白发生",化用唐人诗意,却自成格调,情景相融,很有盛唐笔势。

高启生活的苏州历来是经济发达、文化昌盛之地,当时也出现了不少诗人,著名者有所谓的"吴中四杰"——"高杨张徐"。除高启外,另三人分别是杨基、张羽、徐贲。三人的诗风似高启,命运也近似于高启,杨基、徐贲死于狱中,张羽被贬岭南,诏还途中,自知不免,投江而死。这大概是因朱元璋的死敌张士诚长期盘踞苏州,对于有可能辅佑张的文士,朱元璋表现了其嫉恨、残忍的一面,也使吴中文人与朱明王朝之间形成一层政治隔膜。尽管诗风、命运近似,但三人的诗歌成就是远远不如高启的。当

---

① (明)高启:《高青丘集·凫藻集》,徐澄宇、沈北宗校点,上海古籍出版社,1983,第885页。

时"富老不如贫少,美游不如恶归"(高启《悲歌》)的思想在吴中文人中甚为普遍。面对动荡的社会和险恶的世情,那志深笔长、慷慨悲凉的汉魏古风和曾在忧患离乱中慷慨悲歌的杜甫,便成了他们取法的典范。从三人的诗歌创作也可以看出当时诗风尚古的迹象。在特定的政治氛围中,吴中文人只以展示个性、消遣自娱、寄托忧思为主要目的,创作崇尚拟古。他们选择以汉魏诗歌与唐诗作为最高标准,并模仿唐诗的诗律气格进行创作。但吴中文人还未有意识地梳理诗歌发展的源流并总结拟古写作的经验,这种崇唐拟古的倾向大多是从他们的创作中流露出来的,并没有人进行过系统全面的理论阐述。高启的"格、意、趣"说和"兼师众长"的理论很显然也是创作经验的火花和灵感所致。

除"吴中四杰"外,袁凯、刘基的诗歌成就也较高。袁凯,人称"袁白燕",何景明誉之为"我朝诸名家集,多不称鄙意,独海叟较长"①,"生平负权谲,有才辩,雅善戏谑,卒以自免于难"②,其诗也时见慷慨之气。刘基是个智者,政治家的眼光使其诗歌有着另一种特色,特别是他后期的诗歌,寄托深婉,坎壈幽怨,有沉思冥想之致,不似宋诗,逼近唐音。刘基论诗主讽喻说,创作继承了美刺讽谏的传统,多忧时感愤、格高气奇之作。如《述怀》《二鬼》《感时述事》八首等,表现出其敏锐的政治眼光和高度的社会责任感。个人遭际的不平与家国的不幸都从刘基诗歌中喷薄而出,故气势雄浑,慷慨深沉,在骨力纤弱的元末诗坛呈现一种卓尔不凡的气象。沈德潜评论道:"元季诗都尚辞华,文成独标高格,时欲追逐杜韩,故超然独胜,允为一代之冠。"③朱庭珍的《筱园诗话》卷二云:"夫刘青田之诗,多皮傅盛唐,已兆七子先声。"

推动拟古、复古运动风气的还有一个人,他就是诗歌选家高棅。高棅(1350—1423),字彦恢,号漫士,福建长乐人,诗学倾向远绍其同乡南宋的严羽所倡之诗论,归趣于盛唐诗歌。他于洪武二十六年(1393)编成的《唐诗品汇》九十卷,收有唐代六百二十位诗人的诗歌五千七百六十九首,是明初诗歌理论的集大成之作。它编排作品按"体",把唐诗分为五古、七

---

① (清)钱谦益:《列朝诗集小传·甲集·袁御史凯》,上海古籍出版社,1983,第73页。
② (清)钱谦益:《列朝诗集小传·甲集·袁御史凯》,上海古籍出版社,1983,第73页。
③ (清)沈德潜、周准编《明诗别裁集》,上海古籍出版社,1979,第1页。

古、五绝、七绝、五律、五言排律、七律七个部分；每"体"又按时代及作品的高下分为"正始""正宗""大家""名家""羽翼""接武""正变""余响""旁流"等品目。在《总序》中，高棅明确地指出编选《唐诗品汇》的目的是"以为学唐诗者之门径"。高棅把唐诗分为四个阶段——初唐、盛唐、中唐、晚唐，而"专重于盛唐"①，在各种诗体中都突出盛唐之盛，特别推崇李、杜，既上承南宋严羽以"盛唐为法"的诗论，亦开启了明代前后七子复古的先河。高棅把盛唐诗作为不可逾越的审美标准，要求从体制、音律、文辞等方面学习唐诗，"审其变而归于正"②，无怪乎《明史·文苑传》曰："终明之世，馆阁以此书为宗。厥后李梦阳、何景明等，摹拟盛唐、名为崛起，其胚胎实兆于此。"

在明初诗坛上，稍晚还有"台阁体"的出现。"台阁体"是明永乐至成化年间的一个诗歌风格流派，"台阁"是对内阁和翰林院的称呼，所以"台阁体"是指当时的一些馆阁名臣的诗风，他们以杨士奇、杨荣、杨溥为代表。永乐年间，王朝渐趋稳定，国力渐趋强盛，繁荣的局面催生了歌颂朝政、粉饰太平的"台阁体"诗文，其内容大多贫乏，多为应制、题赠、酬应之作，格调雅丽雍容，肤廓冗长，可谓诗歌创作的逆流，故沈德潜等的《明诗别裁集》说："永乐以还，尚台阁体……而真诗渐亡矣。"

针对"台阁体"的弊病，同是台阁重臣的李东阳甚为不满，遂创"茶陵派"诗，力图扭转"台阁体"雍容典雅、虚浮衰弱的文风、诗风。李东阳提出了"格调"说，要求诗歌格调"浑雅正大"，而这种格调正存在于唐诗中。东阳撰有《麓堂诗话》，其诗说还是复古主义的，且偏重于形式主义。

二 "复古"大纛的竖起——前后七子的诗学理论及实践

"台阁体"诗歌出现后，明朝诗坛沉寂了大约有半个世纪，杨维桢、虞集、高启、刘基之后，诗坛已无巨擘式的人物。洪武开国政策简明有效，士人只要于"八股文"做法下功，即可博取功名，于诗歌修养上打

---

① 陈良运主编《中国历代诗学论著选·唐诗品汇序》，百花洲文艺出版社，1995，第615页。
② 陈良运主编《中国历代诗学论著选·唐诗品汇序》，百花洲文艺出版社，1995，第613页。

基础则是吃力不讨好的事,此种政策导致的后果不久就显现了出来。明初以来诗文的成就比之唐宋两朝差距是巨大的,于是十六世纪的中国鲜明地打出"复古主义"的旗帜也就是顺理成章的了。而且,此法简便易行,因而在朝野蔚成风气。"前后七子"的出现为这场"复古"运动拉开了帷幕。

"前七子"是指李梦阳、何景明、徐祯卿、边贡、康海、王九思、王廷相七人,其代表人物是李、何二人。《明史·文苑传序》说:"李梦阳、何景明倡言复古,文自西京,诗自中唐而下,一切吐弃。操觚谈艺之士,翕然宗之。明之诗文,于斯一变。"此运动一起,影响及于全国,持续几达百年。

"前七子"的复古是以恢复汉魏、盛唐诗文的高古格调为目标的,要求文学创作以上乘的古人著作为典范。落实到具体,则"文必秦汉,诗必盛唐,非是者弗道"①,甚至发出"不读唐以后书"②的过激言说。

李梦阳(1473—1530),字献吉,号空同子,甘肃庆阳人。著有《空同集》六十六卷、《空同子》一卷等。李梦阳在理论上对于诗歌美学的认识确有深刻之处,如其认为"夫诗者,天地自然之音也……今真诗乃在民间"③。所谓"自然",乃发自真心也,而"真者,音之发而情之原也"④,"情真"与否是辨别"真诗"的标准,由此指出了文人诗歌的致命伤处。然而他自己的理论和创作之间存在尖锐的矛盾,关键是复古思想束缚住了他的手脚,他在实践中专以模拟为事,这也是他的诗学理论与诗歌实践之间尚有距离的原因所在。

何景明(1483—1521),字仲默,号大复山人,河南信阳人。他和李梦阳在复古这一点上,思想一致,只在诗"法"问题上小有分歧。他在《与李空同论诗书》中指出:"空同子刻意古范,铸形宿模,而独守尺寸。仆则欲富于材积,领会神情,临景构结,不仿形迹。《诗》曰:'惟其有之,是

---

① 参见《明史》卷二八六《文苑》,中华书局,1979。
② (清)钱谦益:《列朝诗集小传·李副使梦阳》,上海古籍出版社,1983,第312页。
③ 《李空同全集·诗集自序》,转引自陈良运主编《中国历代诗学论著选》,百花洲文艺出版社,1995,第645页。
④ 《李空同全集·诗集自序》,转引自陈良运主编《中国历代诗学论著选》,百花洲文艺出版社,1995,第645页。

以似之.'以有求似,仆之愚也。"从这里可以看出,作为"七子"一员,他也认为李梦阳模拟太甚,有"刻意古范,铸形宿模"之嫌,而认为在刻意模仿的同时,还不能完全丧失创作者自我的个性。

徐祯卿的诗论发挥何景明之说,重视"情"在诗歌创作中的地位,徐祯卿在他的诗学著作《谈艺录》中谈道,"情者,心之精也。情无定位,触感而兴,既动于中,必形于声",并且进一步论述诗歌形成的心理机制:"朦胧萌圻,情之来也;汪洋漫衍,情之沛也;连翩络属,情之一也……""此则深情素气,激而成言,诗之权例也"。在《谈艺录》中,徐还讲到"格调"问题,认为要"因情立格","格"不是死的模式,当随诗人创作情感的发动而"错变"。

稍晚于何景明的王廷相提出"意象"的概念,他在《与郭价夫学士论诗书》中说:"夫诗贵意象透莹,不喜事实粘著,古谓水中之月,镜中之影,可以目睹,难以实求是也。《三百篇》比兴杂出,意在辞表,《离骚》引喻借论,不露本情。……斯皆包韫本根,标显色相,鸿才之妙拟,哲匠之冥造也。若夫子美《北征》之篇,昌黎《南山》之作,玉川《月蚀》之词,微之《阳城》之计,漫敷繁叙,填事委实,言多趁帖,情出附辏,此则诗人之变体,骚坛之旁轨也。浅学曲士,志乏尚友,性寡神识,心惊目骇,逐区畛不能辨矣。嗟乎!言征实则寡余味也,情直致而难动物也。故示之以意象,使人思而咀之,感而契之,邈哉深矣,此诗之大致也。"王廷相的这一意象论,是中国古代诗学理论中较完整的意象阐述,"意象"是诗人意中所造,不再是现实生活中景物事务的具象。但王廷相又走到了另一个极端,他以审美意象来贬低具象写实性的叙事诗,以至于由此来否定杜甫的《北征》等诗,则又有取消叙事诗之嫌。

在茶陵派和"前七子"之后,显现出独特光彩的诗歌理论家是生活于弘治至嘉靖年间的杨慎。杨慎(1488—1559),字用修,号升庵,四川新都人,著有《升庵诗话》。茶陵派"宗唐法杜",七子倡导"诗必盛唐",杨慎则认为学习前人不能止于师唐,而应上溯到汉魏六朝以及《文选》中所选的一切古代优秀的诗篇,以纠正茶陵、七子的偏颇。然杨慎主张复古并不赞同李梦阳的尺寸拟古、守古,而是反对"剽袭雷同",强调自然。他认为在诗歌创作中,情感有主导作用,"诗之为教,邈矣玄哉!……六情静于

55

中，万物荡于外，情缘物而动，物感情而迁。是发诸性情而协于律吕，非先协律吕而后发性情也。以兹知人人有诗，代代有诗"①。诗歌是诗人内在情感的表现，律吕音声是外在的表现形式，不同时代的不同诗人，由于内在情感各异，其外在表现形式亦各异，故不同时代诗人的诗歌各有其独特性。

复古的浪潮一浪接着一浪，"前七子"之后，又有"后七子"，他们分别是谢榛、李攀龙、王世贞、宗臣、梁有誉、徐中行、吴国伦七人。"后七子"中首推谢榛为盟主，其后李、王排挤谢榛，并削其名于"七子"之列。"后七子"中最具理论分量的是谢榛，胡曾的《四溟诗话序》推崇其说："然其论诗，真天人具眼，弇州《艺苑卮言》所不及也。"

谢榛（1495—1575），字茂秦，号四溟山人，临清（今属山东）人，自幼一目失明，以布衣终身，著有《四溟山人全集》，《四溟诗话》是其诗学理论著作。李攀龙、王世贞二人曾因其终身布衣而卑劣地将他排挤出"七子"，然就诗学成就来看，仍是谢榛为高。谢榛的诗学理论直承严羽，一是强调"以汉魏盛唐为法"，并要求从精神上而不是从形式上取法古人；二是强调作诗要"悟"，"法"古其实就是"悟"古，并且是"熟参"之"悟"，这就直接承继了严羽的"透彻之悟"说。谢榛还对"情景"论有许多精辟论述，为中国诗学做出贡献，此处不做详细论述。

"后七子"除谢榛外，诗学理论稍高的是王世贞，其余如李攀龙之流并无多少可取之处，故在此略而不述。

三 明中晚期反复古的诗学运动

在明代前期，文人迫于高度专制的皇权淫威，对统治者总是采取匍匐的态度。但是到了明代中期，随着文人主体性的觉悟，他们不再诚惶诚恐地向天子龙庭顶礼膜拜，起码是敢于抬着头说话了。从正德到嘉靖年间，传统的忠奸之辨又成为中国政坛上的主要话题。按照传统的治国标准，这一时期的权臣当道无疑是国家的一大灾难。刘瑾及严嵩父子等权臣玩国柄

---

① 《升庵集·李前渠诗引》，转引自陈良运主编《中国历代诗学论著选》，百花洲文艺出版社，1995，第677页。

于股掌之上，朝政一败涂地，几不可救。具有正统儒家理念的朝野文人士大夫纷纷挺身而出，与民间人士站在一起，激烈地抨击朝政。他们在政治上常处于弱势，因而文学就成为他们最常用的武器。无论是诗文词曲，还是杂剧传奇小说，关怀国事，忠奸斗争，每每成为其主题。总之，言文、正心与预政，成为这一时期理性文学思潮的三大组成部分，而这三个部分，都源于传统的儒家文化。

这一时期最引人注目的文化现象是作为程朱理学对立物的王阳明心学的产生。理学与心学的区别可以概括为道在心外还是心中这样简单的一字之差。虽然两者都承认孔孟之学的神圣性和儒家的道德原则，但是王学毕竟承认个人在修习儒学时的主观能动作用，而不必亦步亦趋地借助于程朱之徒的解释；王学认为每个人都可以通过自己的努力达到圣贤的境界。这实际上已经开启了晚明人本思潮之门径。这种学说一经产生，便倾动一时，以至于有学者认为王学之出有拨云见日之感。明代中期以后文学中的主体性觉醒无疑与王学的巨大感召力有着必然的联系。

复古运动在十六世纪风靡文坛，独步一时，正如《四库提要》所说："其盛也，推尊之者遍天下；及其衰也，攻击之者亦遍天下。"进入十七世纪，对个人主义的激烈抨击开始成为文坛主流。复古派气势正盛的时期，"唐宋派"的主将归有光对"文必秦汉"的主张提出了反对意见。归有光（1506—1571），字熙甫，号震川，是明代著名的古文大家。他曾讽刺王世贞等人说："盖今世之所为文者，难言矣。未始为古人之学，而苟得一二妄庸人，为之巨子，争附和之，以诋诽前人……文章至于宋元诸家，其力足以追数千载之上而与之颉颃，而世直以蚍蜉撼之，可悲也。"[1] 对于王世贞等，汤显祖亦极力笞伐，正如陈田所指出的："嘉靖之季以诗鸣者，有后七子。李、王为之冠。与前七子隔绝数十年，而此唱彼和，声应气求，若出一轨。海内称诗者，不奉李、王之教，则若夷狄之不遵正朔。而嗷名者，以得其一顾为幸。奔走其门，接裾联袂，绪论所及，嘘枯吹生……暨乎随波之流，模仿太甚，为弊滋多。黄金紫气之词，叫嚣亢壮之章，千篇一律，令人生厌。临川攻之于前，公安、竟陵掊之于后；逮牧斋《列朝诗集》，诋

---

[1] （明）归有光：《震川集·项思尧文集序》，吉林出版集团出版社，2005，第61页。

谋不遗余力。"① 陈田还接着指出了反复古的公安、竟陵之失及汤氏之得："万历中叶，王、李之焰渐炽。公安、竟陵狙起而击。然公安之失，曰轻，曰俳；竟陵之失，曰纤，曰僻……若专与弇州为难者，江右汤若士，变而成方，不离不雅。"②

同时，又有放浪不羁的徐渭、"童心"激荡的李贽等人，对复古派加以猛烈的攻伐，然当时王世贞的势力如日中天，党羽满庭，故直到十七世纪初，袁宏道"公安派""竟陵派"兴起之后，复古势力才渐渐失去其气焰。汤显祖的诗学创作便是在这样一种历史背景下展开的。站在这样的历史环境下，审视我们的诗人，我们可以发现其思想的历史价值。故与汤显祖同时代的徐渭、李贽等人的思想，在下文论述中，将会陆续提到，此处仅简单提及。

第三节 汤显祖独特的成长环境、经历及其独特的创作呈现

一 独特的区域位置

汤显祖生于江西省的临川。江西，简称赣，在长江南岸，东、西、南三面环山，北面临水。东有武夷山，与福建接壤，西有罗霄山脉，与湖南比邻，井冈山为其中段的最高峰，南为连绵的南岭，自古以来就是阻断岭南与中原的重要屏障，也是中原通往岭南的唯一途径。

江西面向北边开放，中部是赣江形成的狭长平原，愈往北部愈加开阔，从武夷山脉发源的一支河流从东南奔向西北，在江西的省会南昌西郊与赣江汇合，这便是抚河，古称汝水，又名旴江。汝水一路走来，汇聚了众多的小溪流，比较大的一条河叫崇仁水，崇仁水与汝水的汇合处便是抚州府城。汝水在城东，崇仁水在城南。府城两面近水，因此又名临川。汤显祖便诞生在这灵秀之地。

---

① 毛效同编《汤显祖研究资料汇编》（全二册），上海古籍出版社，1986，第530-531页。
② 毛效同编《汤显祖研究资料汇编》（全二册），上海古籍出版社，1986，第531页。

第二章 汤显祖思想形成的历史文化背景

赣文化，靠近江浙地界类吴越，靠近湘鄂地界似湘楚，靠近闽界贴近岭南客家。从发掘出的历史遗存来看，江西的古代历史最早可追溯到 4 万—5 万年前。这些上古时代的文化遗存主要分布在赣东北及赣中地区。它们是赣文化发展长卷的初叶。

江西因其独特的内闭式地理位置，自古以来就成为偏安避祸的好去处。在隋以前漫长的历史中，江西远离政治文化中心，经济落后，交通闭塞，除东晋大诗人陶渊明外，鲜有名人值得称道。唐末五代，为避兵乱，不少中原世宦迁入江西，带去了先进的中原文化基因，加速了赣地文化提升的进程。江西于两宋期间，文化达致巅峰。明朝初，江西受两宋文化之风的濡染，儒风绵绵，相续不绝。

隋代开通大运河，沟通了南北，江西处于中原与福建、广东的通道上，开始得到统治者的青睐。唐玄宗开元四年（716），张九龄奉命开辟大庾岭驿道，把过去的山岭变成一条比较宽广平坦的驿路，畅通了岭南广东与岭北江西的联系。"大江东去几千里，庾岭南来第一洲。"[①] 这是 1096 年北宋文学家苏轼被贬官后途经此地留下的名句。大庾岭因此成了此后所有被贬官岭南者的必由之途，大庾岭驿路成了中原至广东的必经之路。同时，江西东、西两地的内外交通也发展起来了。由鄱阳湖入抚河，东行，经进贤、临川，至南城，转黎川，陆行过杉关，入福建。或由鄱阳湖分别入信江、饶河，逆水向东北而上，各自翻山达浙江、安徽。或由鄱阳湖入修水，西行，经永修、武宁、修水，翻山达湖北。又由赣江中腰樟树，溯袁水西行至新余、分宜、宜春、萍乡，再由陆路进湖南，转广西。江西的交通，以赣江、鄱阳湖为轴线，抚河、信江、饶河、修水相辅助，构成了畅通的省内水上交通网络。经由五大河流及某些支流，乘流翻山，可达邻省广东、福建、浙江、安徽、湖北、湖南等地。

循至宋代，随着政治、经济重心的南移，大庾岭陆路的交通地位日显重要，也开启了江西自唐宋以来"物华天宝，人杰地灵"的繁荣。

作为战乱时的避乱地和平时的人口蕃息园，每当战乱平息，与其他地区比，江西则显得生齿众多，历史上的几次人口大迁徙，江西都是人口迁

---

① 参见傅璇琮等主编《全宋诗·登谯楼》卷八二六，北京大学出版社，1998。

出之地,明初朱元璋就曾迁江西人口于荆襄地区,有"江西填湖广,湖广填四川"之说。

明代江西有府城 13 座,即南昌、饶州、广信、南康、九江、建昌、抚州、临江、吉安、瑞州、袁州、赣州、南安,均为元朝路城;属州城 1 座、县城 77 座。①

但明代的江西具体情形如何呢?我们可以做如下的考察。张瀚的《松窗梦语》卷四《商贾纪》述及江西人的生存环境及谋生方式:

> (江西)东南三面距山,背沿汉、江,实为吴、楚、闽、越之交,古南昌为都会。地产窄而生齿繁,人无积聚,质勤苦而多贫,多设智巧,挟技艺以经营四方,至老死不归,故其人内啬而外侈……九江据上流,人趋市利。南、饶、广信,阜裕胜于建、袁,以多行贾。而瑞、临、吉安,尤称富足。南、赣谷林深邃,实商贾入粤之要区也。②

王士性的《广志绎》有基本相同的看法:

> 江右俗力本务啬,其性习勤俭而安简朴。盖为齿繁土瘠,其人皆有愁苦之思焉。又其俗善积蓄,技业人归,计妻孥几口之家,岁用谷粟几多,解橐中装籴入之,必取足费。家无囷廪,则床头瓶罂无非菽粟者,余则以治缝浣、了征输,绝不作鲜衣怒马、燕宴戏剧之用。即囊无资斧者,且暂逋亲邻,计足糊家人口,则十余日,而男子又告行矣。以故大荒无饥民,游子无内顾。盖忧生务,俗之至美……若中原人,岁余十斛则买一身乘之,不则酾饮而赌且淫焉,不尽不已也。③

---

① (明)申时行:《明会典》卷一五、一六《户部·州县》,中华书局,1985。
② (明)张瀚:《松窗梦语》卷四《商贾纪》,中华书局,1985,第 81 – 85 页。
③ 万历《广志绎》卷四《江南诸省·江西》。

第二章　汤显祖思想形成的历史文化背景

同书也讲到汤显祖的家乡习俗，江西抚州人稠地狭，如果身无技艺，或足不出户，就无法养家糊口。抚州人外出，所从事的主要是堪舆、星相、医卜、轮舆、梓匠等职业。

陈循还描画出江西的另一种现象：

> 江西及浙江、福建等处，自昔四民之中，其为士者有人，而臣江西颇多；江西诸府，而臣吉安府又独盛。盖因地狭人多，为农则无田，为商则无资，为工则耻卑其门地，是以世代务习经史……皆望由科举出仕。①

由上面三则材料可以看出江西人的三大特点——一是贫苦勤俭，二是善于经商，三是读书、应科举成为风气，这确实道出了江西人的特点。世人皆知有徽商、晋商，其实在明代江西商人的实力也不可小觑，甚至有谚曰"无江西人不成商场""非江右商贾侨居之则不成其地"〔（明）王士性：《广志绎·西南诸省》〕，从南直、两广、河南、山东，直到西南、西北、东北等地，都留下了江西商人的脚印：

> 豫章之为商者，其言适楚，犹门庭也。北贾汝宛徐邳汾鄂，东贾韶夏夔巫，西南贾滇僰黔沔，南贾苍梧桂林柳州，为盐麦、竹箭、鲍木、旃罽、皮革所输会。故南昌之民客于武汉，而长子孙者十室居九。②

江西商人不仅遍布全国，而且"皆在他省致富"，甚至深深地影响了（或改变了）当地的风俗习惯。

而读书好学的风气，使江西形成了吉安、南昌、抚州三大文化中心，从表 2-1 可以看出这一现象。

---

① 《明英宗实录》卷二六八，景泰七年七月丙申。
② 傅衣凌：《明清社会经济史论文集》，人民出版社，1982，第 190 页。

表 2-1　明代进士分布情况

直、省及府（州）名	进士人数	府（州）名	进士人数	府（州）名	进士人数	府（州）名	进士人数
北直隶	1707						
顺天府	419	保定府	244	河间府	250	真定府	314
顺德府	488	广平府	137	大名府	215	永平府	68
隆庆府	12			保安府	0		
南直隶	3667						
应天府	240	凤阳府	110	淮安府	84	扬州府	226
苏州府	872	松江府	402	常州府	591	镇江府	155
庐州府	115	安庆府	153	太平府	84	池州府	67
宁国府	140	徽州府	337	徐州	13	滁州	31
和州	14	广德府	32				
浙江	3391						
杭州府	461	严州府	107	嘉兴府	427	湖州府	271
绍兴府	828	宁波府	543	台州府	238	金华府	205
衢州府	127	处州府	98	温州府	131		
江西	2690						
南昌府	623	瑞州府	92	南康府	47	九江府	60
饶州府	238	广信府	184	建昌府	117	抚州府	252
吉安府	817	临江府	174	袁州府	40	赣州府	32
南安府	14						

注：此处只引表格前三位数目。
资料来源：方志远《明代城市与市民文学》，中华书局，2004，第52页。

表 2-1 据《明清进士题名碑录》及《明清进士题名碑录索引》制成，只列出前三名省、府人数，第三名以后的地区未列出。从表中可以看出，南直隶虽列第一，然其实际辖区相当于两个省。若按后来的江苏、安徽两省计，则江苏为 2583 名，安徽为 1084 名，江苏排在江西之后，位列第三，江西则名列第二。

而就抚州来说，自北宋晏殊、晏几道父子及王安石、曾巩、陆九韶、陆九龄、陆九渊、吴澄闻名于世以来，抚州便有了"才子之乡"的美称。入明以后，文风仍盛。汤显祖在世之时，亦有艾南英、罗万藻、陈际泰、章世纯等名士出现，成为明代的风云人物。对此，汤显祖也颇为自豪地在

第二章　汤显祖思想形成的历史文化背景

《揽秀楼文选序》中说过："夫豫章多美才。江湖之滨，无不猥大。常然矣。顾其中有负万乘之器，而连卷离奇；有备百物之宜，而烂漫历落。总之各效其品之所异，无失于法之所同耳已。况吾江以西固明理地也。故真有才者，原理以定常，适法以尽变。常不定不可以定品，变不尽不可以尽才。才不可强而致也。品不可功力而求。子言之，吾思中行而不可得，则必狂狷者矣。语之于文，狷者精约俨厉，好正务洁。持斤捉引，不失绳墨。士则雅焉。然予所喜，乃多进取者。其为文类高广而明秀，疏夷而苍渊。"① 这段话既说明了江西历来是多才明理之地，同时也表明了自己的狂狷性格的一面，这对理解汤显祖的思想发展轨迹无疑是有帮助的。以上文字无外乎说明这么一个问题：江右历来是一个文化昌盛之地。由两宋至明季，江右与吴越，往往呈鼎立之势。永乐后期至宣德、正统年间，出现了以"三杨"为代表的"台阁体"，其主要人物就为江西人，故钱谦益《列朝诗集小传·乙集》"周讲学叙"条说："国初馆阁，莫盛于江右，故有'翰林多吉水，朝士半江西'之语。"且明代兴盛的心学与江西文化也有着密切的渊源，王阳明心学即酝酿于其在江西为官时期，心学中的代表人物何心隐、罗汝芳都为临川人。汤显祖一生中都以家乡的这种文化传统而自豪，或显或隐地流露出维护江右地域文化传统的意识。据《大明一统志》记录，临川"其俗风儒雅喜事而尚气。有晏元献、王文公为之乡人。故其人乐读书而好文词"。汤显祖也曾说："独怪江楚之间，不少学者。江多儒侠，而楚多侠儒。"（《蕲水朱康侯行义记》）② 对于江右深厚的儒侠精神赞许之情溢于言表。万历十八年（1590），山西道御史万国钦上疏弹劾首辅申时行对外主和，受边将贿，欺君误国。万为江西新建人，显祖写信勉励其说："读兄大疏，甚善。一不负江西，二不负友，三不负髯。"（《寄万二愚》）③ 从此处可窥见显祖浓厚的江右地域意识。就这一点，汤显祖的至交并老师达观禅师看得很清楚："山谷楚人，寸虚亦楚人，兹以楚人引楚人则似易。倘吴人引楚人，则楚人以谓吴人似不知楚人也。""山谷"指北宋江西派诗人领袖黄庭坚，"寸虚"为达观赐予显祖的法号，由此可看出汤显祖心目中已

---

① 《全集》，第1137页。
② 《全集》，第1169页
③ 《全集》，第1314页

有与吴人不同的江西人心态、地域意识。临川民风"民秀而能文,刚而不屈"《临川劝谕文》,与汤显祖的"某少有伉壮不阿之气,为秀才业所消,负为屡上春官所消。然终不能消此真气"[①] 正可两相对照。

二　汤显祖一生的活动区域

嘉靖二十九年（1550）旧历八月十四日（公历9月24日）,汤显祖生于临川县东汝水（抚河）的文昌里的汤家老屋。汤显祖直至二十一岁,即隆庆四年（1570）秋天去省城南昌参加乡试前,一直在家乡求学。显祖在这一年的乡试中中举,冬季便兴冲冲赶赴北京应次年的进士春试,落第而归。此后汤显祖又分别于万历二年（1574）、万历五年（1577）、万历八年（1580）、万历十一年（1583）四次赴京春试,因不肯依附而触怒当政者,直至当政张居正死后,即三十四岁那年,才以第三甲第二百一十名录取为进士。

中进士后,于万历十二年（1584）,汤在北京礼部观政一年。同年结束观政生活,以正七品授南京太常寺博士,八月携夫人赴南京任。万历十六年（1588）,显祖改官南京詹事府主簿。万历十七年（1589）,显祖四十岁,又从正六品升为南京礼部祠祭司主事。自此金陵八年,仕途处于一种较为安静的状态。万历十九年（1591）,上《论辅臣科臣疏》,四月二十五日被诏切责。五月十六日贬官广东徐闻县典史。

徐闻,位于广东雷州半岛南端,与海南岛隔海相望,名副其实的"天涯海角"。显祖艰难的上任路途是：从临川出发,经赣州,过梅岭古道,于南雄上船,过英德,于十月中旬到达广州,稍留游罗浮山。十一月返广州,后乘船经香山、澳门、恩平到达阳江,再由阳江上船过琼州海峡,到达涠洲岛,最后达到徐闻。一路千辛万苦,然南国风光也尽览无余。典史乃掌管缉捕、牢狱的小吏,也算是清静无事之官。

万历二十一年（1593）,显祖四十四岁,由广东徐闻县典史量移为浙江遂昌县令。从当年三月十八日上任,至万历二十六年（1598）三月弃官归临川,在遂昌度过了整整五个年头。为官期间他曾几次赴北京短暂上计,归家后的显祖基本一直赋闲在家,除去世前第三年陪儿子往南昌秋试外,

---

① 《全集》,第1320页。

终老临川。

从以上的简单描述来看,对汤显祖一生的文学和仕宦活动,我们可以勾画出如下路线:临川(三十四年)——南昌(短暂的中举、陪儿子中举)——北京(五次京试、一年的观政、四次上计)——南京(八年)——徐闻(两年)——遂昌(五年)——临川(二十三年)。

北京和南京是当时的文化、政治中心,但汤显祖在此两地所待的时间并不很长。徐闻、遂昌是边远之地,人迹罕至,文化落后,在这样的地方,他所遇见的人,以及所参与的文学活动是极其有限的。联系汤显祖的交游来看,其交游多为与早年同窗故旧、师友,在徐闻和遂昌时期,其交游则是极少的。而其家乡临川虽是自南宋以来的文化昌盛之地,读书科举风气浓厚,然临川地理仍是丘陵地带,环境较为闭塞,往南直隶直线距离虽不远,然路途多山,多由水路绕道鄱阳湖、长江以达,交通并不方便。

汤显祖一生在故乡临川时间最长,前后长达五十余年,就其创作来看,主要成就都出自在临川的时期,而由于临川独特的地理人文环境,更显出与同时代人创作的不同特色。这一点笔者在下文中也将会时时论述到。

三 汤显祖的创作呈现

据明人韩敬编纂的《玉茗堂全集》,集中所收汤显祖的文章有 108 篇,包括序 58 篇、题词 10 篇、记 13 篇、碑 8 篇、文 3 篇、说 3 篇、颂 2 篇、哀辞 2 篇、志铭 5 篇、墓表 2 篇、解 1 篇、疏 1 篇;诗歌 1860 首,包括五言古诗 194 首、七言古诗 101 首、五言律诗 62 首、七言律诗 407 首、五言排律 41 首、七言排律 6 首、五言绝句 214 首、七言绝句 835 首;赋 27 篇;尺牍 447 通。

今人徐朔方先生笺校的《汤显祖全集》又收录了不少轶篇,据笔者统计,所收汤显祖的文章有 133 篇,包括序 69 篇、题词 10 篇、记 14 篇、赞 10 篇、碑 8 篇、文 3 篇、启 3 篇、说 3 篇、颂 2 篇、哀辞 2 篇、志铭 5 篇、墓表 2 篇、解 1 篇、疏 1 篇;诗歌 2284 首,包括五言古诗 276 首、七言古诗 104 首、五言律诗 73 首、七言律诗 493 首、五言排律 73 首、七言排律 8 首、五言绝句 185 首、五言律诗 133 首(含排律 73 首)、七言绝句 1012 首;赋 32 篇;尺牍 450 通;制义 63 篇;戏曲 5 部。

第三章
汤显祖诗学思想之哲学基础

第一节 汤显祖之思想传承

一 道教、佛教在江西的流传

宗教是一种特殊的文化，它在襄助政治、服务社会、教化百姓、开启民智等方面有一定的社会作用。我国历史悠久、地域辽阔、民族众多，产生了本土宗教（主要是道教），也接纳了外来宗教（主要是佛教和基督教）。多种宗教的汇合以及与儒学的交融，使中华文明更显异彩。江西地区优美的自然环境、便利的交通条件、发达的农耕经济、悠久的文化传统，使得多教并立和相互融合显得更为突出。

（一）道教渊薮，天师祖庭

道教进入江西，是在三国、两晋时期。先是张陵（或称张道陵，在四川创立天师道）的曾孙张盛，由川入赣，定居龙虎山，世代承袭，号称张天师。魏晋时期，著名的道教学者葛玄、葛洪先后到樟树的合皂山和峡江的玉笥山炼丹修道，这两座山便成了道教称颂的洞天福地。南朝宋大明五年（461），南天师道的代表人物陆修静在庐山建简寂观居住，他吸收儒家宗法和礼教思想，制定了道教徒的斋戒仪式；又搜集道教著作，编成我国最早的道教丛书《三洞经书目录》（《道藏》）。庐山道教声名鹊起，与龙虎山、合皂山、玉笥山合称为江西道教名山。

唐代统治者崇信道教，使江西道教得到很大的发展。秀丽的庐山迎来了远在长安的宰相李林甫的女儿李腾空和蔡侍郎的女儿蔡寻真。二女学道庐山，分别居住在昭德观、寻真观（名由皇帝所赐）。据统计，唐代江西新增的宫观约58所，遍布34个县。道教徒推崇向往的全国36洞天、72福地，江西占5洞天和13福地。五代、宋、元、明，江西的道教依然在持续发展，最有代表性的是龙虎山的天师道。

龙虎山张天师一脉，在魏晋南北朝到隋朝期间，主要在民间产生影响，还不为朝廷和士大夫所看重。到了唐代，经过几代天师的努力，融合了儒、佛，完善了天师道的理论体系，又凭借神秘的符箓丹术和独特的养生之道，逐渐获得了统治者的青睐。宋、元时期，是龙虎山天师一道的鼎盛时期，张天师执掌道教牛耳，扮演"山中宰相"的角色。明清时期，道教衰微，而龙虎山张天师依然是全国道教魁首。纵横察看江西道教，既为"渊薮"，又是"祖庭"，盛极千年。

（二）佛教西来，落地生花

佛教源于印度，西汉末年传入中国，东汉时期进江西。彭泽县的安禅寺、浮梁县的双峰寺分别创建于东汉前、中期，恒帝、灵帝期间，西域僧人安世高游南昌、九江等地，传授佛经。可见，佛教入江西，为时较早。

三国时期，江西新建的佛寺有7所，两晋、南北朝时期，江西又增加佛寺87所，散布在全国各地，形成了相对集中于三个地区（南昌、庐山、波阳和余干）。东林寺的著名得力于创建者慧远。东晋武帝太元九年（384），慧远建立东林寺，他内精佛理，外通儒、道，学识广博。他贯通儒、佛，兼谈玄道；延请高僧译经论佛，结交官宦，共襄盛举。他开创了佛教中国化的道路，使东林寺名噪一时。

隋唐时期，是佛教在中国的极盛阶段，也是各派佛学体系在中国的完成时期。江西的佛教，以禅宗南派流传最广泛，影响最深远。禅宗始祖是南朝梁时由印度来华的菩提达摩，他居于河南嵩山少林寺，至五祖弘忍时，分南慧能、北神秀两支。六祖慧能在广东弘法，但其弟子行思与怀让分别开创了青原、南岳两派系。行思是慧能的首席弟子，安福县人，遵师命回家乡，于唐中宗景龙三年（709）在吉安的青原山建净居寺，传扬乃师佛法，被尊为七祖。行思之后，经过三代而出现了良价、本寂师徒。良价初在修水县的云岩禅院，有一天途经宜丰县的洞水（葛溪），见到自己在水中的身影，顿时悟出佛理（睹影顿悟），于是定居在洞山（今宜丰县北同安乡），建广福寺，后更名为普利禅寺。行思死后，唐懿宗赐号"悟本禅师"。本寂19岁师从良价，得到心传。后辗转到宜黄县曹山，弘扬和发挥良价的佛法，把佛学和儒学糅合在一起，大谈"五位君臣论"，以说佛论禅的方式宣传君臣之道，一时间学者信徒云集曹山，形成新的佛教，并使其与中国传统文化逐渐紧密结合在一起，完成了佛教中国化的进程。

此外，怀让在湖南衡山创立的南岳派系也与江西渊源极深。怀让的大弟子道一（俗姓马，又称马祖道一）离开师门后，大部分时间在江西弘扬佛法，最后定居在靖安县石门山泐潭寺。道一在江西影响很大，弟子众多，发展成洪州宗派。死后，唐宪宗赐号"大宗禅师"，唐宣宗命地方官重修马祖塔，并赐匾额"宝峰"，泐潭寺于是改名宝峰寺。道一的高徒怀海，后期定居在奉新县百丈山，对禅宗进行整顿改革，制定"禅门规式"（或称"百丈清规"），一定程度上阻遏了本宗派瓦解的趋势，死后由唐穆宗赐号"大智禅师"。怀海的弟子衍其法系，形成了沩仰宗、临济宗。沩仰宗由灵祐、慧寂师徒创立，灵祐在湖南的沩山，慧寂在宜春的仰山，所以称为沩仰宗。临济宗由希远、义玄师徒创立，基地在河北正定临济院，但希远早年师承怀海，长期住在宜丰县黄柏山鹫峰下，并在万载县开基创建崇信寺、光化院、延寿院，还曾经在南昌的隆兴院停留过，与江西的渊源可谓不浅。

由唐入宋，佛教禅宗也由盛转衰，但在江西却不乏热闹场面。宜春县（今宜春市）人方会渊源于临济宗，于萍乡杨岐山普通禅院开宗立派，称杨岐宗。玉山人慧南也得法于临济，于修水县黄龙山创立宗派，称黄龙宗。旧宗未衰，新宗又起，而且向海外传播。曹洞宗在五代时传入朝鲜，南宋后期由日本僧人道元传入日本。黄龙宗法在南宋中期由日本僧人荣西传入日本。两宗在日本影响很大，信徒众多，至今不衰。

明清时期，佛教逐渐走向衰微，僧人们热衷于做佛事挣钱，在佛理的探索方面毫无建树，江西也难免其俗。聊可一叙的是崇仁县人慧经，他出身于曹洞，对"百丈清规"身体力行，晚年定居黎川县寿昌寺，为"中兴"曹洞的名师。

由上所述看来,道教、佛教在江西的流传是广泛及久远的,汤显祖自小生活于如此环境,受影响亦为必然。

二 汤显祖之儒家思想探源

(一)自小凛然生傲骨

汤显祖生于书香门第,祖上四代俱有文名。祖父懋昭,字日新,号酉塘。幼年即补弟子员,地方上读书人公推其为"词坛上将"。父亲汤尚贤,字彦父,号承塘,年少时即于县学受奖学金,知识渊博,文章古奥。母亲吴氏是本县广下乡道学家吴允颎的女儿,自幼熟读诗书。伯父尚质,字毓贤,亦是诗书传家。

汤家藏书丰富且设有汤氏家塾,汤显祖自幼便熟读四书五经,并涉猎诸子百家及天文、地理、卜筮、河渠、兵策以及谈神说怪之类的杂书。汤显祖勤奋攻读,五岁便能属对,入学后,开始读《文选》,能掩卷背诵而只字不讹。每次考试都能出类拔萃,如他自己在诗《三十七》中所说的:"童子诸生中,俊气万人一。"稍后他的阅读范围由"五经"转至《汲冢》《连山》,十七八岁时,又精于诗赋,精读了楚辞、汉赋和六朝文章。汤显祖少有政治抱负,积极投身举业,以他的聪颖,很快就在制义上显露才华。清代文人赵吉士在《寄园寄所寄》卷七中把他列为"举业八大家"[①]之一。

汤显祖在青年时期,像众多少年学子一样,对世事并不谙熟,只能从儒家经典中获得一些书本知识;并且天真地认为,将其付诸行动,即能治国平天下。少年时期的汤显祖从政热情很高,他自己后来说:"某少有伉壮不阿之气……观察言色,发药良中。某颇有区区之略,可以变化天下。"[②]关于这一点,钱谦益也看得很清楚:"义仍志意激昂,风骨遒紧。扼腕希风,视天下事数着可了。"[③]然实际情形并非如此简单,明王朝初创时蓬勃、兴盛的景象是极其短暂的,进入明中叶,社会矛盾凸显,社会危机隐伏,明王朝仿佛已经进入了深秋季节。

---

① 其余七家为王鏊、唐顺之、瞿景淳、薛应旂、归有光、胡友信、杨起元。
② 《全集》,第1320页。
③ (清)钱谦益:《列朝诗集小传·丁集·汤遂昌显祖传》,上海古籍出版社,2008,第563页。

汤显祖一生经历了读书求官、南京为官、遂昌施政、弃官居家四个阶段。各阶段朝政有异，汤显祖的感受也不相同。读书求官时期，正是张居正独揽朝政之时。汤显祖于隆庆四年（1570）乡试中举，翌年进京参加会试，落第。万历二年（1574），再次参加会试，又未考中。万历五年（1577），汤显祖第三次进京参加会试，适逢张居正欲为儿子登进士第选择陪衬，正好相中了汤显祖和宣城的沈懋学。然汤显祖谢绝了当朝首辅的延揽，沈懋学的行事则与汤显祖正相反。结果自然可知，沈懋学中了状元，张居正的儿子张嗣修名列榜眼，汤显祖落第而归。万历八年（1580）会试，张居正另一儿子张懋修又一次结纳汤显祖，邹迪光《临川汤先生传》说："庚辰，江陵子懋修与其乡之人王篆来结纳，复啖以巍甲而亦不应，曰：'吾不敢从处女子失身也。'"汤显祖仍不肯依附权门，结果又一次名落孙山。

后两次下第，汤显祖所受的打击无疑是巨大的，他感慨良深，作《别荆州张孝廉》诗，自叹为世所弃。然对依附权贵取得功名之人，也表示了相当的轻蔑。邹迪光的《临川汤先生传》、钱谦益的《汤遂昌显祖小传》、查继佐的《汤显祖传》以及《明史·汤显祖传》，都对汤显祖的谢绝延致深表钦佩之情。从这里可以看出，汤显祖身上具有正统儒家的铮铮硬骨和君子的"浩然正气"。

（二）致仕未敢忘国忧

汤显祖的傲骨不仅表现在求官阶段，亦体现于致仕时期。汤显祖于万历十一年（1583）中进士，到万历二十六年（1598）弃官归里，真正从政不满十五年。以封建社会的循吏标准来看，汤显祖是无愧的。在社会政治思想方面虽无伟大建树，然他以其实践活动表现出来的"伉壮不阿之气"，其精神实质与他的诗文、戏曲创作中所表现的强烈的批判精神是一致的。

汤显祖的未能出仕与张居正当朝有关，汤显祖的出仕便得益于张的倒台，但汤显祖并不因此而彻底否定张居正。客观公正地评价张居正，张不愧为一代名相，众多史家早有定论。汤显祖对张居正的评价也是相当客观的。汤显祖说："凡所以为天下者，刚柔而已。华亭徐公以柔承肃祖之威而事治，江陵张公以刚扶冲圣之哲而事亦不可谓不治也。"① 张居正治理国家雷厉风行，然其"明于治国而昧于治身"，私欲过于膨胀是其克服不了的自身之过。汤显祖论人有"真人"与"机人"之分。他说："夫所谓大吏执政者，固天下之机人也。"② 所谓"机人"，就是为满足私欲，而善弄机巧之人，张居正即属此种人。

汤显祖要努力成为"真人"。何谓"真人"？简单地说，"真人"即法贵天然、独具真性情的人。汤显祖曾力求保持心境的平和，态度的安静，"于用处密藏，于仁中显露"，做到"知存亡进退不失其正"③，循"天机"而动。然"真人"之"情"总是鼓动着他，使命感使其忍不住发表意见，并且付之于实践。

张居正死后，上台的是申时行。然行事软弱的申时行接连导致洮州失事、戊子荒政等事件。洮州失事，表明明朝边防废弛，这不能不引起汤显祖的隐忧。汤显祖在南京为官时期，万历十四年（1586）发水灾，大江南北，流民遍地。万历十五年（1587）灾情继续发展，瘟疫流行。万历十六年（1588）灾情达于高潮，三月间，山西、陕西、河南、南京、浙江发大饥疫。一连三年的全国性灾荒和瘟疫，使民生凋敝，流民哀鸿，汤显祖为此极其愁怨，有其诗为证：

> 河北人犹流，江南子初鬻。行人深掠食，县官粗赋粥。
> ——《顾膳部宴归三十韵》
> 白骨蔽江下，赤疫骈门进。豪家终脱死，泛户春零烬。
> ——《寄问三吴长吏》
> 西河尸若鱼，东岳鬼全瘦。江淮西米绝，流饿死无覆。
> ——《疫》
> 今年普天饿，非汝独愁叫。河海半相食，木砾饲老少。
> ——《内弟吴继文诉家口绝谷有叹》

---

① 《全集》，第1056页。
② 《全集》，第1052页。
③ 《全集》，第1227页。

然首辅申时行的亲信杨文举，作为皇帝亲派的赈灾大员，却以赈恤之名行贪贿之实，并在满载而归之时升任吏科都给事中。汤显祖耳闻目睹，官场黑暗如此，不禁令他义愤填膺。万历十九年（1591），诗人采取行动的时机终于来了。

这一年的三月丙辰，有星如彗，长尺余。历胃、室、壁，长二尺。闰月，彗星入娄。彗星，古称"妖星"，俗称"扫帚星"，历来被视为不祥之兆。万历降旨言责言官欺蔽，"无一喙之忠"。三月二十五日，汤显祖看到邸报，多年压抑的积怨促使他立即草成《论辅臣科臣疏》禀奏朝廷。

这篇著名的奏疏，矛头明指杨文举，实则针对首辅申时行，并且涉及了另一辅臣王锡爵。奏疏中，汤显祖历陈时政弊端，主要归结为四。

第一，辅臣以皇恩之"雨露"，灌溉"私门"之"桃李"，实为栽培"公家之荆棘"。其深为"皇上之爵禄可惜"。

第二，百官只知受辅臣之恩，而不知所受乃皇上之恩。其深为"皇上之人才可惜"。

第三，辅臣施人以私惠，借以树个人之恩德。其深为"皇上之法度可惜"。

第四，皇上临朝已达二十年，"前十年之政，张居正刚而有欲，以群私人嚣然坏之；后十年之政，时行柔而有欲，又以群私人靡然坏之"。其深为"皇上大有为之时可惜"。

最后，疏中敦请皇上训督时行等"痛加省悔，以功相补"；罢斥杨文举之流；"选补素知名节者为都给事，以风其余"。

深揭弊政、痛快淋漓的疏文，不谈玄理，专务实情。在朝堂百官噤若寒蝉之际，汤显祖又一次表现了他的义无反顾的铮铮铁骨。

汤显祖始料未及的是，指斥申时行的内阁，这是神宗所不可容忍的。果不其然，神宗见疏大怒，视显祖为妄言"狂奴"。因奏疏事关重大，且证据确凿，因而在切责之余，从轻发落。汤显祖上疏乞归，不准。于五月初三，神宗谕内阁："汤显祖以南部为散局，不遂己志，敢假借国事攻击元辅。本当重究，姑从轻处了。"① 贬官广东徐闻县典史添注。

---

① 徐朔方：《汤显祖年谱》，上海古籍出版社，1980，第96页。

一篇奏疏无疑给官场带来了一场地震，影响是巨大的。杨文举被削职为民；胡汝宁被罢官；首辅申时行不久上疏乞休，告老还乡。官场的连锁反应如梅鼎祚与汤显祖信所说："仁兄去职言事，使具臣泥首自窜，贪夫濡尾不前。群浮之徒，聿役如鬼，不可谓不效矣。"（《鹿裘石室集·尺牍》卷七《与汤义仍》）

（三）遂昌弹丸图"王霸"

汤显祖出仕后曾希望能施展宏图大志，他曾说："世途瞆瞆，妄驰王霸之思。"① "王道"和"霸道"一直是汤显祖考虑的问题。对于汤显祖来说，要实现自己的政治理想，就必须处理好"王""霸"两者的关系。

"王道"，正统儒家就此问题自形成初始就有论述。从孔子、孟子直到宋、明两代的新儒学，无不提倡"王道"。孔子就说："为政以德，譬如北辰，居其所而众星拱之。"② 孟子亦说："人皆有不忍人之心。先王有不忍人之心，斯有不忍人之政矣。以不忍人之心，行不忍人之政，治天下可运诸掌上。"③ 程颐说："圣人在上，以仁育万物，以义正万民。"④ 朱熹更认为治天下要有"仁义"之心："盖天下万事本于一心，而仁者此心之存之谓也。此心既存，乃克有制，而义者此心之制之谓也。诚使是说著明于天下，则天子以至庶人，人人得其本心以制万事，无不合宜者，夫何难而不济？不知出此，而曰事求可，功求成……是申、商、吴、李之徒所以亡人之国而自灭其身。"⑤

贵"王"贱"霸"，以道德为本而实施仁政，反对为急功近利而行权谋术数，是儒家的一贯主张。汤显祖是遵从这一信条的。汤显祖南京为官时期这一思想并不能付诸实施，因为他只是一个礼部的闲散之官。陈疏事件之后，被贬为徐闻县典史，只是掌管缉捕和牢狱的一个小官，也无施展政见的余地。

---

① 《全集》，第1535页。
② 《论语新解·论语·为政》，三联书店，2016，第21页。
③ （明）朱熹：《四书章句集注·孟子·公孙丑上》，中华书局，2008，第237页。
④ （宋）周敦颐：《周敦颐集·通书·顺化第十一》，陈克明点校，中华书局，1990，第22页。
⑤ （明）朱熹：《朱子文集·送张仲隆序》，中华书局，1985，第71页。

万历二十一年（1593），汤显祖四十四岁时，由徐闻量移为浙江遂昌县县令。直至万历二十六年（1598）弃官，整整五年。遂昌虽为浙西南的山区小县，然汤显祖为一县之主，他应该可以，也准备在此实现他的"王霸"思想了。

遂昌乃万山丛中之边城，民风淳朴，看似"世外桃源"，"小国寡民"，实则也有豪强权贵的存在。汤显祖施政是有着自己的政治蓝图的，这在他的《论辅臣科臣疏》中已见端倪。汤显祖的思想基础为"性善"论，他在《赵子瞑眩录序》中说："先天地以来，即有性善一方。伏羲视卦气，神农化毒草，轩辕画井田封建，所以利生成世，皆是物也。至尧著其方授舜，曰：'允执其中。'……舜以授禹。而汤、文王、周公、孔子守之……至问所以为国大略，复井田，正经界，十一尧舜之道也。"①

在《贵生书院说》与《明复说》两篇文章中，我们还可以看出作者的这种思想："有位者能为天地大生广生。……始知'君子学道则爱人'"②；"显诸仁，藏诸用，于用处密藏，于仁中显露。……知天则知性而立大本，知性则尽心而极经纶"③。汤显祖一方面遵从儒家之说，另一方面又认为"百家不可废也"，道家、法家也自有其合理的成分："若夫老庄之属，人而之天；管韩之属，天而之人。凡世之蕲有所立言成书托名字者，心皆有一乎是。学士得而精之，通其数言，举可以摄理事而施于世。"④ 如此，他既遵从儒，又突破儒，意欲诸家兼用，"王""霸"并举。

有此思想基础，汤显祖努力地把它付诸实践。在遂昌这块弹丸之地，汤显祖努力实践自己的理想。遂昌之治，总结起来可有如下政绩。

（1）实施清廉之政。他说："惟清惟惠，可以富民；能富其民，乃以见思。"⑤ 同时告诫弟子："天下太平，必须不要钱不惜死。"⑥ 汤显祖总结其遂昌之政是非常自信的："生在平昌四年，未尝拘一妇人，非有学舍城垣公

---

① 《全集》，第 1093 页。
② 《全集》，第 1225 页。
③ 《全集》，第 1226–1227 页。
④ 《全集》，第 1105 页。
⑤ 《全集》，第 1450 页。
⑥ 《全集》，第 1461 页。

费,未尝取一赎金。此又可质之父老子弟而无择言者也。"① 廉洁如此,在当时的官场实在难能可贵。遂昌民众为汤显祖建遗爱祠,遗留至今,便是明证。

(2)认真有效地收取赋税。明朝赋税众多且沉重,万历年间苛捐杂税尤使百姓不堪其苦。汤显祖采取公平收取赋税的办法,首先碰上的问题自然是豪强大户的赋税问题。他"罚必而先贵",对遂昌最大的当朝官员项应祥及其亲属,核查隐占的田地,按数收税,故而得罪项,这也成了汤显祖此后为官重重受阻的最大隐患。

(3)办教育,制乡约。汤显祖重视"德教",在徐闻之时,便把近于荒废的书院整葺一新,并作《贵生书院说》。上任到遂昌,下车就拜谒孔庙,视察县学,扩建全县唯一的相圃书院。后来,还协助建汀州府儒学,协助整顿南昌县学和临川县学。办教育是儒学的传统,也是王阳明所主张的"破心中贼"的有效方法,汤显祖对此身体力行。汤显祖在遂昌制定的乡约成为教化百姓的良好手段,取得显著的效果。

(4)"多风化,无暴苛。"汤显祖行动的哲学根据是儒家的"人性善"和王学的"良知说",汤显祖听讼从不施用重刑,"以故五年中,县无斗伤笞系而死者"②,狱中囚犯有生病者,他自己买药让他的医生朋友何翁晓悉心调理。更有甚者,除夕之夜,纵囚回家祭祖,命三日回狱,竟然无一人不归。元宵节,遣囚于城北河桥上观灯,体会"绕县笙歌"的盛况。应该说,汤显祖的行动是大胆的,也说明其施政的成功。

(四)儒家诗学的潜移默化

重情感的表现是中国古代美学思想的重要特征。这与原始氏族社会以血缘关系为基础的制度、风习、观念、意识在中国古代大量存留和沿袭有密切关系。中国古代伦理道德同血缘紧密联系在一起,因此它不只是一种外在的行为规范,也与基于血缘关系的情感直接相联,既把道德看作个体内在的情感心理要求,同时又赋予它远远超出个人的重大社会意义。伦理

---

① 《全集》,第1461页。
② 《全集》,第511页。

道德被视作感性个体的内在情感心理要求，与社会普遍的理性要求完全合一。这正是中国的哲学、伦理学能直接通向美学的重要原因。因为美作为人的自由发展的感性具体表现，是同个体和社会的统一密不可分的，而且这种统一又正是直接表现在个体的感性存在中，因而与个体内在的情感要求不能分离。这一点在儒家的情感美学思想中体现得最为充分。儒家主张"爱人"，以天下为己任，其所要表现的情感显然不仅仅是个体的情感，而是有着深广的社会性的情感。孔子说"君子学道则爱人"①，又说"志于道，据于德，依于仁，游于艺"②。将"志"与"道"密切相连，而"志于道"又与"爱人"密不可分。"道"是儒家的社会理想，即安邦治国之道，个体"志于道"必然带来对"道"所指向的社会思想的热爱和执着。

所谓"诗言志"，实即"诗言道"，而"诗言道"是不能脱离感情的。《毛诗序》说，"诗者，志之所之也。在心为志，发言为诗"，而诗又是"发乎情"用以"吟咏情性"的，这所发之情和吟咏之情既是个体内在的情感，又是与所"志"之"道"密不可分的社会性的情感。儒家从这一思想出发，特别注重文艺对人的内在情感的感化、陶冶作用，以使人的感情"反人道之正"。

汤显祖的"情至"论继承和发扬了儒家这一思想。他在《宜黄县戏神清源师庙记》中对戏剧所具有的强烈艺术感染力和巨大的感化作用做了极生动的表述：

（戏剧）使天下之人无故而喜，无故而悲。或语或嘿，或鼓或疲，或端冕而听，或侧弁而哈（同"咳"），或窥观而笑，或市涌而排。乃至贵倨弛傲，贫啬争施。瞽者欲玩，聋者欲听，哑者欲叹，跛者欲起。无情者可使有情，无声者可使有声。寂可使喧，喧可使寂，饥可使饱，醉可使醒，行可以留，卧可以兴。鄙者欲艳，顽者欲灵。可以合君臣之节，可以浃父子之思，可以增长幼之睦，可以动夫妇之欢，可以发宾友之仪，可以释怨毒之结，可以已愁愤之疾，可以浑庸鄙之好……外户

---

① 杨伯峻：《论语译注》，中华书局，1980，第181页。
② 杨伯峻：《论语译注》，中华书局，1980，第67页。

第三章　汤显祖诗学思想之哲学基础

可以不闭，嗜欲可以少营……①

儒家向来重视诗乐的感化作用，甚至认为可以"动天地，感鬼神"，对戏剧却一向轻视。汤显祖认为戏剧能有这样巨大的感染力，将儒家所说诗、乐的感化作用扩展至戏剧，这是前所未闻的。他在极大地提高戏曲艺术社会地位的同时，也有力地发展了儒家美学重情感感化的思想，并打出了他特有的"情至"大旗。

正是由于情感的感化作用，才能处理好君臣、父子、长幼、夫妇、宾友之间的"节""恩""睦""欢""仪"的人伦道德关系。也正是由于情感的净化作用，才能消除怨毒、愁愤、庸鄙的恶劣情绪，使人欲真、求善、达美。这就是"人有此声，家有此道，疫疠不作，天下和平"。所以汤显祖说："以人情之大窦，为名教之至乐也哉。"② 以"人情"作为"名教"达于至乐的本源、根基，无疑是对儒家"风以动之，教以化之"思想的重要发挥。"风以动之，教以化之"，重在"动""化"，即感化，而不在简单说教。汤显祖将"情"提到如此重要的地位，"情"成为他全部思想与美学的核心范畴。它所强调的是情感的"感荡心灵"作用。

儒家情感美学思想不仅提出了"诗言志""诗言道"的问题，还创造性地提出了文艺发生的本体论问题。《乐记》说：

乐者，音之所由生也，其本在人心之感于物也。③

认为人心的感情状态不同，感于物之所得也不同。这是以"心""物"的交感来说明"乐"（在古代，包括诗、歌、舞，即古代艺的总称）的产生。它是古人对文艺产生的一种朴素唯物主义的解释。它已隐含儒家对文艺的根源、本体的看法。

汤显祖明显继承和发展了这一思想。他说：

---

① 《全集》，第1188页。
② 《全集》，第1188页。
③ 陈良运主编《中国历代诗学论著选》，百花洲文艺出版社，1995，第38页。

缘境起情，因情作境。①

高扬情感是明中后期文学思潮的一个突出特征，然汤显祖情感论的独特性在于，其认为"情"是文艺的本源、根据。

三 汤显祖诗学中道家思想的隐现

前文已述汤显祖所生活的地域，道教流传既广，少年时期的显祖受其影响很深。加上其祖上素有修习道教的传统，这在《和大父游城西魏夫人坛故址诗·有序》中有记述："家大父蚤综籍于精粪，晚言筌于道术。捐情末世，托契高云。家君恒督我以儒检，大父辄要我以仙游。"②"大父"即祖父，名汤懋昭，"字日新，号酉塘"，"性秉洁清，心存远大"，然中年后学道，"弃廪饩，远梦器，隐处于酉塘庄，因而为号；并题联以写意，曰：'金马玉堂富贵输他千百倍，藤床竹几清凉让我两三分。'由是闭户潜修，或赋诗以言志，或弹琴以娱情"③。其诗能证实这一点。他在《玉茗堂诗》卷三《三十七》诗中写道："家君有明教，大父能阴骘。"④ 不仅祖父潜心于道，素小溺爱显祖的祖母也有道家思想："大父喜书诗，大母爱林池。"⑤由此，显祖在诗中还有这样的言说："第少仙童色，空承大父言。"⑥

他的父亲也讲究道家的养生术："性不喜轩盖跃马，着履行城市村落间，往来甚迅，寡疾病，病亦勿药；通黄帝、彭祖之术，时借以自辅。"⑦尤其是他祖母魏太夫人有如下的传说："然吾闻母之生也，里梦南岳夫人降世。生平精心道佛，好诵元始金碧之文……一旦无疾，翛然而往……故世率以为尸解，非漫与亿也。"⑧ 这更带有道教的神秘色彩。这样的家庭氛围

---

① 《全集》，第1185页。
② 《全集》，第23页。
③ 毛效同编《汤显祖研究资料汇编》（全二册），上海古籍出版社，1986，第119－120页。
④ 《全集》，第245页。
⑤ 《全集》，第166页。
⑥ 《全集》，第17页。
⑦ 《文昌汤氏族谱·汤氏族谱》，东方出版社，2017，第2页。
⑧ 帅机：《阳秋馆集》卷三，转引自毛效同编《汤显祖研究资料汇编》（全二册），上海古籍出版社，1986，第121页。

无疑给汤显祖以巨大的影响。

汤显祖的道家思想从其情感论中亦可追寻根源。其中最主要的是对道家"法天贵真，不拘于俗"观点的阐发。

道家对情感的认识基于对儒家所宣扬的伦理道德虚伪性的批判。他们主张超越一切功利的追求、荣辱的考虑，处处随顺自然，以求得个体生命的保全和自由发展。道家所说的"情"是"无情之情"，即不为物所累之"情"。为此，道家提出"达于情而遂于命"的思想，反对违反自然本性的欲求，认为其伤身害生。这一思想显然被汤显祖所吸纳。他在徐闻建贵生书院时所写的《贵生书院说》中，虽然更多地受到儒家贵生、贵天、爱人思想的影响，但从其不以物限身、害生这一点上看，又明显可见道家思想的影响。他说：

> 大人之学，起于知生。知生则知自贵，又知天下之生皆当贵重也。然则天地之性大矣，吾何敢以物限之；天下之生久矣，吾安忍以身坏之。①

汤显祖所说的以"知生"为本的"大人之学"，实际上是通过生命的"自贵"而"贵人"。首先要对上天所赋予自己的自然生命形色"宝而奉之"，"无起秽以自臭"，贵生、养生、保身，而不贱生、去生、杀身。这也就是大"仁"、大"孝"。能做到这一点的就是"大人"。在《徐闻留别贵生书院》一诗中，汤显祖又说：

> 天地孰为贵，乾坤只此生。
> 海波终日鼓，谁悉贵生情。②

汤氏在此以"生"为最宝贵的东西，虽然明显倾向于儒家，而且还有禅家的意味，但与道家达情遂命之思更具有内在的契合性。

---

① 《全集》，第1225页。
② 《全集》，第463页。

道家反对生命为外物所役，主张"达于情而遂于命"，提出了"法天贵真，不拘于俗"的思想，反对儒家的矫情，认为其使人的真情为外在礼法所扼杀。庄子就曾这么说：

> 真者，精诚之至也。不精不诚，不能动人。故强哭者虽悲不哀，强怒者虽严不威，强亲者虽笑不和。真悲无声而哀，真怒未发而威，真亲未笑而和。真在内者，神动于外，是所以贵真也。①

"真"者就是真心、真情、不虚假。如不能精诚专心到极致，就不能感动人。唯有"真"才能使人的个性情感得到真实无伪、自在自由的表现。如果丧失了这"受于天"的"真"，也就丧失了人的自然本性，无论"哭""怒""亲"，都只能是勉强所为，虚伪做作。所以庄子提倡"法天贵真，不拘于俗"。

汤显祖继承和发展了道家的这一思想，提出了"尚真色"的重要美学原则。他在《焚香记总评》中说：

> 填词皆尚真色，所以入人最深，遂令后世之听者泪，读者颦，无情者心动，有情者肠裂。何物情种，具此传神手！②

审美创作如果有情动于中、神行于外的真情本色，就能真正感动人。"神"，和"情"与"真"不可分离，所传之"神"就是真心真情，能传其真心真情才能撼天动地，"入人最深"。在汤显祖看来，如果审美创造"色色欲真"，就是"传神手"。有此"传神手"，其所创造的审美作品即可称为"化工"矣。可见，汤显祖将"真色"作为营造最高的审美境界的重要内涵。

四　汤显祖诗学中佛学思想的因子

宋代以来，三教合一渐成风气，但文人学士对佛教多"阴取"而阳为

---

① 陈鼓应注译《庄子今注今译》，中华书局，1983，第823页。
② 《全集》，第1656页。

第三章 汤显祖诗学思想之哲学基础

排击。除了儒道思想外，汤显祖的"情至"论也在一定程度上受到禅宗思想的影响。一方面，禅宗强调"自性"，张扬"唯我独尊"，在唯心主义形态下对个体独立自由的精神给予极大关注，这对汤显祖产生了一定影响。但另一方面，对禅宗的"真心一元论"的"理有情无、情有理无"的两相对立的思想，汤显祖始终不能认同，这与他主情的思想无法相容。这一点在他与达观的几次思想交锋中有所表现。

达观即真可，晚年号紫柏，俗姓沈。他生于明世宗嘉靖二十二年（1543），死于万历三十一年（1603），是明末禅宗四位著名大师之一。达观处世旷达，为人仗义，疾恶如仇，对皇上征收矿税极为不满，曾说："矿税不止，则我救世一大负。"万历二十八年（1600），他对南康太守吴宝秀因拒绝征收矿税而遭逮捕一事深怀义愤，为之奔走营救，得罪了一些权贵宦官。这些权贵者终借万历三十一年（1603）京师"妖书"事件，将他诬陷入狱，同年底，达观死于狱中。

汤显祖与达观个人感情很深，尤其钦佩其侠义之气。达观遇难后，汤显祖抑制不住悲愤，写了《西哭三首》《念可公》等几十首诗怀念达公，在书信、文章中也多次提及对达观的思念之情。达观对汤显祖的思想影响是不可忽视的。汤显祖说："达观氏者，吾所敬爱学西方之道（指佛教）者也。"① 又说："弟一生疏脱。然幼得于明德师，壮得于可上人。"② "可上人"即达观。

达观认为，浮生几何，而新故代谢，年齿兼往，那堪踌躇。所以他劝汤显祖要"善用其心"。③ 何谓"善用其心"？即要觉知，除去身存而心死之大患。"大患"之说为老子所言。老子曰："吾所以有大患者，为吾有身。"老子的本义并非说生命的躯体为当除的大患，而是说执着于自身存在，以至蔽于外物，"宠辱若惊"，患得患失。老子所云"上求生之厚"，似为贵生，实为轻死。而达观却认为只有除去使心死的蔽于物的身存大患，才能得其本妙真心。然而，"真心本妙，情生即痴，痴则近死，近死而不

---

① 《全集》，第1053页。
② 《全集》，第1449页。
③ 曹越主编《紫柏老人集》，北京图书馆出版社，2005，第608页。

觉，心几顽矣"。①（卷二十三）这里前后出现了两个"心"。前之"心"，为达观所主的"本心""自心""真心"；后之"心"则是达观要尽除的蔽于物的"身心"。达观主"万物皆心"：

夫万物皆心也。以未悟本心，故物能障我，知悟本心，我能转物矣。②

有形而最大者，莫过乎天地；无形而最大者，莫过乎太虚；包诸有无而最大者，莫过乎自心。③

夫自心者，圣贤由之而生，天地由之而建，光明广大，灵妙圆通，不死不生，无今无古，昭然于日月之间，即之而不可入，离之而不可遗……④

可知，达观所说的"心"并非主观现象的心，更非常人之心，而是"物物皆心""心外无物"的圣贤之本、天地之源，即本妙的"真心""真心一元论"。"真心本妙"，然而"情生即痴"，"痴"则不能得"本妙""灵妙"之"真心"。无"真心"，近死无疑。而近死又不觉，这就使常人蔽于物（情）之心顽劣不化了。

很显然，达观不希望汤显祖成为这"情生即痴""心几顽"之人。而实际上，达观又强烈感觉到汤显祖是情痴心顽之人，这无论是在《牡丹亭》"生者可以死，死可以生"的"情至"表现中，还是在不忘世事，甚至认为"诗人诚不足为……吾所为期于用世"⑤的表白中，都强烈地表现出来。所以，达观劝诫汤显祖："人为万物之灵，于此不急而他急，此所谓不知类者也。"⑥ 对"存本妙真心""除蔽于物"的身心这种大事不急，而被近死情痴所囿，就是不知类。此"类"非人作为类存在之类，而是是否得其"真心""佛性"，已"迥脱根尘"的存在。

---

① 曹越主编《紫柏老人集》，北京图书馆出版社，2005，第608页。
② 曹越主编《紫柏老人集》，北京图书馆出版社，2005，第232页。
③ 曹越主编《紫柏老人集》，北京图书馆出版社，2005，第236页。
④ 曹越主编《紫柏老人集》，北京图书馆出版社，2005，第294页。
⑤ 《全集》，第1637页。
⑥ 曹越主编《紫柏老人集》，北京图书馆出版社，2005，第609页。

第三章 汤显祖诗学思想之哲学基础

　　判断此存在的标准在达观看来很简单，即以距"真心"的远近而定。"夫近者性也，远者情也，昧性而恣情，谓之轻道。"① 此"道"既非道家所言恍兮惚兮，不自生，却生一生二生三生万物的道气，也不同于儒家"朝闻道，夕可死矣"之仁义大道、天道、人道。达观之"道"即他所本的"万物皆心"的圣贤之本、世界之源的本妙"真心""实性"。在达观看来，儒、释、老"三家一道也，而有不同者，名也，非心也"②。也即三家虽名称不同，可主"心"是一致的。所以，"能儒能佛能老者也"③。

　　达观语义虽"多入乎孔、老之樊"，可他毕竟是禅宗大师，其法语"终以释氏为歇心之地"④。达观所说昧性恣情，谓之轻道之"道"，虽出乎孔、老，其核旨却非孔、老之意所能涵盖，而是借孔、老"道"名，言释氏"道"实，即本妙"真心""实性"。达观说汤显祖"受性高明，嗜欲浅而天机深，真求道利器"⑤。此"求道利器"之"道"，亦非求孔、老意义上的"道"，而是"真心""实性"意义上释氏之"道"。

　　辨明这一点尤为重要，因为达观所谓之"道"，实即达观所谓之"理"。他所谓"理明则情消，情消则性复，性复则奇男子能事毕矣，虽死何憾焉"⑥，其"理明"之"理"，即释氏"真心""实性"之"道"，所明之"理"，即"真心""实性"。而这正是学界对汤显祖以情所反之"理"究属何意长期昧而未明之处。

　　汤显祖在《牡丹亭记题词》中说："情不知所起，一往而深，生者可以死，死可以生。"结语说："第云理之所必无，安知情之所必有邪。"这些议论显然是有针对性的。但并不像许多论者所言是针对宋明理学的，是直接以情反（抗）宋明理学之"天理"。

　　明刊《牡丹亭还魂记》题词署"万历戊戌秋清远道人题"，即此题词写于万历二十六年（1598）。按创作在先，题词在后，《牡丹亭》应在1597年前后写成（张庚、郭汉城主编的《中国戏曲通史》亦这么看）。写题词是为

---

① 曹越主编《紫柏老人集》，北京图书馆出版社，2005，第609页。
② 曹越主编《紫柏老人集》，北京图书馆出版社，2005，第213页。
③ 曹越主编《紫柏老人集》，北京图书馆出版社，2005，第213页。
④ 曹越主编《紫柏老人集》，北京图书馆出版社，2005，第189页。
⑤ 曹越主编《紫柏老人集》，北京图书馆出版社，2005，第609页。
⑥ 曹越主编《紫柏老人集》，北京图书馆出版社，2005，第610页。

了付刻，所以有感而发。感于何？感于达观临川之行的"情有理无、理有情无"之论。达观说：

> 情有理无者，圣人空之；理有情无者，众人惑焉。①
>
> 立言不难，难于明理；明理不难，难于治情。能以理治情，则理愈明；理愈明，则光大，故其所立之言天下则之，鬼神尊而呵护之。②
>
> 吾以是知山河大地，本皆无生，谓有生者情计耳，非理也。故曰：以理治情，如春消冰。③
>
> 夫道乃圣人之常，情乃众人之常。圣人就众人而言，故曰"反常合道"耳。④
>
> 古今祸福，皆初无常，直以天理与人情，折断臧否，无不验者。若以天理折断人情，则公道明；设以人情折断天理，则私忿重。⑤

达观在汤显祖情意正浓地写作《牡丹亭》时，专程"买舟绝钱塘"，经龙游到遂昌，然后又到临川，其目的就是用他的这些"情有理无""理有情无"之论说服汤显祖，让他接受"真心一元论"之"理"、之"道"，以便能接引他入"不二法门"，以"了此大事"。但汤显祖对达观所说的"祸福生死，物我广狭，古今代谢，清浊浮沉，皆情有而理无者也"⑥，是完全不能认同的。而且他也深深看到了达观思想及其生存方式的内在矛盾处，这自然让他对达观的思想不能信服。

达观思想的矛盾在于他所说的"情无"并非一般佛家所说的"空无"，四大皆空，"法空""我空"。达观欲接引汤显祖所入的"不二法门"，也并非"空门"。达观认为言"空门"实为不真知佛心：

> 娑婆世界，与十方众生世界，皆根于空，空复根于心。故经曰：

---

① 曹越主编《紫柏老人集》，北京图书馆出版社，2005，第94页。
② 曹越主编《紫柏老人集》，北京图书馆出版社，2005，第189页。
③ 曹越主编《紫柏老人集》，北京图书馆出版社，2005，第190页。
④ 曹越主编《紫柏老人集》，北京图书馆出版社，2005，第610页。
⑤ 曹越主编《紫柏老人集》，北京图书馆出版社，2005，第625页。
⑥ 曹越主编《紫柏老人集》，北京图书馆出版社，2005，第588页。

第三章 汤显祖诗学思想之哲学基础

"空生大觉中，如海一沤发，有漏微尘国，皆依空所生。"第众生胶固于根尘之习，久积成坚，卒不易破，故诸佛菩萨先以"空药"，治其坚"有"之病。世之不知佛菩萨心者，于经论中见其炽然谈空，遂谓佛以空为道，榜其门曰"空门"。殊不知众生"有"病若愈，则佛菩萨之"空"药亦无所施；空药既无所施，又以妙药治其"空"病。然众生胶固根尘之习，虽赖空药而治，"空"病一生，苟微佛菩萨之妙药，则空病之害，害尤不细。世以佛门为"空门"者，岂真知佛心哉……①

达观所说的"真空妙有"，正是禅宗的特点。禅宗所要达到的就是一种"在世间而出世间，出世间而不离世间"②的自由精神境界，也即成"佛"的境界。以"空"破"有"，即"在世间而出世间"的阶段；而一旦达到出世间又能顿悟"真空妙有"的境界，就真正进入了成"佛"的自由精神境界，也即"出世间而不离世间"的最高阶段。

这正是汤显祖深切透视到的达观的思想矛盾处。既然"真空妙有"强调的并非不爱惜生命（这一点正是中国式佛教——禅宗与印度佛教的不同之处），那么，"不离世间"也就是对生命仍充满依恋，有难以割舍之"情"。虽然"口中说空"，可仍"行在有中"③，此"有"就是"情有"，就是"有情"，绝非主"真心一元论"之"情无"。所以，达观坚持的"情有理无""理有情无"是站不住脚的。达观本就没离世间，而且他作为"狂禅"关心世事，疾恶如仇，真正是情根未断，又何以接引汤显祖入"不二法门"呢？

所以，当达观到临川试图再次接引汤显祖入"不二法门"时，汤显祖的心情极为复杂。他看到达观言行的内在矛盾处，又深感达观几次三番接引他确是出于"雪里埋心待汝归"④的纯真情怀，于是将挚友送了一程又一程，在一首首诗中点破了达观"无情当作有情缘"的"真心妙有"的至情之心：

---

① 曹越主编《紫柏老人集》，北京图书馆出版社，2005，第10页。
② 刘纲纪：《美学与哲学》，湖北人民出版社，1986，第299页。
③ 郭朋：《明清佛教》，福建人民出版社，1982，第204页。
④ 《全集》，第578页。

达公去处何时去，若老归时何处归？
　　等是江西西上路，总无情泪湿天衣。

　　无情当作有情缘，几夜交芦话不眠。
　　送到江头惆怅尽，归时重上去时船。

　　无情无尽恰情多，情到无多得尽么。
　　解到多情情尽处，月中无树影无波。

　　水月光中出化城，空风云里念聪明。
　　不应悲涕长如许，此事从知觉有情。①

　　总之，萦绕在汤显祖耳畔的全是达观的"理有情无"之类的法语。然而在汤显祖看来，达观的"情无""无情"，自当视作"情有""有情"，所谓"无情无尽恰情多"。

　　当然，这"无情之情"却非常情，而是"泪湿天衣"之至情，也就是"解到多情情尽处"，"情尽"则"月中无树影无波"。沈际飞评说这句诗"窥得宗风"。"宗"即禅宗。但沈际飞只说着了一半。汤显祖虽窥得禅境宗风，但在汤显祖眼里，这禅境宗风又并非寂然清冷，而是澄明朗照。

　　这澄明朗照的禅境宗风正是与审美境界相通的。"至情"或曰"情尽处"，正是大象无形、大音希声、超言绝象的审美之境。正是因为汤显祖窥得这非常人所能感悟的禅境，因而他感到达观既坚持"理有情无"，而自身又并不脱离超言绝象的"情有"境界是不能自圆其说的。

　　在汤显祖看来，既然生命体验昭示于人的身心的是无法脱离的情有境界（并不仅仅指涉终极意义上的审美境界，也涵盖一般的感性生存境遇），那么，与人的感性存在不相融涉的"本妙真心"之"理"、之"道"，也就可以不存在。因为至情也就是至理，"情尽处"也就是天理所存处，而这"至情"之于至理、"情尽"之于天理存，它既包容一般的常情常理，又不

---

① 《全集》，第 580－581 页。

能仅仅作如是观。关键是要超越常情常理而追寻"至情""情尽",而"至情""情尽",就内蕴着至理,内存着天理。

而达观却将"道"(理)视为圣人之常,将"情"视为众人之常,将二者截然对立,希望汤显祖能"反常合道"。所谓"反常",就是反"生死代谢,寒暑迭迁,有物流动,人之常情"。达观认为,只有反众人之常,才能"合道",因为"众人迷常而不知返,道终不闻矣"①。众人要闻道(理),就不能"迷常",即尊"情有"。只有反"情有"之常,才能合"理有"之道。"情有"和"理有"是不能并出的。此即达观所谓"情有者理必无,理有者情必无"。

汤显祖不能同意达观的看法,他在引用了达观"情有者理必无,理有者情必无"的话后辩驳道:

> 真是一刀两断语。使我奉教以来,神气顿王。谛视久之,并理亦无,世界身器,且奈之何。以达观而有痴人之疑,虐鬼之困,况在区区,大细都无别趣……迩来情事,达师应怜我。白太傅苏长公终是为情使耳。②

正是"情有者理必无,理有者情必无"这个"两断语",让汤显祖对达观所奉禅宗之真义豁然明了("使我奉教以来,神气顿王"。"王"即"旺")。然而细细审视达观所说的"理有"之"理",汤显祖认为这个无情之"理"也是不存在的("谛视久之,并理亦无")。因为如果认同了这个否定"生死代谢,寒暑迭迁,有物流动"的"常情"之"理",客观世界和感性生命又将置于何处呢?毕竟,客观的情感世界也是否定不了的("世界身器,且奈之何")。

达观说"真心本妙,情生即痴,痴则近死"。汤显祖却反唇相讥,说达观自身作为感性生命存在于感性世界,却以情感世界为"理无",这才恰恰是"痴人之疑"。有此"痴人之疑",虽不近死,但"大细都无别趣"。

---

① 曹越主编《紫柏老人集》,北京图书出版社,2005,第610页。
② 《全集》,第1351页。

"大"即客观的感性世界;"细"即感性世界里的万生万物、独立的个体感性生命存在;"别趣"即生命意味、意趣。汤显祖特别重视生命存在的"意趣神色",也即生命诗化特征的美。他认为"世总为情"①,感性世界即情感的世界。否定了情,"大"至天地,"细"至天地中花鸟虫鱼个体的日常生活都失去了"别趣",即失去了丰富而各有个性的生命意味、意趣,也即生命之美。

别趣、意趣、意味是达观视为"理"所必无的"情有",而汤显祖正是执着于生命别趣、意趣、意味之美的追寻,对达观的"理有"持不调和的否定态度。所以汤显祖最后说:"迩来情事,达师应怜我。白太傅苏长公终是为情使耳。"这就是说,你达观自当可以坚持"理有情无",但你也当理解我何以仍执着于"情有"。这就像白居易、苏轼对佛禅虽有过很深的信仰与研究,然而终不能在佛禅中寻得解脱,"终是为情使耳"一样。很显然,这是汤显祖对达观"理有情无"论的婉转而又坚决的拒绝。达观试图引汤显祖入"不二法门"的愿望终于破灭了。

至此,我们可以对学界过去在汤显祖以情反理问题上的一些看法有所澄清。其一是普遍被接受的所谓汤显祖直接以情反宋明理学之"理"的观点是不确切的。② 这实际上是未将汤显祖所反的达观之"理",与汤显祖亦有微词的宋明理学之"理"区别开来,二"理"同烩。③ 其实,达观也从他的"道""理"(即"真心一元论")出发来反宋明理学之"理",这亦可说明达观之"理"与宋明理学之"理"是不同的。

其二是有的论者虽对汤显祖以情反理说提出了疑问,认为不要"忽视汤氏与达观思想的重要区别",并对"将达观的观点当成汤显祖的观点"提出了批评,即"情有者理必无,理有者情必无"是达观语,非汤显祖之意,但达观与汤显祖思想的重要区别何在,论者并未深究,语焉不详,因而所得出的结论自然也似是而非:

达观以理破情实有之,汤显祖以情破理则未必。他只用"谛视久之,并理亦无"这种禅家习用的机锋轻轻一点,就把达观视情、理不两立的偏

---

① 《全集》,第1110页。
② 张庚、郭汉城主编《中国戏曲通史》(中),中国戏剧出版社,1981,第93页。
③ 张庚、郭汉城主编《中国戏曲通史》(中),中国戏剧出版社,1981,第95页。

执性指点出来了。以反理作为基点阐释汤氏"情"论的积极意义是不合汤氏本意的……①

汤显祖是否"以情破理",关键要看这所破之"理"是不是与"情"不两立之"理",也即是不是"真心一元论"。其实上文已述,达观正是以此"理"攻"情"。"理之攻情,何情不破。"汤显祖针锋相对提出"并理亦无",这是明确反对达观之"理有情无""痴人之疑"的,并非仅仅用"禅家习用的机锋轻轻一点"含糊过去。汤显祖所反之"理",正是使"大细都无别趣"的"真心一元论",这是毋庸置疑的。

禅宗的情有理无、理有情无的"真心一元论"不可能对汤显祖的情至论产生直接的影响。但正是在与达观的辩论中,汤显祖对自己所主张的"情至"论认识得更清晰、更深入了。我们甚至可以说禅宗的"理无"对汤显祖的"情有"起了间接的催化作用。此外,唐代慧能一系的禅宗所鼓吹的"唯我独尊""自性能含万法是大"所包含的个体独立自由精神,则给了汤显祖的"情至"论以更为重要的影响。但这种影响又是与禅宗对明代王阳明及其弟子的影响分不开的,而不是直接来自慧能禅宗(南宗)。汤显祖赞赏、追求有"真气""真色"的"真人",认为只有有"真气""真色"的"真人",才是有真情之人。那么,何为"真人"呢?汤显祖说:

> 孝则真孝,忠则真忠,和则真和,清则真清……无所害于人,而有功于人;取天下者少,与天下者多……②

这与泰州学派提倡做"真人"、保"童心"的说法既有相同之处,也有区别。汤显祖的老师罗汝芳和李贽都倡导"童心"说。罗汝芳提倡"收拾一片真正精神,拣择一条直截路径,安顿一处宽舒地步,共好朋友涵咏优游,忘年忘世";"其齿虽近壮衰,而其真不减童稚"。李贽则说得更直接:"童心者,真心也";"失却童心,便失却真心;失却真心,便失却真人"③。"终身与道人和尚辈为侣"的李贽与谈禅论佛的罗汝芳,他们所倡的"童

---

① 夏写时:《论中国戏剧批评》,齐鲁书社,1988,第261页。
② 《全集》,第1053页。
③ (明)李贽:《焚书·续焚书》,中华书局,2009,第97页。

心"既受到道家及孟子的影响，在很大程度上又是对禅宗个体独立自由精神的张扬。汤显祖既是罗汝芳的学生，又心仪李贽，恐怕他从罗、李"童心"说中所领悟到的，更多的正是禅宗的这种个体独立自由精神。他与达观的密切交往，他对禅宗精神的深切认识，尤其是他从达观独来独往、见义勇为、为社会不平而四处奔走呼号的言行中，所受到的感染是与他内心情愫合拍的，也即这种对个体自由和尊严的推崇。

佛教自传入中国以来，不断实现着中国化，最后导致禅宗的产生。自中唐起，禅宗的思想影响日益扩大，晚唐、宋代以后，儒、道、禅三家的思想明显趋于合流，乃至孔子、老子和释迦牟尼像同龛，士大夫三教思想兼而奉之，这都不足为怪。"儒帽、僧衣、道人鞋"正是汤显祖时代的普遍风尚。所以汤显祖"情至"论的思想受到儒、道、禅思想的影响是历史使然。然而汤显祖的"情至"论总有其主导倾向，这就是上文已提及的，他受到儒家思想的影响更重，而对道家"法天贵真"的思想，对禅宗之"自性""唯我独尊"的思想亦有吸纳。元代倪云林有所谓"据于儒，依于老，逃于禅"①的说法。他这说的是儒、道、禅三家的思想对中国古代的士大夫来说各有各的用处。汤显祖的政治理想、人生观是"据于儒"的，这没有什么大疑问，虽然他也对宋明理学颇有微词。然而说他"依于老"则未必。他虽受了仙道的影响，但终是"据于儒"，不忘世事（他甚至认为"诗人也诚不足为"，"吾所为期于用世"）。至于说他"逃于禅"则更是皮毛之见。

政治思想、人生观是直接影响审美理想、审美观的。汤显祖的审美"情至"论更多地充满对个体自由生命的热爱，是一种对刚健、辉光、笃实、日新精神的呼唤，一种对人才、灵性、奇士、真色所创造和实现的审美至高境界的向往。这其中虽也有由于个体意识的觉醒而对自身在社会和自然中存在的意义和价值所生的思索，有一种孤寂、凄清、冷漠、虚幻、无常的人生感受，但并没有深陷在人生如"梦幻空花"的痛苦里（所谓"逃于禅"）。比如《牡丹亭·惊梦》所唱的那样：

---

① 出自纪昀主编《四部丛刊初编集部》，上海商务印书馆缩印，秀水沈氏藏明天顺本，出版年不详，第82页。倪云林此语出自其《德常张先生像赞》，原文为："诵诗读书，佩先生之格言；登山临水，得旷士之乐全。非仕非隐，其几其天。云不雨而常润，玉虽工而匪镌。其据于儒、依于老、逃于禅者与。"

原来姹紫嫣红开遍，似这般都付与断井颓垣。良辰美景奈何天，赏心乐事谁家院。朝飞暮卷，云霞翠轩。雨丝风片，烟波画船——锦屏人忒看的这韶光贱。①

刘纲纪先生说："这里也有人生无常的禅宗式的感伤，但却是叫人不要辜负了青春，不要把似水流年的美好时光都付诸等闲。这和王维在《辛夷坞》一诗中描绘的任凭芙蓉花自开自落的空无寂灭的景象相比，两者有着很大的不同。"② 这是极有见地的。不仅《牡丹亭》之梦如此，汤显祖的另"三梦"，尤其是学界普遍认为有消极遁世倾向的后"二梦"（《邯郸记》《南柯记》），其实都不仅仅是一种对"人生如梦"的慨叹。

第二节　道佛合一

——汤显祖诗学中"心学"思想的独特显现

王阳明心学的兴起，是明朝哲学界、思想界的一件惊天大事。它的出现对两宋以来的理学造成了巨大冲击，不但影响了明中后期学术思潮的变化趋势，也促成了士人心态的根本性转变。晚明诸多思想家、文学家无不深受心学思潮的浸润、影响，汤显祖也不能免俗，成为当时一个比较典型的个案。

王学的兴起对正统的理学起了某种破坏作用。程朱理学创建了一个较完备的体系，认为"理"（或"性"）先天地而存在（离开物质而独立存在），人们需要通过"格物致知"的过程才能体认天理（主要指仁、义、礼、智等伦理道德标准），把抽象之"理"提到永恒的、至高无上的地位。程朱理学强调"天理"和"人欲"的对立，其目的是否定人们正常的思想感情，使人们遵循伦理道德观念。王阳明却认为"圣人之学不是这等捆缚苦楚的，不是妆做道学的模样"（《传习录》下），他发挥陆氏之学，强调心的作用，把"天理"看作人心俱见的东西，是所谓"良知""良能"，说

---

① 《全集》，第2096－2097页。
② 刘纲纪：《艺术哲学》，湖北人民出版社，1986，第617－618页。

"心外无物，心外无言，心外无理，心外无义，心外无善"，这样一来，修养的方法就简化了，只要领悟、培养自己心中的"良知"就够了。王学的出现动摇了长期以来程朱理学的教条统治地位。

嘉靖、万历年间，思想界出现了以王艮为代表的王学左派，因王氏是泰州人，故又称"泰州学派"。泰州学派之名始于黄宗羲的《明儒学案》，该书有"泰州学案"，其学案之首曰：

> 阳明先生之学，有泰州、龙溪而风行天下，亦因泰州、龙溪而渐失其传。泰州、龙溪时时不满其师说，益启瞿昙之秘而归之师，盖跻阳明而为禅矣。然龙溪之后，力量无过于龙溪者，又得江右为之救正，故不至十分决裂。泰州之后，其人多能以赤手搏龙蛇，传至颜山农、何心隐一派，遂复非名教之所能羁络矣。①

这一学派的门徒多来自劳动阶层，成员包括樵夫、陶匠、农民，活动范围大多接近劳动群众，也多少反映他们的思想愿望，代表人物除王艮外，还有颜钧、何心隐、李贽等。王艮提出"百姓日用即道"的口号，主张从现实生活中寻求真理，肯定人由于生活需要而提出的物质要求，认为饮食男女的人欲就是人性，这种观点包含有反对封建等级制度的平民思想，它崇尚人性，反对理对人性的禁锢。

王艮的思想比较丰富，主要为"淮南格物""学即乐""大成学""百姓日用即道"。而泰州学派的精神和思想核心即"百姓日用即道"，此也是"率性之为道"的另一种表述。"百姓日用即道"使得该学派便于向民众传播思想，使儒家思想通俗化，应该说，泰州学派的思想是道学思想与禅宗合一的结果，是借鉴了禅宗的有益成分而新生的一个儒家学派。

王阳明尊崇禅宗，而王艮的思想则更多地与道家思想接近。老子说："人法地，地法天，天法道，道法自然。"在老子的思想里，"自然"（道）是最根本的，是人效法之对象、目标。王艮在修养论上也极重"自然"。他说："凡涉人物，皆是作伪。故伪字从人从为"；"'天理'者天然自有之理，

---

① （清）黄宗羲：《明儒学案》（全二册），沈芝盈点校，中华书局，1986，第709页。

才欲安排如何，便是'人欲'"。①王艮本为积极济世的儒家人士，然其"保身"思想极为浓厚。其作《明哲保身论》，提出了"尊身"的思想。他认为"尊道"就要"尊身"，要"尊身"即要"尊道"，"道"与"身"是不可分离的。王艮把"身"提高到"道"的境地，这是前所未有的。王艮此举，在修养与入世方面，把儒、道结合（"保身"与"尊身""尊道"相连），既使道家的归隐思想具有了积极意义，又便于人们较为冷静地思考生命与道德的关系，避免因意气之争（如大礼之议）而妨害自己的生命，其融和意义不可估量。汤显祖是王艮三传弟子罗汝芳的学生，这对汤显祖的归隐无疑是有影响的。

泰州学派的另一特点便是侠义，此"侠"为文侠或儒侠。王艮的侠义、英雄气节包括独自见太监止猎、接济饥民、保护王阳明之子等侠义之举，感召了众多的泰州学派弟子，据《明儒学案》载，泰州弟子颜山农、何心隐、罗汝芳等都是侠义之士。李贽首肯这一点，并在《焚书·为黄安二上人三首》序中说："当时阳明先生门徒遍天下，独有心斋（王艮）为最英灵。心斋本一灶丁也，目不识一丁，闻人读书，便自悟性，径往江西见王都堂（王阳明），欲与之辩质所悟，此尚以朋友往也。后自知其不如，乃从而卒业焉，故心斋得闻圣人之道。此其气骨为何如者！心斋之后为徐波石，为颜山农。山农以布衣讲学，雄视一世而遭诬陷。波石以布政使请兵督战，而死广南。云龙风虎，各从其类，然哉！盖心斋真英雄，其徒亦英雄也。"②而汤显祖身上同样具有儒侠之气，这从婉拒张居正、毅上《论辅臣科臣疏》、狠斗遂昌权贵等举动都可以看出。

罗汝芳（1515—1588）字惟德，号近溪，江西人。他拜泰州学派的严均（字山农）为师，成为泰州学派王艮的三传弟子。罗汝芳是汤显祖少年时代的尊师，汤曾有云："如明德先生者，时在吾心眼中矣。"（《答管东溟》）③有此尊崇之情，故万历十一年（1583）汤显祖进士及第，即为罗汝芳第一个请奏开禁"道学"。显祖《奉罗近溪先生》云：

---

① （明）王艮：《心斋先生全集·语录》，明万历刻本。
② （明）李贽：《焚收·续焚书》，中华书局，2009，第80页。
③ 《全集》，第1295页。

受吾师道教，至今未有所报，良深缺然。道学久禁，弟子称时首奏开之，意谓吾乡吏者当荐召吾师，竟尔寥寥。知我者希，玄涤所贵。云南进士张宗载时道吾师毕节时化戢莽部，干羽泮宫之颂不诬矣。京师拥卧无致，小疏一篇附往。①

万历三年（1575），张居正禁止"别创书院""群聚徒党"②。而明中叶后儒学思想日益世俗化、平民化，讲学活动普及，显祖上疏开禁讲学，一为阻绊自己的张居正已死，二乃为侠义之气使然，并见出其师生之谊的深厚。

万历十四年（1586），汤显祖任南京太常寺博士，同年夏天，罗汝芳自江西游历至南京，多次讲学或举会于永庆寺、兴善寺、凭虚阁等地，在士大夫中引起了轰动，汤显祖对于恩师的到来深感高兴。这一次的重逢为汤显祖思想的安顿起了重大的作用。罗汝芳最主要的思想应该可以概括为"赤子之心"说与"生之为性"说。罗近溪认为孩童之心是至善的，是仁心的表现。罗近溪反对向外去寻求孔、颜乐处，以为仁与乐只能在自己身上去寻找，以为人应能从赤子之欣笑、欢爱，来体会其仁、乐。此"赤子之心"的状态即圣贤的人格境界，因此人人皆可为圣贤。应该说王阳明的"良知"、王畿的"初心"、罗汝芳的"赤子之心"是一脉相承的，并且直接影响到了李贽"童心"说的形成。

李贽对"童心"是这样阐释的："童心者，真心也。若以童心为不可，是以真心为不可也。夫童心者，绝假纯真，最初一念之本心也。若失却童心，便失却真心；失却真心，便失却真人。人而非真，全不复有初矣！"③汤显祖也多次论到"童心"，如他在《光霁亭草叙》中有这样的叙述："童子之心，虚明可化。乃实以俗师之讲说，薄士之制义。一入其中，不可复出。使人不见泠泠之适，不听纯纯之音。"④

显祖直接受学于罗汝芳，哲学思想无可避免地受到泰州诸儒的熏染。

---

① 《全集》，第1319页。
② （明）张居正撰《张太岳集》卷三十九，上海古籍出版社，1984年影印本。
③ （明）李贽：《焚书·续焚书》，中华书局，2009，第98页。
④ 《全集》，第1101页。

第三章　汤显祖诗学思想之哲学基础

在文学创作上，显祖将来自泰州学者的启示化为具体行动，对于"举业之耗，道学之牵，不得一意横绝流畅于文赋律吕之事"（《答凌初成》）[1]表示遗憾；又在《张元长嘘云轩文字序》中对于"今之为士者，习为试墨之文，久之，无往而非墨也"[2]表示鄙薄。故显祖在诗坛或文坛上，反对模拟古人，拘守格律，一生独钟爱于"情"，以"情"为艺术作品的生命源泉，包涵人一切自然的情感和欲望，认为无情即无生命。

三教混同之风的熏染，使汤显祖不仅在反传统的思想上受罗汝芳、李卓吾之影响，其三教合一思想亦受卓吾之启发。然他绝非简单地继成因袭，而是在儒、释、道三家中有所突破。在与人性有关的"情"的问题上，显祖提出了颇为杰出的议论，而坎坷的人生际遇使他试图从佛、道两家寻觅慰藉，这又令其常沉湎于佛、道二家的典籍并与僧道相往来。为此，学者声称他的思想乃"倾向道、佛而非纯儒"[3]，可说是言有所本。总之，显祖的思想观点虽源于泰州学派，但由于他并不以研究哲学思想为主要课题，而是以诗歌、戏曲的文学形式寄托其思想，故在涉及某些思想观念的价值取向时，往往不完全遵循泰州学派的理论，而是另辟蹊径，自身有所发展与变化，形成驳杂的思想风貌。因此，显祖的三教观可以说是糅合了泰州学派的精神，从内容到形式都使儒学宗教化及佛、道世俗人伦化的一个典型形态。

---

[1] 《全集》，第1442页。
[2] 《全集》，第1139页。
[3] （明）袁中道：《珂雪斋集·泰州学案》，钱伯城点校，上海古籍出版社，1989，第4页。

第四章

汤显祖诗学理论构建之一

——汤显祖的"情感论"

关于汤显祖"情感"的论述,已有的研究对汤显祖美学思想的分析与阐释大多归结在一个"情"字上。唐卫萍在《汤显祖"至情观"辨析》一文中认为汤显祖的"情"在这里至少包含两个方面,一是对"情"的承认和赞美,二是"理"对"情"的引导和收束。前者是论"情"的起点,后者则是论"情"的落脚点。因此汤显祖不仅是"情"的歌颂者,而且也是"情"的批判者。[①] 黄南珊的《以情抗理 以情役律——论汤显祖的情感美学观》则从"情生诗歌"的情本论、出生入死的情感超越论、以情抗理的情理观和以情役律的情形观来概括汤显祖的情感美学思想,这四种思想内涵分别解答了情感与艺术、情感与现实、情感与理性、情感与形式的关系问题。汤显祖怀着强烈的自觉意识和使命意识为情立极,表达了反对封建礼教、要求个性解放、呼唤人的尊严和价值的愿望,这具有近代民主主义因素。[②] 赵静春的《汤显祖美学思想核心——"情"的浅析》则认为:"'情'是汤显祖美学思想的核心。汤显祖张扬的'情'有其独特的内涵,并由此独特的美学观出发,生成了其戏曲创作的浪漫主义风格。"[③] 刘晓光的《汤显祖言情说之我见》则是从汤显祖的哲学思想出发,赞赏他的言情说既具

[①] 唐卫萍:《汤显祖"至情观"辨析》,《长春师范学院学报》2012年第1期。
[②] 黄南珊:《以情抗理 以情役律——论汤显祖的情感美学观》,《吉林大学社会科学学报》1999年第1期。
[③] 赵静春:《汤显祖美学思想核心——"情"的浅析》,《沧州师范专科学校学报》2003年第1期。

有哲学上反程朱理学的意义，又有文学上创造出的深刻的艺术规律并给予后世巨大影响的意义。此外，他的言情说也反映出了明代中叶以来社会思潮与文艺思潮发展的新动态。[①]许艳文的《论汤显祖戏曲的言情观——兼论明清戏曲发展》一文则以明清戏曲发展为背景，论述了汤显祖戏曲"因情成梦，因梦成戏"的言情观，以反对吴江派以音律为戏曲的审美标准。在此基础上，进一步论述了汤显祖以"情"战胜"理"的审美理想。文章认为汤显祖的言情说一方面是对封建正统思想和宗教禁欲主义的有力冲击，这是对历史发展和戏剧发展起到的积极作用，其历史地位应予以充分肯定。但是另一方面，由于当时社会的局限和汤氏本人思想的局限，他的言情观仍停留在以往那种一见钟情的基础上，精神层次的恋爱稍有欠缺，这一点显然是汤显祖《牡丹亭》存在的不足，也是汤氏逊色于孟称舜言情观的重要一点。[②]

上述诸篇研究资料研究切入点各异，均有独到见解，但多是对"至情"思想中的哲学成分进行分析，孤立地考虑汤显祖的某个观点，难免会有遗漏之处，未能全方面而深刻地展现出汤显祖"情感论"的理论内涵与价值。本书试从古代情感论的流变入手，分析汤显祖"情感论"思想形成的缘由和具体的美学内涵，以及"情感论"思想的影响力与局限性。

第一节 古代诗学"情感论"之流变

"情感论"是我国古代文学批评中的一个重要理论范畴。从情感论的整个发展历程来看，它始终与"言志说"相伴在一起，二者始终处于既相斥又相互调和之态势，其间，情感论也不同程度地受到"言志说"的影响，可见"情"与"志"的关系是情感论中一个非常重要的问题。所以笔者试图从"情"与"志"的关系这一角度切入，分析古代情感论的流变。纵观各个历史时期，情感论的发展在先秦、魏晋与晚明三个朝代呈现得最为突出，由此，本章就这三个时段来分析"情"与"志"两者呈现出的不同特点。

---

① 刘晓光：《汤显祖言情说之我见》，《北京教育学院学报》1998年第3期。
② 许艳文：《论汤显祖戏曲的言情观——兼论明清戏曲发展》，《长沙大学学报》1999年第1期。

一 先秦:"诗言志"——"情"的表达限制与规范

情感论萌芽于先秦时期。先秦时期,人们虽然也注意到了人有好恶、喜怒、哀乐等情感,但是更为关注的是如何来制约情感的问题。所以孔子要求把礼和乐作为行为的规范,提出"仁"这一道德范畴,来反对过度的情感,达到节制情感、保持人心与社会和谐的目的。所以在先秦时期,儒家突出的是情感的道德内涵。由此,"情"在先秦这一理性化的时代,当然是不如"志"地位优越和突出。

"诗言志"[①] 作为一个理论术语被提出来,最早似乎是在《尚书·尧典》中,文中记录舜的话:"诗言志,歌永言,声依永,律和声;八音克谐,无相夺伦,神人以和。"《左传·襄公二十七年》记载了赵文子对叔向所说的"诗以言志"。后来,"诗言志"的说法就更为普遍。《庄子·天下篇》说:"诗以道志。"《荀子·儒效篇》云:"《诗》言是其志也。"

各家所说的"诗言志"含义并不完全一样。闻一多先生在《歌与诗》中认为志有三个意义:"一,记忆;二,记录;三,怀抱。"[②] 记忆、记录的含义相对单纯,怀抱的义项就更多一些。《说文解字》云:"志者,心之所之也。""心之所之"的"志"就属于怀抱的义项,主要表达志向的意思。《左传》里所谓"诗以言志"的话是"赋诗言志"的意思。《尧典》的"诗言志",是说"诗是言诗人之志的",这个"志"侧重指思想、抱负、志向。孔子时代的"志"主要是指政治抱负,这从《论语》中孔子要观其弟子之志就可看出来。据统计,"志"字在《论语》里出现了17次,孔子把"志"作为衡量一个人道德水平和行为品格的标准,主张"父在观其志"(《论语·学而》),推崇"不降志,不辱身"(《论语·微子》)。"子曰:'三军可夺帅,匹夫不可夺志也。'"(《论语·子罕》)在这里,孔子则认为"志"表现的是个人强烈而理性的意志。"子曰:'苟志于仁矣,无恶也。'"(《论语·理仁》) 在这里,孔子认为心存仁义之志,方可实现完满的道德。可见,孔子"志"里的情感内容是属于道德情感意义上的。

---

① 《史记·五帝本纪》改为"诗言意"。《说文》云:"志,意也。"
② 参见朱自清《诗言志辨》,广西师范大学出版社,2004,第2页。

孔子建立了儒家的仁学思想体系，而仁学的一个重要特征就是对情感的推崇。仁，首先就表现为爱人的情感，既要爱己成己，又要爱人成人，推己及人。《论语》中这方面的表述有很多：

> 樊迟问仁，子曰："爱人。"（《颜渊》）
> 夫仁者，己欲立而立人，己欲达而达人。能近取譬，可谓仁之方也已。（《雍也》）
> 仲弓问仁，子曰："出门如见大宾，使民如承大祭。己所不欲，勿施于人。"（《颜渊》）

"爱人""立人"皆属情感内容，"己所不欲，勿施于人"则是从情感厌恶拒斥的表现上来推己及人，这些都与情感态度有关，它们都很好地说明了"仁"的情感特征。虽然是肯定了情感之发，但更为重要的是强调了情感之和，强调情感的表现要受"礼"的制约。

孟子的情感观承袭儒家的道德情感观。《孟子·离娄下》云："故声闻过情，君子耻之。"即说如果听说有人过度放纵了情感，君子应该以此为耻。《荀子》论述了人在生活中的种种日常情感，肯定了生活中人们对衣、食、住、行等方面的爱好之情，认为这些都是人之常情，《荀子·荣辱》云，"人之情，食欲有刍豢，衣欲有文绣，行欲有舆马，又欲夫余财富积之富也；然而穷年累世不知不足，是人之情也"；但是也反对过分放纵情感，认为这样便和禽兽无异，如"纵情性，安恣睢，禽兽行不足以合文通治"（《荀子·非十二子》）。

《礼记》也广泛地讨论了"礼"与情感的关系，揭示了"礼"在和谐情感方面的意义，如：

> 夫礼，先王以承天之道，以治人之情……故圣人之所以治七情，修十义，讲信修睦，尚辞让，去争夺，舍礼何以治之。（《礼运》）
> 三年之丧何也？曰：称情而立文，因以饰群，别亲疏贵贱之节，而不可损益也。故曰：无易之道也。（《三年问》）
> 礼者，因人之情而为之节文，以为民坊者也。（《坊记》）

这些文字都强调了先秦美学倡导的情感是要受"礼"所制约的道德情感，即志中之情的表现要合乎礼的规范，展现温柔敦厚而和谐的情感才是这一时期推崇的。而从理论上提倡"言情"就是魏晋以后的事了。

二 魏晋："诗缘情"——"情"对"志"的突破

宗白华曾指出："汉末魏晋六朝是中国政治上最混乱、社会上最苦痛的时代，然而却是精神上极自由、极解放，最富于智慧、最浓于热情的一个时代，因此也就是最富有艺术精神的一个时代。"① 汉帝国瓦解后，世家大族庄园经济独立，迅速发展，这是魏晋南北朝的思想、文艺在频繁的战乱中仍然得以发展的根基。但除此之外，还要看到汉帝国瓦解引起的儒家思想的危机，以及社会心理的巨大变化。

魏晋是个重"情"的时代，这种"情"经常表现出对人生的一种深情的眷恋与追怀，这是和魏晋门阀士族经历了汉末以来种种社会动乱分不开的，也是和魏晋玄学对超越礼法束缚的自由的人生境界的追求分不开的。魏晋玄学的产生标志着中国哲学史上的一个重大转变，它的中心课题是要探求一种理想人格，这种理想人格的形象，与儒家理想中的圣君贤相的形象很不相同，因为儒家所宣扬的至高无上的仁义道德不再被认为是人必须无条件地服从的东西了。魏晋玄学的出现，在一定意义上凸显出人的觉醒，这种觉醒表现在人们开始怀疑和否定旧有传统价值标准和信仰价值，对自己的生命、意义、命运重新发现，以求得个体人格的绝对自由，而儒家传统理念则是束缚人的这种自由以崇尚权威的仁义道德。儒家并不否认个体，但它认为群体、社会是无限地高于个体的，玄学也不否认群体、社会，但它认为群体、社会不应束缚个体人格的自由发展，不能成为这种发展的障碍，更不应该否定或是取消个体人格发展的自由。玄学与儒学一个最大不同点便是玄学强调人格的自由与独立。玄学的这一思想给了魏晋南北朝的美学以极为深刻的影响，也是这一时期的文学艺术能够打破儒学思想束缚，获得充分独立发展的重要思想原因之一。因为对个体感性生命的意义与价值的极大肯定必然会有力地推动审美和艺术的高度自由发展。魏晋的"人

---

① 宗白华：《宗白华全集》，安徽教育出版社，1996，第267页。

的觉醒"带来了"文的自觉"①，一种真正思辨的、理性的"纯"哲学产生了；一种真正抒情的、感性的"纯"文艺产生了。②陆机《文赋》中的"诗缘情而绮靡"③的思想就是在这种情况下提出来的。所谓"诗缘情"，就是说诗歌因情而发，是为了抒发作者的感情。陆机在《文赋》中高度概括了建安以来诗歌向抒情化、形式美方向发展的艺术规律，提出了"诗缘情而绮靡"说。

先秦时，《诗经》就提出了作诗的三大目的：一是讽刺，二是抒怨，三是颂赞、赠答。儒家主张"诗言志"，把诗歌视为政治教化的工具。孔子《论语·阳货》云："诗可以兴，可以观，可以群，可以怨。迩之事父，远之事君。"荀子在《荀子·效儒篇》中云："诗言是其志也。"无论是孔子，还是荀子，他们都强调了诗必须言志。而陆机却提出"诗缘情"，说诗"缘情"，就是说诗是由情而生的。这和儒家传统的"诗言志"的说法有很大区别。虽然儒家"诗言志"的"志"也并不是没有"情"，但占重要地位的不是"情"，而是孔子所说的"志于道"（《论语·述而》）的"道"。所以"诗言志"实即诗言"道"、载"道"。《乐记》很强调"情"，但更强调"反情以合其志"。《毛诗序》对于"情"也相当重视，可以说是第一次在诗歌理论的范围内明确地讲了"志"和"情"的关系，不像过去那样只笼统地讲"言志"了。但它同样把"情"放在从属于"道"的地位，主张"发乎情，止乎礼义"。陆机则不同，他极为明确地提出了"诗缘情"。正如朱自清先生所指出的："诗本是'言志'的，陆机却说'诗缘情而绮靡'。'言志'其实就是'载道'，与'缘情'大不相同。陆机实在是用了新的尺度。"④ 这不得不说是一种"情"对"志"的突破。

当然，陆机也没有否认"情"须符合礼义。他在《演连珠》中说过："烟出于火，非火之和；情生于性，非性之适。故火壮则烟微，性充则情约。是以殷墟有感物之悲，周京无佇立之迹。"⑤ 陆机认为"性"比"情"

---

① 李泽厚、刘纲纪主编《中国美学史》第二卷上，中国社会科学出版社，1987，第8页。
② 李泽厚：《美的历程》（修订插图本），天津社会科学院出版社，2001，第146页。
③ （清）严可均辑《全上古三代秦汉三国六朝文·全晋文》，中华书局，1965，第1223页。
④ 朱自清：《朱自清古典文学论文集》（全二册），上海古籍出版社，1981，第6页。
⑤ 李泽厚、刘纲纪主编《中国美学史》第二卷上，中国社会科学出版社，1987，第270页。

更根本，只有在"性"充实时"情"才不至于伤感无依。他所说的"性充"之"性"，自然是孟子主张应扩而充之的人的善性。由此可知，陆机不会否认"情"须符合儒家礼义。但问题是自汉末魏初以来，由于社会的大动荡和统治阶级内部的不断纷争，陆机所说的"感物之悲"已是一个普遍存在的事实。陆机自己的许多诗文同样充斥着"感物之悲"。因此，礼义虽未被根本否定，但它在人们心目中的地位已大大下降，而和"感物之悲"相联系的"情"却成了被普遍关注的问题。所以，虽然陆机讲"缘情"，也讲"颐情志于典坟"，就是说要以古代的典籍来陶冶"情志"，但他所说的"情志"，是和个体对人生的志趣、理想的追求感叹相联系的，不同于《乐记》和《毛诗序》中所说的那种直接从属于政治伦理道德的感情，而是一种和个体的无限的人格理想联系在一起的"情"。因此，这种"情"所包含的政治伦理道德观念已大为减弱，而转变为一种较为纯粹或相当纯粹的审美感情了。事实上，整个魏晋以至南北朝的文学与艺术都自觉地把情感提到了极高的位置，主张从情感的体验和抒发中去追求美。宗炳的《画山水序》、王微的《叙画》、刘勰的《文心雕龙》、钟嵘的《诗品》等，无不把"情"放在中心的位置。①

总之，陆机的《文赋》及其所提出的"诗缘情而绮靡"说，从诗的特征上强调了诗的艺术本质，认为诗歌因情而生。这是中国文论史上首次明确地提出"诗是主情，主情为诗"的特点。这一新文学观念进一步将知识分子从"诗言志"的束缚中解放出来。在这一思想的指引下，越来越多的文人开始注重自己内心情感的抒发，使诗歌摆脱了先秦时期单一的"诗言志"的模式，体现了"情"对"志"的突破之势。

三 晚明："唯情思潮"中的"任情而发"

如果说魏晋提出的"诗缘情"宣告了诗歌是由情感而生发、因情而创作的，不同于"诗言志"的创作理念，那么晚明倡导的"任情而发"在突破志对情的束缚、礼对情的约束方面，程度就显得更为深入一些。因为"任情而发"表现的不仅是作者依情而创作，更为重要的是这种情感的抒发

---

① 李泽厚、刘纲纪主编《中国美学史》第二卷上，中国社会科学出版社，1987，第134页。

不受外界条条框框的限制，诸如礼义的约束、言志的教化以及音律的羁绊。

晚明主情思潮中的批评家主张的"任情而发"，一方面重在说明在文学创作中，创作者应该只根据自己内心情感的发展而自由舒畅地挥洒笔墨，无须为外在条条框框的规定与限制所束缚，如语言音律、客观现实，抑或传统格式规范。如袁宏道在《叙小修诗》中说道："大都独抒性灵，不拘格套，非从自己胸臆流出，不肯下笔。有时情与境会，顷刻千言，如水东注，令人夺魄。其间有佳处，亦有疵处，佳处自不必言，即疵处亦多本色独造语。然予则极喜其疵处；而所谓佳者，尚不能不以粉饰蹈袭为恨，以为未能尽脱近代文人气习故也。"① 可见，袁宏道强调为文当有"任情而发"之势，只有剥去一切的伪装，卸下一切的伪饰，还以原始的真正的率性而为，不顾忌太多的人情世故，才能创造出"真性情"之文，才能真正打动人，才是最贴合心灵的真声，唯有从"胸臆流出"才能"情与境会，顷刻千言，如水东注，令人夺魄"。

汤显祖在《续栖贤莲社求友文》中也云"为情作使，劬于伎剧"②，他一生创作的"玉茗四梦"也正是"任情而发"的成果，体现了"任情而发"的创作宗旨。在汤显祖看来，戏曲创作中的音律格式不应成为创作者首要遵守的规范，更不应成为阻碍自由创作的羁绊。虽然音律与情感都很重要，但是在具体创作中，一旦发生冲突，"任情而发"的理念则要占了上风，因此批评家们主张不拘律法，顺其情感，如汤显祖云："笔懒韵落，时时有之，正不妨拗折天下人嗓子。"③ 正如汤显祖在《与宜伶罗章二》中说："《牡丹亭记》，要依我原本，其吕家改的，切不可从。虽是增减一二字以便俗唱，却与我原做的意趣大不同了。"④ 这里，汤显祖强调的就是文学创作不能受音律的束缚和限制，要依据自己的情感而写，否则就达不到"任情而发"的意趣之旨了。

另一方面，"任情而发"强调的是情感的自发性与自觉性，它往往是诗人的一时感兴，而非有意为之，因而在情感抒发上，则慷慨高昂、激情腾

---

① （明）袁宏道：《袁宏道集笺校》，钱伯城笺校，上海古籍出版社，1981，第187－188页。
② 《全集》，第1221页。
③ 《全集》，第1392页。
④ 《全集》，第1519页。

发,到了非吐不可、吐而后快的地步。如李贽在《焚书》卷三中说道:"且夫世之真能文者,比其初,皆非有意于为文也。其胸中有如许无状可怪之事,其喉间有如许欲吐而不敢吐之物,其口头又时时有许多欲语而莫可所以告语之处,蓄极积久,势不能遏。一旦见景生情,触目兴叹,夺他人之酒杯,浇自己之垒块;诉心中之不平,感数奇于千载。既已喷玉唾珠,昭回云汉,为章于天矣,遂亦自负,发狂大叫,流涕痛哭,不能自止。"① 这是"主情"说最为生动精彩的表述。"天下之至文"莫不是作者长期压抑郁积的感情之一朝爆发倾泻,戏曲之上乘亦是如此。剧作家写戏首先不是为了教人、娱人,而是为了感情的宣泄,剧中的人物、故事乃是感情的载体,是主观的客观化,即所谓"夺他人之酒杯,浇自己之垒块"。

由此可见,晚明时期的"主情"说是在"缘情"说的基础上的进一步发展,不仅显现出"情"对"志"的突破,更有一种情感宣泄的自由奔腾之势,即所谓"任情而发"也。

第二节 汤显祖"情感论"的成因与美学内涵

一 汤显祖"情感论"的思想渊源

罗汝芳、达观和李贽,是汤显祖平生最为敬仰的三位师长,是对其思想影响最大的三位贤人。罗汝芳告诫汤显祖修身养性去领悟"性命"之学,这让汤氏懂得了"贵生"之说,高扬人的价值,更加肯定了人情;达观劝其皈依佛门体悟"人生如梦"的出世思想,在与达观的"情理"之辩中,汤氏更加坚定了自己生而为情的信念;李贽的"异端学说"让汤显祖如获"美剑",他的"童心"说对汤氏强调情的本真性有潜移默化的作用。

(一)"性命如何":问学于罗汝芳

罗汝芳的进步思想和敢于坚持真理的品格,对汤显祖世界观的形成起了很大的促进作用。汤显祖在《太平山房集选序》中曾谈到罗汝芳对他的

---

① 李贽:《焚书·续焚书》,中华书局,2009,第79页。

教育和影响："盖予童子时从明德夫子游，或穆然而咨嗟，或熏然而与言，或歌诗，或鼓琴。予天机泠如也。"①

虽然十三岁时汤显祖就"从明德先生游"，但真正走进罗汝芳的思想世界，领悟其学说的大义精髓，则是万历十四年（1586）的师生重逢，汤显祖在其所作《秀才说》中说道："十三岁时从罗明德先生游。血气未定，读非圣之书。所游四方，辄交其气义之士，蹈厉靡衍，几失其性。中途复见明德先生，叹而问曰：'子与天下士日泮涣悲歌，意何为者，究竟于性命何如，何时可了？'夜思此言，不能安枕。久之有省。知生之为性是也，非食色性也之生；豪杰之士是也，非迂视圣贤之豪。"② 罗汝芳以"性命"相问，这极大地扰乱了汤显祖的心境，汤"夜思此言，不能安枕"，最终幡然觉醒，领悟到了"生之为性"和"豪杰之士"两个重大命题，这也预示着他向一个穷究生命意义的自觉的思想者的转变。③

汤显祖在贬官徐闻期间，曾写作《贵生书院说》《明复说》，从这两篇关于讨论心性论、人性论的文字，可以看出儒家传统学说和罗汝芳对于汤氏的影响。《贵生书院说》云："天地之性人为贵。人反自贱者，何也。孟子恐人止以形色自视其身，乃言此形色即是天性，所宜宝而奉之。知此则思生生者谁。仁孝之人，事天如亲，事亲如天。故曰：'事死如生，孝之至也。'……大人之学，起于知生。知生则知自贵，又知天下之生皆当贵重也。……破坏世法之人，能引百姓之身邪倚不正也。凡此皆由不知吾生与天下之生可贵，故仁孝之心尽死，虽有其生，正与亡等。"④ 汤显祖的《贵生书院说》强调"事亲"，抨击"破坏世法之人"，认为弃绝了伦理道德（"仁""孝"）的自然生命是没有任何意义的，它与死亡等值，体现了传统儒家的论说逻辑。而《明复说》的首句"天命之成为性，继之者善也"，就脱胎于《周易·系辞》与《中庸》，所表述的则是儒家的主流观念：人性禀受于天命，与天地之"大道"相互贯通，每一个人都有成为圣贤（大人、

---

① 《全集》，第1098页。
② 《全集》，第1228页。
③ 程芸：《汤显祖与晚明戏曲的嬗变》，中华书局，2006，第29页。
④ 《全集》，第1225页。

君子）的内在可能。① 肯定人性，即肯定了人情，汤显祖只有先肯定人存在的高贵价值，才会进而肯定人身上存在的一切美好感情。

罗汝芳隶属泰州学派，该学派本是儒学的一脉，它是我国思想史上反对封建专制文化的启蒙学派。该学派肯定人由于生活需要而提出的物质欲求，认为饮食男女的人欲就是人的天性，驳斥了道学的禁欲主义。该学派肯定人的存在价值和生存意义，肯定日常生活与世俗情欲的合理性。汤显祖吸收其"情欲"的思想，主张建立一个与现实社会所既定的"有理之天下"相对立的"有情之天下"。这种主情不主理的理论对程朱理学"存天理，灭人欲"的吃人礼教做了猛烈批判。儒家自古主张"出世""爱人""以天下为己任"，这些思想所体现出的儒家精神就不只是要实现个人情感和理想，寄托更多的是要实现社会的和谐和对治世的关怀。汤显祖的情感论继承和发挥了儒家这一思想。他在《南柯记》中，以饱满的笔墨描写曾经酗酒贻误军机的淳于棼，立志为民请命，大有抱负作为，为官清正廉明，众立生祠供奉。而《邯郸记》亦是如此，尽管卢生经历了宦海沉浮的政治险恶，也享尽了荣华富贵的人间极乐，但是直到死神来临，他念念不忘的依然是要为儿孙后代谋求利益，深刻地表现了卢生的一生就是永不满足、奋斗不息的一生。通过淳于棼和卢生这两个人物形象，汤显祖为我们深刻地揭示出这样一个道理：人是有血有肉的高贵生命，情与梦就是我们鲜活的人生，为此，我们需要有一种热爱生活、积极奋斗的入世之情与爱人之情。反映在文学创作观念中，就是以"情"为主旨。

（二）"为情作使"：达师应怜我

游移于儒、释之间，左右逢源，为我所用，这是晚明文人一种普遍的精神状态，体现了文人"出世"还是"入世"的矛盾思想。尽管汤显祖在万历十四年（1586）以后，主要依托于儒家的人生哲学和罗汝芳的"道学"，去思考生命之本质、依据、价值等问题，但他也经常能从佛学那里寻求到精神支撑，这种支撑就是从另一个对其影响较深的友人达观身上所得。汤显祖受佛学思想影响，晚年在遭遇仕途风波、爱子夭折等变故后，滋长

---

① 程芸：《汤显祖与晚明戏曲的嬗变》，中华书局，2006，第33页。

了"人生如梦"的"出世"思想。

据汤氏《别达公》《归舟重得达公船》《江中见月怀达公》《离达老苦》《再别仲文》等诗可知，汤显祖与达观两人曾就情理、有无、迷觉、空色等佛学义理展开深入的研讨。这些义理既契合汤显祖当时的心境，又使他充满了出入两难的疑惑，以至于其思想极矛盾，影响最明显的便是完成于这一年夏至日的《南柯梦记题词》。在《南柯梦记》中，汤显祖一方面精心建构了一个"梦了为觉，情了为佛"（《南柯梦记题词》)[①] 的佛理性的整体叙事结构，以佛教义理和仪式为依据来反思个体自然情欲、生命欲求和世俗功名理想的诸多弊端，同时，又以冷峻犀利的社会批判（如第二十五出）和热情洋溢的儒家仁政理想（如第二十四出），来凸显他对于世道民生的关怀。这两难的思想境地都源于汤显祖是个至情之人，这是他的天性，难以改变，因此，一直到晚年，六十五岁时，他还自我解剖说："岁之与我甲寅者再矣。吾犹在此为情作使，劬于伎剧。为情转易，信于痁疟。时自悲悯，而力不能去。"[②]

达观在《法语》中说道："夫理，性之通也；情，性之塞也。然理与情而属心统之。故曰：心统性情。即此观之，心乃独处性情之间者也。故心悟，则情可化而为理；心迷，则理变而为情矣。若夫心之前者，则谓之性；性能应物，则谓之心；应物而无累，则谓之理；应物而有累者，始谓之情也……无我而通者，理也；有我而塞者，情也。"[③] 可见，对于"情""理"的关系，达观的看法非常明确：为了"无我"境界的实现，必须彻底排斥主体情感欲望的意义，实现"以理折情"。而汤显祖在《寄达观》中也提到了关于对"情"与"理"的关系："情有者理必无，理有者情必无。真是一刀两断语。"可以看出，虽然达观与汤氏都是主张"情"与"理"不兼容、相互对立的关系，而他们却在是"以理灭情"还是"以情灭理"的问题上出现了分歧，身为佛家的达观必然是要斩断七情六欲，实现"明理灭情"的，而一生都"为情所使"的汤显祖则是主张"以情灭理"，进而实现"至情"之境。可以说，在与达观关于"情""理"关系的辩论中，汤显祖深刻

---

① 《全集》，第 1157 页。
② 《全集》，第 1221 页。
③ 曹越主编《紫柏老人集》，北京图书馆出版社，2005，第 11 页。

地领悟到并且坚定了其对情之追求的信念与理想。

（三）"绝假纯真"：与李贽神交

汤显祖是通过读李贽的《焚书》而成为其崇拜者的。在李贽去世后、明王朝严禁李贽著作流行的情况下，汤显祖为《李氏全书》作序，盛赞李贽的著作"传世可，济世可，经世可，应世可，训世可，即骇世亦无不可"。

"童心"说是李贽文学理论的核心。所谓童心，即"真心"，是"绝假纯真"的"最初一念之本心"，是人与生俱来的、未受后天教化浸染的"赤子之心"。它以"真"为核心，标举人的自然本性，反对对本性的束缚。所以，"童心"说从真情实感的标准出发，对盛行于世的假道学、假诗文进行了批判。李贽认为封建统治下明道、载道的要求，使四书五经成了"道学之口实，假人之渊薮"（《焚书》卷三），程朱理学指导下的文学都是"以假人言假言，而事假事，文假文"（《焚书》卷三），而"天下之至文，未有不出于童心焉者也"，出于童心才能表达真情，因此主张凭个性、才情的发展，在文学创作上表现真情实感，顺乎自然人性。此外李贽还认为，"天下之至文"莫不是作者长期压抑郁积而爆发倾泻之文。然而这种感情的宣泄需不需要受礼义的束缚呢？是顺乎情性之自然，还是自然止乎礼义？李贽在《读律肤说》中说道："盖声色之来，发于情性，由乎自然，是可以牵合矫强而致乎？故自然发于情性，则自然止乎礼义，非情性之外复有礼义可止也。"由李贽看来，一切应该顺乎情性之自然，用礼义来"矫强"，适足以破坏自然之美。主张"世总为情"的汤显祖是受李贽的深刻影响，也反对文章模拟古人。他在《合奇序》里说："予谓文章之妙不在步趋形似之间。"[①] 即做文章要发抒己见，批评前后七子之为文只不过是汉史唐诗的增减字句而已，说他们并不懂得做文章的道理。汤显祖的戏曲创作始终强调一个情字，这个情即真情、至情，这与李贽所阐发的文章要出于"真心"，才能写出"真情"之文是如出一辙的。而汤显祖笔下的主人公的美好形象，也都是出于一颗"绝假纯真"的"本心"，主人公也只有合乎了自然的本性欲求，才能有力量和魄力去冲破封建统治的牢笼。

---

① 《全集》，第1138页。

汤显祖也曾数次谈论到"童心"的保持或泯灭,与李贽的"童心"说颇有异同。汤氏《光霁亭草叙》有云:"童子之心,虚明可化。乃实以俗师之讲说,薄士之制义。一入其中,不可复出。使人不见泠泠之适,不听纯纯之音。"① 李贽的"童心"拒斥任何道德观念的杂糅,"童心"体现在创作中,便是剔除了外在的伦常道德、普遍理性的自然情性,而对于受罗汝芳思想浸染较深的汤显祖而言,却是对"童心"的这一层观念有所不同。罗汝芳的学说导源于王阳明心学,其"赤子之心"说也包含对道德意识、理性前提的肯定,故罗氏论学以"孝悌慈"等世俗关怀为旨归,这是"赤子之心"与李贽"童心"最重要的界限,也是汤显祖"童心"有别于李贽"童心"的一个前提。② 出于对"假道学"的深恶痛绝,李贽甚至对"假道学"所依据的经典文献也一并批判,"然则《六经》《语》《孟》,乃道学之口实,假人之渊薮也"。晚明时代排挤"假道学"的言论并不鲜见,但像李贽这样彻底否定前圣今贤和传统经典的批判精神,实属特异卓绝。而对于受儒家思想影响颇深的汤显祖而言,其对于儒家学说还是有其传承的一面的。譬如他《庙记》中宣扬戏曲的教育功能时,便直接化用儒家经典中的文句"岂非以人情之大窦"等,这就脱胎于《礼记·礼运》的"礼义者……所以达天道顺人情之大窦也"。可见,对于儒家传统文化的态度,汤显祖还是有别于李贽的激进的。

二 汤显祖"情感论"的美学内涵

汤显祖美学思想的核心是"情"。《牡丹亭》第一出《标目》诗:"白日消磨断肠句,世间只有情难诉。 玉茗堂前朝复暮,红烛迎人,俊得江山助。但是相思莫相负,牡丹亭上三生路。"③ 这首《标目》诗,就突出了一个"情"字。据前人统计,在汤显祖的诗歌、散文和剧作中,这个"情"字总共出现了一百多次。

历史上很多美学家、文学家常常讲到"情",他们也有自己的一番"情

---

① 《全集》,第1102页。
② 程芸:《汤显祖与晚明戏曲的嬗变》,中华书局,2006,第42页。
③ 《全集》,第2067页。

感论"的见解。如前所述，从先秦儒家的"发乎情，止乎礼义"到晚明的"任情而发"，受特定历史时期的影响，当代"情感论"总会对前代"情感论"有所承继与突破，身处晚明时期的汤显祖，其"情感论"亦是如此。相较于他人，汤显祖自有其继承吸收的一面，也有其独特创新的一面。当然，汤显祖的"情感说"更多地包含新的内容。笔者试图从"情"表现的内容——"真情"、"情"表现的程度——"至情"、"情"表现的方式——"梦幻"三个方面来分析汤显祖的"情感论"的独特美学内涵。

（一）尚"真情"：强调"情"的本真性

真，顾名思义，是虚假的对立面，在这个意义层面上，汤显祖所反对的即虚伪的矫情。虚伪矫情亦可做两种解释，一是做人，二是做文章。汤显祖赞赏、追求做一个"真人"，"真人"提倡的是个体自由的独立精神，这种独立自由的精神，必有反传统的一面。传统儒家学说宣扬的是个人的行为要符合社会的既定规范，个人的思想意志也要遵循社会的理性精神。而汤显祖不然，他提倡的"真人"，有大胆的反传统的一面。那么，何谓"真人"呢？汤显祖说，"孝则真孝，忠则真忠，和则真和，清则真清……无所害于人，而有功于人；取天下者少，与天下者多"。[1] 汤显祖提倡的"真"，显然与庄子提出的"法天贵真，不拘于俗"的论说相近。道家为了反对生命为外物所役，不能"达于情而遂于命"，提出"法天贵真，不拘于俗"的思想以反对儒家的矫情，避免人的真情为外在的礼法所扼杀。庄子说："真者，精诚之至也。不精不诚，不能动人。故强哭者虽悲不哀，强怒者虽严不威，强亲者虽笑不和。真悲无声而哀，真怒未发而威，真亲未笑而和。真在内者，神动于外，是所以贵真也……礼者，世俗之所为也；真者，所以受于天也，自然不可易也。故圣人法天贵真，不拘于俗。"[2] 在这里，庄子所强调的就是一种真心，不虚假，反对一切违背人的"性命之情"的虚伪矫情的东西，要求无拘无束地表现"受于天"的真性情，认为只有自然的真情感的表现才是美的，真纯不羁，率性而行始终是庄子所推

---

[1] 《全集》，第1053页。
[2] 陈鼓应注译《庄子今注今译》，中华书局，1983，第823－824页。

崇的理想境界，这也是理想中的美的表现。一个人只要做到精心专诚到极致，便足以感动人。因为人一旦失去"真"，无论"哭""怒""亲"，就都是虚伪做作的。所以要"孝则真孝，忠则真忠，和则真和，清则真清"。罗汝芳、李贽也都鼓吹"童心说"。罗汝芳提倡："收拾一片真正精神，拣择一条直截路径，安顿一处宽舒地步，共好朋友涵咏优游，忘年忘世。""其齿虽近壮衰，而其真不减童稚。"李贽则说得更直接："童心者，真心也。""失却童心，便失却真心；失却真心，便失却真人。"显然，李贽与罗汝芳倡导的"真心"在很大程度上是对禅宗个体独立精神张扬和对道家返璞归真境界的向往。而受李贽和罗汝芳影响颇深的汤显祖，从他们身上汲取关于"真心""真人"的思想精髓，也是自然。

在实际生活中，汤显祖也确是一个有着耿介率真品性之人，在他几次拒绝权相笼络的事件中，无不透露出汤氏刚正不阿、廉政清白的真性情。直到晚年，汤显祖总结自己的一生，说自己无论是"阅人"，还是"通物"都有差池，只是"雅从文行通人游，终以孤介迂蹇，违于大方"。在他看来，"耿介"的必然结果就是"孤介"，因为"耿介"之质自不见容于世，必是磅礴独绝之人，必是不拘于俗之人。因而，在世俗的眼里，这类耿介率真之人，不谙世事，自当命途多舛，不被世容。但汤显祖却不以为然，所谓"惟余生其耿介兮，仰先人而复书"。他也曾说过，"耿介，义也"。在戏剧创作中，汤显祖也同样是真情投入，他在写作中把全部感情和心思都用进去了，以至于到了"忘我"的地步。传说他正在写《牡丹亭》第二十五出《忆女》之时，当写到"赏春香还是你旧罗裙"一句时，想到被世俗礼教摧残、多情而不幸死去的杜丽娘，便再也抑制不住内心的感情，不由自主地卧薪痛哭起来。这种通感之情显然是汤显祖创作得极其用心真心所致，如若没有真心，汤显祖断断不会为剧中的人物所伤感。这件事也从另一个侧面烘托出了汤显祖的性情之真。

在文学创作中，汤显祖提出"尚真色"作为他重要的美学原则之一。他在《焚香记总评》中说："填词皆尚真色，所以入人最深，遂令后世之听者泪，读者颦，无情者心动，有情者肠裂。何物情种，具此传神手！"[①]

---

① 《全集》，第1656页。

如果说道家提倡的"法天贵真"是批判儒家的虚伪矫情之处，那么汤显祖推崇的"尚真色"的美学思想，则是对明代文坛前后"七子"所标榜的"文必秦汉，诗必盛唐"的复古之风深为不满的表现。前后"七子"所宣扬的复古主张，使得明代文坛自弘治到万历初，模拟、抄袭、步趋古人成风。汤显祖尖锐地揭露这些人的虚伪矫情，早在少年时代，就曾批评过李梦阳、王世贞等人的文章："各标其文赋中用事出处，及增减汉史唐诗字面处，见此神道情声色，已尽于昔人，今人更无可雄。"①

"法天贵真"即贵"情真"，"尚真色"也即尚真情。汤显祖虽然以"情真"为宗旨，但又反对以世俗常理来要求、限制审美的"真"，即进入审美领域的真情，是不能以常理相格的。汤显祖在《牡丹亭记题词》中说"梦中之情，何必非真"，又说"第云理之所必无，安知情所必有邪"。这种梦中之情，不同于现实生活中的情，它是进入审美领域的情，它可以不受现实常理的制约，也许根据现实来看，这种情是"非真"的，不符合现实逻辑与原则，而以审美的角度来看，这种情的确是真实可信的。所以这里的情感真实性与合理性不应以现实的真假标准为尺度来衡量，而应该以审美的内在逻辑来分析。这也就是说，审美情真如果能超越常理之真，那么杜丽娘为了真情的自由而实现出生入死的至情之境，是完全合情合理的，也即情真处，自合理。

可见，无论是戏里、戏外，汤显祖都十分强调情的"本真性"，因为只有做一个"真情"之人，才能创造出感天动地的"真情"之文。反映在文学创作理念上，就是提倡一种"尚真色"的美学原则。

（二）尚"至情"：高扬一往而深的"情之至"

汤显祖不仅强调真情，也高扬"一往而深"的至情。这种"情不知所起，一往而深，生者可以死，死可以生"的深情演绎，显然是对传统儒家所信奉的情感表达要有所节制、要符合"中庸"思想的有力反驳。

根据"美""善"统一的观点，孔子提出了他对艺术的审美标准，即"中庸"原则。"乐而不淫，哀而不伤"，这就是孔子的审美理想，即艺术表

―――――――

① 《全集》，第 1303 页。

现的情感必须是有节制的、有限度的。这样的情感才符合"礼"的规范，才是审美的情感。如果情感过分强烈，超过了一定的限度，那么这便是"淫"了，它不符合"礼"的规范，所以不是审美的情感。所谓"中庸"原则，即说把性质不同的东西，把各种对立的因素成分和谐统一起来，并且每一因素的发展要符合适度的原则，否则欢乐的情感就变成了无休止的放纵，悲伤的情感就变成了无休止的哀痛。所以只有把情感与理性和谐地统一起来才是情感表现最理想的状态，即符合"中庸"美学原则的作品，才是"美""善"合一的上乘之作。实际上，"中庸"原则体现的就是"以理节情"的平衡。它要求抒发中规中矩、含蓄蕴藉的情感，抵制强烈的不受节制的情感宣泄，维护情理平衡的"中和"精神。所以在情感的表现上，传统儒家学者排斥激烈的怨恨、爱憎情感的流露，这就使得艺术对社会生活的反映受到了局限。中国历来有"一唱三叹"式的极为优美的抒情诗，却找不到像《荷马史诗》那样的长篇叙事诗和那种撼人心魄的希腊悲剧。

但是在汤显祖的戏剧创作中，人物情感的发展和表现并没有被这种中庸的、情理平衡的思想所束缚，而是极尽人物情感欲求的需要，不仅要"一往而深"，还要达到为情"出生入死"的"至情"境界。《牡丹亭》中杜丽娘的形象就是"至情"的化身。"梦其人即病，病即弥连，至手画形容传于世而后死。死三年矣，复能溟莫中求得其所梦者而生。如丽娘者，乃可谓之有情人耳。"(《牡丹亭记题词》)[①] 杜丽娘对柳梦梅的"至情"体现在她可以因情而死，又可以因情而生，如非"至情"，杜丽娘何以因情而出生入死？她的"至情"不会因为生死离别或是阴阳相隔而有丝毫减弱。可见这种坚贞执着的爱情具有一种神奇的力量，能够冲破一切障碍，创造各种奇迹。所以汤显祖说："情不知所起，一往而深，生者可以死，死可以生。"在戏剧中，书生柳梦梅的性格基调同样是充满了"情"的，他的"至情"表现在他的痴情、钟情、深情上。拾到美女像便想入非非，以图像叫唤出真身来，此谓"痴情"；此前便与素昧平生的杜丽娘结合，此谓"钟情"；旅居过程中又与女鬼幽会，使她起死回生后又对她忠心不二，此谓"深情"。《南柯记》中淳于棼对瑶芳的爱情也很真挚，当淳于棼被逐出大槐

---

① 《全集》，第1153页。

安国时，梦虽醒，酒尚温。他明知道其只不过是在蚁穴里结下的情缘，但仍然舍不得亡妻，还是要禅师将亡妻及其国人普度升天。若非老禅师斩断情缘，淳于梦还要到公主身边流连下去。当他再见瑶芳时，他深情表白：我常想你的恩情不尽，还要与你重做夫妻；我日夜情如醉，相思永不衰……最后的分离时刻，他忘情地拖住瑶芳的裙襟哭诉着：我入地里还寻觅，你升天时肯放伊？这种深刻的感情突破了人蚁的界限，可谓"情之至"。

可以看到，汤显祖在美学思想上崇尚"至情"，崇尚把情发挥到最完美、最深切的程度，即"情尽"。"至情"可以打破一切界限，形成情的理想结合，不仅能"生者可以死，死可以生"，而且可以"生天生地生鬼生神，极人物之万途，攒古今之千变"[①]，"情致所极，可以事道，可以忘言"[②]。沈际飞在评述汤显祖美学思想时说："惟情至，可以造立世界；惟情尽，可以不坏虚空；而要非情至之人，未堪语乎情尽也。"[③] 王思任也认为杜丽娘的爱情之深才是其独特之点，正是汤显祖所着意发挥之处。"百千情事，一死而止，则情莫有深于阿丽者矣……则杜丽娘之情，正所同也，而深所独也，宜乎若士有取尔也。"（《批点玉茗堂牡丹亭词叙》）

虽然汤显祖所倡导的"至情"观在情感表现程度上也体现了反传统的"中庸"思想，但是，我们不免也要担心情感一旦不受理性所控制，泛滥发展而导致人欲纵横，又会被视为洪水猛兽一般，侵吞着人性之美。问题是我们要认识到汤显祖所说的情是有善情和恶情之分的，他在《复甘义麓》中说道："性无善无恶，情有之。"[④] "至情"亦可理解为"人情"与"物情"。"善情"如果不加节制地发展下去，只会到达如杜丽娘一般的"至情"之境，而此"至情"仍然是有符合人性自然的善的美的因素。而"恶情"（物情）一旦泛滥开来，就会出现淫乱之行或是暴虐之为。汤显祖肯定的是善情、真情，批判的是恶情，两者纵向发展程度的深入情况是不同的，所以担心情或人欲的过度宣泄与恣意发展会导致人性的扭曲，最重要的还是首先要判断出其情是善情还是恶情。

---

① 《全集》，第1188页。
② 《全集》，第1098页。
③ 毛效同编《汤显祖研究资料汇编》（全二册），上海古籍出版社，1986，第1325页。
④ 《全集》，第1464页。

总之，汤显祖在"情感论"中提倡的"至情"思想，在表现情感的深度和程度上都有别于儒家传统精神中的"中庸"观念，这种"一往而深"的情感表现状态有力地反驳了传统情感论中"怨而不怒""哀而不伤""乐而不淫"的保守态势，而定是要实现其一发不可收拾的极情之境。

（三）尚"情幻"：推崇梦幻的艺术表现形式

汤显祖不仅是写情的艺术大师，而且是写梦的艺术大师。他写梦的作品，尤其是"四梦"传奇所表现的梦幻意识，一直是一个值得我们深入探索的问题。汤显祖在《答孙俟居》中曾指出，他的戏曲创作皆是"因情成梦，因梦成戏"。也就是说，汤显祖编排的戏剧故事情节皆是以梦幻的艺术形式构筑的，这种梦幻的手法不仅勾勒出作品朦胧缥缈的意境，也赋予了作品浓厚深远的寓意。传奇作品"玉茗四梦"的强大艺术魅力，很大程度上是以其出色的奇幻之美凸显的。

尼采在《悲剧的诞生》中曾用日神和酒神象征梦和醉两种不同的艺术境界。如果说中国古典文学中放纵感情如癫如狂的酒神精神受到抑制的话，那么制造美丽梦境的日神精神却是很发达的。[1]古人谈梦，最早的有庄子。他在《庄子·齐物论》中说道："昔者庄周梦为胡蝶，栩栩然胡蝶也，自喻适志与！不知周也。俄然觉，则蘧蘧然周也。不知周之梦为胡蝶与，胡蝶之梦为周与？周与胡蝶，则必有分矣。此之谓物化。"[2] 其后《列子·周穆王》对梦的解析甚详，其中所举蕉鹿一梦是脍炙人口的寓言。蝴蝶梦和焦鹿梦都被直接演为传奇，而且几乎成为戏曲中梦幻故事的基本模式，其特点即梦觉不辨、真幻难分，这正是与日常生活中的梦的不同之处。戏曲作者往往将梦境与实境交叉纠缠，赋予情节以幻奇色彩，从而增强戏剧的魅力。许多剧评家都指明了这种真幻混同的手法。心印吟室主人分析《想当然》一剧的情节有"幻中真""真中幻"（《题想当然传奇》）。袁宏道批点《牡丹亭》就点出："真里说梦，梦里说真，颠颠倒倒，怪怪奇奇。"（《幽媾》眉批）[3]

---

[1] 蔡钟翔：《中国古典剧论概要》，中国人民大学出版社，1988，第88页。
[2] （清）王先谦撰《庄子集解》，《新编诸子集成》本，中华书局，1999，第26-27页。
[3] 蔡钟翔：《中国古典剧论概要》，中国人民大学出版社，1988，第91页。

我们知道，汤显祖是写情的大家，但是他并非从一般的角度写"情"，而是突出地描写人物的"梦中之情"。这样，以梦幻这种艺术手法来编织情节，展现真情，就是汤显祖文学创作的独特之处。在汤显祖看来，"梦"是由人的真情实感引发的，"梦中之情"能反映人物灵魂深处的情感与欲求。他说："梦生于情，情生于适。""梦中之情，何必非真。天下岂少梦中之人耶。必因荐枕而成亲，待挂冠而为密者，皆形骸之论也。"[①] 这些话都表述了他对于梦与情之间的关系的鲜明认识。汤显祖不是从一般意义上来认识梦，而是站在哲人的高度来写梦的。梦是现实环境的反映，梦是真情实感的流露。无论是《牡丹亭》中的梦，还是"二梦"之梦，都产生于潜藏在主人公意识深处的"情"。通过"梦"，原先朦朦胧胧的情感被激发出来，越发鲜明起来，于是，主人公有所感悟，找到了对待情的正确态度。也就是说，汤显祖通过梦境的方式让主人公从中观照自己，审视自己，让自己重新获得情的真谛。譬如《牡丹亭》中的《惊梦》一出，杜丽娘正是通过"游园惊梦"，心中的欲念才明晰起来、坚定起来，于是开始了对爱情至死不渝的强烈追求。在这里，《牡丹亭》的梦是用以歌颂杜丽娘的真情的。如果说"前二梦"是写李霍、杜柳两对青年男女的爱情故事，是表现梦与真情的关系，高扬"真情"的力量；那么，"后二梦"则是通过写淳于棼和卢生的宦海沉浮，表现梦与恶情的关系，来劝诫世人超越对"恶情"的贪恋。"后二梦"中，淳于棼、卢生在经历了"南柯梦"与"黄粱梦"之后，便把他们心灵深处的"恶情"暴露无遗，看清了社会，看清了自己，他们受到了警示与洗涤，发现了自己内心的卑劣与愚昧，终于决定抛弃对"恶情"的贪恋，使自己从被社会异化了的状态中清醒与恢复过来。可见，汤显祖写梦，也即在写情，因为他的"情"中事都是脱胎于梦的窠臼之中。

既然汤显祖是以梦写情，那么这种艺术手法能给他带来什么样的独特创感受与艺术效果呢？汤显祖写梦，一方面可以让自己的想象力无限地驰骋，达到自由灵性的创作境界；另一方面，这种虚实结合的艺术手法构造出来的梦境，表面上看荒诞不真实，实则表现了深刻的社会现实，其中也寄寓着作者的理想。

---

① 《全集》，第 1153 页。

首先，以梦入戏，作者就获得了审美创作的高度自由，可以发挥无穷想象，驰骋在自己编织的梦境之中，意绪没有边界，没有限制，作者能毫无拘束地抒发自己的感情，进而写出千奇百怪的艺术作品。汤显祖说："予谓文章之妙不在步趋形似之间。自然灵气，恍惚而来，不思而至。怪怪奇奇，莫可名状。"① 这种怪怪奇奇、莫可名状之作，正体现了作者灵气逼人的姿态。然而汤显祖之所以能写出这种充满想象力的神奇之作，主要是因为他是以梦幻的艺术手法描绘勾勒的，这种梦幻之感让他创造出了匪夷所思、恍惚而至的奇异世界。他曾在《序丘毛伯稿》中写道，物"能上天下地，来去古今"，能使读者从中感受到充满灵气的真趣。而汤显祖在作品中描写的奇特荒诞、光怪陆离的梦境，本身就是一种"奇士"精神的体现，它是彻底跳出时人窠臼的。可见，描写梦境，正是实现自己的创作主张，写心中真情实感，表达从生活和梦幻中得来的感受，而不是追求"步趋形似"，因此，他的创作必然充满想象。所以说，以梦入戏，无论就创作手法还是创作成品来说，都是独辟蹊径、立异标新的。它冲破了拟古的形式主义思潮，为打破晚明文坛那种"万马齐喑"的沉寂局面起到了良好的作用。

其次，汤显祖采取梦幻的方式来表达自己的感情和理想，实际上是一种寄托。因为在封建社会，尤其是封建社会末期，直接批判社会黑暗是不现实的。明代东厂横行，文字狱严酷。汤显祖以梦入戏，在一定程度上也保护了自己，实在是隐含了"讥托"之意。这样，汤显祖的"因梦成戏"，在人物个性与其所处的社会环境的处理上，就实现了一种幻与真的高度统一。王骥德在《曲律》中就指出"剧戏之道，出之贵实，而用之贵虚"，并进而指出"以实而用实也易，以虚而用实也难"。"以虚而用实"就是运用梦幻的艺术手法表现真实的人物感情。我们知道汤氏的"情"是感物而起。因此，"因情成梦"就是由实入虚；"因梦成戏"就是化虚为实。从"因情成梦"到"因梦成戏"，就是虚实相生、虚实结合的过程。《牡丹亭》"因情成梦，因梦成戏"，由一个梦中虚情衍生出现实中一段离奇的生死和爱情故事，表现了为假道学所压抑与摧残的人们的真正的生活感情，是符合真

---

① 《全集》，第 1138 页。

实生活的。而《邯郸梦》和《南柯记》的故事构造更是产生于一个梦的窠臼之中。《邯郸梦》中，吕洞宾赠卢生一玉枕，卢生在梦中占尽风光得意，享尽荣华富贵，同时也受尽风波险阻，终因纵欲过度而亡，一梦醒来，受神仙点拨，幡然醒悟，抛却红尘，随吕洞宾仙游而去。卢生的"黄粱一梦"虽然看上去是一个有点虚妄、有些迷幻的世界，但是通过这种奇幻的梦境描写来表明汤显祖创作的真正意图，它实则是对明代官场社会的深刻鞭挞和无情否定。《南柯记》亦是如此，剧中的蚂蚁王国最后被暴风雨冲垮，艺术地再现了明王朝必然走向没落的命运。可见，作者通过"黄粱一梦"与"南柯一梦"来表现主人公宦海沉浮的一生，情与梦，实与虚，真实与幻想，都在其中得到了比较完整的统一。这种梦幻的艺术形式也寄寓了作者自己的理想与意图。

诚然，梦境描写作为一种非现实因素，更贴近抒情功能。它不受时空的限制，可以给剧作家留下驰骋想象的广阔天地。它还可以超越时空，跨越生死，表达激烈的情感活动，写极悲极喜之事，抒极惊极惧之情，真真假假，虚虚实实，既可以丰富故事情节和人物形象，也可以表现被理性观念束缚的真实思维、真实情感，表达自己的理想与意图。

第三节　汤显祖"情感论"对明清戏曲创作的影响

汤显祖剧作对真情的歌颂、其中曲折变幻的故事情节和以梦幻为艺术手法的特征，引起后起许多剧作家的仰慕，如潘之恒、孟称舜、洪昇等。然而，由于汤显祖自身的思想矛盾和历史、文化背景的影响，他不可能从根本上冲破封建正统思想的藩篱，所以，他的情感理论势必还存在一定的局限性，主要表现在他对情、理关系问题的处理上，这使其在面临"情理对峙"的问题时还会出现些许的妥协与调和之势。

一　情至之思的沿袭

在汤显祖之后，"主情说"仍余响不绝。

潘之恒作为汤显祖的密友，也从《牡丹亭》等作品中得到启示，对

"情"做了很好的总结。他认为剧本创作的根本在于传"情"。他说,"推本所自,《琵琶》之为思也,《拜月》之为错也,《荆钗》之为亡也,《西厢》之为梦也,皆生于情",《牡丹亭》则生于情而近于"致",即把"情"渲染至极致的境地(《曲余》)。此外,潘之恒还对《牡丹亭》中杜丽娘的"情"进行了一番解说,认为其"情"表现为这样一种恍惚的方式:"夫情所之,不知其所始,不知其所终,不知其所离,不知其所合;在若有若无、若远若近、若存若亡之间。其斯为情之所必至,而不知其所以然;不知其所以然,而后情有所不可尽,而死生、生死之无足怪也。"[①]潘之恒指出的这种恍惚迷离的"情"境,是颇得汤显祖的真髓的。因为汤显祖《牡丹亭记题词》就已说明了"情不知所起,一往而深,生者可以死,死可以生","第云理之所必无,安知情之所必有"。潘之恒的这段话正是对汤显祖的创作见解的发挥。

冯梦龙认为戏曲的形成是由性情所致,他指出:"学者死于诗而乍活于词,一时丝之肉之,渐熟其抑扬之趣,于是增损而为曲,重叠而为套数,浸淫而为杂剧、传奇,固亦性情之所必至矣。"(《步雪新声·序》)由此,他认为"曲以悦性达情""本于自然"(《风流梦·小引》)。此外,冯梦龙也特别强调"真情"的主观因素作为戏曲剧本创作的出发点。《墨憨斋新定洒雪堂传奇》结尾诗句很能说明这一主张:"谁将情咏传情人,情到真时事亦真。"这两句诗的意义与汤显祖《牡丹亭记题词》所云"第云理之所必无,安知情之所必有"是相同的。

在明代戏曲作家中,受汤显祖言情思想影响最大的应该是明末传奇作家孟称舜。孟称舜认为性情是理义的根本,忠、孝、节、义莫不出乎情,而在所有的情中,最广、最深的就是男女之情。他的《娇红记》就是写男女之间的"至情"之戏。在剧中,王娇娘与申纯相爱,然而由于婚事屡受间阻,二人相继悲愤而死,死后二人合葬,化成一对鸳鸯,相亲相依。尽管娇娘和申生的爱情充满波折,但是娇娘与申生至死不渝,深刻地表现出娇娘与申纯间"年华有尽情无尽"的至深之情。这种对情的描写明显带有《牡丹亭》的影响印记。又如他的早期杂剧《桃花人面》,剧中崔护清明郊

[①] 叶长海:《中国戏剧学史稿》,中国戏剧出版社,2005,第169页。

外踏青，酒渴求饮，恰遇农家少女蓁儿，两人一见钟情，不能自已。别后，崔护是"茶不想，饭不思"，而蓁儿更是"恶相思，伤景物，倍增凄楚"。后崔护再访，未遇蓁儿，遂题诗于门扉。蓁儿见诗，终相思成病，"遂绝食数日而死"。等崔护三访时，蓁儿为情而生，两人得续再世姻缘。崔护与蓁儿之间的这种"为情而死，为情而生"的传奇情缘，正是对汤显祖《牡丹亭》中那种"情不知所起，一往而深，生者可以死，死可以生"的言情理念在创作层次上的呼应与继承。再如在后来的《花前一笑》《泣赋眼儿媚》等剧中，孟称舜都是极力渲染男女主人公之间那"一往而深"的痴情，受汤显祖"至情"的影响可谓颇深。孟称舜在《贞文记·题词》中则自称为"言情之书"，并在开场中写道："我情似海和谁诉，彩笔谱成肠断句。"可见他有意学习《牡丹亭》的"诉情"。(《牡丹亭》开场词有云："白日消磨肠断句，世间只有情难诉。")汤显祖论情，认为"第云理之所必无，安知情之所必有邪"(《牡丹亭记题词》)，而孟氏论情，也是主张"天下义夫节妇，所为至死而不悔者，岂以是为理所当然而为耶"。孟称舜的戏曲言情说，包括汤显祖的"至情"说的言情主张，并在处理情理冲突时，也强调以情为主，重视"情之至"，认为情感的生发是不受外在理性节制的。孟称舜在其戏曲继承汤显祖的"至情"说时，也进行了很大的创新与改造，其中，表现最为突出的一点就是在"情之至"中融合了"情之正"的观念，即以"诚"为核心的"情正论"。

吴炳《画中人》的主旨也是歌颂真情超越生死的力量。剧中华阳真人能呼唤画中人下来，书生庾启画一美人，照真人之言，昼夜对画中人跪拜，以"琼枝"之名呼之。恰有官员郑思玄之女名琼枝，闻人呼唤，灵魂由画中下来与庾启相会。其间被小人从中作梗，郑琼枝真身死去，柩寄再生寺。庾启考途中再遇琼枝，开棺使其复活，两人终成夫妇。剧本在精神上模仿《牡丹亭》，"唤画虽痴非是蠢，情之所到真难忍"；"不识为情死，那是为情生"。又借华阳真人之口说道："天下只有一个情字，情若果真，离者可以复合，死者可以再生"；"画中真魂原以情现，有情者见其为人，无情者见其为鬼"。可见剧本的主旨亦在突出"真""情"二字。

袁于令在《焚香记·序》中解说："剧场即一世界，世界只一'情人'。以剧场假而情真，不知当场者有情人也，顾曲者尤属有情人也，即从旁之堵墙而观听者若童子、若鬐叟、若村媪,无非有情人也。倘演者不真,则观者之精神不动;然作者不真,则演者之精神亦不灵。"袁于令重视作者、演者与观者三者之间的关系,突出要求剧作者必须"有情",并进而提出作者要"真"。他认为"世界只一'情'",这是非常大胆的说法;这种提法是戏曲抒情特征的高度概括,也是对明后期曲论中"言情"说的总结。①

在清代,受汤显祖言情论影响最为深刻的当数洪昇了。在洪昇看来,他在《长生殿》中所描绘的一切人或事,无论是肯定的,还是否定的,都是取决于"情"这个观念。郭子仪、郭从谨之所以忠,是"由情至",杨国忠、安禄山之所以奸,是"无情耳"。剧本开场的【满江红】真正道出了全剧的主旨:"今古情场,问谁个真心到底?但果有精诚不散,终成连理。万里何愁南北共,两心那论生和死。笑人间儿女怅缘悭,无情耳。 感金石,回天地。昭白日,垂青史。看臣忠子孝,总由情至。先圣不曾删《郑》《卫》,吾侪取义翻官徵。借太真外传谱新词,情而已。"② 洪昇所讴歌的"至情"与《牡丹亭》所宣扬的出生入死之"情"一样,都可以超越生死的界限,可以感动天地,都具有强大的奇异功能。在全剧尾声又写道:"旧霓裳,新翻弄,唱与知音心自懂,要使情留万古无穷。"这里清清楚楚地在宣扬"情至",而且借事谱剧,突出表达了一个"情"字。这个"情"不仅存在于儿女连理之间,也表现在"臣忠子孝"之中。这个情可以"感金石,回天地;昭白日,垂青史"。这种思想与汤显祖关于情的"生天生地生鬼生神""生者可以死,死可以生"的思想显然有相通之处。洪昇云:"棠村相国尝称予是剧乃一部闹热《牡丹亭》,世以为知言。"③ 可见,当有人称赞《长生殿》是一部热闹的《牡丹亭》时,洪昇是承认的。

二 虚实相生的余韵

汤显祖曰:"嗟夫,人世之事,非人世所可尽。自非通人,恒以理相格

---

① 叶长海:《中国戏剧学史稿》,中国戏剧出版社,2005,第287页。
② (清)洪昇:《长生殿》,人民文学出版社,2005,第1页。
③ 邹自振:《汤显祖与玉茗四梦》,江西高校出版社,2007,第219页。

耳。第云理之所必无，安知情之所必有邪。"(《牡丹亭记题词》)从艺术理论角度而言，这无疑是一则颇具美学意味的虚实论。汤提出这样一个创作原则，就是认为戏剧创作允许而且应该以剧作家的意愿和情感逻辑来建构戏剧情节，构造戏剧的故事本体，而不能以事物之"常理"相"格"。他强化了剧作者的主体力量。

汤显祖的这种虚实相生的艺术手法对后世戏曲创作也颇有影响。王骥德之《曲律》主张"剧戏之道，出之贵实，而用之贵虚"，吕天成之《曲品》主张"有意驾虚，不必与实事合"，袁于令主张"天下极幻之事，乃极真之事；极幻之理，乃极真之理"的小说论，金圣叹进而主张"自古至今，无限妙文必无一字是实写"，李渔则主张"传奇无实，妙在隐隐跃跃之间"的戏曲论。下面就对谢肇淛和王骥德的虚实论做简单介绍。

谢肇淛在《五杂俎》中说道："凡为小说及杂剧、戏文，须是虚实相半，方为游戏三昧之笔。亦要情景造极而止，不必问其有无也。"① 古来论曲，谈"虚实"者并不罕见。谢肇淛则把"虚实相半"看作戏剧创作的一条规律，即所谓"游戏三昧之笔"。他主张戏剧创作要"情景造极而止"，没有必要去探讨其是否真实存在过。此外，他又说："人世仕宦，政如戏场上耳，倏而贫贱，倏而富贵，俄而为主，俄而为臣，荣辱万状，悲欢千状，曲终场散，终成乌有。"② 可见，汤显祖与谢肇淛的虚实观都已经接触到艺术创造的现实意义，即艺术正是对生活本质的反映。

关于戏曲创作的"虚实"问题，王骥德《曲律》中有一段很重要的论述："剧戏之道，出之贵实，而用之贵虚。《明珠》、《浣纱》、《红拂》、《玉合》，以实而用实者也。《还魂》、'二梦'，以虚而用实者也。以实而用实也易，以虚而用实也难。"③ 在王骥德看来，像《明珠记》《浣纱记》《红拂记》《玉合记》等传奇作品，大抵属于因事设戏、就事编剧，这样的创作"以实而用实"，易流于表面，算不得上乘之作；像汤显祖的《还魂记》、"二梦"之类的剧本，寓情于剧，寄意于戏，情思隽永，意味深长，他认为"以虚而用实"，这才是难能可贵的创作。汤显祖曾自谓：《牡丹亭》一剧

---

① 叶长海：《中国戏剧学史稿》，中国戏剧出版社，2005，第184页。
② 叶长海：《中国戏剧学史稿》，中国戏剧出版社，2005，第185页。
③ 叶长海：《中国戏剧学史稿》，中国戏剧出版社，2005，第208页。

"骀荡淫夷转在笔墨之外"。可见王氏对虚实论的认识是与汤显祖的创作手法相符的。

此外，茅氏兄弟对虚实问题也有自己的一番见解。他们针对臧懋循删改《牡丹亭》和关于"合于世者必信乎世"的主张提出反驳意见，赞赏并发挥了汤显祖《牡丹亭记题词》的观点，写道："如必人之信而后可，则其事之生而死，死而生，死者无端，死而生者更无端，安能必其世之尽信也。今其事出于才士之口，似可以不必信，然极天下之怪者，皆平也。临川有言，第云理之所必无，安知情之所必有耶。我以为不特此也，凡意之所可至，必事之所已至也。则死生变幻不足以言其怪，而词人之音响慧致反必欲求其平无谓也。"① 这里强调了汤显祖"人世之事，非人世所可尽"以及"理无情有"的观点，进而提出"凡意之所可至，必事之所已至也"，认为文艺作品中的"事"早已在作者的"意"中存在，并不以是否"合于世"作为是否可信的标准。这里也反映了艺术真实与生活真实的关系，我们不能用衡量生活真实的标准来测评艺术作品里反应的真实与否。因为"人世之事，非人世所可尽"，当然就要借助艺术这一形式来虚构人世所不能之事，所以"死生变幻不足以言其怪"，《牡丹亭》里"生者可以死，死可以生"这样的戏剧情节也就不觉得离奇荒诞了。茅《序》在这里大大发展了汤显祖的理论。

三妇合评《牡丹亭》时也说道："人知梦是幻境，不知画境尤幻。梦则无影之形，画则无形之影。丽娘梦里觅欢，春卿画中索配，自是千古一对痴人，然不以为幻，幻便成真。"（《玩真》批语）② 汤显祖曾在《牡丹亭记题词》中说："梦中之情，何必非真。"三妇在此处则正面回答说"幻便成真"，其态度胜似汤翁。③

歌德曾说过，"没有发生长远影响的创造力就不是天才"。毋庸置疑，汤显祖精心描绘的"至情"世界和独特的梦幻艺术手法，对后世文学创作的影响力确是深远而长久的。他和后来同样以言情为创作宗旨的剧作天才，

---

① 叶长海：《中国戏剧学史稿》，中国戏剧出版社，2005，第299页。
② （明）汤显祖：《吴吴山三妇合评牡丹亭》，（清）陈同、谈则、钱宜合评，上海世纪出版股份有限公司、上海古籍出版社，2008，第61页。
③ 叶长海：《中国戏剧学史稿》，中国戏剧出版社，2005，第302页。

对个性自由、个性解放的"情至"歌颂，代表了明清时代的最强音。

第四节 汤显祖"情感论"中存在的思想矛盾与困惑

由于汤显祖自身的思想矛盾和历史、文化背景的影响，他不可能从根本上冲破封建正统思想的藩篱，因此，他的情感理论势必还存在一定的局限性，这主要表现在他对情、理关系问题的处理上，因此，其在面临"情理对峙"问题时还会出现些许的妥协与调和之势。

一 汤显祖"情感论"中的情理矛盾

汤显祖在《牡丹亭记题词》中明确提出了"情"与"理"的关系问题，他说："嗟夫，人世之事，非人世所可尽。自非通人，恒以理相格耳。第云理之所必无，安知情之所必有邪。"与汤显祖同时代的戏曲家王思任在点评《牡丹亭》表"情"之旨后又说道："若士以为情不可论理，死不足以尽情。"汤显祖所说的"情"是指生命欲望、生命活力的自然与真实状态，而"理"是指使社会生活构成秩序的是非标准。理具有制约性，情具有活跃性，任何时候都存在矛盾。社会若处于变革时期，情与理的激烈冲突必不可免。

其一，汤显祖所提出的这个"情""理"关系中的"理"，是指宋明理学家从维护封建礼教出发而主张的"革尽人欲，复尽天理"之"理"，是"存天理，灭人欲"之"理"。宋明理学要求把"理"与"情"截然对立起来，达到"以理制情"的目的，从而让情屈从于理的权威之下。而与宋明理学不同的是，汤显祖在情理关系上提出了疑问。他否定把理作为绝对的标准，认为只要是出自人的真情实感的东西，其存在就是合理的，不应被理所磨灭。《牡丹亭》里集中表现的杜丽娘至死不渝的"情"，就是以情抗理的最好诠释，作者在"情"与"理"的激烈的戏剧冲突之中，描绘了具有民主进步思想的杜丽娘的理想性格，剧本所表现的"理之所必无，情之所必有"的民主性思想，具有强烈的反封建礼教的进步意义。

其二，汤显祖所理解的"理"，除了指宋明理学之"理"，还指佛理。

这主要从汤显祖与达观的"理"与"情"的辩论中可见。在汤显祖看来，佛理与人情也是相对立的，虽然达观曾经多次劝说汤显祖斩断情根，遁入佛门，但是均被汤显祖拒绝了，他在《寄达观》中明确地回应道："情有者理必无，理有者情必无。真是一刀两断语……谛视久之，并理亦无，世界身器，且奈之何……迩来情事，达师应怜我。白太傅苏长公终是为情使耳。"可见，无论达观怎样游说，汤显祖始终执着于自己的"情"，坚守着自己的人生理念，不可能随达观而去，断绝情欲。

纵观汤显祖的文学创作道路，可以窥见他的思想是充满矛盾和痛苦的，这既表现为汤显祖早期创作中流露出的情与封建礼教的调和之势，也表现为晚年的汤显祖企图从禅宗哲学中寻求出路。总之，对于"情"与"理"的关系问题，汤显祖有时也会随着时事和心境的变化而有所变化。对于汤显祖"情"与"理"关系的辩证，笔者将于下一章进行详细的论证。

二 汤显祖的情理矛盾形成之缘由

汤显祖思想上存在的这种矛盾与困惑是有其多方面原因的。无论是"前二梦"中表现的情与封建礼教的调和之势，还是"后二梦"中表现的出世与入世的矛盾困惑，究其原因，主要是汤显祖本人一生受儒家思想的影响至深，而究其更为深刻的原因，则是由历史本身的局限性决定的。汤显祖和中国历史上具有独立思想的思想家一样，无论其思想多么激进，多么具有超越时代的进步意义，但从根本上都无法摆脱封建伦理道德的印痕。

首先，正是由于儒家思想的深刻影响，汤显祖才会一边高扬"情之至"的旗帜，一边不忘儒家确立的封建礼义的正统地位；一边看透世事无常想要遁世，一边还怀揣建功立业的入世之情。汤显祖虽然也会经常流露出佛老之音，但主要奉行的还是儒家积极入世、忠君爱国和以天下为己任的人生哲学。汤显祖有着非常浓厚的儒家正统思想和忠君观念。嘉靖四十五年（1566），皇帝驾崩，十七岁的汤显祖感到如山崩地裂，写诗哭悼："日落悲同轨，天王弃八埏。"（《丙寅哭大行皇帝》）万历十三年（1585），北方久旱无雨，神宗皇帝戒斋沐浴，到南郊祭祀求雨。汤显祖听说此事后，十分感动，写下了"独宿山陵祈帝祖，因歌《云汉》感吾君"（《帝雩篇宿陵下作》）的诗句。万历十七年（1589），汤显祖又因升迁进一步感到皇恩浩荡，写下"臣心似江水,长绕孝陵云"(《迁祠部拜孝陵》)的诗句,向皇帝表示自己的耿耿忠心。① 为官期间,汤显祖也是恪尽职守,为民谋利办事。在汤显祖的身上,儒家传统的思想是很明显的,从他几次拒绝张居正的拉拢之事,就可见其身怀儒家所推崇的"富贵不能淫,贫贱不能移,威武不能屈"的君子人格。这种积极入世的热爱生活的人文情怀和忠君爱国的治世理想是汤显祖从儒家理论中汲取的有益思想,它不仅是促成汤氏"情感论"的一个因素,也是让汤显祖晚年在面对人生变故之时依然能理性地从宗教迷幻中解脱出来,即所谓"为情作使"的缘由。但是儒家传统理论的腐朽思想却又给汤显祖以深深的影响,这不只是汤显祖一人的思想局限,也是历史上任何一个有着激进思想的文人共有的局限。所以,另一方面,汤显祖思想中存在的情理矛盾与困惑,不只是由他自身儒释思想局限所致,更重要、更深刻的根源,却是历史本身的局限性。

其一,从时代背景和社会思潮看,汤显祖所处的明代中晚期正是一个思想激荡、矛盾激化的时代,正是有明朝后期哲学和政治上的尖锐对立,才有了汤显祖"临川四梦"中情理矛盾存在的思想根源。

汤显祖生于明世宗嘉靖二十九年(1550),当时是明代社会各种思想汇聚并行发展的时期。王守仁在世时,程朱理学虽已渐衰,但势力尚大,而心学曾被当作异端,两派之间进行过激烈的斗争。王守仁之后,心学大盛,它的势力超过了程朱理学,心学成了哲学的主流,然而我们不可否认的是,虽然心学与理学是相互对立的哲学流派,但是心学仍然是由儒家思想演变发展而来,它的内在肌理中依然流淌着儒家学说思想。说到底,从维护封建统治这一根本出发点上看,它们是一致的,都是为封建统治提供理论依据。到了万历时期,朝政更加腐败,万历帝不思政绩,官员又无从建功立业,他们求取功名的梦想终成泡影,进而一步步失望,一步步无望,大一统政权的凝聚力也就消失了。而这一时期,明代的哲学思想又有了新的发展和突破,泰州学派的异端思想大行于世,同时,王学逐渐变异,逐渐走向禅宗化。后来,泰州学派的代表人物,从王艮到何心隐,到罗汝芳,再到李贽,他们的思想都明显带有禅宗色彩,他们更是将王学逐渐引向禅宗

---

① 邹自振:《汤显祖与玉茗四梦》,江西高校出版社,2007,第75页。

化。这种通禅和禅宗化，发展到后来越来越空疏，并失去了王学以及泰州学派的那种反理学、反传统的精神，其末流更是陷入了空寂、游谈之中。人们的思想从一元走向多元，自我意识觉醒了，但思想也变动不居，不同的社会思潮充斥于士人的眼界与心灵。在这样一种思想纷繁复杂的历史背景下成长起来的汤显祖，其所受的思想影响也必然错综复杂，由此，他便形成了政治上出世与入世的进退冲突，思想创作上情与理的矛盾困惑。

其二，从人们根深蒂固的传统观念出发看，支配着中国人的道德意识和伦理观念的，一直是一种人际伦理。这个伦理世界的理想标准是一种等级秩序的和谐。它在长达数千年的宗法社会的经济—政治基础之上，成功地塑造了中华民族文化—心理的深层结构。晚明"从情到欲"的解放潮流虽然冲击了这个结构，但终究没有，也不可能从根本上动摇这个结构。虽然晚明也出现了资本主义萌芽，但当时的中国仍是封建自然经济的汪洋大海，所谓资本主义萌芽不过是这一大海中的几叶孤舟。在这样一种经济结构中，很难在整个社会产生新型的人际关系，形成新的价值观念。[①] 这一时期士人的主流思想仍是被儒家浸染的传统伦理道德观念。不可否认的是，儒家对个体人格的主动性和独立性也是肯定并高扬的，但这种肯定却是以"仁"为根基的。"无求生以害仁，有杀身以成仁"，"为仁由己，而由人乎哉"，"我欲仁，斯仁至矣"。只有将这种建立在氏族血缘关系基础之上的亲子之爱的社会伦理道德规范，变成个体内在的心理欲求，也即个体的心理欲求，再使其同社会的伦理道德规范交融统一，个体人格的主动性和独立性才能得到确证。而这里所谓的"社会伦理道德规范"，正是早已被历史发展否定了的"礼崩乐坏"之"礼"。正是在这一点上，儒家对个体人格的独立性和主动性的高扬是很不彻底的。它虽然看到了个体的心理欲求与社会的伦理道德和谐统一的必要，但这种统一却是狭隘的、封闭的。它把个体超出于血缘宗法等级关系的发展看作大逆不道之发展，禁止一切同"礼"相违背的情感的流露和表现。所以李贽、汤显祖等"异端"思想家虽然勇敢地亮出了"主情""情欲"的大旗，确乎有力地冲击了传统的伦理心态，但他们的思想就整体而言，却不可能具有全新的性质，他们还远远不是，

[①] 赵士林：《心学与美学》，中国社会科学出版社，1992，第169页。

也不可能是近代资产阶级的思想代表,他们代表的仍是封建正统思想。

史家称李贽为"狂禅",恰好说明李贽与封建礼教斗争的思想武器是禅的独立不羁精神。这种禅的独立不羁精神,显然不能开辟一条历史前进的思想路径,因此,追求激烈解放的李贽,也还是吟咏着"一句阿弥陀,令人出爱河",还是归结为"六根皆空""六尘皆空"。和李贽同样解放的何心隐所设计的理想社会,归根结底仍没有跃出孔子的"大同"理想,其所谓"将见老者以得人而安,朋友以得人而信,少者以得人而怀",仍是标准的儒家治世之道。① 而汤显祖亦然,从其在贵生书院所设立的科目即可看出他所拥护的也仍然是儒家的经典学说与治世思想,他所标举的"情"仍是"合君臣之节""浃父子之恩""增长幼之睦""动夫妇之欢""发宾友之仪"之"情",其对"情真"的理解仍是"孝则真孝,忠则真忠"。总之,汤显祖并没有从根本上使"情至"的思想跳出封建"礼义"的圈囿。

由此可见,汤显祖虽然提倡以"情"反"理",但却并没有提出新的"理"来取代旧的"理",因而缺少理性的批判力。总之,汤显祖情感说存在的内在矛盾与局限性,是理论本身的弱点所致,也是历史命运发展的必然结果。

汤显祖一生都是在追求一个"情"字,无论是其生活还是创作,都让我们看到了一个"至情至性"的有情人,他的"情感说",充满丰富与热情的人文关怀精神,他多次强调人的情感需要和人性欲求,是对当时程朱理学和统治阶级最好的反驳武器。然而,由于多种因素的综合制约,他的情感美学思想还存在一些它自身无解决的内在矛盾,诸如情与理关系问题的困惑。其实从历史本身来看,无论是汤显祖本人,还是他所钦佩景仰的罗汝芳、李贽和达观等人,他们都是在一定程度上进行反封建斗争的进步斗士,他们都力图从不同角度,为自己,也为整个社会找到起死回生的灵丹妙药,希望用自己的思想与行动去拯救浑噩不堪的晚明社会。然而他们的追求,连同他们的本身都被历史的旋涡吞没了。因此,说穿了,汤显祖在剧作中所构建的虚幻的情缘,除了表现一个生活在封建末期的文人,面对不可抗拒的历史厄运,怀着找不到出路的苦恼,而对封建王朝时不时也流

---

① 赵士林:《心学与美学》,中国社会科学出版社,1992,第170页。

露出"精诚不散"的忠贞之外,事实上是什么也改变不了的,历史的命运并不以他们的意志为转移,他们无法掌控也无法改变历史进程。而"艺术趣味和审美理想的转变,并非艺术本身所能决定,决定它们的归根到底仍然是现实生活"。① 所以,汤显祖"情感论"中为何能萌发出进步的思想观念,也能暴露出有一定局限性的封建观念也就可以理解了。但是我们应该看到,历史只是吞没了他们的行为本身,却没有吞没他们在奋斗的过程中争取自由、肯定情欲、高扬人性价值的精神与风范。当总结回顾这一切时,我们依然能明确地知道,汤显祖以其全部心灵与血肉筑成的深远丰厚的精神财富,让我们永远不能忘记。

---

① 李泽厚:《美的历程》(修订插图本),天津社会科学院出版社,2001,第190页。

第五章
汤显祖诗学理论建构之二
——"情""理"辩证

第一节 "情""理"关系

学界几乎达成了这样一种共识,即中国文学是表现的,重感悟,重抒情,有源远流长、历时久远的抒情传统;西方文学是再现的,偏重模仿,偏重叙事,有较为完整的叙事学理论。中国诗歌的发展,在极规整的、复杂的形式之下,潜藏着最深沉的情感底蕴。

已有的汤显祖研究,又无不把"情""情至"看作汤显祖思想最主要的内核。然汤显祖诗学内核之"情""情至"有着特别的意义,有对其详做辨析的必要。

一 "情"为何物?

中国最早的诗学观念,可回溯到"诗言志"说。抒情观念似为后出,在"《诗》三百"中,情的观念已隐约可见:"心之忧矣,我歌且谣"(《园有桃》);"君子作歌,维以告哀"(《四月》);"作此好歌,以极反侧"(《何人斯》)等。所谓"忧"者、"哀"者、"反侧"者,都是忧伤、哀痛、怀念之情。

"抒情"作为一个概念,在中国古代典籍中,最早出现于屈原的《九章·惜诵》:"惜诵以致愍兮,发愤以抒情。"与屈原同时代的儒学思想家荀况，从文体诗的创作角度，提出"诗以道志""《诗》以言志"①，自此，"抒情"与"言志"观念并行，成为中国诗学中的两个最基本的观念。虽说并行，然在儒家思想占统治地位的中国，自汉儒对"言志"的强化后，诗学总是以"言志"为核心，以"发乎情"为基础，所谓"发乎情，止乎礼义"。虽在漫长的历史中，"情"时时谋求对"志"的突破，但其效果并不明显。

"抒情"是中国诗歌的精神命脉，缘何屡遭压抑，而又屡要顽强挣扎突破，直至中晚明才被群起高扬呢？原因似乎有以下几点。

（1）"抒情"是由屈原提出的，而当时中国文化的正宗乃孔孟之道。固然，依王国维之说，屈原是"南人而最具北人精神者"，然屈原毕竟还是被人视为旁门，而非正统。历史上除司马迁等少数人对屈原持肯定态度外，从贾谊始，经扬雄、班固到朱熹等，都对屈原及其诗歌持保留或批评态度。

（2）"言志"说经汉儒强化，已经成为中国诗学中最具话语权的核心诗学观念。虽然"志"包含"情"，但它也包含其他心理内容，如志向、意念等。更重要的是"言志"已经具有儒家圣人思想的含义。

（3）更重要的原因还在于，"情"一直是中国文化所要节制或排斥的东西。儒家把"情"同礼（理）相对立，道家将其同"无为"相对立。无论儒家、道家，都有一种倾向，即把"情"与"欲"相连，进而笼统地把它看作恶，甚至万恶之首。尽管儒学承认"情动于中而形于言"，道家用"真"代替"情"，但都谨慎地、有限制地把它看作某种内驱力，某种裹挟着心理内容的"真实存在"，从不把它作为鼓励、宣讲对象。这样，"情"在儒、道两家学说里，便始终处在尴尬境地。儒、道都不讳言情，但又不约而同地把它放在无足轻重的位置。

二 "理"者何为？

如果说"情"属于主观性的范畴，这一点绝无异议，那么，"理"的情形则复杂得多了。

"理"者，本意有二。一为"治玉；雕琢"义，如《韩非子·和氏》：

---

① 陈良运：《中国诗学体系论·绪论》，中国社会科学出版社，1992，第3页。

"王乃使玉人理其璞而得宝焉，遂命曰：'和氏之璧'。"《战国策·秦策三》："郑人谓玉未理者璞。"即为此义。二为"纹理，条理"，如《礼记·乐记》："好恶无节于内，知诱于外，而不能反躬，天理灭矣。"郑玄注："理，犹性也。"

"理"进入学术话题又如何安顿呢？在中国思想史上，"理"是儒、道、释、墨、法诸家学说的基本范畴。

先看儒家，历来论"理"者，必须有经典的依据。在"四书"中，《论语》无"理"字，《中庸》则把理与圣人的美德相关联，把条理归为圣人的品德。"唯天下至圣，为能聪明睿知，足以有临也；宽裕温柔，足以有容也；发强刚毅，足以有执也；齐庄中正，足以有敬也；文理密察，足以有别也。"[①]"君子之道：淡而不厌，简而文，温而理，知远之近，知风之自，知微之显，可与入德矣。"[②] 文章条理详细明辨，为至圣之德；温和而有条理，为君子之道。《大学》无理字，然朱熹释《大学》，便论"格物致知"。朱熹之"理"已经把圣人品德、君子的伦理道德，提升为天地万物的根据，达到形而上的范畴。《孟子》讲"理"，认为："心之所同然者何也？谓理也，义也。圣人先得我心之所同然耳。故理义之悦我心，犹刍豢之悦我口。"[③] 人所"同然"的东西，即人心的共同意向。那么人的这种共性、本性是什么呢？那便是来自社会的仁、义、礼、智等伦理道德。孟子把理的自然物本性还原为人的社会本性。人的"理"终极乃成圣人，"孔子之谓集大成。集大成也者，金声而玉振之也。金声也者，始条理也；玉振之也者，终条理也。始条理者，智之事也；终条理者，圣之事也"[④]。孔子能对条理作始终，能集智之大成，达到内在道德与外在礼仪完美融合的境界，亦即内圣而外王的融合境界。

由此看来，儒家之理是经国之理，是人生之理，属政治范畴、伦理范畴。法、墨、兵诸家所讲之理局限于具体的事理或人事规律。只有道家之理是自然之理、物理之理、天地之理。道家的基本范畴是"道"，然道家

---

① （宋）朱熹撰《四书章句集注·中庸章句》，中华书局，1983，第38页。
② （宋）朱熹撰《四书章句集注·中庸章句》，中华书局，1983，第39页。
③ 《四书五经·孟子章句集注·告子上》，中华书局，2008，第315页。
④ 《四书五经·孟子章句集注·万章下》，中华书局，2008，第330页。

"道""理"往往并提,庄子就说:"道,理也。"① 道家之"理""道",是宇宙之本源、本体,是宇宙的根本规律,在天是"天之理",即"同类相从,同声相应,固天之理也"②;在物是"物之理",即"万物有成理"③。

再看释家,佛学把"理"与法性、真如相圆融,"理"便是真理、法性、佛性、本体等意义。如天台宗讲"中道实相理"和"如来藏理";华严宗讲"理事圆融","如会百川以归于海","如举大海以明百川",理事互融,体用自在④;禅宗讲"理事不二","理"便具有宇宙人生的真谛、本体。佛教的理事无碍是讲理为事之本体,事为理的显现,理事相即相入、圆融无碍。

佛学的东渐,与儒学的融突转生,诞生出来的理学,可谓具有了新的内涵、新的形态、新的时代精神。理气心性是理学的核心话题,围绕"理"这一中心,又可分为性理派、气理派、心理派。

性理派的代表为二程。程颐说:"性即理也,所谓理,性是也。"⑤ 朱熹继承二程之说,提出"性者,理之全体而人之所得以生者也"⑥,"性字盖指天地万物之理而言"⑦。人之生的根据在于性或理,理的全体是性,性为天地万物之理,性即理。

气理派张载提出"知太虚即气,则无无"⑧,太虚是气的本体,是气的状态。杨万里以太极为元气,认为"元气浑沦,阴阳未分,是谓太极"⑨。太极是气的太虚状态,太极在当时理学家心目中即理或道。王夫之亦认为气即理,他说"理即是气之理,气当得如此便是理"⑩,"天下岂别有所谓理,气得其理之谓理"⑪。此"理"即气的条理、道理。

---

① (清)王先谦撰《庄子集解·缮性》,《新编诸子集成》本,中华书局,1999,第135页。
② (清)王先谦撰《庄子集解·渔父》,《新编诸子集成》本,中华书局,1999,第274页。
③ (清)王先谦撰《庄子集解·知北游》,《新编诸子集成》本,中华书局,1999,第186页。
④ 《大正藏·华严经义海百门·体用开合门第九》,台湾新文丰出版社,1975,第635页。
⑤ 《二程集·河南程氏遗书》中华书局,1981,第292页。
⑥ 参见《朱文公文集·尽心说》,《四部丛刊初编》本,上海商务印书馆,1936。
⑦ 参见《朱文公文集·答汪长孺》,《四部丛刊初编》本,上海商务印书馆,1936。
⑧ 《张载集·正蒙·太和篇》,中华书局,1978,第8页。
⑨ (宋)杨万里撰《诚斋易传》,上海古籍出版社,1990,第226页。
⑩ 《船山全书·读四书大全说·告子上》,岳麓书社,1991,第1052页。
⑪ 《船山全书·读四书大全说·告子上》,岳麓书社,1991,第1058页。

心理派最早为陆九渊所提出，尽管二程、朱熹也讲"心即理"，但并未将其作为学术思想之核心，只有陆九渊才以此"心"构建了他的学术体系。"人皆有是心，心皆有是理，心即理也"[1]，"宇宙便是吾心，吾心即是宇宙"[2]。明代心学的最初源头应该追溯到陈献章，其出入朱陆，而后归宗于陆九渊的心学，称江门心学。他静以求心，使心之体隐然呈现，从而达到心、理融合的境界。他说："君子一心，万理完具，事物虽多，莫非在我"。[3] 心具万理，事物在我，心理合一，心与理合，不仅事物在我，宇宙亦在我心。"会此则天地我立，万化我出，而宇宙在我矣。"[4] 陈献章的弟子湛若水，阐释其师思想并加以发展，认为"心之本体即天理也"[5]。宇宙之内只是一心，万事万变本于心，心乃万事万化的本原和根据，圣贤之学就是心学。王守仁集心学之大成，反对"心""理"二分，主张"心即理"的"心""理"合一，此为其"立言宗旨"。他说："诸君要识得我立言宗旨，我如今说个心即理是如何？只为世人分心与理为二，故便有许多病痛。"[6] 心乃天地万物之主，涵盖一切，故"心外无物，心外无事，心外无理"[7]。他还把《六经》看作心的承载："《六经》者，非他，吾心之常道也。故《易》也者，志吾心之阴阳消息者也；《书》也者，志吾心之纲纪政事者也；《诗》也者，志吾心之歌咏性情者也；《礼》也者，志吾心之条理节文者也；《乐》也者，志吾心之欣喜和平者也；《春秋》也者，志吾心之诚伪邪正者也。"[8] 他认为《六经》只是承载、标注"吾心"伦理、道德、情感等的典籍，由此承载体而实现"致良知"的内在超越。

三 汤显祖对"情""理"的安顿

汤显祖一生仕途偃蹇，思想发展又复杂多变，据其暮年所作《负负吟》

---

[1] （宋）陆九渊：《陆九渊集·与李宰（二）》，钟哲点校，中华书局，1980，第149页。
[2] （宋）陆九渊：《陆九渊集·杂说》，钟哲点校，中华书局，1980，第76页。
[3] 《陈献章集·论前辈言铢视轩冕尘视金玉》，中华书局，1987，第55页。
[4] 《陈献章集·与林郡博（七）》，中华书局，1987，第217页。
[5] 《格物通·正心中》，国学大师网，http://skqs.guoxuedashi.com/wen_1112q/27705.html，最后访问日期，2020年6月9日。
[6] 《王文成公全书·传习录下》，上海古籍出版社，2015，第106页。
[7] 《王文成公全书·与王纯甫二》，上海古籍出版社，2015，第134页。
[8] 《王文成公全书·稽山书院尊经阁记》，上海古籍出版社，2015，第215页。

第五章　汤显祖诗学理论建构之二

诗序，可见他终其一生都踯躅于思想探索与文艺创作之间，"道学"与文学的难以两全，便决定了他在理性与感性、伦理与道德之间有长久的彷徨。今人往往强调其"以情反理"的一面，其实汤显祖对于儒家深有研究，其几篇探讨"性命之说"的文章甚至得到理学名流东林党人高攀龙的称许。

汤显祖思想的发展与形成，主要受三个人的影响，即童子师罗汝芳、杰出思想家李贽、从禅宗出发反对程朱理学的达观和尚。在这三个人的进步思想的作用下，显祖从王学左派的"百姓日用即道"的思想出发，提出了崇尚真性情、反对假道学的主张，在思想上以此对抗封建理学，在人格上追求个性独立，在施政上通乎民心。

汤显祖对少年时代的老师罗汝芳（1515—1588）尤为尊崇，曾说："如明德先生者，时在吾心眼中矣。"（《答管东溟》）① 罗汝芳是泰州学派的主要代表人物，万历十四年（1586）师生重逢于显祖遂昌任上，显祖作《秀才说》，反省以往的人生，明示罗师对其思想的影响：

> 或曰："日者士以道性为虚，以食色之性为实；以豪杰为有，以圣人为无。"嗟夫，吾生四十余矣。十三岁时从罗明德先生游。血气未定，读非圣之书。所游四方，辄交其气义之士，蹈厉靡衍，几失其性。中途复见明德先生，叹而问曰："子与天下士日泮涣悲歌，意何为者，究竟于性命何如，何时可了？"夜思此言，不能安枕。久之有省。知生之为性是也，非食色性也之生；豪杰之士是也，非迂视圣贤之豪。②

所谓"生之为性"，出自《孟子·告子上》，即将凡人生而有的欲望视为人的本性，而此欲望中，尤以食色为最典型且强烈，故告子说"食、色，性也"。人生而具有生物性的本能，泰州学者既尊重人的生物性生命，又肯定精神性、伦理性的存在。汤显祖从罗汝芳处接收来的"生之为性"，便是既重视个体生命又张扬道德本体的人性思想。

汤显祖与李贽交往较少，就所记载的文字看，显祖在南京为官时曾听

---

① 《全集》，第1295页。
② 《全集》，第1228页。

过李贽的讲学,《答管东溟》中有"见以可上人(达观)之雄,听以李百泉(李贽)之杰,寻其吐属,如获美剑"之叹。万历十八年(1590),汤显祖致书苏州知府石崑玉(字楚阳)说:"有李百泉先生者,见其《焚书》,畸人也。肯为求其书寄我骀荡否?"(《寄石楚阳苏州》)① 说明汤显祖对李贽的反叛思想有着强烈的兴趣和接触的渴望。又据徐朔方先生考察,万历二十七年(1599),李贽曾到临川,并为汤显祖亡儿撰写了《正觉寺醒泉铭序》,令人生疑的是,唯一的一次私交,汤氏文集中却没有留下相关的记录,只是万历三十年(1602)李贽于狱中被迫自杀后,汤显祖写了《叹卓老》等多首诗文。青年学者程芸在其著作《汤显祖与晚明戏曲的嬗变》中,对汤显祖受李贽影响的可能性,从他们对"道学"的基本态度和"童心"说两个方面做了细致的辨析,从而证明汤显祖和李贽之间完全有互相认同的性格基础(个性耿介、拒斥流俗、肯定自我)和心理基础(仕途不顺、不偶于世,都遭遇过子女夭折之痛,中年以后心境皆偏于落寞)。更重要的是,李贽学说的批判性、反思性及其发端于王门后学"泰州之学"的内在学理,更有可能拉近两人的思想距离。也就是说李贽的"童心"说对汤"至情"的影响是巨大的。

至于达观这位"晚明四大高僧"之一,与汤显祖有着一生的机缘,并对汤显祖的思想产生了极大的反向推动作用。汤显祖晚年回答门生时有这样的叙说:"吾师明德夫子而友达观。其人皆已朽矣。达观以侠故,不可以竟行于世。天下悠悠,令人转思明德耳。"(《李超无问剑集序》)② 显祖与达观精神相遇要追溯到隆庆四年(1570),时汤显祖二十一岁,秋试中举,为答谢主考官张岳,他赴南昌西山云峰寺之会,"晚过池上,照影搔首,坠一莲簪",题诗二首于壁上,诗云:

> 搔首问东林,遗簪跃复沉。虽为头上物,终是水云心。
> 桥影下西夕,遗簪秋水中。或是投簪处,因缘莲叶东。③

---

① 《全集》,第1325页。
② 《全集》,第1109页。
③ 徐朔方:《汤显祖年谱》,上海古籍出版社,1980,第22页。

第五章　汤显祖诗学理论建构之二

两首带有禅味的诗,达观看见后,认为汤显祖有慧性,将来一定可以成佛,故有心接引汤入佛门。"庚寅(1590)达观禅师过予于南比部邹南皋(元标)郎舍中,曰:'吾望子久矣。'因诵前诗,三十年事也。"①

万历十八年(1590)十二月,汤显祖初会达观于南京邹元标家中,并于雨花台为汤显祖授记,法号寸虚。万历十九年(1591),汤显祖与达观一起参加南京的盛大迎佛牙的盛会,并因为疟疾向达观寻求心理治疗的方法。② 万历二十三年(1595),汤显祖于遂昌任上,达观来访。两人有诗唱和,达观的诗为:"踏入千峰去复来,唐山古道足苍苔。红鱼早晚迟龙藏,须信汤休愿不灰。"③汤显祖则答诗七律:"归去侵(青)云生赤津,瘦藤高笠隐精神。只知题处天香满,紫柏先生可道人。前身那拟是汤休,紫月唐山得再游。半偈雨花飞不去,却疑日暮碧云西。"④ 汤显祖与达观的再次见面,则是万历二十六年(1598),汤显祖辞官回家乡临川,十二月,达观自庐山去临川。此间汤显祖心情郁悒,这年的八月,幼子西儿早夭。达观到来,岁末除夕,汤显祖陪同达观往南城,于南城从姑山哭吊罗汝芳,并于次年正月十五,亲送达观至南昌而别。这一次的相聚对汤显祖的影响尤其深刻,这在汤显祖的《梦觉篇》中能得到印证。达观与汤显祖的最后一次见面是万历二十八年(1600),达观决计北上,特来临川与汤显祖作别,三月,显祖远送达观至南昌。这次见面,显祖有诗《别达公》《归舟重得达公船》《江中见月怀达公》《离达老苦》《再别仲文》等可证。此行可从诗中看出两人曾就佛学义理进行过讨论。从讨论中,虽然汤显祖有两难的复杂的取舍,然汤显祖最终并未皈依佛门。

汤显祖的两难处境主要是在"情"与"理"这个关键问题上与达观有分歧。佛学的观点是"灭情复性",达观也不例外:

> 夫理,性之通也;情,性之塞也。然理与情而属心统之。故曰:心

---

① 《全集》,第 577-578 页。
② 参看汤显祖《报恩寺迎佛牙夜礼塔,同陆五台司寇达公作》《再礼佛牙绕塔》《达公过奉常,时予病滞下几绝,七日复苏,成韵二首》《苦疟问达公》《苦滞下七日达公来》《高座陪达公》等诗,见《汤显祖全集》诗第九卷。
③ 《紫柏老人集》,转引自程芸《汤显祖与晚明戏曲的嬗变》,中华书局,2006,第 45 页。
④ 光绪《遂昌县志》卷一,转引自徐朔方《汤显祖年谱》,上海古籍出版社,1980,第 203 页。

统性情。即此观之，心乃独处性情之间者也。故心悟，则情可化而为理；心迷，则理变而为情矣。若夫心之前者，则谓之性；性能应物，则谓之心；应物而无累，则谓之理；应物而有累者，始谓之情也……无我而通者，理也；有我而塞者，情也。而通塞之势，自然不得不相反也。①

佛家认为"情"为人生之累，而理学家以"心统性情"为"情"保留着不可或缺的地位。对于"情""理"的关系，达观的以上看法是汤显祖难以接受的："重重历煅，无明煅尽，而妙觉始圆，亦不出'以理折情'四字。"达观在《与汤义仍》中恳恳告诫显祖破除恣情："夫近者性也，远者情也，昧性而恣情，谓之轻道……理明则情消，情消则性复，性复则奇男子能事毕矣，虽死何憾焉！"② 对于达观的嘱告，汤显祖有着自己的持论，他在《寄达观》中如此回答：

情有者理必无，理有者情必无。真是一刀两断语。使我奉教以来，神气顿王。谛视久之，并理亦无，世界身器，且奈之何……迩来情事，达师应怜我。白太傅苏长公终是为情使耳。③

起首两句，学界研究已成定论，为汤显祖转引达观的原话，而非汤显祖"以情抗理"的言说。④ 由此，笔者认为，汤显祖高扬"情"，然并不纯粹反"理"，因为其"理"已是"心""理"合一之"理"，"心"即"理"，"理"即"心"，"心"为"真心""真性""真情"。如此，"理"归"情"下，"理""情"合一。

对于性情问题，显祖用了毕生的精力去思考、研究。《全集》中到处可见关于讨论性情的文字，如《沈氏弋说序》《青莲阁记》《耳伯麻姑游诗序》《宜黄县戏神清源师庙记》《复甘义麓》《寄达观》《董解元西厢题词》

---

① 曹越主编《紫柏老人集·法语》，北京图书馆出版社，第 11 页。
② 曹越主编《紫柏老人集·法语》，北京图书馆出版社，第 609–610 页。
③ 《全集》，第 1351 页。
④ 杨忠：《汤显祖心目中的情与理——汤氏"以情抗理"说辨证》，《中国典籍与文化》1993 年第 3 期。

《牡丹亭记题词》等。正是如此，显祖才创作了感天动地的"四梦"。"四梦"的成功，全赖这一思想基础。

《青莲阁记》云："世有有情之天下，有有法之天下……今天下大致灭才情而尊吏法。"① 汤显祖以为人情纯化，则天下不治而治，由此而有遂昌任上动之以情的政策，如于除夕释放囚犯过年、元宵纵囚观灯。在他的人道精神的感召下，遂昌大治。这种治政执法，实际上表现的是显祖的独特个性。《寄达观》"情有者理必无，理有者情必无"的提法，与《牡丹亭记题词》"情不知所起，一往而深，生者可以死，死者可以生。生而不可与死，死而不可复生者，皆非情之至也""嗟夫，人世之事，非人世所可尽。自非通人，恒以理相格耳。第云理之所必无，安知情之所必有邪"② 的说法一致。自古以来，文学创作都是为着一个"情"字，情能使人以生死相许，可见其魅力之大。而汤显祖说情之所至，生者可以死，死者能复生，这的确是一种超越现实的浪漫瑰丽的豪言。可以说，"情"是汤显祖美学思想的核心，他的文学作品都是以"情"展示出来的，《牡丹亭》是对于"情"的最高、最形象的礼赞，而小品文中处处流滋着"情"意。《序丘毛伯稿》说："天下文章所以有生气者，全在奇士。士奇则心灵，心灵则能飞动，能飞动则下上天地，来去古今，可以屈伸长短生灭如意，如意则可以无所不如。"③ 这是对性情推崇的进一步发挥，认为文章重在"生气"，"生气"的形成是来自作者"飞动"的"心灵"，强调的是作者自由的思想和无拘束的个性。显祖在小品文中反复叙述个性解放和个性自由的思想，既表明与宋明理学的"理"相对立，也表达对文学创作要敢于突破常规、表现个性的愿望。

汤显祖在《耳伯麻姑游诗序》中提出："世总为情，情生诗歌，而行于神。天下之声音笑貌大小生死，不出乎是。因以憺荡人意，欢乐舞蹈，悲壮哀感鬼神风雨鸟兽，摇动草木，洞裂金石。其诗之传者，神情合至，或一至焉；一无所至，而必曰传者，亦世所不许也。"④ 在汤显祖看来，世上

---

① 《全集》，第 1174 页。
② 《全集》，第 1153 页。
③ 《全集》，第 1140 页。
④ 《全集》，第 1110–1111 页。

的万事万物都是离不开"情"的,"情"有所感,生成诗歌,因此"情"是诗歌的源泉和动力,也是诗歌的内容、对象和精髓。总之,只要是传达出真情实感,就有"摇动草木,洞裂金石"的艺术效果。"情"为什么能生成诗歌呢?汤显祖在《调象庵集序》中进行了形象的阐述:"万物当气厚材猛之时,奇迫怪窘,不获急与时会,则必溃而有所出,遁而有所之。常务以快其愲结。过当而后止,久而徐以平。其势然也。是故冲孔动楗而有厉风,破隘蹈决而有潼河。已而其音泠泠,其流纤纤。气往而旋,才距而安。亦人情之大致也。情致所极,可以事道,可以忘言。而终有所不可忘者,存乎诗歌序记词辩之间⋯⋯"① 基于现实生活的深切感受而产生的"情",就像风跟水一样,当它蓄积到一定程度,即"气厚材猛之时",必然要通过某种方式宣泄出来,其中,以诗歌的形式寄托感情就是常用的方式。

汤显祖对于"情"的回答,是独特、勇敢且令人深思的。他是用一个美丽的传奇故事《牡丹亭》,并通过对其内蕴的发掘——围绕《牡丹亭》,在书信、序、题词中自我所发的众多议论——来回答的。

《牡丹亭》有两处"精彩绝艳"的文字,是中国艺苑脍炙人口的名句。一处是《惊梦》中杜丽娘游园时的触景生情:"原来姹紫嫣红开遍,似这般都付与断井颓垣⋯⋯"② 另一处是《寻梦》中再游园时杜丽娘愁肠千结下的郁郁而叹:"待打并香魂一片,阴雨梅天,守的个梅根相见。"③ 数百年来,它们警醒过世间多少痴情女子,实在难以计数。

焦循《剧说》转引了《娥术堂闲笔》中这样一个故事:

> 杭有女伶商小玲者,以色艺称,于《还魂记》(《牡丹亭》另一名)尤擅场。尝有所属意,而势不得通,遂郁郁成疾。每作杜丽娘《寻梦》《闹殇》诸剧,真若身其事者,缠绵凄婉,泪痕盈目。一日演《寻梦》,唱至"待打并香魂一片,阴雨梅天,守得个梅根相见,盈盈界面",随声倚地。春香上视之,已气绝矣。④

---

① 《全集》,第 1098 - 1099 页。
② 《全集》,第 2096 页。
③ 《全集》,第 2107 页。
④ 《中国古典戏曲论著集成(八)》,中国戏剧出版社,1959,第 197 页。

曹雪芹《红楼梦》第二十三回：

  这里黛玉见宝玉去了，又听见众姐妹也不在房，自己闷闷的。正欲回家，刚走到梨香院墙角外，只听见墙内笛韵悠扬，歌声婉转，黛玉便知是那十二个女孩子演习戏文……偶然两句吹到耳朵内，明明白白一字不落道："原来是姹紫嫣红开遍，似这般，都付与断井颓垣……"黛玉听了，倒也十分感慨缠绵，但止步侧耳细听，又唱道："良辰美景奈何天，赏心乐事谁家院……"听了这两句，不觉点头自叹，心下自思：原来戏上也有好文章，可惜世人只知看戏，未能领略其中的趣味……再听时，恰唱到"只为你如花美眷，似水流年……"黛玉听了这两句，越发如痴如醉，站立不住……仔细忖度，不觉心痛神驰，眼中落泪。①

从以上两例都可以看出《牡丹亭》对社会、艺术的巨大影响。

第二节　诗歌的"情至"观念

一　"情"之"真""赝"之别

  汤显祖有一首诗题为《赝句》："张率新诗题沈约，庆虬清思托相如。刿心置地何难识？古月今人看即殊。"② 诗讥刺李梦阳等作诗造假，盗用古人字法、句法，模仿古人情感，鼓吹造假，明目张胆。汤倡"情"，此"情"为"真"情。以自身的真情浇铸成的诗歌乃是真实生命的记录，反之，即赝品。

  现实生活中的汤显祖屡次谈到"真"，其主张做真人、说真话、写真诗、抒真情，他在《答王宇泰太史》中说道："门下殆真人耶……彼假人者，果足与言天下事欤哉！然观今执政之去就，人亦未有以定真假何在也。

---

① （清）曹雪芹：《红楼梦》，人民文学出版社，1985，第327页。
② 《全集》，第958页。

大势真之得意处少，而假之得意时多。"① 虽汤显祖因求真而一生不能得意，但其仍然鄙视丧失了基本做人尊严的奴颜婢膝者，在《答马心易》中，他尖锐地指出："此时男子多化为妇人，侧立俯行，好语巧笑，乃得立于时。不然，则如海母目虾，随人浮沉，都无眉目，方称盛德。"② 汤显祖以做人的真挚情怀融注而成的诗歌，既显示出与"七子"派迥异的风貌，又因此而获得永久之生命力。

"真"之观念并非显祖首倡，而是有着一个漫长的嬗变过程。与"伪"相对的"真"，在《老子》一书中已具有较准确的意义，《庄子》一书随后也大量出现"真"字。"真"字在《老子》中出现三次：

> 道之为物，惟恍惟惚。惚兮恍兮，其中有象；恍兮惚兮，其中有物。窈兮冥兮，其中有精，其精甚真，其中有信。（二十一章）
> 上德若谷，大白若辱，广德若不足，建德若偷，质真若渝……（四十一章）
> 善建者不拔，善抱者不抱。……修之身，其德乃真……（五十四章）

老子心目中的"真"，是表述事物及人的本质、本相、本色的一种自然而又真实的状态，以后，庄子还有更多的发挥。在庄子之前，其他学派学者尤其是儒家学派学者对"真"尚未特别注意，他们对相当于"真"的观念有不同的表述方式。

与老子的"精"相对应，儒家学者以"诚"为"真"。我们知道，孔子不言"性与天道"，也许他尚未找到最有概括力的词可以表述"性与天道"的本质，但是他的孙子子思找到了，这个词就是"诚"。

> 诚者，天之道也；诚之者，人之道也。诚者，不勉而中，不思而得，从容中道，圣人也。诚之者，择善而固执之者也。（《中庸》二十章）

---

① 《全集》，第 1305 页。
② 《全集》，第 1356 页。

"诚"是天道之本质,正如"精"是老子所言"道法自然"的核心本质,儒家也是体认天道自然。孔子曾说过:"天何言哉?四时行焉,百物生焉,天何言哉!"(《论语·阳货》)因而,"诚"也具有自然之质。子思进一步阐释:

> 诚者,自成也;而道,自道也。诚者,物之终始,不诚无物。(《中庸》二十五章)

这就是说,"诚"是大地万物自我生成的本质,因而也就自我实现为"天之道",它与天地万物互为终始。"诚",实而不虚,是客观真实的存在,所以,"诚"首先是客观事物的本质、本相的表现。人是万物之灵长,"诚"也应该是人的本性,以"诚"处身,以"诚"待人接物,"自诚明,谓之性",由内心之诚而耳聪目明,这就是天赋本性的最佳发挥;"自明诚,谓之教",由明察身外的事理而增强内心的诚实感,成为自觉的"择善而固执之者",这就是对人后天教化的依据。由此,子思推出一个"至诚"的观念:

> 唯天下至诚,为能尽其性。能尽其性,则能尽人之性;能尽人之性,则能尽物之性;能尽物之性生,则可以赞天地之化育;可以赞天地之化育,则可以与天地参矣。(《中庸》二十二章)

所谓"至诚",也就是至真、至善,人的天赋本性就是人的真性情;所谓"尽性",就是"顺理之使不失其所"(郑玄语),人能最大限度发挥自己的天赋本性,也就能认识、发挥万物的本性。天与人,人与万物,皆以"诚"相见,整个世界就无比和谐了。

"诚",真诚、诚实,子思将它视为人与万物的本性,较之老子所言之"精",似乎更有实践意义,不虚伪、不欺诈,"君子诚之为贵"。在道德修养领域,"诚"是一杆标尺,是真道德与假道德的试金石。老子说"修之身,其德乃真",儒家则说"其德乃诚"。

"诚",对于"天之道",是一种本真状态;对于人来说,是一种心理状态和情感状态。在《易经》中，以"孚"表人的"诚"的感情与行为，如《中孚》，孔颖达说："信发于中，谓之中孚。"该卦卦辞有："中孚：豚鱼吉。"孔氏又释曰："鱼者，虫之幽隐；豚者，兽之微贱。人主内有诚信，则虽幽微之物，信皆及矣。"由此可见，"信"也是"诚"的一种效应状态，这就与老子的"真"与"信"相通了。后来，《易传》的作者又以"情"言"孚"，推及"诚"与"真"：

圣人立象以尽意，设卦以尽情伪。（《易传·系辞》）
八卦以象告，爻象以情言。刚柔杂居，则吉凶可见矣。变动以利言，吉凶以情迁，是故爱恶相攻而吉凶生；远近相取而悔吝生，情伪相感而利害生。（《易传·系辞》）

《易经》中很多"情"字都作"真"解，而与"伪"相对，孔颖达《正义》云，"情谓情实，伪谓虚伪"；第二则所谓"以情言""以情迁"，都是强调真实的情况、真实的背景对卜筮判断的重要性；"情以感物，则得利；伪以感物，则致害也"（韩康伯注《周易》语）即对客观事物、客观情况的感受认识要去粗取精，去伪存真，若是受到蒙蔽，就会把事情办坏，产生不良后果。

以"情"代言"真"，在当时也不一定涉及人的主观感情，更多的是表达客观事物、人的行为的某种实质、真实状况，这在《论语》《左传》中都有不少实例。先看《论语》中的两例：

上好礼，则民莫敢不敬；上好义，则民莫敢不服；上好信，则民莫敢不用情。（《子路》）
上失其道，民散久矣，如得其情，则哀矜而勿喜。（《子张》）

《左传》采用了春秋时代的大量史料，用"情"字处，"情"常被赋予或"真"或"实"之义，如：

小大之狱，虽不能察，必以情。（《庄公十年》）

> 吾知子，敢匿情乎？（《襄公十八年》）
> 鲁国有名而无情。（《哀公八年》）
> 公闻其情，复皇氏之族。（《哀公十八年》）

自《老子》后，《庄子》一书中出现了大量的"真"字，庄周及其后学将老子的"其精甚真""质真若渝""其德乃真"都做了具体形象的发挥与描述，既深化了"真"的本质意义，又赋予了"真"具体可感的美学内涵。

通观《庄子》，其"真"可析为三个层面。

第一，"真"具有先天之质，非人为所能成：

> 真者，所以受于天也，自然不可易也。（《渔父》）

他承老子"道之为物……其中有精，其精甚真，其中有信"而发挥，"真"是"道"最根本的属性，或说"道"的核心与灵魂就是"真"：

> 夫道有情有信，无为无形；可传而不可受，可得而不可见；自本自根，未有天地，自古以固存……（《大宗师》）

第二，"真"是知乎"天道"、心怀"真宰"的人能臻至的一种人生境界，进入这种境界的人就是"真人"。庄子列述了"真人"的四大特征。一是"不逆寡，不雄成，不谟士"。不去挽救已失败的事，也不力求成功，不对任何事物做个人的考虑。"登高不栗，入水不濡，入火不热。"忘怀于物，超然世外，精神与肉体都有无限的自由。二是"其寝不梦，其觉无忧，其食不甘，其息深深"。他在生活中无欲无嗜，唯有天然的本能在支配自己。三是"不知说（悦）生，不知恶死。其出不欣，其人不距。翛然而往，翛然而来而已矣……"即说他不计较生死祸福，淡漠于人情世俗，他的生命形体随天道变化而自然地变化，其生命的存在状态与形象是："其心志，其容寂，其颡頯。凄然似秋，暖然似春，喜怒通四时，与物有宜而莫知其极。"四是"其状义而不朋，若不足而不承；与乎其觚而不坚也，张乎其虚而不华也……"(《大宗师》)讲的是"真人"与天合一,"天与人不相胜"的纯真之状是他与人合得来,但不与人结为朋党;自己好像有不足之处,但无须接受外来的补足;他处世有棱有角,但又不是坚硬不化;胸怀若虚谷之广,却不浮夸张扬。庄子(或是其后学)后来又在《刻意》篇中对四大特征做了一个更简洁的概括:"能体纯素,谓之真人。"应该说,庄子心目中的"真人",是能以"道"为本体的人典型的理想的生命状态,这样的"真人"在现实社会中可能子虚乌有,但是这个"命题"的提出却有重大的意义,那就是将对自然客体之真的审视转向对人的主体的审视,认为人应该效法自然之真而有人的本体之真、道德之真、性情之真、言行之真。向人明确地提出了"真"的理想,期待人亦臻至"真"的境界,"真"就获得了实践的意义和对象化实现的可能性。

第三,"真在内者,神动于外"。果然,庄子本人或他的学生,用"真者"直接评价现实生活中的人和事。《庄子》"杂篇"中的《渔父》,描写孔子在杏坛"弦歌鼓琴"时,一位普通渔父所发的关于"真能动人"之教,令人耳目一新。这位渔父说,你孔夫子奔波一生,"苦心劳形以危其真",不如退而"谨修而身,慎守其真,还以物与人,则无所累矣"。孔子愀然,而问:"何谓真?"这位渔父谈不出什么抽象道理,却说得很实在:

> 真者,精诚之至也,不精不诚,不能动人。故强哭者,虽悲不哀;强怒者,虽严不威;强亲者,虽笑不和。真悲无声而哀,真怒未发而威,真亲未笑而和。真在内者,神动于外,是所以贵真也。

这当然是庄子或他的学生借渔父之口谈什么是"真",他们将老子所言"精"与儒家所言"诚"合而称"真"者之"至",这就确定了"真"的核心内涵。

在屈原的作品中可看到类似的提法。《离骚》与《九章》里,"情"与"质"二字频频出现,"质"即本质之义,而"情",除了有感情之义(如"发愤以抒情")外,有的"情"即"真"之义,如"怀质抱情,独无匹兮"(《怀沙》)、"恐情质不可信兮,故重著以自明"(《惜诵》)等,所言己之"情质"即内在之真性情、本质之真,"内厚质正兮,大人所盛"

（《怀沙》），"情与质信可保兮，羌敖居而闻章"（《思美人》），便有内在之"真"而"神动于外"的意思。《离骚》中更说"纷吾既有此内美兮，又重之以修能"，道破了"真在内者"就是"内美"，与"修能"之外美相辉映，于是，"真"的审美价值在屈原的诗中首次实现了。随后，"真"与"美"相互靠拢，其重点向文学艺术领域转移。

东汉的王充最早同时用"真""美"两个观念来评论文章，并且将"真""美"连缀成一词而与"虚妄"相对立。在《论衡·对作》篇，王充对自己的写作动机与理论主张做了一番交代：

> 是故《论衡》之造也，起众书并失实，虚妄之言胜真美也。故虚妄之语不黜，则华文不见息；华文放流，则实事不见用。故《论衡》者，所以铨轻重之言，立真伪之平，非苟调文饰词，为奇伟之观也。

"真"再次引起特别的关注，是在晚唐司空图的诗学论著中。司空图的诗歌美学思想深受老庄思想的浸透，他自述祖传的家教就是"取训于老氏，大辩若讷言"（《自诫》诗），在《廿四诗品》中，不但频频出现"道"字（《自然》品之"俱道适往，着手成春"、《委曲》品之"道不自器，与之圆方"、《形容》品之"俱似大道，妙契同尘"等），也常见庄子所乐道的"天"（《自然》品之"薄言情晤，悠悠天钧"、《疏野》品之"若其天放，如是得之"、《流动》品之"荒荒坤轴，悠悠天枢"等），而"真"出现于下列十品之中：

> 《雄浑》："大用外腓，真体内充。"
> 《高古》："畸人乘真，手把芙蓉。"
> 《洗炼》："体素储洁，乘月返真。"
> 《劲健》："饮真茹强，蓄素守中。"
> 《自然》："真予不夺，强得易贫。"
> 《含蓄》："是有真宰，与之沉浮。"
> 《豪放》："真力弥满，万象在旁。"
> 《缜密》："是有真迹，如不可知。"

《疏野》："惟性所宅，真取弗羁。"

《形容》："绝伫灵素，少回清真。"

很明显，司空图不同于王充执着于客观事物之"真"，他所表述的也不是与"伪"相对峙的日常生活中的一种观念形态，而是将庄子"真在内者，神动于外"转入诗歌美学领域，将"真"推为诗之最高的审美境界，换言之，诗的本体即"真"。

最先注意并强调诗必须有诗人主观情感之"真"的不是明代先进的文学流派，反而是一群高弹"复古"格调的诗人——以李梦阳为首的"前七子"派。他们为反对长期盘踞明代文坛专事歌颂朝政、粉饰太平的"台阁体"，提出以"情"为核心的"格调"说与之对抗。李梦阳说："夫诗有七难：格古、调逸、气舒、句浑、音圆、思冲，情以发之。七者备而后诗昌也。"① 但是他们一开始就犯了个错误，即以古人的"格调"为他们创作的格调，模仿盛唐诗人的格调，这样做，虽然也"情动则会，心会则契，神契则音"，但难免受到一种古老模式的限制，所发之情也就失去了新鲜感，欲以今人之情求同于古人之情，本来属于自己的真实感情反有作伪之嫌了。李梦阳写了一辈子诗，到了晚年偶尔听到一个叫王叔武的人谈诗：

夫诗者，天地自然之音也。今途而巷讴，劳呻而康吟，一唱而者和者，其真也，斯之谓风也。孔子曰："礼失而求之野。"今真诗乃在民间。而文人学子，顾往往为韵言，谓之诗……真者，音之发而情之原也。古者国异风，即其俗成声。今之俗既历胡，乃其曲乌得而不胡也？故真者，音之发而情之原也，非雅俗之辩也。②

这位王叔武，看来是一位身在民间的诗歌鉴赏家，当时，李梦阳等人"倡言复古"，朝野"操觚谈艺之士，翕然宗之，明之诗文于斯一变"（《明史·文苑传》），而他却直率地批评当时文人学士（当然也包含"前七子"）

---

① （明）李梦阳：《李空同全集·潜虬山人记》，文渊阁四库全书本。
② （明）李梦阳：《李空同全集·诗集自序》，文渊阁四库全书本。

的诗"往往为韵言",这不能不使李梦阳"怃然失,已洒然醒也",按"真者,音之发而情之原也",检点一下自己几十年来的诗作,"惧且惭"曰:"予之诗非真也。王子所谓文人学士韵言耳,出于情寡而工之词多也!"当他终于明白情真才有诗之真之后,"每自欲改之以求其真,老矣",发出"时有所弗及"之叹,这不能不说是一个复古主义者的精神悲剧!

李梦阳将王叔武的批评与自己忠诚的反省写进收录弘治、正德年间诗的《弘德集》的自序①中,这对追随他的人,无异敲响了一记警钟。小他几岁同属"前七子"的徐祯卿,在《谈艺录》一书中不再遵他的"格古""调奇"之说,虽未彻底摆脱"格调"的束缚,却提出了"因情立格"的新说:"情者,心之精也。情无定位,触感而兴,既动于中,必形于声……盖因情以发气,因气以成声,因声而绘词,因词而成韵,此诗之源也。"这等于说,真情是诗之本,将庄子所说"真者,精诚之至也"直接定位于"情",然后又说:"深情素气,激而成言,诗之权例也。"步"前七子"后踵,"后七子"主要旗手之一的王世贞,对"格调"说又有新的发挥和升华,其诗学专著《艺苑卮言》中有云:"才生思,思生调,调生格,思即才之用,调则思之境,格则调之界。"(卷一)格调生于才思,是诗人才思境界的体现,古人有古人之格调,我有才思亦有我之格调。他将"格调"说从格律、声调转化到审美境界来观照,认为最好的诗"境与天会,未易求也",诗人真情发动而至"兴与境谐",就能实现"神与境会""神与境合",一切好诗都是"神合气完使之然"。由此,他道出了有明一代"格调"派理论中反省最深刻、最具重要价值的一句名言:

盖有真我而后有真诗。(《邹黄州鹪鹩集序》)

李梦阳到晚年接受了王叔武"真诗在民间"的观点②,但他"每自欲改

---

① (明)李梦阳:《李空同全集·诗集自序》,文渊阁四库全书本。
② 小李梦阳二十九岁的李开先也提出了"真诗只在民间"的观点,见《市井艳词序》,中华书局版《李开先集·闲居集》之六。他说,市井艳词"但淫艳亵狎,不堪入耳,其声则然矣,语意则直出肺肝,不加雕刻,俱男女相与之情……以其情尤足感人也。故风出谣口,真诗只在民间"。

之以求其真"的目标还很含糊,似未悟到"求其真",最关键的是诗人自己——"我"——反躬内求,任何时候,有了"真我"便有"真诗",而不应该慨叹"然今老矣"。王世贞由"真诗"思及"真我",表明这个"复古主义"后继者的个性意识、主体意识终于觉醒。他或许没有想到,稍后,"真我"成为复古主义的反对者——明代中后期思想解放运动的先驱人物和以"公安三袁"为代表的"性灵"派的新理论的出发点。

以思想家、文学家李贽为杰出代表而大力掀起的反传统儒学和程朱理学的新兴思潮,针对明朝统治思想所盘踞的"存天理,灭人欲"理学案臬臼,发起了强大的攻势。所谓"灭人欲",实质上就是灭去人的天生的真性情,使人的一切思想与行为只能服从抽象而空洞的"天理",作为个体的人,自我意识消失殆尽才可成为统治者麾下真正的"顺民"。应该说,前后七子的复古主义思潮,也是对抗程朱理学的,不读盛唐以后的书而置宋代诗文于不顾就是一种反抗的姿态,但这种姿态属于逃避性质,虽然悟到要有"真我"、要做"真诗",但对于理学布下的黑幕还是缺少冲击力,直到李贽愤而写出声讨反动理学的檄文——《童心说》,"真我"才大声镗鞳而出。李贽以"童心"作为他向理学挑战的立足点:

> 夫童心者,真心也。若以童心为不可,是以真心为不可也。夫童心者,绝假纯真,最初一念之本心也。若失却童心,便失却真心;失却真心,便失却真人。人而非真,全不复有初矣![①]

提出"童心"这一命题,似是受到老子的"赤子"与"婴儿"说("含德之厚,比于赤子"与"常德不离,复归于婴儿")的启发,换言之,"童心",意在专指未受世俗道学污染之人心。在"灭人欲"而空谈"天理"的社会,人们"发而为言语,则言语不由衷;见而为政事,则政事无根柢;著而为文辞,则文辞不能达。非内含以章美也,非笃实生辉光也,欲求一句有德之言,卒不可得"。李贽尖锐地指出,人们之所以失却真心而变得"人而非真",那就是从小时候起即"以闻见道理为心",而那些"道

---

① (明)李贽:《焚书·续焚书》,中华书局,2009,第98页。

理"，又是被历代史官、臣子和迂阔门徒、弟子篡懵篡改歪曲了的六经、《论语》和《孟子》，"《六经》《语》《孟》乃道学之口实，假人之渊薮也"。既然以这些假道理为心，"则所言者皆闻见道理之言，非童心自出之言也，言虽工，于我何与"。李贽是在特定的历史环境中呼吁"真人""真心"的回归的。他谈文学艺术：

> 天下之至文，未有不出于童心焉者也。苟童心常存，则道理不行，闻见不立，无时不文，无人不文，无一样创制体格文字而非文者。诗何必古《选》？文何必先秦？①

这实际回答了李梦阳、王世贞等的诗为何不真，诗人在什么地方失真的困惑。他所说的"天下之至文"，就是李、王等向往的"真诗"。他在题为《杂说》的一篇短评中做了具体的描述：

> 且夫世之真能文者，比其初，皆非有意于为文也。其胸中有如许无状可怪之事，其喉间有如许欲吐而不敢吐之物，其口头又时时有许多欲语而莫所可以告语之处，蓄极积久，势不能遏。一旦见景生情，触目兴叹，夺他人之酒杯，浇自己之垒块；诉心中之不平，感数奇于千载……②

在李贽等思想解放先驱者的影响下，明代中后期的文坛言"真"者比比皆是，徐渭、汤显祖将"真我"说引进作为叙事文学的戏剧创作，发挥为"真本色"说，徐渭在两篇戏剧评论中云："世上莫不有本色，有相色。本色犹言正身也；相色，替身也。"③"语入要紧处，不可着一毫脂粉，越俗越家常，越警醒。此才是好水碓，不染一毫糠衣，真本色。"④

汤显祖说自己"仆不敢自谓圣地中人，亦几乎真者也"。他在"满场是

---

① （明）李贽：《焚书·续焚书》，中华书局，2009，第99页。
② （明）李贽：《焚书·续焚书》，中华书局，2009，第97页。
③ （明）徐渭：《徐渭集·西厢序》，中华书局，1982，第1089页。
④ （明）徐渭：《徐渭集·又题昆仑奴杂剧后》，中华书局，1982，第962页。

假"的现实社会中自称"真人",大力提倡"真人""真情""真文"。汤显祖把"真"规定为:"凡道所不灭者真","真则可以合道"。他认为"真"是达到"道"的必要条件。他说的"道",即"贵生"思想。他在《贵生说》中说"君子学道则爱人",君子之道,其主要内容是"知生",即对生命的来源的反思。生生不息的自然之道,已具备于我的身中,生命本身就是最高的善,最高的德,此外再无其他的善和德。君子能觉悟"自贵",又知天下之生命皆当贵重。而那些可以爱别人的生命价值、尊重个体人格的主动性和独立性的人就是"真人","真人"可以合致天地自然之道。《汤显祖文集》中有不少关于"真人"的具体描写:

> 必不可不寿者,真人也。孝则真孝,忠则真忠,和则真和,清则真清。进而有社稷之役,大为可恃之臣,其次不失为可信之臣。能则行,不能则退而修先王之业,紬性命之心。入其通理,出其疑义,传书其子孙与其人,将使后之学者得以窥瞻广意为人焉。凡若此人者,无所害于人,而有功于人;取天下者少,与天下者多;人之所不厌,而天下之所独容也。(《寿方麓王老先生七十序》)[①]

> 真人神用,故虚极而灵,常幽栖乎限崖凌兢之处,而无方之阴阳出没人意。病者与安,绝者与嗣,旱灾与之龙若云,誓不蹋者与之虎若雷,盖万亿于斯而无失应者夫。(《华盖山志序》)[②]

> 被病久时,念天水真人,奋欲从之,无路也。(《答赵我白太史》)[③]

我们可以看出他说的"真人"包含了一定的儒、佛、道思想。他认为儒家、道家和佛家中的"真人",是同道人,都符合"贵生"的天道,无害于人,而有功于人。他说:"道心之人,必具智骨;具智骨者,必有深情。"(《睡庵文集序》)[④] 他说的"道心"就是以自尊、孝慈为主要内容的"贵生"思

[①] 《全集》,第1053页。
[②] 《全集》,第1644页。
[③] 《全集》,第1527页。
[④] 《全集》,第1074页。

想，跟程朱理学家说的"道"具有差别。

汤显祖之后的袁宏道也有关于"真"的论述，几乎是集历代文学艺术家关于"真"与艺术创造的见解之大成。

袁宏道是诗文作家，是"性灵"说的倡导者，在评其弟袁中道之诗《叙小修诗》时云："大都独抒性灵，不拘格套，非从自己胸臆流出，不肯下笔。有时情与境会，顷刻千言，如水东注，令人夺魄。其间有佳处，亦有疵处，佳处自不必言，即疵处亦多本色独造语。"他所推举的"性灵"诗，就是凭诗人"本色独造"之"真诗"，他言"真"之语颇多，选摘数则如下：

> 夫性灵窍于心，寓于境。境所偶触，心能摄之；心所欲吐，腕能运之……以心摄境，以腕运心，则性灵无不毕达，是之谓真诗……（江盈科《敝箧集叙》引袁宏道语）①

> 吾谓今之诗文不传矣。其万一传者，或今闾阎妇人孺子所唱《擘破玉》、《打草竿》之类，犹是无闻无识真人所作，故多真声……大概情至之语，自能感人，是谓真诗，可传也。（《叙小修诗》）②

> 物之传者必以质，文之不传，非曰不工，质不至也。树之不实，非无花叶也；人之不泽，非无肤发也，文章亦尔。行世者必真，悦俗者必媚，真久必见，媚久必厌，自然之理也。（《行素园存稿引》）③

> 大抵物真则贵，真则我面不能同君面，而况古人之面貌乎？（《丘长孺》）④

> 性之所安，殆不可强，率性而行，是谓真人。（《识张幼于箴铭后》）⑤

> 凡物酿之得甘，炙之得苦，唯淡也不可造；不可造，是文之真性灵也。浓者不复薄，甘者不复辛，唯淡也无不可造；无不可造，是文

---

① （明）袁宏道：《袁宏道集笺校》，钱伯城笺校，上海古籍出版社，1981，第1685页。
② （明）袁宏道：《袁宏道集笺校》，钱伯城笺校，上海古籍出版社，1981，第188页。
③ （明）袁宏道：《袁宏道集笺校》，钱伯城笺校，上海古籍出版社，1981，第1570页。
④ （明）袁宏道：《袁宏道集笺校》，钱伯城笺校，上海古籍出版社，1981，第284页。
⑤ （明）袁宏道：《袁宏道集笺校》，钱伯城笺校，上海古籍出版社，1981，第193页。

之真变态也。(《叙呙氏家绳集》)①

善画者,师物不师人;善学者,师心不师道;善为诗者,师森罗万像,不师先辈。法李唐者,岂谓其机格与字句哉?法其不为汉,不为魏,不为六朝之心而已。是真法者也。(《叙竹林集》)②

所引七则,涉及"真诗""真声""真人""真性灵",乃至"真变态""真法",可以说,在文艺创作过程中,从审美主体到对象客体的如何表现与把握,都用一个"真"字贯串起来,其中之核心是"情至之语",即创作主体的情之真。如果说,有明一代杰出的思想家李贽在理论上解决了王叔武提出的"情之原"的问题,那么袁宏道继王世贞之后提出"真人",又晓之以"真性灵",从而确认了"出自性灵者为真诗"的观点。

在此还应该补充一说。情之"真"的问题,刘勰早已重视,在《文心雕龙·情采》篇谈及"为情而造文"和"为文而造情"时,就有"为情者,要约而写真;为文者,淫丽而烦滥"的先发之论,但未展开。从李梦阳、王世贞到李贽、袁宏道(还有汤显祖和"性灵"派其他作家,此处不一一列举了)等几代文艺家,正是从"为文""为情"正反两方面分别深入洞察、体悟,较前人更透彻地认识了"真"在文艺创作领域的美学意义和价值,确定了"真"在文艺美学中不可取代的地位。

诗歌产生于"情","情"是诗歌创作的原动力。这种"情"不是天外来客,凭空而至,而是受外物的触动,"缘境而起",是主体受客体的触发而产生的心灵感动,而诗歌就是将这种心灵感动形诸语言,诉诸文字。所以,在汤显祖看来,"真情"是诗之所以为诗的灵魂,是诗歌创作的本源和表现对象,没有"真情"就没有诗歌。

二 "情至":自我人格精神独立之追求

汤显祖在探索思想历程、作诗方法的同时并没有放弃对自我人格精神的探索与追求。他时时不能忘怀其师罗汝芳、达观对他的教导。罗汝芳对

---

① (明)袁宏道:《袁宏道集笺校》,钱伯城笺校,上海古籍出版社,1981,第1103页。
② (明)袁宏道:《袁宏道集笺校》,钱伯城笺校,上海古籍出版社,1981,第700页。

他的影响尤其深远，显祖更是"服其教终生"。与一般理学家重谈心性、不务世事的思想不同，罗汝芳更希望理学家的心性之学能够在社会政治中发挥现实作用，汤显祖的辞官归隐亦与罗汝芳的言传身教密切相关。罗汝芳内心也有抽身政治、寻求生命真实与精神安宁的愿望，并且他也是如此身体力行的。显祖对此深有领会，其在诗中云："云路试留仙令舄，泥丸初着远游冠"（《初归东高太仆应芳、曾岳伯如春》），"休官云卧散仙如"（《遣梦》）。如坐春风正是理学家人格风范的显现，汤显祖显然也具备这样的气象与境界。一方面是建功立业，以图王霸，另一方面则是对超然洒落之人格境界的向往，如此巨大的反差集中在汤显祖身上，这说明内圣外王的人格理想必然会在政治现实层面发生冲突，而最终解决的办法就是从个体人格层面来化解这一矛盾。汤显祖将罗汝芳、李贽、达观等奉为立身行事的楷模，他也必然会受其人格精神的影响，并思考如何才能够使内心在严酷的社会现实中保持平衡。因此，他对自身人格精神的追求必然会反映到创作思想中，并成为其文学思想生成的最直接原因。

从万历十一年（1583）至万历二十六年（1598）这十五年间，汤显祖都为闲职散官或边远小官。如果说往来于京城与州县之间让他体会到了奔波劳顿之苦，那么对官场黑暗、民生疾苦的亲身接触则让他感受到为官的不易。汤显祖于是发出"涉世始知愁宦拙，过江真作苦情多"（《江上逢龙使君话沅辰事有叹》）的感叹。当时世风萎靡，人心涣散，士大夫不但声色犬马，极力追求名位利禄，而且为了个人的政治前途，奴颜婢膝，碌碌无为。他的友人龙宗武镇压五开卫兵变，功勋大矣，结果不脱罢官流放的命运。沈思孝当年反张居正，受杖充军，后虽召还复官，然新的官场迫害接踵而至，以至神经错乱、白日见鬼（见《闻沈纯甫郎中卧病，宅旁见魅欲奏》）。屠隆被告，因"桃色事件"而罢官。宦途险恶，特务横行，明代"锦衣卫"让人不寒而栗，真是"开天杀人处，阴风觉沉味"。

对于大多数有志之士来说，万历朝"与士大夫共治天下"的君臣相遇景象离他们越来越远，但却依然要奉行"致君行道"的社会责任。儒家的人生理想并不仅仅限于对自我道德修养的沉潜，而是凝聚着深沉的历史责任感，具有浓厚的经世致用色彩，其最终目的是通过自身的道德修养实现天下归仁的社会理想。

在如此世风之下，汤显祖依然以"惟清惟惠，可以富民；能富其民，乃以见思"（《与吴本如岳伯》）[①] 作为自己的立身准则。置身于乌合之众当中，其内心的痛楚可想而知，因而他也时时流露出为官做吏的无奈和有志难伸的怨愤。生活状况又使得他不得不委身于官场，只能暂求于遂昌弹丸"家家老小和"且"赋成讼希"而已。在此期间，汤显祖内心的苦闷和矛盾日渐显露，不做官就难以实现"致君行道"的价值理想，而出仕为官就不得不忍受委屈折腰的内心痛苦。不得已之下，他也只有以佛、道彷徨的人生感想来慰藉自己，这背后却隐含着复杂的内心矛盾。

汤显祖在对世事最终失望后，回归家乡临川，并未情消志息，而是更鲜明地张扬"情之所必有"的信念。在汤显祖的作品中，凡所"情之所必有"之处，都是作者真情显现的精彩之处。汤显祖喜用"骀荡"一词。"骀荡"者，或解为"放荡"，或解释为"舒缓荡漾"，而汤显祖之所谓"骀荡"应有其深意在。我们看其用到这个词的地方：

不佞《牡丹亭记》，大受吕玉绳改窜，云便吴歌。不佞哑然笑曰，昔有人嫌摩诘之冬景芭蕉，割蕉加梅，冬则冬矣，然非王摩诘冬景也。其中骀荡淫夷，转在笔墨之外耳。（《答凌初成》）[②]

肯为求其书寄我骀荡否？（《寄石楚阳苏州》）[③]

溶溶英英，旁魄阴烟，有骀荡游夷之思。（《耳伯麻姑游诗序》）[④]

这里不管是说王维之画有自主意趣，还是说希望领略李贽《焚书》的天地"童心"，其实都是作者自由自在的真情实感的寄托，表现了作者对自我独立人格精神的追求。

追求一种独立的人格，这是汤显祖后期的志向。汤显祖曾说："士有志于千秋，宁为狂狷，毋为乡愿。"

"狂狷"与"乡愿"出自孔子。《论语·子路》记载："不得中行而与

[①] 《全集》，第1450页。
[②] 《全集》，第1442页。
[③] 《全集》，第1325页。
[④] 《全集》，第1111页。

之，必也狂狷乎？狂者进取，狷者有所不为也。""狂者"是指积极进取的人，"狷者"是指明哲保身的人。《孟子·尽心》在引述孔子这段话后，又进而举例解释："如琴张、曾皙、牧皮者，孔子之所谓狂矣。""琴张"即子张，善鼓琴，号为琴张；曾皙是曾参的父亲；他们和牧皮都是孔门弟子。所谓"狂"，盖因志大而言过于行。后世多将"狂""狷"联用，其词义有所发展，常引申为狂妄放纵，不遵礼法，或隐逸朴野，洁身自好，往往指不合时俗的奇行之人。"狂狷"尽管不容于君权专制的社会，却成为清流文人孤傲人格的一种取向。

"乡愿"见于《论语·阳货》所载："乡愿，德之贼也。"《朱熹集注》说："乡者，鄙俗之意……盖其同流合污，以媚于世。"说明"乡愿"指窃取德行之名以取媚世俗者，貌似厚道，实为道德的罪人。《孟子·尽心下》也说："阉然媚于世也者，是乡原（愿）也。"又说："同乎流俗，合乎污世；居之似忠信，行之似廉洁；众皆悦之，自以为是，而不可与入尧舜之道。故曰'德之贼'也。"指讨好权贵、取悦大众的所谓老好人，实际是假道学。在君权专制的社会，"乡愿"的势力根深蒂固；而正直卓行的人对"乡愿"深恶痛绝。李贽在万历早期曾作《狂狷辨》[1]，可谓惊世骇俗，汤显祖心仪李贽，在《答岳石帆》中说"《狂狷辨》极中当今假道学之病"，并称他为"畸人"[2]，思想取向与之相同。

汤显祖自己多次表白过痛恨"乡愿"、取向"狂狷"的心志。后来他在《揽秀楼文选序》中称引孔子语来表明自己的狂狷取向：

> 子言之，吾思中行而不可得，则必狂狷者矣。语之于文，狷者精约俨厉，好正务洁。持斤捉引，不失绳墨。士则雅焉。然予所喜，乃多进取者。其为文类高广而明秀，疏夷而苍渊。在圣门则曾点之空窜，子张之辉光。于天人之际，性命之微，莫不有所窥也。[3]

汤显祖在《赵仲一乡行录序》中说："夫所谓忠信廉洁者，微孟轲氏所

---

[1] 厦门大学历史系编《李贽研究参考资料》第1辑，福建人民出版社，1975，第172页。
[2] 《全集》，第1325页。
[3] 《全集》，第1137页。

谓其乡之原（愿）人与。乡原（愿）之所至不好者狂狷，赵君将无得为狂且狷与？"① 此话既为赞扬，也是勉励，同时又是自勉。汤显祖秉承了儒家的进取精神，又流连道家的自然天性，向往佛家解脱的境界，并且感受到以李贽为代表的自然人性思潮，各有取舍，在他的人生经历中形成了独特的"狂狷"取向。一方面，他是积极进取的"狂者"；另一方面，他又是期望超脱的"狷者"。汤显祖的一生，可以说是"狂狷"的一生，进取和超脱的一生，人格精神极其独立的一生。人生的坎坷和艺术的热忱使他将二者融而为一，拥有精神高度自由的灵魂。

---

① 《全集》，第 1095 页。

第六章
汤显祖的诗学理论建构之三

第一节 汤显祖的历史诗学观

　　大凡人类学术史，便是人的哲学、思想、宗教、学术等依据社会生活的演进而演进，随时代的变化而变化的历史。因而，各个时代有其所面临的各种问题，特别是主导性问题。人们在解决时代重大问题的过程中，有限度地形成了一些共识和相近的道路，这便是时代的学风、学说，它们总体显现了时代的需要，展示了时代的学术面貌。一切的历史都处于"为道屡迁，变动不居"当中，睿智的杰出人物，既能够观察其所处的现实世界，也能深刻地洞察人类悠远的历史进程。汤显祖是一位文学家，又是古今兼通且充满智慧的大学者。对于过往的历史，汤显祖有自己独到的精深见解。这些见解如珠玑般散见于汤显祖整个思想成长历程之中，他的关于历史尤其是关于文学史的种种见解，又是与其文学诗学思想融会贯通的，以至于他的历史观成为其整个诗学思想的重要组成部分。汤氏以其历史观以及历史观所隐含的深层诗学理论为基础，观照和阐释了当时和历史相关的种种错综复杂的文学诗学现象与理论观念。汤显祖并非历史学家，他更多地立足于文学诗学领域。一方面，他于文学审美自足性上有着自觉意识，并使之与史家之学区分开来，使文学的自身本体的审美价值始终高踞文学诸问题的首位。另一方面，汤显祖又有意识地把文学置于历史的进程中加以考察，以历史的视角审视文学、诗学相异相通之处，得出了许多超越前人的精辟见解，并最终构筑起了自己深宏博大的诗学思想。

一 诗歌的"因革观"

汤显祖的历史诗学观首先表现为他的"因革观"。

所谓"因"者,"亲近、相就、趋赴"意也,如《左传·闵公元年》:"亲有礼,因重固,闲携贰,覆昏乱,霸王之器也。"章炳麟《春秋左传读》卷一:"因,亦亲也。"唐代韩愈《祭薛助教文》:"同官太学,日得相因,奈何永违,只隔数晨。"更引申为"沿袭、承袭"之意,如《论语·为政》:"殷因于夏礼,所损益可知也。"宋代苏轼《永兴军秋试举人策问》:"昔汉受天下于秦,因秦之制,而不害为汉。"元代赵孟頫《右耕》诗:"后月日南至,相贺因旧俗。"所谓"革"者,本意为"加工去毛的兽皮",如《说文》所解:"兽皮治去其毛为革。"后转意为"更改、变革"之意,如《书·多士》:"惟尔知惟殷先人,有册有典,殷革夏命。"《新唐书·张九龄传》:"国家赖智能以治,而常无亲人者,陛下不革以法故也。"《明史·西域传四·别失八里》:"天用是革其命,属之于朕。"①

所以"因革"就是一个"继承"和"发展"的问题。从学术上追流溯源,《庄子·天下》篇中已见端倪,作者以骀荡雄浑、气排沧海的笔力论述了惠施等名家的学说及其源流。至《汉书·艺文志》,更有多方面的阐发,如"儒家者流,盖出于司徒之官……""道家者流,盖出于史官……"等,亦即辨别学术的源流演变。

更有南朝梁刘勰在《文心雕龙·明诗》明确提出文体的"因革"问题:"宋初文咏,体有因革。"② 虽只所摘录的这句话中出现"因革"字眼,实则《明诗》整篇都谈论了诗歌的"因革"问题,讲了各文体的流变,周振甫认为这就是一部"分体文章史,这是他高于前人的地方"③。应该说诗歌文体的发展是刘勰叙述文学历史发展的重要内容,除《明诗》篇外,其还分别在《辨骚》《通变》《时序》诸篇中做了详细分析。归纳起来,刘勰认为诗歌文体变化其动因有二。其一,外因。政治盛衰与社会治乱,这是变化的根

---

① 以上例子转引自《汉语大词典》"因"字条。
② (南朝梁)刘勰:《文心雕龙注释》,周振甫注,人民文学出版社,1981,第49页。
③ (南朝梁)刘勰:《文心雕龙注释》,周振甫注,人民文学出版社,1981,第60页。

本原因，即如《时序》开篇所说："时运交移，质文代变，古今情理，如可言乎？……逮姬文之盛德，《周南》勤而不怨；太王之化淳，《邠风》乐而不淫。幽、厉昏而《板》《荡》怒，平王微而《黍离》哀。故知歌谣文理，与世推移，风动于上，而波震于下者。"① 其二，内因。诗人自身"情感"的变化可直接引起文体特征、风格的变化；诗人在艺术上的创新标异，也会使个人创作风格和文体发生新变，其杰出者甚至能影响一代文学。关于内因这一部分的论述则大段地见于刘勰对"五言"发展历程的叙述中。

钟嵘在其《诗品》中，也谈论到了诗歌的继承问题。钟嵘一共品评了一百二十二位诗人，还研究了部分诗人之间的继承关系，比如，他认为阮籍直承《小雅》，曹植、左思、陆机等学习《国风》，而曹丕、王粲、李陵、陶潜等都来自《楚辞》。应该说钟嵘能辨其各自风格源流，眼光有其独到之处，然他决然地认为陶潜出于应璩，应璩出于曹丕，曹丕出于李陵，李陵出于屈原，则显得过于绝对了，故《四库全书总目》的"提要"笑其"若一一亲见其师承者"②，也不是没有道理的。

随着诗歌创作的逐步繁荣和人们对于诗歌理论认识的不断加深，系统总结诗歌发展的历史，为当世诗歌创作提出可资借鉴的经验与教训，这是摆在诗歌理论家面前的一项重要任务。魏晋南北朝时期的诗论家开始着手这项工作，此后，历代的诗歌理论家更是时有论述。就明代复古派诗论家来看，他们更注重诗歌之"因"，而于"革"上并无更多的创见。

汤显祖比李攀龙小三十六岁，比王世贞小二十四岁，他登上文坛，崭露头角，正是"后七子"文学复古思潮盛行的时候。作为明代后期"性灵"派文学思潮初期的代表人物，在"公安"派尚未兴起，徐渭还声名落寞的时代，如何面对当时占据主流的以"后七子"为代表的明代复古派文学思潮，成了汤显祖不容回避的问题。正如钱锺书先生所说的："一个艺术家总在某些社会条件下创作，也总在某种文艺风气里创作。这个风气影响到他对题材、体裁、风格的去取，给予他以机会，同时也限制了他的范围。就是抗拒或背弃这个风气的人也受到它负面的支配，因为他不得不另出手眼

---

① （南朝梁）刘勰：《文心雕龙注释》，周振甫注，人民文学出版社，1981，第172页。
② 周勋初：《中国文学批评小史》，长江文艺出版社，1981，第82页。

来逃避或矫正他所厌恶的风气。"①

汤显祖是如何处理"继承"和"创新"的问题的呢？他在《江西按察司修正衙宇记》一文中说："事固未有离因革者。因而莫可以革，革而莫有以因，则亦犹之乎因革而已。惟夫因而必不可以无革，革而幸可以无失其因，则一不为过劳，而永可以几逸；法易以维新，而众可与乐成。此其善物也。"② 事物的发展离不开"因"（继承）和"革"（创新）两个方面。文学的发展也表现为"因"和"革"相对立统一的运动过程，每一个时代的文学无不存有从前文学的痕迹，也无不打上了新的时代烙印。因而不革，迁今人而就古人，此为复古派；革而不因，割裂历史，以我作古，此为放诞派。

汤显祖从事文学活动的时代，正是复古主义盛行的时期，它产生的弊端是给文学发展带来很多危害，引起了不少有识之士的激烈反对，但在这些反对者中，也有一些有轻视古代优秀艺术传统倾向的人。汤显祖本着"因""革"相结合的认识，在主要反对复古主义文学思想的同时，对后一种倾向也提出了批评，表现出一位严肃的文学批评家的科学态度。

二 "时势使然"观

汤显祖在谈到文学发展的时候，提出了"时势使然"的看法："上自葛天，下至胡元，皆是歌曲。曲者，句字转声而已。葛天短而胡元长，时势使然。"③ 从时代变化的角度来解释文学现象，这是汤显祖的一个比较重要的观点。由此还可以得出进化或退化两种截然相反的结论。一般来说，前后"七子"也承认各朝文学的不同，但他们认为文以秦汉为最好，西汉以后的文不足观，诗以盛唐为顶峰，中唐以后的诗不必读。汤显祖的文学崇尚与前后"七子"不同，他取六朝、初唐、中唐的诗和宋代的散文为学习的对象，这本身就包含对复古主义者文学退化论的否定。他肯定宋代也有和汉代一样写得极好的文章，可以作为后人的范文。"汉宋文章，各极其趣

---

① 钱锺书：《七缀集·中国诗与中国画》，上海古籍出版社，1985，第1页。
② 《全集》，第1165页。
③ 《全集》，第1442页。

者，非可易而学也。学宋文不成，不失类鹜，学汉文不成，不止不成虎也。"① 这更是直接对前后"七子"鄙视宋文的反唇相讥。

汤显祖反对前后"七子""文必秦汉，诗必盛唐"的主张，认为诗歌（包括其他文学）的产生同环境有密切的关系，不同的环境决定诗歌不同的风貌，所以应该让不同风格的诗歌共同存在，而不能强求其完全一致。他在《金竺山房诗序》里说："诗者，风而已矣。或曰，风者物所以相移，亦物所自足，有不可得而移者。十三国之风，采而为《诗》。舒促鄙秀，澹缛夷隘，各以所从。星气有直，水土有比。宫商之民，不得轻而徵羽。明条之地，不得垂而闾莫。此仪所以南操，而鸟所以庄吟也。"② 所谓"物所自足，有不可得而移者"，正是一种文学区别于他种文学的不同特点，而这又恰好是它存在下去的内在根据，没有自己特点的文学是不会有生命力的。所以，从不同特点的文学中学习长处是应该的，以此厌彼大可不必。汤显祖说："江以西有诗，而吴人厌其理致。吴有诗，江以西厌其风流。予谓此两者好而不可厌，亦各其风然，不可强而轻重也。"③ 前后"七子"文学主张的一个明显错误，就在于漠视古今条件的不同而强求今人同于古人，结果走上了句拟字模的歧路，丢失了自己的性情，成了古人的影子。汤显祖一针见血地指出他们写作的通病是"赝"，"李梦阳而下，至琅邪，气力强弱巨细不同，等赝文尔"④，这确实击中了复古主义文学的要害。

汤显祖"时势使然"和"物所自足，有不可得而移者"的文学观点到公安派那里就发展成为"代有升降，法不相沿"⑤ 的著名口号。二者都肯定了文学随时代而变化的理论，都否定了文学退化论。所不同的是，袁宏道的提法较汤显祖更为鲜明和确定，论述也更为详尽和完整，而汤显祖较袁宏道又更注重对历史上优秀的文学遗产的学习和继承，这正反映了从汤显祖到"公安"派的一个发展和变化。

汤显祖反对前后"七子"复古主义的理论，但高度重视学习古代的优

---

① 《全集》，第1303页。
② 《全集》，第1147页。
③ 《全集》，第1147页。
④ 《全集》，第1451页。
⑤ （明）袁宏道：《袁宏道集笺校》，钱伯城笺校，上海古籍出版社，1981，第188页。

秀文学遗产，据邹迪光《临川汤先生传》记载："公于书无所不读。而尤攻汉、魏《文选》一书，至掩卷而诵，不讹只字。"① 他自己也说过："才情偏爱六朝诗。"这显然是指他早期的学习情况。中年以后，他学习的范围变得更大，唐、宋以及本朝的文学作品他都取来学习。他把"无所不学，而学必深"作为作家取得成功的一个重要条件。他高度赞赏作家花"十年之力，销熔万篇"的刻苦学习精神，指出："词虽小技，亦须多读书者方许为之。"相反，对"资日薄而学日以浅"则表示不满。汤显祖重视学习，但反对以借鉴代替自己的创作，认为作者"成言成书"，必须"有得乎内而动乎外"，有感而写，有为而作；要不断地追求新意，即要"文情不厌新"。所以，汤显祖同前后"七子"相比，不仅学习的范围有大小之分，更重要的是学习的目的也有拟古与创新之别，而同后来的"公安"派一度不够重视学习古代的文学传统相比，汤显祖的学习热情和认真态度又显得十分可贵。

第二节　汤显祖的诗歌主体论

一　"灵气"说

汤显祖的文学理论有一个很明显的特点，便是他对文气的重视和阐发。他关于"文气"的观点颇多，而且十分全面，足见他对此十分重视，有的阐发见解独到，为中国古代文化中的"文气"说做出了一定的贡献。

"气"最初被人认识到，是自然大地上气体的流动，它不可捉摸，不可视听，只能感觉。后来人们感受到口鼻的气息也是流动的"气"，此为呼吸之"气"。由自然之"气"到人体之"气"，"气"便具有了人的生命意识。"气"由古人观察、思考万物的基本起点开始，上升为哲学的宇宙观、生命观。《老子》讲："道生一，一生二，二生三，三生万物。万物负阴而抱阳，冲气以为和。"其所反映的就是这种宇宙观。《管子·枢言》说："有气则生，无气则死，生者以其气。"《庄子·知北游》也说："人之生，气之聚也，聚则为生，散则为死。"这体现了古人对生命的理解。综合各种资料来

---

① 《全集》，第 2583 页。

看,尽管古人对"气"的具体阐释不同,但先秦时期,"气"作为一个哲学术语,主要是指某种构成生命活力、体现为精神的抽象物,无形无状而又无处不在。

最早从"气"的角度来观察文学创作的是三国时的曹丕,他在《典论·论文》中说:"文以气为主,气之清浊有体,不可力强而致。譬诸音乐,曲度虽均,节奏同检,至于引气不齐,巧拙有素,虽在父兄,不能以遗子弟。"曹丕强调了"文"与作家"体气"即作家个性、气质的关系,从创作实践论的角度分析了作家个体生命力对作品的影响。在此基础上,刘勰《文心雕龙·养气》直接从作家的生理、生命状态与文学创作规律的角度审视"气"的展开。此后,文章的生命之喻正式成形,"文气"论所充盈的生命意识也以一种明确、有形的姿态初露头角。文学与生命的联结在魏晋这一特定的历史时期得到了理性的思考和全新的认识。固然。这一结果的产生不是偶然的,它是魏晋当时的社会环境及士人心态的一种必然反映,归根结底是魏晋士人在当时的社会历史条件下对生命的一种诗学感悟。

文学是人情的需要,是人生命、精神的需要,经魏晋士人的倡导,已成为一种较为自觉、清醒的认识,"文以气为主"的"气"不仅指向主体生命之"气",亦指向文本之"气"和客体之"气",整个文学创作活动被看成一种展示生命意蕴的动态的一体化过程,主体之"气"、文本之"气"、客体之"气"通过文本话语呈现出一种涌动勃发的生命力。

宋代儒士发现,"文气"之生命意蕴主要内敛于主体的精神世界之中,主体创作重在对生命意识的规范和生命力的积蕴。这种诗学观点显然与宋代士人的精神结构密切相关。士人地位到了宋代获得了前所未有的提高。出于对武人政治的恐惧,宋立国之初便重用文臣,扩大文人入仕的范围,增加入仕途径,放大文臣的权限,当权者给予士人极为自由、开放的言说空间。面对此等殊遇,宋代儒士的心态极为平静,士人应有的那种人格精神自然而然地显露出来,如帝师意识的觉醒,以道自任、以天下为己任的精神高度复活。他们自觉地把个体生命与国家兴亡结合,重国家之命运,轻个人之愁苦,因此,他们所论文中之"气"多为一种积极的、欣然的、充沛的正生命力,少有悲苦、愁怨、消沉的负生命力。生命的价值在宋代士人的诗学话语里表现得极为明白。宋代士人将"为文"与"人生"看得同等重要，认为诗文是人生的另一种表现形式，诗文的价值也可折射出生命之价值。

明朝文人对于宋代这种积极的生命之"气"是异常追怀的，明中晚期众多文士崇尚苏轼就说明了这一点。就宋代来说，苏东坡可谓生命之"气"极为昂扬的一个典范。

汤显祖是明朝中期极力倡导"气"的诗人，他的"灵气"论有着其哲学认识上的基础。中国古代儒、道、佛三家都对气论和炼气、养气十分重视。汤显祖在理论和实践上都从哲学和修身养性、认识宇宙及人生的角度，继承了儒、道、佛三家的精华，并将其引入文气理论中。

汤显祖《阴符经解》以气学理论阐发道家经典《阴符经》（传为黄帝所撰，有姜尚、范蠡、鬼谷子、张良、诸葛亮、李荃等注），认为："天道阴阳五行，施行于天，有相变相胜之气，自然而相于生。生而相于杀……天道害而生恩，公而成私……气者人之龙蛇也。存伏藏之用，故曰制在气。"[①]沈际飞评此文："《阴》符传注序说，所得见者二十余家。朱子章句简易可观，要不过出自诸家丛论。临川别有洗发，于神仙抱一之道思过半矣。""结局一气贯串，经文大意了然，如明河之在天。"[②] 此皆继承《周易》和《老子》的气学理论，略抒自己的体会而已，而他对"神仙抱一之道"的静动关系，则颇有自己的独特见解。显祖虽承认道、佛气学中"平心定气，返见天性"（《答邹公履》）[③]的基本观点，却不赞成一味主静的理论："学道者，因'至日闭关'之文，为主静之说。夫自然之道静，知止则静耳。安所得静而主之。《象》曰：'商贾不行，后不省方。'此非主静之言也。环天下之辨于物者，莫若商贾之行，与夫后之省方。何也，合其意识境界，与天下之物遇而后辨。"（《顾泾凡小辨轩记》）[④] 汤显祖赞成《易》注的儒家理论，也主张以动养气。他又阐发儒、道两家的养气理论说："通天地之化者在气机，夺天地之化者亦在气机。化之所至，气必至焉。气之所至，机必至焉。"而又有"气胜而机不胜者"，"机胜而气不胜者"的理论：

---

① 《全集》，第 1271－1272 页。
② 《全集》，第 1274 页。
③ 《全集》，第 1442 页。
④ 《全集》，第 1167 页。

第六章　汤显祖的诗学理论建构之三

天下文章有类乎是。芬芬者气乎，旋旋者机乎。庄生曰："万物出乎机，入乎机。"……气与机相辅相轧以出。天下事举可得而议也。吾以为二者莫先乎养气。养气有二。子曰："知者动，仁者静；仁者乐山，而智者乐水。"故有以静养气者，规规环室之中，回回寸管之内，如所云胎息踵息云者，此其人心深而思完，机寂而转，发为文章，如山岳之凝正，虽川流必溶涽也，故曰仁者之见；有以动养其气者，泠泠物化之间，亹亹事业之际，所谓鼓之舞之云者，此其人心炼而思精，机照而疾，发为文章，如水波之渊沛，虽山立必陂陁也，故曰智者之见。(《朱懋忠制义叙》)[①]

此论中的"气"兼指宇宙万物之生成的原动力性的物质及其同时形成的气势，是产生宇宙万物的客观物质基础和力量；"机"则指人的机心，即机巧的心思或深沉转变的心计，代表着人的主观能动性。人能有所作为，包括进行成功的文艺创作，必赖"气""机"双全，并且"气与机相辅相轧以出"。显祖认为"气""机""二者莫先乎养气"，此亦儒、道、佛三家的传统观点，孟子更提出吾人必须善养"浩然之气"的主张。显祖进而阐发"静养""动养"之不同作用和互补作用。"静养"，除静坐炼气（胎息踵息）外，还指文艺家和文艺理论家在书斋中通过大量读书和深思熟虑，发为文章；"动养"则指创作者和理论家游历山川而得其气，并与山川万物融为一体或参加社会、政治实践，以此为内容发为文章。显祖对二者一视同仁，认为它们都可吐纳性情，通极天下之变，而上者无疑是动静得兼。

中国古代自老庄、孟子倡言养气说以来，多偏重于养虚静之气。老子主张"致虚极，守静笃"（第十六章），"载营魄抱一，能无离乎？"（第十章）。庄子又进而要求"坐忘"和"心斋"，主张："若一志，无听之以耳而听之以心，无听之以心而听之以气。气也者，虚而待物者也，唯道集虚。"（《人间世》）后来刘勰《文心雕龙》亦主要发挥虚静之说，其《神思》篇说："陶钧文思，贵在虚静，疏瀹五藏，澡雪精神。"于《养气》篇

[①]　《全集》，第 1129－1130 页。

167

又发挥之。唯至苏辙才打破前人一味讲究静养的局面。他在《上枢密韩太尉书》中说："以为文者，气之所形，然文不可以学而能，气可以养而致。孟子曰：'我善养吾浩然之气。'今观其文章，宽厚宏博，充乎天地之间，称其气之小大。太史公行天下，周览四海名山大川，与燕、赵间豪俊交游，故其文疏荡，颇有奇气。"苏辙将孟子的浩然之气，用"充乎天地之间"来形容；又将天地之气分解为四海名山大川和人间豪俊二者，前者为得江山之气，亦即刘勰"得江山之助"，后者为得豪俊英杰之气。苏辙又点出"行"和"周览"、"交游"，强调司马迁不仅有静养功夫，且赖"行"而得江山和豪俊之气而产生"奇气"，极有见地。惜乎苏辙未阐明此实为"动养"之观点。而汤显祖则将孔子的仁智之说和孟子、老庄的虚静养气说贯串起来，又由"智者动"的规律出发，将养气与物化、事业相结合，明确提出"以动养气"的"动养"观点。"物化"亦出于《庄子》，其《齐物论》叙庄周梦蝶，阐发一种消除事物差别、彼我同在的意境。汤显祖以物化观来看待人与自然的关系，将作家与山川万物融为一体，以此体验和观察山川万物并得其气，无疑远胜得江山之助的效益。又用勤勉（亹亹）的事业作为"以动养气"的过程，极有见地。"事业"不仅包括司马迁为创作《史记》而"与燕、赵间豪俊交游"，深入描写对象中去，也包含达则兼治天下的政治实践和社会实践，从中体验生活，获得真切的感受，在人生奋斗中修身养性，炼出真气和浩然之气，充实作家自己的内心，为创作打下坚实的基础。因此，汤显祖"物化"和"事业"式的"以动养气"说，对文气说的发展有很大的理论贡献。同时，汤显祖也将自己的理论贯彻在自己的实践中。他在刻苦攻读儒、道、佛三家之书之时，也刻苦静修养气；又努力通过科举考试，利用自己手中的权力进行政治和社会改革实践，从中求得对生活的真切体会；包括他从政道路的曲折和受黑暗当局的打击而归隐林下，这个过程，也给他的心胸以很重要的陶冶。而这一切，为他的诗文创作，尤其是"临川四梦"的戏曲创作，做了铺垫，我们在他的创作中，无论从其内容和艺术手段，都可看到"以动养气"的出色效果。

　　汤显祖继承儒、道、佛三家公认的"一气混成，三才互吞，以成宇宙，以生万物"的观点，在《阴符经解》中强调"天地交合，宇宙不散。人在其中"①,"生死相根,恩害一门"②。故而他揭示自己撰写《牡丹亭》"生者可能死,死可以生"的情节乃因"人世之事,非人世所可尽"③。站在宇宙观的高度俯视人生,体现了他对人的终极关怀和对人的终极指归的精当认识。

汤显祖强调"平心定气,返见天性",以取回成年后失去的赤子之心,练就通达宇宙万物的"道气",创作"非偶然"④之文,同时又辩证地提醒年幼者:"少年人不在平心定气,而在读书能纵能深,乃见天则耳。"(《答邹公履》)⑤因为少年人读书少,缺少理论根底和人生实践,且好动难静,极难"平心定气",需要大量和深入读书,体会"天则"。显祖认为青年朋友"相如才气横绝,欲下帷读书十年乃出,甚善。不尽读天下之书,不能相天下之士。故曰外游不如内游"⑥。读书(内游),是青少年认识宇宙人生的主要途径,是今后外游、行万里路、"收江山之助"的基础,也是以后进行文艺创作和理论建设的重要基础。但同时,读书时也需专心致志,"先儒云,收放心,即可记书不忘。足下静坐存想,数月来读书,觉有光景,不似往日。比如苦行头陀忽然开霁,澜香千偈,不足为也"⑦,如此,则于无形中已初步进入"平心定气"的修炼状态。他对这种心理状态和修炼境界在认识宇宙人生和文艺创作、理论建设中的重要作用的极度重视,是对老庄关于心斋、坐忘学说的继承和运用。

汤显祖认为,也只有在这样的心理状态和修炼境界中,才能写出与众不同的优秀作品。他说:"世间惟拘儒老生不可与言文。耳多未闻,目多未见。而出其鄙委牵拘之识,相天下文章。宁复有文章乎。予谓文章之妙不在步趋形似之间。自然灵气,恍惚而来,不思而至。怪怪奇奇,莫可名状。非物寻常得以合之。苏子瞻画枯株竹石,绝异古今画格。乃愈奇妙。若以画格程之,几不入格。米家山水人物,不多用意。略施数笔,形像宛然。

---

① 《全集》,第1271页。
② 《全集》,第1273页。
③ 《全集》,第1153页。
④ 《全集》,第1501页。
⑤ 《全集》,第1442页。
⑥ 《全集》,第1491页。
⑦ 《全集》,第1531页。

正使有意为之，亦复不佳。故夫笔墨小技，可以入神而证圣。自非通人，谁与解此。"（《合奇序》）①

显祖推崇文艺创作中的自然灵气，又释此自然灵气用"恍惚而来，不思而至"。此乃将《老子》的理论明确引入文艺理论之中。《老子》第十四章说："其上不皦，其下不昧。绳绳兮不可名，复归于无物。是谓无状之状，无物之象，是谓惚恍。"第二十一章又说："道之为物，惟恍惟惚。惚兮恍兮，其中有象；恍兮惚兮，其中有物。"宋代李荣（字嘉谋）《道德真经义解》释曰，"惚恍者，出入变化，不主故常之谓也。"显祖上言恍惚，即属此义。他评《续虞初志·贾人妻传》"恍惚幽奇，自是神侠"②，也用此义。恍惚又有"微妙模糊，闪烁不定"之意，显祖之言"恍惚"，亦兼有此义。这样带有自然灵气恍惚而来又不思而至的艺术形象，是灵感的产物，是神来之笔，是异乎寻常的高度独创性的产物，故而怪奇莫名。

自然灵气，汤显祖有时又称为"生气"："天下文章所以有生气者，全在奇士。士奇则心灵，心灵则能飞动，能飞动则下上天地，来去古今，可以屈伸长短生灭如意，如意则可以无所不如……其人心灵能出入于微眇，故其变动有象。"（《序丘毛伯稿》）③ 此言从另一角度阐发自然灵气之说，指出士奇则心灵，故能如意——自如地舒展自己的艺术想象力和创造力，写出微眇、奇妙而又有变化的艺术形象。故而他认为"大雅之音"讲究思微，体巨，气驯而意结。（《答卞玄枢》）④ 作者兴会淋漓之时，有如"冲孔动楗而有厉风，破隘蹈决而有潼河"（《调象庵集序》）⑤，而"机来神熟，作者亦不知思之如流，气之如云，致之如环矣"（《玉茗堂批评种玉记·十五出〈促晤〉总评》）⑥。

汤显祖的以上观点对中国古代文化中的"文气"说做出新的阐发，除此之外，他在评论文艺家和其作品时非常喜欢用"文气"说的各种概念和语汇。他在评价有意趣和气概的作者时或称"意气横绝"，或称"意气殊

---

① 《全集》，第1138页。
② 《全集》，第1654页。
③ 《全集》，第1140－1141页。
④ 《全集》，第1508页。
⑤ 《全集》，第1098页。
⑥ 毛效同编《汤显祖研究资料汇编》（全二册），上海古籍出版社，1986，第764页。

绝";评价有才华者为"才气英阔",或"气含天粹";评价与黑暗时势格格不入的作者则为"性气乖时";称赞有的作者潜心"读《易》之余,雅意吟染,闲气胸中一点无。令人惝然"。① 闲气相当于浊气。反之,"大雅之作,爽气清人"。"爽气"也即汤显祖推崇的"清气"。与"清气"同样高尚的还有"真气"和"伉壮不阿之气"(《答余中宇先生》)②。不同作品,气有刚柔之分。"大致李(献吉)气刚而色不能无晦,何(仲默)色明而气不能无柔。神明之际,未有能兼者。要其于文也,瑰如曲如,亦可谓有其貌矣。"(《孙鹏初遂初堂集序》)③ 又自述"以数不第,展转顿挫,气力已减",于是转读"二氏之书,从方外游",又取宋六大家文更读之,感到"宋文则汉文也。气骨代降,而精气满劲"(《与陆景邺》)④。而"佳作气食全牛,自堪压卷"。总之,汤显祖论人、论文,讲究"气味"和"风神气色音旨",其对"文气"说的独特贡献处于当时的领先地位,并对后世有颇大影响。以"灵气"论文,将"灵气"看作文学作品生命力的内在基质,是汤显祖以其特有的文化性格探讨文学这种生命现象的结果,它反映了汤显祖对文学认识的深刻,揭示了文学作品之所以能打动人正是由于它本身就是一种生命形式的奥秘。"元气""灵气""文气"的统一是汤显祖对生命的讴歌和礼赞,是对"人"的一种独到的认识。

二 "缘境起情,情生诗歌"——"情"与"境"关系说

汤显祖大力倡"情",重视情感在诗歌创作中的作用。当然,单单有感情并不等于就是好诗,还需要通过一定的诗歌形式把它生动地表现出来,所以,有"情"的诗歌又离不开"境",有"情"有"境",诗才能有"神"。

在《典论·论文》中,曹丕曾认识到文体的本体特征:"夫文本同而末异,盖奏议宜雅,书论宜理,铭诔尚实,诗赋欲丽。"这是对文体的一种自觉,故鲁迅称赞魏晋时代是"文学自觉"的时代。这种自觉还表现为陆机

---

① 《全集》,第1496页。
② 《全集》,第1320页。
③ 《全集》,第1121页。
④ 《全集》,第1436页。

对"诗赋欲丽"做了具体的发挥:"诗缘情而绮靡,赋体物而浏亮。"(《文赋》)所谓"绮靡",即以丝织物的美丽花纹说诗,强调了诗之"丽"的审美特征。

就诗而言,人们对它纯属诗人主体感情表现的审美特征认识得愈益清晰,并进而更全面、更深入地确认和把握它整个的、由内而外的审美表现方式,这种表现方式便是中国诗学理论中的"诗境"理论。

考"境"的本字为"竟"。许慎《说文解字》云:"乐曲尽为竟。"段玉裁注曰:"曲之所止也,引申之凡事之所止,土地之所止,皆曰竟。"可见"竟"原指乐曲终了,引申为事情的终结和土地的限界,而在后一个意义上,"竟"便演化成了"境"。① "境"指空间范围,相当于疆界、领域的意思(有时亦可包含在此疆界、领域内的事物),由表示地理空间、国土疆域的"境",进入心理内涵的观念最早似乎出现于《淮南子·修务训》②,其云:"且夫精神滑淖纤微,倏忽变化,与物推移,云蒸风行,在所设施。君子有能精摇摩监,砥砺其才,自试神明,览物之博,通物之壅,观始卒之端,见无外之境,以逍遥仿佯于尘埃之外,超然独立,卓然离世,此圣人之所以游心。""至大无外,至小无内"是道家对于充盈于宇宙之中的"道"的描述,"见无外之境",实际上是物质空间境界的主观化,是人的心理空间与宇宙空间的统一。

"境界"理论大致形成于唐代,但其形成过程是漫长的。儒家的天人观、道家的宇宙意识和佛家的心理内识都参与了这一建设进程。唐朝王昌龄在他的《诗格》中正式提出"诗有三境"说,具体叙述如下:

> 一曰物境。二曰情境。三曰意境。
>
> 物境一。欲为山水诗,则张泉石云峰之境,极丽绝秀者,神之于心。处身于境,视境于心,莹然掌中,然后用思,了然境象,故得形似。
>
> 情境二。娱乐愁怨,皆张于意而处于身,然后驰思,深得其情。

---

① 陈伯海:《释"意境"——中国诗学的生命境界论》,《社会科学战线》2006年第3期。
② 陈良运:《中国诗学体系论》,中国社会科学出版社,1992,第243页。

第六章　汤显祖的诗学理论建构之三

意境三。亦张之于意，而思之于心，则得其真矣。①

从"诗有三境"说分析，似乎可以看出三境的分别所指。"物境"应是指以写自然景物为主的诗歌，其涵盖的范围可包括描述社会和人事的诗歌作品。它的主要审美特征是"了然境象，故得形似"，其重景物、事物的外部特征的细致描绘。这在魏晋时期的诗歌中，表现得尤为突出。因为"物境"所描绘的对象是实有之物，不是情感与意境，所以往往又被称为"实境"。司空图的《诗品》中就有《实境》一品：

取语甚直，计思匪深。忽逢幽人，如见道心。清涧之曲，碧松之阴。一客荷樵，一客听琴。情性所至，妙不自寻。遇之自天，泠然希音。②

孙联奎《诗品臆说》云："古人诗即目即事，皆实境也。"在山水诗中，"实境"是运用得比较多的。

如果说"物境"的特点是诗中有"物"，那么"情境"则以融情于物为主要特征，或者干脆以诗人的情感展示为"境"。描写"情境"需要作者设身处地地体验人生的娱乐愁怨，有了这种情怀，才能驰骋想象，把握情感，深刻地把它表现出来。这种表现要么是取物象征，其诗歌描写的物象具有象征意义，象外之意是诗人所要表达的感情境界；要么是融物于情，把客观外物化为主观情思，诗中之象已为心灵化的产物，所要表现的仍是诗人的情感；要么是直抒胸臆，感情的直接喷泻、勃发成为情感的浑融境界。

王昌龄说"意境"，认为诗歌必须发自肺腑、得自心源，这样的意境才能真切感人。

实际上这三"境"只是意境形成的三个阶段，即从客观的物境进入主观的情境，然后从作者的情境创造出艺术的意境。

---

① 张伯伟编撰《全唐五代诗格校考》，陕西人民教育出版社，1996，第149页。
② （清）何文焕辑《历代诗话·二十四诗品·实境》，中华书局，1981，第42–43页。

其实,"意境"概念在我国经历千余年的沿革变化,已经逐渐成为我国诗学、画论、书论的中心范畴,历代学者、文人对其不断补充、发挥,使得它几乎成了一个无所不包的综合性概念。所谓"情境",即"意境"之一种,是"意境"主要内涵性形式之一。

汤显祖的"情感"理论在继承"缘情"说传统的同时,又带有自己鲜明的时代特征,他不满"灭才情而尊吏法"的"今天下",向往"有情之天下"①。当诗人成为"有情"之人时,则"运往有生虑,情来无竭笔"②。无竭之情构成诗歌的艺术"情境",则如他在《临川县吉永安寺复寺田记》中所说:"缘境起情,因情作境。神圣以此在囿引化,不可得而遗也。"③"缘境起情",此为第一"境",乃客观物境,是自然景物及社会和人事。由目睹之物境引发作者情思,由情思的酝酿喷发构成而"因情作境"。此第二"境"是由作者改造过的"境",饱含作者的主观化的境界,实际上就是"意境"了,只不过此"意境"是情感浓度非常之高的境界。情感浓度高的诗歌有感情浓厚之作,也有外在表现简淡之作。这样的作品,语言似乎是平淡的,平淡至极,然含意深远、情感丰厚,如陶渊明的诗歌作品。所以,汤显祖在《阳秋馆诗赋选序》中这样说:"深秾淡简,率境而成。"④ 有"深秾",有"淡简",都能成"境",关键在于此"情"一定要是"真"的情感。只有此"情""真至",才能有强烈的生命力和艺术感染力,才能"情不知所起,一往而深,生者可以死,死可以生"⑤。汤显祖的"真情"更多具有人世间的悲情哀怨,他曾说:"吾亦世人耳。世之所喜,吾得不喜;世之所悲,吾得不悲。"⑥ 他对于婉转多情的楚声是情有独钟的,在《王生借山斋诗帙序》中说:"怨而多思,其节婉以悲,殆与《骚》近。有《风》人《小雅》之意焉,怨而无诽,悲而无伤。子云之声,何其多怨也。语云,士不穷秋,不能著书。天亦穷子云以发其声。"⑦ 在《赵仲一鹤唳草

---

① 《全集》,第 1174 页。
② 《全集》,第 667 页。
③ 《全集》,第 1185 页。
④ 《全集》,第 1143 页。
⑤ 《全集》,第 1153 页。
⑥ 《全集》,第 1103 页。
⑦ 《全集》,第 1149 页。

序》中说:"牢骚于书疏,回翔乎咏歌……其悲如哽焉。"① 只有这样的深情绵邈的诗歌,才能够"其诗之传者,神情合至"②,才能够"何自为情死?悲伤必有神"③。这也便是他的"四梦"所营造的至美、至情之"意境"能打动千千万万读者之心的原因吧!

三 生命本原的肯定——"贵生"说

《全集》中有两篇重要的讨论心性的理学文章,即《贵生书院说》和《明复说》。这两篇文章所阐述的心性之论,可谓汤显祖诗学的哲学基点。前文已稍作提及,此处再做些分析。

先择其要端,录入些重要论述:

> 天地之性人为贵。人反自贱者,何也。孟子恐人止以形色自视其身,乃言此形色即是天性,所宜宝而奉之。知此则思生生者谁……子曰:"天地之大德曰生,圣人之大宝曰位。"何以宝此位,有位者能为天地大生广生。故观卦有位者"观我生",则天下之生皆属于我;无位者止于"观其生",天下之生虽属于人,亦不忘观也。故大人之学,起于知生。知生则知自贵,又知天下之生皆当贵重也。然则天地之性大矣,吾何敢以物限之;天下之生久矣,吾安忍以身坏之。《书》曰:"无起秽以自臭。"言自己心形本香,为恶则是自臭也。(《贵生书院说》)④

> 天命之成为性,继之者善也。显诸仁,藏诸用,于用处密藏,于仁中显露。仁如果仁,显诸仁,所谓"复其见天地之心","生生之谓易"也。不生不易。天地神气,日夜无隙。吾与有生,俱在浩然之内。先天后天,流露已极。故曰:"君子之道费而隐。"费者浩费,隐者深隐也……性之感通极变,自成文理,耳目等用是也……

> 何以明之?……知皆扩而充之,为尽心,为浩然之气矣……君子

---

① 《全集》,第1089页。
② 《全集》,第1111页。
③ 《全集》,第711页。
④ 《全集》,第1225页。

知之，故能定静。素其位而行，素之道隐而行始怪，阂而不通，非复浩然故物矣。故养气先于知性。至圣神而明之，洗心而藏，应心而出……皆起于知天地之化育。知天则知性而立大本，知性则尽心而极经纶……

吾儒日用性中而不知者，何也？"自诚明谓之性"，赤子之知是也。（《明复说》）①

汤显祖明确发出"天地之性人为贵"的呼喊，肯定了人在宇宙中的崇高地位，人在天地间，应该认识到自身的伟大与可贵。"贵生"之说，起于先秦。告子较早把"生"与人性联系起来，说"生之为性"②，并进一步说"食、色，性也"。这样，"色"与"食"同是人的合理要求，都得到强调。汤显祖指出人应该珍惜自己的生命，人为纵毁生命是对生命不负责任的表现，辜负了天地的造化之功，因此他说："天地孰为贵，乾坤只此生。海波终日鼓，谁悉贵生情。"③ 汤显祖的"贵生"与"明复"其实是二位一体的，"贵生"是高扬人的生命本质，"明复"则是复归人的本真的一面。

孟子提倡人性善，人生而有"良知良能"，所谓"不学而能者，其良能也。所不虑而知者，其良知也"④。理学家都承认人性善，然外物的干扰、人欲的蒙蔽导致人的至善的本性常常难以充分表现出来，因此，要扫除人的私欲，恢复人的心灵本真，这便叫"明复"，或"复其初"。《易传》谓之为"复其见天地之心"。汤显祖论"贵生""明复"还涉及《周易》中的"复卦"，所谓"故观卦有位者'观我生'"。复卦坤上震下，有雷在地中之象。"万物出乎震"（《说卦传》），混沌太初，"寂寞和顺"（《淮南子·本经训》），因为有雷震，才分阴阳二气，阴阳和合才会化生万物，有万物才会生男女，才会化育出一个生生不息、欣欣向荣的世界。而作为最高等级动物的人的"阴阳和合"不是纯粹的动物的"色""性"，在肯定、承认"色""性"的本能之外，还有着"情"的存在，这便是汤显祖力图高扬的

---

① 《全集》，第 1226 – 1227 页。
② 《四书章句集注·孟子·告子上》，中华书局，2008，第 326 页。
③ 《全集》，第 463 页。
④ 《四书章句集注·孟子·尽心上》，中华书局，2008，第 353 页。

旗帜。

在高扬个体生命的本性、本情的同时，汤显祖肯定了人的生存发展的权利，任何人都不能破坏和剥夺别人的生存发展权利，真正意义上的"贵生"应当是推己及人，"天下之生皆当贵重"，因此，汤显祖的"贵生"思想具有浓厚的人道主义的色彩。

要"贵生"，要"复初"，最简捷的办法就是保其"赤子之心"。在汤显祖的文章中，常能见到"天机"一词，从其所用来看，"天机"实指"赤子之心"。汤显祖曾对人的"童心"的渐失表示了一种无奈："盖予童子时从明德夫子游，或穆然而咨嗟，或熏然而与言，或歌诗，或鼓琴。予天机泠如也。后乃畔去，为激发推荡歌舞诵数自娱。积数十年，中庸绝而天机死。"① 接着，他在《光霁亭草叙》中说："童子之心，虚明可化。乃实以俗师之讲说，薄士之制义。一入其中，不可复出。使人不见泠泠之适，不听纯纯之音。是故为诸生八年而后乃举于乡，又十三年而后乃进于庭。素学迂而大义不明也。因思世人受此病者甚众，独无秦越人之术，刮其肉，药而洗之，令别生美气也。"② 汤显祖看到了人心是如何渐渐丧失其天真本性的，故望有圣手，药到病除，恢复人的纯朴天然的自然本性。汤显祖的"保童心"说和"赤子之心"说，与李贽之"童心"说可谓一脉相承，在当时即焕发出耀眼的光彩。

---

① 《全集》，第1098页。
② 《全集》，第1102页。

第七章

汤显祖的诗学理论建构之四

第一节 汤显祖的诗歌创作论

一 通脱灵变的文学创作方法

汤显祖的"因革"观与"通变"观究其实质,都是讲的文学的继承和发展这一问题。这一问题贯穿了中国诗歌历史的整个进程,这是一种诗史观念,也是一种创作观念。粗略而言,诗论家对于诗史的看法可分为两大类。

其一,认为历代诗歌各擅其场、各至其极,无须强分高下。如袁宏道在《叙小修诗》中所说:"唯夫代有升降,而法不相沿,各极其变,各穷其趣,所以可贵,原不可以优劣论也。"① 钱谦益在《古诗赠新城王贻上》中说:"千灯咸一光,异曲皆同调;彼哉诐诐者,穿穴纷科条。"② 王国维说:"凡一代有一代之文学:楚之骚,汉之赋,六代之骈语,唐之诗,宋之词,元之曲,皆所谓一代之文学,而后世莫能继焉者也。"③

其二,认为诗歌有隆盛之时,亦有衰落之世。自明中叶以来,文学发展始终伴随着一股股复古、拟古思潮的出现,退化的文学史观逐渐占了上风,众多复古派诗人即持此观。

---

① (明)袁宏道:《袁宏道集笺校》,钱伯城笺校,上海古籍出版社,1981,第188页。
② (清)钱谦益:《牧斋有学集》,《四部丛刊》本,第10页。
③ (清)王国维:《宋元戏曲史·序》,华东师范大学出版社,1995,第1页。

汤显祖应属前者，此处之所以再费笔墨，便是把诗史观和创作观分而述之。把"因革"观放于其历史诗学观论说，而把"通变"观放于诗歌创作论，主要是侧重于汤氏之"变"。其"变"之运用，一为"天机"（人心），二为"至情"，并由此幻化出瑰奇的文学作品。其"变"还在于，痛苦地摒弃了"立言"的"馆阁大记"，以其才情伟力冲注于"小词"（戏曲），终于创立了有明一代文学的标志性"建筑"——明戏曲。

（一）传统的自然通变观

传统作为某一民族或人类群体沿传而来的精神文化现象，一方面是稳定的、连续的和持久的，可以持续一个相当长的历史时期，对当下和未来产生潜移默化的影响；另一方面，传统不是一潭死水，它是动态的、发展的，它具有由过去出发、穿过现在并指向未来的变动性，它可以随着社会的发展与时代的变化而丰富和发展。它的原生文明因素由于吸收了其他文化的次生文明因素，永无止境地渗透、组合和裂变。传统是一个正在发展的可塑的东西，它就在我们面前，就在作为过去延续的现在，它的活力就在它的动态变迁中。正如斯特拉文斯基所说："真正的传统并不是一去不复返的过去的遗迹，它是一种生机勃勃的力量，给现在增添着生机和活力。"[1]因为传统的存在，所以一切创作都是"在路上"的创作。

"通变"一语始见于《公孙龙子·通变》，其要义在于逻辑分析的方法论，虽承认事物的变化，但缺乏哲理深度，而与文学理论密切相关的是最初由哲学观念中的天道观的变革产生出来，进而用于社会政治变革的观念。西周时代仍然以"天"为主宰一切的至上之"帝"，这是对殷商时代祖先神之"帝"的继承。而周人已有了"天不可信"（《尚书·君奭》）、"下民之孽，匪降自天"，"天命不彻"（《诗经·小雅·十月之交》）、"天命靡常"（《诗经·大雅·文王》）、"天难忱斯，不易维王"（《诗经·大雅·大明》）的怀疑天帝意志的信息。但在儒家思想系列中，从春秋末的孔到战国时的孟都未能真正摆脱"天命"的辖制，或言"畏天命"（《论语·季氏》）而回避正面讨论，或发展为"诚者，天之道也，思诚者，人之道也"（《孟

---

[1] 参见〔美〕M. 李普曼编《当代美学》，邓鹏译，光明日报出版社，1986，第407页。

子·离娄上》)的天人顺承之论,"天"的主宰意志仍具有一成不变的无上作用,虽然这一作用的神学色彩随着王室衰微的现实已逐渐暗淡。

老子提出了"人法地,地法天,天法道,道法自然"(《老子》二十五章),这是中国思想史上对神学天道观第一次明确的背离。在老子的自然天道观理论中,贯穿着一个基本思想:基于自然之道,万物自生自灭,动静应时,循环往复。魏源《老子本义》释《老子》三十章"物壮则老"曰:"此天道也。而违之者,是不道也。"人事治理亦应如此,"无为而无不为","我无为而民自化",才可以达到"长生久视之道"。天遭"独立而不改,周行而不殆"(《老子》二十五章),"生而不有,为而不恃,长而不宰"(《老子》五十一章),是对主宰一切的"天命"的彻底超越。人事也应"不自见""不自是""不自伐""不自矜""不执",任其自然,实际上已包含了自然、人事都必然变通不滞的思想。王弼注《老子》二十九章曰:"万物以自然为性,故可因而不可为,可通而不可执也。"以"通"为"执"的对立物,可谓深得《老子》之要。天道思想在庄周进一步发展,在《庄子》一书中有充分的阐发。

《庄子》明确建立了以自然天道观为基点的通变观。《庄子·齐物论》有云,世间万物"乐出虚,蒸成菌,日夜相代乎前,而莫知其所萌",即郭象在注文中所说:"日夜相代,代故以新也。夫天地万物,变化日新,与时俱往,何物萌之哉?自然而然耳。"人也是如此,"死生存亡,穷达贫富,贤与不肖毁誉,饥渴寒暑,是事之变,命之行也;日夜相代乎前,而知不能规乎其始者也"(《大宗师》)。因此,要"变化齐一,不主故常"(《天运》)地"循天之理"(《刻意》)。这个"天之理",也就是"万物之所由"(《渔父》)的自然之道。《庄子》中的"变化齐一,不主故常"的思想是对老子"道法自然"的申发。为反抗人在精神意志上所受到的束缚时,庄子主张应时顺世、法天贵真,一切都在变通之中。《庄子·天运》:"故礼义法度者,应时而变者也。"这一理论表述对于个性自由、精神解放的社会思想和自然发展的文化思想有着极大的影响,进而启发了文学史观中的进化观、反对复古模拟的创作思想。

《庄子》通变论所强调的,是"不主故常"的循道之变。"行流散徙,不主常声","不矜于同"(《天运》),"夫物,量无穷,时无止,分无常,终始无故"(《秋水》),所以拘于一隅的尊古论就显得大谬不然了。"古今非水陆欤?周鲁非舟车欤?"(《天运》)"礼者,世俗之所为也。""故圣人法天贵真,不拘于俗。"(《渔父》)《外物》篇中更是明言:"夫尊古而卑今,学者之流也。"

如此明确地反对尊古卑今,在中国哲学史上尚属首次。由此可见,庄子虽不言"通",但"无穷""无所湮""不可壅""运而无所积""不可必"之言正是从反面论证变的必然。

以庄子之论为代表的道家通变观奠定了自然之变的观念基础,也就是说,在此观念中,与天地万物的自然之变一致的合"道"之变是绝对的。这一观念的实质是"不主故常",而不是仅仅用现代社会学或政治学的"进步没落""开放保守"等概念所完全能够涵盖的。"通变"之"通",也并不仅限于针对旧有事物的单向求取。

(二)"通"的哲理

详述"通"的意义,不能不论及《易传》的通变思想。《易传》把道家的天道观引入儒家的思想体系,较早地集中表述了中国思想史上最有代表性的"通变"概念。《周易》作为占筮之用的变易特征原本即有与自然、人事的变化相应相通之义,《易传》将这一意义的社会性和哲理性都大大地强化了,发展为对文化及文学理论影响很大的通变论和变革论。《易传》中有许多顺天应时、去旧图新的思想表述,如"乾道变化,各正性命"(《乾·彖》),"天地变化,草木蕃"(《坤·文言》),"天地之道恒久而不已也……日月得天而能久照,四时变化而能久成"(《恒·彖辞》)。《革·彖辞》曰:"天地革而四时成,汤武革命,顺乎天而应乎人。革之时,大矣哉!"汤武应时而革桀纣之命,与四时推移一样不可违逆。《易传》的变革论有明显的进化观。《易传》以天地四时立象设卦以证人事,论天地四时的循环往复只是顺承老庄旧说;而明言"去故""取新",阐明变革之必然,已非单纯地顺应自然,此前尚未有如此鲜明的表述。

《系辞》指出,有天地之刚柔,则必有"刚柔推而生变化",明此则可以行之于人事:"通变之谓事。"只有"天地变化,圣人效之",才能"成天下之文"。何谓"变"?"一阖一辟谓之变","化而裁之谓之变",恰如自然

181

之生灭、阴阳、冷暖、晴雨。将这一至为根本的规律运用于人世的治理,即天道—"易"道—治道,就有了"《易》之为书也不可远,为道屡迁,变动不居""唯变所适"的原则。简言之,即"变通者,趋时者也",目的仍在于"穷则变,变则通,通则久"(《易·系辞下》),达到长治久安的理想社会。

(三)文学观念的"通"与"变"

哲学通变观随着文学观念的生发、成熟的过程逐渐融入文学理论,渐次成为时时踌躇于古制、新声之间的古代文论的重要范畴。真正在文学问题上开始运用道家自然天道观的,是汉初的《淮南鸿烈》,"道者,一立而万物生矣……其动无形,变化若神","是故至道无为,一龙一蛇,盈缩卷舒,与时变化"(《俶真训》),自然之道变化无方的特点得到了强调,"因其自然而推之,万物之变不可究也"(《原道训》)。后来由天道的"与时变化"推及人的"千变万化而未始有极"(《俶真训》),发挥了先秦道家的性自然论,可参见《原道训》之"故圣人不以人滑天"、《修务训》之"人性各有所修短"、《精神训》之"随其天资而安之不极"、《泰族训》之"民有好色之性"等处。情性生于自然,因而确立了与庄子一致的"法天顺情,不拘于俗"(《精神训》)的通变主旨(按,《庄子·渔父》:"故圣人法天贵真,不拘于俗"),并贯穿于涉及文学的文化讨论之中。《淮南鸿烈》认为"情"是文学创作的根本,"今夫《雅》《颂》之声,皆发于词,本于情"(《泰族训》),"故心哀而歌不乐,心乐而哭不哀……以文灭情,则失情;以情灭文,则失文。文情理通则凤麟极矣","失诸情者塞于辞也"(《缪称训》),文以情发,情因时变,故文的变化不居也势在必行。

刘勰通过对文学发展问题的研究创建了文论的通变论。刘勰在很大程度上将自然天道观和自然性情论当作文论的基石:"心生而言立,言立而文明,自然之道也。""夫岂外饰,盖自然耳。""言之文也,天地之心哉。"(《原道》)作为文学本源和内容的感情活动亦然:"人禀七情,应物斯感,感物吟志,莫非自然"(《明诗》);"情动而言形","吐纳英华,莫非情性","触类以推,表里必符;岂非自然之恒资,才气之大略哉"(《体性》)。刘勰认为,文体变迁,内容演进,都本于自然之情的变化,因此提出了"情变"的概念。如《明诗》言"故铺观列代,而情变之数可监";《诠赋》言"触兴致情,因变取会";《颂赞》言"唯纤曲巧致,与情而变";《杂文》言"藻溢于辞,辞盈乎气,苑囿文情,故日新乎致";《神思》言"若情数诡杂,体变迁贸","至精而后阐其妙,至变而后通其数","神用象通,情变所孕";《风骨》言"洞晓情变,曲昭文体,然后能孚甲新意,雕画奇辞";《熔裁》言"情理设位,文采行乎其中。刚柔以立本,变通以趋时";《物色》言"春秋代序,阴阳惨舒,物色之动,心亦摇焉"等。《定势》篇中说得尤为清晰:"夫情致异区,文变殊术,莫不因情立体,即体成势也。势者,乘利而为制也……如机发矢直,涧曲湍回,自然之趣也。"所论由"情变"到"文变"的关系句句精辟。刘勰指出,即使是时代、社会变迁所引起的"文变",也必经"情变"的中介,"时运交移,质文代变,古今情理,如可言乎""故知文变染乎世情,兴废系乎诗序"皆为"自然之趣"的表现。

刘勰在《文心雕龙·通变》中提出的"通变"说,理清了文学发展中继承传统与革新的关系,注重在继承基础上的创新求变,强调了变的合理性,认为变则其久,通则不乏,认为"楚骚"是"矩式周人"。刘勰在"赞"里则强调革新,提出"日新其业""趋时必果""望今制奇"等。在《文心雕龙·明诗》中,刘勰反对南北朝齐、梁间"俪采百字之偶,争价一句之奇"的重于形式上诡诞求奇的"竟今疏古"文风,主张"还宗经诰",探本知源,挽其返而求之古,使古人之旧式转属新声。为纠正求新于俗尚之中的绮靡风气,"通变"主张把继承和创新结合起来。通变观讲究"学古以求变,继古以开新"。

(四)汤显祖的通变

汤显祖一生的创作实践也是极尊崇"通变"的,正如他在《朱懋忠制义叙》中所说:"吐纳性情,通极天下之变。"显祖少年于八股用功至勤,其自然知八股文对人的禁锢,所以他对此深有感叹:

> 天下大致,十人中三四有灵性。能为伎巧文章,竟伯十人乃至千人无名能为者。则乃其性少灵者与?老师云,性近而习远。今之为士

者，习为试墨之文，久之，无往而非墨也。犹为词臣者习为试程，久之，无往而非程也。宁惟制举之文，令勉强为古文词诗歌，亦无往而非墨程也者。(《张元长嘘云轩文字序》)①

由此，他提出在艺术创作中的"法"与"变"的关系，在《揽秀楼文选序》中说："真有才者，原理以定常，适法以尽变。常不定不可以定品，变不尽不可以尽才。"② 文章的"法"之"理"要推原，此文章艺术"法理"是长久以来形成的，既有其承传性，又有其恒定性。所以，创作中，既要遵循文章、诗歌的一般规矩和法度，又要尽变和尽才，充分发挥、展现自身的才能和独创性，不受"法"的绝对约束。

汤显祖的"变"靠的是什么呢？用他自己的话来说，一为"机"，一为"情"。他曾谆谆教导他的儿子汤开远说："文字，起伏离合断接而已。极其变，自熟而自知之。父不能得其子也。虽然，尽于法与机耳。法若止而机若行。"(《汤许二会元制义点阅题词》)③ "法"是有相对静止性的，而"机"则是流动变化的。所谓"机"，就是"天机"，也即"人心"。他在《阴符经解》中说："天机者，天性也。天性者，人心也。心为机本，机在于发。"④ 有了"人心"，再充分发挥"心"之"情"，才能写出有独创性的文章。所以汤显祖又强调要遵时知变，发挥自己的才情。他在《学余园初集序》中说："昔人常因其情之卓绝而为此。固足以传。通之以才而润之以学，则其传滋甚。然以今思之，亦其时然也。"⑤ 只有"天机"与"至情"完美结合，文章才能具有"意趣神色"(《答吕姜山》)⑥。"意趣神色"毕具的作品，其形式也是完整的。其完整性表现为"体""势""情""声""致"五个方面，所谓"引绳步尺，取衷厥体。勃溢者势而延缘者情，叩切者声而流苴者致。赅此五者，故幅裕而蕴深"(《孙鹏初遂初堂集序》)⑦。

---

① 《全集》，第1139页。
② 《全集》，第1137页。
③ 《全集》，第1160页。
④ 《全集》，第1271页。
⑤ 《全集》，第1112页。
⑥ 《全集》，第1302页。
⑦ 《全集》，第1121-1122页。

然此五者中,"情"为枢纽,乃最主要的因素:"气质为体,既写理以入微;音采为华,复援情而极变。"(《与张异度》)① 有了"情"的援引,文章便极其变化,尽显风采。

中国诗学史上常出现一种"复古"的反复。"复古"从一定意义上来讲,是"通",是继承。陈子昂、李白提倡"复古",旨在革除当时诗坛普遍流行的"彩丽竞繁"的齐梁余习,讲"风雅兴寄"和"汉魏风骨",结合现实,创造出一种既得古人之精神又有自家面目的"新"来。复古思想往往包含借标举永久不变的道与永久不变的美以改造当前文化的用意,因此,复古本身就是一种革新或革命。

"复古"应该是恢复、承续古代文学在后世已经中断、失落的优良作风,以廓清时弊,是达到"创新"目标的重要途径。"复古"若只停留于拟古、陷古,就会失去生命。这也即汤显祖反对李梦阳之流的主要原因之一。

汤显祖的"通变"还时时表现为一种通脱的精神。汤显祖曾论述地域与诗风的关系,其义甚精:"诗者,风而已矣。或曰,风者物所以相移,亦物所自足,有不可得而移者。十三国之风,采而为《诗》。舒促鄙秀,澹缛夷隘,各以所从。星气有直,水土有比……此仪所以南操,而鸟所以庄吟也。""江以西有诗,而吴人厌其理致。吴有诗,江以西厌其风流。予谓此两者好而不可厌,亦各其风然,不可强而轻重也。立言者能一其风,足以有行于天下。"(《金竺山房诗序》)② 江西历来诗学兴盛,以宋代黄庭坚为祖而逐渐形成的江西诗派,对于此后的中国诗歌的影响是极为深远的。汤显祖并不因为这种乡土意识而排斥旁左,他指出苏吴与江西的不同诗风和它们各自存在的价值,进而指出其不同诗风,皆因其不同地域之风而然。地域之风气,决定各地域万物的变化(相移)和成长(自足),这与地域之星气和水土有关。星气,指该地域与其他环境的关系。这个认识非常深刻。他又曾指出诗文的不同风格:"或为风神形似之言,或以情理气质为体。惬一而止,得全实难。"(《答钱受之太史》)③ 汤显祖对不同的风格皆不偏废,足见他胸襟广阔的文学观、海纳百川的通脱精神。

---

① 《全集》,第1407页。
② 《全集》,第1147页。
③ 《全集》,第1535页。

王思任认为："一代之言，皆一代之精神所出。其精神不专，则言不传。汉之策，晋之玄，唐之诗，宋之学，元之曲，明之小题，皆必传之言也。"① 晚明是一个思想自由、个性解放的时代，所以体现这一时代精神的小品文也空前兴盛。王思任标举"小题"为有明一代之胜，识见敏锐而精到。卓人月说："我明诗让唐，词让宋，曲让元，庶几吴歌《桂枝儿》《罗江怨》《打枣杆》《银铰丝》之类，为我明一绝耳。"② 卓人月把一向为士大夫所不齿的民歌作为与唐诗、宋词、元曲并列的一代文学，虽然与王思任所见不一，但同样表现出了先进的文艺思想。而且作为晚明时人，他们都在前人基础上增加了"明之一绝"（或为小题，或为吴歌），这本身就是对"一代有一代之文学"观念的丰富和发展。王思任、卓人月只看到了明代尺牍、民歌的独立文学价值，其实明代戏曲又何尝不是"一代文学之胜"呢？而此文学之"胜"则将由汤显祖来完成。

（五）"大者不传，或传其小者"

儒家思想历来有"立德""立功""立言"三不朽说。鲁襄公二十四年春，鲁国执政叔孙豹出使晋国。晋国的范宣子问叔孙豹何谓"死而不朽"，叔孙豹答曰："豹闻之，大上有立德，其次有立功，其次有立言，虽久不废，此之谓不朽。"③

"立德""立功""立言"这"三不朽"，对中国士大夫文化人格的生成影响深远。它的精神实质在于，人在短暂的生命时限里，开辟出能够长久地影响历史的道路。所谓"不朽"，即不因形骸颓败而失去分量的生命之重、生命之贵。汤显祖曾以孔子为例论及"三不朽"与富贵、贫贱和寿夭。他说："富可寿乎？富有万种，于世无一饭之泽，其寿何为也。贵可寿乎？贵为卿相，于世无一言之教，寿何为也。"④ 显祖在《浮梁县新作讲堂赋》中说："其西崇功，其东惠后。侯其来巡，载笑饮酒。我歌不忘，贞于孔

---

① 《王季重十种》，任远校点，浙江古籍出版社，1987，第75页。
② 卓人月编选《古今词统》，引自程有庆《"我明诗让唐"及〈古今词统〉评点问题》，《文津流觞十周年纪念刊》（总第36期）。
③ 徐中舒：《左传选》，中华书局，1979，第189页。
④ 《全集》，第1058页。

第七章　汤显祖的诗学理论建构之四

阜。"①在汤显祖的时代，世上最大的功名莫若为官。汤显祖受家族、社会的影响，亦不能免俗。作为读书人，"立言"是其最高理想之一。

"立言"之载体在中国历史历来为"馆阁大记"的典章、制度、史传及散文与诗歌，此所谓"大道""正道"。《汉书·艺文志》列诸子十家，小说家居末位，云"小说家者流盖出于稗官，街谈巷语、道听途说者之所造也"，并引述孔子语把它看作君子弗为的小道。小说既为"小道"，后出的戏曲更是如此，这成为盘桓不去的观念。汤显祖在《答张梦泽》中就这么说：

> 丈书来，欲取弟长行文字以行。弟平生学为古人文字不满百首，要不足行于世。其大致有五……弟既名位沮落，复往临樊僻绝之路。间求文字者，多村翁寒儒小墓铭时义序耳。常自恨不得馆阁典制著记。余皆小文，因自颓废。不足行三也。不得与于馆阁大记，常欲作子书自见。复自循省，必参极天人微窈，世故物情，变化无余，乃可精洞弘丽，成一家言。贫病早衰，终不能尔。时为小文，用以自嬉。不足行四也……嗟夫梦泽，仆非衰病，尚思立言。兹已矣！微君知而好我，谁令言之，谁为听之。极知知爱，无能为报，喟然长叹而已。②

在此，汤显祖的遗憾乃至悲痛之情昭然。其实，汤显祖一生都在做这样的努力，进行这样的追求。显祖自少博览经史，同时代的邹迪光在《汤义仍先生传》中就说其"诸史百家而外，通天官、地理、医药、卜筮、河籍、墨、兵、神圣、怪牒诸书矣"③，显祖写作过《明复说》《贵生说》等理学文章，晚年曾试图重修《宋史》④。从汤显祖所存文章来看，古文所占比重是比较大的。然现实的无情终使他难以实现其理想，这种痛苦不是个中人，难解其中味。然汤显祖"通脱"的精神总时时会跳荡出来，他在《答李乃

---

① 《全集》，第 1024 页。
② 《全集》，第 1451-1452 页。
③ 毛效同编《汤显祖研究资料汇编》（全二册），上海古籍出版社，1986，第 81 页。
④ 参见杨忠《论汤显祖的历史观及其史学成就》，《北京大学学报》（哲学社会科学版）1999 年第 5 期；李小林《万历官修本朝正史研究》，南开大学出版社，1999。

始》中这样说道：

> 弟妄意汉唐人作者，亦不数首而传，传亦空名之寄耳。今日伋得诗赋三四十首行为已足。材气不能多取，且自伤名第卑远，绝于史氏之观。徒蹇浅零谇，为民间小作，亦何关人世，而必欲其传。词家四种，里巷儿童之技，人知其乐，不知其悲。大者不传，或传其小者。制举义虽传，不可以久。皆无足为乃始道。①

所谓"大者不传，或传其小者"，并不以戏曲为低俗的文体"小道"，以灵秀活泼、本色自然的"童子之心"写纯真至美的文字。对于世人轻视的"小道"，他倾注心血，寄托了对社会历史、世道民生、人性人情的思考，以如椽巨笔开出戏曲绚烂之花。

二 "梦"的解析——因情成梦，因梦了情

汤显祖的戏剧作品可称为"梦剧"，他的《紫箫记》《紫钗记》《牡丹亭》《南柯记》《邯郸记》都与"梦"有关，后三部甚至几乎全用"梦"来构建，而且在理论上对"梦"进行了总结。"因情成梦，因梦成戏"（《复甘义麓》）② 可以说是他"梦"的诗学的晶核，"四梦"亦可称为"梦"的诗意的发挥。

"情""梦""戏"三者之间关系紧密。"因情成梦"，"情"乃"梦"的前提和基础，它孕育并催生了"梦"，"情"是创作的巨大动因，是一种创作的内驱力；"梦"是"情"的转化和象征，即"梦"使"情"得到了宣泄与升华；而"戏"是"情"和"梦"的表现形式，即"戏"这种文学样式使"情""梦"这种沉浮于意识和潜意识的心理体验外化为可视、可感的艺术形象。在"情""梦""戏"这三者的关系中，人的心理现象中超现实的"梦"是中介、桥梁，它既是创作内容，又是戏剧创作的特殊形式，它使创作主体和作品中人物的心理体验的"情"和作品形式的"戏"能连

---

① 《全集》，第 1411 页。
② 《全集》，第 1464 页。

第七章　汤显祖的诗学理论建构之四

接起来，具有丰富的创作心理内涵。

汤显祖的"情"论所包含的张扬人性、人情自由的精神，在当时，被社会接受和承认的程度是有限度的。因此，此"情"只能通过一种合乎正确道德规范的替代形式外化出来。"情"是汤显祖的一种心理体验，由这种心理体验而生发的情感、情绪，不可能在人的内心深处长久地被压抑，它必须寻找某种方式或渠道转移、宣泄、升华。基于此，汤显祖在戏剧创作中选择了"梦"，这种超现实的心理活动赋予了"情"以象征的意义和转化的形式。正如日本文艺心理学家厨川白村在《苦闷的象征》中指出的："伏藏在潜在意识的海的底里的苦闷即精神的伤害，象征化了的东西。"① 文艺作品中的"梦"，是作者深刻心境的象征，是作者苦闷、灵感的象征。

梦必须有一个前提与基础。弗洛伊德说："梦是一种（受抑制的）愿望（经过改装而）达成。""梦，并不是空穴来风，不是毫无意义的，不是荒谬的，也不是一部分意识昏睡，而只有少部分乍睡乍醒的产物。它完全是有意义的精神现象。实际上，是一种愿望的达成。它可以算作是一种清醒状态的精神活动的延续。"② 汤显祖之所以选择"梦"作为"情"的外化形式，源于汤显祖自身的生理、心理状况以及"梦"是超现实的心理活动的特点。

汤显祖属于多"梦"之人。他在为《感梦》作注时说："吾每熹睡，睡必有梦。梦则耳目未经涉，皆能及之。"③ 在《与丁长孺》中还说："弟传奇多梦语，那堪与兄醒眼人着目。兄今知命，天下事知之而已，命之而已。弟今耳顺，天下事耳之而已，顺之而已。吾辈得白头为佳，无须过量。"④ 梦本为人的正常生理现象，汤显祖把"梦"表现于作品当中，并赋予其浪漫的情感色彩，这是他的巨大贡献。

再者，佛教、道教的梦幻观对汤显祖的"梦"的创作也有潜移默化的影响。汤显祖自身的坎坷经历，使他对佛教所宣扬的万事皆空、"人生如梦"的人生哲学有所认同。佛教强调色空观，其实质是对包括人生在内的

---

① 〔日〕厨川白村：《苦闷的象征》，鲁迅译，江苏文艺出版社，2008，第25页。
② 〔奥地利〕弗洛伊德：《梦的解析》，国际文化出版公司，1996，第67、35页。
③ 徐朔方：《汤显祖年谱》，上海古籍出版社，1980，第248页。
④ 《全集》，第1395页。

世间万物与存在所具有的真实性的否定；这种否定使佛教思维的内容、对象都笼罩着极大的虚幻性，而梦最大的特点就是虚实不分，真假莫辨，扑朔迷离，不可捉摸。所以佛教一开始就认识到梦与其教义的联系。《金刚经》说："一切有为法，如梦幻泡影，如露亦如电。"汤显祖受佛教的影响主要是因为达观和尚。达观和尚第一次读汤显祖留在寺院的诗时，就震惊于汤显祖对禅宗的领悟，从此致力于规劝汤显祖皈依佛门。他给汤显祖起的法名由"寸虚"到"广虚"，再到"觉虚"。虽然汤显祖最后没有皈依佛门，但佛教对于他的戏剧创作，尤其是对他"人生如梦"的心理体验有直接的影响。汤显祖一生都处于儒、佛、道思想的纠缠中。"显祖"这个名字就已经暗示了儒家光宗耀祖的思想在他心目中的地位。但历经张居正、申时行、王锡爵三任丞相，他的宏愿并未达成，虽有遂昌政绩，最后仍在官吏攻讦中以"浮躁"之罪由辞官到最后被罢官。儒家"达则兼济天下"理想的幻灭，人生的坎坷，宗教的影响，致使汤显祖渐入"人生如梦"的虚无境界并获得与此相应的人生体验，这些无一不表现在汤显祖的戏剧创作中。道教中，庄子是最善于运用"梦"的。"昔者庄周梦为胡蝶，栩栩然胡蝶也，自喻适志与！不知周也。俄然觉，则蘧蘧然周也。不知周之梦为胡蝶与，胡蝶之梦为周与？"[①]庄子当然知道，他与蝴蝶毕竟是有区别的，因此他接着点明"此之谓物化"，即这种物我的变化叫作物化，讲的是万物融合为一的哲理。

魏晋以后，志怪、传奇、笔记小说中的梦幻之作层出不穷，难以计数。总的情况是，唐代以前的梦幻之作多为搜奇记逸、粗陈梗概的类型，《江淹梦五色笔》便是例证；到唐代为之一变，文学性大大加强，《枕中记》《南柯太守传》可为代表，并可分别用"一枕黄粱""南柯一梦"加以概括。作家凭借自己深切的人生感受，有力地嘲讽了狂热追求功名利禄的荒诞可笑，但又不可避免地夹杂了"人生如梦"的哀叹。于是在批判黑暗现实的基础上，又否定了人生的价值和社会责任，把积极与消极杂糅于一体。

明清时代，梦幻作品的内涵更加丰富，作家的人生体验更为深刻。那难以计数的梦幻奇文，把人生的悲剧意识发展到极致，但同时也是这种意

[①] （清）王先谦撰《庄子集解》，《新编诸子集成》本，中华书局，1999，第26-27页。

识消融的开端。梦幻作品也得以因比喻意义和结构意义的充分展示而显现光华，以巨大的艺术价值走向成熟，汤显祖便是其中的佼佼者。

"梦"之所以能成为"情"的外化形式，是因为"梦"具有三个特点。其一，梦是属于个人的心理活动。现代心理学家，尤其是弗洛伊德发现："梦"是通往人的意识和潜意识的最佳途径，人在睡眠中，理智的枷锁放松，人的心理深层最隐秘的东西就会浮现出来，因此梦可展示人最原始、最本质的情感。其二，"梦"是一种超现实的心理状态，它不拘泥于人物、事件、情节的真实，不受时空的限制，虚中有实，实中有虚，虽扑朔迷离，但又真实可信，表现出心灵的真迹，运用到文艺创作中，给作家们留下驰骋想象的广阔天地，为作品留下极大的艺术空白。其三，"梦"可以挣脱道德的约束，展示最自由的情感和最真实的人性。在梦中出现的一些有悖于现实常规的物象、幻象，人们在某种特定心境和环境中都可以理解和接受。这给追求真、善、美的作家提供了可以自由驰骋想象的天地和可以借鉴的创作手法。所以，汤显祖选择"梦"作为戏剧内容的载体和它的外化的象征模式，也是不难理解的。

"因情成梦"中的"情"和"梦"，都是人的心理活动和心理体验，是我们无法看到的"内宇宙"，它们外化为一种能使读者产生共鸣的文学形象，还需要一种载体。"因梦成戏"中的"梦"作为一种创作形式和创作内容来建构戏剧，而"戏"同时也因为"情""梦"的外化、转移、升华而获得文学的载体。

从创作内容上看，汤显祖超越了前人对"梦"的认识和"梦"的运用，把"梦"还原为一种既具美学意义又具有社会意义和文化内涵的心理体验和心理活动。他的戏剧作品就是以人物的"梦"为主要表现对象。在中国古代创作史上，还没有一个戏剧家做到这一点并超越他。汤显祖之前的文人、哲人，多半是通过"梦"来判断吉凶祸福，预测未来，带有浓厚的神秘主义色彩。文学中写"梦"，如唐传奇，多是为了让文中那些奇巧的情节能够前后巧妙地吻合。而汤显祖还原了"梦"，将"梦"这种人的特殊心理活动作为文学内容的载体，更主要的是将"梦"与"情"结合作为文学作品的表现内容或题材，从而形成了他的"梦的诗学"。而且，他还创造性地将"梦"作为反封建意识禁锢、反封建伦理压抑的一种曲折的艺术手法。

我们欣赏汤显祖的戏剧时,就如同走进了一个梦的世界,感受到人物心灵深处的自我颤动、渴望、挣扎。

从创作技巧来看,汤显祖以"梦"来构建自己的作品,使戏剧具有三方面的特点。

其一,"梦"入戏剧,扩大了创作内容的范围。汤显祖在《宜黄县戏神清源师庙记》中说:"生天生地生鬼生神,极人物之万途,攒古今之千变。一勾栏之上,几色目之中,无不纤徐焕眩,顿挫徘徊。恍然如见千秋之人,发梦中之事。"[①] 汤显祖认为他的戏剧创作是"发梦中之事",天地万物,神仙鬼怪,古往今来,现实与虚幻,具象与幻象,真实与想象,都可入戏。如对《南柯记》《邯郸记》中荒诞不经、千奇百怪、光怪陆离的人物、情节,你都不感到荒唐,因为它们是在梦中的,但就是在这些离奇的梦中,我们释放了人内心世界最隐秘、最真实的一面。

其二,汤显祖对"梦"的运用,说明人的心理活动也可以成为推动戏剧向前发展的一个动力。汤显祖的戏剧作品的开始、发展、高潮、尾声都是在人物的"梦"中进行并完成的,从开始到尾声的这一过程宛如一股意识流源源不断地向前涌动,人的意识和潜意识都在这股意识流中得到了展现。我们甚至可以将汤显祖的戏剧称为"意识流剧"。黑格尔在比较戏剧与抒情诗和叙事诗的区别时曾认为:"在戏剧中,人物的心情总是发展成为动作和推动力,通过意志到动作,达到理想的实现。"[②]"梦"的这种作用在《牡丹亭》中表现得最为明显。杜丽娘在花园梅树下"入梦",见到意中人,是《牡丹亭》的开端;"梦醒"之后,现实与梦境的反差使丽娘在压抑中伤情而亡,这个死亡是"入梦"的另一种形式,剧情向前发展;保持肉身魂魄的丽娘找到了梦中的情人,并在情人的帮助下,由死回生,这是"梦醒",剧情进入高潮;杜丽娘与柳梦梅有情人终成眷属,这是"梦醒"后梦想成真,剧情进入了尾声。杜丽娘的心理活动成为推进戏剧情节发展的动因,而这个心理流程又主要是通过"梦"来实现的。

其三,"梦"的浓缩性加强了汤显祖作品的戏剧冲突性。梦有一个特点

---

① 《全集》,第1188页。
② 〔德〕黑格尔:《美学》第3卷下册,朱光潜译,商务印书馆,2017,第244页。

就是超时空，这个特点使梦具有浓缩性。俗语说：世上几千年，梦中方一刻。杜丽娘一梦经历了生而死、死而生的完整的人生历程。《南柯记》中的淳于梦，《邯郸记》中的卢生，两人一场大梦经历了婚姻仕途，荣宠至极，穷奢极欲，淫乐无度，但梦醒之后身旁的酒尚温，店中的黄粱米饭未熟。但一梦之间"宠辱之数，得丧之理，生死之情，尽知之矣！"。功名利禄、荣华富贵转瞬即逝的人生体验在梦前—梦中—梦后这一过程中得到了淋漓尽致的展现。

第二节　汤显祖的诗歌美感论

一　"清"的诗歌美学追求

汤显祖的全部诗歌作品中，数量最多、写得最好的是他的律诗和绝句，而真实反映现实、描摹社会情状的诗歌数量稍少。之所以会呈现这样的情形，与他的诗学取向有关。汤显祖喜尚六朝、初唐诗风，故其诗歌也多有"清丽"的风貌。这种"清丽"也表现于"四梦"的写作之中。

"清"作为中国古典诗学中的一个核心范畴，有其产生、发展和成熟的过程。它历经先秦、两汉、魏晋南北朝、唐宋、元明清等不同的历史时期，由一个自然概念向审美意识、审美范畴及审美理想演变，在不同的历史境遇中呈现不同的特点。

《说文·水部》："清，月良也，澄水之貌。"段玉裁注："月良者，明也，澂而后明，故云澂水之貌。引申之，凡洁曰清。"由此可知"清"的本义为鲜明澄澈。这种从文字形义学的角度来探究"清"本义的方法得到了学术界的普遍认可。

"清"原本是个纯粹的自然概念，指水的澄清、透明、洁净，与"浊"对举。先秦时，"清"被赋予了伦理学的意义，指人的高洁正直，后来"清""浊"就被用来说明人的性行贤优、愚劣。到了汉代，"清"大抵是在伦理学意义上被使用，如汉末的"清议"。魏晋时期，人物品藻成风，"清"成为人们追求的审美时尚。以"清"为美，成为中国士大夫的一种理想人格。而作为审美范畴的"清"，也正是在汉末至魏晋的人物品藻的历史的演变中生发出来的。

作为诗美概念的"清",首先是与一种人生的终极理想和生活趣味相联系的,其可以追溯到道家的清静理想。老庄清静无为的人生态度、虚心应物(涤除玄览)的认知方式、超脱尘俗的生活情调,甚至道教神话中的人界模式("二清"),无不围绕着"清"展开。也就是说,道家思想作为传统观念的主要源头之一,在深刻影响古代生活的同时,也将"清"的意识深深烙印在文人的生活观念和趣味中。

"清"正是以独具哲学品味的"水"为载体,以至真至美的原始意象流入自然哲学及伦理道德领域,它立足于儒、道两家关于哲学、人格方面的原始底蕴,经玄学精神的培育渐渐转化为一种审美意识,从而深深影响了士人的文化价值观念。

儒家的清品高节,道家的清明虚静,佛家的清空净洁,都赋予"清"深厚的美学积淀与哲学内涵,这些都为"清"在文学创作及文学批评方面的拓展奠定了基础。

韩经太在2003年第2期《中国社会科学》发表的《"清"美文化原论》一文中将"清"作为一种文化范畴来探究它的文化内涵。他认为"清"美文化是集以清淡素朴为审美理想的文学艺术、崇尚虚无空静境界的精神文化及由此而辐射出来的其他文化艺术追求为一体的文化系统。具体来说,它包括四个方面:①作为政治理想的"清世"设想以及用以评判的"不以水鉴而以民鉴"的"清鉴"意识;②作为士大夫人格理想的"清士"范式;③作为政教诗学原则的"清和"标准以及因此而得以合法合理化的"风"诗话语;④集政治信心、道德人格和审美理想于一体的"君子独清"意识。它可以被看作中华民族精神文明史的综合特征。显然,这是从"清"美思想的文化源头及逻辑起点来挖掘"清"的深层文化意蕴,具有独特的价值和意义。

汤自幼受道教和佛教的影响。道家的清寂观主张"虚静",即摒除心中的妄念,返照内心的清明,主体应该有一颗明觉的心,其心灵要能够"虚而待物"。佛教则重"空"与"静",要求修习者以静求定,内心自在空灵。这些主张无疑在汤显祖的思想深处打上了烙印,他身上始终存在的或强或弱的隐逸思想,就包含了"清静适性"的人生态度及超凡脱俗的生活情趣。

第七章 汤显祖的诗学理论建构之四

他多次提出要通过静养达到主体内心的自适。"子曰：'智者动，仁者静；仁者乐山，而智者乐水。'故有以静养气者，规规环室之中，回回寸管之内，如所云胎息踵息云者，此其人心深而思完，机寂而转，发为文章，如山岳之凝正，虽川流必溶涪也，故曰仁者之见……"（《朱懋忠制义叙》）[1] 汤显祖的一生，无论是为官还是居家，其内心的清静自适、清虚无尘彰显出其"清"的秉性。他拒绝执政拉拢，多次下第而不悔，此后又拒绝诱惑而放弃选庶吉士的机会，并且为了远离是非，宁愿求一闲职，这些都显现了操行品德上的"清纯"，其清洁自守、不辱身事人的品行也是成就诗歌的"清"的一个动因。

弃官归隐后，他的生活比较清贫，钱谦益《列朝诗集小传》载："所居玉茗堂，文史狼藉，宾朋杂坐，鸡埘豕圈，接跡庭户。"[2] 其时汤显祖处于一个嘈杂纷扰的环境里，然而他却能就此读书、授业、创作、演剧，怡然自得，充分展现了汤显祖心境上清虚无尘的特色。

"清"在汤显祖作品的各种不同使用，大体有四方面的含义：①指为人为官品行端方、奉公守法，如"清正""清公""清廉"；②指为人超尘拔俗、不同凡流，如"清傲""清真""清退"；③指人的风神气韵之美好，如"清令""清雅""清畅""清俊"；④指艺术的清真自然之美，如"清工""清新""清放""清典"。

"清"是汤显祖论诗时特别强调的，如：

"余见今人之诗，种有几。清者病无，有者病浊。非有者之必浊，其所有者浊也。杜子美不能为清，况今之人。李白清而伤无。"（《徐司空诗草叙》）[3]

"高张杨徐诗……大是以清气英骨为主。"（《与幼晋宗侯》）[4]

"璆琅大编，本淹中之名理，发郢上之奇音。心骨俱清，神采并

---

[1] 《全集》，第1129—1130页。
[2] （清）钱谦益：《列朝诗集小传》，上海古籍出版社，2008，第563页。
[3] 《全集》，第1145—1146页。
[4] 《全集》，第1474页。

茂。"(《与孙子耆》)①

"所寄新刻,婉尔唐音,风神自清。"(《与钱简栖》)②

在明代的汤显祖就已经认识"清"与"浑厚"相对这一点。在第一例中,他指出杜甫长于"有"(浑厚)而短于"清",李白则长于"清"而短于"无"(不够浑厚,显得单薄)。而"清"与"有"往往不能兼得,是时人的通病,汤显祖认为:正确的方法是把清气英骨跟风气、神采结合起来。

在创作中,汤显祖的清丽之作俯拾即是,如草丛中摇曳的鲜艳花朵,惹人注目。如

《听乳林呗赞》:"绛桃春尽摄山幽,地涌千峰月气浮。忽散梵声惊睡起,绕天风雨塔西头。"③

《西陵夕照》:"红泉碧磴旧追攀,台树参差金石间。海色乍收天外雨,晴光忽动水边山。清秋积翠云霞净,尽日幽芳岁月闲。烂漫尊前随意晚,欲乘明月弄潺湲。"④

《小阁》:"新秋小阁净炎氛,徙倚歌声隔岸闻。郭外青山才荐爽,坐中芳草莫辞薰。烟空雨色摇斜日,江回芙蓉度彩云。竟日淹留那不极,白鸥秋水正为群。"⑤

诗无俗意,句无俗字,读之清爽可人。更有清新之中深含意蕴的,让人咏咏味之不绝的《江中见月怀达公》:"无情无尽恰情多,情到无多得尽么。解到多情情尽处,月中无树影无波。"⑥ 脂砚斋对此诗甚为喜爱,并在《脂砚斋重评石头记》第三十二回《诉肺腑心迷活宝玉,含耻辱情烈死金钏》中引之:"前明显祖汤先生有怀人诗一截(绝),读之堪合此回,故录

---

① 《全集》,第1518页。
② 《全集》,第1466页。
③ 《全集》,第405页。
④ 《全集》,第742页。
⑤ 《全集》,第742页。
⑥ 《全集》,第581页。

之以待知音。"①

显祖诗在清新明丽之外,还多带趣味和性灵,有灵气之中委婉曲折,我们来看他的《芳树》诗:

谁家芳树郁葱茏? 四照开花叶万重。翕霍云间标彩日,苓丽天半响疏风。樛枝软里千寻蔓,偃盖全阴百亩宫。朝吹暮落红霞碎,雾展烟翻绿雨濛。可知西母长生树,道是龙门半死桐。半死长生君不见,春风陌上游人倦。但见云楼降丽人,俄惊月道开灵媛。也随芳树起芳思,也缘芳树流芳眄。难将芳怨度芳辰,何处芳人启芳宴?乍移芳趾就芳禽,却涡芳泥恼芳燕。不嫌芳袖折芳蕤,还怜芳蝶萦芳扇。惟将芳讯逐芳年,宁知芳草遗芳钿?芳钿犹遗芳树边,芳树秋来复可怜。拂镜看花原自妩,回簪转唤不胜妍。射雉中郎蕲一笑,雕胡上客饶朱弦。朱弦巧笑落人间,芳树芳心两不闲。独怜人去舒姑水,还如根在豫章山。何似年来松桂客,雕云甜雪并堪攀。②

比汤显祖大二十九岁的徐渭见到此诗,很是赞赏,并仿之作《渔乐图》。其共同特点是重复用一词,如汤诗的"芳"字,徐诗的"新"字,造成一种回环跌宕之势,读来音韵畅快淋漓。

二 尚奇的美学思想

汤显祖才情纵横、气节高傲,有着极其独立自由的精神。这种独立自由的精神使其创作往往呈现天马行空、瑰奇恍惚的奇妙境界。这是取承了楚地骚赋的浪漫主义倾向而获得的创作成绩。追求奇异的人事、奇诡的境界、奇丽的情感,汤显祖借此表达出了对人生的看法和理想。

汤显祖以"通脱灵变"的精神,摆脱正统文学"大道"的束缚,摸索出了小说、戏曲"小道"的创作规律。他在《〈续虞初志·雷民传〉评语》中说,"小说家唯说鬼、说狐、说盗、说黥、说雷、说水银、说幻术、说妖

---

① (清)曹雪芹:《脂砚斋重评石头记》,人民文学出版社,1975,第 731 页。
② 《全集》,第 121-122 页。

道士，皆厥体中第一义也"；在《〈续虞初志·月支使者传〉评语》中说，"奇物足拓人胸臆，起人精神"；在《〈续虞初志·裴越客传〉评语》中说，"虎媒事奇，便觉青鸾彩凤语不堪染指"；在《〈续虞初志·贾人妻传〉评语》中说，"恍惚幽奇，自是神侠"；在《〈续虞初志·许汉阳传〉评语》中说，"传记所载，往往俱丽人事。丽人又俱还魂梦幻事。然一局一下手，故自不厌"；在《〈续虞初志·裴沆传〉评语》中说，"三世人血并四角赤蛇二语，奇诞之极"；在《〈续虞初志·松滋县士人传〉评语》中说，"真所谓弥天造谎，死中求活"；在《〈续虞初志·却要传〉评语》中说，"传甚奇谑而雅饬闲善，所谓弄戏谑者也"。① 如此多地用"怪""奇"评之，原因似乎可由汤显祖自己来解答，他在《点校虞初志序》中说道：

> 《虞初》一书，罗唐人传记百十家，中略引梁沈约十数则，以奇僻荒诞，若灭若没，可喜可愕之事，读之使人心开神释，骨飞眉舞。虽雄高不如《史》《汉》，简淡不如《世说》，而婉缛流丽，洵小说家之珍珠船也。其述飞仙盗贼，则曼倩之滑稽；志佳冶窈窕，则季长之绛纱；一切花妖木魅，牛鬼蛇神，则曼卿之野饮。意有所荡激，语有所托归，律之风流之罪人，彼固欿然不辞矣。使呫呫读古，而不知此味，即日垂衣执笏，陈宝列俎，终是三馆画手，一堂木偶耳，何所讨真趣哉！余暇日特为点校之，以借世之奇隽沉丽者。②

在这里，汤显祖认为所谓传奇之事，并非奇谈怪论，而是具"奇隽沉丽"之情状。"可喜可愕之事"并非可有可无之闲作，而为"意有所荡激，语有所托归"的专注之文。反之，则如"垂衣执笏"的"木偶"，了然失却"真趣"了。

这种"奇隽沉丽"不仅为传奇之本色，也是诗歌、文章、绘画的特色，所以汤显祖激赏"奇"气之文，在给同乡丘毛伯《合奇》集作序时，透彻地阐述了"奇"对文章的作用。对此，前一章已有所引，然为更好地窥见

---

① 《全集》，第 1653–1655 页。
② 《全集》，第 1652 页。

第七章　汤显祖的诗学理论建构之四

作者尚"奇"的思想，请恕笔者此处再次引述全文，如下：

> 世间惟拘儒老生不可与言文。耳多未闻，目多未见。而出其鄙委牵拘之识，相天下文章。宁复有文章乎。予谓文章之妙不在步趋形似之间。自然灵气，恍惚而来，不思而至。怪怪奇奇，莫可名状。非物寻常得以合之。苏子瞻画枯株竹石，绝异古今画格。乃愈奇妙。若以画格程之，几不入格。米家山水人物，不多用意。略施数笔，形像宛然。正使有意为之，亦复不佳。故夫笔墨小技，可以入神而证圣。自非通人，谁与解此。吾乡丘毛伯选海内合奇文止百余篇。奇无所不合。或片纸短幅，寸人豆马；或长河巨浪，汹汹崩屋；或流水孤村，寒鸦古木；或岚烟草树，苍狗白衣；或彝鼎商周，《丘》《索》《坟》《典》。凡天地间奇伟灵异高朗古宕之气，犹及见于斯编。神矣化矣。夫使笔墨不灵，圣贤减色，皆浮沉习气为之魔。士有志于千秋，宁为狂狷，毋为乡愿。试取毛伯是编读之。①

此篇序文后有翠娱阁本评云："序中是为奇劲，奇横，奇清，奇幻，奇古，其狂言蒐（嵬）语不入焉，可知奇矣。乃今所不可与言文者，吾恐更不在拘儒，在诞士，亲鬼魅以惊人，相与表奇甲（角）胜。拘儒耶？会当有辨。"②

汤显祖还有一处谈到了"怪怪奇奇"，便是《萧伯玉制义题词》："唐人有言，不颠不狂，其名不彰。世奉其言，以视士人文字……张旭之颠，李白之狂，亦谓不如此名不可猝成耶。第曰怪怪奇奇，不可时施，是则然耳。"③ 对此话，翠娱阁本评云："奇怪不可常，而寻常寓奇怪。此乃真奇奇怪怪。文开合处，殊有古意。"又评"怪怪奇奇，不可时施"句云："时施，亦不奇怪矣。"④

可对汤显祖的"尚奇"做如下归结。一、以"宁为狂狷，毋为乡愿"

---

① 《全集》，第1138页。
② 《全集》，第1138－1139页。
③ 《全集》，第1161页。
④ 《全集》，第1162页。

的精神，充分发挥作者的才禀，不受任何外界的束缚，精神高度独立自由，灵性闪耀，文情恍惚，不思而至，不动而行千里之外。二、"奇奇怪怪"的万千事务，光怪陆离的艺术表现，是"莫可名状"的，只可意会不可细研。其美学显现是"若有若无"的，有着神韵之致。三、所谓摄取神髓，传神写照，就须不拘形似。如"苏子瞻画枯株竹石"，如米芾的山水人物画，寥寥数笔，"形像宛然"。四、神奇的作品是不可"时施"的，是很难随便就可以达到的。

这里谈到的苏子瞻，为北宋著名文学家苏轼。晚明革新派文人雄迈傲视，以"不效颦于汉、魏，不学步于盛唐，任性而发"[①] 反"七子"派字模句仿的陋习，但是他们对白居易、苏轼（尤其是后者）推崇备至。正如钱谦益所说："万历之季，海内皆诋訾王、李，以乐天、子瞻为宗。"[②] 接下来这样形象地形容万历文坛："当是时文苑，东坡临御，东坡者，天西奎宿也，自天堕地，分身者四：一为元美，身得其斗背；一为若士，身得其灿眉；一为文长，身得其韵之风流，命之磨蝎；袁郎晚降，得其滑稽之口，而已借光壁府，散炜布宝。"[③]

徐渭、汤显祖、袁宏道三人都是生气相应的通道文人，王世贞虽为复古派，晚年却有所变化。崇苏之风自宋代以来就不乏其人，晚明尤胜。究其原因，一为苏子瞻之谠直操守，二为东坡学术、诗文等高度的文学成就。东坡力倡人之自然性情，谓"情"为天理圣人之道，他说："夫圣人之道，自本而观之，则皆出于人情。不循其本，而逆观之于其末，则以为圣人有所勉强力行，而非人情之所乐者，夫如是，则虽欲诚之，其道无由。"[④] 由此人生旨趣，生发出他豪纵的天性，通脱的思想，在东坡那里，三教合一之论已呈显明。

东坡之诗、之文确有恍惚变怪，豪气淋漓，出世入世，雄放豪迈的绮

---

① （明）袁宏道：《袁宏道集笺校·叙小修诗》，钱伯城笺校，上海古籍出版社，1981，第188页。
② （清）钱谦益：《牧斋初学集》（全三册），（清）钱曾编注，上海古籍出版社，1985，第918页。
③ （明）袁宏道：《袁宏道集笺校·附录三·袁宏道评点徐文长集序》，钱伯城笺校，上海古籍出版社，1981，第1716页。
④ 《苏轼文集》（全六册），孔凡礼点校，中华书局，1986，第61页。

丽色彩。就"雄奇"这一点来说，大概也是汤显祖推崇他的地方。

三　诗"以若有若无为美"

承前所说，汤显祖崇尚"怪怪奇奇，莫可名状"，这种"怪怪奇奇"的美学特征的显现，是非常难以把握的。这实际上便是中国诗学当中的至高境界，近于诗学当中的"神韵"说。汤显祖关于"自然灵气，恍惚而来"而产生的怪奇形象，源于《老子》的经典性名言："是谓无状之状，无物之象，是谓惚恍。"此是"大音希声"的一种景象。《老子》又言："道之为物，惟恍惟惚。惚兮恍兮，其中有象；恍兮惚兮，其中有物。"（第二十一章）这恍惚中间的有和无，乃是辩证的统一。汤显祖在引入老子的自然、恍惚说之同时，亦将有无相生之说引入文论，故其论诗又主张"以若有若无为美"（《如兰一集序》）①，于是转而又继承和赞赏传统文论中的"意在言外"说。如他称颂温庭筠词"如芙蕖浴碧，杨柳挹青，意中之意，言外之言，无不巧隽而妙入"，温词之《杨柳枝》等什"皆感物写怀，言不尽意，真托咏之名匠也"（《玉茗堂评花间集序·评语选录》）②。又评："时文字能于笔墨之外言所欲言者，三人而已。归太仆之长句，诸君燮之绪音，胡天一之奇想。各有其病，天下莫敢望焉。以今观王季重文字，殆其四之。"（《王季重小题文字序》）③

在中国诗学史上，"意在言外"是一种备受推崇的诗歌美学极致。"意在言外"之所以被如此厚爱，原因之一得益于中国人传统的思维习惯。东方民族认识世界，其思维方式与西方比有其独特之处，那就是重综合整体性地、重心灵观照地把握世界。在《周易》中就有这样明确的述说："夫易，广矣大矣！以言乎远，则不御；以言乎迩，则静而正；以言乎天地之间，则备矣！"如何去认识"广矣大矣"之宇宙，如何去把握"形而上者谓之道"之天地之道，《周易》回答的"易简，而天下之理得矣"最切入精髓。最深入本质的认识就是一种最归于原初的直觉性的总体综合把握，当

---

① 《全集》，第 1123 页。
② 《全集》，第 1649 页。
③ 《全集》，第 1134 页。

然，这种把握的原始根源还在于人的心灵。

中国文化历来把人的生命之源与人的智慧之源紧密相连，认为人一切的活动都本自人"心"。中国最古老的医学著作《黄帝内经》就认为"心"是人一切活动发出的中心："心者，君主之官也，神明出焉。"[1] 代表杂家的《淮南子·精神训》也说："心者，形之君也；而神者，心之宝也。"[2] 生于心而高于心者为神，把人的主体之神的能动发挥作为"心"的特殊功能，有此特殊功能，"道"之为"道"才能最终实现。而把它用于文学艺术活动，便赋予中国文学生生不息的精神和生命力。

心灵感应才能把感受无限扩大，这当然需要一种"心善渊"的心灵虚静的准备状态。所以庄子说："夫虚静恬淡，寂漠无为者，天地之平而道德之至，故帝王圣人休焉。"[3] 有了这样的心理准备，人才能发挥自己无限的心理能动力，也才能体会到"言外之意"。

南朝梁代钟嵘《诗品》出现，率先把"滋味"运用于诗歌美学批评。钟嵘在《诗品》中极推崇五言诗，认为从《诗经》以来一直占统治地位的四言诗已经过时，五言诗"居文词之要，是众作之有滋味者也"。钟嵘认为"情"是诗歌的审美本质，"故摇荡性情，形诸舞咏，照烛三才，晖丽万有……动天地，感鬼神，莫近于诗"，并在此基础上敏感地发现诗的美感特征是"有滋味"，是"使咏之者无极，闻之者动心"，是"文有尽而意有余"[4]。

钟嵘之后，把"滋味"加以发扬光大的要算晚唐的诗学理论家司空图。这位一心一意沉醉于大自然的具有道家风范的诗人，毕其一生之功致力于诗歌研究。司空图强调诗歌要有"韵外之致""味外之旨"，主要见于《与李生论诗书》一文，他认为："文之难，而诗之难尤难。古今之喻多矣，而愚以为辨于味而后可以言诗也。"[5] 而诗之"味"应具有怎样的一种形态呢？

---

[1] 《黄帝内经》，姚春鹏译注，中华书局，2010，第86页。
[2] 《淮南子·精神训》，陈广忠译注，中华书局，2012，第348页。
[3] （清）王先谦撰《庄子集解·庄子·天道》，《新编诸子集成》本，中华书局，1999，第113页。
[4] （梁）钟嵘：《诗品集注》，曹旭集注，上海古籍出版社，1994，第39页。
[5] 司空图：《与李生论诗书》，引自陈良运主编《中国历代诗学论著选》，百花洲文艺出版社，1995，第313页。

那就是"近而不浮，远而不尽"，是"象外之象，景外之景"，是"可望而不可置于眉睫之前也"①。这种迷离恍惚、若现若隐的诗美境界，只有靠"超以象外，得其环中"②的一种感悟式的综合体验才能认识和把握，才能"言韵外之致""知味外之旨"。

南宋诗论家严羽崇盛唐气象，其基本点与司空图的雄浑有相同之处。司空图的"象外之象""景外之景""韵外之致""味外之旨"到严羽手上又有创造性的发挥："所谓不涉理路，不落言筌者，上也……盛唐诸人惟在兴趣；羚羊挂角，无迹可求。故其妙处透彻玲珑，不可凑泊，如空中之音，相中之色，水中之月，镜中之象，言有尽而意无穷。"③严羽进一步创造性地把这种审美内涵归为"入神"——一种至善至美的诗歌理想境界。

汤显祖的"若有若无之美""意在言外""怪怪奇奇，莫可名状"，实则都是对这种诗歌理想境界的追求，这种追求同时体现于他的戏曲创作中，因为在他的戏曲中，诗人是把全部的情思投入其中，把它当作诗歌来进行创作的。所以汤显祖在《宜黄县戏神清源师庙记》中这样说："可以合君臣之节，可以浃父子之恩，可以增长幼之睦，可以动夫妇之欢，可以发宾友之仪，可以释怨毒之结，可以已愁愤之疾……人有此声，家有此道，疫疠不作，天下和平。"④这当然对戏曲的社会功能有所抬高，但也决然地肯定了他以戏曲为诗歌来创作的做法。正是在这种诗歌审美理想的指导下，汤显祖的诗歌和戏曲才幻化出绮丽的色彩。

---

① 司空图：《与极浦谈诗书（节录）》，引自陈良运主编《中国历代诗学论著选》，百花洲文艺出版社，1995，第316页。
② 祖保泉：《司空图诗品解说·雄浑》，安徽人民出版社，1980，第23页。
③ 严羽：《沧浪诗话校释》，郭绍虞校释，人民文学出版社，1961，第26页。
④ 《全集》，第1188页。

下 编

第八章
汤显祖的诗歌及小品创作

第一节 汤显祖诗歌创作之大略

汤显祖的第一本诗集《红泉逸草》刊刻于万历三年（1575），汤显祖时值26岁，由家乡临川的知县李大晋亲自主持刊刻，收录了他12—25岁的诗作20首。此诗集的作品是其初涉诗坛之作，这一时期的诗歌，多为传统五言、七言。十二岁赋《乱后》诗，为现存诗文有年代可考最早者，已颇见老成气象。应该说，显祖少小专攻八股制义，故八股技法自然会影响到他的诗歌。如个别篇章《涌金曲》《承春阁酒楼上逢姜十以剑换酒留别》[①]，虽有绮丽俊逸之气，然少圆熟之姿。

汤显祖的第二本诗集名《雍藻》，今佚。此后又刊刻了《红泉逸草》第二卷，收录了他24—25岁一年间的诗作56首。万历六年（1578）后几年，刊印了第三本诗集，名《问棘邮草》，共十卷，由他的同乡学友谢廷谅编定，卷首有谢氏在万历六年（1578）写的序言，收录了他28—30岁所作赋3篇、赞6首、诗歌166首。"问棘"一词在这里用为作者姓氏的代称，见于《列子》卷五《汤问》："殷汤问于夏革。"原注："夏棘字子棘，为汤大夫。革，《庄子》音棘。"据谢廷谅序说，这些作品都是寄给他看的，所以名为"邮草"。《问棘邮草》是为好友交往而作，然也属用心之作，用功甚勤，此集出现后，即给汤显祖带来了巨大的文名，即如邹迪光在《临川汤

---

① 《全集》，第34、31页。

先生传》中所记："公虽一孝廉乎，而名蔽天壤，海内人以得见汤义仍为幸。"① 徐渭与显祖素未谋面，然读《问棘邮草》后附掌不已，惊叹"真奇才也，生平不多见"，并作《读问棘堂集诗》，云："兰苕翡翠逐时鸣，谁解钧天响洞庭？鼓瑟定应遭客骂，执鞭今始慰生平。即收《吕览》千金市，直换咸阳许座城。无限龙门蚕室泪，难偕书札报任卿。"② 帅机则说："可谓六朝之学术，四杰之俦亚，卓然一代之不朽者矣。"③ 他的挚友屠隆也不遗余力地赞美他："低首掩面而泣也，世宁复有当义仍者耶？"④ 可见汤显祖之"诗才"是很高的。

创作《问棘邮草》时，他便以六朝和初唐的艳词丽句来表示保守的"后七子"之异曲乖调。《问棘邮草》中的《郁金谣》《老将行》（《汤显祖全集》卷四）与《别沈君典》《别井州长孝廉》（《汤显祖全集》卷三）等七言古诗是其中的代表。它们得力于南朝小赋，可以看出此时的汤显祖尤爱初唐诗，还未洗尽六朝铅华，着力绚烂的辞藻，强调"诗赋欲丽"的审美品质。⑤ 这些诗出现时，明代诗坛"诗必盛唐"的复古口号正在盛行，学杜甫不学他的精神实质，而只歆羡他的艺术技巧，模拟他的用字、遣词、造句和章法。

汤显祖是科举高才，张居正为助己子高中，屡次延揽显祖，侧面说明了这一点。对于科举才子来说，《昭明文选》是必读且须烂熟的科目。对《文选》，显祖既烂熟于心，又深受其影响。应该说汤显祖受《文选》影响，追求骈俪辞藻，喜用奇字难词。其诗思新奇，情韵奇丽。生活阅历的增长、创作才力的养成，使汤显祖的诗歌创作至中期以后，诗风逐渐老辣，于平淡中见清新。这也是可以预见的一种必然。

汤显祖的诗歌数量究竟是多少呢？据《汤显祖诗全集》（北京古籍出版社，1999），前二十一卷诗歌（其中第五卷为赋、赞，不计算在内），按每卷首之统计合为2253首，但仔细校之，实应为2281首，加上补遗中的4

---

① 《全集》，第2581页。
② 《全集》，第2590页。
③ 毛效同编《汤显祖研究资料汇编》（全二册），上海古籍出版社，1986，第342页。
④ 毛效同编《汤显祖研究资料汇编》（全二册），上海古籍出版社，1986，第343页。
⑤ 徐朔方：《汤显祖评传》，南京大学出版社，2011，第27、28页。

首，共为 2285 首。而据《汤显祖集》（上海人民出版社，原中华书局版，1973），前二十一卷诗歌数量相同，但后面少一首补遗诗，总为 2284 首。

若以《汤显祖全集》为依据，对其各类诗歌进行简单归类统计：五言长律 73 首；五言古诗 276 首（含 34 首五言古绝）；五言律诗 133 首；五言绝句 185 首。

七言长律 8 首；七言古诗 104 首；七言律诗 493 首；七言绝句 1012 首。兹列表 8-1 以做简单统计。

表 8-1 汤显祖诗歌数量统计

	五言长律	五言近体	五古	五绝	七言长律	七言近体	七古	七绝	总计
卷一	1	4	8			7			20
卷二	2	27	6			19	1	1	56
卷三	13	13	26			11	2		65
卷四	15	14	28	1		34	6	4	102
卷五									
卷六	1	6	4			40	2	5	58
卷七		1	20	1		7	5	1	35
卷八	3	2	19	3	1	17	13	16	74
卷九	4	4	22	7	1	91	17	22	168
卷十	7	15	13	69		5	1	46	156
卷十一	2		15			13	22	2	54
卷十二	7	5	6	18	3	14	4	45	102
卷十三			2	3		23	2	49	79
卷十四	8	3	9	7		40	3	87	157
卷十五	7	2	7	7	1	14	2	57	97
卷十六		1	23	13		8	2	86	133
卷十七			4	18		99	11	2	134
卷十八	2			7	13	1		184	207
卷十九	1	31	43	42	1	51	11		180
卷二十								191	191
卷二十一									
总计	73	132	276	184	8	493	103	1011	2281

如表 8-1 所示，汤显祖诗歌创作中绝句多于律诗，七言多于五言，绝句共 1197 首，律诗 626 首，长律 81 首。其中一个有趣的现象是，绝句多作于中晚期，而古诗、长律则又多作于早年。个中原因也许非常复杂且隐含深刻，探索其原因，将另文专述，此处不赘。检视汤显祖一生的诗赋，还让人吃惊地发现，自他 49 岁辞官居家到他去世前的 18 年间，他竟写下了一生中 2285 首诗中的 1112 首诗，占近二分之一，平均每年几达 62 首之多，这还不包括赋。而他 55 年的诗人生涯中其他几个时段，除了贬官徐闻这个不足一年的特殊时期写诗达 148 首之外，他从 12 岁留下第一首诗，到 34 岁进士及第这 23 年间，作诗 300 首，年均不过 13 首。留都南京为官 8 年，诗作 329 首，年均也才 41 首。遂昌知县任上 5 年，诗作 174 首，年均也只是 34 首。由此可知，在汤显祖生命的最后 18 年间，他在贫病交加、生命力日渐衰弱的日子里，要承受沉重的应酬之累，其创作力特别旺盛。这尚未加上他 108 篇文章中的绝大多数题词、记、碑、文、说、颂、哀辞、志铭、墓表、解、疏，以及 447 篇尺牍中的相当一部分。

汤显祖一生诗歌创作数量还是非常庞大的，就史上最伟大的诗人李白、杜甫为对照，李白今存诗 1010 首，杜甫存诗 1170 首，加上散佚诗歌估计不会超过 2000 首，如此看，汤显祖的诗歌数量不少。其诗歌创作伴随着他坎坷的人生旅途，是他生活道路、思想变化历程的真实记录。就诗歌题材及内容来考察，主要包括这么几个方面的内容：思想道路的反省、王霸兼济的追求、友情应答的真挚、山川景色的赞颂等。

一 反映思想历程发展的诗歌

汤显祖一生受到道、儒、释三种思想的影响，又具儒侠风范，在诗歌创作中，都有具体的表现。据徐朔方先生统计，仅《红泉逸草》诗集的 75 首（实为 76 首）诗歌中，就有 11 首流露出了仙道思想。现择几首录入如下：

《灵谷对客》："秀色红亭春自饶，薜萝闲受《小山》招。疏窗夜色寒青竹，密苑朝光暖翠条。厌世转寻丹白诀，怀人空散《白云谣》。拼将海日窥岑寂,定有人吹紫玉箫。"①

《红泉别友》:"掩袂空山里,素丝从此分。行当黄鹄举,性非黄雀群。兰叶被幽厓,乘风生远芬。秀谷何逶迤,与予俱樵耘。一道送白日,千嶂列残云。绿气自阴郁,金芝殊绮纷。厌卧玉华席,贪策银台勋。余慕蒲衣子,君过仓海君。谁怜桂枝晚,摇落思氤氲。"②

《和大父云盖怀仙之作》:"为言樵采路,竟作仲长园。桂树俱攒岭,桃花有别源。牙盘餐竹子,锦瑟泛桐孙。第少仙童色,空承大父言。"③

《独酌言志》:"微云生远薄,流月泛虚园。彩熠沾林落,文禽逐浦喧。随年开志藻,即事委情源。故协沧州趣,新雕文木尊。"④

《送吴道士还华山》:"子到西瑶殿,云霞似赤城。自言世云后,作使铁釭行。白鹤挂泉秒,青松满石杆。能传吞景法,冠绝步虚声。紫气朝乘斗,金光晏吐荣。石榴方药避,芝草吉云生。酒妇书何得?琴高道已成。枕中多闶札,无忘玉环盟。"⑤

从以上诗作可以看出,汤显祖虽有道家出世思想的表露,然并非诗人意识底层的真心,有"少年不识愁滋味,爱上层楼"之嫌。诗歌列举大量含有道家思想意蕴的意象,如"薜萝""《小山》招""丹臼""紫玉箫""樵耘""蒲衣子""桂枝""桃源""白鹤"等,不一而足。

汤显祖自小受到儒学正统教育,有着与千万封建时代学子一样的热血向往和抱负。求取功名,光耀门楣,建功立业,何尝不是青年汤显祖的强烈愿望呢?可是科举之路的坎坷,使得汤显祖饱尝艰辛,少小既熟悉的出世思想又时不时会从无意识的深处冒将出来。我们来看这时的汤显祖又是如何表现的。

---

① 《全集》,第16页。
② 《全集》,第16-17页。
③ 《全集》,第17页。
④ 《全集》,第25页。
⑤ 《全集》,第36页。

《谢廷琼见慰三首，各用来韵答之》其一：

草泽邅回诅不逢？美人遥忆泪沾胸。

才轻贾马堂难造，眷重求羊径有踪。

生意数看塘上柳，繁云高翳谷中松。

能游剩有东山屐，知在云林第几峰？①

《寄饶崙》："松关出浮雾，荷池通白云。休生寡尘杂，偃息坐林端。清晨庇松柏，余风吹我寒。有人荔为裳，明霞为之冠。空山响长啸，手中《真诰》文。世故洒相物，大象于冥观。斯人既已波，滔滔乘逝川。金珠不留惜，谁言八尺身？"②

《寄右武滁阳》："奉常东署黯离居，宾从逢君兴有余。夜馆听歌回骑晓，春城中酒落花初。山当挂笏时看马，客过濠梁独羡鱼。最是隔江杨柳色，乡心那惜数行书。"③

《夜听邓孺孝说山水》："终日他乡作游子，到处不曾离屋底。邓生尔时何许来，罢酒弹灯说山水。君家最近三茅君，我家贯看庐峰云。山水眼前人不住，遥山远水复何云？"④

《夜月太玄楼》："芙蓉花发出城游，江光云色映芳洲。下榻萦回金碧影，开灯还动紫华楼。楼前裹裹垂云幄，楼上嘈嘈奏天乐。何如邀佩戏层城，直似吹笙停半岳。轻风拂袖解人醒，急雨能添别院清。高兴明星一回首，琪树苍茫河汉声。"⑤

以上几首诗歌分别出自诗人的《问棘邮草》和《玉茗堂诗集》，是二十八岁至三十六岁之作。此时的诗比之前期，有了明显的进步。如果说前期诗歌，如作八股，字句饾饤，读之似有吭哧吭哧之响，那么到了中期的诗歌，则音声流畅，圆润多了。内容虽含道家出世之响，然不已的壮心仍通过"云林高峰""长身八尺""庐峰贯看""回首明星"不经意地流露出来。

---

① 《全集》，第60页。
② 《全集》，第102-103页。
③ 《全集》，第231页。
④ 《全集》，第236页。
⑤ 《全集》，第239页。

212

第八章　汤显祖的诗歌及小品创作

出世之想既来源于道家，也得助于佛理。青年的汤显祖于秋试后，在南昌西山云峰寺题壁二首，无意之间流露出禅意。诗是这样写的：

搔首问东林，遗簪跃复沉。虽为头上物，终是水云心。

桥影下西夕，遗簪秋水中。或是投簪处，因缘莲叶东。①

此诗戏剧性地引发出汤显祖与明代"四大高僧"之一的达观和尚的一段诗缘。达观立意超度显祖入法，屡次相劝，显祖思想于"出世"与"儒侠"之间艰难地徘徊，这种踌躇表现于其中后期的一些诗作当中。如与达观的酬答之作：

《达公过奉常，时予病滞下几绝，七日复苏，成韵二首》："病注如泉气色微，看人言与病人违。不因善巧令欢喜，帘外纷披五彩衣。已分芭蕉欲尽身，绕床心事见能仁。朱门略到须回首，省得长呼达道人。"②

《高座陪达公》："一切雨花地，重游支道林。云霞法尘影，山水妙明心。境似庄严寂，春当随喜深。金轮忽飞指，江上月华临。"③

《代书寄可上人》："三十二相君不少，衣钵随身一飞鸟。可知捉尘几十年，陌上游魂看不了。知君不住琅邪山，元封主人堪闭关。远公龙泉在香岳，颇有佳宾能往还。芦门江上西风入，画里行人高戴笠。幽栖胜处一窥临，高座荧荧雨花湿。"④

《送乳林贵经入东海见大慈国，寄达师峨嵋》："大劳仙人憨复憨，乳林印经南无南。小劫愁春七年七，大海行人三月三。此日青城流梵唱，达观大师汝和上。华手才抽宝叶云，香心正宿莲花藏。汝去东行入海邦，汝师西映玉轮江。音光寂寂雨花暮，独宿风吹明月幢。"⑤

---

① 《全集》，第578页，并见徐朔方《汤显祖年谱》，上海古籍出版社，1980，第22页。
② 《全集》，第325页。
③ 《全集》，第326页。
④ 《全集》，第326－327页。
⑤ 《全集》，第327页。

显祖病重寄问达师，寻求的便是一种解答。生的希望是如此强烈，病的折磨是那等严酷，"几绝"的生命使其在最后关头问理于禅佛，与其说是一种无奈，不如说是一种心灵的期待。诗的后三首，表达的则是对达观法师的敬重之情。这种敬重是伴随汤显祖一生的，不仅在其诗歌中屡屡出现佛禅意象，而且其对于佛禅亦有一定的向往。如：

《平昌钟楼晚眺》："可怜城市欲纷纷，直上层楼热入云。独树老僧归夕照，一山栖鸟报斜曛。初惊梵唱凌空静，还隐钟声入定闻。忽怪夜来星劫晓，诸天于此震魔军。"①

"老僧夕照"，"栖鸟斜阳"，这些具象本让人产生时光易逝、功名未就、游子思乡之类的忧思，然正是由于汤显祖思想深处存在释道意识，其自然就期望在梵唱与钟声中让心灵归于沉静、空寂。沈际飞批评该诗末二句"每用禅家粗话减价"②，其实正道出了汤显祖诗歌深受释道思想影响的特点。

诗人在生命的最终时刻，在"发疾弥留，已不可起"③之时，作《诀世语七首》，在其二《祈免僧度》中，虽然祈求免去僧度，却在序中说："僧旧在门下者，无烦俗七。儿辈持半偈斋僧，念心经数周足矣。"诗是这样写的："便作普度事，都无清净僧。洒水奉《心经》，聊为破暗灯。"④弥留之际，之所以感觉"足矣"，是因为内心深处还是崇禅敬佛的。

虽敬佛，并不皈依佛，而总是保持一种若即若离的状态，这正反映了诗人的矛盾心态，但又坚持自己的"尊情"信念的执着。就像诗人的自号"茧翁"虽来自佛教故事，但其在《茧翁口号》一诗中还是表明了不皈依的态度："不随器界不成茧，不断因缘不弄蛾。大向此中干到死，世人休拟似苏何。"⑤《法苑珠林》卷四十一云："（西晋慧达）书在高塔，为众说法，

---

① 《全集》，第483页。
② 《全集》，第484页。
③ 《全集》，第715页。
④ 《全集》，第716页。
⑤ 《全集》，第611页。

夜入茧中，以自沉隐。且从茧出，初不宁舍，故俗名苏何圣。苏何者，稽胡名茧也。以从茧宿，故以名焉。"① 诗人取用"茧"的典故，只是说明自己坚守特操，去官归家，甘愿穷困"干到死"的决心，并不希望别人误解自己已遁入空无之想了。

前文已述，汤显祖儒、道、释三种思想同时存在，并且合流，但是在其一生中，儒家"兼济天下"的思想是主流。从前面所举例子就可看出，其虽有道家思想，然还是压抑不了功名之心的激情，"第少仙童色，空承大父言"即祖父对他的劝教，把自己视作高举的"黄鹤"而非群藏的"黄雀"，少年高蹈之心昭然若揭。

这种不讳之言在其前期诗歌中经常可见：

《孤桐篇遗沈侍御楠》："且停张女弹，听我孤桐叹。且罢蜀国弦，听我孤桐篇。孤桐高百尺，双椅还会秋天碧。苍岑托体来悲凉，肃肃苕苕在邹峰。旁临云谷下无极，琼云陼削珍柯直。夜闻玉醴雷穿石，朝看玄猿堕空跬。上有丹鸾愁特栖，下有姊归思妇鸣鹧鹚。三春彩日无人见，十月玄飙空自悽。龙德龙门苦攀陟，孙琐孙枝愁绝梯。雷霆霹雾生野火，吹台自发钧天音。九子空珠耳，三叠柱琴心。君不见铁力琵琶象牙拨，匙头凤眼金环抹。箜引秦弦纷鏪垂，云文柱子雕龙末。何似孤桐埋雪时，峨峨崇山人不知。"②

不仅自视孤傲的"桐木"，而且对龙宫摘桂也有着热烈的期盼：

《望夕场中咏月中桂》："夜月三条烛，春宵八桂枝。分辉自轮菌，接叶并葳蕤。擢本高无地，飘跂定有时。露团疑沥滴，风起觉飔飔。霞夹丹逾映，霜余绿未亏。如钩堪作饵，比玉未应炊。合浦空浮棹，银河剩结旗。珊瑚海上出，菱叶镜中窥。讵蠹长生药？能香月姊帷。若花分日照，玉叶谢云披。秦氏乌难坐，南飞鹊自疑。高将白榆掩，

---

① 《全集》，第611页。
② 《全集》，第35－36页。

宁并帝桑萎？箭水看难定，蓂阶应不迟。倘共姮娥折，淹留讵敢辞。"①

汤显祖诗名早传，才华出众，故张居正有意延引，然少年诗人秉性公直，恃才傲物，不受拉拢而一再落第。诗人心中是充满了愤懑的："谁道叶公能好龙？真龙下时惊叶公。谁道孙阳能相马？遗风灭没无知者。……青野主人归不归，文章气骨可雄飞。三十余龄起幽滞，连翩不遂知者希。"（《别荆州张孝廉》）② 感叹世无知音，诗人的世道沧桑的忧愤，从此开始出现于诗中。汤显祖还著有一篇《感士不遇赋》，为了展示诗人这种悲愤之叹，与同等诗歌两相比照，兹简录一段于下：

客有叹于余者曰：欤哉，何独士之不遇乎？……负王谋之恢揭兮，又何之而不可为？苟有意其必通兮，信无人而不可。③

万历十四年（1586）作的诗歌《三十七》是儒家思想的绝好明证，诗歌中有理想的自信：

我辰建辛酉，肃皇岁庚戌。初生手有文，清羸故多疾。自脱尊慈腹，辗转大母膝。剪角书上口，过目了可怅。家君有明教，大父能阴鹭。童子诸生中，俊气万人一。弱冠精华开，上路风云出。留名佳丽城，希心游侠窟。历落在世事，慷慨趋王术。神州虽大局，数着亦可毕。了此足高谢，别有烟霞质。何悟星岁迟，去此春华疾。陪鬷非要津，奉常稍中秩。几时六百石？吾生三十七。壮心若流水，幽意似秋日。兴至期上书，媒劳中阁笔。常恐古人先，乃与今人匹。④

诗歌中有自信，有焦虑，有立志建功的豪情，有隐忍待时的自勉。时当中年，儒家正占据着汤显祖思想的主导地位。儒家思想的直面现实、关

---

① 《全集》，第 40 页。
② 《全集》，第 44 页。
③ 《全集》，第 152 页。
④ 《全集》，第 245 页。

心世事的特点，使得汤显祖的诗歌有相当一部分呈现出清醒的现实批判精神。下面列举几首诗歌：

《丙戌五月大水》："芳皋有热芸，空畴犹浩漾。时欣日华漏，未觉风心皎。北上涌朝隮，南垠滞昏晓。妖祲愁奉常，祈田肃京兆。府署气无鲜，坛场意俱悄。梧竹霭沧凉，井邑浮虚香。地脉交龙断，砚席涎蜗绕。扇节尚春衣，篱门喧水鸟。从陵上原隰，登台望江表。天貌此沉沉，客心方渺渺。何日风云掀，俯辨山河了？"①

《顾膳部宴归三十韵》：（序：时大水，饥。）"年深情易盈，春兰气方燠。斋房常自清，登临每伤独。同人风义生，命我春清熟。新雨道无人，越歌山有木。甚设苦难常，为期省相速。适往才张具，且坐遗巾服。行棋过格五，点局残花六。豆间依古礼，坐次随年录。……留连清夜沉，偶叹春年肃。河北人犹流，江南子初鬻。行人深掠食，县官粗赋粥。杏花差有畔，苦草正无幅。黄星春不死，青岁鸟犹宿。微禄幸三饱，清斋休五肉。秀麦候皇明，妖祲怅神牧。……"②

《疫》："西河尸若鱼，东岳鬼全瘦。江淮西米绝，流饿死无覆。炎朔递烟熅，生死一气候。金陵佳丽门，輀席无夜昼。脑发置渠薄，天地日熏臭。山陵余王气，户口入鬼宿。犹闻吴越间，叠骨与城厚。宿麦苦迟种，香粳未黄茂。长彗昔中天，气焰十年后。乘除在饥疫，发泄免兵寇。恩泽岂不洗，鼎鬲多旁漏。精华豪家取，害气疲民受。君王坐终北，遍土分神溜。何惜饮余人，得沾香气寿。"③

诗写灾年饥荒，反映的是诗人的忧国忧民之心，殷殷可鉴。"西河尸若鱼，东岳鬼全瘦"，惨象尤为触目惊心，"金陵佳门""昼夜輀席"，遭灾"疲民""叠骨如城""户入鬼宿"，真有"朱门酒肉臭，路有冻死骨"之感叹。

由其诗论可知，在情与理的关系上，汤显祖似乎是重情而抑理的。但是分析他的诗歌作品自身所反映出的多元化的"情"，便可以发现，虽然他

---

① 《全集》，第 247－248 页。
② 《全集》，第 248 页。
③ 《全集》，第 265－266 页。

在理论上较少涉及，在创作实践上却在努力体现"情理统一"这一古典诗歌审美特征。汤显祖对于"格调"虽然没有明确的论述，但其创作实践却体现出一种慷慨深沉的格调，而这种格调正与前后七子所倡导的宛亮高古之格调相似。

汤显祖的诗歌多达两千多首，与其风情摇曳、缠绵哀婉的《牡丹亭》不同的是，这些诗歌作品多反映的是诗人在儒家修、齐、治、平理想的驱动下读书、求仕、侍亲、事君的心路历程。尤其汤显祖是以政治家的身份被载入《明史》，所以他对国家社稷和百姓疾苦充满了关切，并在政治生涯中坚守清高耿介的品性，不为名利所动而拒绝权相延揽，不惜批鳞碎首而大胆指摘朝政，体现了一个知识分子应有的气节和品格。

总之，汤显祖由最初的积极入世、渴望建功立业到最终彻底绝望而弃官归隐的转变，显示出封建时代正直知识分子壮志难酬而心灰意冷的心路历程，这一历程也反映在他的诗歌当中。

二 交游应答类的诗歌

在汤显祖所有诗歌中，赠答诗歌是占比较大的。就像那个时代许多诗人一样，应答相酬是必不可少的，除去少部分纯粹应付之作，汤显祖的赠答诗在当时来说还是比较好的。汤显祖文名盛于当时，气节同样让人景慕。几拒张居正、申时行前后首辅的延揽，上《论辅臣科臣疏》的大义凛然，遂昌县治的廉政，"临川四梦"的精彩绝艳，故结交他的人络绎不绝。结交名人，仰仗名人，以名人赠诗酬答文墨以自重，本是世俗常情。但名人累于浮名，其人格，其文气，必自颓废。所以，汤显祖对此消磨他灵性、生命、气志的应酬文字深恶痛绝，"不佞极不喜为人作诗古文序"[①]。"文字谀死佞生，须昏夜为之"[②]，所以要"昏夜为之"就是不想为名所役。然显祖又是个重"情"之人，凡推托不掉的赠答之作，无不以"情"充之。也许可以这么说，上面反映汤显祖思想历程的诗歌表现了现实之"真"，那么交游应答的诗歌则洋溢着他对朋友的相惜之"情"。用他自己的话说："少有

---

① 《全集》，第1483页。
② 《全集》，第1434页。

伉壮不阿之气，为秀才业所消，复为屡上春官所消。然终不能消此真气。"（《答余中宇先生》）这种"伉壮不阿"在对待挚友时，表现的却为一种发自内心的真挚之"气"。沈德潜曾经说过："有第一等襟抱，第一等学识，斯有第一等真诗。"王国维也认为："无高尚伟大之人格，而有高尚伟大之文章者，殆未之有也。"汤显祖"伉壮不阿"的人格决定了他慷慨深沉的诗歌格调。汤显祖一生为人真诚、憨直，不论是少年同窗、事业知己，还是尊崇的师长、神交的朋友，他都以一腔真情待之。考察汤显祖此类诗作，除去极少量应酬作品，绝大多数饱含情谊。择其主要作品录入如下。

（1）有关少年同窗的

如十四岁作的《入学示同舍生》："上法修童智，齐庄入老玄。何言束修业，遂与世营牵？软弱诸生后，轩昂弟子员。青衿几曾废？漆简自应传。骆骈团珠泽，光鳞出紫渊。唐虞将父老，孔墨是前贤。《小畜》方含雨，《中孚》拟彻天。高明曾有旧，垂发更齐年。为汝班荆道，无忘《伐木篇》。"① 多么地意气风发，如此地相互期许，真挚之情溢于言表。

《秋思，丁卯年作寄豫章诸友》："凉年悲急节，风色坐闱阴。蛩促木兰织，萤飞林邑金。裙斜宽锦襻，鬓动响珠簪。寄谢天河影，宁闻捣素音。"②

《文昌桥遇饶崙》："独上飞梁俯白沙，逢君吐属自清华。生烟翠气纡寒日，染月红云作暮霞。夹岸莎鸡鸣自促，翻林荻雁影回斜。游鱼未厌临秋水，余论时能借五车。"③

（2）有关同台游交的

《送秦次君之汴》："朝云鄣日望南州，一曲兰歌清汉流。为过双沟莫留怅，月明无限吹台秋。"④

---

① 《全集》，第3页。
② 《全集》，第8页。
③ 《全集》，第19页。
④ 《全集》，第922页。

《豫章东湖送客》："木叶微波江早寒，峨眉秋色醉金鞍。不烦琴曲惊千里，已看纤腰尽七盘。"①

《超然为里儿所挠，赠刀遣之》："攫衣偷扇总牢骚，马上头陀气骨高。但是藕丝随遁去，箧中须惜我王刀。"②

对于一个血气方刚的青年，竟然赠刀勉之。

《为屠长卿有赠》："望若朝云见若神，一时含笑一时嗔。不应至死缘消渴，放诞风流是可人。"③

屠隆虽因生活问题为时人所诟病，显祖却并不为此而削减他们之间的友情。

(3) 对于尊崇的师长

《见沈几轩师题诗二首》："几度秋光扇未尘，玉门开箧忆清真。不应南浦歌风客，来作西州痛哭人。 折叠裁云见沈公，扶摇偏爱岭南风。双悲太史抛年少，独幸门生作老翁。"④

《达公来别云欲上都二首》："艇子湖头破衲衣，秣陵秋影片云飞。庭前旧种芭蕉树，雪里埋心待汝归。 梦破长安古寺钟，偶经花雨旧林空。寻常一饭堪随施，何必天言是可中。"⑤

《章门客有问汤老送达公悲涕者》："达公去处何时去，若老归时何处归？等是江西西上路，总无情泪湿天衣。"⑥

《归舟重得达公船》："无情当作有情缘，几夜交芦话不眠。送到江头惆怅尽，归时重上去时船。"⑦

---

① 《全集》，第 931 页。
② 《全集》，第 664 页。
③ 《全集》，第 844 页。
④ 《全集》，第 844 页。
⑤ 《全集》，第 578 页。
⑥ 《全集》，第 580 页。
⑦ 《全集》，第 580 页。

送行之"去时船"勾起诗人对恩师达公的无尽思念。

《江中见月怀达公》:"无情无尽恰情多,情到无多得尽么。解到多情情尽处,月中无树影无波。"①

《离达老苦》:"水月光中出化城,空风云里念聪明。不应悲涕长如许,此事从知觉有情。"②

达观是显祖崇敬的师长,诗的字里行间表现出诗人的隐忧。凶多吉少的不祥之兆萦绕在诗人心头,苦苦的婉言劝阻,欲语还休。万历二十八年(1600),矿税大兴,税监横行,民不聊生。万历三十一年(1603),达观为救友人,依然上京呼吁阻止矿税。正逢京城"妖书案"作,首辅沈一贯借此攻击政敌,时达观正于沈一贯政敌黄慎轩家中,遂以牵涉被捕。时为十一月二十九日至十二月十七日,达观在狱中绝食,端坐而逝。显祖得知消息,悲痛欲绝,愤然写下《西哭三首》和《念可公》:

《西哭三首》:一自去长安,无心拍马鞍。只应师在处,时复向西看。

大笠覆无影,枯藤杖不萌。定知非狱苦,何得向天生。

三年江上别,病余秋气凄。万物随黄落,伤心紫柏西。

《念可公》:王法无心足自知,大臣断事可能迟。无边佛血消详出,大好人天打缚时。③

(4) 对于神交的朋友

《叹卓老》:"自是精灵爱出家,钵头何必向京华?知教笑舞临刀杖,烂醉诸天雨杂花。"④ 汤显祖与李贽可谓神交的朋友,互相有倾慕之情,这首诗作于万历三十年(1602),显祖五十三岁,家居临川。此年闰二月,礼部

---

① 《全集》,第581页。
② 《全集》,第581页。
③ 《全集》,第639页。
④ 《全集》,第621页。

给事中张问达疏劾李贽，李贽被逮，三月十六日于狱中用剃刀自杀。显祖闻之，悲痛不已，便作此诗悼之。前后两年，汤显祖敬慕的一"杰"一"雄"相继惨死，往日对他们的担心、思念、景仰都化为无尽的悲痛，凝结为愤怒的诗歌：

《偶作》："兵凤鹤尽华亭夜，彩笔鹦销汉水春。天道到来那可说，无名人杀有名人。"①

三 山川景物类的诗歌

无论是青年时期的游学、壮年时期的出仕还是此后的归隐，汤显祖都创作了大量的行旅、游览、描绘山川景物类的诗歌。这些诗歌也是汤显祖诗歌中艺术成就最高的部分。

青年时代的汤显祖，思想上受释、道影响，在文学领域酷爱《文选》，受六朝文人诗歌影响很大，对于山水游历兴致很高。如《占仙亭晚归》：

青阳满川皋，白日开林泽。石厢未穷探，玉笋始留迹。偶从盱姥游，遂作麻姑客。道馆息云装，闲亭振金策。乍雨苔初滑，中春树逾泽。阴溜响犹奔，阳岚翠相迫。傍岭关遥岫，乘标起空石。连隧转风光，纷阡散云液。峰界绿虹残，涨夹丹霞夕。张中树华稷，陇上秀苗麦。妙龠苦无停，维尘动有役。方悲歧路千，空矜闻道白。宁辞变昏景？永籍栖营魄。浮烟竹底青，灵月林端白。荔蕊未云贯，兰苕庶堪摘。既近淮南井，复是罗含宅。未获了银丹，且言驻金碧。②

大好春天，诗人游南城游麻姑山，回程中于占仙亭歇脚。近处湿滑的苔藓和蓊郁的树木，稍远处的山谷、怪石，远处天边的彩虹和夕阳以及田野上一望无际的绿油油的庄稼，一切都在春天里律动着生机。由此景色的

---

① 《全集》，第834页。
② 《全集》，第82页。

第八章 汤显祖的诗歌及小品创作

美好，联想到自己的前途，不禁抒发出自己进退之间的艰难抉择，并用淮南与罗含两个典故表明自己精神上栖身有所。

再看《游卓斧金堤，过白洲保，望天堂云林，便去麻姑问道》：

> 春气感人心，春心缘路吟。人声满城郭，天性入山林。未问津梁了，宁辞春水深？逶迤白日丽，斑驳紫霞阴。翠媚山云色，珠挥泉石音。风松引奇啸，烟竹含幽襟。稍稍见腾鹿，时时响哀禽。摘芳还取径，窥密更披岑。未取空高屺，犹交盱汝浮。情灵自高远，浮物任飞沉。赤带乃穷陟，红屏忽见临。便逢柱下语，发我丘中琴。感叹方自此，坐驰安可任？①

春天，万物萌发生机，触动诗人的情怀，然纷纭的尘世，却不是其心之所系，诗人天性酷爱山林。对自然流畅的诗句，沈际飞评曰："妙在一气。"于景物描写之后表明自己愿效老子，与山川景物同归一体，适性自然。

汤显祖青壮年时期的山水游历诗，多学《文选》，如谢灵运的《游南亭》：

> 时竟夕澄霁，云归日西驰。密林含余清，远峰隐半规。久痗昏垫苦，旅馆眺郊歧。泽兰渐被径，芙蓉始发池。未厌青春好，已观朱明移。戚戚感物叹，星星白发垂。药饵情所止，衰疾忽在斯。逝将候秋水，息景偃旧崖。我志谁与亮？赏心惟良知。②

再如谢的《登池上楼》：

> 潜虬媚幽姿，飞鸿响远音。薄霄愧云浮，栖川怍渊沉。进德智所拙，退耕力不任。徇禄反穷海，卧病对空林。倾耳聆波澜，举目眺岖嵚。初景革绪风，新阳改故阴。池塘生春草，园柳变鸣禽。祁祁伤豳歌，萋萋

---

① 《全集》，第113页。
② （梁）萧统编《文选》，（唐）李善注，上海古籍出版社，1986，第1041页。

感楚吟。索居易永久，离群难处心。持操岂独古，无闷征在今。①

　　将他们二人的诗歌稍做比较，就可发现汤显祖的诗歌在布局、写景上均有学习前人的痕迹，只是开头一部分稍有差异。汤诗开头或流畅明快，或纯朴简洁，而谢诗开头则盘旋吃重，似有苦衷。中段二人都极力描绘景物，令人心动目眩，末尾结处均落到庄老的隐逸与适性，自明超脱之志。

　　汤显祖任职南京期间，游览小诗闲远有致，显示出诗人生活及思想情趣上的闲适，如《游献花崖芙蓉阁》："木末芙蓉出，花崖草树齐。陵高诸象北，江白数峰西。"② 此诗与王维的《辛夷坞》有异曲同工之妙，都是写芙蓉花在山中自然地开放，道出生命乃至大自然万物的自自在在。所不同者，汤诗于自在中见闲情逸致，王诗则于自在中见落寞超脱，其禅意（无生观念）超出了汤诗。

　　贬官徐闻途中，汤显祖一路游历赋诗，在怡情兴寄当中又让我们领略到赣粤两地的秀美山川及人杰地灵的自然人文景观。

　　《秋发庾岭》："枫叶沾秋影，凉蝉隐夕晖。梧云初晻霭，花露欲霏微。岭色随行棹，江光满客衣。徘徊今夜月，孤鹊正南飞。"③

　　在一个凄清孤寂的初秋夕阳里，诗人坐在小船上，随意捡拾扑入眼帘的秋景，却无心情去欣赏，想到今晚又将是一个人面对天空中冷清的孤月，就像失群的鸟儿独自南飞，心中不禁充满了凉意。

　　《凭头滩》："南飞此孤影，箐峭行人稀。乌口滩边立，前头弹子矶。"④

　　《浪石滩》："雨湿浈阳暮，风鸣浪石寒。鹧鸪飞不起，横过钓丝滩。"⑤

---

① （梁）萧统编《文选》，（唐）李善注，上海古籍出版社，1986，第1039－1040页。
② 《全集》，第402页。
③ 《全集》，第423页。
④ 《全集》，第429页。
⑤ 《全集》，第431页。

第八章　汤显祖的诗歌及小品创作

无论是形单影只的鸟鹊，隐在夕阳里悲啼的秋蝉，还是险峻的山石，湍急的水流，这些意象要么凄凉孤清，要么峥嵘险怪，根源在于诗人心中的矛盾与躁郁，是其内心矛盾凭依山川景物的结果，所以沈际飞说："数诗多岭南作，故多自寓。"自古迁客骚人忠而被谪，无不以心观物，以情语作景语，在他们的笔下，物物关情。唐代韩愈南迁途中也写下了大量意象险怪的诗歌，汤诗这种有意学韩（韩愈诗歌是宋诗的渊源之一）的倾向，无疑是在诗歌取法对象上对前后七子的一种立异行为，是汤显祖诗论主张的一个实践。

汤显祖贬谪徐闻，第一次看见大海，心情的激动可以在他的《海上杂咏二十首》中看出。而大海的景色在诗人笔下是这样的："东望何须万里沙，南溟初此泛灵槎。不堪衣带飞寒色，蹴浪兼天吐石花。"①

汤显祖南下徐闻途中也创作了不少诗歌记录当地的风土人情。如

《岭南踏踏词》："女郎祠下踏歌时，女伴晨妆教莫迟。鹤子草粘为面靥，石榴花揉作胭脂"②。

《黎女歌》："黎女豪家笄有岁，如期置酒属亲至。自持针笔向肌理，刺涅分明极微细。点侧虫蛾折花卉，淡粟青纹绕余地。便坐纺织黎锦单，折杂吴人采丝致。珠崖嫁娶须八月，黎人春作踏歌戏。女儿竞戴小花笠，簪两银篦加雉翠。半锦短衫花襈裙，白足女奴绛包髻。少年男子竹弓弦，花缦缠头束腰际。藤帽斜珠双耳环，缬锦垂裙赤文臂。文臂郎君绣面女，并上秋千两摇曳。分头携手簇遨游，殷山沓地蛮声气。歌中答意自心知，但许昏家箭为誓。椎牛击鼓会金钗，为欢那复知年岁。"③

诗歌真实地记录了黎族青年男女自由幸福的爱情生活，诗中对于他们的文身、穿着、舞蹈、对歌无不有逼真传情的描写，充分显示了华夏大家庭丰富多彩的文化，让人有耳目一新的感觉。

万历二十六年（1598），汤显祖移遂昌任知县。他在教民耕读息讼的同

---

① 《全集》，第462页。
② 《全集》，第437页。
③ 《全集》，第464-465页。

225

时，本人则在闲暇中寄情山水，为当地许多美景增添了灿烂的人文色彩。

　　《石门泉》："春虚寒雨石门泉，远似虹蜺近若烟。独洗苍苔注云壑，悬飞白鹤绕青田。"①

　　《雁山迷路》："借问采茶女，烟霞路几重。屏山遮不断，前面剪刀峰。"②

前诗写汤显祖游温州石门所见到的瀑布飞流而下的美景，在阳光照射下，远看像七彩斑斓的彩虹，近处则飞花溅玉，升腾起迷蒙的水雾，左右峭壁上苍翠的苔藓，远处云雾缭绕的岩壑以及盘旋在烟雨空蒙的田野上的白鹤，让人有身在画中游的浑融感。而鹤的无拘无束正是诗人心态的写照。后诗记叙诗人游雁荡山时所体会到的峰回路转、山重水复的隔世感，妙得天然之趣。

　　此外，如《丽阳十忆》《天台县书所见》等，写景抒情，发人情致。诗人与山水相知相赏，与自然融为一体的天然之趣更是浸润在字里行间，浸润在山川景物之中。

　　汤显祖辞官归隐后所作的行旅游览诗，主要是抒发自己隐逸湖山的自适之趣，如《上巳杏花楼小集二首》其二："花枝湖滟绿如红，上巳尊开雨和风。坐对亭皋复将夕，客心销在杏楼中。"③诗人陶醉在和风细雨、水光春色之中，坐在杏花楼里不知不觉就到了傍晚。

第二节　汤显祖诗歌各体裁的考察

一　绝句

　　绝句长于表现一刹那的感觉、经验和体悟，它不像律诗那样讲求严格的对仗，形式上更为自由，比较适合于情感丰富、性格不羁者用来记录自己的情绪与反应。汤显祖正是这样一位多情又重情，并且反对为声律而损

---

① 《全集》，第505页。
② 《全集》，第508页。
③ 《全集》，第674页。

第八章　汤显祖的诗歌及小品创作

害情感自由宣泄的诗人。在《徐司空诗草叙》中，他强调"大雅之亡，崇于工律"，他坚决反对前后七子过分讲求的"法度"，认为这样会压抑真情。在《答吕姜山》中，他也表达了同样的意思："凡文以意趣神色为主。四者到时，或有丽词俊音可用。"① 所以，在汤显祖诗歌的多种体裁中，绝句数量最多，五言、七言绝句接近1200首（还不包括仄声五绝），艺术上也达到很高成就，尤其是七言绝句，历来为人所称道。如

《天竺中秋》："江楼无烛露凄清，风动琅玕笑语明。一夜桂花何处落，月中空有轴帘声。"②

诗人一反传统的以视觉为主的咏月模式，用听觉引发想象，由静到动，由近到远，由实到虚。诗人于欢声笑语的佳节，在微风寒露中独上江楼，本身就与喧嚣的尘世有了一种超然的隔绝的感觉，后两句诗，由眼前的桂花联想到月宫的嫦娥此时恐怕也在静谧中独赏桂花，这其实是用心在感觉。诗人以月宫嫦娥的孤独、冷清来突出自己高洁与冷傲不群的内心世界。

又如

《送丰城陆郡博廉州二首》其一："雷阳曾此伫征槎，城月邮前溪路斜。尚有湖头双雁至，数程犹未到天涯。"③

《章门送刘冲倩之虔台四首》其二："相逢那惜尽为欢，折柳才黄心绪残。行到水西春未老，红梅还寄一枝看。"④

这两首诗的前半段，诗人也是由眼前实景写起，后半段则宕开去，想到离别后的思乡恋土之情。汤显祖有很多七绝佳作，都运用了这种结构形式。一实一虚，实写处并不过分讲究起法，而是以意取景之一隅，并由前意感发兴会，即使后半段或空灵或深婉，其神韵也依然凝而不散，个中原

---

① 《全集》，第1302页。
② 《全集》，第942页。
③ 《全集》，第847页。
④ 《全集》，第854页。

227

因就在于一以贯之的意（情），使得景语皆成情语，一气呵成，前半段叙眼前景，不致语实味短，后半段发情至语，含蓄不尽。

汤显祖还有一些咏史感事的议论性的七绝，或激昂慷慨，或沉郁顿挫，如《送刘大甫谒赵玄冲胶西》："欲别悲歌鸡又鸣，白头无计与刘生。恩仇未尽心难死，独向田横岛上行。"① 又如《黄金台》："昭王灵气久疏芜，今日登台吊望诸。一自蒯生流涕后，几人曾读报燕书。"② 诗中抒发了汤显祖自己壮志难酬的满腔悲愤，显示了汤显祖七绝诗歌的另一特色。

汤显祖的五绝诗歌也有许多成功之作。例如，他贬谪徐闻途中的纪行诗《打顿》："昨夕波罗峡，今宵打顿滩。独眠秋色里，残日下风湍。"③《九里》："九里十三坡，沉沉烟翠多。钓台何用筑，吾自泛清波。"④ 诗起首也是实写，用紧凑的行程中景物的快速更迭，营造一种急促的气势，让读者产生一种沉重的压迫感。后半段或直题或微寓，表明自己的高洁情怀，抒写自己千里南迁途中形单影只的孤寂，尤其是内心缺少知音的孤独感扑面而来。王夫之《船山遗书·夕堂永日绪论》认为七言绝句"此体一以才情为主，言简者最忌局促，局促则必有滞累，苟无滞累，又萧索无余。非有红垆点雪之襟宇，则方欲驰骋，忽尔蹇踬，意在矜庄，只成疲恭。以此求之，知率笔口占之难，倍于按律合辙也。梦得而后，惟天分高朗者，能步其芳尘。白乐天、苏子瞻，皆有合作。近则汤义仍、徐文长、袁中郎往往能居胜地"⑤，讲的也是同一个道理。王夫之还看到，汤显祖的绝句走的是刘禹锡一路，以敏锐的感觉加上才情，去传达瞬间的体验，往往有传神之作。

二　律诗

1. 汤显祖五言律诗的创作主要学习六朝诗歌，并在此基础上稍加变化，如

---

① 《全集》，第860页。
② 《全集》，第921页。
③ 《全集》，第426页。
④ 《全集》，第426页。
⑤ 毛效同编《汤显祖研究资料汇编》（全二册），上海古籍出版社，1986，第492页。

第八章 汤显祖的诗歌及小品创作

《出塞曲》:"旧将南中督,新军北落关。飞花上粉县,落月燕支山。赤狄夫人尽,乌孙公主还。何时千骑转,拂拭旧刀环?"①

《寄外》:"桃李艳春光,思妾在河阳。烛散茱萸幔,烟销迷迭香。人随千里目,曲断九回肠。归来故相识,莫作道旁桑。"②

《送古萍归百丈山》:"到来都是泪,过去即成尘。秋色生鸿雁,江声冷白蘋。别离心草草,珍重语频频。莫待他生见,还为惭愧人。"③

以上所举三例,第一首诗写将军出征塞外,第二首写思妇想念戍卒,第三首则是写送别,内容上差别较大(尤其前两首是袭用前人题材虚构,但作者并没有学习盛唐边塞诗歌)。从结构上来看,都分成三部分:开头两句交代作诗的缘由,中间四句铺写,末两句收束全诗,即"入题—铺写—结语"的典型六朝诗歌模式。但汤显祖律诗相对于六朝诗歌,也有显著的变化之处,其主要表现在中间四句的铺写上。六朝时律诗中间四句铺写,着力于纯粹地写景,虽然能构出佳句,但往往有句无篇,其所构之景语游离于诗外,究其原因大多是有景无情、无人,从而使全诗缺少贯彻始终的情感线。而汤诗则不然,如上举三例,诗人只用三、四两句描写景物,极为工整,五、六两句马上加入人和情的因子,情景结合,人在景中,这样就与前面的入题部分、后面的反应部分很好地贯通起来,成为一个有机的整体。

七言律诗也是如此,如

《送长沙易掌故》:"秣陵烟雨片帆收,燕子江边一醉游。白石沧浪随意晚,青莎杂树几人留。星光夜发长沙渚,云气春销古玉州。旧爱楚骚应暂掩,由来此地易悲秋。"④

《送林志和巴陵》:"栖凤城南散紫氛,云阳宫北蚤离群。晴拈碧草占春色,醉湿青裘动海云。梅岭杂花催汉吏,紫坛芳月映湘君。清清

---

① 《全集》,第 94 页。
② 《全集》,第 98 页。
③ 《全集》,第 741 页。
④ 《全集》,第 372 页。

最爱沧浪水，风定渔歌入夜闻。"①

其三段式结构，中间铺写部分的新变都类于五律，所不同者，就是七律由于字数的变化，声调更加悠扬悦耳，在吟诵时能让人产生感官上的愉悦，而五律则偏于舒缓闲适。

2. 五言、七言长律

《汤显祖诗文集》中的五言、七言长律并不多。五言长律有的长达五十韵，如《答淮抚李公五十韵》，七言长律有的长达六十韵，如《次答邓远游渼兼怀李本宁观察六十韵》，从内容上看，不可谓敷衍得不长，但正如沈际飞所评，汤显祖的长律仍带有作赋的色彩，其中叙情虽然婉转深至，但缺少一种颢气驱迈、健笔抟挽的开阖跌宕之气势，尤其是其中的意绪不够整晰，整体艺术成就不是很高。

三 古体诗

五言古诗中，二十韵以下的往往学到了魏晋或"三谢"的精神，有的古气隐隐，如《不遇》："桂树笼青云，沉吟止为君。揽衣万里外，矫首戟龙门。龙门不可见，白云空在天。天山敢遐篸，结遘旧焦原。愿言简珠砾，荧荧窥玉渊。"② 其中深沉宛奥的心曲，足以动人情神。有的则缀景细致入微，清新可人，如："越香初掩掩，生波还粼粼。冻雀乳才飞，新禽啭方顺。蕊粉竞薰融，花光向韶润。游子觅春归，佳人出林讯。缛景待初颜，鲜风拂玄鬓。"（《正月晦青云亭晚望》）③

在汤显祖的古体诗中，成就最高的应算七言歌行。其七言歌行承袭唐初四杰的余风，一方面可以痛快淋漓地倾泻胸中豪迈或抑郁之气，如《别荆州张孝廉》：

去年与子别宣城，今年送我出帝京。帝邑人才君所见，金车白马

---

① 《全集》，第373页。
② 《全集》，第99页。
③ 《全集》，第77页。

何纵横。金水桥流如灞浐，西山翠抹行人眼。当垆唤取双蛾眉，的皪人前倾一盏。谁道叶公能好龙？真龙下时惊叶公。谁道孙阳能相马？遗风灭没无知者。一时桃李艳青春，四五千中三百人。掷蛙本自黄金贱，抵鹊谁当白璧珍？年少锦袍人看杀，唇舌悠悠空笔札。贱子今龄二十八，把剑似君君不察。君不察时可奈何！归餐云实荫松萝。濠南钓渚飞竿远，江左行山着屐多。吏事有人吾潦倒，竹林著书亦不早。被褐原非衮冕人，飙车更向烟霞道。青野主人归不归，文章气骨可雄飞。三十余龄起幽滞，连翩不遂知者希。早津邸第开如昨，啸激清风恣寥廓。人生有命如花落，不问朱袖与篱落。君当结骑指衡山，欲往从之行路艰。《怀沙》长沙为我吊，洞庭波时君已还。贱子孤生宦游薄，羽池何似江陵乐？宁知不食武昌鱼，定须一驾黄州鹤。我今且唱《越人舟》，青蒲翠鸟鸣相求。君独胡为好鞍马，草绿波光不与俦。我住长安非一日，点首倾心百无一。夫子春间倘未行，为子问取郢中质。①

诗人起调时，用去年与好友同游同乐亲密无间、今年沈懋学高中状元而自己落第返乡的天壤之别，构成强烈的对比效果，在营造令人压抑的气氛后，诗人有意识地缓一缓，转笔写友人送别自己的情景，然后迅速转入用愤慨的语气抒发胸中的不平之气，为了加强语气，诗人安排了两句一韵，令读者内心也产生了强烈的震撼。接下来又以中进士后的风光与落第者的沮丧构成对比，到这里，抒情主人公终于以伤感无奈的面目走到读者前面，感叹自己已近而立，空有满腹安邦治国之策却得不到赏识，不得不归隐山林，语气又转为舒缓平和，充满了山林隐逸之气。可见汤显祖在这首诗中，除了保留歌行传统的平仄韵交替、四句一转韵的基本特征外，还结合内容在感情激越之处以两句一转韵，加强了气势。

这一类型的七言歌行还有《老将行》《三生落魄歌送黄荆卿》等。

另一方面，汤显祖往往用七言歌行体充分展示乃至任意驰骋自己的才情。如《听说迎春歌》："帝里迎春春最近，年少寻春春有分。可怜无分看春人，忽听春来闲借问。始知帘户即惊春，夹道妆楼相映新。楼前子弟多

---

① 《全集》，第 43－44 页。

春目，楼上春人最着人。"①

这首歌行全用平声韵，体现了汤显祖歌行体韵脚的灵活多变，一诗之中用了九个春字，满纸春光沁人心脾。与之异曲同工的还有著名的《芳树》，该诗用韵也很灵活：前四句两句一韵，接着六句换韵，中间十四句共一韵，最后两个六句韵，很有独创性，并且一首诗中出现了二十六个芳字，其音节之明朗清亮，启人意想回环萦绕之妙，言不尽意，就连当时著名的文人徐渭都极为佩服与欣赏，还写了一首《渔乐图》与之相和（前文已提及）。

又如《立春日忆孙生》："孙生本是山东美，却似江东作乡里。惜别何时游故人，吴歈半入新安水。水上寒云暗不流，片片雪花吹锦裘。似有金尊映明烛，日暮留君君不留。留君不住只愁人，别后年光一色新。莫论明日为人日，且道今春已立春。"② 在换韵之处，借用上一韵末句中的一至两个字，作为下韵的开头，令全诗韵转句连，从而形成连贯一致的气势。另如《送安卿》也是运用这一手法。

读汤显祖的七言歌行，可以处处感受到诗人在继承前人风格的同时还有一股强烈的内在的创新精神，他在这块小天地里尽情地在用韵、遣词、炼句等各个方面进行试验，以充分展现自己的才华与灵气。

第三节 简论汤显祖的小品创作

"小品"作为一种文体，概念并不很确定，然其由来已久。刘孝标注《世说新语·文学》引释氏《辨空经》说："经有详者焉，有略者焉。详者为大品，略者为小品。"鸠摩罗什翻译《摩诃般若波罗蜜经》，有《大品般若》与《小品般若》之分。六朝和宋代也有小品文的出现，而小品真正兴盛成熟则是在晚明时期。晚明小品文真正具有了独立的艺术品格，使得小品成为个性鲜明、表达自由的文体。

汤显祖为文，不喜作鸿篇巨制，一部《汤显祖全集》中的文，绝大部

---

① 《全集》，第237页。
② 《全集》，第237页。

分可视为他自称的"小文",而这种"小文"又集中在序文、题词和书简中。汤显祖一生对小品文也算比较重视。正如他的《答张梦泽》所言:"时为小文,用以自嬉。"小品文写作是其精神境界的追求。究其原因,既有晚明风气盛行的影响,也有汤显祖本人个性张扬的因素。

查继佐的《汤显祖传》说:"海若为文,大率工于纤丽,无关实务;然其遣思入神,往往破古。"① 纤丽之语也可以用于汤显祖的小品的评价当中,汤的小品以尺牍成就最高。沈际飞在《玉茗堂尺牍题词》中说:"汤临川才无不可,尺牍数卷尤压倒流辈。盖其随人酬答,独摅素心,而颂不忘规,辞文旨远。于国家利病处,缅缅详言,使人读未卒篇,辄憬然于忠孝廉节。不则惝怳沉潒,泊然于白衣苍狗之故,而形神欲换也。又若隽冷欲绝,方驾晋、魏,然无其简率。"② 从时人的评价中,我们知道,汤显祖的小品具有"压倒流辈"的地位。

汤显祖自小倾慕六朝诗文,偏爱《文选》,六朝文的形式对显祖文的风格形成有很大影响。无论文章词曲,汤显祖的骈体都运用得十分熨帖,他不是只限于精工藻丽,而是将这一语言形式融入特有的创作风格中,让人品味起来,既感到陌生,又感到亲切,如《寄左沧屿》:"目中如门下,零露蔓草,未足拟其清扬,秋水霜蒹,差以慰其游溯。鸣琴山水,太冲深招隐之情;迟暮佳人,惠休拟碧云之咏。倏焉别去,渺矣伊人。再觏无从,怅仁何及。"③ 汤显祖善于吸收六朝骈文精华,能把复杂的人事用简洁明了的语言表达得清晰易懂,将复杂的思想感情准确生动地烘托出来,"隽冷欲绝,方驾晋、魏"。

钱谦益在《列朝诗集小传·丁集中》中评价汤显祖:"自王、李之兴,百有余年。义仍当平充塞之时,穿穴其间,力为解驳。归太仆之后,一人而已。"他高度肯定了显祖在晚明反对复古主义文学运动中承前启后的历史地位。

注重意趣,是汤显祖文学创作上比较突出的审美特征。《答吕姜山》:"凡文以意趣神色为主。四者到时,或有丽词俊音可用。"沈际飞评这段话

---

① 毛效同编《汤显祖研究资料汇编》(全二册),上海古籍出版社,1986,第88页。
② 毛效同编《汤显祖研究资料汇编》(全二册),上海古籍出版社,1986,第445页。
③ 《全集》,第1527页。

说"作四剧得力处",是对"四梦"而言,但反映的是汤显祖文学创作的一个基本思想,即追求一种幽默、雅致的美学境界。这一文学思想始终贯穿在他的各种文学形式中,小品文当然不例外。晚明小品有以性灵、兴趣为主的美学本质,还有远韵、逸致、简洁的审美特征,这种美学本质和审美意趣,在汤显祖的小品文中表现得淋漓尽致。六百多篇书简,篇幅短小,有的三言两语,简洁明快,而内容上十分注重意趣情调,意趣横生。《与刘君东》:"屠长卿曾以数千言投弟,弟以八行报之,渠颇为怪。弟云,古人书上云长相思,下云加餐饭,足矣。"[1] 达意不在于文章的篇幅长,在于表达感情是否真挚,这是显祖不喜作鸿篇巨制的根本原因。显祖胸怀高逸旷达,性格狂放耿直,情感浓烈真纯,无论是心情、感性、牢骚,还是幽情的驱使,他都能将真情实感注入笔端,不矫造做作,正如沈际飞评言:"言一事,极一事之意趣神色而止;言一人,极一人之意趣神色而止。"(《玉茗堂文集题词》)[2]

晚明的小品文蔚然成风,但当时的作家并不十分计较,任情挥写,也随意丢弃。这在显祖身上也有所反映,"辄不自惜,多随手散去"。漫不经心的写作,使小品文天然无雕饰,纯情又娇丽。他的创作不按"原本六经"来进行,"独抒情灵",因而往往产生小而真、短而秀,活泼自由、悠扬清逸的作品,笔法空灵明快,炼字简洁高雅。

一般来说,游记、传记比较容易展示作者的文采,序跋、题词显得刻板一些。汤显祖却能把题词写得神采飞扬,极其诙谐,如《溪上落花诗题词》,系为虞淳熙、淳贞兄弟所作。这两兄弟好仙佛,皆隐山中,作花溪诗百余首,语涉香艳。显祖在题词中有意作调侃语:"然予览二音,有私喜焉。世云,学佛人作绮语业,当入无间狱。如此,喜二虞入地当在我先。又云,慧业文人,应生天上。则我生天亦在二虞之后矣。"[3] 沈际飞评说:"心花笔花,无非天花矣。"袁宏道读此篇后对江盈科说:"前见汤海若作二虞《溪上落花》诗引子,妙甚,脱尽今日文人蹊径。"[4] 能得到性灵派文人

---

[1] 《全集》,第1482-1483页。
[2] 毛效同编《汤显祖研究资料汇编》(全二册),上海古籍出版社,1986,第429页。
[3] 《全集》,第1159页。
[4] 《全集》,第1159页。

第八章　汤显祖的诗歌及小品创作

的如此推崇，绝非偶然。如《旗亭记题词》，为江西南城人郑之文而作，郑作有《旗亭记》传奇，显祖题词仅用二百余字，文意简洁，而气韵超俗。沈际飞评文末九句云："承史公笔法。"

即使作祝寿应酬文字，显祖也与人不同。历来作此类文字多腴词颂语，显祖却能"洗而空之"①，这是不容易的。

书简亦称尺牍，是显祖小品中的重要部分，也是他小品中文笔特色的代表。其在形式上，生动活泼，不拘泥一定的文体格式，有的按套式表现，如《与曹尊生廷尉》："长安对门下夜坐，如姑射仙人，令人窅然忘世。不谓世人乃更不忘门下也。范南宫遂为秋柏之实，人事何常。万祈自爱。"②有的则平实如话家常，意尽则戛然而止，如《与朱以功》："天下非水则旱，而儒之贫者尤苦，儒之真者犹苦，则门下是也。北门贤者，固不讳穷，独如世道何？"③在语言上，富于变化，或用文言，或文白相间，或用骈体，时语俗言运用得恰到好处，如《寄董思白》："门下竟尔高蹈耶？莼鲈适口，采吴江于季鹰；花鸟关心，写辋川于摩诘。进退维谷，屈伸有时。倘门下重兴四岳之云，在不佞庶借三江之水。芳讯时通，惟益深隆养，以重苍生。"④这种典型的吸取六朝骈文小品的精华，在显祖书简中到处开花，美不胜收。叙述对象不同，语言表达方式也不同，如《与宜伶罗章二》："章二等安否，近来生理何如？《牡丹亭记》，要依我原本，其吕家改的，切不可从。虽是增减一二字以便俗唱，却与我原做的意趣大不同了……"⑤信是写给宜黄县的普通艺人，所以文字全用口语，通俗晓畅，明白无误。显祖对文雅与通俗的分寸把握得非常好。在表达上，极尽情趣，这与显祖学贯古今、学识高超分不开，如《与丁长孺》："弟传奇多梦语，那堪与兄醒眼人着目。兄今知命，天下事知之而已，命之而已。弟今耳顺，天下事耳之而已，顺之而已。吾辈得白头为佳，无须过量。长兴饶山水，盘阿痦言，绰有余思。视今闭门作阁部，不得去，不得死，何如也。"⑥此文写得如行

---

① 《全集》，第1052页。
② 《全集》，第1387页。
③ 《全集》，第1429页。
④ 《全集》，第1440页。
⑤ 《全集》，第1519页。
⑥ 《全集》，第1395页。

云流水，舒卷自如，老辣到家。玩味"知命""耳顺"于文字游戏中，巧妙而富于深意。全文言外之意含规劝，在诙谐中传达而不失风度。

汤显祖的尺牍，清丽雅致，隽永飘逸，文采飞扬，在语言形式上非常讲究，作者尤其喜欢简洁高雅的表达方式，如以下数则：

> 弟受性疏梗，户外都无长者车来。而丈俨然临之，信宿之间，三顾白屋。日月过而幽草回，风雷至而慵鱼动矣。两受良书，优渥满纸。承谕椎事已定，有仁人长者覆露在上，纵不尽鹰化为鸠，或可日损以月耶。弟书生，何足仰赞万一。(《玉茗堂尺牍》之五《答汪云阳大参》)①

> 目中如门下，零露蔓草，未足拟其清扬，秋水霜蒹，差以慰其游溯。鸣琴山水，太冲深招隐之情；迟暮佳人，惠休拟碧云之咏。倏焉别去，渺矣伊人。再觏无从，怅伫何及。(《玉茗堂尺牍》之六《寄左沧屿》)②

读汤显祖小品文所能深刻感觉到的是有一股"灵气"充溢其间。沈际飞在《玉茗堂文集题词》中这样评价："秾纤修短，都有矩矱。机以神行，法随力满。言一事，极一事之意趣神色而止；言一人，极一人之意趣神色而止。"③的确，汤显祖正是以其"至灵""飞动"之笔，写出了作为至"灵"之物的人的真情。《赴帅生梦作》有序曰：

> 丁亥十二月，予以太常上计过家。先一日，帅惟审梦予来，相喜慰曰："帅生微瘦乎？"则止。予以冠带就饮，帅生别取山巾着予，甚适予首。叹曰："人言我两人同心，止各一头。然也。"嗟乎！梦生于情，情生于适。郡中人适予者，帅生无如矣。乃即留酌，果取巾相易，不差分寸，旁客骇叹。记之。④

---

① 《全集》，第1501页。
② 《全集》，第1527页。
③ 毛效同编《汤显祖研究资料汇编》(全二册)，上海古籍出版社，1986，第429页。
④ 《全集》，第262-263页。

第八章　汤显祖的诗歌及小品创作

如此灵动洒脱的短文,仅百字,却已将挚友间的深情表露无遗。由此可见,汤显祖尺牍吸收了六朝骈文小品之精华,而达到高超的艺术水平。他的高妙之处在于用骈文句式把复杂的人事和感情表达得生动流畅,这也是一种非同寻常的文字功夫。沈际飞评其尺牍"隽冷欲绝,方驾晋、魏"[1],并非虚语。

陆云龙说:"其思玄,其学富,其才宏,似欲翻高深峻洁之窠臼,另以博大瑰丽名。彭蠡之涛,风雷奋而天地浮;匡庐之瀑,珠玑奋而瑶玫落。句饶藻艳,字带兰芬,又不舍欧阳、曾、王别树一帜哉!"[2]

汤显祖生性耿直,能秉公论道,敢于斗争,是一位堂堂正正的血性男儿。显祖真实的内心世界和坎坷不平的人生道路在他的小品中有集中的反映,他喜欢将平日的喜怒哀乐宣泄在文字上,不隐曲,不夸张,袒露心扉,达观自处,嬉笑怒骂,皆成妙文。

有人将晚明的小品分为多种流派,视显祖为才情派[3],或称其尺牍为文采派[4],沈际飞在评《云声阁草序》时也曾指出:"夷澹恢渺,开近时江右文派。"[5]的确,显祖的小品在明清文学中影响颇大,开公安文学之先声,与其才藻情思、桀骜悠荡,甚至诡诙砥淬的气格是分不开的。他的戏曲千古流芳,他的小品也光彩照人,彪炳万代。

---

[1] 毛效同编《汤显祖研究资料汇编》(全二册),上海古籍出版社,1986,第445页。
[2] 毛效同编《汤显祖研究资料汇编》(全二册),上海古籍出版社,1986,第461页。
[3] 黄卓越:《闲雅小品集观》,百花洲文艺出版社,1996,第95页。
[4] 吴承学:《晚明小品研究》,江苏古籍出版社,1999,第77页。
[5] 《全集》,第1085页。

第九章

汤显祖的尺牍创作

——与袁宏道尺牍之比较

尺牍属于小品文范畴，本章节把汤显祖尺牍抽出与同时代另一大作家袁宏道之尺牍对照论述，用意即从两人的尺牍看其"真""情"思想之区别。

一朝有一朝之文学，一朝文学有一朝文学之风尚。晚明社会政治腐败、纲纪松弛，许多文人欲济世而不得，当政者却一心只为私利，士大夫的参政热情也越来越弱，明王朝的兴亡之征兆在这个朝代已体现得尤为清晰。此时，文学领域里出现了"骂官"声一片的现象，甚至有些文人在儒家理想受阻与商人向儒家道德逐渐靠拢的历史夹缝中，逐步与商人阶层融合。然而，"意识形态领域几近失控，从士大夫到山人的思想言行都相对自由"，危机四伏的社会环境却使"文坛鼎革，风起云涌，诗文戏曲，皆谱新章"①。现实越黑暗，文学越繁荣；现实越虚伪，文学越真实。尺牍，也在此时进入了其发展的辉煌时期，逐渐褪去传达信息的实用功能，更多地成为文人志士抒发心中情感的自由天地。在尺牍里，作家的角色只有一个，就是他们自己，在这里，他们对朋友亲人的说话其实就是和自己的对话，他们可以毫无顾忌地表达自己的思想和情感。所以，尺牍是通往作家心灵的窗口，而晚明文人在尺牍里所体现出来的"真"，在那个趋利致富、商贵官贱的时代是最难能可贵的。

汤显祖与袁宏道作为晚明戏曲和诗文领域的领袖，他们在文学上的"至情"说和"性灵"说，也都源于一个"情"字，也可以说源于一个

---

① 廖可斌主编《2006明代文学论集》，浙江大学出版社，2007，第286页。

第九章　汤显祖的尺牍创作

"真"字：因为是"至情"之人，所以真；因为真，所以能"独抒性灵"。所以，作为"至情"之人所拥有的本"真"便是他们尺牍的共同点。细读二者的尺牍，"真"情时时流诸文字间，而我们只需要仔细聆听他们的心声，或奔腾似万丈倾泻之瀑布，或深沉如千里绵长之涓流。但无论是奔腾甚至叫嚣还是深沉甚至老练，总有一个"真"是对他们情感的最高统掣和最终诠释。

汤显祖与袁宏道同为"真"人，同为性情之人。在那个时代，他们被看作"狂人"的代表。而狂人之所以为"狂人"，恰恰因为他们的思想中散发的"真人"的光辉，是对封建道德束缚的最有力的鞭挞和反叛；这种"真人"的光辉，是他们不仅能在满是伪君子、真小人的时代说真话，毫不掩饰一个人之所以为人而存在的欲望，而且能大胆表现自己对这种欲望的肯定与追求，"发人所未发，发人所不敢发"。他们也正是因为还有保持"真"的执着，所以能为"狂人"代表，能傲然于世。

第一节　"真"的统一

"真"是中国文论的一个基本的观念，而"情"在中国文学创作中也是被普遍认可的观念。尺牍作为一种文学而存在，首先必须是"真"和"自由"的统一。这"真"和"自由"说到底终是一个"情"字的化身。有人把"真"解释为"诚"，而"诚"是"情"和"实"的统一，认为"情"是文章的根本，所以"诚"是"真"与"情"之间实现共通的纽带，即"真"与"情"的本质是相同的。而作为作家心灵窗口的尺牍，和其他文体相比，更应该是"真"与"情"的凝结。

"'真'本是道家语，就是自然、本色。"[1] 汤显祖与袁宏道对"真"的追求就贵在重视"自然"，重视自我情感的真实表达，这是他们在文学上取得成就的重要原因。所以只有"忠于个人情志的，才是'真'，才是一切文学艺术的根本，否则，谈不上任何成就"[2]。所有的文学，包括尺牍，"真"

---

[1] 刘晶雯整理《朱自清中国文学批评研究讲义》，天津古籍出版社，2004，第53页。
[2] 复旦大学中国语言文学研究所主编《古代文论研究的回顾与前瞻——复旦大学2000年国际学术会议论文集》，复旦大学出版社，2002，第320页。

才是它们作为文学艺术的根本所在。而汤显祖与袁宏道的尺牍所取得的巨大成就，从根本上说，就是对"真"的执着与追求的体现。下面我们就具体分析二者尺牍所体现的思想的共同点——"真"。

一　弃小人而为大丈夫

他们"真"的共同点首先是他们都追求人格的独立。

汤显祖一生历经嘉靖、隆庆、万历三个朝代，那也是朝廷腐败、社会动荡的时代。他出生于书香世家，5 岁就能属对联，10 岁习古文辞，14 岁补为诸生，21 岁就以排名第八的成绩中举。但是有才的汤显祖在仕途上却并不顺利，他的正直使他在科举考试中屡考屡败，直到首辅张居正去世后，他才在万历十一年（1583）以三甲第 211 名中了进士。明代中晚期，朝廷上上下下都被激烈的党争所笼罩，张居正去世后，首辅张四维和申时行又令其子来拉拢汤显祖，汤显祖同样断然拒绝。

万历十九年（1591），汤显祖又上疏《论辅臣科臣疏》，抨击了首辅申时行等朝廷大员，这也等于间接批评了皇上的失职，于是被贬谪到广东徐闻县任小吏典史。两年后，汤显祖又被调到偏僻贫穷的浙江遂昌担任知县。在任遂昌知县时，他不畏强权，修建学堂，劝学兴教，成为两浙声名极佳的官员。

而袁宏道在那个厌官、骂官的朝代，被认为是佼佼者。万历二十二年（1594）秋冬，袁宏道赴京谒选，十二月授吴县知县。第二年二月离京赴任。他在吴县任知县的两年间，勤政廉洁，深受吴民爱戴，但由于他与当路意见相左而郁郁不乐，加之官场的束缚使他烦厌，他便先后上《乞归稿》两篇、《乞改稿》五篇，最后仍是不待上级批复便辞官归去，继而与友朋悠游东南山水，赋诗作文，广交朋友。但万历二十六年（1598）二月，袁宏道又从扬州出发，进京候补，四月，任顺天府教授。万历二十七年（1599）初，升国子监助教。万历二十八年（1600）三月，升礼部仪制司主事，七月，袁宏道被差往河南周藩瑞金王府掌行丧礼，八月与中道离京南下回公安。

从他们的仕途经历我们可以看出：

首先，他们都曾经对仕途抱有幻想，并把它作为实现人生价值的主要途径。尤其是汤显祖,他一生都抱有济世之梦,从他那些流露出许多不得志情绪的尺牍中,读者能深深感受到那种强烈的责任感找不到依托的无奈和不满。而袁宏道刚入仕途之时,置身于一个迥别于公安的繁华城市,因受到强烈的刺激,还形成了"五快活"的真乐观,毫不掩饰也想做大官的愿望。

其次,他们都是因为不屈服于权贵或者说与当政者意见不合而感到压抑。袁宏道一方面喜于城市的繁华,但又觉得"乌纱碍人",不能率性而为。在上任之前,他就在《寄同社》中表达了这种忧虑:

> 弟已令吴中矣。吴中得若令也,五湖有长,洞庭有君,酒有主人,茶有知己,生公说法石有长老,但恐五百里粮长,来唐突人耳。吏道缚人,未知向后景状如何,先此报知。①

再次,他们做的官虽然都是县吏,却都是爱民亲民的好官,受到人民的爱戴。

但是,在那个纲纪败坏、阉党一手遮天的朝廷,正直的文人与趋炎附势、重利忘义的小人相比,往往很难实现自己的抱负,"世之假人,常为真人苦","大势真之得意处少,而假之得意时多"。② 他们唯一能做的就是:要么隐退,从此与这浑浊世界划清界限;要么就卑躬屈膝,俯首谄媚,在浑浊世界里随波逐流。

汤显祖与袁宏道,他们的"真"就体现为不同流合污,要么失望而归,要么绝望而去,坚决不允许外界的浑浊改变他们对精神自由和个性解放的追求,即使面对压力,他们也要能够保持心底那份最初的"真",表达对社会的不满。

汤显祖尺牍的"真",首先自然是其情感的真。道家提倡的贵真,"是面对物质欲望而异化的人而言的,是对原始朴质混濛人性的复归"③。而这种在道德上对"真"的追求,一定程度上则是对社会现实的消极逃避。汤

---

① (明)袁宏道:《袁宏道集笺校》,钱伯城笺校,上海古籍出版社,1981,第201页。
② 《全集》,第1305页。
③ 赵树功:《中国尺牍文学史》,河北人民出版社,1999,第403页。

显祖的思想深受李贽的影响，他和李卓吾一样，极度厌恶假道学，痛恨伪君子。在《答王宇泰太史》中，汤显祖明确提出了"真人"与"假人"的概念，寥寥数语便形象揭露了假人的可恶嘴脸："真人得意，假人影响而附之，以相得意。真人失意，假人影响而伺之，以自得意。"① 这种"假人"，见风使舵，趋炎附势，自私自利，真令人可憎可恨。在这个"假人""小人"大行其道的世界，"真人"则只能"掩门自珍"，自叹悲苦，其中酸苦，个人自知。汤显祖所谓的真人君子，乃是"轻垂晚之荣华，保方刚之亮节"②之人，是断断不能与那类"小人""假人"同流的，而他晚年终老玉茗堂的结局，则为他的方刚亮节画上了一个完满的句点。

袁宏道在他的尺牍中也多次提到"小人"，他在《张幼于》中将吏分为三等，而最为厌恶者即那种趋炎附势、唯利是图之人：

若夫有之以为利者，是贪欲无厌人也。但有一分利可趁，便作牛亦得，作马亦得，作鸡犬亦得，最为污下，最为可厌。然牛马鸡犬，世既不可少，则此等之人亦可随大小方圆而器之矣。③

把"小人"比作"牛""马""鸡""犬"，与汤显祖对"小人"的痛恨相比毫不逊色。这种"小人"，秉承"众人所趋者，我亦趋之，如蝇之逐膻"④的行径，却能在官场如鱼得水。这种讽刺，是道德沦丧的恶果，是社会腐败的直接后果："然明之士大夫不能尽脱宦官之手而独有作为。贤者且然，其不肖者靡然惟阉是附，盖势必至矣。"⑤

汤显祖与袁宏道求"真"、求"情"，把尺牍当作自己心灵的知己，知其尺牍，便知其人其品其性。他们不仅把矛头指向那些虚情假意之辈，更重要的是他们还提倡自我的修养，追求人格独立，正如汤显祖所说"世疑何伤，当自有不疑于行者在"⑥，这便是他们高尚人格的体现。而用袁宏道

---

① 《全集》，第 1305 页。
② 《全集》，第 1396 页。
③ （明）袁宏道：《袁宏道集笺校》，钱伯城笺校，上海古籍出版社，1981，第 257 页。
④ 范桥、张明高编注《袁中郎尺牍·答李元善》，中国广播电视出版社，1991，第 48 页。
⑤ 孟森：《明史讲义》，中华书局，2006，第 6 页。
⑥ 《全集》，第 1333 页。

第九章 汤显祖的尺牍创作

的话说,就是:"聚首村中,一樽一勺,便足自快,身非木石,安能长日折腰俯首,去所好而从所恶?"① 他不愿为官所累,不愿为俗流所沉,只愿将"乌纱掷与优人,青袍改作裙裤,角带毁为粪箕,但辨此心,天下事何不可为,安能俛首低眉,向人觅颜色哉!"② 但他的处世哲学不再是汤显祖的中庸之道,他对官场多了一份决绝,少了一份眷恋,对自己则多了一份闲适。这种对人格自由的追求与汤显祖相比却显得颇为消极:"世情当出不当入,尘缘当解不当结,人我胜负心当退不当进。"③ 所以他最终宁愿辞官悠游山水之间,谈诗论佛,评点人物,去做一个世间大自在人。

弃小人而为大丈夫,是要在浑浊的社会现实里保持自己对人格独立的执着追求,而在只顾现实利害平衡的晚明,对于对仕途还抱有希望的文人志士来说,唯一能做的就是"忍",如尺牍《答赵赞善》:

> 主国体者,实厌烦言。然容者之多言,亦主者之少断。天下前已嚣嚣,而贵臣天陨,可谓洗削一时。今又坐失,后幸难再。今相国虽未有奇,号为和雅,而名(明)公以才名出其门下,又戚里见知,得有所言,宜莫如足下。以足下之才之亲,不能转一和雅之相,乃向无所施处谈天下事乎!三十六卦,宁止一《遁》,世且以足下挟傲而去,不益正言之名。意有所念,虽夜半游相国于曲房之中,天下知其无邪心。第幸无以去为言。以咸且知,而仅耿耿以去,谁不可以去也?④

这是汤显祖观政礼部时写给赵赞善的尺牍,劝诫赵赞善以大局为重,不要轻易言去。可是,汤显祖并没有"忍者成仁",最后他归居临川,梦断玉茗堂。而袁宏道也同样鄙视小人行径,重大丈夫之气节,并把"忍"作为自身修养的一个方面:"若不为所难为,忍所难忍,此即如蜉蝣营营水

---

① 范桥、张明高编注《袁中郎尺牍·兰泽、云泽叔》,中国广播电视出版社,1991,第28页。
② 范桥、张明高编注《袁中郎尺牍·聂化南》,中国广播电视出版社,1991,第225页。
③ 范桥、张明高编注《袁中郎尺牍·答李元善》,中国广播电视出版社,1991,第48页。
④ 《全集》,第1288页。

中，不知日之将暮。"①

而"忍"此时不再仅仅是避俗流的无奈之举，它已成为有志之士提高自身人格修养的必然选择。

二 豪情柔情相济，有情人作有情语

他们的"真"还表现为尺牍中情感的自然流露。

在那个许多士人都厌官、骂官的朝代，汤显祖却毫不掩饰自己的仕途之梦，不似伪君子一般，一边口头骂官，一边心里却巴不得步步高升，苦心钻营，而袁宏道作为厌官、骂官中的"冠军"，曾经也毫不掩饰想做大官的愿望。这种大胆，是"真"的表现，也非一般人所能及。

前面我们谈到，"真"归根到底是一个"情"字的化身。袁宏道和汤显祖一样，尺牍中情感的展现是"豪情柔情并济"，但不管是豪情还是柔情，终是"有情人作有情语"。

汤显祖的尺牍风格总体上呈现的是"中和"。说到他的"豪情"，在他的尺牍中的确没有那种骁勇于沙场，叱咤风云的刚烈壮志的形象，这是因为他的"豪情"并非来源于此。他和袁中郎一样，作品中充斥的"豪情"是来源于他们"作品中昂扬的冲决人性网罗的勇毅……那是思想洪流的奔进与高歌，而这，当属人的大境地、大豪迈"②。而说到"柔情"，在汤显祖的尺牍中则有更多的流露。我们常常能在他写给朋友的尺牍中感受到那种饱含深情的思念与无奈，如《与岳石梁》：

> 石梁过我，风雨黯然，酒频温而易寒，烛累明而似暗。二十余年昆弟道义骨肉之爱，半宵倾尽。明日送之郡西章渡，险而汜济，两岸相看，三顾而别。知九月当更尽龙沙之概。见石梁如见石帆，终不能了我见石帆之愿也。③

---

① 范桥、张明高编注《袁中郎尺牍·答李元善》，中国广播电视出版社，1991，第48页。
② 赵树功：《中国尺牍文学史》，河北人民出版社，1999，第400页。
③ 《全集》，第1335页。

第九章 汤显祖的尺牍创作

与老友相聚，有喜也有叹，把酒对饮，或许心中又涌起了当初壮志未酬的感慨，离别多年，一人身居僻地，与老友相见自然是难分难舍，难免一醉方休，诉说当年的快与不快。一句"石梁过我，风雨黯然，酒频温而易寒，烛累明而似暗"，值是"淡淡语感慨淋漓"。又有"或舟车中念及半生游迹，论心恸世，未尝不一呼惟审也"①。而正是这种淋漓的情感，让我们在奔腾着的豪情之外，看到了任何人都应该具有的柔弱但却更为本真可爱而易打动人的一面，诸如害怕孤单寂寥、生离死别，思念朋友、亲人，等等。这种柔情的流露与展现，使豪情更加具有人性的亮丽光辉，让人感慨、赞叹。

袁宏道的豪情，当数那类逢信必言苦的尺牍，类似叫嚣的痛快淋漓的表达，不能不说是他内心"冲决人性网罗"的义无反顾的体现。

袁宏道在给朋友的许多书信当中都谈为官之苦，从"俗吏之缚束人甚矣！"② 到"人至苦莫令若矣，当其奔走尘沙，不异牛马，何苦如之"③，再到"是在官一日，一日活地狱也"④ 的感慨，不用多言，一个"苦"字，足以表达其对官场的厌烦和对自由的向往。试想世间又有何种感觉能如身处"地狱"般痛苦呢？所以在尺牍《龚惟长先生》中，他首先表达了对"无官一身轻"的肯定：

"无官一身轻"，斯语诚然。甥自领吴令来，如披千重铁甲，不知县官之束缚人，何以如此。不离烦恼而证解脱，此乃古先生诳语。甥官味真觉无十分之一，人生几日耳，而以没来由之苦，易吾无穷之乐哉！计欲来岁乞休，割断藕丝，作世间大自在人，无论知县不作，即教官亦不愿作矣。实境实情，尊人前何敢以套语相诳。直是烦苦无聊，觉乌纱可厌恶之甚，不得不从此一途耳。不知尊何以救我？⑤

---

① 《全集》，第1324页。
② 范桥、张明高编注《袁中郎尺牍·屠长卿》，中国广播电视出版社，1991，第63页。
③ 范桥、张明高编注《袁中郎尺牍·王以明》，中国广播电视出版社，1991，第65页。
④ 范桥、张明高编注《袁中郎尺牍·罗隐南》，中国广播电视出版社，1991，第49页。
⑤ （明）袁宏道：《袁宏道集笺校》，钱伯城笺校，上海古籍出版社，1981，第222页。

而"无官一身轻"此时不过是向往，尺牍中饱含的却只是无奈和痛苦。为官历来都是士人展现抱负、实现荣华富贵的唯一途径，许多人求而不得，但袁宏道却极诉为官之苦，又是"地狱"，又是"千重铁甲"，仿佛把他压得喘不过气来。最后他乞归不得归，以至于"见乌纱如粪箕，青袍类败网，角带似老囚长枷"①。在常人看来一切代表权与利的东西，于袁宏道来说都是无形的枷锁，桎梏着这位大家对自由、闲淡生活以及对生命的追求，"进退狼狈，实可哀怜"，那种无奈、焦灼和纠结，实可怜哉！

有苦诉苦，人生短短几十年，绝不愿"以没来由之苦，易吾无穷之乐"，这当是有情人之所为，也只能是有情人之所为。然而，有苦诉苦，这种类似叫嚣奔走的毫无忌惮的真情流露，直让人甚觉火山将要喷发一般。官场在袁宏道看来，就是心灵的枷锁，这是他为官的最大感受，但是却并不是唯一的感受，甚至不同的时候，其感受总是矛盾的，这就是他在《龚惟学先生》中所说的"苦趣"：

甥尝谓吴令苦乐皆异人，何也？过客如猬，士宦若鳞，是非如影，其他钱谷案牍无论，即此三苦，谁复能堪之？若夫山川之秀丽，人物之色泽，歌喉之宛转，海错之珍异，百巧之川凑，高士之云集，虽京都亦难之，今吴已饶之矣，洋洋乎固大国之风哉！今之称吴令者，见乐而不见苦，故每誉过其实；而其任吴令者，见苦而不见乐，又不免畏过其实。甥意独谬谓不然，故虽苦其苦，而亦乐其乐，想尊者闻之，必大有当于心矣。②

过客、仕宦和是非，足以让人在浑浊世界里纠缠不清了。所以袁宏道自称"行不到岸的苦头陀"，在尺牍《丘长孺》中，更是把为官之"苦"、之"毒"刻画到了极致：

弟作令备极丑态，不可名状。大约遇上官则奴，候过客则妓，治

---

① 范桥、张明高编注《袁中郎尺牍·罗鄂南》，中国广播电视出版社，1991，第50页。
② （明）袁宏道：《袁宏道集笺校》，钱伯城笺校，上海古籍出版社，1981，第239页。

钱谷则仓老人,谕百姓则保山婆。一日之间,百暖百寒,乍阴乍阳,人间恶趣,令一身尝尽矣。苦哉,毒哉!①

"明末文人,从袁中郎开始,尺牍中就一种意象,一种风物,一种情绪,虽一两句话可言明的,也要横说竖说,前说后说,正说侧说,阴说阳说,一铺一片,一陈一排。"②他的苦不似汤显祖那样是藏在心底的有节制地慢慢流露,读多了总有故弄玄虚、虚张声势之嫌。但这恰恰又从另外一个方面看出了他率真的个性,有苦言苦,非得把它说个清楚,就算说不清楚,也非得把它说个痛快不可。而最重要的恰恰就是要痛快。

"袁宏道(中郎)是一个乍看其作品人们就想下结论的作家。接触多了,往往会感到结论下得匆忙——这种文人,表象的东西太多,掩饰了内心的复杂,就像欢乐总是挂在脸上的人,不易察知他的苦恼、忧伤一样。"③确实如此。他极力言苦,但又认为苦有苦趣,很难让人一眼就看出他心底的真实感受。但这绝对不是前后不一,虚伪掩饰,而是有苦言苦,有乐享乐,有什么说什么,更加证明了他是一个率性而为的人,这种率性有时甚至有些肆无忌惮。而正是这种带有"痞气"的率真,才印证了他的"真",印证了他的"大境地、大豪迈"。

在袁中郎的尺牍中,很少能看到那种深情的文字。"平日不惯惜别,今若尔,人到苦处,情自深耳。"④"求归不能,即归,不知何日得登青叶之楼,眺长江之水?言之泪下。"⑤此类至情至性的文字在他的文章中虽并不多见,但是正如赵树功评价他的这种少有的"柔情"文字时说:"言及情,他是一丝不苟的。"⑥

所以,他们的尺牍中展现的是他们人性中"豪情"与"柔情"的交融,尽管它们在汤显祖与袁宏道的尺牍中篇幅有长有短,文字有多有少,但是最为可贵的是:这些"豪情"与"柔情",让我们看到了有情人的"情",

---

① (明)袁宏道:《袁宏道集笺校》,钱伯城笺校,上海古籍出版社,1981,第208页。
② 赵树功:《中国尺牍文学史》,河北人民出版社,1999,第355页。
③ 赵树功:《中国尺牍文学史》,河北人民出版社,1999,第409页。
④ 范桥、张明高编注《袁中郎尺牍·龚惟学先生》,中国广播电视出版社,1991,第38页。
⑤ 范桥、张明高编注《袁中郎尺牍·李健翁》,中国广播电视出版社,1991,第45页。
⑥ 赵树功:《中国尺牍文学史》,河北人民出版社,1999,第411页。

更看到了有情人的"真"。

三 尺牍中的平民思想

"万般皆下品，唯有读书高"，文人可以凭借自己的学识从一个穷酸秀才变成官场达人，犹如麻雀变凤凰，飞上枝头，得到权，得到利，平步青云，端坐高堂。而一旦功成名就，总是很少有文人还能亲近下层人，这当然与封建社会森严的等级制度有关。但是在汤显祖与袁宏道的尺牍中却有许多作品体现了他们的平民思想，这两个被历史深深记住的文学大家，那些平民思想从另一个完全不同的方面更真实地体现了他们的"真"——那种生于斯长于斯而情融于斯的人格的独立与执着。

袁宏道在尺牍中向来行文大胆，任其心，任其性，除了叹苦，就是寄情山水或者谈诗论佛；有叫嚣，有天真，也有静心思悟，却总让人觉得除了"叹官苦"之外，生活的艰辛困苦好像和他的世界从来没有交集。其实不然：

> 闻造房，房已成否？又闻为真哥取亲，已行聘否？此皆贫士极苦极繁难事，奈何聚之一时？每思吾兄吾姊，远处荒村，儿女啼号，攀灶倚瓮，实为难堪。才得了婚，又欲了嫁；才得上梁，又欲析家。一去一来，未知何日得脱此苦。两甥从何师？何人能强阿翁？前承索六子全书，世间书可读者甚多，专索六子何也？甥年尚幼，古人且读韩、苏，余不必读。倘志在芹叶，坊刻时文，看之不尽，即韩、苏亦姑可缓也。①

这篇《答毛太初》，表达了中郎对姊夫家事无巨细的关心。小到婚嫁房舍，大到外甥的教育和出路，都发自肺腑地为之焦灼，平平淡淡，但是却是其"真""情"的最直接的体现。

当然，袁宏道的平民思想并不限于对家中深处下层的亲戚的关心。中郎那略带"痞气"的性格，注定其是与朝中那些名人雅士格格不入的，但

---

① （明）袁宏道：《袁宏道集笺校》，钱伯城笺校，上海古籍出版社，1981，第765－766页。

是在生活中，他的"痞气"性格却变成与下层平民"打成一片"的真诚之心：

> 下走此行，甚不唐捐。自春徂夏，耳目既奇，良朋复多，触思惊心，大获利益。往犹见得此身与世为碍，近日觉与市井屠沽，山鹿野獐，街谈市语，皆同得去。然尚不能合污，亦未免为病，何也？名根未除，犹有好净的意思在。于是有誉之为隽人则喜，毁之为小人则怒；与人作清高事则顺，作秽鄙事则逆。盖同只见得净不妨秽，魔不碍佛，若合则活将个袁中郎抛入东洋大海，大家浑沦作一团去。①

好一个"活将个袁中郎抛入东洋大海，大家浑沦作一团去"！这种平民化的俗语所表达的亲俗人，甚至把自己看成是俗人中的一分子的思想，是对名士雅人高高在上的传统观念的抛弃。

而汤显祖的《与宜伶罗章二》则更是一反其尺牍一贯的典雅，更进一步体现了汤显祖的"情""真"及其人格独立：

> 章二等安否，近来生理何如？《牡丹亭记》，要依我原本，其吕家改的，切不可从。虽是增减一二字以便俗唱，却与我原做的意趣大不同了。往人家搬演，俱宜守分，莫因人家爱我的戏，便过求他酒食钱物。如今世事总难认真，而况戏乎！若认真，并酒食钱物也不可久。我平生只为认真，所以做官做家，都不起耳。《庙记》可觅好手镌之。②

一句"平生只为认真"，平平淡淡道出了汤显祖的人生哲学。"认真"二字虽然断送了他的仕途前程，却成就了他文学上的伟大业绩。

在等级森严的封建社会，受等级观念和官僚主义的影响，士人和普通百姓之间的交往几乎不可能。在晚明社会，受资本主义萌芽的影响，士人与普通百姓虽然逐渐融合，但是几千年来的根深蒂固的等级思想在阶层与

---

① 范桥、张明高编注《袁中郎尺牍·与朱司理》，中国广播电视出版社，1991，第194页。
② 《全集》，第1519页。

阶层之间同样还有不可逾越的界线。纵然是逐渐融合，有多少士人又能放下其高高在上的姿态与普通百姓平视而语？但是汤显祖和袁宏道用平民的语言表达的平民情感、平民思想，确实足以让人叹服，因为这种平民情感、平民思想所体现的正是对封建等级思想的禁锢的不屑甚至反叛，也是对其倡导的对"情"与"真"的追求的有效检验。

第二节 "真"的分别

同为狂人，谈到汤显祖，提到最多的当然是他的"至情"说，说到袁宏道，最熟悉的当然也就是他的"独抒性灵"，无论是"至情"说还是"独抒性灵"，都是一个"情"字、一个"真"字的化身。但是"王门多狂人"而"狂人亦有别"，对于"真"的实践，倡导"至情"的汤显祖比主张"独抒性灵"的袁宏道表现得更加有节有制，"情性派总是要有节制，对个性的尊重不如性灵派。这个派别极重个性"①。所以，从他们的尺牍中，我们能清楚地感觉出汤显祖的个性"中和"，更偏重于一个宽厚的长者，情深而简，这和他的儒家思想是分不开的；而袁宏道则更多的像是一个任情任性的孩童，情真而繁，对"真"的追求有时显得过于粗，过于俗。

一 宽厚的长者与天真的孩童

在"真"的统一下，汤显祖与袁宏道对"真"的表现却是大相径庭。汤显祖的"真"，有一个特点就是"深"，他不同于袁宏道的"狂"，在感情慢慢涌现的过程中，我们可以深切地感受到那种欲奔腾而又有所节制的"深沉"，这就是汤显祖的尺牍表现出"中和"的原因。他的尺牍读来很平和，并没有很大的起伏，不似中郎一般一会儿是至苦，一会儿是极乐。汤显祖的尺牍更多的像是一位长者在向你娓娓道来他心中的酸苦，所以即使是在刻画小人的丑陋行径时，那微妙形象的比喻刻画，你也只能在字里行间去体味他的恨，因为这种感情不是流于表面，而是深藏于心的。正如赵树功在《中国尺牍文学史》中描述的："观其尺牍，绝无大悲大喜大开大

---

① 刘晶雯整理《朱自清中国文学批评研究讲义》，天津古籍出版社，2004，第52页。

阃；察其一生，亦无大痴大迷大沉大起。抑郁为锦言收敛，肮脏于玲珑中潜息；有时气方发而即收，情方纵而即掩，颇为中和。"① 这是对汤显祖尺牍"中和"的最为贴切的概括。

在汤显祖那些谈处世哲学的尺牍中，我们于字里行间感受到的是一位长者在不倦地教人处世和为人为官的道理，虽然有的读来似家教庭训，但细细想来却是不无道理的。如他在《别沈太仆》中写道："虎以躁亏，龙以静全。花以上披，根以下存。名不可以多取，行不可以累危。虚以居之，可以待时。"② 又如《寄李孺德》："闻孺德成进士，殊快。以孺德恂恂孝友，他日当不负此科名也。吾辈初入仕路，眼宜大，骨宜劲，心宜平。勿乘一时意兴，便轻落足，后费洗被也。顾仆一生拙宦，而教人宦乎？然亦以拙教也。"③ 这些都是对朋友或门人最真挚关怀的表现。又有"俗吏忌与人争利，吾辈忌与人争义耳"④，"邪而有余，不若正而不足。为子之节已终，何必求余也"⑤，不仅对仗工整，说得在情在理，而且也可谓拳切之心表表。

而与汤显祖相比，袁宏道则更多地让人觉得他是一位天真的孩童，"跳跃大呼，若狂若颠"，如在《答王以明》中对读书过程的描写：

> 近日始学读书，尽心观欧九、老苏、曾子固、陈同甫、陆务观诸公文集，每读一篇，心悸口呿，自以为未尝识字。然性不耐静，读未终帙，已呼羸马，促诸年少出游。或逢佳山水，耽玩竟日。归而自责，顽钝如此，当何所成？乃以一婢自监，读书稍倦，令得呵责，或提其耳，或敲其头，或搔其鼻，须快醒乃止。婢不如令者，罚治之。习久，渐惯苦读，古人微意，或有一二悟解处，辄叫号跳跃，如渴鹿之奔泉也。⑥

---

① 赵树功：《中国尺牍文学史》，河北人民出版社，1999，第400页。
② 《全集》，第1294页。
③ 《全集》，第1444页。
④ 《全集》，第1368页。
⑤ 《全集》，第1540页。
⑥ （明）袁宏道：《袁宏道集笺校》，钱伯城笺校，上海古籍出版社，1981，第772页。

从这个读书的细节我们依然能看出中郎自由不羁的个性。由"心悸口呿"到"促诸年少出游",到"自责",到"渐惯苦读",克服其顽钝之性到最终"叫号跳跃",这其中学习的过程让人顿觉生活之乐趣,犹如一小孩贪玩之至,最后终于静心有所成,那时的快乐竟是如此简单而纯粹。然而中郎能决心耐性苦读,终是因为他深知人生短暂,"若不为所难为,忍所难忍,此即如蜉蝣营营水中,不知日之将暮"。而只有有所为,才不会"一不成两不就,把精神乱抛撒也"①。

二 情深而简与情真而繁

汤显祖与袁宏道同是"真情"之人,一个感情"深沉",一个感情"奔放"。表现在形式上则是,袁宏道惯于用较多的文字来表达感情,尤其在他的那些"叹为官苦"的尺牍中,有文必有"苦"字,反反复复,仿佛心中的苦水总是说不尽,道不完,给人一种生怕旁人不能体味他心中到底有多苦的感觉,因为他心中的苦行头陀在别人眼中却是仙令,所以他一叹再叹,近乎奔走叫嚣。而在他言苦的尺牍中,尤其是在写给长辈的尺牍中,总是以"苦不堪言""欲自救而不能"的无奈口吻和姿态向长者求救。其实,大可不必如此。中郎最后弃官悠游山水,能"将进士二字,抛却东洋大海",这种勇气,足以证明他早就知道如何逃脱这樊笼枷锁。这样反倒有做作之嫌,使这种"真"显得太粗太俗了。而汤显祖的尺牍,字数也许不多,他表达感情总是"词能满志""当行则行,当止则止",总让人在"言有尽而意无穷"之后有深深的感叹和悲悯。

这就是袁宏道的"情真而繁"与汤显祖的"情深而简"。而关于他们在"真"的表现形式上的不同,限于篇幅,我们在这里不再多加论述。

总之,他们对"真"的追求是对"情"和"自由"的首肯,他们在尺牍中所表现出来的真性情、真人生,以及这种"真"的本质所表现出来的不同态度和选择,无论感情是奔放还是内敛,结局是悠游山水还是居家清贫,一份对"真"的追求与执着,足以让后代文人赞颂和敬仰。

---

① 范桥、张明高编注《袁中郎尺牍·寄散木》,中国广播电视出版社,1991,第33页。

第十章
"临川四梦"在明清时期的接受

汤显祖五部传奇剧,《紫箫记》由于内容不够完整,艺术略显粗糙,且《紫钗记》为其完整版、升级版,因此仅就"临川四梦"——《紫钗记》《牡丹亭》《南柯记》《邯郸记》进行研究。

文学作品在作者创作出来后,只有经过传播并为人所接受才能实现其价值,作品的接受者"绝不只是被动地接收信息,他们在接受的过程中,还发挥自己的理解、想象能力,参与并共同完成艺术形象的创造",换言之,"接受者是输出者必不可少的合作人"[①]。"临川四梦"作为戏曲,与诗歌、散文等文学形式比起来,在传播接受过程中又表现出更明显的直接性,因为其直接面向舞台,直接面对观众。通过这种"直接",剧作家可以从观众那里获得有效的反馈信息。剧作家对观众的反馈信息应是重视的,对那些含金量高的反馈信息更是如此。下文便从传播接受学的角度展开对"临川四梦"的研究,除运用接受美学,更着重其接受过程的研究,以期了解创作者以及接受者之间双向互动的关系,分析在接受过程中所呈现的特点及其产生的原因。研究的时间段界定在明清时期,实则是自"临川四梦"产生之后的万历年间到晚清时期。

从研究现状来看,学术界一直以来都比较重视对汤显祖戏剧的研究,但大多进行的是个案分析,将"临川四梦"作为一个整体进行研究的较少。从传播接受学的角度来研究汤显祖戏剧的不多,多限于个案研究,至多也不过是对"二梦"(《南柯记》和《邯郸记》)的研究,对"四梦"进行接

[①] 赵山林:《中国戏曲传播接受史》,上海人民出版社,2008,第2页。

受研究的尤为少见。

　　以《牡丹亭》为例,有对其评点本进行研究的,如李平、江巨荣、黄强的《批点〈牡丹亭记〉序》(《艺坛》1980年第3期),王永健的《论吴吴山三女合评本〈牡丹亭〉及其批语》(《南京大学学报》1980年第11期);有对其选本进行研究的,如金鸿达的硕士学位论文《〈牡丹亭〉在昆曲舞台上的流变》(2001),日本根山彻的《〈还魂记〉在清代的演变》(《戏曲艺术》2002年第2期),陈美林的《"通变"中的〈牡丹亭〉——在东南大学戏曲名家昆曲学术研讨会上的发言》[《东南大学学报》(哲学社会科学版)2006年第1期]等;也有对其改编本进行研究的,早期的有夏写时的《谈〈牡丹亭〉的改编问题》(《戏剧艺术》1983年第1期),赵清阁的《正确对待文学遗产——汤显祖·〈牡丹亭〉及昆剧的整编》(《社会科学》1983年第2期)等,此后较为突出的有郭梅的《从今解识春风面,肠断罗浮晓梦边——〈吴吴山三妇合评牡丹亭还魂记〉述评》(《艺术百家》2004年第1期),赵天为的《〈同梦记〉及其背景》(《艺术百家》2006年第1期)等;此外,还有就《牡丹亭》的演出情况进行研究的,如王省民的《民族艺术走向文化市场——对青春版〈牡丹亭〉演出成功的另类解读》(《文艺争鸣》2010年第10期),武汉大学汪惠的硕士学位论文《〈牡丹亭〉舞台传播相关问题研究》(2008)等。

　　对其他"三梦"的接受研究大抵也是从改编本、演出情况、选本等角度展开的,和《牡丹亭》的研究成果比较起来则略显单薄。相关的研究成果有:曹树钧的《〈紫钗记〉改编的艺术特色》(《上海戏剧》2009年第3期)、吴新雷的《〈紫钗记〉昆曲演唱史略》(《中国古代小说戏剧研究丛刊》2010年00期)、吴敢的《〈邯郸记〉〈南柯记〉散出选萃论略》(《文化遗产》2011年第2期)、尹蓉的《论明清时期〈邯郸记〉的演出》(《戏曲艺术》2007年第2期)、华东师范大学李敏星的硕士学位论文《汤显祖"二梦"接受研究》(2007)、江西师范大学毛宜敬的硕士学位论文《〈邯郸记〉与〈南柯记〉明清时期的传播研究》(2012)等,此处就不再一一赘述。

　　综上所述,目前学界对"临川四梦"的个案研究虽然存在一定的不均衡现象,如侧重于对《牡丹亭》的研究而相对忽略对其他"三梦"的研究,

第十章　"临川四梦"在明清时期的接受

但总体而言已经相对成熟，只是系统、整体地对"临川四梦"进行研究，尤其是对其进行接受研究的仍旧不多。

第一节　"临川四梦"接受的主要形式

在接受美学中，读者是相对于作者而言的一个宽泛的概念，包括接受者、反思性批评家甚至连续生产性的作者等。结合汤显祖"临川四梦"的戏曲接受特点，针对"读者"概念，我们可以进一步具体划分，着重从读者层面、批评层面和创作层面来探讨其读者接受、批评接受以及创作接受的情况。

一　明清时期"临川四梦"的读者接受

姚斯（Hans Robert Jauss）在就文学史应该如何建立在方法论的基础上、如何撰写文学史这一命题提出的七个问题中，首先提出文学的历史性在于读者对文学作品的现在经验，而不是事后建立的"文学事实"的编辑组合。"文学史是一个审美接受和审美生产的过程。审美生产是文学本文在接受者、反思性批评家和连续生产性作者各部分中的实现。"[1] 对此，《接受美学与接受理论》的译者周宁、金元浦也指出，接受美学可谓对作品本体化的反拨，把批评的焦点从作品转移到了读者身上，推出了文学研究的一种新范式。尽管接受美学在由"本文"中心向读者中心转移的过程中出现了极端化的倾向，它却为文学研究开阔了读者研究这一新视野。

读者接受不是一种消极的、被动的行为，而是阅读者带着想象力和创造力积极参与作品再创作的行为。伊瑟尔在对"作品"和"本文"进行概念划分时，一再强调正是"读者的审美活动把本文所包含的文学的潜在的可能性转化为现实"，才使得"本文"呈现为"作品"。[2] 赵山林在《中国戏曲传播接受史》中也强调信息输出者（剧作家、演员）与审美意识的接

---

[1] 〔联邦德国〕H. R. 姚斯、〔美〕R. C. 霍拉勃：《接受美学与接受理论》，周宁、金元浦译，滕守尧审校，辽宁人民出版社，1987，第26-27页。
[2] 朱立元：《接受美学导论》，安徽教育出版社，2004，第151页。

受者（观众）组成的接受者群之间在接受过程中是双向互动的。

中国古典戏曲的观众，是一个由不同等级、不同阶层的社会人员组成的广泛的社会群体，上至达官贵族，下至贩夫走卒，至于文人雅士，更是不在话下。作为经典名剧，"临川四梦"的观众群体涵盖的范围应该是非常广泛的。汤显祖为保全"曲意"而"不妨拗折天下人嗓子"，"临川四梦"从一出现就引发戏曲界的争议，以至于有了后来的"汤沈之争"。这种争议并未影响"临川四梦"在读者群体中的流传，反而推动了其传播。

文学作品只有为大众所接受，其价值才能实现，汤剧亦是如此。汤显祖深知《牡丹亭》的曲意很难为大众接受，遑论那些有偏见的观众，不禁感慨"伤心拍遍无人会，自掐檀痕教小伶"（汤显祖《七夕醉答君东二首》），当他听闻痴情于《牡丹亭》的娄江俞二娘不幸愤怨而终时，在为其感到惋惜之余，又为自己寻得知己而深感欣慰。

戏曲为舞台艺术，可直接与观众进行互动和交流。戏曲家可以是导演，直接指导演员，获得自己想要的艺术效果；也可以是观众，将自己置于观众席间，亲身感受舞台表演的魅力；更重要的是，戏曲家还可以直接接收读者的反馈信息，改进作品，以达到更好的艺术效果。

对于类似于"临川四梦"的源远流长的戏曲艺术，戏曲家为了追求更好的舞台表演效果，不断对原作进行改编；为了便于舞台表演，还有人对戏曲进行了选编，将戏曲中最受观众欢迎的曲目节选出来，汇编成本。当然，观众的眼睛是雪亮的，最终只有那些既能保留原作精神，又适合舞台表演的改编本广为传唱。就选本而言，其可以算得上是反映戏曲在不同时期流行程度的一面镜子，被选择的曲目越多，说明其受欢迎程度越高。这些也正是本书对"临川四梦"的改编本和选本进行研究的一大重要原因。

二　明清时期"临川四梦"的批评接受

接受美学认为，在阅读过程中，读者和作品呈现双向运动和交互作用。一方面，作品借助读者来实现其价值；另一方面，"读者作为价值主体反作

第十章 "临川四梦"在明清时期的接受

用于作品,对作品自身的影响和效果做出反应并理性化为对作品的价值判断"①,这就是我们所说的批评。文学作品是一种有"意味的形式",这种"意味"实际上是一种意义的潜在的可能性。文学批评作为对文学作品的价值判断,本质上是对文学作品意义的阐释。这种阐释,不仅意味着批评家要不断去发掘作品意义的各种可能性,还意味着批评家对自身独特审美视界的发现和建构。

就"临川四梦"而言,其因与生俱来的争议性,从来就不乏相关的批评作品。虽然戏曲的观众面广,但是达官显贵似乎缺乏对戏剧进行批评的闲情逸致,而贩夫走卒则似乎大多缺乏评点戏曲的才情,因而戏曲批评的重任毫无疑问地落在了兼具闲情逸致和诗情画意的文人身上。

明代,随着俗文学的蓬勃发展,观赏戏曲成为文人生活的一个重要组成部分,它不只是一种消遣、一种享受,更是一种陶冶、一种寄托。品评戏曲更是文人的精神交流,他们经常用咏剧诗记录下自己观剧的经历,表达自己对戏曲作家、戏曲作品以及戏曲表演的看法。《牡丹亭》问世后,出现了很多与《牡丹亭》相关的咏剧诗,比如汤显祖的友人潘之恒所作的《赠吴亦史》四首中的第二首:"风流情事尽堪传,况是才人第一编。刚及秋宵宵渐永,出门犹恨未明天。"②作者夸赞《牡丹亭》为"才人第一编",给予《牡丹亭》高度评价。就连汤显祖自己也有记录观赏《牡丹亭》的诗作——《滕王阁看王有信演〈牡丹亭〉二首》,以表达对演员王有信表演技能的赞赏。

值得注意的是,咏剧诗发展到后期,其内容已经从一般的戏曲评论层面深入戏曲理论探讨层面,其中最著名的当数汤显祖和沈璟借咏剧诗展开的有关戏曲创作的争论。这些带有理论探讨性质的批评作品的出现,有利于加深同时代以及后代人对明清时期戏曲理论批评史乃至美学史的理解。

除了咏剧诗外,明清时期的文人还通过序、跋、评点等形式留下了他们阅读"临川四梦"的痕迹,包括对剧作本身的品评、剧中人物命运的慨叹等,亦有联系自身,抒发忧思感慨者,如冯梦龙的《墨憨斋定本传奇》、

---

① 朱立元:《接受美学导论》,安徽教育出版社,2004,第382页。
② 参见赵山林《中国戏曲传播接受史》,上海人民出版社,2008,第337页。

王思任的《批点玉茗堂牡丹亭叙》、吴梅先生的《顾曲尘谈》、张大复的《梅花草堂集》、臧懋循的《邯郸梦记总评》、吕天成的《曲品》、王骥德的《曲律》、吴舒凫等的《吴吴山三妇合评牡丹亭还魂记》、吴震生夫妇的《才子牡丹亭》等，后文将会对其做进一步的论述。

三 明清时期"临川四梦"的创作接受

在西方的接受美学中，似乎普遍存在对创作研究相对忽视的倾向。接受美学的倡导者或致力于在理论上充分提高接受美学的地位，或致力于探讨阅读现象，抑或不厌其烦地强调所谓的"意义经验"，他们有意或无意地在某种程度上忽视创作研究，将重点倾注在读者研究上。朱立元在《接受美学导论》中则对接受美学的创作层面提出了要求。他指出，创作即要将"潜在的读者"转化为"现实的读者"，而"潜在的读者"在激发作家创作冲动，引导作家确立创作方法、概括生活视角，帮助作家进行艺术构思和写作方面都有重要作用，这里的创作，主要指的是同一作家的后续创作。

本书所要探讨的创作接受主要是指"临川四梦"的诞生对后续的其他戏曲创作者的影响。虽然不同于接受美学中同一作家的后续创作，但是它们都有共同的目标，即将"潜在的读者"转化为"现实的读者"。

按照弗洛伊德的说法，文学是"白日梦幻"，是愿望在一种假定性情境中的实现。纪梦的形式并非汤显祖首创，在我国古代文学中，早在《诗经》的《小雅·斯干》中就有占梦诗；先秦之后，出现了大量涉及梦的志怪小说；唐代以后，梦的形式与作品的内容已经能够完美结合，而汤显祖的"临川四梦"则进一步推动了纪梦式文学作品的发展。在汤显祖之后，涌现出大量纪梦式的戏曲作品，这一点在"临川派"的传奇剧作中表现得尤为明显，如范文若的《梦花酣》、张坚的《梦中缘》、张道的《梅花梦》、李慈铭的《秋梦》、龙燮的《江花梦》等，这些作品都表现出了明显的汤显祖式的纪梦痕迹。

除了模仿"临川四梦"的纪梦形式外，深得剧作家青睐的还有"临川四梦"中对"情"的推崇和颂扬。无论是在汤显祖的戏剧作品还是其他论著中，他一再提到"情"。他所说的"情"是一个复杂的概念，不同的时间、不同的场合，"情"指代的内容各有侧重，它所代表的意义并非完全一致。比如，在《耳伯麻姑游诗序》中，"情生诗歌"的"情"指的是情志；在《哭娄江女子诗二首·序》中，"情之于人甚哉"中的"情"指的是情思；在《宜黄县戏神清源师庙记》中，"舞蹈者不知情之所自来"中的"情"指的则是激情。[①] 汤显祖所提到的"情"大抵可以分为两类，一类是生活上的，另一类是理论研究上的，后者在《牡丹亭记题词》中得到了最好的诠释："情不知所起，一往而深，生者可以死，死可以生。生而不可与死，死而不可复生者，皆非情之至也。"汤显祖不仅借此言明自己的"至情"思想，划清"情"与"理"的界限，更试图说明自己的创作见解，即作家在创作中应该按照自己的意愿和情感来结构作品，而不应受制于常理。汤显祖的"至情"主张同样不乏追随者，比较成功的有孟称舜、洪昇、孔尚任等，他们的代表作品分别为《娇红记》《长生殿》《桃花扇》等，后文将会对此有进一步的阐说。

第二节 "临川四梦"读者接受的具体展开

一 《牡丹亭》的读者接受

（一）"情"的化身——为情而死之奇女子

在《牡丹亭》中，杜丽娘是"情"和"梦"的化身。她多愁善感，在游园时不仅感伤"原来姹紫嫣红开遍，似这般都付与断井颓垣"（《牡丹亭·惊梦》），还感慨自己"如花美眷，似水流年"（《牡丹亭·惊梦》）。同时，她又具有女性的自我意识，她不仅认识到青春的价值，发现自己的美好，还看到青春与美好正如同姹紫嫣红一般，转瞬即逝，终将"付与断井颓垣"，落得个"颜色如花，命如一叶"的悲苦境地。意识到这些，当爱情来临时，她便勇敢地冲破传统和礼教的束缚，为爱情出生入死，"这般花花草草由人恋，生生死死随人愿，便酸酸楚楚无人怨"（《牡丹亭·寻梦》）。

汤显祖借杜丽娘写出了封建时期闺阁女性的心声，在"颜色如花"的

[①] 叶长海：《中国戏剧学史稿》，中国戏剧出版社，2005，第141页。

年纪,她们心中同样有对美好爱情的憧憬和向往,然而现实的境况却让她们压抑得几乎无法自由呼吸。因而,她们更容易将切身处境与杜丽娘的处境结合起来,将自己和杜丽娘融为一体,在阅读过程中,与杜丽娘同悲共喜。

此外,《牡丹亭》除了惊心动魄、委婉曲折的故事情节外,还有对人物形象细致入微的塑造以及令人销魂断肠的文字表达,曲中文字无不经得起把玩,耐得住推敲。

《牡丹亭》令明清时期闺阁女性非常痴迷,在文学作品和史料记载中有很多相关的趣闻逸事。文学作品虽然未必完全写实,但其也是对现实生活的一种反映。在明清时期的通俗小说中,我们经常可以看到闺阁女子阅读《牡丹亭》《西厢记》的故事情节,如《红楼梦》第二十三回《西厢记妙词通戏语　牡丹亭艳曲警芳心》中就有林黛玉阅读《西厢记》、林黛玉林中听昆曲等情节,《桃花扇》中也有关于明末秦淮名妓李香君"玉茗歌四梦,皆能妙其音节"的描述,清代小说《海山尘天影》中亦有深闺少女畹香和双环阅读《牡丹亭》的情节。此外,史料还记载了如俞二娘、商小玲、叶小鸾、冯小青、内江女子、金凤钿、黄淑素等鲜活的历史人物,因为生活环境、身份、年龄、心理、情感经历等因素不同,她们对《牡丹亭》的解读虽然难以绕开一个"情"字,但始终有所不同。以下以俞二娘、商小玲、冯小青、叶小鸾四人为例来简要解读闺阁女性对《牡丹亭》的阅读接受情况。

1."杜女故先我着鞭"——俞二娘

稍晚于汤显祖的昆山戏剧家张大复的《梅花草堂笔谈》对俞二娘有一段详细的记载:"俞娘,丽人也。行三,幼婉慧,体弱,常不胜衣,迎风辄顿。十三疽苦左胁,弥连数月,小差而神愈不支。媚婉之容,愈不可逼视。年十七夭。当俞娘之在床褥也,好观文史,父怜而授之,且读且疏,多父所未解。一日,授《还魂传》。凝睇良久,情色黯然曰:书以达意,古来作者多不尽意而出。如'生不可死,死不可生,皆非情之至',斯真达意之作矣。饱研丹砂,密圈旁注,往往自写所见,出人意表,如感《惊梦》一出注云:'吾每喜睡,睡必有梦。梦则耳目未经涉皆能及之。杜女故先我着鞭耶。'如斯俊语,络绎连篇。"①

---

① (明)张大复著撰《梅花草堂笔谈》,阿英校点,上海杂志公司,1935,第149页。

第十章 "临川四梦"在明清时期的接受

俞二娘"好观文史",有一定的文化修养。读《牡丹亭》后,与杜丽娘深有同感,因而对《牡丹亭》爱不释手,反复研读并为其作注。俞二娘与杜丽娘同龄、同性,对杜丽娘的情梦似乎感同身受。她不仅读懂了《牡丹亭》,且认可《牡丹亭》中"至情"的主张,因而说出"杜女故先我着鞭"也就不足为奇了。

俞二娘受《牡丹亭》熏染,忧思忧愁,"惋愤而终"。汤显祖从友人张大复那里听说此故事后,既对俞二娘的逝去深表惋惜,又为自己能够获得这样一个知己而深感欣慰,特地为其作诗《哭娄江女子二首》:

(序)吴士张元长许子洽前后来言,娄江女子俞二娘秀慧能文词,未有所适。酷嗜《牡丹亭》传奇,蝇头细字,批注其侧,幽思苦韵,有痛苦于本词者。十七惋愤而终……情之于人甚哉!
画烛摇金阁,真珠泣绣窗。如何伤此曲,偏只在娄江?
何自为情死,悲伤必有神。一时文字业,天下有心人。①

尽管出于种种原因,俞二娘的《牡丹亭》评点本未能保留下来,但我们却在她身上看到了与杜丽娘一样渴望爱情的真性情。

2. "倚地""殒绝"——商小玲

商小玲是晚明时杭州的一个女伶,尤其擅长演出《牡丹亭》。因在感情上受过伤害,抑郁成疾。她与杜丽娘同病相怜,因而在扮演杜丽娘时,常常容易将自己与杜丽娘融为一体。

每一次表演对商小玲而言,就像是本色演出,她只需将自己的伤心向观众娓娓道来。她倾尽所有,用生命诠释杜丽娘。此事记录在清乾隆年间鲍倚云的《退馀丛话》中。《退馀丛话》有这样的记载:"一日,复演《寻梦》,唱至'打并香魂一片,阴雨梅天,守得梅根相见',盈盈界面,随声倚地。春香上视之,已殒绝矣。"商小玲唱到情动处,"随声倚地"。春香的扮演者只当这是表演中新增的一个情节,未曾想,当她上前查看时,商小玲却已香消玉殒,她用死表达了对黑暗现实的控诉和抗争。

---

① 《全集》,第710页。

261

3. "岂独伤心是小青"——冯小青

冯小青的故事更具有代表性。在明清文学中，冯小青与杜丽娘一道，已然化身为"情"与"梦"的文化符号。

冯小青年幼多病，十六岁嫁给商人冯生为妾，常遭丈夫冷落，又受冯生正妻欺凌。尽管小青曲意逢迎，最后仍旧被赶到孤山别室。在极度孤独中，她只能寄情于诗词创作，她常读"《牡丹亭》解闷，感慨万端，亦曾为《牡丹亭》作评、跋"（戋戋居士《小青传》），写下"冷雨幽窗不可听，挑灯闲看《牡丹亭》。人间亦有痴如我，岂独伤心是小青"[1] 等语。或许正是因为缺乏爱情的慰藉，小青才能更加深刻地体会杜丽娘对爱情的渴求。

独居后不久，小青重病。病中，她水米不沾，唯饮梨汁少许。有一天，她请人向冯生传话，要他请一画师为她画像。画师三易其稿，终于画出一张令小青满意的画像。小青将画像供于堂前，常用名香、果实祭奠，顾影自怜，悲痛欲绝，不久伤心而亡。

冯梦龙的《情史》、张潮的《虞初新志》、徐震的《女才子书》、古吴墨浪子搜集的《西湖佳话古今遗迹》等明清笔记中都有关于冯小青的记载。各笔记之间情节存在一定出入，具体出入情形，本书不赘述。

冯小青去世的当年即多有文人感于她的故事，并将其口耳相传记录创作为作品。此后，有关冯小青的各类文学作品更是层出不穷，明清两代渐成一股"冯小青热"。而形成这一热潮的原因，想必与冯小青是《牡丹亭》的忠实读者有不小的关联。

4. "忽忽痴想，一恸欲绝"——叶小鸾

如果说冯小青命画师为自己画像是对杜丽娘的模仿，那么叶小鸾的自画像则带有一定的预言性质。

叶小鸾是明末文学家叶绍袁、沈宜修的第三个女儿，剧作家叶小纨的妹妹。明末吴江叶氏"一门之内，同时闺秀遂有十人，可云盛矣"（叶绍袁《午梦堂集》），叶小鸾就是其中的重要一员。相对开放的家庭环境为叶小鸾追求自我的个性解放提供了可能性，她十分渴望像崔莺莺、杜丽娘等人一样能够自主追求幸福的婚姻。因痴迷于《西厢记》《牡丹亭》，她还题写了

---

[1] 徐扶明编著《牡丹亭研究资料考释》，上海古籍出版社，1987，第 216 页。

第十章 "临川四梦"在明清时期的接受

绝句六首,收在她的《返生香集》中,以此来寄托自己的一片"幽情"。其中的第二组《又寄前韵》便是题杜丽娘画像的,这一组共三首诗:

> 凌波不动怯春寒,觑久还如佩欲珊。
> 只恐飞归广寒去,却愁不得细相看。
>
> 若使能回纸上春,何辞终日唤真真。
> 真真有意何人省,毕竟来时花鸟嗔。
>
> 红深翠浅最芳年,闲倚晴空破绮烟。
> 何似美人肠断处,海棠和雨晚风前。

"只恐飞归广寒去,却愁不得细相看",在其父叶绍袁看来,这是叶小鸾对自我的真实写照。"'只恐飞归广寒去,却愁不得细相看。'何尝题画,自写真耳,一恸欲绝。汤义仍云:'理之所必无,安知非情之所必有?'稗官家载有再生事,固不乏也,忽忽痴想,尚有还魂之事否乎?"(叶绍袁《午梦堂集》)叶小鸾在其十七岁时不幸身亡,然而在短暂的生命中,她对杜丽娘的处境却有切身体会,对杜丽娘的情思深表认同。在叶小鸾的身上,我们甚至可以看到同时代其他女性读者的影子。

(二)《牡丹亭》的改编本接受

《牡丹亭》向来以其"丽事奇文"深得文人士大夫的喜爱,但因汤显祖为保全"曲意"而"不妨拗折天下人嗓子",这一点也一直为那些重格律的戏曲家所诟病。为了适应舞台演出的需要,大量的戏曲家对《牡丹亭》进行了改编,据徐扶明编著的《牡丹亭资料考释》统计,有史料记载的改编本有明朱墨本《牡丹亭》、怀德堂本《牡丹亭》、吕改本《牡丹亭》、沈改本《同梦记》、臧改本《牡丹亭》、徐改本《丹青记》、冯改本《风流梦》等。

这些改编本虽然同是本着为舞台演出服务的目的,但是有的改编本却对原著进行了较大的删改以至于丢失原作精髓,有的改编本则能够兼顾舞台演出与原作精神。以下将以沈改本《同梦记》和冯改本《风流梦》为例来说明《牡丹亭》的改编本接受情况。

1. 沈改本《同梦记》

从沈璟晚年模仿汤显祖而作的《坠钗记》来看，沈璟对汤显祖在《牡丹亭》中的奇思妙笔还是非常钦羡的。但作为曲学家，他对《牡丹亭》"不谐曲谱，用韵多任意处"又十分不满意。为了适应舞台演出的需要，沈璟对《牡丹亭》进行了改定，即串本《牡丹亭》，又称《同梦记》，可惜稿本已经失传，我们无缘看到沈改本的全貌，只能从沈璟的侄子沈自晋修订的《南词新谱》中看到其中的两曲。以下为其中的一曲：

【蛮牌令】说起泪犹悬，想着胆犹寒，他已成双成美爱，还与他做七做中元，那一日不铺孝筵，那一节不化金钱。

【下山虎】只说你同穴无夫主，谁知显出外边，撇了孤坟，双双同上船。

【忆多娇】（合）今夕何年，今夕何年，还怕是相逢梦边。①

眉批："此一曲，从松陵串本，备录之，见汤、沈异同。"（沈自晋《南词新谱》卷十六《越调》）

沈璟这一曲改自《牡丹亭》原著第四十八出《遇母》中的【番山虎】【前腔】【前腔】【前腔】四支曲子，原曲内容为：

【番山虎】则道你烈性上青天，端坐在西方九品莲，不道三年鬼窟里重相见。哭得我手麻肠寸断，心枯泪点穿。梦魂沉乱，我神情倒颠。看时儿立地，叫时娘各天。怕你茶饭无浇奠，牛羊侵墓田。（合）今夕何年？今夕何年？咦，还怕这相逢梦边。

【前腔】你抛儿浅土，骨冷难眠。吃不尽爷娘饭，江南寒食天。可也不想有今日，也道不起从前。似这般糊突谜，甚时明白也天！鬼不要，人不嫌，不是前生断，今生怎得连！（合前）

---

① 徐扶明编著《牡丹亭研究资料考释》，上海古籍出版社，1987，第55页。

第十章 "临川四梦"在明清时期的接受

【前腔】近的话不堪提咽,早森森地心疏体寒。空和他做七做中元,怎知他成双成爱眷?我捉鬼拿奸,知他影戏儿做的恁活现?(合)这样奇缘,这样奇缘,打当了轮回一遍。

【前腔】论魂离倩女是有,知他三年外灵骸怎全?则恨他同棺梓、少个郎官,谁想他为院君这宅院。小姐呵,你做的相思鬼穿,你从夫意专。那一日春香不铺其孝筵,那节儿夫人不哀哉醮荐?早知道你撇离了阴司,跟了人上船。①

将沈璟的改定曲目与汤显祖原著内容相对照,我们不难发现,虽沈璟所改曲目的曲词设计谨守曲谱,选用的句式规格严整,字句工整,平仄押韵,用韵和谐,但相比原著,其句式不够活泼,缺乏灵性,且内容与原著存在较大差距。这就难怪汤显祖在看到好友吕玉绳送给他的《同梦记》后,以为是吕玉绳所改,大为不满,因而在写给凌初成的信中说:"不佞《牡丹亭记》,大受吕玉绳改窜,云便吴歌。不佞哑然笑曰,昔有人嫌摩诘之冬景芭蕉,割蕉加梅,冬则冬矣,然非王摩诘冬景也。其中骀荡淫夷,转在笔墨之外耳。若夫北地之于文,犹新都之于曲。余子何道哉。"②

虽然沈璟并未对《牡丹亭》留下任何直接性的评价,但沈改本的《牡丹亭》却直接引发了一场在文坛曲界绵延数代的论战,即"汤沈之争"。"汤沈之争"作为文坛曲界的一件公案,本质上是一场关于形式和内容的论争,汤显祖重视内容,而沈璟则更强调形式。如同陈维昭所说:"汤显祖和沈璟面对的、所要解决的是根本不同的戏曲命题。沈璟和汤显祖都把对方当成了印证自己戏曲理念的反面教材,而同时也都成为对方实现各自艺术理想的绝好祭品。"③汤显祖所回应的是心学的难题,而沈璟面对的是明初以来传奇创作的音乐难题。

然而,"汤沈之争"并未止步于汤显祖和沈璟二人之间,而是引发了后来的"文辞派"和"曲律派"的论争。在汤显祖、沈璟之后,《牡丹亭》的评点本、改编本、舞台演出选本层出不穷,"汤沈之争"中诸家的辩议理

---

① (明)汤显祖:《牡丹亭》(插图版),人民文学出版社,2012,第262-263页。
② 《全集》,第1442页。
③ 陈维昭:《汤沈之争与晚明曲学形态》,《文化遗产》2008年第3期。

论得到了更好的实践。可以说,"汤沈之争"在很大程度上推动了传统戏曲理论的发展。

2. 冯改本《风流梦》

沈璟改编《牡丹亭》为《同梦记》之后,臧懋循、冯梦龙诸家的改编本相继出现,为后世的舞台搬演奠定了良好的基础。臧懋循对《牡丹亭》进行了大幅删改,删削合并剧本内容,最后将原作的五十五出定为三十六出。臧改本一出,即受到了来自四面八方的猛烈批评,被斥为"孟浪"之作。相比之下,冯梦龙也对《牡丹亭》进行了大刀阔斧的改编,其程度丝毫不逊色于臧懋循,而冯改本中却有很多章节成为后世舞台演出的蓝本,此改可谓接受程度甚于臧改。接下来,我们将简要探讨一下冯梦龙改编成功的秘诀所在。

以下分别为《风流梦》和《牡丹亭》的剧目:

《风流梦》剧目(三十七出):

家门大意　二友言怀　杜公训女　官舍延师　传经习字　春香肃苑　梦感春情

情郎印梦　丽娘寻梦　李全起兵　绣阁传真　慈母祈福　最良诊病　宝寺干谒

中秋泣夜　谋厝殇女　客病依庵　冥判怜情　初拾真容　魂游情感　梅庵幽媾

石姑阻欢　设誓明心　协谋发墓　杜女回生　夫妻合梦　最良省墓　告考选才

杜宝移镇　子母相逢　最良遇寇　围城遣间　溜金解围　柳生闹宴　行访状元

刁打东床　皇恩赐庆

《牡丹亭》剧目(五十五出):

标目　言怀　训女　腐叹　延师　怅眺　闺塾　劝农　肃苑　惊梦　慈戒　寻梦

诀谒　写真　虏谍　诘病　道觋　诊祟　牝贼　闹殇　谒遇　旅寄　冥判　拾画

忆女　玩真　魂游　幽媾　旁疑　欢挠　缮备　冥誓　秘议　诇药

第十章 "临川四梦"在明清时期的接受

回生　婚走

骇变　淮警　如杭　仆侦　耽试　移镇　御淮　急难　寇间　折寇
围释　遇母

淮泊　闹宴　榜下　索元　硬拷　闻喜　圆驾

比照二者，不难发现，冯梦龙除了将原著中两个字的剧目统一改为四个字的剧目外，还进行了其他方面的改定：有删除，删除了原作中的《劝农》《虏谍》《诇药》《淮警》《如杭》《仆侦》《急难》《淮泊》《榜下》《闻喜》等剧目；有合并，如将原作中的《言怀》《怅眺》两出合并为《二友言怀》，将《腐叹》《延师》两出合并为《官舍延师》，将《诘病》《道觋》两出合并为《慈母祈福》，将《移镇》《御淮》两出合并为《杜宝移镇》等；有分拆，如将《闹殇》分拆为《中秋泣夜》和《谋厝殇女》两出；有改写，如在《传经习字》中刻意突出春香闹学事件，在《情郎印梦》中重在突出柳梦梅和杜丽娘二人之梦之互相呼应，在《石姑阻欢》中将原作中的人物小姑姑改成了春香等。

在《风流梦小引》中，冯梦龙大段引用王季重的话来表示对汤显祖《牡丹亭》艺术特色的欣赏，并表示能够理解汤若士"填词不用韵，不按律"的原因，"夫曲以悦性达情，其抑扬清浊，音律本于自然，若士亦岂真以捩嗓为奇，盖求其所以不捩嗓者而未遑讨，强半为才情所役耳"[①]。虽然汤显祖对《牡丹亭》的改本大多不满意，但《牡丹亭》作为一本案头读物，"欲付当场敷演，即欲不稍加窜改而不可得也"，这也是冯梦龙以市场为向导，从实用主义角度出发，坚持改编《牡丹亭》的一大重要原因。

除了大幅删改剧目、调整曲调以适应舞台演出需求外，冯梦龙还对《牡丹亭》的故事结构进行了调整。原作中虽是以柳梦梅、杜丽娘的爱情为主线，但却夹杂着李全尚金伐南、杜宝抗金镇淮等线索，相对复杂。冯梦龙对市场有灵敏的嗅觉，深知观众喜爱才子佳人的故事套路，一改原作繁杂的故事线索，"生旦姻缘，尽在一梦"，重在突出二人因梦得缘，将与之关系较弱的情节能改则改，能删则删。

在删改的过程中，冯梦龙对剧中的人物角色也进行了一定的调整。在

[①] 徐扶明编著《牡丹亭研究资料考释》，上海古籍出版社，1987，第61-62页。

《风流梦》总评中,他说:"凡传奇最忌支离,一贴旦而又翻小姑姑乎,不赘甚乎。今改春香出家,即以代小姑姑,且为认真容张本,省却葛藤几许。又李全原非正戏,借作线索,又添金主,不更赘乎,去之良是。"①冯梦龙认为原作中小姑姑的角色显得累赘,而这正是舞台表演最忌讳的,因此对其进行了精简,将小姑姑的戏份转移到了春香身上。或许是出于对春香这一角色的喜爱,冯梦龙还在多处突出春香的表演,如在《传经习字》一出中刻意突出春香闹学事件,使春香这一角色显得更加活泼可爱。

冯梦龙对《牡丹亭》的改编,虽然有将《牡丹亭》俗化的倾向,未必合汤显祖之意,但深得观众之心,为《牡丹亭》开拓了更广泛的接受群体。

(三)《牡丹亭》的散出选本接受

关于戏曲散出选本的概念,学界一直以来都有不同的声音。徐州师范大学吴敢在其《说戏曲散出选本》中,对"散出选本"有一个较为透彻的阐述。他认为,所谓"散出选本",选本之意不言自明,关键则在"散出"二字,它指的是从原作中选择零散的若干出曲目。②本书所说的"散出选本"采用的就是这一观点。

随着文人参与程度的不断深入,到万历晚年,戏曲选本已经发展到了成熟阶段,不再以原作为底本简单地进行单行本的汇集,而是出现了文人选本和民间选本两个不同的系统,二者表现出明显的雅俗分化的趋势。清前期的戏曲选本大体维持着万历以后的成熟状态,然而发展到乾隆中后期,戏曲选本与以文人为主体的文化层开始疏离,文人开始退出戏曲选编活动,花部诸腔再次崛起,而昆腔选本急剧减少。也就是说,乾隆以后,那些有幸盛行于世的昆腔选本不再是文人把玩戏曲的工具,而是发展成为舞台表演的记录和指导,其文化取向已经"从明末清初适应于文人清赏一变而转向民间观剧"③。

明中叶以后,家班盛行,成为戏曲接传播受史中的一大景观。在万历、天启、崇祯年间,家班尤为盛行,著名的有潘允端家班、申时行家班、王

---

① 徐扶明编著《牡丹亭研究资料考释》,上海古籍出版社,1987,第63页。
② 吴敢:《说戏曲散出选本》,《艺术百家》2005年第5期。
③ 赵山林:《中国戏曲传播接受史》,上海人民出版社,2008,第474页。

第十章 "临川四梦"在明清时期的接受

锡爵家班、邹迪光家班、沈璟家班、屠龙家班、吴用先家班、阮大铖家班、张岱家班等。[①] 这些家班的主人大多或酷爱或精通昆曲，常为家班的伶优延师授艺，有时也亲自改定曲本，沈璟改定《牡丹亭》为《同梦记》就是一例。家班多以自娱或会友为目的，受众范围极小，常常仅限于亲友，因此家班台本很难流传于外。我们目前只能通过当时文人的笔记、诗歌、书信等粗略了解《牡丹亭》的演出情况，比如邹迪光就曾去信邀请汤显祖观看他的家班演出《牡丹亭》，而无法对其演出选本进行深入研究。

另外，当时也有一些流行的散出选本收录了《牡丹亭》的曲目，如《月露音》收录《牡丹亭》八出，《乐府遏云编》收录《牡丹亭》六出，《词林逸响》收录《牡丹亭》两出。但它们仍旧限于文人把玩的性质，编排分散，只收曲文，没有宾白科介。到曲白科介俱全的《万壑清音》出现之时，《牡丹亭》选本的功能才开始发生转变，从书斋闺阁的曲会真正地走向场上演出。

入清以后，家班演出逐渐衰落，职业昆班取而代之。与之相适应，戏曲选本，尤其是昆曲选本，也从案头走向了舞台，《缀白裘》和《审音鉴古录》则是这一时期非常重要且具有标志性意义的两部昆曲选本。下面将以这两部选本为例来说明《牡丹亭》的选本接受情况。

1.《缀白裘》中的《牡丹亭》

《缀白裘》最初由明末醒斋编刊，后经清初玩花主人编改，康熙二十七年（1688）由翼圣堂刊印《缀白裘合选》，乾隆二十八（1763）至乾隆三十九年（1774）由钱德苍增订，乾隆四十二年（1777）鸿文堂刊印《缀白裘合集》，先后经过十二次修订，历时近一百四十年才最终定稿。钱德苍的《缀白裘合集》收录昆腔戏曲90种430余出，将昆腔舞台演唱的剧本基本囊括其中，在收录剧目的广泛性、完整性方面，几乎没有其他选本能够与之媲美，可以称得上戏曲选本的集大成者。

钱德苍的《缀白裘》共收录《牡丹亭》十二出，分别为《学堂》（据原作《闺塾》《肃苑》所改）、《劝农》、《游园》（从原作《惊梦》中拆分而来）、《惊梦》、《寻梦》、《离魂》（据原作《闹殇》所改）、《冥判》、《拾

---

① 赵山林：《中国戏曲传播接受史》，上海人民出版社，2008，第238页。

画》、《叫画》(据原作《玩真》所改)、《问路》(据原作《仆侦》所改)、《吊打》(据原作《硬拷》所改)、《圆驾》,分散在《缀白裘》的第一集、第四集、第五集和第十二集中,是所有散出选本中收录《牡丹亭》曲目最多的一部。

作为一个成熟的选本,钱德苍的《缀白裘》早已过了简单地汇集原作曲目的阶段。在对《牡丹亭》进行选编时,为了追求更好的艺术表演效果,钱德苍在谨守汤显祖原作"二分之一曲出"的前提下,对另外的二分之一进行了重新设计。以选本中的《游园》和《惊梦》为例,这两出由原作中的《惊梦》一出拆分而成,拆分后的曲词与原作内容基本上保持一致,但在表演上却表现出了迥异的风格。拆分后的《游园》一出在细节方面表现得更为完备,其内容甚至细致到了演员的衣着妆容等,而这些在原作中是比较随意的;拆分后的《惊梦》与原作最大的区别就是增加了睡魔神这一角色,在杜丽娘因春梦入睡、柳梦梅持柳上场前,睡魔神起着将二人勾取入梦的作用,这一角色及其民间俗唱内容的增加多是为了适应民间舞台表演的需要。

2.《审音鉴古录》中的《牡丹亭》

相比于钱德苍的《缀白裘合集》,《审音鉴古录》的舞台导向更为明显。王继善在京师偶然看到《审音鉴古录》,于道光十四年(1834)将其补刻刊印,其原编撰者已经不得而知。《审音鉴古录》分为正选和续选两部分,所选的曲目每一出都配有一幅插图。和其他选本相比,其特点在于兼选本、曲谱、剧论于一体,"萃三长于一编",以求用之"氍毹之上"①。

《审音鉴古录》共收录《牡丹亭》曲目九出,分别为《劝农》、《学堂》(即原作中的《闺塾》)、《游园》、《惊梦》、《寻梦》、《离魂》(即原作中的《闹殇》)、《冥判》、《吊打》(即原作中的《硬拷》)、《圆驾》。与钱德苍的《缀白裘》相比,《审音鉴古录》所收的《牡丹亭》曲目少了三出,分别为《拾画》、《叫画》(据原作《玩真》所改)、《问路》(据原作《仆侦》所改)。

《审音鉴古录》所录《牡丹亭》曲目中的九出同样遇到了曲调唱腔的问

---

① 赵山林:《中国戏曲传播接受史》,上海人民出版社,2008,第484页。

题。和其他选本不一样的是,《审音鉴古录》采用了改调就词的方法,即全谱按汤显祖原著,将其曲唱部分改调就词,类似于据词作曲。对《牡丹亭》进行改调就词的成功,一改传统的关于《牡丹亭》为案头之书而非台上之曲的论断,所谓"词不合调""曲不合律"的问题得到了有效解决,为戏剧创作从案头走向舞台提供了更多的可能。

《审音鉴古录》的另一大特色是用文字详尽细致地记录下了戏曲艺人在舞台上的表演技巧和艺术设计,为后代艺人进行表演提供了蓝本。以《学堂》一出为例,《审音鉴古录》和冯梦龙的《风流梦》最大的差别在于对细节的调整。剧中用舞台上挥舞戒尺、高呼严喝的陈最良替代了原作中充满沉闷气质的陈最良,其腐儒特征显露无遗。另外,在人物的对白中,通过陈最良和春香反复使用的语气词,如陈最良的"咮""哟哟哟""哎哎哎",春香的"嘎""嗳""啧"等,来突显陈最良的腐和春香的灵,这些鲜活的人物形象为舞台演出增加了更多"看料"。

二 《紫钗记》的读者接受

(一)《紫钗记》的本文接受

《紫钗记》的创作既是以汤显祖的未完之作《紫箫记》为基础,又是基于唐代蒋防的传奇小说《霍小玉传》的故事人物和主要情节拓展和延伸而来。《紫钗记》通过对李益和霍小玉之间悲欢离合的爱情故事的描写,旨在刻画出一个"痴情""至情"的霍小玉。正如汤显祖在《紫钗记题词》中所说:"霍小玉能作有情痴,黄衣客能作无名豪。余人微各有致。第如李生者,何足道哉。"[1] 也正是这样一个痴情的霍小玉,深深地吸引了无数少男少女,成为许多作家笔下借以写情的标志性符号。

1. "一点情痴"之霍小玉

《紫钗记》中的霍小玉可以称得上男性心目中集智慧与美貌于一身的"女神"。她"资质秾艳,一生未见。高情逸态,事事过人。音乐诗书,无不通解","美色能文,颇爱十郎风调","不邀财货,但慕风流"(第四出

---

[1] 《全集》,第 1157 页。

《谒鲍述娇》)。不仅如此,最重要的还在于霍小玉对李益始终痴情如一,这一点随着两人的爱情发展日益鲜明起来。

  书生李益流寓于长安,在元宵之夜偶然捡到了霍小玉的紫玉钗,于是托鲍四娘为媒,以玉钗为聘礼,向小玉求婚。在《紫钗记》中,为了突出霍小玉的形象,汤显祖为霍小玉设计了一个好的出身,即"故霍王小女",其母是"王之宠姬",在霍王去世后,分得一定的资财,被"遣居于外"。小玉与李益可谓一见钟情,二人借坠钗、拾钗的机缘,倾吐对彼此的爱慕之心,不久便结为连理。新婚不久,李益得知"天子留幸洛阳,开场选士",准备赶赴洛阳。小玉得知后,担心自己是因色得爱,"但虑一旦色衰,恩移情替,使女萝无托,秋扇见捐"(第十六出《花院盟香》),不觉黯然神伤。即使身处浓情蜜意当中,女性的从属地位还是给霍小玉带来了极大的不安全感,她把这份感情看得越重,就越害怕失去,因而也就有了这种"色衰"而"情移"的忧虑。

  李益高中状元后,因得罪权倾一时的卢太尉,被派往玉门关任参军,为期三年。这期间,小玉整日愁眉不展,只道相思苦,"这几日孤单单,教人快瘦"(第二十七出《女侠轻财》)。为了从李益的好友崔、韦二秀才那里获得李益的点滴消息,她不惜捐资帮助崔、韦二人,"杂佩因何赠投,望看承报琼玖"(第二十七出《女侠轻财》),在小玉的眼中,爱情的分量早已超越世俗中金钱的分量。

  三年后,李益回朝,卢太尉爱慕其才,欲招为婿。李益婉拒,然卢太尉仍不死心。适逢霍小玉典当家资,四处打探李益,无奈中将定情之物玉钗典当出去,想要探听李益入赘这一消息的真伪。得知消息属实且玉钗被卢太尉买去作为卢氏新婚上头之用时,霍小玉顿陷绝望之中,本就忧思成疾,如今更是一发不可收拾。小玉用情极深,却痴情无果,让看客们无不为其感伤。对于霍小玉这个角色,汤显祖倾注了很大的情感,为了成全李益和霍小玉才子佳人的美梦,在《紫钗记》中,他刻意塑造了一个具有浪漫主义色彩的黄衫客,由他来为李、霍二人澄清误会,扫除卢太尉这一障碍,最后迎来一个大团圆的结局。汤显祖圆的不仅是李、霍二人的爱情梦,更是自己的"至情"梦。

2. 明清文学作品中的《紫钗记》

蒋防小说中的霍小玉在汤显祖笔下得到了升华，成为一往情深、矢志不移的爱情守卫者，成为痴情者的化身。或许多少受到《紫箫记》的影响，加之《紫钗记》仍旧存在一定的缺陷，如"关目不够紧凑，略显烦冗拖沓，个别场面铺排太过喧宾夺主"①等，《紫钗记》的舞台演出不如《牡丹亭》频繁，《紫钗记》的读者面不如《牡丹亭》广泛，然而不少文人的笔记中仍旧记录了《紫钗记》的观演盛况。

明代戏曲理论家祁彪佳在他的《祁忠敏公日记·栖北冗言》中记载了他与友人共同观看《紫钗记》演出的事情，"党于姜、付潜初、刘切韦、郭太薇相继至，观《紫钗》剧，至夜分乃散"②。此外，江苏常熟人瞿有仲在诗作《即席赠澹生仙史》中也提到了观看《紫钗记》之事，并借《紫钗记》抒发自己的失意之情："山断云垂波蹙银，闻君原是旧东邻。临川艳曲应怜霍，淮海新词合识秦。沉醉金卮情放诞，索题团扇语悲辛。襄王席上从来梦，云雨空劳作赋臣。"③

此外，不少文人在笔记中还为我们记录下了很多当时擅长演唱《紫钗记》曲目的演员。清代江苏仪征人李斗的《扬州画舫录》就记录下了两位擅演《阳关折柳》的演员。他说："李文益，风姿绰约，冰雪聪明，演《西楼记》于叔夜，宛似大家子弟。后在苏州集秀班。与小旦王喜增串演《紫钗记》'阳关折柳'，情致缠绵，令人欲泣。……王喜增，姿仪性识特异于人。词曲多意外声，清香飘动梁木。"④

清代众香主人的《众香国》也记载了一位令作者仰慕的《紫钗记》表演者："李兰官，字香谷，现在三庆部。香谷肌肤莹洁，人以白牡丹目之，每发一言，辄嫣然笑。盖天真烂漫，雕饰全无，能于诚实中见其慧者。闻其演《阳关折柳》、《乔醋》诸出，俱有可观，惜乎未之见也。"⑤众香主人听说有这么一位天真烂漫、雕饰全无的演员，擅长演唱《阳关折柳》《乔

---

① 周秦、刘玮：《我辈钟情似此——〈紫钗记〉述评》，《闽江学院学报》2012年第6期。
② 毛效同编《汤显祖研究资料汇编》（全二册），上海古籍出版社，1986，第836－837页。
③ 毛效同编《汤显祖研究资料汇编》（全二册），上海古籍出版社，1986，第836－837页。
④ 毛效同编《汤显祖研究资料汇编》（全二册），上海古籍出版社，1986，第838页。
⑤ 毛效同编《汤显祖研究资料汇编》（全二册），上海古籍出版社，1986，第838－839页。

醋》等出,只可惜无缘一见。

佚名的《昙波》还记载了擅演《折柳》《茶叙》《偷诗》《惊梦》诸曲的吴县人福寿,吴兴人艺兰生所录的《评花新谱》记载了佩春乔蕙兰、春馥饯桂蟾等人亦长于演唱《折柳》等。从如此庞大的演员阵容来看,《紫钗记》在明清时期还是颇受观众喜爱的。

(二)《紫钗记》的改编本接受

完整保存下来的《紫钗记》刻本并不多,主要有以下五种:明代《柳浪馆批评玉茗堂紫钗记》,该版本卷首有总评,每出末尾亦有评论,且有眉批;明刊本《汤义仍先生紫钗记》,它是据《柳浪馆批评玉茗堂紫钗记》重刊而成,不同的是它删去了评语,并在卷首增加了汤显祖的《紫钗记题词》;明代汲古阁《六十种曲》本《紫钗记》;明代臧晋叔改本《紫钗记》;清代叶堂的《纳书楹四梦全谱》本《紫钗记》。前三者大体收录的是汤显祖《紫钗记》剧作原词,未做多大改编。

对《紫钗记》进行改编的主要有三个版本。

其一为沈璟改本。清代无名氏在其编写的《传奇汇考标目》中著录了沈璟所编的《新钗记》,并注为"紫钗记改本"。沈璟改编《紫钗记》的初衷仍在于认为其不合昆曲音律。或许因沈璟所改的《新钗记》并未得到业界的认同,如今早已失传。

其二为汤显祖的好友臧晋叔所改的《紫钗记》。他将《紫钗记》五十三出删改为三十七出:删去了原作中的《许放观灯》《托鲍谋钗》《妆台巧絮》《权夸选士》《花院盟香》《黄堂言饯》《春愁望捷》《陇上题诗》《巧夕惊秋》《缓婚收翠》《玉工伤感》等十一出;将《回求仆马》《仆马临门》合并为《仆马》,将《门相絮别》《折柳阳关》两出合并为《饯别》,将《河西款檄》《吹台避暑》两出合并为《款檄》,将《计哨讹传》《泪烛裁诗》两出合并为《裁诗》,将《玩钗疑叹》《花前遇侠》两出合并为《遇侠》。

臧晋叔在《紫钗记》总批中说明了他删改《紫钗记》的原因:"计玉茗堂上下共省十六折,然近来传奇已无长于此者。自吴中张伯起《红拂记》等作,止用三十折,优人皆喜为之。遂日趋日短,有至二十余折者矣。况中间情节非迫促而乏悠长之思,即牵率而多迂缓之事,殊可厌人。予故取

第十章 "临川四梦"在明清时期的接受

玉茗堂本细加删订,在竭徘优之力,以悦当筵之耳。"① 剧目过长,结构不够紧凑,不便于舞台演出是其删改《紫钗记》的主因。对于臧改本的《紫钗记》,戏曲家吴梅先生认为,"吴兴臧晋叔,删节泰半,虽文逊义仍,而配置角目,点窜词句,颇合户工之嘌唱"②,虽然在文采上不及汤显祖原作绚丽多彩,但是在声腔方面,臧改本较原作还是有进益的。然而臧改本并未得到搬演,舞台上演出的仍旧是汤显祖原作的曲目。

对《紫钗记》的改编最为成功的当数清代叶堂订立的《纳书楹四梦全谱》,它的出现给在舞台演出方面日趋衰落的《紫钗记》带来了新生。吴梅先生也说:"长洲叶怀庭,取原本重加厘定,就文律曲,酌定旁谱,而《紫钗》始成完璧矣。"③ 依词作曲,使得《纳书楹四梦全谱》本《紫钗记》在文采和曲律方面得到了完美的结合。

依词作曲是《纳书楹四梦全谱》本《紫钗记》最大的特点。叶怀庭以《六十种曲》本中的《紫钗记》为蓝本,自创其曲谱。在自序中,他说明了之所以自创的原因在于旧的曲谱失传,"《邯郸》《南柯》《牡丹亭》三种,向有旧本,余故得撼其失而订之,而《紫钗》之谱,蒙独创焉"。原作共五十三出,除第一出中两首词调未谱曲外,叶怀庭从第二出到第五十三出全部订立新的曲谱。明清戏曲,特别是昆曲,盛行清唱。清曲家"只歌唱不扮演,不化妆,不穿戴行头,屏除了锣钹喧闹之声",清唱的"总原则是要求场面清净,以人声为主"。④ 作为清唱用的清宫谱,《纳书楹四梦全谱》本《紫钗记》只录了曲文,未录角色科介和念白,演员可以在掌握节拍的基础上自由发挥。

《纳书楹四梦全谱》本《紫钗记》对汤显祖原作剧目几乎未做任何删改,依词作曲。对于原词中不合曲目的地方,叶怀庭则通过采用与其他曲目句段相合的曲调来改标曲牌名目,即用犯调集曲的方式来谱曲。以原作中的第四十出《开笺泣玉》的首曲为例,该曲采用的是【刮鼓令】:

---

① 周育德:《汤显祖剧作的明清改本》,《文献》1983 年第 1 期。
② 王卫民编《吴梅戏曲论文集》,中国戏剧出版社,1983,第 425 页。
③ 王卫民编《吴梅戏曲论文集》,中国戏剧出版社,1983,第 425 页。
④ 赵山林:《中国戏曲传播接受史》,上海人民出版社,2008,第 281 页。

275

闲想意中人，好腰身似兰蕙薰。长则是香衾睡懒，斜粉面玉纤红衬。和娇莺枕上闻，乍起向镜台新。似无言桃李，相看片云。春有韵月无痕，难画取容态尽天真。①

叶怀庭在注解中指出该曲辞与【刮鼓令】的曲律不协调，将其改定成如下曲调：

【商调】【莺啭遍东瓯】【黄莺儿首二句】闲想意中人，好腰身似兰蕙薰。【啭林莺五至六】长则是香衾睡懒，斜粉面玉纤红衬。【香遍满五至六】和娇莺枕上闻，乍起向镜台新。【黄莺儿四至五】似无言桃李，相看片云。【东瓯令合至末】春花有韵月无痕，难画取容态尽天真。②

叶怀庭为此曲费尽心思，为使曲律协调，他在一个大牌名下面变换了【黄莺儿】【啭林莺】【香遍满】【黄莺儿】【东瓯令】五个小牌名，共犯了五次，是典型的犯调集曲。吴梅先生对叶怀庭的集曲法评价极高，认为他"改作集曲，精心配置，妙造自然"③，叶怀庭用功之深可见一斑。

为了达到曲律协调的目的，叶怀庭也会对原曲词做一些略微的修改，几乎不影响原作曲意的表达。仍旧以上述曲目为例，原曲六个字的"春有韵月无痕"在叶怀庭这里被改为七个字的"春花有韵月无痕"，以"春花有韵"替代"春有韵"，对原作并无太大影响。

在《纳书楹四梦全谱》本《紫钗记》的自序中，叶怀庭说："继遇竹香陈刺史召名优以演之，于是吴之人莫不知有《紫钗》矣。"这一说法虽难免有自夸之嫌，但仍旧可见叶堂《纳书楹四梦全谱》本《紫钗记》对《紫钗记》的舞台演出所做出的贡献。

---

① 《全集》，第 1997 页。
② 吴新雷：《〈紫钗记〉昆曲演唱史略》，《中国古代小说戏剧研究丛刊》2010 年 00 期。
③ 王卫民编《吴梅戏曲论文集》，中国戏剧出版社，1983，第 426 页。

第十章 "临川四梦"在明清时期的接受

（三）《紫钗记》的散出选本接受

在《紫钗记》出现以后，不少选本仍旧只选录了《紫箫记》的曲目而未选录《紫钗记》的曲目，如明代胡文焕所编的《群音类选》和明代凌虚子编撰的《月露音》。据徐州师范大学吴敢推测，《群音类选》的成书时间大概在万历二十三至二十四年（1594—1595）。该散出选本共选录了《紫箫记》中的《霍王感悟》《小玉插戴》《洞房花烛》《讯问紫箫》四出，这可能和《紫箫记》剧目长期的舞台表演所积累的人气相关。《月露音》对"临川四梦"的其他曲目均有选录，唯独未选《紫钗记》而选了《紫箫记》，且《紫箫记》的选录数量比《南柯记》《邯郸记》都多，只比《牡丹亭》少一出。由此可见，在《紫钗记》改定以后，《紫箫记》仍旧活跃于舞台，且其活跃度甚至一度高过《紫钗记》。

最早选录《紫钗记》散出的是《词林逸响》，共选录了《议允》和《盟香》两出。随后在明代周之标所编的《增订珊珊集》中选录了《紫钗记》的《侠评》一出，《侠评》即原作中的第四十八出《醉侠闲评》（汲古阁《六十种曲》本《紫钗记》）。清代钱德苍的《缀白裘》亦选录了《紫钗记》，共两出，分别为汲古阁《六十种曲》本《紫钗记》的第六出《坠钗灯影》和第三十九出《泪烛裁诗》。尽管如此，散落于各大选本之间的《紫钗记》也不过五六出而已，这再次说明《紫钗记》在当时的舞台表演中并不活跃。

自清代叶怀庭的《纳书楹四梦全谱》本《紫钗记》问世以来，由于其中的《折柳阳关》乐谱最为动听，深受观众喜爱，艺人便常用叶谱搬演《紫钗记》的折子戏，这也使得《折柳阳关》成为《紫钗记》众多曲目中的一枝独秀。

《折柳阳关》原为《六十种曲》本《紫钗记》的第二十五出曲目，后常被许多选本拆分成《折柳》《阳关》两出选录。纵观晚清以来的各大选本，其所录的《紫钗记》曲目也不外乎这两出。晚清文人王锡纯和艺人李秀云合编的《遏云阁曲谱》（1893），由王庆华编定、苏州新建书社刊印的《霓裳文艺全谱》（1896），碧梧书屋慕莲抄录的《霓裳新咏谱》（1903），听涛主人抄录的苏州艺人殷溎深传谱《异同集》（1909）都收录了《折柳》

《阳关》两出。此外，民国期间齐嘉笨所编辑的《昆弋曲词》（1923）、王季烈的《与众曲谱》（1940）等也收录了这两出，苏州昆剧传习所、仙霓社以及北昆的荣庆社、祥庆社等昆曲戏班所传承的《紫钗记》戏码，演的也都是这两出。以下将以文人王锡纯和艺人李秀云合编的《遏云阁曲谱》为例，具体说明其所选的《折柳》《阳关》二出与原作的差异。

《遏云阁曲谱》所选的《紫钗记》和原作相比，除了将原作中的一出拆为两出（以"【解三酲】恨锁着满庭花雨。愁笼着蘸水烟芜"为界，前半部分为《折柳》，后半部分为《阳关》）[1]外，为了渲染上场气氛，还增加了一些次要角色。如在《折柳》开场部分，选本在净角刘节镇麾下增加了一位领兵军官，让他前往迎接李益赴任；在《阳关》开场部分，选本还增添了老生和末角装扮的送客等角色。

原作中的对白也常被提前用作开场白，热闹的开场主要用于吸引观众的注意力。除在《阳关》一出中将对白前移至开场白外，第二十六出《陇上题诗》的首曲"【金钱花】渭城今雨清尘，清尘。轮台古月黄云，黄云。催化羯鼓去从军，枕头上别情人，刀头上做功臣"[2]也被移到《折柳》的开场作为干念的引子。

此外，为了使戏曲结构更加紧凑，同时方便演员记忆台本，《遏云阁曲谱》删去了原作中略显拖沓、与情节发展关联不大的唱段，下场诗也被一并删除。

这些改定都是由昆班艺人通过舞台实践总结而来，是戏曲艺术与舞台表演相结合的创造性成果。反过来，《折柳》《阳关》的成功改定又为其赢得了更多的观众，使其在舞台表演方面经久不衰。

三 《南柯记》和《邯郸记》的读者接受

汤显祖分别于万历二十八年（1600）和万历二十九年（1601）创作了《南柯记》与《邯郸记》。二者为汤显祖弃官还乡后所作，产生的时间和创作背景非常接近。此外，《南柯记》和《邯郸记》在内容和表现形式上有很

---

[1] 吴新雷：《〈紫钗记〉昆曲演唱史略》，《中国古代小说戏剧研究丛刊》2010年00期。
[2] 《全集》，第1952页。

大的相似性，都是以主人公的梦为中心，通过神奇的梦幻效果来寄托作者的情思。因此，《南柯记》和《邯郸记》又被称作"二梦"，常被学界作为一个整体来研究。基于此，下面同样将以"二梦"为一体，进行分析比对。

（一）《南柯记》和《邯郸记》的本文接受

1. "如梦初醒"之淳于棼

在《南柯记》中，汤显祖借淳于棼的"南柯一梦"，写出了自己的政治理想从希望到失望再到最终绝望的过程。在祭奠自己的政治抱负和人生理想的同时，《南柯记》还不忘揭露官僚的营私舞弊、互相倾轧、贪污腐化等种种劣行，对封建社会的假、恶、丑进行了严厉的鞭挞，这些都是汤显祖宦海沉浮多年，对生活进行仔细观察和深入思考的写照。

现实生活中的淳于棼因酒失职，"名不成，婚不就，家徒四壁"（第十出《就征》），正处于人生失意之时。一日听经归来，借酒浇愁，醉倒于槐树下，梦见自己来到了槐安国，有幸被招为驸马，一时之间，功名利禄不期而至，过着"出入车服，宾御游宴，次于王者"（第十六出《得翁》）[①]的生活。瑶芳公主倚仗自己的权势，不仅为淳于棼找到了多年来杳无音信的老父亲，还为淳于棼谋得了南柯太守一职，正如他自己所说，"这等，做老婆官了"（第十六出《得翁》）[②]。

在南柯郡任太守的二十年，他将南柯郡治理得井井有条，"人间夜户不闭"，"这南柯郡自这太爷到任以来，雨顺风调，民安国泰。终年则是游嬉过日，口里都是德政歌谣，各乡村都写着太爷牌位儿供养"（第二十四出《风谣》）[③]，这或许也是汤显祖借《南柯记》为自己的政治梦构筑的理想国。淳于棼的家庭生活亦相当美满幸福，公主为其生下两男两女，人丁兴旺。知道公主体弱多病且怯热，淳于棼还特地为其在堃江城修了一所瑶台供她避暑，郎情妾意溢于言表。然而好景不长，不久后，附近檀萝国四太子因垂涎公主美貌，带兵围困了瑶台城，想要夺公主为妻。淳于棼得知后，率兵直奔瑶台。因周弁醉酒失机，淳于棼兵败檀萝，公主虽然得救了，但

[①]《全集》，第 2334 页。
[②]《全集》，第 2336 页。
[③]《全集》，第 2356 页。

她因瑶台之事受到了惊吓，病情加重，不久便病逝了。

回朝之后，淳于棼被拜为左相，居右相段功之上，遭其嫉恨。至此，他顺风顺水的政治生活开始急转直下。一方面他自己因位高权重，放松了警惕，且贪慕美色，禁不住琼英君主、上真仙人、灵芝夫人等的诱惑，被段功等人抓住了把柄；另一方面，对槐安国来说，淳于棼始终"非我族类"，"其心必异"（第三十九出《象谴》），公主去世后，靠裙带关系上位的淳于棼失去了庇佑。在右相段功的极力挑唆下，国王因淳于棼"坏法多端"，恐他"败坏王基"（第四十一出《遣生》），下令撤销其官职，将其遣送回乡。淳于棼的回乡之日，也是他的梦醒之时。从梦中醒来后，淳于棼仍旧执着于梦中之事，后经禅师提点，顿悟万事无常、一切皆空，最后立地成佛，归入佛门。

和《紫钗记》《牡丹亭》相比，《南柯记》带有更强的问题意识和批判意识。淳于棼靠着裙带关系获得了南柯郡的太守职位，他越是政绩卓越，就越容易沦为他人攻击的目标。这一点，瑶芳公主早就预言到了，"看此佳兆，驸马早晚入为丞相矣。则恐我去之后，你千难万难那！"（第三十三出《召还》）①。淳于棼被拜为左丞相，权倾一时，成为朝廷新贵，影响到了段功等旧权贵的势力，势必招来嫉恨，最终落得遣送回乡的下场。而淳于棼在最后选择了遁入空门，似乎是处于矛盾中的汤显祖在无奈之下的权宜之计。汤显祖看穿了官僚场上的结党营私、贪污腐化，一时之间却找不到解决的办法，于是寄希望于梦中。

2. "酒色财气"之卢生

《邯郸记》是汤显祖的最后一部传奇作品，同时也可以说是汤显祖用意最深的一部作品，带有极强的文人意识和人生体验性质。《邯郸记》中的主人翁卢生一梦六十年，"无过是酒色财气。人之本等哩"，"这四般儿非亲者故，四般儿为人造畜"（第三出《度世》）②，一生为酒色财气所困扰，追名逐利且欲壑难填，然而一切终究不过是化作虚无。

《邯郸记》中的卢生出身寒门，生活窘迫，"村居草食"，"家少衣粮应

---

① 《全集》，第 2388 - 2389 页。
② 《全集》，第 2450 页。

对微"(第二出《行田》)①,不免慨叹自己"生世不谐,而穷困如是乎",无缘"建功树名,出将入相,列鼎而食,选声而听,使宗族茂盛而家用肥饶"(第四出《入梦》)②。然而,在他的黄粱美梦中,他终于把这些都一一实现了。

睡梦中,卢生不慎闯入了一座"红粉高墙"之内,被人当场拿住。在"私休"则收在门下,成其夫妻,"官休"则送他清河县去的二难选择面前,他无奈选择了前者。无论是为了名誉还是生计,多少都表现出了一定的软弱性。他与崔小姐结婚后,生活安逸,因为深知"翰林苑不看文章",好官职早已被豪门贵党所垄断的官场现实,也就把功名之事搁置一边。而一旦听说崔小姐能够为他打点钱财,尽他前途贿赂,他又重新燃起了"建功树名"的希望。

"高中榜首"的卢生一入官场便得罪了宇文融,遭到他的百般刁难。卢生费尽心思,为其夫人崔小姐赚了个"诰命夫人"的头衔,以博取其认可和欢心。这点早已被宇文融看透,宇文融一抓住把柄就把他送到陕州任知州去了。他在陕州任知州时,利用陕州百姓流血流汗、辛苦挖出的河道为自己邀来了"河功"。不料再次遭到宇文融算计,被打发去为国开边,然而他又通过打番儿汉使离间计立下了边功。为了讨皇帝开心,他不仅建行宫、驾天桥、造龙舟,还找来一千名摇棹女子供歌舞之用,皇帝对此十分受用。看到卢生多次幸免于难,宇文融抓住卢生放走敌酋的事由诬灭其叛国,卢生一度被缚刑场,后又大难不死,沉冤得雪。

卢生一生起起伏伏,"猛然间撞入卿门,平白地天门看榜。命直着簸箕无状,手爬沙去开河运粮,手提刀去胡沙战场。险些儿剑死云阳,贬炎方受瘴。又富贵八旬之上"(第二十九出《生寤》)③。回朝为相后,他获得了非同寻常的地位,"贵盛赫然,举朝无比"(第二十九出《生寤》)。临死之时,裴老爷、萧老爷、公侯驸马伯各位老皇亲、五府六部都通大堂上官等无不前来请安问候。卢生一生拼尽全力,总算将自己融入了险恶多端的官场,成为其中的一员。而他的贪欲又远远超出了一般人,即便是在人之将

---

① 《全集》,第 2445 页。
② 《全集》,第 2456 页。
③ 《全集》,第 2553 页。

死之时，他还对"身后加官进谥"之事念念不忘，悔恨"止叙边功，还有河功未叙"，还想为"这小的儿再套个小小因袭"，让人觉得既好笑又好气。

卢生从一个无知书生沦为一个作奸犯科、无所不为、欲壑难填的小人，从剧中来看，或属无奈之举。他的每一个选择都是在被逼无奈下做出的，他所面对的君主昏庸无能、臣子阿谀奉承的社会似乎也应该承担一定的责任。然而，笔者认为，《邯郸记》较《南柯记》深入的地方正在于此，《邯郸记》不仅提出了问题，更提出了解决问题的办法，那就是文人应该慎重对待自己的每一个选择，对自己的每一个选择负责。如果卢生在每一次抉择面前，如在"官休"和"私休"的选择面前，能够表现出一个文人应有的担当，可能"黄粱一梦"的故事就得重演了。

3. 明清文学作品中的《南柯记》和《邯郸记》

对明清时期的很多文人士大夫而言，"读书即是看戏，看戏即是读书"[1]。观剧成为文人生活中一个重要的部分，他们不仅看戏，还写下了大量的咏剧诗。明清时期很多著名的文人，如钱谦益、梁清标、瞿有仲、宋琬、曹尔堪、邓汉仪、尤侗、陈维崧等，在他们的咏剧诗中都曾提到《南柯记》和《邯郸记》的演出。通过这些咏剧诗，我们可以粗略了解明清时期"二梦"的接受情况。明代著名诗人钱希言在他的《松枢十九山·讨桂编》上卷中就收录了一首观"二梦"的诗《今夕篇》。他在小序中说明了写作的背景，"汤义仍膳部席与帅氏从升从龙郎君尊宿叔宁观演二梦传奇作"[2]。钱谦益也作有多首咏剧诗，其中一首录在《病榻消寒杂咏四十六首》中，大致内容为：砚席书生倚稚骄，《邯郸》一部夜呼嚣。朱衣早作胪传谶，青史翻为度曲妖。炊熟黄粱新剪韭，梦醒红烛旧分蕉。卫灵石椁谁镌刻，莫向东城欢市朝。在诗歌的最后他还作注说"是夕又演《邯郸》梦"，钱谦益自然不是第一次看《邯郸记》，可见当时《邯郸记》演出频率之高。

文人笔记中也有不少关于观看"二梦"演出的记载。明代戏曲理论家祁彪佳在《祁忠敏公日记·归南快录》中记载了邀请朋友共同观看《南柯记》演出的事情："崇祯乙亥，五月廿五日，午后冯弓闾来，同予作主，邀

---

[1] 赵山林：《中国戏曲观众学》，华东师范大学出版社，1990，第49页。
[2] 毛效同编《汤显祖研究资料汇编》（全二册），上海古籍出版社，1986，第1307页。

第十章　"临川四梦"在明清时期的接受

张劭思、柴云倩、严公威观《南柯记》。"① 明末清初学者陈瑚的《得全堂夜宴后记》中也有关于"伶人歌《邯郸》梦"的记载。

在文人的笔记中还记载了很多擅演"二梦"的伶人。除了上文提到的李斗的《扬州画舫录》外，小铁笛道人的《日下看花记》以及杨懋建的《丁年玉笋志》《长安看花记》中也有不少关于当时优秀伶人的记载。②

小铁笛道人在《日下看花记》中记录了一个擅唱《邯郸记》中《打番》一出的伶人百福，并赠诗云："牧马骄嘶敕勒秋，卢生结束尽风流。丈夫得志张仪从，如此佳儿少不得。"③ 在该书的第四卷，小铁笛道人还说到了一个擅演《南柯记》的添龄，说他"演《学堂》《拷红》颇能体会。近演《南柯梦》中花鼓儿，别有韵致"，和对《牡丹亭》《西厢记》中角色的演绎相比，添龄扮演《南柯记》中的角色更有韵味。

杨懋建的《丁年玉笋志》中所记载的伶人爱龄，"演《邯郸梦》为打番儿汉，绯缨绣袍，结束为急装，舞双枪如梨花因风而起，观者光摇银海，万目万口，啧啧称叹：公孙大娘舞剑器浑脱，浏漓顿挫，有此妙手"④，只因爱龄演技高超，才迎来了观众的啧啧称叹。在《长安看花记》中，杨懋建还记录了擅长演《南柯记》中《瑶台》等出的吴今凤、玉香等艺人。正是因为观众喜爱"二梦"，"二梦"才有机会频繁登台演出，明清时期才会有那么多擅于演出其剧目的戏曲艺人。

除了文人的咏剧诗、文人笔记外，明清小说也可以从侧面反映出"二梦"的接受情况。以《红楼梦》为例，曹雪芹在其中就多次提到了汤显祖的剧作，包括《牡丹亭》《邯郸记》《南柯记》等。在《红楼梦》的第十八回中，元春省亲，她通过太监之口所点的折子戏中就有《南柯记》中的《仙缘》（原作《合仙》）；在第二十九回中，清虚观搭台演戏，在神前拈的三个戏本中，"第三本是《南柯梦》"⑤。它们的出现虽然带有一定的互文性质，曹雪芹或许在试图借此暗示贾府由盛转衰、"富贵一场空"的结局，

---

① 毛效同编《汤显祖研究资料汇编》（全二册），上海古籍出版社，1986，第1341页。
② 小铁笛道人，清代苏州人士，因系"游戏笔墨"，故隐其名；杨懋建，清代诗人、小说家。
③ 毛效同编《汤显祖研究资料汇编》（全二册），上海古籍出版社，1986，第1320页。
④ 毛效同编《汤显祖研究资料汇编》（全二册），上海古籍出版社，1986，第1320-1321页。
⑤ （清）曹雪芹：《红楼梦》，人民文学出版社，2007，第195页。

283

但也可见"二梦"在当时的受欢迎度之高,更可见"二梦"对曹雪芹的影响。

(二)《南柯记》和《邯郸记》的改编本接受

流传下来的"二梦"改本主要有两种,一为臧懋循改本,一为冯梦龙改本。万历年间,臧懋循对"临川四梦"全部加以改编,收录在他的《玉茗堂四种传奇》当中;较之稍晚的冯梦龙在编订其《墨憨斋定本传奇》时,也对汤显祖的《牡丹亭》和《邯郸记》进行了改编。下文将分别以臧懋循改编的《南柯记》和冯梦龙改编的《邯郸记》为例来说明"二梦"的改编本接受情况。

1. 臧改本《南柯记》

臧懋循在《〈玉茗堂传奇〉引》中说:"今临川生不踏吴门,学未窥音律,艳往哲之声名,逞汗漫之词藻,局故乡之见,按亡节之弦歌,几何不为元人所笑乎。予病后,一切图史悉已谢弃,闲取《四记》为之反复删订,事必丽情,音必谐曲,使闻者快心,而观者忘倦,即与王实甫《西厢》诸剧并传乐府可矣。"① 为了达到"事必丽情,音必谐曲,使闻者快心,而观者忘倦,即与王实甫《西厢》诸剧并传乐府可矣"的目标,他对《南柯记》进行了包括删并、调换场次、删改曲词和念白等方面的改定。

具体而言,在《南柯记》中,他删除了不少自认为影响戏曲结构、略显累赘的场次,如《得翁》《议守》等出,还将《粲诱》《生恣》两出合并为《粲诱》一出,将《疑惧》《遣生》两出合并为《遣归》一出。

除了删去其中他认为略显拖沓的场次外,臧懋循还删除了戏曲中与情节关联不大的念白。比如,他删去了《南柯记》第八出《情著》中契玄法师和另一老僧大谈佛、法、僧三宝的内容;第十五出《侍猎》,他删去了大槐安国田子华的《龟山大猎赋》的具体内容。从舞台表演的角度看,减去此类大段的念白,不仅可以减轻演员的负担,还可以减少在表演过程中产生的冷场现象,使整个表演更加紧凑。

臧懋循改编《南柯记》的一大主要原因是出于对其曲律的不满。因此,

---

① 吴毓华编《中国古代戏曲序跋集》,中国戏剧出版社,1990,第151页。

第十章 "临川四梦"在明清时期的接受

在曲律方面,他势必要进行一定的改动。比如,在《南柯记》第十一出《引谒》中,他将【绛都春序】曲改为【降黄龙】【黄龙序】两个曲调,且加了尾声,在批注中,他说道:"今国王升殿,冠裳济济,引新骑马谒见,亦用此调,则无唱无做,岂不索然!"他认为原曲调过于单一且不适合当时的情景,所以改之。

然而,臧懋循所改编的《南柯记》不仅未获得他预想的"即与王实甫《西厢》诸剧并传乐府可矣"的效果,反而引发了不少反对的声音,楚园主人刘世珩①甚至认为:"臧吴兴任意改窜,直似与清远为仇。"② 可见臧懋循或许未能完全体会汤显祖原作的意趣神色,因而对《南柯记》的改编显得过于草率。

2. 冯改本《邯郸记》

和改编《牡丹亭》的初衷一样,冯梦龙删改《邯郸记》的原因同样在于汤显祖作品的"曲不协律","通记极苦极乐,极痴极醒,描摹尽兴;而点缀处亦复热闹,关目甚紧。吾无间然。惟填词落调及失韵处,不得不为一窜耳"③。

在对《邯郸记》进行改编时,冯梦龙主要采用的是分拆和加场的方法,将原作三十出的剧本改成了三十四出。首先,为了减轻演员的负担,他将原作中较长的曲目拆分成两出,以便于上场演出,比如,将《度世》分为《吕仙下凡》和《酒馆求度》两出,将《织恨》分为《大使下局》和《机房被逼》两出,将《合仙》分为《群仙聚会》和《卢生证道》两出;其次,为了使上下出衔接得更为自然,在将原作的第十二出《边急》删去后,他在第十一出《凿陕》和十三出《望幸》之间增加了《馋人私计》一出,他还在第十四出《东巡》和第十五出《西谍》之间补加了《崔氏寻夫》一出。在分场和加场之后,冯梦龙还为新产生的场次增加了对应的上场诗和下场诗。

除了拆分和加场外,冯梦龙还对原作中的曲词进行了大幅修改。"改词就律"的结果是改掉了他认为原作不合曲律的曲词,原作中二百三十曲只

---

① 刘世珩(1874—1926),清代藏书家、文学家、刻书家,别号楚园。
② 吴毓华编《中国古代戏曲序跋集》,中国戏剧出版社,1990,第655页。
③ 毛效同编《汤显祖研究资料汇编》(全二册),上海古籍出版社,1986,第1305页。

有五十曲幸存下来。然而，在"改词就曲"的同时，他也改掉了原词的意蕴和情致。以原作第三出《度世》为例，其中何仙姑所唱曲目"【赏花时】翠凤毛翎札帚叉，闲踏天门扫落花。你看风起玉尘砂，猛可的那一层云下，抵多少门外即天涯"①，经冯梦龙改编后，成为"【赏花时】却便似玉洞春深万树葩，休认作玄都道士家。你看风起乱红霞，待把天门扫净，消的我轻举帚丫叉"，改编后的曲词在曲律上是协调了不少，但却失去了原作的活泼和韵致，与原作相差甚远。

此外，冯梦龙还删去了曲目中一些比较粗俗的语言。比如在《邯郸记》原作第二十出《死窜》中，卢生和崔氏在饮酒时有一段对话，言语中涉及不少淫秽之词，相当粗俗，不适合舞台搬演。笔者认为，从舞台表演的角度来看，删掉这些过于污秽的语言是有利而无弊的。

冯梦龙的《邯郸记》改本可能不至于像臧改本那样被批为"孟浪之作"，但是也未获得多少赞誉。吴梅先生在《墨憨斋定本邯郸梦题评》中也对他们的改编表达了不满："玉茗此记为江陵发，篇中愤慨甚多。臧晋叔、龙子犹辈皆未之知，各为删改，真是梦梦。玉茗有知，当齿冷地下。"② 然而，不论是臧改本还是冯改本的出现，虽然未必能够契合汤显祖的原作精髓，但对《邯郸记》的舞台表演和传播而言，它们还是功不可没的。

（三）《南柯记》和《邯郸记》的散出选本接受

1.《南柯记》散出选本

明清时期的很多选本都选录了《南柯记》，为了便于对比分析，笔者按照刊印的先后顺序，将选录《南柯记》剧目的选本以及所选的内容录入在表 10-1 当中。

表 10-1 选录《南柯记》剧目的选本以及其所选的内容

散出选本	所选曲目	编者	出版时间
《月露音》	《尚主》《之郡》《粲诱》《生恣》	（明）李郁尔	万历四十四年（1616）

---

① 《全集》，第 2447 页。
② 毛效同编《汤显祖研究资料汇编》（全二册），上海古籍出版社，1986，第 1306 页。

第十章 "临川四梦"在明清时期的接受

续表

散出选本	所选曲目	编者	出版时间
《怡春锦》	《度世》	（明）冲和居士	明崇祯年间
《遏云仙馆曲谱》	《花报》（启寇）、《瑶台》（围释）	（清）李瑞卿	光绪三年（1877）抄本
《遏云阁曲谱》	《花报》（启寇）、《瑶台》（围释）	（清）王锡纯、李秀云	光绪十九年（1893）
《霓裳新咏谱》	《花报》（启寇）、《瑶台》（围释）	（清）碧梧书屋慕莲	光绪二十九年（1903）抄本
《缀玉轩曲谱》	《尚主》、《花报》（启寇）、《瑶台》（围释）、《寻寤》	不详	清抄本

在对原作曲目进行选录时，散出选本以市场为导向，也对原作中的曲目进行了一定删改，并非一味地照搬全收。以最早选录《南柯记》的《月露音》为例，它在收录的《尚主》《之郡》《粲诱》《生恣》四出中，就对汲古阁本的《南柯记》进行了一定的删改。原作中的《尚主》一出共有十一曲，而《月露音》在选录时删去了其中的两曲；原作中的《之郡》一出共有六曲，《月露音》在选录时删去了其中的一曲；原作中的《粲诱》一出共六曲，《月露音》在选录时删去了其中的第一曲【忆秦娥前】和第三曲【忆秦娥后】，只选了四曲；原作中的《生恣》一出中共有十三曲，《月露音》同样删去了其中的两曲。除了删去其中的部分曲调外，《月露音》在曲牌、曲序、曲词方面并未对原作做太大改动。

到清代中期，著名的选本《缀白裘》并未选录《南柯记》的曲目。到清末时期，这一情况却有了一定的好转，清末刊印的很多选本，如《遏云阁曲谱》《清末上海昆剧演出剧目志》《清末民初后全福班至仙霓社剧目单》等，都能发现《南柯记》中《花报》《瑶台》两出的踪迹。

2. 《邯郸记》散出选本

参照分析《南柯记》散出选本的方式，笔者在表10-2中同样录入了与《邯郸记》相关的散出选本的情况。

表 10－2　选录《邯郸记》剧目的选本以及其所选的内容

散出选本	所选曲目	编者	出版时间
《月露音》	《极欲》	（明）李郁尔	万历四十四年（1616）
《增订珊珊集》	《梦悟》	（明）周之标	天启年间
《怡春锦》	《度世》	（明）冲和居士	崇祯年间
《醉怡情》	《番儿》（《西谍》）	（明）清溪菰芦钓叟	崇祯年间
《缀白裘》	《扫花》、《三醉》、《捉拿》、《法场》、《仙园》（《合仙》）、《番儿》（《西谍》）	（清）钱德苍	乾隆年间
《遏云仙馆曲谱》	《仙圆》（《合仙》）、《扫花》、《三醉》（以上两出即原《度世》一出）	（清）李瑞卿	光绪三年（1877）抄本
《遏云阁曲谱》	《扫花》、《三醉》（以上两出即原《度世》一出）、《番儿》（《西谍》）、《云阳法场》（《死窜》）、仙园（《合仙》）	（清）王锡纯、李秀云	光绪十九年（1893）
《霓裳文艺全谱》	《扫花》、《三醉》（以上两出即原《度世》一出）、《番儿》（《西谍》）、《云阳》、《法场》（以上两出即原《死窜》一出）、《仙园》（《合仙》）	（清）王庆华	光绪二十二年（1896）
《霓裳新咏谱》	《扫花》、《三醉》（以上两出即原《度世》一出）、《番儿》（《西谍》）、《云阳》、《法场》（以上两出即原《死窜》一出）、《仙园》（《合仙》）	（清）碧梧书屋慕莲	光绪二十九年（1903）抄本
《缀玉轩曲谱》	《扫花》、《三醉》（以上两出即原《度世》一出）、《西谍》、《云阳》（《死窜》）、《出梦》（《生寤》）、《仙圆》（《合仙》）	不详	清抄本
《乐府新声》	《三醉》（《度世》后半出）、《捉拿》、《法场》（以上两出即原《死窜》一出）、《仙圆》（《合仙》）	（清）福持斋主人	清抄本

从表 10－2 的数据来看，选录《邯郸记》散出的共 11 本。以不重复的方式计算，所选的散出共八出。以《六十种曲》本《邯郸记》为参考，它们分别为《极欲》《梦悟》《度世》《西谍》《捉拿》《法场》《仙园》《死窜》。

在以上诸选本中，《醉怡情》较早地对所选录的《打番儿》一出进行了一定的调整。《番儿》实为《邯郸记》的第十五出《西谍》，原作共四曲，分别为【金珑璁】【北绛都春】【混江龙】【北尾】。《醉怡情》在选录时，删去了其中的第一曲，且将后三曲的曲调调整为【越调·紫花拨四】【胡拨四犯】【赚】，曲词与原作完全一致。在《醉怡情》之后，钱德苍续编的《缀白裘》中所录的《番儿》沿用的就是《醉怡情》中的版本。

除《醉怡情》外，《邯郸记》的散出选本与原作内容没有太大差异，再多不过是删除原作中的个别曲目。比如，在《月露音》所选的《极欲》中，《月露音》除了删除首曲外，所选的其余九曲与原作完全一致，且曲牌、曲序、曲词与原作没有差异。

从各选本的出版时间来看，《邯郸记》从万历初年直至晚清时期，一直都活跃在各大选本之间，可见其舞台活跃度之高。

第三节　"临川四梦"的批评接受

一　《牡丹亭》的批评接受

《牡丹亭》是汤显祖本人在"临川四梦"中最满意的一部作品，也是文人与士大夫拿来品评的典范，闻名一时的"汤沈之争"更是将《牡丹亭》推向戏曲批评的高潮。文人士大夫采用序跋、题词、批语、圈点等评点方式，围绕作者及作品，甚至是舞台表演与表演者等写下了很多批评性的内容，王骥德、张大复、潘之恒、沈德符、茅元仪、王思任、沈际飞、祁彪佳等都留下了不少相关的文字。其中，较为特殊的要数有女性参与的两个比较完整的评点本，即《吴吴山三妇合评牡丹亭还魂记》和《才子牡丹亭》。《才子牡丹亭》为清代吴震生、程琼夫妇合作的《牡丹亭》评点本，因其流传下来的版本不多且收藏者有限，研究者大多只能通过北图、上图、私人藏本或是美国贝克莱大学复印本来获得第一手资料，因此本书目前只就《吴吴山三妇合评牡丹亭还魂记》来重点分析《牡丹亭》的批评接受情况。

在《吴吴山三妇合评牡丹亭还魂记》中，"吴吴山"指的是剧作家洪昇的同乡兼好友吴舒凫，"三妇"则是指吴舒凫的未婚妻陈同、原配谈则和续娶之妻钱宜。陈同、谈则和钱宜都是《牡丹亭》的忠实爱好者，在清代康熙年间，她们先后参与了《牡丹亭》的评点。三妇合评本《牡丹亭》付梓之后，迅速成为时人追捧的对象。笔者认为，除了《牡丹亭》自身的魅力外，评点者吴舒凫与陈同、谈则、钱宜之间的浪漫故事所散发出的传奇色彩也是它能够吸引读者的一大重要原因。

  在《康熙原刊牡丹亭还魂记序跋》中，吴舒凫记载下了他和三妇之间的故事。陈同在即将与吴舒凫结婚之时便去世了，因与吴舒凫的母亲名字相同，故讳称为"同"，原名并未保存下来。她曾评点过全本的《牡丹亭》，但因"同病中，犹好观览书籍，终夜不寝。母忧其恙也，悉索箧书烧之，仅遗枕函一册"[1]，幸亏陈同的奶娘将遗留下来的那一册保存了下来并送给了吴舒凫。富有传奇色彩的是，吴舒凫在陈同去世后，曾于梦中多次与素未谋面的陈同相见，且和她共同唱和作诗，"吴人初聘黄山陈氏女同，将昏而没，感于梦寐，凡三夕，得唱和诗十八篇"，而"私叩同状貌服饰，符所梦"[2]，他们上演的正是真实版的《牡丹亭》，只可惜缺少死而复生的那一部分。

  谈则是吴舒凫的原配妻子，她"雅耽文墨，镜奁之侧，必安书簏"，看到陈同所评点的《牡丹亭》后，爱不释手，甚至能够一字不差地背诵出来，之后便模仿陈同开始评点《牡丹亭》下卷。谈则去世十余年后，吴舒凫续娶钱宜为妻，钱宜"初仅识《毛诗》字，不大晓文义"[3]，经过学习，三年之后已大有长进。她偶尔看到了陈同、谈则所评点的《牡丹亭》，"怡然解会，如则见同本时"[4]。为了使陈同、谈则所评点的《牡丹亭》得以出版，她甚至愿意"卖金钏为锲板资"，以此来保证评点本的顺利出版。

  除了评点者之间带有传奇色彩的故事外，《吴吴山三妇合评牡丹亭》带有闺阁女性色彩的评点内容也是该评点本成为众人追捧对象的重要原因。据统计，除去序、跋等评语四十余条外，《吴吴山三妇合评牡丹亭》仅正文部分的批语就有八百七十余条，其内容驳杂，然而大体是围绕文律展开的，对曲律并没有做过多的评点，正如吴梅先生所说，"细读数过，所评仅就文

---

[1] （明）汤显祖：《吴吴山三妇合评牡丹亭》，（清）陈同、谈则、钱宜合评，上海世纪出版股份有限公司、上海古籍出版社，2008，第145页。
[2] （明）汤显祖：《吴吴山三妇合评牡丹亭》，（清）陈同、谈则、钱宜合评，上海世纪出版股份有限公司、上海古籍出版社，2008，第145页。
[3] （明）汤显祖：《吴吴山三妇合评牡丹亭》，（清）陈同、谈则、钱宜合评，上海世纪出版股份有限公司、上海古籍出版社，2008，第145页。
[4] （明）汤显祖：《吴吴山三妇合评牡丹亭》，（清）陈同、谈则、钱宜合评，上海世纪出版股份有限公司、上海古籍出版社，2008，第145页。

第十章 "临川四梦"在明清时期的接受

律上有中綮语,于曲中毫无关涉"①。既然汤显祖的《牡丹亭》是"因情生梦"而成,我们不妨从"情"和"梦"两个角度来观照"三妇"对《牡丹亭》的评点。

正如汤显祖在《牡丹亭记题词》中所说,"情不知所起,一往而深,生者可以死,死可以生。生而不可与死,死而不可复生者,皆非情之至也",《牡丹亭》意在写情,三妇对《牡丹亭》的评点自然也绕不开"情"这个话题。在《标目》中,陈同和钱宜就分别阐述了对"情"的基本看法,陈同批云"情不独儿女也,惟儿女之情最难告人,故千古忘情人必于此处看破。然看破而至于相负,则又不及情矣",钱宜则批云"儿女英雄同一情也。项羽帐中之饮,两唤奈何,正是难诉处"。②陈同所看到的"情"是一种看破而不至于相负的情感状态,带有一定的理想主义色彩,这也正是她们从闺阁女性角度出发,所表达出的不同于一般男性读者的体悟。

随着故事情节的发展和人物角色的变化,三妇在阅读、评点的过程中,自身的喜怒哀乐也被激发起来,内心的真实情感和文本的声音相互碰撞、融合,迸发出不同的火花。戏曲中的杜丽娘为了追逐心中的那份真情,义无反顾,不惜与死神搏斗,可谓感天动地泣鬼神,最终起死回生,迎来了大团圆的结局。她是"至情"的代表和化身,因而也就成为三妇评点的重要对象。以《寻梦》一出为例,《寻梦》是《牡丹亭》的重头戏,三妇更是对这一出中有关杜丽娘微妙的描写进行了细致的评点,对该出极尽细致的评点分析多达三十八条,如"前次游园,浓妆艳饰;今番寻梦,草草梳头,极有神理","懂得梦中滋味,便觉一般睡起,两样情怀","先领会落花流水,便自伤心","曰'可是',曰'似',意自有在。故见景而犹若疑之,写得神情恍惚","光景宛然如梦。梦中佳景,那得不一一想出,极力形容。四段已种丽娘病根","索之三世,了不可得,乃得诸梦中,如之何弗思"等语③,从文章的遣词造句、杜丽娘前后

---

① 王卫民编《吴梅戏曲论文集》,中国戏剧出版社,1983,第424页。
② (明)汤显祖:《吴吴山三妇合评牡丹亭》,(清)陈同、谈则、钱宜合评,上海世纪出版股份有限公司、上海古籍出版社,2008,第2页。
③ (明)汤显祖:《吴吴山三妇合评牡丹亭》,(清)陈同、谈则、钱宜合评,上海世纪出版股份有限公司、上海古籍出版社,2008,第27-28页。

情境对比等角度着手，对杜丽娘寻梦而不得的心理和神态进行细致的分析，言人所不能言。如果对杜丽娘的情感把握不够细致，是很难评点得如此细致入微的。

自古以来，才子佳人类的言情作品向来不少，而像《牡丹亭》这样采用以梦写情方式的作品却不多见。或许是因为吴吴山与陈同、钱宜亲身经历了异人同梦的故事，三妇对《牡丹亭》中有关"梦"的内容给予了足够的关注。在《言怀》一出中，汤显祖用寥寥数语写到柳梦梅因梦改名的事情，意在埋下伏笔，与后文中杜丽娘的梦相互照应。对此，陈同批云："淡淡数笔述梦，便足与后文丽娘入梦，有详略之妙。"她还说道："柳生此梦，丽娘不知也；后丽娘之梦，柳生不知也。各自有情，各自做梦，各不自以为梦，各遂得真。"① 陈同在评点时，将此处柳生之梦与后文中杜丽娘之梦进行分析，认为他们各自为梦，但这一梦却是他们之间情感的催化剂，最终将二人串联在一起。《惊梦》一出中，汤显祖下了大功夫来描写杜丽娘之梦，他以"梦回莺转"开启该出的序幕，陈同同样以"'梦'字逗起"开启她的评点，杜丽娘之梦的开始，标志着她本性的回归，内心挤压已久的情感呼之欲出。随着杜丽娘之梦的深入，陈同通过揣摩杜丽娘的心理，总是能给读者带来不一样的启发。比如在杜丽娘看到园林之景，直呼"不到园林，怎知春色如许！"时，陈同将其与之前的"眼见春色如许"进行比对，批云："前云'眼见春如许'，见得却浅。此处不知却深，忽临春色，蓦地动魄，那不百端交集。"② 对美景的感受发生由浅到深的变化，实则是杜丽娘对爱情的感受由弱到强的印证。

围绕《牡丹亭》"情"和"梦"的主题，《吴吴山三妇合评牡丹亭》还在人物形象点评、故事结构分析、集唐诗作者考证等方面下了很大功夫，充分表现出了评点者深厚的文学修养以及对《牡丹亭》的透彻体悟，是明清时期的评点本尤其是女性评点本中不可多得的佳作。

---

① （明）汤显祖：《吴吴山三妇合评牡丹亭》，（清）陈同、谈则、钱宜合评，上海世纪出版股份有限公司、上海古籍出版社，2008，第3页。
② （明）汤显祖：《吴吴山三妇合评牡丹亭》，（清）陈同、谈则、钱宜合评，上海世纪出版股份有限公司、上海古籍出版社，2008，第21页。

二 《紫钗记》的批评接受

《紫钗记》是汤显祖在其未完之作《紫箫记》的基础上改编而成的，和《紫箫记》相比，《紫钗记》有不少成功之处。明清时期的评论界对《紫钗记》的品评大体是围绕其人物、文律与曲律、结构等方面展开较为宏观的论述。然而和其他"三梦"相比，《紫钗记》获得的赞誉似乎并不多。

1. 人物

《紫钗记》虽取材于唐代蒋防的传奇《霍小玉传》，保留了其主要的故事情节和人物形象，但在此基础上，汤显祖对人物又有新的塑造和发挥，这一点也得到了戏曲批评家的关注。

沈际飞在对《独深居本紫钗记》中所作的《题紫钗记》中说道："《紫钗》之能，在笔不在舌，在实不在虚，在浑成不在变化。以笔为舌，以实为虚，以浑成为变化，非临川之不欲与于斯也；而《紫钗》则否。小玉愚，李郎怯，薛家姬勤，黄衫人敢，卢太尉莽，崔韦二子忠，笔笔实，笔笔浑成，难言其乖于大雅也。惟咏物评花，伤景誉色，稠绺曼衍，皆《花间》、《兰畹》之余，碧箫红牙之拍。自古阅今，不必痴于小玉，才于李郎，婉于薛姬，而皆可有其端委，有其托喻。此《紫钗记》所以止有笔有实有浑成耳也。"[①]

在明代崇祯年间刊行的《独深居点定玉茗堂集》中，每剧前都附有沈际飞的题词一篇，用于表达他个人对玉茗堂剧作的看法。关于《紫钗记》，沈际飞大体是从故事结构和人物形象来点评的。他认为，汤显祖并非不能"变"，而是"以浑成为变化"，《紫钗记》的成功则在于虚实相生、浑然天成，这一点在人物形象的塑造上表现得尤为明显。"小玉愚，李郎怯，薛家姬勤，黄衫人敢，卢太尉莽，崔韦二子忠"，他们的个性和特质在我们周围随处可见，霍小玉和李益这样的故事在我们身边也很容易发生。然而，剧作中对人物形象的塑造在增加故事真实性的同时，也限制了读者的思维，无法给读者以足够的想象空间，此所谓"止有笔有实有浑成耳也"。

[①] 毛效同编《汤显祖研究资料汇编》（全二册），上海古籍出版社，1986，第790页。

2. 文辞和曲律

文辞和曲律的协调问题一直以来都是汤显祖的剧作避不开的问题，对此，戏曲批评家们也是看法不一。大部分曲辞家十分看重曲律，剧作中即便有丝毫曲不协律处也不能容忍，如沈璟、臧懋循等；一些戏曲理论家则对汤显祖报以"同情"之态度，尽管有曲不协律的问题，对其文辞仍是大加赞赏。

对于汤显祖的《紫钗记》，不论是在文辞还是曲律方面，袁宏道都十分不满意，他认为："一部《紫钗》都无关目，实实填词，呆呆度曲，有何波澜？有何趣味？"[1] 袁宏道还最恨《紫钗记》只有曲而无其他，就算是间而有之的插科打诨也无法博得观众一笑："传奇自有曲白介诨，《紫钗》止有曲耳，白殊可厌也；诨间有之，不能开人笑口；若所谓介，作者尚未梦见在，可恨可恨！"[2] 类似的批评之声，在《紫钗记总评》中，大至关目结构，小至宾白词曲，不绝于耳。

祁彪佳虽然没有像袁宏道那样猛烈抨击《紫钗记》的曲辞，但也委婉指出其缺点在于过于浓艳："先生手笔超异，即元人后尘，亦不屑步。会景切事之词，往往悠然独至；然传情处太觉刻露，终是文字脱落不尽耳。是故题之以'艳'字。"[3]

与前两者不同，晚清时期的刘世珩对《紫钗记》的文辞倒是赞不绝口。在《玉茗堂紫钗记跋》中，他说："是曲惊才绝艳，压倒元人，言南曲者奉为圭臬，文章之工讵必绳趋尺步耶？惜原刻本不可得。臧晋叔刻本改削泰半，往往点金成铁。"[4] 刘世珩认为原作之所以能做到"惊才绝艳"，在于汤显祖敢于大胆创新，而写词作曲本就不应墨守成规；臧晋叔的改本虽然于曲律上有所进益，但是"强协格调"，缺乏原作的生气和韵致，有"点金成铁"之嫌。

3. 结构

《紫钗记》作为"四梦"中的第一梦，故事委婉动人，人物形象鲜明，

---

[1] 毛效同编《汤显祖研究资料汇编》（全二册），上海古籍出版社，1986，第791页。
[2] 毛效同编《汤显祖研究资料汇编》（全二册），上海古籍出版社，1986，第791页。
[3] 毛效同编《汤显祖研究资料汇编》（全二册），上海古籍出版社，1986，第792页。
[4] 毛效同编《汤显祖研究资料汇编》（全二册），上海古籍出版社，1986，第803页。

是汤显祖戏剧创作成熟的标志。然而,《紫钗记》以昆腔形式进行场上表演的折子戏并不多,其关目不够紧凑、烦冗拖沓也是一大重要原因。

梁廷枏[①]在《曲话》中说道:"《紫钗记》最得手处,在观灯时即出黄衫客,下文'剑合'自不觉突。而中'借马'折避却不出,便有草蛇灰线之妙。稍可讥者,有'门楣絮别'矣,接下'折柳阳关',便多重叠,且堕恶套;而'款檄'折两使臣皆不上场,亦属草率。"[②]

《曲话》是梁廷枏所作戏曲评论专著《藤花亭曲话》的简称,若要将"临川四梦"分为三六九等,他认为"玉茗四梦,《牡丹亭》最佳,《邯郸》次之,《南柯》又次之,《紫钗》则强弩之末耳"。虽然《紫钗记》为"四梦"中的强弩之末,但他还是能够切中肯綮地指出《紫钗记》在结构上的优缺点。他毫不掩饰地夸赞《紫钗记》在结构铺陈上的优点,比如黄衫客出现使得上下文的衔接十分自然,"'借马'折避却不出,便有草蛇灰线之妙"等;同时,他也指出《紫钗记》在结构上还存在不少重叠累赘的地方,如《门楣絮别》与《折柳阳关》中就有很多重叠之处,使得行文不够紧凑。

三 《南柯记》和《邯郸记》的批评接受

《南柯记》和《邯郸记》,一个托佛,一个托仙,为"功名"与"仙佛"的结合。与《紫钗记》《牡丹亭》以深情款款的女子作为主人公不同,在"二梦"中,汤显祖转而关注男性命运,尤其是男性知识分子的命运。"二梦"是汤显祖历经宦海沉浮之后沉淀下来的作品,吴兴人闵光瑜将之比喻为"滚油锅中一滴清凉露"。"二梦"的版本差不多是世代沿袭,每重新刊刻一次,刊印者都要为"二梦"写总评,并将旧版本中所附的评点一并刊印出来,因此《邯郸记》和《南柯记》的评点可以说是世代累积而成。下文将着重从几个重要的总评来分析明清时期"二梦"的批评接受情况。

1. 柳浪馆[③]评点"二梦"

柳浪馆是按照《紫钗记》《邯郸记》《南柯记》《牡丹亭》的顺序对

[①] 梁廷枏(1796—1861),字章冉,广东顺德县(今广东佛山市顺德区)人,著有《藤花亭曲话》(五卷)。
[②] 毛效同编《汤显祖研究资料汇编》(全二册),上海古籍出版社,1986,第802页。
[③] "柳浪馆"为明代文学家袁宏道三兄弟的故居,此处指的是袁氏三兄弟。

"四梦"进行评点的,对应的评价也是由低到高,一切旨在突出《牡丹亭》的优秀之处。和评点《紫钗记》时随处可见批评之声相比,柳浪馆对"二梦"的评价还算中肯。

柳浪馆在《南柯梦记总评》中有言:"此亦一种度世之书也。蝼蚁尚且升天,可以人而不如蚁乎?从来灾异不应者,未必不应之蝼蚁诸国。此宋人所不敢言也,然实千古至论,不意从传奇中得之。余尝谓情了为佛,理尽为圣。君子不但要无情,还要无理。又恐无忌惮之人,借口蕴不敢言。不意此旨在《南柯记》中跃跃言之。"① 在创作《南柯记》时,已是"佛法跃跃在眼前,犹作佛法观也"。此处,柳浪馆大有借评点《南柯记》进行社会文化批评的意思。结合柳浪馆《南柯记》的出评,比如,在第四出《禅请》总评中,他说道,"只为老僧饶舌,蝼蚁成精,故今天下蚁作讲师,讲师如蚁",在第八出《情著》总评中,他又说"呜呼!今日之讲师,且如蚁矣,又乌能辨其人非人,吾敢曰僧非僧"。考虑到万历年间佛法盛行,和尚得势,宣讲佛法的僧人众多,柳浪馆之语似乎暗含着对这一现象的嘲讽之意。

柳浪馆评点《邯郸记》的总评并未保存下来,唯有透过闵光瑜刻朱墨套印本《邯郸记》中辑录的各家评语略知一二,以下为从中得知的部分出评。

第二折《侠概》:卢生之梦以梦醒之,为卢则得矣;吕公之醒以醒梦之,君以为何如?
第五折《宫训》:此折大感慨矣,然亦可助吾党一爵。
第七折《偶见》:时事不堪,正欲高卧,不道梦中原有这等人。
第九折《决婿》:忽然而归,忽然而出,全是梦事。
第十八折《拜郡》:凡遇此等人,此等事,只以梦视之。②

在以上不多的几条出评中,柳浪馆反复提到了"梦"字,就是其所谓

---

① 毛效同编《汤显祖研究资料汇编》(全二册),上海古籍出版社,1986,第1324页。
② 郑志良:《袁于令与柳浪馆评点"临川四梦"》,《文献》2007年第3期。

第十章 "临川四梦"在明清时期的接受

的"玄关已透,佛法未深"之理。

2. 沈际飞评点"二梦"

沈际飞于崇祯年间编辑刊行《独深居点定玉茗堂集》,在《玉茗全集》中收录"临川四梦"。沈际飞自称震峰居士,"独深居"是他的斋名,在《独深居本南柯记》中,他对《南柯记》中"至情"的主旨做了详细的论述:"临川有慨于不及情之人,而乐说乎至微至细之蚁,又有慨于溺情之人,而托喻乎醉醒醒醉之淳于生。淳于未醒,无情而之有情也;淳于既醒,有情而之无情也。惟情至,可以造立世界;惟情尽,可以不坏虚空;而要非情至之人,未堪语乎情尽也。世人觉中假,故不情;淳于梦中真,故钟情。既觉而犹恋、恋因缘,依依眷属,一往信心,了无退转,此立雪断臂上根,决不教眼光落地,即槐国蝼蚁,各有深情,同生忉利,岂偶然哉?彼夫俨然人也,而君父男女民物间,悠悠如梦,不如淳于,并不如蚁矣,并不可归于蝼蚁之乡矣。"①

和诸家从仙、佛的角度对《南柯记》进行评点不同,沈际飞深刻挖掘了汤显祖于其中所要传达的"至情"思想,并将作品思想与现实紧密结合起来。在他看来,汤显祖借蝼蚁之国,用"至情"为淳于梦打造了一个虚拟的"真实世界",只有"至情"之人,才能看到淳于梦身上的真性情,就算是蝼蚁之国,也有其"深情"之处。然而现实世界的情况并不如蝼蚁之国乐观,一个个所谓的"人",被禁锢在人欲的牢笼中,个性得不到施展,实际上过得连蝼蚁都不如。

在《邯郸记》中,沈际飞同样看到了汤显祖对现实的讽谏:"邯郸生忽而香水堂、曲江池,忽而陕州城、祁连山,忽而云阳市、鬼门道、翠华楼,极悲极欢,极离极合,无之非枕也。状头可夺,司户可答,梦中之炎凉也。鉴郑行谍,置牛起城,梦中之经济也……诸番赐锦,梦中之治乱也。远窜以酬萧那,死谴以报宇文,梦中之轮回也。临川公能以笔毫墨沈,绘梦境为真境,绘驿使、番儿、织女辈之真镜为卢生梦境。"② 所谓"梦中之炎凉""梦中之经济""梦中之治乱""梦中之轮回",实际讽刺的是现实生活的世

---

① 毛效同编《汤显祖研究资料汇编》(全二册),上海古籍出版社,1986,第1325页。
② 毛效同编《汤显祖研究资料汇编》(全二册),上海古籍出版社,1986,第1249页。

态炎凉及官场的腐化堕落。

3. 梁廷枏评点"二梦"

上面已经谈到《曲话》乃梁廷枏所作戏曲评论著作《藤花亭曲话》的简称，其中也有部分对《南柯记》和《邯郸记》的评点，且多是从个别关目入手。

关于《南柯记》，他在《曲话》中说："《南柯》'情著'一折，以《法华·普门品》入曲，毫无勉强，毫无遗漏，可称杰搆。末折绝好，收束排场处，复尽情极态，全曲当以此为冠冕也。"①《情著》为《南柯记》的第八折，《法华·普门品》指的是《法华经》中的《观世音菩萨普门品》一章。《情著》一折以禅师说法开篇，梁廷枏认为其衔接自然，毫无勉强之意，再到末折《情尽》处，收场干脆利落，"复尽情极态"，乃全曲之冠。

他对《邯郸记》的末折也颇为关注："汤若士《邯郸梦》末折《合仙》，俗呼为'八仙度卢'，为一部之总汇，排场大有可观；而不知实从元曲学步，一经指摘，则数见不鲜矣……通曲与元人杂剧相似。然以元人作曲，尚且转相沿袭；则若士之偶尔从同者，抑无足诋讥矣。"②他将《邯郸记》的末折《合仙》看作汇总性的一折，在发现其结构和元曲有很大相似性后，不仅认为其无可厚非，还对这种因袭表现出相当的尊重和理解。

第四节 "临川四梦"影响下的传奇剧作

一 "梦"为先导——对"临川四梦"纪梦形式的传承

汤显祖自然不是第一个以"梦"的形式进行文学创作的作家，但却可以称得上将纪梦形式的文学发挥到极致的作家。在他的"四梦"中，"梦"所占的篇幅一个比一个长，"梦"的韵味也一个比一个浓，《紫钗记》有《晓窗圆梦》一出；《牡丹亭》有《惊梦》和《寻梦》两出；《南柯记》三十二出梦境，写尽了淳于棼南柯郡守的二十年生涯；《邯郸记》则更甚，仅

---

① 毛效同编《汤显祖研究资料汇编》（全二册），上海古籍出版社，1986，第1329页。
② 毛效同编《汤显祖研究资料汇编》（全二册），上海古籍出版社，1986，第1260页。

第十章 "临川四梦"在明清时期的接受

三十出的篇幅就有二十六出写的是梦中之事,卢生黄粱一梦竟然历经八十余载之人事。

汤显祖之后,很多剧作家,尤其是"临川派"的剧作家,争相模仿汤显祖进行纪梦文学的创作,如范文若的《梦花酣》、张坚的《梦中缘》、张道的《梅花梦》、李慈铭的《秋梦》、龙燮的《江花梦》等,本节将着重以其中较有代表性的《梦中缘》为例进行论述。

张坚(1681—1763),江苏江宁人,出身于书香世家,自幼受到良好的教育,热衷于科举功名,但并不如意。科举失意后,他以做幕僚为生,较为落魄。在戏剧创作方面,张坚却颇负盛名,著有《玉燕堂四种曲》,颇受时人欢迎。《玉燕堂四种曲》包括两类题材,一为才子佳人类,一为文人历史类,我们将要探讨的《梦中缘》则属于前者。

张坚于康熙三十八年(1699)创作了《梦中缘》,它是《玉燕堂四种曲》中的第一部传奇。在创作《梦中缘》时,张坚才十九岁,正值青年时期,充满了对功名和爱情的幻想,这在他的作品中得到了充分的体现。《梦中缘》是张坚"感于梦而作者也",其中的故事乃张坚根据梦中之境敷衍而成,围绕钟心、文媚兰、阴丽娟等人展开叙述。书生钟心在梦中与美人文媚兰相遇,在现实生活中,他果真于清明时节同前往扫墓的文媚兰相遇,而且互相认出是梦中之人,于是有了赠帕定情之约。后来,钟心又和表妹阴丽娟一见钟情,他将文媚兰送给他的诗帕转送给表妹作为定情信物。故事中间还穿插了钟心为营救阴氏一家,树功立名,成功捉拿诬陷阴氏一家的奸臣蔡节等情节。最后,故事以文媚兰、阴丽娟一同嫁给钟心结束。故事中的钟心似是张坚为未来人生所描绘的蓝图,他钟情且多情,科场顺利,军场上所向披靡,可见张坚不只对自己的才华有着坚定的信心,对于功名和爱情更是有着双重的渴望。

《梦中缘》表面看似有多条线索,本质上却是以"梦"为线索。正如张坚在《梦中缘·自序》中所说,"情真则无梦非真,梦幻则无情不幻","梦"是推动故事情节发展的重要工具。如果不是因为"梦",钟、文二人便不会在梦中相识,更不会有后来的"帕订"和因此衍生出的钟、文、阴三人的婚姻。"梦"才是贯穿《梦中缘》整部传奇的核心,是体现作者"写情"意图的主要线索。

299

《梦中缘》明显受到了"临川四梦"的影响，其中又数《牡丹亭》对其影响最深。《梦中缘》中的第二出《幻缘》写布袋和尚引钟心和文媚兰在梦中幽会，仿照的是《牡丹亭》的第十出《惊梦》；第十二出《拾帕》写钟心捡到文媚兰丢失的手帕，仿照的则是《牡丹亭》的二十四出《拾画》。而它对汤显祖纪梦形式的借鉴主要表现在第二出《幻缘》以及第四十五出《后梦》中。

在《幻缘》一出中，布袋和尚引钟心与文媚兰的魂魄在梦中幽会，还以两副凤冠预示钟心"一生二美"、迎娶两位娇妻的命运，以状元及第预示他的功名之路，实际上是对《牡丹亭》中杜丽娘和柳梦梅"异人同梦"的借鉴，不同的是，在《幻缘》中，多了布袋和尚这样一个牵线搭桥的角色。《幻缘》一出对整个故事而言至关重要，是钟、文、阴三人关系发展的导火索，整个故事的发展都是从这个"梦"开始的。钟心因为痴情于梦中之人，抛下功名四处寻找，后来终于在清明时节与文媚兰相遇；文媚兰则早已对梦中之人暗许芳心，在父亲要将她许配给他人时，她则抱定"玉碎香消"的决心要守卫自己的爱情。《后梦》一出，写的是钟心在经历世事沉浮之后再次入梦之事。梦醒之后，他虽然没有像《南柯记》中的淳于棼一样皈依佛门，但却获得了如同淳于棼一般万事皆空的顿悟，其构思和汤显祖如出一辙。

《梦中缘》全本虽有四十六出，但故事内容却可以说是从第二出《幻缘》开始，以第四十五出《后梦》结束。故事以"梦"的形式开始，又以"梦"的形式结束，"梦"是推动故事发展的导火线，也是引领钟心顿悟人生的重要方式，可见其汤显祖式的纪梦韵味之浓厚。

二 "情"为根本——对汤显祖"至情"主张的追随

无论是在与友人的书信往来中，还是在个人的文学创作中，汤显祖都反复谈及自己关于"情"的主张。其中，最有名的要数他在《牡丹亭记题词》中关于"情"的一段论述："情不知所起，一往而深，生者可以死，死可以生。生而不可与死，死而不可复生者，皆非情之至也。"[1] 在"临川四

---

[1] 《全集》，第1153页。

第十章 "临川四梦"在明清时期的接受

梦"问世,特别是《牡丹亭》家喻户晓后,汤显祖甚至被时人称为"言情派"①。然而,汤显祖所言之情,并不只是像普通大众所理解的爱情那么简单,它的内涵要丰富得多。

汤显祖所生活的时代是个性和人欲被扼杀的时代,在"经世致用"的儒家思想以及自由主义心性论和达观佛学的影响下,汤显祖高举"至情"的旗帜,提出了以"情"反"理"的主张。他反对程朱理学所谓的"存天理,灭人欲",反对以理制情、存理灭情,要求解放人的个性,让人回归到真性情,与徐渭的"本色"论、李贽的"童心"说、公安派的"性灵"说前后呼应。汤显祖的"至情"论受到了很多作家的追捧,他们像汤显祖一样,借助戏剧作品来宣扬"情"、歌颂"情"、赞美"情",其中最典型的则是洪昇及其剧作《长生殿》。

在《长生殿》的例言中,洪昇指出清人梁清标认为《长生殿》"乃一部闹热的《牡丹亭》"且"世以为知言"。而实际上,《长生殿》也确实做到了"义取崇雅,情在写真",和《牡丹亭》一样,宣扬"情"、赞美"情"是其主旨。在《长生殿》的第一出《传概》中,洪昇更是直言:"今古情场,问谁个真心到底?但果有精诚不散,终成连理。万里何愁南共北,两心那论生和死。笑人间儿女怅缘悭,无情耳。感金石,回天地。昭白日,垂青史。看臣忠子孝,总由情至。先圣不曾删郑卫,吾侪取义翻宫徵。借太真外传谱新词,情而已。"②"情而已"一语道破其言"情"的玄机。

汤显祖所宣扬的"至情",是反"理"之"情",是追求人性本真回归的至性之"情"。在《长生殿》中,洪昇则将这种"至情至性"集中在歌颂两情相悦、坚贞不渝的爱情上。

《长生殿》以两次团圆、两次转折来写唐明皇和杨贵妃的爱情,且重在表现他们之间的爱情不断升温、由浅入深的过程。第一次团圆写在第二出《定情》当中,此时的唐明皇虽然以金钗、钿盒为定情之物,与杨贵妃有"偕老之盟",但只是出于爱慕杨贵妃美色的一种讨好伎俩。随着二人了解

---

① 叶长海:《中国戏剧学史稿》,中国戏剧出版社,2005,第141页。
② (清)洪昇:《长生殿》,(清)吴人评点,(清)吴保民校点,上海世纪出版股份有限公司、上海古籍出版社,2016,第1页。

301

程度日益加深，他们之间的爱情在第二十二出《密誓》中有了升华，形成第一次转折。杨贵妃借牛郎织女"一年一见"但却"地久天长"之恋，向唐明皇表达了自己"瞬息间怕花老春无剩，宠难凭"的感伤情怀。有感于斯，李、杨二人借着牛郎织女双星再定盟约，可谓"情重恩深"。第二次转折写在第二十五出《埋玉》中，当唐明皇不得不"割恩正法"、杨玉环命丧马嵬，二人处于生离死别之时，更显出对彼此的用情之深。此后，唐明皇更陷入对杨玉环的无限思念当中，以至于成疾。杨玉环死后，她的魂魄一直处于苦苦寻觅的状态，即便在羽化登仙之后，为了重续前缘，她甚至向织女提出"倘得情缘再续，情愿谪下仙班"①的要求。他们的真情、痴情终于感动天地，在第五十出《重圆》中迎来了大团圆的结局。

和汤显祖一样，洪昇笔下的"情"表达了对情爱关系中女性地位的关注。在《牡丹亭》中，杜丽娘是一个天真叛逆的女子；在《紫钗记》中，霍小玉是一个对爱情坚贞不渝的女子，相同的是，她们都敢于主动追求自己的爱情。在《长生殿》中，唐明皇和杨贵妃的"帝妃恋"从诞生之日起就带着不平等的性质，唐明皇宠爱杨贵妃但同时又和虢国夫人、梅妃等暧昧不清，杨贵妃则敢于主动追求专一的爱情，她多次质问唐明皇，想要为自己的爱情讨一个公道。在《长生殿》的自序中，洪昇已说明"凡史家秽言，概削不书"，《长生殿》中的杨贵妃可能有别于史料所记载的内容，而这正是洪昇所要塑造的"至情至性"的杨贵妃。

此外，洪昇笔下的"情"和汤显祖一样，可以超越生死，"生者可以死，死可以生"，唯情至耳。杨贵妃死后成仙，因其与唐明皇情深，感动天神，终获团圆，这就是最好的说明。

明末清初推崇以情反理，反对以理制情。洪昇的《长生殿》作为一部"闹热的《牡丹亭》"，则可以看作汤显祖"临川四梦"后，对这一思想的延续，且获得了"一时朱门绮席，酒社歌楼，非此曲不奏，缠头为之增价"的效应，可见其影响之深。

---

① （清）洪昇：《长生殿》，（清）吴人评点，（清）吴保民校点，上海世纪出版股份有限公司、上海古籍出版社，2016，第154页。

第十章 "临川四梦"在明清时期的接受

第五节 "临川四梦"接受的主要特点及成因分析

根据以上对明清时期"临川四梦"接受现象进行的分析，我们不难发现，其接受过程表现出两大主要特点。其一，在接受程度上表现出极大的不均衡，它集中表现在读者接受和批评接受两个方面。具体而言，即"临川四梦"内部在接受程度上有很大的差异，其中以《牡丹亭》接受程度最高，《南柯记》和《邯郸记》次之，《紫钗记》最低。其二，在接受群体方面表现出明显的性别倾向。《牡丹亭》和《紫钗记》的接受群体以女性为主，而《南柯记》和《邯郸记》的接受群体则以男性为主。接下来，我们将就这两大特点及其成因进行简要分析。

一 接受程度上表现出极大的不均衡及其成因

一部文学作品被接受程度的高低是反映其受欢迎程度的一面镜子。在整个戏曲史中，"临川四梦"的受欢迎程度无疑是比较高的，但其内部却表现出较大的不均衡。

这种不均衡首先表现在读者接受方面，无论是文本的传播还是散出选本或改编本的流传，《牡丹亭》都略胜一筹，《南柯记》和《邯郸记》相对势弱，而《紫钗记》往往处于近乎被忽略的状态。就刊印版本的数量而言，明清时期，仅《牡丹亭》的单刻本就有十六本，而其他"三梦"单刻本的总和也只有六本。就选本而言，"四梦"虽然在选本的数量上差异不大，但是所选曲目的数量却大有不同：《牡丹亭》最多的时候被选录了十九出，最少也有四出，平均选录数量在十出左右；《南柯记》的散出选本平均选录数量在三出左右，且以《花报》《瑶台》两出为主；《邯郸记》的散出选本平均选录数量在四出左右，且以《度世》《西谍》《死窜》《合仙》四出为主；《紫钗记》的散出选本平均选录数量在两出左右，且以《折柳》《阳关》（这两出即原作中的《折柳阳关》一出）为主。在改编本的数量上，除了臧懋循、叶怀庭对"临川四梦"俱有改编外，沈璟对《牡丹亭》《紫钗记》都进行了改编，冯梦龙则改编了《牡丹亭》《南柯记》《邯郸记》，而独独

303

未改《紫钗记》。

在批评接受方面，这种不均衡性也表现得很明显。据毛效同编的1986年版《汤显祖研究资料汇编》（全二册）中关于汤显祖戏剧部分的资料统计，以序、跋等各种形式对《牡丹亭》进行述评的有99篇，而《南柯记》《邯郸记》和《紫钗记》对应的数量分别为6篇、20篇、10篇。此外，除了诗文、序跋等述评外，关于《牡丹亭》还流传下来两个完整的女性评点本《吴吴山三妇合评牡丹亭》和《才子牡丹亭》，而其他"三梦"却没有。

造成以上所述的接受程度不均衡的原因，笔者认为，一方面与"临川四梦"中各戏剧作品的艺术价值直接相关，另一方面还和传播体系内部的"蝴蝶效应"有关。从"临川四梦"产生至今，经历了四百余年的传播时间。而在这四百余年中，不同性别、不同阶层、不同时代的读者共同证明了《牡丹亭》是"临川四梦"中的最佳作，无论是从故事内容、人物形象还是主题思想来看，都是如此。从戏剧史的角度看，《牡丹亭》更是与《西厢记》《长生殿》《桃花扇》并列为中国古代四大剧作，享誉海内外。就连创作"临川四梦"的汤显祖也对《牡丹亭》偏爱有加，说《牡丹亭》是自己最满意的作品。总而言之，《牡丹亭》独特的艺术魅力使它成功地成为"临川四梦"中的焦点。

从另一个角度来看，传播体系内部的循环又加剧了这种不均衡性。《紫钗记》在传播之初，因为受到《紫箫记》的影响，读者本来就不多，被关注的程度也就不高，这样一来，其舞台演出的可能性就小了，对其品评的人数自然也就少了。如此下来，《紫钗记》就陷入了一种近乎被忽视的无限循环当中。加之后期较《紫钗记》更为优秀的《牡丹亭》的出现，更是使接受者将重心转移到了《牡丹亭》身上。相比较而言，《南柯记》和《邯郸记》的接受程度则是处于《牡丹亭》和《紫钗记》这一高一低两者中间的一种较为均衡的状态。

二 接受群体表现出明显的性别倾向及其成因

在对"临川四梦"进行读者接受和批评接受的分析时，笔者发现，其接受群体也表现出一定的性别倾向。和一直以来男性垄断文化层面的话语权不同，女性在"临川四梦"的接受群体中开始凸显出来，并且取得了非

第十章　"临川四梦"在明清时期的接受

凡的成绩。在"临川四梦"的接受群体中,其接受特点呈现为《紫钗记》和《牡丹亭》的接受群体以女性尤其是闺阁女性为主,《南柯记》和《邯郸记》仍旧是以男性为主。

除了上文中提到的俞二娘、商小玲、叶小鸾、冯小青、金凤钿、黄淑素等是《牡丹亭》的忠实读者外,像林以宁、谈则、钱宜、李淑、顾姒、洪之则、程琼等女性还参与了《牡丹亭》的序跋创作,吴吴山三妇陈同、谈则、钱宜还共同创作了《牡丹亭》的评点本《吴吴山三妇合评牡丹亭》,程琼与其丈夫共同完成了《才子牡丹亭》的创作,这些序跋以及评点本充分体现了女性在文学创作方面的才华。史料中记载的关于《紫钗记》的女性读者不多,女性创作的序跋也几乎没有流传下来,但从明清小说中偶尔可看到的女性读者偷偷阅读《紫钗记》的故事情节来推测,《紫钗记》的受欢迎度虽然没有《牡丹亭》高,但是仍旧很受女性读者的欢迎。关于《南柯记》和《邯郸记》,无论是从文本的刻印、散出选本、整本改编还是文学评点来看,仍旧是以男性群体为主。

女性群体能够在"临川四梦"的阅读群体中凸显而出且其作品能够流传下来的原因是多方面的。笔者认为,这首先和作品的主题有关。本书多次提及汤显祖"以梦写情",要借"临川四梦"来传达其"至情"思想,且这种"情"并不局限于所谓的"痴情""爱情",更是与"理"相对之"情"。如果非要对"四梦"所写之"情"进行分类,那么《紫钗记》《牡丹亭》可以说是对"真情""善情"的讴歌,而《南柯记》《邯郸记》则是对"矫情""恶情"的批判;若要对其"梦"的善恶进行分类,《紫钗记》《牡丹亭》可以说是对美梦的遐想,而《南柯记》《邯郸记》则是对噩梦的鞭挞。就具体内容而言,在《紫钗记》《牡丹亭》中,汤显祖分别以霍小玉、杜丽娘为故事的中心,他关注的是女性以及女性追求爱情的权利和坚守爱情的自由,赞美她们对爱情的矢志不渝、坚贞不屈,男性在其中只是汤显祖为了塑造女性形象的一个陪衬;发展到《南柯记》和《邯郸记》时,汤显祖已经将关注的目光转移到了男性,特别是知识分子身上,尤其关注知识分子的责任、命运以及出路。在接受过程中,女性往往更为感性,她们的接受带有"卷入性"色彩,常常将自己和作品中的主要人物联系起来,且常常对宣扬真、善、美的事物毫无免疫力,《紫钗记》《牡

305

丹亭》正好契合她们的需求，笔者认为这是她们钟情于《紫钗记》《牡丹亭》的一大重要原因。相比较而言，《南柯记》和《邯郸记》中关于知识分子命运和出路的探讨，融合了不少儒、释、道情怀，恰恰满足了书生文人的阅读需求。

  明清时期的女性群体参与文学接受，在历史上并非首创，然而她们的序、跋甚至评点本能够较为完整地保存下来，在当时还是较为罕见的。笔者认为，这和明清时期的社会现状以及女性地位的变化有一定的关系。这种变化首先表现为女性的才华开始得到重视，"女子无才便是德"的时代正在慢慢远去。明末清初时期，很多文人将文学才华作为选择妻子的重要标准，他们开始追求心灵的默契和交流。在研究相关问题时，高彦颐就曾说道："这一婚姻关系最突出的象征，是夫妻共同赋诗或以同韵应和诗句，也就是所谓的唱和。这种交流集中体现了伙伴式婚姻的两个基本面貌：私人共鸣的头等重要地位、作为有限的性别平衡器的女性才华。"[①] 与之相应的，随着资本主义经济的发展，妇女的教育水平，尤其是江南一带的妇女教育水平也得到了一定程度的提高。

  此外，男性文人的推动在其中也起着举足轻重的作用。女性读者虽然开始参与文学评论、文学创作，但其作品流传的范围只在闺阁之内。只有通过男性文人的推荐，它们才可能得以付梓甚至流传下来。《吴吴山三妇合评牡丹亭》就是在吴舒凫的推荐下，得到了洪昇、徐士俊等文人的赏识，印刷之后才在群众之间广泛传播的。

---

① 〔美〕高彦颐：《闺塾师——明末清初江南的才女文化》，李志生译，江苏人民出版社，2005，第193页。

第十一章
汤显祖戏剧人物杜丽娘与潘金莲之对比
——晚明文学的两种情欲诉求

《牡丹亭》和《金瓶梅》可谓明清资本主义萌芽时代出现的两部辉映其时和后世的文学巨著，都以情欲为发展内核而推动情节发展，都有着当时社会的时代烙印。

现有研究中，将《牡丹亭》与《金瓶梅》的情欲理论联系起来阐释人性欲望、抒写情欲的就真的是屈指可数了，目前只有卜健《美丑都在情和欲之间——〈牡丹亭〉与〈金瓶梅〉比较谈片》等零星篇目。

《牡丹亭》和《金瓶梅》所展示的艺术世界都是病态的。这两个看似不同的世界，实质上都是中晚明病态的社会现实的反映，是不同的社会剖面。生活在这种病态世界中的男女主人公，在行为上常可见心理病态的折光。

第一节 晚明时代
——两部巨著的产生背景

一 程朱理学的禁锢

古人云：食、色，性也。性乃人类传宗兴旺之本。唐代之前，尚无贞节之说，丧夫女子再嫁之事屡见不鲜，丝毫不影响贞观盛世的降临，可见一个朝代的兴衰与女子的贞节坚守并无太大关系。

至宋朝，贞节说渐兴，且渐成法律条规，将人类本性强力压制于道德伦理的层层铁幕之下。

自明太祖开始，士子经义都要用注疏来注释，明成祖主持修缮《四书》《五经》《大全》之后，汉儒解释基本都去掉了，而以程朱注释为主。科举考试强调以朱熹的集注作为准绳，用程朱理学作注，圣人之言就被死死说定，自此，一系列千古道德伦理悲剧的帷幕拉开了。因此，无形抽象的程朱理学意识形态变成千篇一律的八股文具体操作方案，后学者一天又一天、一年又一年将八股文实践到他们的工作、生活、思想、文学创作等方面。

八股文与程朱理学互为表里、结成一体，可谓八股其形、理学其实也。这使得文人越来越没有话语自由，只能写出刻板而无生命的文章，毫无进步思想可言，对文化发展十分不利。极端的处理方式必然导致两极分化的结果，这样一来，文人的关注视角就不得不从八股取士的八股文逐渐向贴近生活而更加自由的说唱文学转变。

（一）扭曲的贞节观

明朝前中期是我国女性从身体到思想受到严重禁锢的时期。《古今图书》记载，明朝节烈妇女多达35000人！诸多条文律令森然壁立，扼杀了古代妇女内心的真实情感，从裹足到从一而终，从笑不露齿到足不出户，无一不是对妇女的漠视和摧残。

对妇女的压制加剧，三从四德种种行为准则像无形的手拽住了妇女自由的身躯。即便有些丧夫女子没有自食其力的能力，但宁其饿死，也不准其改嫁，"饿死事小，失节事大"，这已然带有浓厚的禁欲主义色彩。二程说"大凡人有其身，即有自私之理，宜其与道难与一"，并称"灭人欲即皆天理"。理学思想到了南宋时期已被朱熹发扬光大，他将儒家思想推向至高境界，使其成为儒家发展史的一个里程碑。

非常态的制度下非常态的心灵扭曲是不可能长久的，就像压抑的火山，当达到足够压力时，岩浆便会喷涌而出。严厉的思想制度导致的将是崩盘，由此，明朝中后期出现的种种怪状，都有了合理的解释。《牡丹亭》和《金瓶梅》都是贞节观达到顶峰，而朝廷官宦淫荡取乐盛行，商品经济迅猛冲击之时的产物。

（二）社会环境的转变

到了明朝中后期，千古不变的封建思想终于遭遇到了冲击，伴随着封建统治的由盛转衰，社会生活的各个领域开始出现裂缝，中国的历史发展进程再也不能独立于世界历史进程之外了。正是这与以前历代王朝不同的境遇，造就了明末独特的历史地位和丰富多变的时代风貌。社会环境在此刻呈现一种多元化特征，在一个时代存在着《牡丹亭》和《金瓶梅》这两个极端的世界也就不足为奇了。

1. 商品经济的发展

明朝中后期，东南沿海经济已经出现资本主义萌芽，手工业兴起并不断发展，外向型贸易逐步频繁，人们的物质水平不断提高，这无疑促进了通俗文化的发展。

地主经济和农业经济都和市场关系更紧密，一方面，租赁关系不断发展，基本都是限额地租模式，土地使用权竞争激烈；另一方面，手工行业分工与专业化都有所发展，流通市场快速扩大。区域性商业活动极度活跃，乡村手工业和市镇手工业都出现了资本主义生产关系的萌芽，社会各行业及其分工不断地细化，促使手工业生产发展及其经营方式转化，明朝的经济发展到了以往各个历史朝代都未曾出现过的高度，进入一个某种"近代以前的工业化"的时期。商业模式的改变带来了全社会风尚乃至思想文化领域的大变化，这便是明嘉靖和万历年间社会风气变迁的主要原因。

商人的社会地位不断上升，就连明代的一些官员，他们都不约而同地做着各种生意，官越大，生意也就越大。那些从小受过四书五经熏陶的官宦，居然从事古人认为的"士、农、工、商"中的最低层一个行当，由此可见当时文化环境之开放，官员们也受到非正统的、外界的文化氛围的影响。

同时，人们的消费理念与过去相比也大为改变，浮华奢侈的生活开始盛行，引发了服务行业的大踏步发展，酒肆、茶坊的店面装饰既具有艺术性——多用书法、绘画、诗词，又体现其商业性，既富丽又文雅。更为开放的是不少知识分子为青楼女子写诗作赋，这在以前是绝不被允许的。同时，明朝在江浙沿海一带还拥有世界上最繁华的港口型城市，这是外向型贸易中最古老的海运城市。这些城市的商业是非常发达的，而它们的文化也是较为先进的，不仅有我国的传统文化精华，还有西方先进的科学文化。

商品经济的迅猛发展无形之中带动了女性解放的社会氛围，越来越多的女性逐渐突破了礼教的禁锢，开始追求个性自由，一些生活窘迫的寡妇为了自己和子女更好地生存，也开始改嫁，这无疑是对贞节观和礼教的冲击。在这股反传统理念的潮流出现而后交辉璀璨的反叛时代，《金瓶梅》和《牡丹亭》两部作品便是顺应民众心声的欲望表达。

2. 社会风气的下滑

正德之后，明朝社会发生了重大转变。经济上，土地兼并加剧和商品生产发达；政治上，宦官干政和阁臣争权，农民起义不断，北虏南倭时犯。张居正改革后，农村经济发展和城镇工商业繁盛，人民的物质水平提高，而愈加腐败的政治，加剧了世风日下的进程。

受商品经济和货币的影响，逐利拜金严重，"锱铢共竞"蔚然成风。在金钱至上的时代氛围下，地方地主和朝廷官僚无不竞相逐金拜银，营私枉法。官员仕选不过就是一场权钱交易，所谓"方争仕途如市，仕者如往市中贸易，计美恶，计大小，计贫富，计迟速"①。知识分子的情操廉耻，多已荡然无存。谄谀请托之风大行，金钱的力量足以转换乾坤。只要金钱铺道，即便白丁也可居庙堂上游，忠良贤才弃之不用，社会公德无处可寻，杀人越货可以逍遥法外，无理诉讼可以占得上风，恃强凌弱，世风日下。

社会风气下滑，世人内心空虚，渐无依靠。这种虚无主义，透过《金瓶梅》和《牡丹亭》能够窥见。

3. 朝政的混乱无纲

有小农意识的明太祖，竭力构建，或者说恢复一整套完善的以小农经济为核心的政治格局，如黄册户籍制度、里甲管理体制等，力求统治稳定。然而，历史却没有如当初的设想，朝廷衰象显现、君臣腐败是明朝中后期的政治写照。当时出现了众多弊端——宦官专权，经济混乱，赋役紊乱，财政拮据，内忧外患。当时的边疆、海疆频频告急，明政府却已失去定国安边的实力。各阶层经济状况恶化——大批百姓向边疆和山区流动逃亡，

---

① （明）周顺昌撰《周忠介公烬余集·与朱德升孝廉书》，中华书局，1985，第52页。

流民开发山区、边疆，抗法、暴动此起彼伏。同时，朝贡贸易衰落。沿海地区开始海外贸易，私人海上贸易兴起。与朝代的没落相比较，封建统治的衰落在很大程度上为民间次序突破原有的统治格局、自由经济进步提供了某种良好的环境，社会经济开始向商品经济倾斜发展，农业自由贸易程度逐步加深，所有这些都催生了民间文学的发展。政治的腐败与经济的发展形成新的冲突，来自东方的倭寇和西方的殖民国家亦蠢蠢欲动，导致思想文化界也出现了反传统的呼声。王阳明创立的"心学"，很快便席卷学林，"厌常喜新"是为风尚。

4. 女性地位的隐形提升

中后期的明朝，其法律对女性权益及地位的界定开始松动。明朝末年，女性在婚姻中逐渐可以自己说了算数，和离后可自行决定改嫁，经济权利在一定程度上得到了制度的保障，身份地位与过去朝代相比有了很大提高。

通过考察明朝中后期的律法，我们发现当时的女性拥有订婚权、退亲权、和离权、改嫁权甚至作为女犯的宽宥权，而这些即使是在唐、宋、元时期，女性也未曾享有过，女性的法律地位空前提高了。从司法实践的现实情况来看，当时的女性婚姻可以自己做主，和离后可以改嫁，可以继承和支配财产，可见备受压迫的明朝女性在法律上呈现了"低中有高"的地位特点。

从宋朝到明末是儒家思想的又一个鼎盛时期，儒家思想成了当时各种思想的根据，法律思想也不例外。儒家思想一面强调"三纲五常"来确定等级制度，另一面又看重"仁爱"思想。这种思想的矛盾使得对待女性的态度也产生了矛盾，这在当时是有现实的土壤的。

此外，随着钱财逐渐成为支配社会的力量，成为确定个人价值的砝码，传统的伦理等级的高低估量的标准开始受到影响。开放的社会风气使人们较为开明地看待女性的离异、改嫁等行为。士大夫中的明眼人对妇女地位的提高起了推动作用。明中后期，以左派王学为代表的思想风靡一时。它否定正统儒家的圣贤偶像，以"致良知"为核心；否定程朱理学"存天理，灭人欲"的禁欲主义观点。在此情形下，知识分子掀起了一股同情女性疾苦的思潮。宣扬婚姻自主和个性的奔放，鼓励寡妇改嫁，批判"女人是祸水"和"女子无才便是德"的愚昧思想，这些言论和思想无疑冲击着传统的女性意识,潜移默化地瓦解着传统的封建伦理道德,启蒙了广大民众的思想,为女性自身解放提供了强大的思想武器。女性地位的相对提高和女性自我意识的觉醒在这一时期相互促进。

二 重情扬欲的文学思潮的兴起

晚明时期,颓废的风气自上而下盛行,道德伦理下滑,这一切影响了文学思潮的转变。

(一)审美情趣的世俗化

一个时代有一个时代的审美情趣。唐朝国力强盛,自信、丰盈是这个时代各阶层喜好的最高要求。至宋、元两朝,朝廷动荡,士大夫阶层对审美从开放走向保守。明朝自上而下贞节观念的普及,使人们的身心在一定程度上受到压抑。明朝中后期,开放的外来经济和本地的资本主义萌芽,冲击着人们长期压抑的身心,不可避免地导致世人审美趣味的再次转变,使审美情趣逐渐世俗化。这种自下而上的审美取向直接被反映到文化层面,反映世俗民情的民间艺术兴起,高雅的文坛出现了俗化倾向。

新型的市民阶层对精神生活有着特别的要求,对生活的权利和意义有着新的认识,市民的文化生活愈来愈多姿多彩,戏曲、民歌在当时都广为流行,反映人们追求世俗的快乐和情感。当时的情形,逢年过节,红白喜庆,都要演戏作剧,观众如云,热闹非凡。有钱的人家经常请伶人演戏,当时社会逐渐抛弃了鄙视戏子的社会习见,去学演戏的人也愈加多了,许多地方都成为戏曲之乡,人才辈出——"不问南北,不问男女,不问老幼良贱,人人习之,亦人人喜听之,以至刊布成帙,沁人心腹"[1]。

在民间文艺的影响下,许多士大夫开始认识到它的价值,渐渐改变过去旧的观念,逐渐转向关注反映世态人情和表达人文关怀的民间艺术。他们赞赏伶人的艺术魅力——"怒眼张舌,喜笑鬼诨,观者绝倒"[2],肯定时令小调的艺术价值——"不效颦于汉魏,不学步于盛唐,任性而发,尚能

---

[1] (明)沈德符撰《万历野获编·时尚小令》,中华书局,1959,第647页。
[2] (明)沈德符撰《万历野获编·时尚小令》,中华书局,1959,第647页。

通于人之喜、怒、哀、乐、嗜好、欲望"①，对身怀绝技的民间艺人赞赏有加，如说书人柳敬亭，文人称其"满腹皆文情，刻画雕镂是造化。眼前活现太史公，口内龙门如水泻"②。如此赞美一个说书的江湖艺人，将其与司马迁相提并论，可谓史无前例，这说明明末文人的审美观点已与传统思想有很大的差别，受市井文化濡染是很深的。

文人视线的下移，使得上流文学圈发生了变化。明朝之前，文人多把自己文学作品的视角重点放在抱负、志向等高雅情怀上。而明末的文人打破了以雅为高、以俗为卑的传统限制，顺应时尚，从崇高到崇俗，以粗俗为时尚，把关注"百姓日用"问题作为主要内容，文学作品也集中表现普通民众的生活、劳作和情欲。如《金瓶梅》、《儒林外史》、"二拍"等小说，它们的人物已不再是皇帝、达官贵人，而是普通的百姓；《牡丹亭》也鲜明地反映当时青年男女的不羁欲望和爱情追求。这些作品都以新鲜平实的口语或百姓喜爱而熟悉的情节展现了普通老百姓的生活、思想意识，并且受到了各个阶层的广泛欢迎。于是，明朝中后期文学的主流文化——俗流就形成了。

（二）"性灵说""童心说"的推波助澜

晚明社会说唱文学向世俗发展与当时的激进思想不无关系。王阳明、李贽等众多思想家针对传统思想——"存天理，灭人欲"发出了疑问，提倡"穿衣吃饭，即是人伦物理"的言论，认为百姓的正常生活就是"理"。③ 在抨击程朱理学的同时，肯定了"人欲"的合理性，宣扬个性自由，极大地促进了社会风气的变迁。

激进思想从哲学领域不可避免地进入文学领域，文学史上迅猛刮起了一场"批驳人性束缚的文化潮流"——何心隐讲"性而味，性而色，性而声，性而安适，性也"；颜山农讲"……只是率性而行，纯任自然，便谓之道……"；袁宏道讲"独抒性灵，不拘格套"；陈乾初讲"人欲正当处即是理，无欲又何理乎"；李贽讲"童心者，真心也……夫童心者，绝假纯真，

---

① （明）沈德符撰《万历野获编·时尚小令》，中华书局，1959，第 647 页。
② （明）沈德符撰《万历野获编·时尚小令》，中华书局，1959，第 647 页。
③ （明）李贽：《焚书·续焚书》，中华书局，1975，第 4 页。

最初一念之本心也"；颜元讲"男女者，人之大欲也，亦人之真情至性也"；唐甄讲"生我者欲也，长我者欲也……舍欲求道，势必不能"；戴震讲"好货好色，欲也，与百姓同之即理也"……①

正如《荀子》对人生而带之的原欲——情欲的肯定："故欲过之而动不及，心止之也。心之所可中理，则欲虽多，奚伤于治？欲不及而动过之，心使之也。心之所可失理，则欲虽寡，奚止于乱？故治乱在于心之所可，亡于情之所欲。"②

总之，人们内心的精神思想解放或者说放开的要求、社会法律的逐渐开明和百姓内心的需求与正统思想的矛盾和冲击，使人的欲望被放大，使当时的百姓内心充满了矛盾，内心变得不可调和。因此，在这样的大的历史背景下产生以情欲为出发点、反映极端病态世界的两部文学作品——《牡丹亭》和《金瓶梅》，就不显得稀奇了。

第二节 被唤醒的情欲

一 创作内核的一致性

《牡丹亭》与《金瓶梅》是同一个时代出现的奇异之作。南京大学教授俞为民曾说："晚明是一个个性开放的时代，当时国内已经出现资本主义萌芽，加之整个社会思潮倾向于王阳明的'心性之学'，使得《金瓶梅》与《牡丹亭》成为反映那一时代风貌的代表。只不过，《金瓶梅》更加赤裸裸一些。"③

（一）情由欲起

杜丽娘是《牡丹亭》里最成功的人物。她美丽善良，聪慧忠贞，对自由和爱情的执着追求，使其成为"我国古典文学里继崔莺莺之后出现的最动人的妇女形象之一"。可以说，杜丽娘是《牡丹亭》中被研究探讨得最充

---

① 李泽厚：《中国思想史论》（上、中、下），安徽文艺出版社，1999，第245-255页。
② 北京大学《荀子》注释组：《荀子新注》，中华书局，1979，第381页。
③ 俞为民：《〈牡丹亭〉、〈金瓶梅〉和那个时代的性开放》，《南方周末》2006年10月26日。

第十一章　汤显祖戏剧人物杜丽娘与潘金莲之对比

分,也是达成共识最多的人物形象。然而关于《牡丹亭》的性描写却是大家讳莫如深的,甚至是分歧严重的。现在通行的读本多为删减的洁本。但这些描写和杜丽娘的人物形象本身是不可分开的。

杜丽娘青春萌动,"不知所起"之情,实质是一种自然的情欲,而非柏拉图式的爱情。"梦"前,杜丽娘哀叹的是"不得造成佳配","梦"中,其全部内容是一场男欢女爱。《寻梦》一出,她寻回的是梦中的"云雨迹象";她苦恋"年可弱冠,丰姿俊妍"的书生,这一形象是她根据自己审美情趣造出的一个虚构的形象,是她性的觉醒、压抑或者说原欲不得释放的产物。《冥誓》之后,杜丽娘和柳梦梅的关系发生实质变化,由男欢女爱发展为生死恋人,但导致杜丽娘死亡的还是"不知所起"之情——自然而然的情欲。这一点,不少论者多有阐述,张海鸥认为《牡丹亭》的题旨具有双重文化性:一是指向未来的、揭示封建时代青春少女对纯洁爱情和人类情爱观的醒悟;二是对人类自然性爱的不加掩饰的崇拜和张扬。[①] 刘彦君也在文章中指出杜丽娘身上张扬的是自然天性(或者情欲、性爱)的复归。[②] 而笔者认为,汤显祖要表达的还有对虚伪道德的否定。不合自然的"程朱理学"封建道德不具备预示爱情的可能性,可真正的爱的情感、感受会显示新道德的可能性,梦境和亡灵状态的丽娘,抛弃了的是伪道德的装护,反叛的是社会的虚伪,抗争的是压抑人的伪善。梦境中的传奇式的爱与情染上了深刻的悲剧色彩,是那么唯美动人,没有任何理性的因素,爱一旦开始,便不可遏制,不可终止,只有快乐而没有伤害。虽爱得无辜,却被世俗不容,遭受道德的谴责、非难。汤显祖试图解放被绑架的"欲望",还原它恒久的原生色态。使人退缩甚至内疚的罪恶感被纯洁的自然情欲打碎,人得以回归原本属于自己的快乐生活。真正的痛苦不归罪于欲望本身,而是人类欲望的不加节制。丽娘柔婉而美丽的欲望,在过去不曾被人理解。

对情欲的渴望是人的自然天性,根植于人类种群中的原始愿望,相对于具有较高社会性和个体指向性的爱情,的确属于较低层次的需求,但也因此具有更大的普遍性。对情欲(性爱)的追求和满足是每一个个体的本

[①] 张海鸥:《〈牡丹亭〉的双重文化题旨》,《殷都学刊》1993年第1期。
[②] 刘彦君:《论汤显祖的自由生命意识》,《文学遗产》1997年第1期。

315

能需求，也是人的最基本的权利。建立在情欲基础上的爱情，应该而且能够获得人们的认可和称赞。然而这并不意味着艺术作品中张扬描写了情欲，其在思想意义上就一定低于描绘爱情。杜丽娘随着生理的发育成熟而日渐萌发的情欲是生命绽放的绚丽花朵，也曾经燃烧在每一个正常人的身上。然而，杜丽娘却只能时刻将自己的"不知所起"之情小心翼翼地掩藏起来，于梦里追寻，而现实中却难以满足，最终郁郁而亡。显然，汤显祖的处理方式使得批判更加有力和尖锐。它表明礼教泯灭的是人美好的自然天性，践踏的是人最基本的权利和尊严，揭示了礼教和封建势力之强大，可谓触目惊心。

徐朔方在《汤显祖和〈金瓶梅〉》的文章中认为："产生《金瓶梅》的社会思潮同样又产生了《牡丹亭》的瑕疵。"① 他所说的"瑕疵"是指在《惊梦》《寻梦》等出中的情欲描写。他所做考证是相当翔实和有说服力的，有关社会思潮对《牡丹亭》存在一定影响是可能的，因为任何文学作品都是时代的产物。瑕疵与否可做具体的历史分析，应视这部分内容的性质、在作品整体语境中的作用以及在人物塑造中的作用而定，也就是说，必须在细致的文本分析上做出判断。《牡丹亭》中，礼教的约束和封建实力的压迫是相当残酷的，这些势力欲将人生命的冲动和激情风干，欲将性爱、情欲的有关字眼从语言中抹去，甚至裙衩上绣成对的鸳鸯、花草都不被允许。在这种令人窒息的、死气沉沉的语境中，适当地写情欲得到满足的欢愉、生命的激情无疑是一种生命力的释放，是对礼教，对几千年扭扭捏捏的性态度及社会流行的伪道德的抗衡，是艺术的一种突破。

我们来看《惊梦》和《寻梦》中的描写：

【鲍老催】：（末）单则是混阳蒸变，看他似虫儿般蠢动把风情搧，一般儿娇凝翠绽魂儿颤。②

【豆叶黄】：（旦）他兴心儿紧咽咽，呜着咱香肩；俺可也慢揸揸做意儿周旋，等闲间把一个照人儿昏善。那般形现，那般软绵。③

---

① 徐朔方：《论汤显祖及其他》，上海古籍出版社，1983，第131页。
② 《全集》，第2099页。
③ 《全集》，第2106页。

第一支曲子出自花神之口，第二支曲子是杜丽娘对春梦的回味、流连，是整部作品中最为艳情的两段描写。应该说这样的描写表现了情欲的释放，以及释放带来的激情和欢愉。享受性爱是人的权利，合理、正常情欲的描写也是健康的，且作者的语言还是有节制的。将一切和性爱、情欲、肉体有关的描写都视为猥亵，不应是社会发展到今天的人们的态度。正是性爱的美妙体验使丽娘已经萌发的春情变得不可遏制，使她所处的生存环境变得更加令人感到窒息。梦中的情人成为她生命的依托，使她魂牵梦绕终至郁郁而亡。因而，无论是对虚伪腐朽、摧残人性的礼教和伪道德的批判，还是基于情节的发展，作品中所描写的情欲，其存在都是合理的。

如果只是纯净地描写，让丽娘变得更加"纯洁"，却会丧失可以触摸的真实感，读者很难体会她生命冲动的澎湃激情，也很难对《牡丹亭》产生共鸣。所以，我们看到的不是一个幽怨、雅致、不食人间烟火的画中佳人，而是洋溢着青春活力的血肉充盈的丽娘。丽娘对情欲的诉求和大胆举动与她的美丽、聪慧、善良、才华横溢不仅不相冲突，反而相得益彰，甚至可以说，丽娘几近放荡的大胆举动正是她有别于才子佳人小说中充满道学气息的佳人而拥有独特魅力的关键所在。

（二）情欲相生

《金瓶梅》用大量文字描绘各色人物对欲望的追求，生理欲望的描写几乎是全书最大的"看点"，正是露骨的欲望描写，让其充满争议，褒贬不一。在众多追求情欲的角色中，潘金莲无疑是佼佼者。

人的内心世界是极其微妙且复杂的，意识最深处的生理、心理欲望是不可以简单定论的，它的形成与一个人的童年经历、生活境遇、性格心理、现实追求、道德感、价值观等有着天然的千丝万缕的联系。潘金莲违背常理的强烈情欲，与其说是一种生理的需求，不如说是她内心深处的心理需求使然，这便可称为"情欲相生之欲望"。

童年时代的金莲是令人怜悯的，悲惨的童年使她无法形成符合当时社会道德的性爱观，她看似疯狂实则挣扎的一生，让她的疯狂欲念有了合理解释。九岁前被生母转卖两次，童年时代没有安全感和尊严。在王招宣府里学习生存之道——"描眉画眼，傅粉施朱"，"做张做势，乔模乔样"，

"习学弹唱"。刚满十八岁,张老爷"暗把金莲唤至房中,随收用了"。兰陵笑笑生并没有写被卖、被骗、被逼时小金莲的心理,但完全可以推想惨遭蹂躏、夹缝苟活、被践踏尊严的少女时代会给小金连的一生铺下怎样的底色,使小金莲拥有怎样的人格!从被张老爷"收用",到成为其夫妻婚姻矛盾的殉葬品,再到下嫁给武大郎,荒唐畸形的婚姻使金莲畸形的精神状态愈加不堪,生理和心理极度扭曲。金莲始终别无选择地遭受生活蹂躏,从被动地接受,到逐渐适应、顺从。

米歇尔·福柯在《性史》中说道:"如果像柏拉图所说,对性活动要加以三种最强的约束,即畏惧、法律和真正的理性;如果像亚里士多德所想,让欲望像小孩遵从其老师那样地遵从理性……"① 从一出生,畏惧、法律、理性就对金莲丧生了任何意义。命运从来未给她机会和权利,律法也约束不到她,生母卖她两次,社会从未给她正常人该有的一切,正常人该有的生活幸福的机会,在她也许出现过曙光,到头来要么一场空,要么是彻底毁灭。遭受命运一次又一次的玩笑,她根本不可能具有符合社会价值的、有节制的情欲观念。畸形的社会把她扭曲了,她只能扭曲地活着,只能有丑陋的人生观、畸形的性爱观念。她对情欲非常态的感知,使她用同样畸形的方式对待周围的人和事,最终落得令人不齿的下场,死得惨烈之至。

潘金莲姿容出众,吴月娘见到她第一眼,就感叹"从头看到脚,风流往下跑;从脚看到头,风流往上流"②。显然,对自己的婚姻,她该会有比较美好的期盼和想法的,如此惊艳貌美却嫁给猥琐丑陋的武大郎,她内心是极其不甘的。所以,美丽的容颜注定了她人生的悲剧,是她人生悲剧的致命伤,这种伤刺入尊严,直击人格。王婆最初虚情假意夸赞武大郎:"是个养家经纪人。且是街上做买卖,大大小小不曾恶了一个,又会赚钱,又且好性格,真个难得这等人!""可知哩。娘子自从嫁了这大郎,但有事,百依百随,且是合得着!"句句夸赞使潘金莲仅存的尊严都难以自容,"拙

---

① 〔法〕米歇尔·福柯:《性史》,姬旭升译,青海人民出版社,1999,第185页。
② 兰陵笑笑生:《金瓶梅词话》(重校本),梅节校订,陈诏、黄霖注释,(香港)梦梅馆,第94页。

夫是无用之人，官人休要笑话"①，内心带着羞愧。

金莲先钟情于小叔武松，后心甘情愿守候西门庆，并不只是风流成性，本质上亦是一种发自内心的诉求和热望。她见到心爱的人时也会惊喜与期盼，这种内心诉求也是纯粹的。抛开时代成见，我们对金莲的难以自持应抱以同情且理解的态度。

斯宾诺莎曾说过这样一段话："幸福不是德性的报酬而是德性自身；并不是因为我们能够克制情欲，我们才能享有幸福，反之，却是因为我们享有幸福，所以我们能够克制情欲。"② 金莲的一生，从未有过幸福，无幸福的婚姻，何来幸福的满足？她只能转向生理上对情欲的要求。

从心理学看，人体内部的需求源自生理或心理，不论合理与否，一旦没有得到满足，就会产生紧张感，只有排除紧张感，人才会感到满足。精神和生理两方的健康唇齿相依，一方健康的破坏必然引起另一方的受损。对金莲来讲，渴望情欲不只是一种积习，追根溯源就是一种生理的排遣，是生理引起的精神紧迫的需要。生理的满足让金莲感受到从未有过的心理安慰、放松和愉悦，她渴望长久拥有这种满足。这在第五回金莲的不断妥协和顺从中可以得到印证。金莲强烈的甚至变态的情欲，反映的是身心的渴望与需求，二者是一体的。

杜丽娘与潘金莲，她们都被天然而起的情欲所牵引。所不同的是，前者因教养而至梦，后者因缺失生命的安全感和人伦的价值观而以最原始的欲望满足来填充。虽然《牡丹亭》的世界风和日丽，《金瓶梅》的世界满目疮痍，但二者殊途同归，情欲是二者共同的创作内核，情欲是左右主人翁命脉的无声的原动力。

二 艺术追求的差异性

（一）对原欲真情的礼赞

王思任曾经评价说："若士自谓一生四梦，得意处惟在《牡丹》，情深

---

① 兰陵笑笑生：《金瓶梅词话》（重校本），梅节校订、陈诏、黄霖注释，（香港）梦梅馆，第37页。
② 〔荷兰〕巴鲁赫·斯宾诺莎：《伦理学》，贺麟译，商务印书馆，1960，第266页。

一叙,读未三行,人已魂消肌栗。"(王思任《批点玉茗堂牡丹亭词叙》)①这话说得极是,看《牡丹亭》,最让人铭心的莫过于一个"情"字。在这部书中,汤显祖满含炽热情感,为我们塑造了一个因情而病、由情而死、遇情复活的少女——杜丽娘,展示了人类原始情感的纯正、伟大。正如汤显祖在《牡丹亭记题词》中所写:"天下女子有情宁有如杜丽娘者乎。梦其人即病,病即弥连,至手画形容传于世而后死。死三年矣,复能溟莫中求得其所梦者而生。如丽娘者,乃可谓之有情人耳。情不知所起,一往而深,生者可以死,死可以生。生而不可与死,死而不可复生者,皆非情之至也。"② 这个情,用今天的话语来阐述,是带有情欲的。

对情欲,汤显祖在作品里是认可的,并视之为与生俱来的自然欲望,是人的天性、本能。汤显祖主张"天地之性人为贵",他曾明确指出:"大人之学,起于知生。知生则知自贵,又知天下之生皆当贵重也。"③而感情是与生俱来的,是人性之根本所在:"人生而有情,思欢怒愁,感于幽微,流于歌啸,形诸动摇,或一往而尽,或积日而不能休。"④ 因此,汤显祖对人类的天性、欲望、本能、人的纯粹的真性情是非常认同的。

丽娘游园伤春时莫名的感伤、无处不在的焦灼,其实就是朦胧性意识在长久挤压下的觉醒:"天呵,春色恼人,信有之乎?常观诗词乐府,古之女子,因春感情,遇秋成恨,诚不谬矣。吾今年已二八,未逢折桂之夫;忽慕春情,怎得蟾宫之客?""没乱里春情难遣,蓦地里怀人幽怨。"⑤ 杜丽娘与柳梦梅之恋也非单纯的精神之恋,而是灵肉结合的爱恋。汤显祖不但把丽娘内心躁动的欲求用梦巧妙地展示,而且用他的生花妙笔把你侬我侬的男欢女爱、"千般爱惜,万种温存"的性梦描绘得唯美且雅致。芍药护栏,湖石遮羞,牡丹亭下……另有花神作美,花海缭绕,这一场梦境香甜、温存,最后香梦惊醒,只剩落花一片。在汤显祖看来,万物复苏的春天,盎然生机的后花园,与人生命欲求的自由张扬是完全和谐一致且融为一体

---

① 王思任:《批点玉茗堂牡丹亭词叙》,《清晖阁评点牡丹亭》卷首语。
② 《全集》,第 1153 页。
③ 《全集》,第 1225 页。
④ 范少琳:《〈牡丹亭〉与魏晋风度》,《社科纵横》2007 年第 12 期。
⑤ 《全集》,第 2097 页。

的，正合于这样一句箴言：生命是唯美的。与生命相伴随的自然天性也是美好的。因此，《牡丹亭》实是一首对人天然欲望的礼赞之歌，是对人自然情欲的肯定，唯美而不矫情。

（二）对情欲的虚情批判

在《金瓶梅》中，无论是西门庆，还是金莲、瓶儿、春梅，每一角色都不同程度地陷入了情欲的不平衡或偏轨状态。程朱理学对女性的束缚达到全盛，而掌握话语权的男性，其荒淫放纵也登峰造极。在这样的大环境下，满目疮痍的《金瓶梅》出现了。

欣欣子在《金瓶梅词话序》中说："吾友笑笑生为此，爰罄平日所蕴者，著斯传，凡一百回。其中语句新奇，脍炙人口。无非明人伦、戒淫奔、分淑慝、化善恶，知盛衰消长之机，取报应轮回之事，如在目前；始终如脉络贯通，如万丝迎风而不乱也，使观者庶几可以一哂而忘忧也。"[①] 该《序》还指出："阳有王法，幽有鬼神，所不能逭也。至于淫人妻子，妻子淫人，祸因恶积，福缘善庆，种种皆不出循环之机。故天有春夏秋冬，人有悲欢离合，莫怪其然也。"[②]《金瓶梅》的序言虽一直表达写作该书的目的是劝告、警诫，但纵观小说，往往是与目的乖逆。《金瓶梅》大多文字在刻意描写欲望和性爱，兰陵笑笑生用他玩世不恭的手笔彩绘了时代的假、恶、丑，《金瓶梅》表面写一个大家庭，其实更是在书写全社会，它全面、深刻地暴露了明朝后期政治的混乱不堪、经济的腐朽难返、人心的狡诈险恶、道德的泯灭和沦丧，真实地展示了那个特定时代的风貌。

在《金瓶梅》的世界里，欲望的追求、奢望和放纵一直是主题。《金瓶梅》是话本，是说唱人的读本，是供人们茶余饭后听的段子，它迎合了当时大众的口味。然考其描写，它估计在当时亦是适于阅读而不便说唱的。那是一个纵欲的时代，明穆宗朱载垕便好媚药，"致损龙体"，纵欲而崩；万历年间的首辅张居正，也好媚药，恣情纵欲享乐，竟有其染上性病，死

[①] 兰陵笑笑生：《金瓶梅词话》（重校本），梅节校订，陈诏、黄霖注释，（香港）梦梅馆，"金瓶梅词话序跋"第1页。

[②] 兰陵笑笑生：《金瓶梅词话》（重校本），梅节校订，陈诏、黄霖注释，（香港）梦梅馆，"金瓶梅词话序跋"第2页。

于女色之说。那时的文人，因放纵自我而身体受损乃至死亡的亦不在少数。社会现实犹如剪刀差，平民百姓受法律与传统观念的高压强制，一边受压迫成畸形内心状态，另一边过分放纵以致身体受损伤。这是当时社会的真实写照。在此环境背景下，平民百姓内心矛盾而痛苦，虽表面未流露出明确的反抗意识，但暗地里急需一个身心欲望释放的窗口，而《金瓶梅》等色情小说从本质上说为他们提供了这样一个窗口和平台，这也便是明中后期言情、色情小说大量出现的原因之一。

《牡丹亭》《金瓶梅》，两部作品最初都是说唱的通俗文艺，迎合了时代需要，满足了多阶层人们休闲娱乐的口味。作品表达的东西是人们内心压抑的东西，是人们认可却不可公开或难以言说的东西，抑或就是他们自己生活的东西。《金瓶梅》的受众多是男性，它的荒淫享乐与小说人物的下场，表达了人们内心的矛盾——期望放纵，对自我个体认知的回归的进步，又担心不可预知的后果；同时写实了当时的权贵过分纵欲身亡的"真相"，满足了人们猎奇的心理。《牡丹亭》受众面则更加广泛，心有反抗而身受压迫的女性尤爱之。青春期女性细腻的表达，深藏内心的美好情感和生理的热望，让许许多多女性产生了天然的强烈共鸣，不能实现自己情欲的女性通过戏中的主人翁实现了情欲的述说。

第三节 失衡的情欲

《牡丹亭》中，杜丽娘、石道姑、老学究陈最良都是性之压抑对象。《金瓶梅》中，追逐色情的潘金莲，长期守活寡的吴月娘，逆来顺受和有变异心性的李瓶儿，其他围绕西门庆争风吃醋的女人，都处在情欲偏轨的状态中。两部作品的人物都处在一种情欲的失衡状态下。

一 禁忌的情欲

对性、情欲，古往今来，人们讳莫如深，视为禁忌。性作为人类生活方式的一种基本内容，是伴随人类整个发展历史、整个生命进化延续的过程的。人人都熟悉，既不深奥，也不玄妙，无论是从理论上，还是从现实生活中，都不难理解。恩格斯曾说过："根据唯物主义观点，历史中的决定

第十一章　汤显祖戏剧人物杜丽娘与潘金莲之对比

性因素,归根结蒂是直接生活的生产和再生产。但是,生产本身又有两种。一方面是生产资料即食物、衣服、住房以及为此所必需的工具的生产;另一方面是人类自身的生产,即种的蕃衍。"① 每个生物个体总是无法避免生老病死,为延续生命,又需要另一种本能——原欲,或者说性欲。性欲是延续后代、保存永久生命的事。饮食绝非罪恶,绝非不净,性交也就绝非罪恶,绝非不净。这种"东方固有的不净思想"不是别的,正是指传统的性文化中那种"性罪恶"观念,在西方基督教文化中被称作"原罪"意识。正因为有这种"不净的思想"作祟,《金瓶梅》中的性描写,即便是《牡丹亭》中牵涉性的描写,人们往往都不能容忍。

对"性"的认同,取决于性文明的水平和性心理的健康程度。恩格斯在盛赞"德国无产阶级第一个和最重要的诗人"格奥尔格·维尔特的诗歌时,就曾批判过德国人那种"不净的思想","维尔特所擅长的地方,他超过海涅(因为他更健康和真诚),并且在德国文学中仅仅被歌德超过的地方,就在于表现自然的、健康的肉感和肉欲。假如我把'新莱茵报'的某些小品文转载在'社会民主党人报'上面,那末读者中间有很多人会大惊失色。但是我不打算这样做。然而我不能不指出,德国社会主义者也应当有一天公开地扔掉德国市侩的这种偏见,小市民的虚伪的羞怯心,其实这种羞怯心不过是用来掩盖秘密的猥亵言谈而已"②。恩格斯预言的那一天,对于我们来说,就是鲁迅所期盼的洗净"东方固有的不净思想"的那一天。到那时,读者的性心理承受能力就必然会大得多,对诸如《牡丹亭》和《金瓶梅》这类文学作品的情欲的描写也必然会宽容得多,其评价自然就会客观一些。

丽娘对情的追求,是人性的回归,是青春的觉醒。在《牡丹亭记题词》中,汤显祖称:"人世之事,非人世所可尽。自非通人,恒以理相格耳。第云理之所必无,安知情之所必有邪。"③ 在他看来,"情"的萌发和涌动,是只要有人类就会一直存在的事物。

外来力量只能禁锢人的身体,而不能禁闭人的内心,不能压制天然生

---

① 《马克思恩格斯全集》(第二十一卷),人民出版社,1965,第 29 - 30 页。
② 《马克思恩格斯全集》(第二十一卷),人民出版社,1965,第 9 页。
③ 《全集》,第 1153 页。

发的身心诉求。当陈最良摇头晃脑讲《关雎》的时候,杜丽娘非但没有想到"后妃之德",反而召唤出内心暗涌的原始欲望:"关了的雎鸠,尚然有洲渚之兴,可以人而不如鸟乎?"① 偷偷游玩后花园后,自然美景更在她心中激起了强烈的震撼:"原来姹紫嫣红开遍,似这般都付与断井颓垣。良辰美景奈何天,赏心乐事谁家院。朝飞暮卷,云霞翠轩。雨丝风片,烟波画船……"② 从美好春光的无人赏联想到自己大好青春的付水流,从大自然的凋零联想到自身美的埋没:"可知我常一生儿爱好是天然。恰三春好处无人见……"③ 她情不自禁地生出了深深的不满:"恁般景致,我老爷和奶奶再不提起。""锦屏人忒看的这韶光贱。"④ 一颗追求自由、渴望真性情的心从此放飞,再也无法遏制:"则为我生小婵娟,拣名门一例一例里神仙眷。甚良缘,把青春抛的远。俺的睡情谁见?则索因循腼腆。想幽梦谁边?和春光暗流转。迁延,这衷怀那处言?淹煎,泼残生,除问天。"⑤ 在梦中尽情释放天性,梦醒后执着地寻梦,为情由欲起之天然之"情"出生入死。这种抗争,这种执着,可谓空前绝后、振聋发聩。

将最原始的人生之欲望压抑回内心深处,由此而生的性幻想,是内心积郁的结果,是人类心理状态的普遍真实情况。

二 被践踏的情欲

(一)杜丽娘:情欲的再生

马克思说:"人和人之间的直接的、自然的、必然的关系是男女之间的关系。"⑥ 恩格斯也指出:"人与人之间的,特别是两性之间的感情关系,是自从有人类以来就存在的。"⑦ 同性相斥,异性相吸,这是生物界的规律,更是生命的律动。所以情便成了文人骚客古老而又常新的话题。

---

① 《全集》,第 2094 页。
② 《全集》,第 2096 - 2097 页。
③ 《全集》,第 2096 页。
④ 《全集》,第 2097 页。
⑤ 《全集》,第 2097 - 2098 页。
⑥ 《马克思恩格斯全集》(第四十二卷),人民出版社,1979,第 119 页。
⑦ 《马克思恩格斯文集》(第四卷),人民出版社,2009,第 287 页。

第十一章 汤显祖戏剧人物杜丽娘与潘金莲之对比

《牡丹亭》是一曲情的赞歌,其可贵与独特并不止于歌颂男女之爱,更在于歌颂青春,歌颂生命,肯定人性天然的欲望——情欲。

《牡丹亭》塑造了不朽的杜丽娘,秀外慧中,经书成诵,女红精巧,书法传神。这些都是古代官宦之女的固有之才,后花园中一场春梦,心灵被唤醒,由柔弱变坚强,生死梦变成抗争。徐振贵说:"崔莺莺是战胜封建礼教的多情人;杜丽娘是以情爱战胜'天理'的再生人。"① 其实杜丽娘是敢于抗争无性文化和扭扭捏捏伪道德的至情之人。

在原欲和爱情受压抑而又找不到出路的情况下,杜丽娘郁郁而亡。但变成鬼魂的丽娘依然没有停止对爱欲与情感的追求。《惊梦》《寻梦》《诊祟》《写真》《悼殇》五出,由生而至死,《魂游》《幽媾》《欢挠》《冥誓》《回生》五出,自死而至生。因春情而死,因爱情而复生,然而生生死死、死死生生,终究只是一场白日梦。终成眷属,只不过以喜剧写悲情,借喜显悲,是汤显祖独具匠心的安排。

(二)潘金莲:情欲的失衡

潘金莲是极特别的案例,她的性需求有些过激,甚至是不合常理。她使尽浑身解数献媚和争宠,正说明她长期处于一种焦虑不安的状态,她的行为有时候也就变得难以理喻了。由忧故生怖,内心翻涌着惊涛骇浪时,势必要宣泄。于是,她既是受虐者,又是施虐者。无论是武大郎的女儿迎儿,还是在西门家时手底下的丫鬟秋菊,便都成了她泄欲的工具,她在他人的痛苦之上获得自己畸形的快感。潘金莲在苦苦等待西门庆迎娶的日子里,为了一被偷吃的蒸饺,肆意凌虐迎儿,转嫁内心的怨恨和压抑。后来又与春梅联合虐待秋菊,而在李萍儿产子之后,这种虐待变本加厉。秋菊、迎儿受虐待和侮辱后的毫无还手之力,使她觉得自己是个强者,这正反映了她内心的痛苦和扭曲的价值观。潘金莲就是这样一个混合的矛盾体,可怜,可悲,可恨,怜其命运多舛,遇人不淑,悲其下场凄凉,痛苦一生,恨其愚昧残忍,咎由自取。

---

① 徐振贵:《中国古代戏剧统论》,山东教育出版社,1997,第290页。

三 被理解的情欲

（一）戏外人生的哀歌

《牡丹亭》让明清两朝的无数女子流连其中，感触至深。但这并不稀奇，稀奇的是许多女子执着到要用生命作为代价，去证明或延续这种"感触"，这才是《牡丹亭》奇之又奇的一大"景观"。为《牡丹亭》而死的第一人是俞二娘。据文献记载，她也是第一位对汤显祖的"至情"给予留世评语的女子。汤显祖先生也慨叹"俞家女子好之至死，情之于人甚哉"，并题下《哭娄江女子二首》，说一句"世间只有情难诉"。只怕汤显祖没有想过，自己一部《牡丹亭》，竟会在"天下有心人"之中引起如此强烈的共鸣。后又有商小玲演《寻梦》而气绝于舞台之上，冯小青夜雨挑灯读《牡丹亭》，更有曹雪芹《红楼梦》中为排解之故，写了一回"牡丹亭艳曲警芳心"。

奇哉怪哉，为什么会出现"牡丹情死"这个极端，或者说为什么明清时期的才女们于"牡丹"非"不死不可"呢？正所谓"死则聚，生则离矣"，情至于此，汤显祖之《牡丹亭》的不朽价值正在于此。

（二）批评的认可

清康熙年间的张竹坡评价《金瓶梅》，说《金瓶梅》是批评史上一座傲然挺立的丰碑："于一个人心中，讨出一个人的情理，则一个人的传得矣。"[①] 张竹坡以"情理"为切入点，提出和发扬了小说人物塑造的精妙理论。在人物形象的可塑性上，他别具一格地提出"特特相犯"的命题，深度分析了同类人物的各种性格。他倡导"抗衡"和"危机相依"说，提出要从矛盾冲突中探求人物的性格差异。张竹坡以后，几乎没有人再对《金瓶梅》提出建设性的批评。直至光绪年间的文龙《金瓶梅》评点的出现，犹如一道绚丽彩虹照亮了一度冷寂的《金瓶梅》批评史的天空。文龙在张竹坡《金瓶梅》人物批评的基础上再提高一个境界，别出心裁地对反面人物进行分析，体现了自我独到的思考："若潘金莲者，处处有之，吾亦时时

---

① 张竹坡：《张竹坡评点〈金瓶梅〉》，文物出版社，2009，《读法》四十三。

见之。"① 文龙对在反面人物的典型性分析上洋溢着智慧的光芒,这就为我国传统文学批评提供和开拓了一个崭新的审美纪元——审丑,启人心智。②

曾有不少学者认为,《金瓶梅》以前的小说虽多,但很少有关于人本性的刻画,有也是一派赞美和歌颂。而《金瓶梅》之独特与醒世,就在于它以其真实而细致的笔触和离经叛道的勇气,多层次、多角度地透析出了人性的弱点。《金瓶梅》既有浓厚的对传统价值和道德克制人性的叛逆,又在一定程度上展现了人在毫无约束的状态下的某些可怕的倾向。这在中国小说史上,尤其在小说主题方面,无疑具有深刻的开拓意义,它同时也对我们今天的现实人生起到了一定的警示作用。就连鲁迅先生对《金瓶梅》都评价很高,他在《中国小说史略》中写道:"作者之于世情,盖诚极洞达,凡所形容,或条畅,或曲折,或刻露而尽相,或幽伏而含讥,或一时并写两面,使之相形,变幻之情,随在显见,同时说部,无以上之……"③《法国大百科全书》盛赞《金瓶梅》人物刻画很成功,在中国小说发展史上是一个惊人之举。

《牡丹亭》与《金瓶梅》从创作之初到今天,被公认为辉煌的巨著,尽管在不同时代的不同人眼中,或有褒贬,对其原本创作出发点——情欲的书写内容,却是不容否认的。两部作品的核心元素都道出了人的最原始的诉求。不论它们透过作品表达的形式是审美的抑或审丑的,除去我们常常身披的道德外衣,都让我们学会对人性多点理解和包容。

真正优秀的文学作品并不局限于某一时代、某一个人或某一件事情,《牡丹亭》如此,《金瓶梅》亦如此。它们都以情欲为出发点,一个用悲歌颂扬积极的对抗,一个用腐肉铜臭鞭打不合理的世情。但是,它们都是对生命和自由的向往。它们超越时代,具有永恒的意义。二者对充满个性解放色彩的情欲的张扬,对封建社会趋于没落的历史趋势的展示,在当时是开风气之先河的。这两部作品之所以被奉为经典,就在于它们不仅写给它们所诞生的那个时代,更是写给未来,这才是经典的品格。

---

① 张竹坡:《张竹坡评点〈金瓶梅〉》,文物出版社,2009,第五回评。
② 贺根民:《张竹坡、文龙〈金瓶梅〉人物批评比较研究》,硕士学位论文,广西师范大学,2005。
③ 鲁迅:《中国小说史略》,中国和平出版社,2014,第 146 页。

第十二章
汤显祖《牡丹亭》原著与英译著差异比较

《牡丹亭》创作于1598年，自问世以来，在各个历史时期，读者无不热捧。20世纪20年代，《牡丹亭》开始走出国门，各种版本的译著如雨后春笋般出现。原著与译著互为助力，推动着彼此的发展：原著高超的艺术成就和动人的艺术魅力，吸引大批的国内外学者对它进行编译、选译、改译、全译，推动了译著的发展；而各种版本译著的出现，也使得原著的流通面更广，知名度也大大提高。

本章选取几本有代表性的《牡丹亭》英文译著与原著进行细致的比较研究，所选译著分别是汪榕培、张光前、白之的英文全译本；严小平改译的小说版《牡丹亭》；滕建明改编，顾伟光、马洛甫翻译的小说版《牡丹亭》，通过对《牡丹亭》原著与以上五本译著的全面而细致的比较研究，探析原著与英文译著间的差异及差异产生的原因。

第一节　原著与英译著存在差异的原因

汉语和英语作为两种不同的语言，从语音到语意，两种语言之间存在诸多不同。语言使用者的客观生活环境不同，受自然环境、历史文化、生活习俗等多方面因素的影响，中英文词汇在语意上无法实现百分之百的对等。如中文里常出现的"白糖"和"红糖"，英文中就没有与之完全对应的词，英文中称糖为"brown sugar"，即棕褐色的糖。中英文两种语言在语意上尚且难以完全对等，要实现语音和语意的统一就更是难上加难。因此《牡丹亭》的原著与英译文本中经常可见这样的对照。

第十二章 汤显祖《牡丹亭》原著与英译著差异比较

在原著中,作者多次利用中文语音上的谐音来插科打诨,制造笑点,使得原著的语言幽默诙谐,让人忍俊不禁,而译者在翻译对应的语段时则难以做到语音和语意的完全统一,往往是顾此失彼。在翻译原著中含有谐音的幽默诙谐的语段时,译者通常追求句意上的对应而舍弃对语音上谐音的追求,但也有译者为了追求语音上的谐音而强行改变语意,汪榕培的译本就常出现这种情况。为了让译文和原文一样句尾押韵,汪榕培常对句子的语意进行局部调整,通过改变语意的方式来追求句子结构上的韵律感。译者在翻译原著中那些因语音上谐音而幽默诙谐的语段时,无论是舍弃语音上的谐音还是为了追求语音上的谐音而改变原著的句意,都会使原著语言上的幽默诙谐特色丧失。与《牡丹亭》的原著相比,其英文译著中的语言风格发生改变,在某种程度上是必然的,因为中英文两种语言本身存在一定的差异,译者只能尽力地再现原著中的意思,而无法做到百分之百的对应。

通过比较,我们发现原著和英文译著在语意层面存在诸多差异,如文化负载词的翻译有失准确、原著典故翻译使其文化内涵流失、中国特色的词语因理解偏差而翻译出错等。原著和译著语意之所以存在上述种种差异,主要因为原著和英文译著所处时代、客观生活环境不同。不得不承认,语言是有民族性的,每一种语言的语意都是在特定的环境中形成的,客观生活环境的不同,导致译者难以完全准确理解原著中的一些词语。

文化背景不同带来的差异主要体现在语言风格和典故内涵两个方面。在语言风格上,与原著相比,译著的语言趋于雅化。原著《牡丹亭》创作于明代,是市民文学的卓著,其受众面较广,所以戏曲中的语言风格也是雅俗共赏的,既不乏高雅优美的诗文,也有不少表现当时社会底层人生活状态的脏话、荤话。在英文译著中,大多对此部分有雅化处理。译者在翻译原著时,为什么要对这部分脏话、荤话进行处理而不如实翻译呢?这与译者所处的文化背景有着紧密的关系,西方人大概并不理解作者汤显祖所处的那个时代,以及那个时代的主流思想和文化风尚。西方的译者又往往是文化层次极高的人,他们在进行文学创作时推崇"高雅说",所以译者白之会对原著中的那些较为低俗的词语进行处理,将这些词语译为相对高雅的词。

此外,原著中的典故往往言简意赅,言有尽而意无穷,充满美感。中

329

国文化中，人们说话喜欢含蓄，这种含蓄表现在语言上，则通常是有话不直说，而是通过比喻等手法绕着弯儿说，或者不把话说完，让读者或听者自己去揣摩。汤显祖是博学多才的，博学的文人在原著中常喜欢引经据典，运用典故，一方面能够含蓄委婉地表达作者内心的想法和思想感情，另一方面使原著充满文化内涵和美感。但译者在翻译这些典故时，通常是抛开典故，将典故中的意思直接、明了地翻译出来，从而使典故中原有的丰富的文化内涵不在，美感也不复存在。译者之所以会这么处理，与文化背景相关。《牡丹亭》的几位英文译者均是当代著名学者，在当今这个文化也"快餐化"的时代，人们对速度的追求体现在饮食、交通、通信甚至婚恋等各个方面。"含蓄"不再是文学界的宠儿，尤其是在西方国家。西方人相对直接，不喜欢绕弯，喜欢把话说得清清楚楚，所以处在当代文化背景下的译者将含蓄深奥的典故翻译成直接、明了的充满现代气息的句子也就不足为奇了。

除在语言和语意方面的差异外，原著与改译的英文小说版《牡丹亭》在人物形象和思想主题方面也有相当的差异。客观环境和时代不同，汤显祖与英文小说版《牡丹亭》的译者的价值观自然不同。严小平改译的小说版《牡丹亭》中的人物形象与《牡丹亭》原著中的人物形象差异较大：原著中的陈最良虽然迂腐、滑稽，却也善良、机智，而小说中的陈最良则是一个集迂腐、滑稽、懒惰、自私等诸多缺点于一身的穷困潦倒的老书生；原著中的柳梦梅是一个典型的书生形象，他英俊帅气，才华横溢，也非常机智，懂得为自己争取机会，对爱情也执着专一，译著中的柳梦梅除了拥有才华、智慧外还非常勇敢，临危不乱，多次化险为夷，这一形象近乎完美。同时，英文译著中的女主人公杜丽娘的反抗意识也更强，更懂得争取自己的爱情和婚姻自由。而译著中的丫鬟春香的自我意识也开始觉醒。这是《牡丹亭》原著与改译的小说版《牡丹亭》中人物形象的差异。除此之外，原著与译著的思想主题也有所不同。原著《牡丹亭》重点突出"至情"主题，表达青年男女对封建礼教的反抗及对个性自由、婚恋自由的追求。而严小平改译的小说版《牡丹亭》则散发着浓厚的英雄主义和平等意识，同时，与原著相比，译著中的宗教思想也明显淡化。显然，英文译著中这一系列的主题思想都是非常现代化的。事实上，这些充满现代气息的人物形象以及通过这些人物形象表达的思想主题也传达着改译者严小平的价值观。严小平虽然是中国人,但已在美国纽约市立大学任教多年,受美国的价值观影响颇深。英雄主义是美国文化的精髓,改译的小说版《牡丹亭》中的英雄式完美人物形象柳梦梅,以及通过这一形象表达的英雄主义思想主题,均体现着译者对英雄式人物的肯定甚至崇拜,也蕴含着译者的价值观。另外,改译的小说版《牡丹亭》所传达的平等意识以及译著中所体现出来的佛教、道教思想的淡化也同样出于译者内心深处的价值观。

第二节　原著与英译著语言风格的差异

原著与英文译著间的差异体现在各个方面,而在语言层面尤为突出,具体表现在两个方面:一方面,《牡丹亭》原著中的语言是雅俗共赏的,既有雅到极致的"情不知所起,一往而深"的经典台词,又有处于社会底层的人们插科打诨或骂人时说出的脏话或荤话,而译者在翻译作品时显然对文中的语言做了一定的处理,原著中那些骂人的脏话或荤话在译著中以一种含蓄委婉的方式出现,语言明显雅化;另一方面,原著中谐音所带来的幽默感在译著中不再存在。为了达到幽默的效果,原著中多处运用谐音制造笑点,而译者在翻译原著时很难做到语音和语意的统一,从而使译著中的语言不像原著中的语言那样幽默、风趣。

一　语言雅化

在《牡丹亭》原著中,既有"情不知所起,一往而深,生者可以死,死可以生""原来姹紫嫣红开遍,似这般都付与断井颓垣。良辰美景奈何天,赏心乐事谁家院"这样雅到极致的语言,也有丫鬟春香骂陈最良"村老牛!痴老狗!一些趣也不知"、夫人骂春香"你这贱才,引逗小姐后花园去"这般低俗的语言,可谓雅俗共赏。而在英文译著中,译者对文本语言进行了调整,使得译著中的语言在整体上趋于高雅。

例:

汤显祖:这都是春香贱才逗引他。

张译：She must be tempted by mischievous Chunxiang.①

白译：It was that scamp Fragrance Lure her into this.②

汪译：That must be all Chunxiang's fault to give her the temptation.③

原著中的"贱才"意为"下贱的人"，是杜丽娘的母亲对杜丽娘的贴身丫鬟春香所骂出的较为恶毒的话，而译者在翻译时对之进行了调整，张光前将"贱才"译为"mischievous"，白之则译为"scamp"，汪榕培更是译为"Chungxiang's fault"。"mischievous"意为"淘气的，有害的"，"scamp"意为"顽皮的家伙"，"fault"意为"责任"，很明显，三位译者在翻译"贱才"一词时都做了一定的调整，使得译著中的语言更为委婉、高雅。而在严小平改译的英文小说版《牡丹亭》中，更是不见老夫人责备春香的痕迹。严小平在译文中将老夫人多处责骂春香"贱才"的句子改译为"Where is young mistress"④，语言优雅了很多。

二 谐音的运用

为迎合受众的审美需求，在原著《牡丹亭》中，汤显祖运用了多种手法，使语言变得更为幽默，更有吸引力，而谐音则是他常用的一种手法。在原著中，作者多次有意地运用谐音来制造幽默效果，使得原著散发着浓浓的诙谐气息。但在《牡丹亭》的英文译著中，原著中通过谐音所带来的诙谐气息不复存在，一方面是受语言差异的限制，译者心有余而力不足，他们难以在语音和语意两个层面同时做到与原著一致，在翻译时往往顾此失彼，译出了原文的意思，语音却相差甚远，使得诙谐无从谈起；另一方面，译者尤其是国外的译者并没有体会到谐音背后的文化内涵，而仅仅只是领会到表层含义，只是将句子的表层含义翻译出来，而忽略谐音所带来的幽默效果。

---

① （明）汤显祖：《牡丹亭》，张光前译，外文出版社，2001，第76页。
② Tang Xianzu, *The Peony Pavilion*, trans. by Cyril Birch (Birmingham: Indiana Univertsity Press, 2002), p. 53.
③ （明）汤显祖：《牡丹亭》（英汉对照），汪榕培译，上海外语教育出版社，2000，第118页。
④ （明）汤显祖：《牡丹亭》，严小平译，〔美〕海马图书出版社，2000，第85页。

第十二章 汤显祖《牡丹亭》原著与英译著差异比较

例：

汤显祖：不免请出贱房计议。中军快请。

大王箭坊。

张译：Now I must consult my pillow-mate. You adjutants, call her here.

His Highness demands the presence of the arrow-maker.①

白译：I must discuss strategy with my wife. My old lecher. Aides summon her.

Your majesty said to summon the old fletcher to discuss strategy.②

汪译：I'd better discuss with my wife. Attendants, call for my spouse.

Your Highness just said that you want to shoot the louse.③

原著中李全想与夫人商量事情，于是吩咐手下请"贱房"过来商量，此处"贱房"是古人对自己夫人的谦称，为了达到幽默效果，制造笑点，手下故意误解李全的意思，把"贱房"听成"箭坊"，即造箭的工匠，于是叫来了一个造箭的工匠，惹得李全大怒。很明显，作者在此处有意将读音相近但语意完全不相关的两个词放在一起，从而闹出笑话来。但英文译著中便不再有这样一个笑点。为了最大限度地接近原著，张光前勉强将"贱房"译为自己合成的新词"pillow-mate"，而将"箭坊"译为另一个合成新词"arrow-maker"，很牵强地凑出两个在语音上是谐音且在语意上接近原文的英文单词，很难谈得上幽默。白之则将"贱房"译为"wife"，将"箭坊"译为"fletcher"（装上羽毛的人），虽然将两个词的意思准确译出，但在读音上，"wife"和"fletcher"完全不同，更谈不上谐音，这样的译法在语言上不再幽默，在语意方面也会使读者一头雾水，不知所云，加大读者理解文意的难度。汪榕培先是将"贱房"译为"wife"，为了与后文的

---

① （明）汤显祖：《牡丹亭》，张光前译，外文出版社，2001，第303页。
② Tang Xianzu, *The Peony Pavilion*, trans. by Cyril Birch（Birmingham：Indiana University Press，2002），p. 218.
③ （明）汤显祖：《牡丹亭》（英汉对照），汪榕培译，上海外语教育出版社，2000，第144页。

"louse"谐音,勉强将"中军快请"译为"Attendants, call for my spouse",把后文的"箭坊"译为意思上完全不搭架的"louse"(虱子,寄生虫)。虽在读音上"spouse"和"louse"有相近之处,译者牺牲了语意,并没有正确地把"箭坊"的意思翻译出来,使译文的上下文在语意上不合逻辑,不仅不会让人感到幽默,还会让人难以理解文意。而在严小平改译的小说版《牡丹亭》中,译者更是将这一具有幽默气息的对话删除,在译文中不再有这一对话。不难看出,由谐音带来的幽默不复存在的原因,一方面是两种语言存在差异,在英文中很难找到两个语音和语意百分之百对应的词;另一方面,这也与两种语言背后的文化背景息息相关,译者很难完全实现文化转换。

语言本身的差异,以及使用语言的人们不同的文化背景、思维方式及语言表达习惯,造成翻译的差异。美国翻译界素有"高雅"说,即为迎合受众的审美需求,译者在翻译文学作品时会不自觉地将语言雅化,使得语言更为优雅,然与原著的本来面目也差之毫厘,谬以千里。

第三节 原著与英译著语义层面的差异

一 文化负载词的翻译失位

在日常生活中,人们在用语言进行交流、表达思想和情感的同时也使语言成为文化的载体。在载体的语言系统中,最能体现语言承载的文化信息、反映人类的社会生活的词语就是文化负载词。每个国家甚至每个民族都有自己特有的生态地域、物质文化、宗教信仰和风俗习惯等,而语言则能真切地反映出这些差异。汉语历史悠久,其文化传统源远流长,在漫长的历史进程中,产生了诸多具有代表性的文化负载词,承载着丰富的文化内涵。对文化负载词的翻译,要求译者在准确理解他国文化中的信仰、习俗等方面的同时忠实传达本国文化中的精髓和灵魂,但要做到这一点有一定的难度。译者的身份、文化背景等因素使得译者在翻译时对文化负载词的处理有所不当,并没有准确传达原著中的文化负载词所承载的特有的文化内涵。

第十二章　汤显祖《牡丹亭》原著与英译著差异比较

例：

汤显祖：贫薄把人灰，且养就这浩然之气。

张译：Though poverty has made me gray,

It has tempered my body and my mind.①

白译：Ashen from need and hardship,

I yet maintain my "overflowing breath".②

汪译：Although wretched poverty may discourage me,

I am as honest as of old.③

"浩然之气"出自《孟子》。孟子曰："我善养吾浩然之气，其为气也，至大至刚，以直养而无害，则塞于天地之间。其为气也，配义与道；无是，馁也。是集义所生者，非义袭而取之也。"原著中的"浩然之气"有着深厚的文化内涵，一般指浩大刚正的精神，其意思与刚正不阿相近。但几个版本的英文译著对"浩然之气"一词的翻译均不够准确。其中，张光前将"且养就这浩然之气"译为"It has tempered my body and my mind"，译著中的"tempered my body and my mind"即"身心调和"，与原著中的"浩然之气"有着非常明显的差异；而白之则将"浩然之气"译为"overflowing breath"，虽然译者在译著中给"overflowing breath"加了引号，对其加以强调，但这并没有传达出原著中"浩然之气"所表达的中国古代书生特有的"浩大刚正的精神"这层含义；汪榕培则直接将"且养就这浩然之气"译为"I am as honest as of old"，显然，这与原著中的意思相差甚远。浩然之气是中国古代文人特有的精神追求，柳梦梅作为古代文人的代表，也同样追求浩大刚正的精神气质，译著并没有将原著中的"浩然之气"一词所包含的丰富文化内涵传达出来，这对读者准确理解文意造成一定的困扰。类似的情况还有很多。许多文化负载词并没有被准确而恰当地翻译出来，有的译

---

① （明）汤显祖：《牡丹亭》，张光前译，外文出版社，2001，第3页。
② Tang Xianzu, *The Peony Pavilion*, trans. by Cyril Birch (Birmingham: Indiana University Press, 2002), p.3.
③ （明）汤显祖：《牡丹亭》，汪榕培译，上海外语教育出版社，2000，第6页。

者将文化负载词的意思翻译出来了，但其中的文化韵味却不复存在。

例：

汤显祖：三分春色描来易，一段伤心画出难。
张译：It is easy to paint a vernal scene,
But hard is it to draw a doleful heart. ①
白译：Easy to sketch（速写）freshness of youth,
Hard to portray（描绘）the pain at heart. ②
汪译：It's easy to paint a scene in springs,
But hard to paint how her heart stings. ③

"春色"一词有多个义项，在不同的地方有着不同的寓意，有的解释为春天的景色，如"春色满园关不住，一枝红杏出墙来"中的"春色"；有的情况下则引申为娇艳的容颜；有的形容喜色，同时也指越剧行话中的面部表情。显然，原著中的"春色"意为娇艳的容颜，指杜丽娘自己娇艳的容貌，但张光前将"春色"译为"a vernal scene"（春天的场景），只译出了"春色"一词的表面意思，原著中"春色"所包含的那种含蓄委婉的文化韵味却不复存在；白之将之译为"freshness of youth"（年轻的清新），更是与原著所要表达的意思相距甚远；汪榕培在翻译时则选取了"春天的景色"这个义项，将"春色"译为"a scene in springs"，这显然与原著所要表达的意思不同。通过以上两个例子，我们不难发现，这几个版本的译者在处理文化负载词时，对其翻译均有失准确，在翻译有多个义项的文化负载词时，有的译者选取了与原著意思不相符的义项，使译著的意思与原著有较大的差异，有的译者虽然将文化负载词的大概意思翻译出来了，但文化负载词所承载的丰富文化内涵并没有被译出。在译著中，还有多处文化负载词的翻译有待商榷。

---

① （明）汤显祖：《牡丹亭》，张光前译，外文出版社，2001，第100页。
② Tang Xianzu, *The Peony Pavilion*, trans. by Cyril Birch（Birmingham：Indiana University Press, 2002）, p. 68.
③ （明）汤显祖：《牡丹亭》（英汉对照），汪榕培译，上海外语教育出版社，2000，第150页。

第十二章 汤显祖《牡丹亭》原著与英译著差异比较

二 典故的文化流失

用典也就是用事,是一种修辞手法。引用古籍中的故事或词句,为用典,可以丰富而含蓄地表达有关的内容和思想。《牡丹亭》作为我国古代文学的巅峰之作,语言优美,内容经典感人,艺术成就极高,其中多处用典,这些简练的典故不仅蕴含着丰富的故事和思想情感,而且也蕴含着深厚的文化内涵。因作者所引用的典故言简意赅,且均有一定的出处,这要求译者在熟练掌握中国语言的基础之上充分了解中国古代传统文化,知道典故的出处及其含义,对译者而言,这无疑是一个极大的挑战。笔者在详细比较分析《牡丹亭》的原著和部分英文译著后,发现几位译者对原著中所引用的典故的翻译与原著有一定的出入,原著中的典故经译者翻译后,意思简单明了,内容却不再丰富而含蓄,典故中所包含的文化内涵也不复存在。

例:

汤显祖:正是:中郎学富单传女,伯道官贫更少儿。

张译:The chronicles say:"Great scholar Cai Yong had only a daughter to bequeath (遗赠) his books; kind-hearted Deng You, though given a son, had to give him up."①

白译:Truly, Cai Yong, rich in learning, had one daughter only; Deng You, poor in office, lacked sons altogether. ②

汪译:As the saying goes,
"Well learned, Cai Yong had a daughter of good fame;
A poor official, Deng You lost his son earned his name."③

汤显祖在此引用蔡邕和邓攸的典故:曾做过中郎将的东汉著名学者蔡

---

① (明)汤显祖:《牡丹亭》,张光前译,外文出版社,2001,第10页。
② Tang Xianzu, *The Peony Pavilion*, trans. by Cyril Birch (Birmingham: Indiana University Press, 2002), p. 7.
③ (明)汤显祖:《牡丹亭》(英汉对照),汪榕培译,上海外语教育出版社,2000,第13页。

邕虽然学富五车但只有一个女儿，邓攸为官时遭逢石勒之乱，为了保全侄儿而把自己的儿子丢弃，后便无子。在原著中，这句台词是由太守杜宝所说，字面意思是在说学富五车的蔡邕只有一个女儿，邓攸为官时为保全侄子而失去自己的儿子并从此以后再无儿子，实际上杜宝是借此表达自己人到晚年膝下无儿的遗憾，上天虽然赐给杜家一个美丽乖巧的女儿，但在传宗接代这一事情上，女儿终究替代不了男儿。在翻译这一典故时，张光前译为"历代志如是说，伟大的学者蔡邕只有一个女儿继承他的书，善良的邓攸尽管生过一个儿子却不得不放弃"，白之译为"事实上，学问丰富的蔡邕只有一个女儿，官职较低的邓攸也缺少儿子"，汪榕培译为"常言道，学富五车的蔡邕有一个很有才华的女儿，官职低的邓攸赢得了声誉却失去了儿子"。不难看出，这三位译者均将典故的大意翻译出来了，但还是与原著中典故的意思稍有出入，令人遗憾的是译者把原著中含义丰富的典故简单明了地直接翻译出来后，原著中典故所特有的含蓄、丰富等特点也随之流失。中国古代文人向来讲究含蓄，推崇"言有尽而意无穷"的意境，所以人们说话往往喜欢留有空白，让读者自己去揣摩，而行文写作时引用古籍中的故事或词句、运用典故也是丰富而含蓄地表达思想及内容的一大技巧。典故本身常包含丰富的文化内涵，用典不仅会丰富文章内容，还会增添文章的文化韵味，如在原著中作者提到蔡邕不是直接写蔡邕而是用蔡邕的官职名称"中郎"，同样，提到邓攸时也是用的邓攸的字"伯道"。作者为什么要用相关人物的官职名或字而不用其名呢？这是有讲究的，与中国古代传统文化相关。中国古人往往不仅有名还有字，且名与字不同，而且古人往往也会有不同的官职，人们在提到他人的时候往往不是直呼其名，为表尊敬，常用对方的字或有代表性的官职名称，所以我们看到原著中汤显祖在运用蔡邕和邓攸两人的典故时，用的是"中郎"和"伯道"，这本身就包含中国特有的礼仪文化。但在译著中，三位译者均将"中郎"和"伯道"直接译为其名蔡邕和邓攸。在译著中，读者看到的只有现代气息浓厚的典故的大意，却看不到原著中典故所具有的极为重要的文化内涵，这不利于异域读者了解中国传统文化，对读者接受作品造成一定的障碍，这无疑是一大缺憾。

第十二章　汤显祖《牡丹亭》原著与英译著差异比较

三　过分追求韵律之失

《牡丹亭》的艺术成就不言而喻，其语言历来备受读者及评论家的推崇，所谓"雅者固雅，俗亦甚俗"，富于"意趣神色"。《牡丹亭》的语言是雅俗共赏的，有鼓舞了天下多少有情人的"情不知所起，一往而深，生者可以死，死可以生。生而不可与死，死而不可复生者，皆非情之至也"，有美到极致令林黛玉心旌摇荡的"良辰美景奈何天，赏心乐事谁家院……则为你如花美眷，似水流年"，也有韵律工整的"袅晴丝吹来闲庭院，摇漾春如线。停半晌整花钿，没揣菱花偷人半面，迤逗的彩云偏。我步香闺怎便把全身现"，更有平民气息十足的"夜雨撒菰麻，天晴出粪渣"。不论雅俗，对仗工整是它们的一般规律。要想将这种工整的对仗翻译好，译者不仅要准确把握语句的意思，将意思翻译出来，还要考虑韵律，尽量使翻译后的语句也同样押韵。但中文和英文毕竟是两种不同的语言，译者通常很难找到在语意和语音两个层面都与原著中的语句切合的英文句子，这就使得译者在某些情况下为了追求韵律而牺牲句子的原意，使得句子在语意上发生改变，这种情况在汪榕培的译著中出现的频率较高，在其他人的译著中也偶尔出现。

例：

汤显祖：凭阑仍是玉阑干，四面墙垣不忍看。想得当时好风月，万条烟罩一时干。

张译：The marble balustrade are still in place,

The painted garden wall has lost its face（失去面貌）.

We are reminded of its former grace,

Why must things change at a frighting（令人恐惧的）pace?[①]

白译：Still leaning on this marble balustrade,

My sad gaze shuns the walls on every side.

Such moons, such breezes, nights of long ago!

[①]（明）汤显祖：《牡丹亭》，张光前译，外文出版社，2001，第194页。

Willows once lush (繁茂的) as mist now sere (枯萎) and dry.①
汪译：While marble balustrades as yet stand there,
The painted garden walls have lacked repair.
Where pleasant scenery used to glare the eyes,
The withered willows dangle in the air.②

原著中四个句子的句末分别是"干"、"看"、"月"和"干"，押的韵为"an"，三位译者也注意到了原著中句子的韵律，在翻译的过程中，他们也同样追求句子语音上的韵律，所以我们看到张光前翻译的四个句子分别以"place"、"face"、"grace"和"pace"结尾，四个单词中均包含"ace"，发音非常相近；白之的译著中的四个句子分别以"balustrade"、"side"、"ago"和"dry"四个单词结尾，前两个单词"balustrade"和"side"词尾的读音也非常相近；汪榕培的译著中对应的译文句尾分别是"there"、"repair"、"eyes"和"air"，其中，"there"、"repair"和"air"读音相近，韵律感也很强。通过仔细对比原著和相应的英文译著，笔者发现三位译者在翻译时均注意到原著中句子的韵律感，并且在翻译时也极力追求译文在语音上的韵律，但是中文和英文毕竟是两种不同的语言，翻译时要想兼顾句子的语意和语音上的韵律，有一定的难度，这就需要译者做出取舍。不难看出，译者在句子的语音方面做得比较好，做到了使相应的译文的句子末尾读音相近，但在语意上是否与原著一致，这一点有待考证。在语意方面，张光前将原著中的句子译为："阑干仍在原处，墙垣已失去原貌。回首其原有的魅力，事物为何要改变得如此之快？"对比两组句子，不难发现其语意上的差距。两组句子中的第一句、第二句意思勉强接近，但第三句、第四句即"想得当时好风月，万条烟罩一时干"和"回首其原有的魅力，事物为何要改变得如此之快？"语意相差较大，原著中的句子含蓄委婉，用"万条烟罩一时干"来感叹事物的变化速度之快，而译著中的句子则抛开烟罩的变化，直接感叹事物的变化速度惊人，二者在语意及语言风格上均有较

---

① Tang Xianzu, *The Peony Pavilion*, trans. by Cyril Birch (Birmingham: Indiana University Press, 2002), p. 136.
② （明）汤显祖：《牡丹亭》（英汉对照），汪榕培译，上海外语教育出版社，2000，第302页。

大的差别。白之则译为"仍然靠在这个阑干上,我悲伤的目光避开墙垣。这般风,这般月,很久以前的夜晚!曾经繁茂似雾的柳条现在干枯了",这与原著仍有一定差别,其中差异比较明显的是第二句和第三句,译者将原著中的"四面墙垣不忍看"译为"我悲伤的目光避开墙垣",而将原著中的"想得当时好风月"译为"这般风,这般月,很久以前的夜晚!",两组句子语意上差异较明显,尤其是第三句,原著中"想得当时好风月"的意思是回想当时美好的风景,"风月"指的是"风景",而译者却将"风月"拆开来,理解为具有实际意义的风和月亮,这些都是译者在追求语音上的韵律时对句子语意的忽略,从而造成翻译后的句子在语意上发生改变。汪榕培将句子译为:"虽然阑干还是像过去一样立在原处,但墙垣已经年久失修。这里曾经景色宜人引人注目,只剩枯柳在空中摇曳。"对比原著,可见译文在语意上同样做了较大的调整,尤其是第二句,译者为追求韵律而加上英文单词"repair",将"四面墙垣不忍看"译为"但墙垣已经年久失修",语意改变较大。由此可见,三位译者在翻译过程中为追求句子读音上的韵律,均有意地改变了原著语句,使得句子的意思发生改变。

四 中国特色词语的误译

译者在翻译原著时,有些语意的改变是有意为之的,比如译者为了追求语音上的韵律而有意调整译文的语意,但有些语意上的改变是无意的,如译者对部分文化负载词的翻译不到位,有失准确。除此之外还有一种情况,就是译者对原著中部分中国特色词语的理解不正确而导致译文出现错误。中华民族历史悠久,有着深厚的文化底蕴,《牡丹亭》作为中国古代传统文化的精髓,其中包含许多中国特有的词语,这些词语往往是中国某个时代的产物或是中国特有的事物的名称,要想准确翻译出这部分词语,译者不仅要有十分扎实的中国文学功底,而且要充分了解中国的文化,这对国外的译者而言无疑是一大挑战。美国著名汉学家白之虽然从事汉学研究多年,有着扎实的汉学功底,但他对部分中国特色词语的理解并不正确,这也导致他的译著中出现了一些错误。对《牡丹亭》的几个英文译本进行详细比较后,笔者发现在美国学者白之的译本中,中国特色词语被误译的情况偶有出现。

例：

汤显祖：我公公则为在朝阳殿与王叔文下棋子，惊了圣驾。

张译：My great father-grandfather gave His Majesty a fright when he was playing chess with Primer Wang Shuwen in the Chaoyang Hall of the palace.①

白译：Mine was playing chess with the Chief Minister Wang Shuwen one day in the palace of Morning Light when the noise woke the Emperor.②

汪译：My ancestor was banished to Liuzhou—he should not have played chess with Prime Minister Wang Shuwen in the Chaoyang Hall of the palace and thus disturbed the Emperor.③

在上文所举例子中，三位译者的翻译大体相似，但细心对比，不难发现三位译者对"朝阳殿"一词的翻译有所不同。其中，张光前和汪榕培直接将"朝阳殿"中的"朝阳"音译为"Chaoyang"，白之则将"朝阳"译为"Morning Light"，那么到底哪一种译法是正确的呢？这就需要我们去关注"朝阳殿"的意思，只有正确理解了词语的意思，才能将之准确翻译出来。在汉语中，"朝阳"一词有两种读音及三种意思，分别是：

1. (cháo yáng) 山的东面。《诗·大雅·卷阿》："梧桐生矣，于彼朝阳。"

2. (zhāo yáng) 初升的太阳。唐温庭筠《边笳曲》："嘶马渡寒碛，朝阳照霜堡。"

3. (cháo yáng) 向着太阳。例如，那间房子是朝阳的。

既然"朝阳"一词有三种意思，那么"朝阳殿"中的"朝阳"又该如何理解呢？事实上，"朝阳殿"是陕西省西安市清真寺的主体建筑之一，清真寺坐落于西安市内西北隅化觉巷，始建于唐天宝元年（742），明洪武二

---

① （明）汤显祖：《牡丹亭》，张光前译，外文出版社，2001，第31－32页。
② Tang Xianzu, *The Peony Pavilion*, trans. by Cyril Birch (Birmingham：Indiana University Press, 2002), p.21.
③ （明）汤显祖：《牡丹亭》（英汉对照），汪榕培译，上海外语教育出版社，2000，第44页。

第十二章 汤显祖《牡丹亭》原著与英译著差异比较

十五年（1392）重建。全寺沿东西向中轴线前后共四进院落，主体建筑为前后大殿、省心楼、凤凰亭、朝阳殿，合称五凤朝阳殿。根据"朝阳殿"这一词组的意思，我们可以知道原著中"朝阳殿"一词中的"朝阳"应取第三个义项"向着太阳"，张光前和汪榕培直接将"朝阳"译为"向着太阳"这一义项所对应的拼音"Chaoyang"，问题不大，但是白之却译为"Morning Light"（早上的太阳），很明显，白之所取的义项为第二个义项"初升的太阳"，这样翻译明显背离了原著的意思。汉语是一种非常特殊的语言，其词汇量有限，但多音字（一个字有两个或两个以上的读音，不同的读音表义不同，用法不同，词性也往往不同）的存在却使得有限的词语包含着无限丰富的词意，同时也增加了国外的汉语学习者理解词语的难度。很明显，汉学家白之理解错了"朝阳殿"中"朝阳"一词的含义而将"朝阳"误译为"Morning Light"，类似的错误在白之的译本中还有很多。

例：

汤显祖：且留憩甘棠之下。
张译：Under the birchleaf pear I'll briefly rest. ①
白译：And I shall rest "beneath the sweet apple's shade."②
汪译：Under trees I look far and near. ③

上文所举例子出自原著《牡丹亭》中的第八出《劝农》，意为"暂且留在甘棠树下休息一会儿"，对此，张光前和白之均将句子大意翻译出来了，但是汪榕培在翻译时为追求句子语音上的韵律，使其与上句的"Behind my carriage runs the deer"押韵而改变句子的原意，将"且留憩甘棠之下"译为"Under trees I look far and near"，使得英文译著中的句子句意在整体上与原著中的句子句意有一定的出入。除此之外，汪榕培对句中个别词语的翻译也仍需进一步探讨其合理性。通过比较，笔者发现汪榕培将原句中的"甘

---

① （明）汤显祖：《牡丹亭》，张光前译，外文出版社，2001，第44页。
② Tang Xianzu, *The Peony Pavilion*, trans. by Cyril Birch（Birmingham：Indiana University Press，2002），p.31.
③ （明）汤显祖：《牡丹亭》（英汉对照），汪榕培译，上海外语教育出版社，2000，第69页。

棠"译为"trees",通过考证,原著中的"甘棠"是一种树名,即棠梨,在我国分布较广,华北、西北、长江中下游流域及东北南部均有栽培。也就是说,"甘棠"其实就是"甘棠树",也叫"棠梨"。虽然"甘棠"确实属于树的一种,但汪榕培笼统地将"甘棠"译为"trees",有失妥当。而白之把"甘棠之下"译为"beneath the sweet apple's shade",即将"甘棠"译为"sweet apple"(甜甜的苹果),这与原著中"甘棠"的意思"棠梨"相去甚远。很明显,译者白之对句中"甘棠"的理解是错误的,基于这样一种错误的理解,他的译文自然而然也是错误的。相比较之下,只有张光前的译文"the birchleaf pear"符合原著中词语"甘棠"的意思。而原著作者之所会在第八出《劝农》中描写杜宝"且留憩甘棠之下"这一情节,其实是化用了一个典故:在江苏江都邵伯,相传西周姬奭,封地在召(古"召"同"邵"),史称召公或召伯,巡行南国时,曾于甘棠树下休息议政,民思其德,爱其树,不忍伐,作甘棠诗,后人遂以甘棠作为颂扬官员政德之词。作者在此处用典,使得"甘棠"一词富含深意,读者要深刻理解这句话需要有扎实的古典文学功底,这就增加了读者理解语意的难度,而美国汉学家白之要准确理解"甘棠"一词的含义更是难上加难。由于生活习惯及文化背景的差异,白之在翻译中国古代文学经典《牡丹亭》时,在对部分中国特色词汇的理解上出现一些错误,这在所难免,但是错误终究是错误,翻译失误在某种程度上会增加读者理解文意的难度,甚至会在一定程度上误导读者,不得不承认这是白之译本的一大遗憾。除上文两个例子,白之的译本中还有较多翻译不当之处,下面有选择性地挑几个错得比较明显的例子进行分析。

例：

汤显祖：侍香闺起早,睡意阑珊。

白译：Rising early to serve the milady, sleeping stumbles. [1]

---

[1] Tang Xianzu, *The Peony Pavilion*, trans. by Cyril Birch (Birmingham: Indiana University Press, 2002), p. 55.

第十二章 汤显祖《牡丹亭》原著与英译著差异比较

在原著第十二出《寻梦》中有侍女春香所说的这样一句台词:"侍香闺起早,睡意阑珊。"意为:"为侍奉小姐,我早早起床,到现在睡意还未消解。"白之的译文是"Rising early to serve the milady, sleeping stumbles",前半部分"rising early to serve the milady"大体上符合原著中"侍香闺起早"的意思,但后半部分"sleeping stumbles"则令人费解,"stumbles"的中文意思是"踌躇,蹒跚,失足,犯错",这与原文中的"阑珊"的词意"将尽,衰残"几乎没有联系,通过查证,"阑珊"一词在原著中意为"未消解",即春香的睡意还未消解。那么著名汉学家白之又怎么会将"阑珊"译为"stumbles"这样一个与"阑珊"的意思几乎没有联系的词呢?其实这也是因为白之对原文的理解产生了错误,从而使得译文出错,"stumble"的中文意思是"蹒跚",不论是字音还是字形,均与原文中的"阑珊"相近,显然,白之是将"阑珊"误认为"蹒跚"了,"蹒跚"的英译单词"stumble"也就随之而来。其实仔细看译文"sleeping stumbles",这半部分在语意上是经不起推敲的,甚至很难将之翻译成一个语意上符合逻辑且语法上通顺的词组,这是一个很明显的错误,会让读者在阅读时一头雾水。此外,还有一个较明显的错误。

例:

汤显祖:相公,相公,你在此消停,小人告回了。

白译:Now, your lordship, if you'll just wait here a minute, I'll be off and report you and I'll be back in no time.①

在原著的第四十九出中,旅店老板对男主人公柳梦梅说:"相公,相公,你在此消停,小人告回了。"意思是:"先生,先生,你就在这歇着吧,我告辞(离开)了。"比较白之的译文,前半部分问题不大,但后半部分"小人告回了"翻译为"I'll be off and report you and I'll be back in no time",显然不合适。"告回"是中国古人常用的一个汉语词语,读音是 gào huí,

---

① Tang Xianzu, *The Peony Pavilion*, trans. by Cyril Birch (Birmingham: Indiana University Press, 2002), p. 286.

是指辞别、请归，泛指回去，用口头语表达就是"我走了"或"我回去了"，但白之的译文"I'll be off and report you and I'll be back in no time"意为"我要走了，我将会很快回来告诉你消息"。很明显，白之对原著中的"告回"一词的理解并不正确。在中文中，"告回"即"告辞""回去"，也就是说话者即将离开其所在地，并不强调说话者会在短时间内再次返回说话之处，而"回"对应的英文单词"back"明显有"回到原处"这一层意思，不同的语言使用习惯，导致译者对"告回"这一具有中国特色的词语理解失误，从而将简单的"小人告回了"翻译为复杂烦琐且偏离原著句子语意的英文句子。而这句话不仅与原著中对应的句子的句意不符，也与上下文的语境不符，原著中说这句话的人是旅店的老板，他急于打发主人公柳梦梅，在跟他说清楚情况后便急急忙忙地要离开，于是说了一句"小人告回了"，而译文却是"我要走了，我将会很快回来告诉你消息"。根据上下文语境，旅店老板一直急着把柳梦梅打发走，怎么可能会去帮他打探消息并且还很快就回来呢？翻译成这样，明显不符合情理，将会增加读者理解译文的难度，其实只要翻译成"I'll be off"就可以。

而白之的英文译本中还有一个更为明显的错误，就是将"到长安日边"按字面意思翻译，直接译为"Here in the capital, close to the sun"[①]，远远背离了句子的原意。

在第五十二出中，柳梦梅的家仆郭橐驼有一句台词是："到长安日边。"据笔者查证，句中的"日边"有两种意思：第一种是太阳的旁边，犹言天边，指极远的地方；第二种是比喻京师附近或帝王左右。而句子"到长安日边"中的"日边"意为"京都"，与第二种意思"比喻京师附近或帝王左右"相近，但白之却按照"日边"的字面意思翻译为"close to the sun"，这与原著中词语"日边"的词意"京都"基本上没有联系。

通过上文所举的几个例子，我们发现白之作为一位研究汉语言文学的美国汉学家，他能把一部中国人阅读起来都有一定难度的戏曲《牡丹亭》翻译成英文，实在难能可贵，令人敬佩，但在敬佩他的同时，我们也发现，

---

① Tang Xianzu, *The Peony Pavilion*, trans. by Cyril Birch (Birmingham: Indiana University Press, 2002), p. 303.

在其英文译著中，一些翻译错误也偶有出现。白之研究汉语多年，中英文词汇量都非常丰富，纯粹的翻译对他而言不是难题，难就难在对部分中国特色词语的理解上。由于时代的变迁、社会的进步，中国语言中的部分中国特色词语使用频率大幅下降，对于类似"朝阳""甘棠""阑珊""告回""日边"等的部分词语，许多中国人理解起来都有难度，白之要准确理解它们就更难了。由于缺乏一定的文化背景知识，再加上古汉语词汇量的限制，白之对这些中国特色词语的理解出现错误，从而使得译文不可避免地出现了一些瑕疵，这也是外国译者的一大短板。相比较而言，中国译者张光前和汪榕培在对《牡丹亭》原著中这些具有中国特色的词语的处理就较为妥当，翻译出来的英文意思与句子的原意相符。

通过对比《牡丹亭》原著与张光前、白之和汪榕培三人的英文译本，笔者发现原著与这三个版本的译著间的差异主要体现在语言层面和语意层面，事实上，从原著到译著，发生的改变不仅仅体现在语言风格和语意两个层面，作品中的故事情节、文学形象和思想主题也同样发生了改变。其中，故事情节的改变主要体现在滕建明改编的小说版《牡丹亭》中，严小平改译的小说版《牡丹亭》与原著的差异主要是在作品的文学形象和思想主题两方面。

第四节　原著与英译著人物形象的差异

严小平和滕建明先后将原著《牡丹亭》改编或改译为英文的小说版《牡丹亭》。从原著到英文小说版的《牡丹亭》，有着较大的改变，其中的变化，笼统而言，在语言方面是从中文到英文，文学形式上则是从戏曲变成小说，细言之，其改变主要体现在语言风格、故事情节、文学形象和思想主题这四个方面。其中滕建明改编的英文小说版《牡丹亭》与原著在故事情节方面差异较明显，主要表现为滕建明对故事情节进行了大幅度的删减，将一些与主要故事情节关联性不大的情节整出删除，最后只保留了故事的主干，一部故事情节丰满的戏曲也就变成了一本简洁明了的英文小说。而严小平改译的小说版《牡丹亭》则在文学形象和思想主题两方面与原著差异较大。

一 现代气息的男性形象

戏曲《牡丹亭》变成小说，故事情节大同小异，人物形象差异较大。改译的小说版《牡丹亭》中的柳梦梅和陈最良二人身上的书生气褪去不少，极具现代气息。

1. 柳梦梅

在改译的小说版《牡丹亭》中，落第文人陈最良被全面丑化，成了一个彻底的反面人物，而男主人公柳梦梅则被全方位美化。原著中的柳梦梅虽然才华过人，对爱情也比较执着专一，但也只是一个普通书生，而译本中的柳梦梅则被赋予了智勇双全的品格，近乎完美。与原著相比，译者对柳梦梅的身世进行了一定的改编，使其更为具体而坎坷。三岁时，柳梦梅的父母在战乱中去世，柳梦梅的叔叔把他从废墟中救出来，经济能力有限的叔叔，只能供柳梦梅的堂兄一个人上学。柳梦梅虽然爱学习，但是没有上学的机会，勤奋好学的他经常利用农闲时间在教室外面听课，而且学得非常好。到了婚龄，叔叔没有土地给柳梦梅，这使他无法在当地找到合适的女子结婚。一次在睡梦中，柳梦梅梦到一名年轻貌美的女子，两人互相爱慕且答应彼此以后再见面，梦醒后，柳梦梅决定去寻找梦中的女子杜丽娘，为了找到杜丽娘并顺利将之娶进门，叔叔建议柳梦梅找人赞助他去杭州参加科举考试，凭借自己的真诚、智慧及卓越的才华，柳梦梅成功说服了巡查员赞助自己去参加科举考试。小说中还增加了柳梦梅去参加科举考试的路途描写，途中非常艰险，路上到处都是冰雪，且有几只灰色的狼一直跟着他，等他死，面对艰难险阻，柳梦梅没有退缩也没有丝毫的怯懦，而是坚定勇敢地前行。译者在译著中对男主人公柳梦梅的身世进行了一定的调整，重点突出了柳梦梅的坚强、勤奋和超人的智慧。详细的身世有许多译者推理的成分，属于再创作的内容。

除了身世发生改变，其他情节也有所变动。在原著中，劝降叛乱者的人是杜宝和陈最良，在劝降叛乱者的过程中，主要是杜宝想出计策，陈最良具体实施，在实施的过程中，陈最良也很机智果敢，随机应变，从而配合杜宝成功劝降叛乱者。而在小说中，劝降敌军的人却变成了柳梦梅。在改译的小说版《牡丹亭》中，男主人公柳梦梅受杜丽娘的委托出门去找杜宝,但在途中被叛军抓住,被抓后,柳梦梅临危不乱,不仅没有被吓着,反而用自己的聪明才智成功将叛军劝降,从而为杜宝排忧解难。

小说中的柳梦梅带上了英雄人物的气质,原著中的浓浓的书生气渐渐褪去,改译的柳梦梅甚至充满了现代气息,几乎完美到没有任何瑕疵。他勤奋好学,在困境中始终保持着吃苦耐劳的精神,家境败落,没有上学机会,他便偷偷躲在学堂外面偷听,却比学堂里的学生学得更好;他才智过人,请求巡查大员赞助去杭州参加科举,态度不卑不亢,凭借才华、真诚和智慧打动对方,从而得到大员的资助;他无所畏惧,科举途中被几条野狼尾随,面对虎视眈眈的饿狼,没有一丝恐惧,执着向前;他胆识过人,在战乱期间为了杜丽娘冒险去扬州找杜宝,途中被叛军抓住,没有丝毫的慌张和怯懦,淡定从容地将叛军劝降。这便是小说中的近乎完美的男主人公柳梦梅,一个集善良与智慧于一身,勇敢而执着且有着一身正气的完美的人物形象,这样一个被高度美化的英雄式人物与原著中的普通书生柳梦梅大相径庭。

2. 陈最良

在原著中,陈最良是杜丽娘的老师,古板而迂腐,但他身上仍有善良的一面,是个典型的落魄老书生。严小平的英文小说版《牡丹亭》对陈最良这一人物形象做了改动。

一方面,陈最良身上善良的一面被弱化。在原著第二十二出《旅寄》中,柳梦梅不小心摔进溪水中,巧遇从此路过的陈最良。陈最良一开始懊恼触了霉头,心里想着"彩头儿恰遇着吊水之人,且由他去",想对此置之不理,但听到柳梦梅喊了几句"救人!救人"后,心思回转,决心搭把手救人,于是对落水的柳梦梅说"委是读书之人,待俺扶起你来",并对这个刚认识的年轻人说:"这也罢了,老夫颇识医理,边近有梅花观,权将息,度岁而行。"就这样,陈最良将这个仅有一面之缘的陌生男子带回梅花观,帮助他调养身体,可见原著中的陈最良虽然迂腐古板却充满善意。

而在严小平改译的小说版《牡丹亭》中,救柳梦梅的片段是这样描述的:

" 'Hold on', She yelled at the young man, She ran back to the kitchen, found a rope, came back to the river and threw one end of the rope to the man. With the help of the rope, Sister Stone pulled the man onto the bank."[①]

在这里,救柳梦梅的人变成石姑,后来照顾柳梦梅的人也同样变成石姑,陈最良身上善良的一面被译者弱化。

另一方面,陈最良身上的缺点,狡猾自私、缺乏责任感与羞愧心、滑稽而迂腐则被加以强化。小说中的陈最良穷困潦倒,吃了上顿没下顿,饥饿使他无心看书,以至于他在看书时还时刻想着自己的晚餐。为了吃上一顿饭,陈最良骗卖鸡蛋的年轻女子说自己有一种能够帮助年轻女子怀上男孩的药粉,这种药粉已经帮助周围的好几个女子怀上了男孩,并说服女子用八个鸡蛋来换取他的药粉,当年轻女子给陈最良数鸡蛋时,住在附近的几个男孩跑过来通过唱歌谣的方式揭穿了陈最良的谎言。陈最良把男孩们赶走,回来后发现那卖鸡蛋的女子已经离开,他为一顿饭就这样没了而懊恼不已。在谎言被揭穿后,他想到的只是一顿饭,而丝毫不顾及自己的颜面,没有一点羞愧感。

原著中的陈最良虽然生活穷困,但身上还保留着一点书生气——善良而自尊自爱,小说中的陈最良却为了吃上东西而不惜坑蒙拐骗,丝毫不顾及自己文人、教书先生的尊严。在家里穷到揭不开锅时,他不是通过自己的努力想办法解决问题,而是让自己的妻子出门去借米和肉,既懒惰又无责任心;为了八个鸡蛋而欺骗同样贫穷的卖鸡蛋的女子,表现出他狡猾自私的一面;行骗被揭穿后心里无丝毫悔意,无任何羞愧感,足以证明他不自尊自爱。

二 独立的新女性形象

《牡丹亭》原著中的女主人公杜丽娘和丫鬟春香本然地均有一点反抗意识,但反抗均不够彻底,不够自觉。杜丽娘的大胆和叛逆是有前提条件的,只有在梦里,她才敢跟自己心爱的男子约会,死后作为幽魂才会在晚上去见柳梦梅,而现实中她只会把想法深深地埋在心里,终日郁郁寡欢、闷闷不乐。还魂前她多次前往柳梦梅的住处约会,却又不告诉柳梦梅自己的身份,在最后不得已告诉柳梦梅自己的身份前,还一定要柳梦梅发誓娶自己

---

① (明)汤显祖:《牡丹亭》,严小平译,[美]海马图书出版社,2000,第116页。

第十二章 汤显祖《牡丹亭》原著与英译著差异比较

为妻,还魂之后还一再强调自己是处子之身,可见杜丽娘的反抗是不彻底的,其内心是很保守的,在现实生活中身心是压抑的。

1. 杜丽娘

严小平的英文小说版《牡丹亭》毕竟是新时代的产物,其中的人物形象也更有现代气息,除了陈最良被丑化、柳梦梅被完美化,女主人公杜丽娘这一形象也同样有所改变,在原著基础上,译者严小平赋予了杜丽娘新时代女性的性格特征。原著中的杜丽娘内心虽然排斥封建腐朽势力,但却并不明显表现出来,尽管自己内心很压抑,但在父母和老师面前都表现得乖巧顺从、端庄得体、温婉可人。她有许多想做而不敢做的事情,所以她会在学堂上暗中纵容自己的贴身仆人春香闹学;她想出去玩,却从未表达,还是在春香的劝导和帮助下,趁父亲杜宝出去劝农时偷偷跟着春香出去。她在梦里与心上人柳梦梅幽会,梦醒后,内心失落,情感压抑,整天闷闷不乐,直到感伤而死。严小平改译的小说版《牡丹亭》中的杜丽娘则不是这样,她敢于表达自己的想法,对自己的老师陈最良不满,她不仅纵容春香闹学,自己也付诸行动,在上课前,老师陈最良让杜丽娘去拿书,她明知道书在哪里,却假装不知道,通过装模作样地找书来拖延时间,她通过实际行动来表达自己的想法,发泄自己内心的情绪。

原著中的杜丽娘虽也追求爱情,然并无出格的事情,逾矩之事只在梦里,在她死后变成鬼魂之时。我们不难看出,杜丽娘虽看起来大胆而叛逆,但内心其实是认可封建贞操观的,是一个不够彻底的反抗者。而小说之中,杜丽娘则更勇敢,更敢作为。她的勇敢表现在小说中所增加的两个情节里。一个情节是杜丽娘和春香交流对爱情和婚姻的想法,杜丽娘明确表示自己要嫁给一个自己喜欢的男人;听春香说有喜欢的男孩,对方却没能力把自己赎回,所以只能嫁给一个有能力赎回自己的男人时,杜丽娘便向春香保证到时候会帮助春香免去赎金,让她能够嫁给自己爱的人。小说中的杜丽娘,不仅自己大胆追求爱情,也鼓励并帮助春香追求理想的爱情。这不仅体现了她超前的爱情观,同时也反映了她的平等意识。在她看来,即便是仆人,春香也同样拥有追求爱情的权利。另一个情节是杜丽娘在出门寻找柳梦梅的途中,被骗到妓院。被骗到妓院后,她想尽一切办法逃脱,以至不顾危险、毫不犹豫地从窗户跳出去,并在历经艰险后,成功逃离妓院。

杜丽娘在妓院并没有啼哭认命，而是机智勇敢地逃出。小说中的杜丽娘是聪慧勇敢、智勇双全且具有反抗意识的。

原著中的杜丽娘在父母和师傅陈最良面前一味顺从，从不表达内心的想法，更不会顶撞他们。但在小说中，面对陈最良落后的婚姻观念——女子不需要等心仪的男人来娶自己，只需要服从父亲的安排，嫁给父亲安排的男人就可以，杜丽娘坚持认为女子应嫁给自己喜欢的男人。师傅为说服她而举了一个例子：一个年轻女子听从父亲安排，嫁给一个年迈的麻风病人，并在丈夫去世后守寡不再嫁，而后这个女子被封为孝女。陈最良试图用这个例子说服杜丽娘和春香，但杜丽娘并没有被说服，而是感叹道："这个女子太愚蠢了。"可见，小说中的杜丽娘有着自己的爱情婚姻观，并敢于反驳自己的老师，对落后的婚姻观说"不"。这无疑是一个智勇双全、敢于反抗的新女性形象。

2. 春香

原著中的春香活泼可爱，有点小叛逆精神。而在小说中，春香这一人物形象的性格特征更为明显，她更叛逆，自我意识也更强。杜丽娘因被逼上课而情绪低落，陈最良以为杜丽娘患了相思病，便在课上为她带来一服治相思病的药，杜丽娘虽不打算喝这服药，但因不想伤害师傅而勉强接受。春香则不同，当陈最良让春香煎药时，她直接把药扔到一边，并与陈最良吵将起来。对陈最良封建的婚恋观，春香也持质疑态度，当陈最良讲述完汉初开封孝女（愚孝）的故事，春香立马说："那是一个多么自私的父亲！"原著中的春香只是不爱学习，在学堂上捣捣乱，活泼而叛逆。但在小说中，春香一再与陈最良发生冲突，与之吵架。这一系列的行为在深层意义上体现出了春香觉醒的女性自我意识。

小说中还增加了春香与丽娘探讨爱情与婚姻这一情节，译著中的春香已经知道思考自己的人生，想办法追求自己的幸福，而不是像原著中那样依附于自己的主人，没有独立的思想和生活。原著中的春香只是贪玩，在学堂上调皮捣蛋，但在爱情和婚姻方面并没有明显的主张，而小说中的春香一而再、再而三地与陈最良作对，懂得维护自己的权益，向往且追求美好的爱情和婚姻，对自由也有着强烈的渴望，这些都是春香女性自我意识觉醒的鲜明标志。

3. 杜母

杜母在《牡丹亭》原著中是一个典型的传统女性：出嫁前她是大家闺秀，出嫁后她是贤妻良母，对丈夫杜宝言听计从，一切以丈夫为中心，从来不对丈夫说"不"。而在改译的小说版《牡丹亭》中，对杜母的部分描述是这样的："After her marriage, with the help of her father, Madam Du learned to manage her farm since her husband was too busy as a governor and showed little interest, and she enjoyed it", "Besides, Madam Du wanted to pass on the family tradition to Liniang"。[1] 在改译的小说版《牡丹亭》中，杜母聪明能干，经营着自己的事业并打算将家业传给女儿杜丽娘。小说中的杜母除了拥有自己的事业，在经济上独立外，在思想上她也是独立的。遇到事情，她有自己的想法而不是盲目地服从丈夫。译者在改译时增添了一个情节，即杜丽娘裹足的事情，面对丈夫要求女儿裹足，"but if we want Liniang to marry someone powerful in Hangzhou, we have to do it"[2]，杜母坚决反对，"I don't want Liniang to marry anyone in Hangzhou if we have to disable her feet in order to do so"[3]，后被逼无奈下，假意"顺从"丈夫意愿，却在女儿裹足的过程中做手脚，故意将裹脚带裹得很松。小说中的杜母，经济独立，思想也独立，有想法，敢坚持，尊重却不盲从丈夫，俨然是一位独立的新女性形象。

相比较而言，严小平改译的小说版《牡丹亭》中的人物形象更有特色，有着更明显的性格特征，使得小说充满现代气息。

第五节 原著与英译著思想主题的差异

原著《牡丹亭》的思想主题主要体现为"爱欲与礼教的冲突"，比较而言，原著的思想主题比较单一，而改译的英文小说版《牡丹亭》所表达出的主题则更为丰富。

1. 英雄主义

一般来说，英雄主义可包括两个意义：一是把英雄豪杰的品行当作最

---

[1] （明）汤显祖：《牡丹亭》，严小平译，〔美〕海马图书出版社，2000，第61－62页。
[2] （明）汤显祖：《牡丹亭》，严小平译，〔美〕海马图书出版社，2000，第61页。
[3] （明）汤显祖：《牡丹亭》，严小平译，〔美〕海马图书出版社，2000，第61页。

高人格来崇拜歌颂；二是过分自信，轻视常人，喜欢充分张扬个性，表现自我。本书的"英雄主义"主要是指第一层含义。美国人崇拜个人主义以及自由主义，在美国早期文化的血液中，有比较强烈的进取精神。美国人的英雄主义表现为只崇拜胜者强者，不同情失败者。在严小平改译的英文小说版《牡丹亭》中，译者在原著基础上，将男主人公柳梦梅改写成一个无所不能的近乎完美的英雄式人物。

译者严小平增添了诸多内容：男主人公柳梦梅从小就是孤儿的身世；因没钱上学而在农闲时站在学堂外偷听课，并取得好成绩的求学经历；赶考路上遇到的种种艰难险阻；被叛军抓住后临危不惧，反劝降叛军。这些内容的增设，使得小说中的柳梦梅不再是一个文弱书生，而是一个有勇有谋的青年才俊。冰天雪地的赶考路上，面对两条虎视眈眈的狼，没有胆怯，勇敢甩脱危险的饿狼，可见他的勇敢；外出寻找杜宝，途中被叛军抓住，他没有慌乱，还乘势将叛军劝降，足见他的勇气与智慧。除了才华横溢、胆识过人、智勇双全外，他还勤奋好学、心地善良、对爱情专一，有着一身正气，这便是改译的小说版《牡丹亭》中的男主人公柳梦梅。

2. 平等意识

在原著《牡丹亭》中的诸多人物形象，位高权重的杜宝，夫唱妇随的杜丽娘母亲甄氏，古板迂腐的穷秀才陈最良，温婉可人的富家千金杜丽娘，活泼可爱的苦丫鬟春香，一开始落魄后高中状元的书生柳梦梅，每一个人的身份地位都有所差别，他们所拥有的权利也是不同的，换言之，他们是不平等的。而在严小平改译的小说版《牡丹亭》中，这些人物的自我意识都有一定程度的觉醒，平等意识渐渐凸显出来。改译的小说版《牡丹亭》中的春香虽是一个丫鬟，但她也向往美好的爱情，渴望属于自己的婚姻，杜丽娘则鼓励她追求爱情和婚姻自由，并答应帮助她实现婚姻的自由，在小姐杜丽娘看来，丫鬟春香与自己是平等的，她同样拥有追求美好爱情和婚姻的权利和自由。改译的小说版《牡丹亭》中的甄氏在婚后经营着自己的事业并打算将来让女儿杜丽娘继承自己的事业，与原著中在各方面都处于从属地位的杜母不同，小说中的杜母在经济上是独立的，与丈夫有着平等的地位，所以当丈夫提出要给女儿裹足时，杜丽娘的母亲敢于反对并坚持自己的意见，为了女儿的健康和生活的便利，杜母坚决反对给女儿裹足，

第十二章　汤显祖《牡丹亭》原著与英译著差异比较

并最终帮助女儿避免裹足。可见小说中杜丽娘的母亲无论是在经济层面还是在精神层面,都是与丈夫杜宝平起平坐的,她不再是那个对丈夫绝对盲从的"贤妻良母"。这便是英文小说版《牡丹亭》中的人物关系,小姐与丫鬟平等地拥有爱情和婚姻的自由,丈夫与妻子在经济和精神层面均有着平等的地位,凸显着现代社会所提倡的平等。

3. 宗教观念

虽然汤显祖创作《牡丹亭》的主观意图并不在于宣传宗教教义,而是把宗教转化为艺术构思的动力和资源,借助佛教、道教的构架外壳,凸显其"至情"主题。但不可否认,《牡丹亭》中也包含了一定的宗教思想。从内容上看,《牡丹亭》中最有名的一出《惊梦》的素材便来自佛教名著《法苑珠林》。在形式上,作者汤显祖采用宗教叙事的方式讲述了一个感人的爱情故事,通过宗教神学构架,传达对世俗人生的情感关怀,肯定了青年男女的正常情感与合理欲望,赞美了超越生死的爱情的伟大力量。在思想层面,《牡丹亭》则蕴含着道教的"情""生"一体的生命观和"理无情有"的美学思想。在道教传统的生命信仰理念中,"情"与"生"在逻辑上具有一致性:"情"是"生"的外在表达和具体内容,"生"是"情"的内在本质和存在根据;"情""生"本为一体。在《牡丹亭》中,汤显祖所表达的正是这种"情""生"一体的生命观。细言之,《牡丹亭》中的宗教内涵还体现在戏剧情境和人物刻画等方面,在《道觋》《诊祟》《魂游》《秘议》《回生》等出中便有不少禳解、斋醮、焚修等宗教生活图景的戏剧情境,而在人物刻画上,《牡丹亭》中的许多人物都有人鬼杂出的特点,如丽娘的鬼魂、花神和冥府判官等鬼神形象,这些人物形象的设计正是以鬼神信仰为基础的。除此之外,《牡丹亭》中还包含一定的"命定论"思想,如判官查冥府"婚姻簿"得知杜丽娘与柳梦梅"有姻缘之分",故放其出枉死城还阳,这一情节就反映了佛教中的"命定论"思想。但在改译(编)的小说版《牡丹亭》中,宗教思想则被大幅度地淡化了,这一点在滕建明改编的英文小说版《牡丹亭》中表现得尤为明显。滕建明改编的小说中具有宗教色彩的内容如《道觋》《魂游》等出被大量删减,花神卫护、冥府判官判案等情节也被删除,译文中甚至不再有花神和冥府判官等鬼神形象。相对于原著而言,滕建明改编的小说褪去了宗教这层外衣,将故事主要情节简单明了地呈现出来,译文中的宗教思想也随之淡化。

　　比较了《牡丹亭》原著与英文译著的差异后,我们不由得反思:《牡丹亭》作为中国优秀传统文化的瑰宝,如何走向世界,让世界更真实地了解中国,看来还有很长的一段路要走。我们呼唤真正的好的原汁原味的《牡丹亭》的译著的出现,但这一愿景的实现,还有待继续努力。

参考文献

史志书目类

（春秋）左丘明传《春秋左传注疏》，（晋）杜预注，《四库全书》本。

（汉）郑玄注《礼记注疏》，（唐）孔颖达疏，《四库全书》本。

（宋）朱熹集注《孟子集注》，《四库全书》本。

（春秋）管仲：《管子》，《四库全书》本。

（春秋）老子、（战国）列御寇：《老子　列子》，上海古籍出版社，1989。

（西汉）刘安撰《淮南子》，《四库全书》本。

（西汉）司马迁：《史记》，中华书局，1992。

（南朝宋）范晔：《后汉书》，上海古籍出版社、上海书店，1986。

（清）张廷玉等撰《明史》，中华书局校点本，1974。

（清）谷应泰撰《明史纪事本末》（第一册），中华书局，1977。

《明实录》，台湾中研院历史语言研究所校勘影印本。

（清）龙文彬纂《明会要》，中华书局，1956。

（清）黄宗羲：《明儒学案》，沈芝盈点校，中华书局，1985。

（清）顾炎武：《日知录集释》，（清）黄汝成集释，岳麓书社，1994。

（清）赵翼：《廿二史札记校证》，王树民校证，中华书局，1984。

（明）沈德符：《万历野获编》，中华书局，1959。

（明）张瀚撰《松窗梦语》，盛冬铃点校，中华书局，1985。

（明）吕坤、洪应明：《呻吟语·菜根谈》，吴承学、李光摩校注，上海古籍出版社，2000。

（清）余怀：《桥杂记（外一种）》，李金堂校注，上海古籍出版社，2000。

（明）赵宏恩等监修《江南通志》，《四库全书》本。

（清）谢旻等监修《江西通志》，《四库全书》本。

（南宋）陈振孙：《直斋书录解题》，清乾隆三十八年本。

（清）永瑢、纪昀等撰《四库全书总目》，中华书局，1965。

余嘉锡：《四库提要辩证》，科学出版社，1958。

王重民撰《中国善本书提要》，上海古籍出版社，1983。

王重民：《敦煌古籍叙录》，中华书局，1979。

总集

（清）黄宗羲编《明文海》，中华书局，1987年影印本。

（明）汤显祖：《汤显祖全集》，徐朔方笺校，北京古籍出版社，1999。

（明）汤显祖：《汤显祖集全编》，徐朔方笺校，上海古籍出版社，2015。

别集

（金）王若虚撰《滹南遗老集》，《四部丛刊》本。

（元）杨维桢撰《东维子文集》，《四部丛刊》本。

（明）宋濂撰《宋文宪公全集》，明严荣校刻本。

（明）刘基：《诚意伯刘文成公文集》，《四部丛刊》本。

（明）贝琼：《清江贝先生文集》，《四部丛刊》本。

（明）高启：《高太史凫藻集》，《四部丛刊》本。

（明）高启：《高太史大全集》，《四库全书》本。

（明）方孝孺：《逊志斋集》，《四部丛刊》本。

（明）杨士奇：《东里文集》，《四库全书》本。

（明）杨士奇：《东里续集》，《四库全书》本。

（明）杨荣：《文敏集》，《四库全书》本。

（明）陈献章：《陈献章集》，孙通海点校，中华书局，1987。

（明）罗伦撰《一峰文集》，《四库全书》本。

（明）胡居仁：《胡文敬集》，《四库全书》本。

（明）李东阳：《怀麓堂集》，清嘉庆刊本。

（明）李梦阳：《空同集》，《四库全书》本。

（明）王阳明：《王文成公全书》，《四部丛刊》本。

（明）王廷相：《王廷相集》，王孝渔点校，中华书局，1989。

（明）王廷相撰《王氏家藏集》，明嘉靖十五年刻本。

（明）康海撰《康对山先生文集》，清乾隆二十六年刻本。

（明）宗臣撰《子相集》，《四库全书》本。

（明）徐祯卿：《迪功集》，《四库全书》本。

（明）何景明撰《何大复先生集》，清咸丰三年重刊本。

（明）杨慎：《升庵全集》，《万有文库》本。

（明）唐顺之：《荆川先生文集》，《四部丛刊》本。

（明）王慎中：《遵岩集》，《四库全书》本。

（明）茅坤撰《茅鹿门先生文集》，明万历金陵戴应斌等刻本。

（明）李攀龙：《沧溟集》，明刻本。

（明）徐中行撰《天目先生集》，明万历二十一年刻本。

（明）徐渭撰《徐渭集》，中华书局，1983。

（明）徐渭撰《徐文长文集》，明刻本。

（明）王世贞：《弇州四部稿、续稿》，《四库全书》本。

（明）李贽：《焚书·续焚书》，中华书局，1975。

（明）李贽：《藏书·续藏书》，中华书局，1975。

（明）焦竑：《焦氏澹园集、续集》，北京出版社，《四库禁毁书丛刊》本。

（明）屠隆：《鸿苞》，明万历刻本。

（明）屠隆：《由拳集》，明秀水朱仁刻本。

（明）屠隆：《白榆集》，明万历刻本。

（明）汤显祖：《汤显祖集》，中华书局，1962。

（明）汤显祖：《汤显祖集》，上海人民出版社，1973。

（明）臧懋循撰《负苞堂集》，古典文学出版社，1958。

（明）胡应麟：《少室山房类稿》，《金华丛书》本。

（明）李若讷撰《五品稿》，明万历刻本。

（明）袁宗道：《白苏斋类集》，钱伯城标点，上海古籍出版社，1989。

（明）袁宏道：《袁宏道集笺校》，钱伯城笺校，上海古籍出版社，1981。

（明）江盈科：《江盈科集》，黄仁生辑校，岳麓书社，1997。

（明）袁中道：《珂雪斋集》，《中国文学珍本丛书》本。

（明）袁中道：《珂雪斋近集》，上海书店，1982。

（明）王思任撰《王季重杂著》，台湾伟文图书出版社有限公司，1977。

（明）钟惺撰《隐秀轩文集》，明天启二年刻本。

（明）谭元春：《谭元春集》，陈杏珍标校，上海古籍出版社，1998。

（明）梅鼎祚撰《鹿裘石室集》，明天启梅氏刊本。

（明）魏学洢撰《茅檐集》，《四库全书》本。

（明）张溥撰《七录斋诗文合集》，上海古籍出版社，《续修四库全书》本。

（明）陈子龙撰《陈忠裕全集》，（清）王昶辑，清嘉庆八年簳山草堂本。

（明）陈子龙：《安雅堂稿》，孙启治校点，辽宁教育出版社，2003。

（清）朱彝尊：《曝书亭集》，《四库全书》本。

评论杂记类

（唐）王昌龄：《诗格》，张伯伟点校，《全唐五代诗格汇考》本。

〔日〕弘法大师原撰《文镜秘府论校注》，王利器校注，中国社会科学出版社，1983。

（唐）释皎然：《诗式校注》，李壮鹰校注，齐鲁书社，1986。

（北宋）陈师道：《后山诗话》，中华书局《历代诗话》本。

（北宋）魏泰：《临汉隐居诗话》，中华书局《历代诗话》本。

（北宋）叶梦得：《石林诗话》，中华书局《历代诗话》本。

陈应鸾：《岁寒堂诗话校笺》，巴蜀书社，2000。

（南宋）严羽：《沧浪诗话校释》，郭绍虞校释，人民文学出版社，1983。

（南宋）刘克庄撰《后村诗话》，王秀梅点校，中华书局，1983。

傅璇琮主编《唐才子传》（第一册），中华书局，1987。

（明）李东阳撰《麓堂诗话》，丁保福辑，中华书局《历代诗话续编》本。

（明）徐祯卿：《谈艺录》，中华书局《历代诗话》本。

（明）杨慎：《升庵诗话》，中华书局《历代诗话》本。

（明）谢榛：《诗家直说笺注》，李庆立、孙慎之笺注，齐鲁书社，1987。

（明）王世贞撰《明诗评》，《丛书集成初编》本，商务印书馆，1937。

（明）王世贞：《艺苑卮言》，中华书局《历代诗话续编》本。

（明）徐师曾：《文体明辨序说》，罗根泽校点，人民文学出版社，1962。

（明）胡应麟撰《诗薮》，上海古籍出版社，1979。

（明）胡应麟撰《少室山房笔丛》，上海书店出版社《历代笔记丛刊》本。

（明）许学夷：《诗源辨体》，人民文学出版社，1987。

（明）胡震亨：《唐音癸签》，上海古籍出版社，1981。

（明）陆时雍：《诗镜总论》，中华书局《历代诗话续编》本。

（清）钱谦益：《列朝诗集小传》，上海古籍出版社，1983。

（清）贺怡孙：《诗筏》，《清诗话续编》本。

（清）贺裳：《载酒园诗话》，《清诗话续编》本。

（清）潘得舆：《养一斋诗话》，《清诗话续编》本。

（清）王夫之：《唐诗评选》，《船山遗书》本。

（清）方东树：《昭昧詹言》，汪绍楹校点，人民文学出版社，1961。

今人著作

冯友兰：《中国哲学史》，华东师范大学出版社，2000。

余英时：《士与中国文化》，上海人民出版社，1987。

葛兆光：《中国思想史》，复旦大学出版社，2001。

张立文：《宋明理学研究》，中国人民大学出版社，1985。

张学智：《明代哲学史》，北京大学出版社，2000。

郭绍虞：《照隅室古典文学论集》，上海古籍出版社，1983。

王运熙、顾易生主编《中国文学批评通史》，上海古籍出版社，1996。

陈伯海：《中国文学史之宏观》，中国社会科学出版社，1995。

陈良运：《中国诗学体系论》，中国社会科学出版社，1992。

萧华荣：《中国诗学思想史》，华东师范大学出版社，1996。

胡晓明：《中国诗学之精神》，江西人民出版社，2001。

陈伯海、蒋哲伦主编《中国诗学史》，鹭江出版社，2002。

陈伯海主编《近四百年中国文学思潮史》，东方出版中心，1997。

陈伯海：《唐诗学引论》，知识出版社，1988。

郭绍虞主编《中国历代文论选》，上海古籍出版社，1979。

陈良运主编《中国历代诗学论著选》，百花洲文艺出版社，1995。

袁行霈主编《中国文学史》（第二版），高等教育出版社，1999。

简锦松：《明代文学批评研究》，台湾学生书局，1989。

吴文治主编《明诗话全编》，江苏古籍出版社，1997。

袁震宇、刘明今：《明代文学批评史》，上海古籍出版社，1991。

邬国平、王镇远：《中国文学批评通史（清代卷）》，上海古籍出版社，1996。

郭预衡：《中国散文史》，上海古籍出版社，2000。

陈洪：《中国小说理论史》，安徽文艺出版社，1992。

吴梅：《中国戏曲概论》，上海书店出版社，1989。

徐朔方：《徐朔方集》，浙江古籍出版社，1993。

吴志达：《明清文学史（明代卷）》，武汉大学出版社，1991。

唐富龄编著《明清文学史（清代卷）》，武汉大学出版社，1991。

孙立：《明末清初诗论研究》，广东高等教育出版社，1999。

张健：《清代诗学研究》，北京大学出版社，1999。

齐裕焜：《明代小说史》，浙江古籍出版社，1997。

张俊：《清代小说史》，浙江古籍出版社，1997。

陈洪：《中国古代小说艺术论发微》，南开大学出版社，1987。

林岗：《明清之际小说评点学之研究》，北京大学出版社，1999。

郭英德编著《明清传奇综录》，河北教育出版社，1997。

马积高：《宋明理学与文学》，湖南师范大学出版社，1989。

许总：《宋明理学与中国文学》，百花洲文艺出版社，1999。

黄卓越：《佛教与晚明文学思潮》，东方出版社，1997。

周群：《儒释道与晚明文学思潮》，上海书店出版社，2000。

吴承学：《晚明小品研究》，江苏古籍出版社，1999。

周明初：《晚明士人心态及文学个案》，东方出版社，1997。

邹自振：《汤显祖综论》，巴蜀书社，2001。

傅衣凌：《明清社会经济史论文集》，人民出版社，1982。

廖可斌:《明代文学复古运动研究》,上海古籍出版社,1994。

饶龙隼:《明代隆庆、万历间文学思想转变研究》,西南师范大学出版社,1995。

陈书录:《明代诗文的演变》,江苏教育出版社,1996。

韩经太:《理学文化与文学思潮》,中华书局,1997。

黄卓越:《明永乐至嘉靖初诗文观研究》,北京师范大学出版社,2001。

郑利华:《王世贞研究》,学林出版社,2002。

〔俄〕李福清、〔中〕李平编《海外孤本晚明戏剧选集三种》,上海古籍出版社,1993。

张国光主编《竟陵派与晚明文学革新思潮》,武汉大学出版社,1987。

李文治编《晚明民变》,中华书局,1948。

李圣华:《晚明诗歌研究》,人民文学出版社,2002。

吴承学、李光摩编《晚明文学思潮研究》,湖北教育出版社,2002。

左东岭:《李贽与晚明文学思想》,天津人民出版社,1997。

嵇文甫:《晚明思想史论》,东方出版社,1996。

周志文:《晚明学术与知识分子论丛》,(台湾)大安出版社,1999。

左东岭:《王学与中晚明士人心态》,人民文学出版社,2000。

何俊:《西学与晚明思想的裂变》,上海人民出版社,1998。

尹恭弘:《〈金瓶梅〉与晚明文化——〈金瓶梅〉作为"笑"书的文化考察》,华文出版社,1997。

谢国桢编著《增订晚明史籍考》,上海古籍出版社,1981。

王天有:《晚明东林党议》,上海古籍出版社,1991。

胡晓真主编《世变与维新——晚明与晚清的文学艺术》,台湾研究院中国文哲研究所,2001。

淡江大学中文系主编《晚明思潮与社会变动 中国社会与文化学术研讨会论集》,弘化文化事业股份有限公司,1987。

邓志峰:《王学与晚明的师道复兴运动》,社会科学文献出版社,2004。

樊树志:《晚明史(1573—1644年)》,复旦大学出版社,2003。

王汎森:《晚明清初思想十论》,复旦大学出版社,2004。

马涛:《走出中世纪的曙光——晚明清初救世启蒙思潮》,上海财经大学出版社，2003。

彭国翔：《良知学的展开——王龙溪与中晚明的阳明学》，生活·读书·新知三联书店，2005。

龚鹏程：《晚明思潮》，商务印书馆，2005。

万明主编《晚明社会变迁——问题与研究》，商务印书馆，2005。

〔加〕卜正民：《为权力祈祷——佛教与晚明中国士绅社会的形成》，张华译，江苏人民出版社，2005。

傅小凡：《晚明自我观研究》，巴蜀书社，2001。

江灿腾：《晚明佛教改革史》，广西师范大学出版社，2006。

查清华：《明代唐诗接受史》，上海世纪出版股份有限公司、上海古籍出版社，2006。

邬国平：《竟陵派与明代文学批评》，世纪出版集团、上海古籍出版，2004。

陈宝良：《飘摇的传统——明代城市生活长卷》，湖南人民出版社，2006。

左东岭主编《2005明代文学国际学术研讨会论文集》，学苑出版社，2005。

龚笃清：《明代八股文史探》，湖南人民出版社，2006。

陈江编著《明代中后期的江南社会与社会生活》，上海社会科学院出版社，2006。

陈时龙：《明代中晚期讲学运动（1522—1626）》，复旦大学出版社，2005。

徐朔方、孙秋克：《明代文学史》，浙江大学出版社，2006。

罗宗强：《明代后期士人心态研究》，南开大学出版社，2006。

罗宗强、陈洪主编《明代文学研究国际学术研讨会论文集》，南开大学出版社，2006。

朱万曙、徐道彬编《明代文学与地域文化研究》，黄山书社，2005。

王凯旋：《明代科举制度考论》，沈阳出版社，2005。

周齐：《明代佛教与政治文化》，人民出版社，2005。

周玉波编著《明代民歌研究》，凤凰出版传媒集团、凤凰出版社，2005。

张德建：《明代山人文学研究》，湖南人民出版社，2005。

〔加〕卜正民：《纵乐的困惑——明代的商业与文化》，方骏、王秀丽、罗天佑译，生活·读书·新知三联书店，2004。

钱茂伟：《国家、科举与社会——以明代为中心的考察》，北京图书馆出版社，2004。

左东岭：《明代心学与诗学》，学苑出版社，2002。

方志远：《明代城市与市民文学》，中华书局，2004。

〔丹麦〕勃兰兑斯：《十九世纪文学主流·第一册·流亡文学》，张道真译，人民文学出版社，1980。

作者简介

万文斌，文学博士，南昌大学人文学院教师，硕士生导师，江西省文艺学会常务理事，俄罗斯彼尔姆国立大学语言学院兼职教授，俄罗斯彼尔姆国立大学汉语研究中心主任。出版学术专著《汤显祖生平交游稽考》《江西历代名人汇编》等。

图书在版编目(CIP)数据

汤显祖诗学理论研究/万文斌著. -- 北京：社会科学文献出版社，2020.12
（致远学术文丛）
ISBN 978-7-5201-7434-3

Ⅰ.①汤… Ⅱ.①万… Ⅲ.①汤显祖（1550-1616）-诗学-研究 Ⅳ.①I207.22

中国版本图书馆CIP数据核字（2020）第190539号

·致远学术文丛·
汤显祖诗学理论研究

著　　者／万文斌

出 版 人／王利民
责任编辑／王小艳
文稿编辑／陈美玲

出　　版／社会科学文献出版社·当代世界出版分社（010）59367004
　　　　　　地址：北京市北三环中路甲29号院华龙大厦　邮编：100029
　　　　　　网址：www.ssap.com.cn
发　　行／市场营销中心（010）59367081　59367083
印　　装／三河市东方印刷有限公司

规　　格／开　本：787mm×1092mm　1/16
　　　　　　印　张：23.5　字　数：369千字
版　　次／2020年12月第1版　2020年12月第1次印刷
书　　号／ISBN 978-7-5201-7434-3
定　　价／128.00元

本书如有印装质量问题，请与读者服务中心（010-59367028）联系

▲版权所有 翻印必究